東周列國志 下

馮夢龍　原著
蔡元放　改撰
劉本棟　校注
繆天華　校閱

三民書局

回目

下冊

第五十五回　華元登床劫子反　老人結草亢杜回

話說楚莊王大集群臣，計議卻晉之事。公子側進曰：「楚所善無如齊，而事晉之堅，無過於宋。若我興師伐宋，晉方救宋不暇，敢與我爭鄭乎？」莊王曰：「子策雖善，然未有隙也。自先君敗宋於泓，傷其君股，宋能忍之。及厥貉之會，宋君親受服役。其後昭公見弒，子鮑嗣立，今十八年矣，伐之當用何名？」公子嬰齊對曰：「是不難。齊君屢次來聘，尚未一答。今宜遣使報聘於齊，竟自過宋。令勿假道，且以探之。若彼不較，是懼我也。君之會盟，必不拒矣。如以無禮之故，辱我使臣，我借此為辭，何患無名哉？」莊王曰：「何人可使？」嬰齊對曰：「申無畏曾從厥貉之會，此人可使也。」

莊王乃命無畏如齊修聘。無畏奏曰：「聘齊必經宋國，須有假道文書送驗，方可過關。」莊王曰：「汝畏阻絕使臣耶？」無畏答曰：「向者厥貉之會，諸君田於孟諸。宋君違令，臣執其僕而戮之。宋恨臣必深。此行若無假道文書，必然殺臣！」莊王曰：「文書上與汝改名曰申舟，不用無畏舊名可矣。」無畏猶不肯行，曰：「名可改，面不可改。」莊王怒曰：「若殺子，我當興師破滅其國，為子報仇！」無畏乃不敢復辭。明日，率其子申犀，謁見莊王曰：「臣以死殉國，分也。但願王善視此子！」莊王曰：「此寡人之事，子勿多慮。」申舟領了出使禮物，拜辭出城。子犀送至郊外。申舟分付曰：「汝父此行，必死於宋。汝必請於君王，為我報仇。切記吾言！」父子灑淚而別。

不一日，行至睢陽。關吏知是楚國使臣，要索假道文驗。申舟答言：「奉楚王之命，但有聘齊文書，卻沒有假道文書。」關吏遂將申舟留住，飛報宋文公。時華元為政，奏於文公曰：「楚吾世仇也。今遣使公然過宋，不循假道之禮，欺我宋甚矣，請殺之。」宋公曰：「殺楚使，楚必伐我，奈何？」華元對曰：「欺我之恥，甚於受伐。況欺我，勢必伐我。均之受伐，且雪吾恥！」乃使人執申舟至宋廷。華元一見，認得就是申無畏，怒上加怒。責之曰：「汝曾戮我先公之僕，今改名，欲逃死耶？」申舟自知必死，大罵：「宋鮑，汝奸祖母，弒嫡姪，幸免天誅。又妄殺大國之使。楚兵一到，汝君臣為虀粉矣！」華元命先割其舌，而後殺之。將聘齊的文書禮物，焚棄於郊外。從人棄車而遁，回報莊王。莊王方進午膳，聞申舟見殺，投箸於席，奮袂而起。即拜司馬公子側為大將，申叔時副之，立刻整車，親自伐宋，使申犀為軍正從征。按申舟以夏四月被殺，楚兵以秋九月即造宋境，可謂速之至矣。潛淵有詩云：

明知欺宋必遭屯，君命如天敢惜身？投袂興師風雨至，華元應悔殺行人。

楚兵將睢陽城圍困，造樓車高與城等，四面攻城。華元率兵民巡守，一面遣大夫樂嬰齊奔晉告急。晉景公欲發兵救之。謀臣伯宗諫曰：「林父以六百乘而敗於邲城，此天助楚也。往救未必有功。」景公曰：「當今惟宋與晉親。若不救，則失宋矣。」伯宗曰：「楚距宋二千里之遙，糧運不繼，必不能久。今遣一使往宋，只說晉已起大軍來救，諭使堅守。不過數月，楚師將去。是我無敵楚之勞，而有救宋之功也。」景公然其言。問：「誰能與我使宋國者？」大夫解揚請行。景公曰：「非子虎不勝此任也。」解揚微服，行及宋郊，被楚之遊兵，盤詰獲住，獻於莊王。莊王認得是晉將解揚，問曰：「汝來何事？」

解揚曰：「奉晉侯之命，來諭宋國堅守待救。」楚莊王曰：「原來是晉使臣。爾前者北林之役，汝為我將蔿賈所擒，寡人不殺，放汝回國。今番又來自投羅網，有何理說？」解揚曰：「晉、楚仇敵，見殺分也。又何說乎？」莊王搜得身邊文書，看畢，謂曰：「宋城破在旦夕矣。汝能反書中之言，說汝國中有事，急切不能相救，恐誤你國之事，特遣我口傳相報。如此則宋人絕望，必然出降，省得兩國人民屠戮之慘。事成之日，當封你為縣公，留仕楚國。」解揚低頭不應。莊王曰：「不然，當斬汝矣！」解揚本欲不從，恐身死於楚軍，無人達晉君之命。乃佯許曰：「諾。」莊王升解揚於樓車之上，使人從旁促之。揚遂呼宋人曰：「我晉國使臣解揚也。被楚軍所獲，使我誘汝出降，汝切不可！我主公親率大軍來救，不久必至矣。」莊王聞其言，命速牽下樓車，責之曰：「爾既許寡人，而又背之，爾自無信，非寡人之過也。」叱左右：「斬訖報來！」解揚全無懼色，徐聲答曰：「臣未嘗無信也。臣若全信於楚，必然失信於晉。假使楚有臣而背其主之言，以取賂於外國，君以為信乎？不信乎？臣請就誅，以明楚國之信，在外不在內！」莊王歎曰：「忠臣不懼死，子之謂矣！」縱之使歸。

宋華元因解揚之告，繕守益堅。公子側使軍士築土堙於外，如敵樓之狀。親自居之，以闞城內，一舉一動皆知。華元亦於城內築土堙以向之。自秋九月圍起，至明年之夏五月，彼此相拒九個月頭，睢陽城中，糧草俱盡，人多餓死。華元但以忠義激勸其下。百姓感泣，甚至易子為食，拾骸骨為爨，全無變志。莊王沒奈何了。軍吏稟道：「營中只有七日之糧矣！」莊王曰：「吾不意宋國難下如此！」乃親自登車，閱視宋城，見守陴軍士甚是嚴整。嘆了一口氣，即召公子側議班師。申犀哭拜於馬前曰：「臣父以死奉王之命，王乃失信於臣父乎？」莊王面有慚色。申叔時時為莊王執轡在車，乃獻計曰：「宋之不降，度我不能久耳。若使軍士築室耕田，示以長久之計，宋必懼矣。」莊王曰：「此計甚善！」乃下令軍士沿城一帶起建營房，即拆城外民居，並砍竹木為之。每軍十名，留五名攻城，五名耕種，十日一更番。軍士互相傳說。華元聞之，謂宋文公曰：「楚王無去志矣！晉救不至奈何？臣請入楚營，面見子反，劫之以和，或可僥倖成事也。」宋文公曰：「社稷存亡，在此一行，小心在意！」華元探知公子側在土堙敵樓上住宿，預得其左右姓名，及奉差守宿備細。捱至夜分，扮作謁者模樣，悄地從城上縋下，直到土堙邊。遇巡軍擊柝而來。華元問曰：「主帥在上乎？」巡軍曰：「在。」又問曰：「已睡乎？」巡軍曰：「連日辛苦，今夜大王賜酒一罇，飲之已就枕矣。」華元走上土堙，守堙軍士阻之。華元曰：「我謁者庸僚也。大王有緊要機密事，分付主帥。因適纔賜酒，恐其醉臥，特遣我來當面叮嚀，立等回復。」軍士認以為真，讓華元登堙。堙上燈燭尚明，公子側和衣睡倒。華元徑上其床，輕輕的以手推之。公子側醒來，要轉動時，兩袖被華元坐住了。急問：「汝是何人？」華元低聲答曰：「元帥勿驚。吾乃宋國右師華元也。奉主公之命，特地夜至求和。元帥若見從，當世從盟好。若還不允，元與元帥之命，俱盡於今夜矣！」言畢，左手按住臥席，右手於袖中掣出雪白一柄匕首，燈光之下，晃上兩晃。公子側慌忙答曰：「有事大家商量，不須粗鹵。」華元收了匕首謝曰：「死罪勿怪，情勢已急，不得從容也！」公子側曰：「子國中如何光景？」華元曰：「易子而食，拾骨而爨，已十分狼狽矣！」公子側驚曰：「宋之困敝，一至此乎！吾聞軍事：虛者實之，實者虛之。子奈何以實情告我？」華元曰：「君子矜人之危，小人利人之厄。元帥乃君子，非小人。元是以不敢匿情。」公子側曰：「然則何以不降？」華元曰：「國有已困之形，人有不困之志。君民效死，與城俱碎，豈肯為城下之盟哉！倘蒙矜厄之仁，退師二十里，寡君願以國從，誓無二志！」公子側曰：「我不相欺，軍中亦止有七日之糧矣。若過七日，城不下，亦將班師。築室耕田之令，聊以相恐耳！明日當奏知楚王，退軍一舍。爾君臣亦不可失信！」華元曰：「元情願以身為質，與元帥共立誓詞，各無反悔。」二人設誓已畢，公子側遂與華元結為兄弟，將令箭一枝，付與華元，分付速行。華元有了令箭，公然行走，直到城下。口中一個暗號，城上便放下兜子，將華元弔上城堙去了。華元連夜回復宋公，歡歡喜喜，專等明日退軍消息。

次早天明，公子側將夜來華元所言，告於莊王，言：「臣之性命，幾喪於匕首。幸華元仁心，將國情實告於我，哀懇退師。臣已許之。乞我王降旨！」莊王曰：「宋困憊如此，寡人當取此而歸。」公子側頓首曰：「我軍止有七日之糧，臣已告之矣。」莊王勃然怒曰：「子何為以實情輸敵？」公子側對曰：「區區弱宋，尚有不欺人之臣，豈堂堂大楚，而反無之？臣故不敢隱諱。」莊王顏色頓霽曰：「司馬之言是也。」即降旨退軍屯於三十里之外。申犀見軍令已出，不敢復阻，捶胸大哭。莊王使人安慰之曰：「子勿悲！終當成汝之孝。」楚軍安營已定，華元先到楚軍致宋公之命，請受盟約。公子側隨華元入城，與宋文公歃血為誓。宋公遣華元送申舟之棺於楚營，即留身為質。莊王班師歸楚，厚葬申舟，舉朝皆往送葬。葬畢，使申犀嗣為大夫。

華元在楚，因公子側又結交公子嬰齊，與嬰齊相善。一日，聚會之間，論及時事。公子嬰齊嘆曰：「今晉、楚分爭，日尋干戈，天下何時得太平耶？」華元曰：「以愚觀之，晉、楚互為雌雄，不相上下。誠得一人合二國之成，各朝其屬，息兵修好，生民免於塗炭，誠為世道之大幸！」嬰齊曰：「此事子能任之乎？」華元曰：「元與晉將欒書相善。向者聘晉時，亦曾言及於此。奈無人從中聯合耳！」明日，嬰齊以華元之言，告於公子側。側曰：「二國尚未厭兵，此事殆未可輕議也。」華元留楚凡六年。至周定王十八年，宋文公鮑卒，子共公固立，華元請歸奔喪，始返宋國。此是後話。

* * *

郤說晉景公聞楚人圍宋，經年不解，謂伯宗曰：「宋之城守倦矣！寡人不可失信於宋，當往救之。」正欲發兵，忽報：「潞國有密書送到。」按潞國乃赤狄別種，隗姓子爵，與黎國為鄰。周平王時，潞君逐黎侯而有其地。於是赤狄益強。此時潞子名嬰兒，娶晉景公之姊伯姬為夫人。嬰兒微弱，其國相酆舒，專權用事。先時狐射姑奔在彼國，他是晉國勳臣，識多才廣，酆舒還怕他三分，不敢放恣。自射姑死後，酆舒益無忌憚。欲潞子絕晉之好，誣伯姬以罪，逼其君，使縊殺之。又與潞子出獵郊外，醉後君臣打彈為戲，賭彈飛鳥。酆舒放彈，誤傷潞子之目，投弓於地，笑曰：「彈得不準，臣當罰酒一卮。」潞子不堪其虐，力不能制，遂寫密書送晉，求晉起兵來討酆舒之罪。謀臣伯宗進曰：「若戮酆舒，兼并潞地，因及旁國，盡有狄土，則西南之疆益拓，而晉之兵賦益充，此機不可失也！」景公亦怒潞子嬰兒，不能庇其妻。乃命荀林父為大將，魏顆副之，出車三百乘伐潞。

酆舒率兵拒於曲梁，戰敗奔衛。衛穆公速方與晉睦，因酆舒以獻於晉軍。荀林父令縛至絳都殺之。晉師長驅直入潞城。潞子嬰兒迎於馬首，林父數其誣殺伯姬之罪，并執以歸。託言曰：「黎人思其君久矣。」乃訪黎侯之裔，割五百家，築城以居之。名為復黎，實則滅潞也。嬰兒痛其亡國，自刎而死。潞人哀之，為之立祠。今黎城南十五里有潞祠山是也。

晉景公恐林父未能成功，自率大軍屯於稷山。林父先至稷山獻捷，留副將魏顆略定赤狄之地。還至輔氏之澤，忽見塵頭蔽日，喊殺連天，晉兵不知為誰。前哨飛報：「秦國遣大將杜回，起兵來到！」——按秦康公薨於周匡王之四年，子共公稻立。因趙穿侵崇起釁，秦兵圍焦無功，遂厚結酆舒，共圖晉國。共公立四年薨，子桓公榮立。此時乃秦桓公之十一年，聞晉伐酆舒，方欲起兵來救。又聞晉已殺酆舒，執潞子，遂遣杜回引兵前來爭潞地。——那杜回是秦國有名的力士。生得牙張銀鑿，眼突金睛。拳似銅鎚，臉如鐵鉢。虬鬚卷髮，身長一丈有餘。力舉千鈞，慣使一柄開山大斧，重一百二十斤。本白翟人氏。曾於青眉山一日拳打五虎，皆剝其皮以歸。秦桓公聞其勇，聘為車右將軍。又以三百人破嵯峨山賊寇萬餘，威名大振，遂為大將。

魏顆排開陣勢，等待交鋒。杜回卻不用車馬，手執大斧，領著慣戰殺手三百人，大踏步直衝入陣來。下砍馬足，上劈甲將。分明是天降下神煞一般。晉兵從來未見此兇狠，遮攔不住，大敗一陣。魏顆下令紮住營壘，且莫出戰。杜回領著一隊刀斧手，在營外跳躍叫罵，一連三日，魏顆不敢出應。忽報：本國有兵來到，其將乃顆弟魏錡也。錡曰：「主公恐赤狄之黨，結連秦國生變，特遣弟來幫助。」魏顆述秦將杜回，如此恁般，勇不可當，正欲遣人請兵。魏錡不信，曰：「彼草寇何能為？來日弟當見陣，管取勝之。」至明日，杜回又來挑戰。魏錡忿然欲出。魏顆止之，不聽。當下領著新來甲士，驅車直進。秦兵卻四方奔走，魏錡分兵逐之。忽然呼哨一聲，三百個殺手，復合為一，都跟著杜回，大刀闊斧，下砍馬足，上劈甲將。北邊步卒隨車行轉，輅車不便轉折，被他左右前後，覷便就砍，魏錡大敗。虧著魏顆引兵接應，回營去了。是夜，魏顆在營中悶坐，左思右想，沒有良策。坐至三更困倦，朦朧睡去。耳邊似有人言「青草坡」三字，醒來不解其義。再睡，仍復如前。乃向魏錡言之。魏錡曰：「輔氏左去十里，有個大坡，名為青草坡，或者秦兵合敗於此地也。弟先引一軍，往坡埋伏，兄誘敵軍至此，左右夾攻，可以取勝。」魏錡自去行埋伏之事。魏顆傳令拔寨都起。揚言且回黎城。杜回果然來追。魏顆略鬭數合，回車就走，漸漸引近青草坡來。一聲砲響，魏錡伏兵俱起，魏顆復身轉來，將杜回團團圍住，兩下夾攻。杜回全不畏懼，輪著一百二十斤的開山大斧，橫劈豎劈，當者輒死。雖然眾殺手頗有損傷，不能取勝。二魏督率眾軍力戰，杜回不退。看看殺至青草坡中間，杜回忽然一步一跌，如油靴踏著層冰，立腳不住。軍中發起喊來。魏顆舉眼看時，遙見一老人，布袍芒履，似莊家之狀，將青草一路挽結，以攀杜回之足。魏顆、魏錡雙車碾到，二戟并舉，把杜回搠倒在地，活捉過來。眾殺手見主將被擒，四散逃走，俱為晉兵追而獲之，三百人逃不得四五十人。魏顆問杜回曰：「汝自逞英雄，何以見擒？」杜回曰：「吾雙足似有物攀住，不能展動。乃天絕我命，非力不及也！」魏顆暗暗稱奇。魏錡曰：「彼既有絕力，留於軍中，恐有他變。」魏顆曰：「吾意正慮及此。」即時將杜回斬首，解往稷山請功。

是夜，魏顆始得安睡。夢日間所見老人前來致揖曰：「將軍知杜回所以獲乎？是老漢結草以禦之，所以顛躓被獲耳！」魏顆大驚曰：「素不識叟面，乃蒙相助，何以奉酬？」老人曰：「我乃祖姬之父也。爾用先人之治命，善嫁吾女。老漢九泉之下，感子活女之命，特效微力，助將軍成此軍功。將軍勉之，後當世世榮顯，子孫貴為王侯，無忘吾言。」——原來魏顆之父魏犨，有一愛妾，名曰祖姬。犨每出征，必囑魏顆曰：「吾若戰死沙場，汝當為我選擇良配，以嫁此女，勿令失所。吾死亦瞑目矣。」及魏犨病篤時，又囑顆曰：「此女吾所愛惜，必用以殉吾葬，使吾泉下有伴也。」言訖而卒。魏顆營葬其父，並不用祖姬為殉。魏錡曰：「不記父臨終之囑乎？」顆曰：「父平日分付必嫁此女，臨終乃昏亂之言。孝子從治命，不從亂命。」葬事畢，遂擇士人而嫁之。有此陰德，所以老人有結草之報。——魏顆夢覺，述於魏錡，曰：「吾當時曲體親心，不殺此女。不意女父銜恩地下如此！」魏錡嘆息不已。髯仙有詩云：

結草何人亢杜回？夢中明說報恩來。勸人廣積陰功事，理順心安福自該。

秦國敗兵回到雍州，知杜回戰死，君臣喪氣。晉景公嘉魏顆之功，封以令狐之地，復鑄大鐘以紀其事，備載年月。後人因晉景公所鑄，因名曰「景鐘」。晉侯復遣士會領兵攻滅赤狄餘種。共滅三國，曰甲氏，曰留吁，及留吁之屬國曰鐸辰。自是赤狄之土，盡歸於晉。

時晉國歲饑，盜賊蠭起。荀林父訪國中之能察盜者，得一人，乃郤氏之族，名雍。此人善於億逆。嘗遊市井間，忽指一人為盜。使人拘而審之，果真盜也。林父問：「何以知之？」郤雍曰：「吾察其眉睫之間，見市中之物有貪色，見市中之人有愧色，聞吾之至而有懼色，是以知之。」郤雍每日獲盜數十人，市井悚懼，而盜賊愈多。大夫羊舌職謂林父曰：「元帥任郤雍以獲盜也，盜未盡獲，而郤雍之死期至矣！」林父驚問：「何故？」不知羊舌職說出甚話來，且看下回分解。

第五十六回　蕭夫人登臺笑客　逢丑父易服免君

話說荀林父用郤雍治盜，羊舌職度郤雍必不得其死。林父請問其說。羊舌職對曰：「周諺有云：『察見淵魚者不祥，智料隱慝者有殃。』恃郤雍一人之察，不可以盡群盜，而合群盜之力，反可以制郤雍，不死何為？」未及三日，郤雍偶行郊外，群盜數十人，合而攻之，割其頭以去。荀林父憂憤成疾而死。晉景公聞羊舌職之言，召而問曰：「子之料郤雍當矣，然弭盜何策？」羊舌職對曰：「夫以智禦智，如用石壓草，草必罅生；以暴禁暴，如用石擊石，石必兩碎。故弭盜之方，在乎化其心術，使知廉恥，非以多獲為能也。君如擇朝中之善人，顯榮之於民上，彼不善者將自化，何盜之足患哉？」景公又問曰：「當今晉之善人，何者為最？卿試舉之。」羊舌職曰：「無如士會。其為人言依於信，行依於義，和而不諂，廉而不矯，直而不亢，威而不猛。君必用之。」及士會定狄而還，晉景公獻狄俘於周，以士會之功，奏聞周定王。定王賜士會以黻冕之服，位為上卿。遂代林父之任，為中軍元帥。且加太傅之職，改封於范，是為范氏之始。士會將緝盜科條，盡行除削，專以教化勸民為善。於是奸民皆逃奔秦國，無一盜賊。晉國大治。

景公復有圖伯之意。謀臣伯宗進曰：「先君文公始盟踐土，列國景從。襄公之世，猶受盟新城，未敢貳也。自令狐失信，始絕秦歡。及齊、宋弒逆，我不能討。山東諸國，遂輕晉而附楚。至救鄭無功，救宋不果，復失二國。晉之宇下，惟衛、曹寥寥三四國耳。夫齊、魯天下之望，君欲復盟主之業，莫如親齊、魯。盍使人行聘於二國，以聯屬其情。而伺楚之間，可以得志。」晉景公以為然，乃遣上軍元帥郤克，使魯及齊，厚其禮帛。

* * *

卻說魯宣公以齊惠公定位之故，奉事惟謹，朝聘俱有常期。至頃公無野嗣立，猶循舊規，未曾缺禮。郤克至魯，修聘禮畢，辭欲往齊。魯宣公亦當聘齊之期。乃使上卿季孫行父，同郤克一齊啟行。方及齊郊，只見衛上卿孫良夫，曹大夫公子首，也為聘齊來到。四人相見，各道來由。不期而會，足見同志了。四大夫下了客館。次日朝見，各致主君之意。禮畢，頃公看見四位大夫容貌，暗暗稱怪，道：「大夫請暫歸公館，即容設享相待。」四位大夫退出朝門。

頃公入宮，見其母蕭太夫人，忍笑不住。——太夫人乃蕭君之女，嫁於齊惠公。自惠公薨後，蕭夫人日夜悲泣。頃公事母至孝，每事求悅其意。即閭巷中有可笑之事，亦必形容稱述，博其一啟顏也。是日，頃公乾笑，不言其故。——蕭太夫人問曰：「外面有何樂事，而歡笑如此？」頃公對曰：「外面並無樂事，乃見一怪事耳！今有晉、魯、衛、曹四國，各遣大夫來聘。晉大夫郤克，是個瞎子，只有一隻眼，光著看人；魯大夫季孫行父，是個禿子，沒一根毛髮；衛大夫孫良夫，是個跛子，兩腳高低的；曹公子首是個駝背，兩眼觀地。吾想生人抱疾，五形四體不全者有之。但四人各占一病，又同時至於吾國，堂上聚著一班鬼怪，豈不可笑！」蕭太夫人不信，曰：「吾欲一觀之，可乎？」頃公曰：「使臣至國，公宴後，例有私享。來日兒命設宴於後苑。諸大夫赴宴，必從宗臺之下經過。母親登於臺上，張帷而竊觀之，有何難哉？」

話中略過公宴不題，單說私宴。蕭太夫人已在宗臺之上了。——舊例使臣來到，凡車馬僕從，都是主國供應，以暫息客人之勞。——頃公主意，專欲發其母之一笑。乃於國中密選眇者、禿者、跛者、駝者各一人，使分御四位大夫之車。郤克眇，即用眇者為御；行父禿，即用禿者為御；孫良夫跛，即用跛者為御；公子首駝，即用駝者為御。齊上卿國佐諫曰：「朝聘，國之大事。賓主主敬，敬以成禮，不可戲也！」頃公不聽。車中兩眇兩禿，雙駝雙跛，行過臺下。蕭夫人啟帷望見，不覺大笑。左右侍女，無不掩口；笑聲直達於外。郤克初見御者眇目，亦認為偶然，不以為怪。及聞臺上有婦女嬉笑之聲，心中大疑。草草數杯，即忙起身回至館舍，使人詰問臺上何人？乃國母蕭太夫人也。須臾，魯、衛、曹三國使臣，皆來告訴郤克，言：「齊國故意使執鞭之人戲弄我等，以供婦人觀笑，是何道理！」郤克曰：「我等好意修聘，反被其辱。若不報此仇，非丈夫也！」行父等三人齊聲曰：「大夫若興師伐齊，我等奏過寡君，當傾國相助。」郤克曰：「眾大夫果有同心，便當歃血為盟。伐齊之日，有不竭力共事者，明神殛之！」四位大夫聚於一處，竟夜商量。直至天明，不辭齊侯，竟自登車，命御人星馳，各還本國而去。國佐嘆曰：「齊患自此始矣！」史臣有詩云：

主賓相見敬為先，殘疾何當配執鞭？臺上笑聲猶未寂，四郊已報起烽煙！

* * *

是時，魯卿東門仲遂、叔孫得臣俱卒。季孫行父為正卿，執政當權。自聘齊被笑而歸，誓欲報仇。

聞郤克請兵於晉侯，因與太傅士會主意不合，故晉侯未許。行父心下躁急，乃奏知宣公，使人往楚借兵。值楚莊王旅病薨，世子審即位，時年纔十歲，是為共王。史臣有楚莊王讚云：

　　於赫莊王，幹父之蠱！始不飛鳴，終能張楚。樊姬內助，孫叔外輔。戮舒播義，衂晉覿武。窺周圍宋，威聲如虎。蠢爾荊蠻，桓文為伍！

楚共王方有新喪，辭不出師。行父正在憤懣之際，有人自晉國來述：「郤克日夜言伐齊之利，『不伐齊難於圖伯。』晉侯惑之。士會知郤克不可回，乃告老讓之以政。今郤克為中軍元帥，主晉國之事，不日興師伐齊矣。」行父大喜。乃使仲遂之子公孫歸父行聘於晉，一來答郤克之禮，二來訂伐齊之期。魯宣公因仲遂得國，故寵任歸父，異於群臣。時魯孟孫、叔孫、季孫三家，子孫眾盛。宣公每以為憂，知子孫必為三家所淩。乃於歸父臨行之日，握其手密囑之曰：「三桓日盛，公室日卑，子所知也。公孫此行，覷便與晉君臣密訴其情。倘能借彼兵力，為我逐去三家，情願歲輸幣帛，以報晉德，永不貳志。卿小心在意，不可洩漏！」歸父領命，齎重賂至晉。聞屠岸賈復以諛佞得寵於景公，官拜司寇。乃納賂於岸賈，告以主君欲逐三家之意。岸賈為得罪趙氏，立心結交欒、郤二族，往來甚密。乃以歸父之言，告於欒書。書曰：「元帥方與季孫氏同仇，恐此謀未必協也。吾試探之。」欒書乘間言於郤克，克曰：「此人欲亂魯國，不可聽之。」遂寫密書一封，遣人星夜至魯，飛報季孫行父。行父大怒曰：「當年弒殺公子惡及公子視，皆是東門遂主謀。我欲圖國家安靖，隱忍其事，為之庇護。今其子乃欲見逐，豈非養虎留患耶！」乃以郤克密書，面致叔孫僑如看之。僑如曰：「主公不視朝，將一月矣；言有疾病，殆託詞也。

吾等同往問疾，而造主公榻前請罪，看他如何？」亦使人邀仲孫蔑。蔑辭曰：「君臣無對質是非之理，蔑不敢往。」乃拉司寇臧孫許同行。三人行至宮門，聞宣公病篤，不及請見，但致問候而返。次日，宣公報薨矣。時周定王之十六年也。季孫行父等擁立世子黑肱，時年一十三歲，是為成公。成公年幼，凡事皆決於季氏。季孫行父集大夫於朝堂，議曰：「君幼國弱，非大明政刑不可。當初殺適立庶，專意媚齊，致失晉好，皆東門遂所為也。仲遂有誤國大罪，宜追治之。」諸大夫皆唯唯聽命。行父遂使司寇臧孫許，逐東門氏之族。公孫歸父自晉歸魯，未及境，知宣公已薨，季氏方治其先人之罪，乃出奔於齊國，族人俱從之。後儒論仲遂躬行弒逆，援立宣公，身死未幾，子孫被逐，作惡者亦何益哉！髯翁有詩嘆云：

援宣富貴望千秋，誰料三桓作寇仇？楹折東門喬木萎，獨餘青簡惡名留。

魯成公即位二年，齊頃公聞魯與晉合謀伐齊，一面遣使結好於楚，以為齊緩急之助，一面整頓車徒，躬先伐魯，由平陰進兵，直至龍邑。齊侯之嬖人盧蒲就魁輕進，為北門軍士所獲。頃公使人登車，呼城上人語之曰：「還我盧蒲將軍，即當退師。」龍人不信，殺就魁，磔其屍於城樓之上。頃公大怒，令三軍四面攻之，三日夜不息。城破，頃公將北城一角，不論軍民，盡皆殺死，以洩就魁之恨。正欲深入，哨馬探得衛國大將孫良夫，統兵將入齊境。頃公曰：「衛窺吾之虛，來犯吾界，合當反戈迎之。」乃留兵戍龍邑，班師而南。行至新築界口，恰遇衛兵前隊副將石稷已到。兩下各結營壘。石稷詣中軍告於孫良夫曰：「吾受命侵齊，乘其虛也。今齊師已歸，其君親在，不可輕敵。不如退兵，讓其歸路。侯晉、魯合力並舉，可以萬全。」孫良夫曰：「本欲報齊君一笑之仇。今仇人在前，奈何避之？」遂不聽石稷之諫。是夜率中軍往劫齊寨。齊人也慮衛軍來襲，已有整備。良夫殺入營門，劫了空營。方欲回車，左有國佐，右有高固，兩員大將，圍裹將來。齊侯自率大軍掩至。大叫：「跛夫！且留下頭顱！」良夫死命相持，沒抵當一頭處。正在危急，卻得甯相、向禽兩隊車馬，前來救應，救出良夫北奔。衛軍大敗，齊侯招引二將從後追來。衛將石稷之兵亦至，迎著孫良夫，叫道：「元帥只顧前行，吾當斷後。」良夫引軍急走，未及一里，只見前面塵頭起處，車聲如雷。良夫嘆曰：「齊更有伏兵，吾命休矣！」車馬看看近前，一員將在車中鞠躬言曰：「小將不知元帥交兵，救援遲誤，伏乞恕罪！」良夫問曰：「子何人也？」那員將答曰：「某乃守新築大夫，仲叔于奚是也。悉起本境之眾，有百餘乘在此，足以一戰。元帥勿憂。」良夫方纔放心。謂于奚曰：「石將軍在後，子可助之。」仲叔于奚應聲麾車而去。

再說齊兵遇石稷斷後之兵，正欲交戰，見北路車塵蔽天，探是仲叔于奚領兵來到。齊頃公身在衛地，恐兵力不繼，遂鳴金收軍，止掠取輜重而回。石稷和于奚亦不追趕。——後與晉人勝齊歸國，衛侯因于奚有救孫良夫之功，欲以邑賞之。于奚辭曰：「邑不願受，得賜『曲縣』、『繁纓』，以光寵於縉紳之中，予願足矣。」按周禮：天子之樂四面皆縣，謂之「宮縣」；諸侯之樂，止縣三面，獨缺南方，謂之「曲縣」，亦曰「軒縣」；大夫則左右縣耳。「繁纓」乃諸侯所以飾馬者。二件皆諸侯之制，于奚自恃其功，以此為請，衛侯笑而從之。孔子修春秋論此事，以為惟名器分別貴賤，不可假人。衛侯為失其賞矣！此是後話，表過不提。

卻說孫良夫收拾敗軍，入新築城中。歇息數日，諸將請示歸期。良夫曰：「吾本欲報齊，反為所敗，何面目歸見吾主？便當乞師晉國，生縛齊君，方出我胸中之氣！」乃留石稷等屯兵新築，自己親往晉國借兵。適值魯司寇臧宣叔亦在晉請師。二人先通了郤克，然後謁見晉景公。內外同心，彼唱此和，不由晉景公不從。郤克慮齊之強，請車八百乘，晉侯許之。郤克將中軍，解張為御，鄭邱緩為車右。士燮將上軍，欒書將下軍，韓厥為司馬，於周定王十八年夏六月，師出絳州城，望東路進發。臧孫許先期歸報。季孫行父同叔孫僑如帥師來會，同至新築。孫良夫復約會曹公子首，各軍俱於新築取齊，擺成隊伍，次第前行，連接三十餘里，車聲不絕。

齊頃公預先使人於魯境上覘探，已知臧司寇乞得晉兵消息。頃公曰：「若待晉師入境，百姓震驚。當以兵逆之於境上。」乃大閱車徒，挑選五百乘，三日三夜行五百餘里，直至鞍地紮營。前哨報：「晉軍已屯於靡笄山下。」頃公遣使請戰。郤克許來日決戰。大將高固請於頃公曰：「齊、晉從未交兵，未知晉人之勇怯，臣請探之。」乃駕單車，徑入晉壘挑戰。有末將亦乘車自營門而出。高固取巨石擲之，正中其腦，倒於車上。御人驚走。高固騰身一躍，早跳在晉車之上，腳踹晉囚，手挽轡索，馳還齊壘。周圍一轉，大呼曰：「出賣餘勇！」齊軍皆笑。晉軍中覺而逐之，已無及矣。高固謂頃公曰：「晉師雖眾，能戰者少，不足畏也。」

次日，齊頃公親自披甲出陣，邴夏御車，逢丑父為車右。兩家各結陣於鞍。國佐率右軍以遏魯，高固帥左軍以遏衛、曹。兩下相持，各不交戰，專候中軍消息。齊侯自恃其勇，目無晉人。身穿錦袍繡甲，乘著金輿，令軍士俱控弓以俟，曰：「觀吾馬足到處，萬矢俱發。」一聲鼓響，馳車直衝入晉陣，箭如飛蝗，晉兵死者極多。解張手肘連中二箭。血流下及車輪，猶自忍痛，勉強執轡。郤克正擊鼓進軍，亦被箭傷左脅，摽血及屨，鼓聲頓緩。解張曰：「師之耳目，在於中軍之旗鼓。三軍因之以為進退。傷未及死，不可不勉力趨戰！」鄭邱緩曰：「張侯之言是也。死生命耳！」郤克乃援枹連擊。解張策馬，冒矢而進。鄭邱緩左手執笠以衛郤克，右手奮戈殺敵。左右一齊擊鼓，鼓聲震天。晉軍只道本陣已得勝，爭先馳逐，勢如排山倒海。齊軍不能當，大敗而奔。韓厥見郤克重傷，曰：「元帥且暫息，某當力追此賊。」言畢，招引本部，驅車來趕。齊軍紛紛四散。頃公繞華不注山而走。韓厥遙望金輿，儘力逐之。逢丑父顧邴夏曰：「將軍急急出圍，以取救兵。某當代將軍執輿。」邴夏下車去了。晉兵到者益多，圍華不注山三匝。逢丑父謂頃公曰：「事急矣！主公快將錦袍繡甲脫下，與臣穿之，假作主公。主公可穿臣之衣，執輿於旁，以誤晉人之目。倘有不測，臣當以死代君，君可脫也。」頃公依其言。更換方畢，將及華泉，韓厥之車，已到馬首。韓厥見錦袍繡甲，認是齊侯。遂手攬其絆馬之索，再拜稽首曰：「寡君不能辭魯、衛之請，使群臣詢其罪於上國。臣厥忝在戎行，願御君侯，以辱臨於敝邑。」丑父詐稱口渴，不能答言，以瓢授齊侯曰：「丑父可為我取飲！」齊侯下車，假作華泉取飲。水至，又嫌其濁，更取清者。齊侯遂繞山右而遁。恰遇齊將鄭周父御副車而至，曰：「邴夏已陷於晉軍中矣！晉勢浩大，惟此路兵稀，主公可急乘之。」乃以轡授齊侯。齊侯登車走脫。韓厥先遣人報入晉軍曰：「已得齊侯矣。」郤克大喜。及韓厥以逢丑父獻，郤克見之曰：「此非齊侯也。」——郤克曾使齊認得齊侯。韓厥卻不認得，因此被他設計賺去。——韓厥怒問丑父曰：「汝是何人？」對曰：「某乃車右將軍逢丑父。欲問吾君，方纔往華泉取飲者就是。」郤克亦怒曰：「軍法：『欺三軍者罪應死。』汝冒認齊侯，以欺我軍，尚望活耶？」叱左右：「縛丑父去斬！」丑父大呼曰：「晉軍聽吾一言，自今無有代其君任患者。丑父免君於患，今且為戮矣！」郤克命解其縛，曰：「人盡忠於君，我殺之不祥。」使後車載之。潛淵居士有詩云：

　　遶山戈甲密如林，繡甲君王險被擒。千尺華泉源不竭，不如丑父計謀深！

後人名華不注山為金輿山，正以齊侯金輿駐此而得名也。

頃公既脫歸本營，念丑父活命之恩，復乘輕車馳入晉軍，訪求丑父，出而復入者三次。國佐、高固二將，聞中軍已敗，恐齊侯有失，各引軍來救駕。見齊侯從晉軍中出。大驚曰：「主公何輕千乘之尊，而自探虎穴耶？」頃公曰：「逢丑父代寡人陷於敵中，未知生死。寡人坐不安席，是以求之。」言未畢，哨馬報：「晉兵分五路殺來了！」國佐奏曰：「軍氣已挫，主公不可久留於此。且回國中堅守，以待楚救之至可也。」齊侯從其言，遂引大軍回至臨淄去了。郤克引大軍及魯、衛、曹三國之師，長驅直入，所過關隘，盡行燒毀，直抵國都，志在滅齊。不知齊國如何應敵，再看下回分解。

第五十七回　娶夏姬巫臣逃晉　圍下宮程嬰匿孤

話說晉兵追齊侯行四百五十里，至一地名袁婁，安營下寨，打點攻城。齊頃公心慌，集諸臣問計。國佐進曰：「臣請以紀侯之甗及玉磬，行賂於晉，而請與晉平。魯、衛二國，則以侵地還之。」頃公曰：「如卿所言，寡人之情已盡矣。再若不從，惟有戰耳！」國佐領命捧著紀甗玉磬二物，徑造晉軍。先見韓厥，致齊侯之意。韓厥曰：「魯、衛以齊之侵削無已，故寡君憐而拯之。寡君則何仇於齊乎？」國佐答曰：「佐願言於寡君，返魯、衛之侵地，如何？」韓厥曰：「有中軍主帥在，厥不敢專。」韓厥引國佐來見郤克，克盛怒以待之。國佐辭氣俱恭。郤克曰：「汝國亡在旦夕，尚以巧言緩我耶？倘真心請平，只依我兩件事。」國佐曰：「敢問何事？」郤克曰：「一來要蕭君同叔之女為質於晉，二來必使齊封內壟畝盡改為東西行。萬一齊異日背盟，殺汝質，伐汝國，車馬從西至東，可直達也。」國佐勃然發怒曰：「元帥差矣！蕭君之女非他，乃寡君之母。以齊、晉匹敵言之，猶晉君之母也。那有國母為質人國的道理？至於壟畝縱橫，皆順其地勢之自然。若惟晉改易，與失國何異？元帥以此相難，想不允和議了！」郤克曰：「便不允汝和，汝奈我何？」國佐曰：「元帥勿欺齊太甚也！齊雖褊小，其賦千乘。諸臣私賦，不下數百。今偶一挫衄，未及大虧。元帥必不允從，請收合殘兵，與元帥決戰於城下。一戰不勝，尚可再戰；再戰不勝，尚可三戰。若三戰俱敗，舉齊國皆晉所有，何必質母東畝為哉？佐從此辭矣！」委甗磬於地，朝上一揖，昂然出營去了。季孫行父與孫良夫在幕後聞其言，出謂郤克曰：「齊恨我深矣，必將致死於我。兵無常勝，不如從之。」郤克曰：「齊使已去，奈何？」行父曰：「可追而還也。」乃使良馬駕車，追及十里之外，強拉國佐復轉至晉營。郤克使與季孫行父、孫良夫相見，乃曰：「克恐不勝其事，以獲罪於寡君，故不敢輕諾。今魯、衛大夫合辭以請，克不能違也。」國佐曰：「元帥已俯從敝邑之請，願同盟為信。齊認朝晉，且反魯、衛之侵地。晉認退師，秋毫無犯。各立誓書。」郤克命取牲血共歃，訂盟而別。釋放逢丑父送歸齊。齊頃公進逢丑父為上卿。晉、魯、衛、曹之師，皆歸本國。宋儒論此盟，謂郤克恃勝而驕，出令不恭，致觸國佐之怒，雖取成而還，殊不足以服齊人之心也。

晉師歸獻齊捷，景公嘉戰鞍之功，郤克等皆益地。復作新上中下三軍，以韓厥為新中軍元帥，趙括佐之；鞏朔為新上軍元帥，韓穿佐之；荀騅為新下軍元帥，趙旃佐之，爵皆為卿。自是晉有六軍，復興伯業。司寇屠岸賈見趙氏復盛，忌之益深。日夜搜趙氏之短，譖於景公。又厚結欒、郤二家，以為己援。此事且擱過一邊，表白在後。

齊頃公恥其兵敗，弔死問喪，恤民修政，志欲報仇。晉君臣恐齊侵伐，復失伯業。乃託言齊國恭順可嘉，使各國仍還其所侵之地。自此諸侯以晉無信義，漸漸離心。此是後話。

* * *

且說陳夏姬嫁連尹襄老，未及一年，襄老從軍於邲，夏姬遂與其子黑要烝淫。及襄老戰死，黑要戀夏姬之色，不往求屍，國人頗有議論。夏姬以為恥，欲借迎屍之名，謀歸鄭國。申公屈巫遂賂其左右，使傳語於夏姬曰：「申公相慕甚切，若夫人朝歸鄭國，申公晚即來聘矣。」又使人謂鄭襄公曰：「姬欲歸宗國，盍往迎之？」鄭襄公果然遣使來迎夏姬。楚莊王問於諸大夫曰：「鄭人迎夏姬何意？」屈巫獨對曰：「姬欲收葬襄老之屍，鄭人任其事，以為可得，故使姬往迎之耳。」莊王曰：「屍在晉，鄭安從得之？」屈巫對曰：「荀罃者，荀首之愛子也。罃為楚囚，首念其子甚切。今首新佐中軍，而與鄭大夫皇戌素相交厚。其必借鄭皇戌居間，使請解於楚，而以王子及襄老之屍，交易智罃。鄭君以邲之戰，懼晉行討，亦將借此以獻媚於晉。此真情無疑矣。」話猶未畢，夏姬入朝辭楚王，奏聞歸鄭之故。言下淚珠如雨，曰：「若不得屍，妾誓不反楚！」楚莊王憐而許之。夏姬方行，屈巫遂致書於鄭襄公，求聘夏姬為內子。襄公不知莊王及公子嬰齊欲娶前因，以屈巫方重用於楚，欲結為姻親，乃受其聘幣，楚人無知之者。屈巫復使人至晉，通信於荀首，教他將二屍易荀罃於楚，以實其言。荀首致書皇戌，求為居間說合。莊王欲得其子公子穀臣之屍，乃歸荀罃於晉。晉亦以二屍畀楚。楚人信屈巫之言為實，不疑其有他故也。及晉師伐齊，齊頃公請救於楚，值楚新喪，未即發兵。後聞齊師大敗，國佐已及晉盟，楚共王曰：「齊之從晉，為楚失救之故，非齊志也。寡人當為齊伐衛、魯，以雪鞍恥。誰能為寡人達此意於齊侯者？」申公屈巫應聲曰：「微臣願往。」共王曰：「卿此去經由鄭國，就便約鄭師以冬十月之望，在衛境取齊，即以此期告於齊侯可也。」屈巫領命歸家，託言往新邑收賦，先將家屬及財帛，裝載十餘車，陸續出城。自己乘輕車在後，星馳往鄭，致楚王師期之命，遂與夏姬在館舍成親，二人之樂可知矣。有詩為證：

佳人原是老妖精，到處偷情舊有名。採戰一雙今作配，這迴鏖戰定輸贏。

夏姬枕畔謂屈巫曰：「此事曾稟知楚王否？」屈巫將莊王及公子嬰齊欲娶之事，訴說一遍：「下官為了夫人，費下許多心機。今日得諧魚水，生平願足。下官不敢回楚。明日與夫人別尋安身之處，偕老百年，豈不穩便？」夏姬曰：「原來如此！夫君既不回楚，那使齊之命，如何消繳？」屈巫曰：「我不往齊國去了。方今與楚抗衡，莫如晉國。我與汝適晉可也。」次早，修下表章一道，付與從人，寄復楚王，遂與夏姬同奔晉國。

晉景公方以兵敗於楚為恥，聞屈巫之來，喜曰：「此天以此人賜我也！」即日拜為大夫，賜邢地為之采邑。屈巫乃去屈姓，以巫為氏，名臣，至今人稱為申公巫臣。巫臣自此安居於晉。楚共王接得巫臣來表而讀之。略云：

蒙鄭君以夏姬室臣，臣不肖，遂不能辭。恐君王見罪，暫寓晉國。使齊之事，望君王別遣良臣。死罪！

共王見表大怒，召公子嬰齊、公子側使觀之。公子側對曰：「楚、晉世仇，今巫臣適晉，是反叛也。不可不討。」公子嬰齊復曰：「黑要烝母，是亦有罪，宜并討之。」共王從其言。乃使公子嬰齊領兵抄沒巫臣之族，使公子側領兵擒黑要而斬之。兩族家財，盡為二將分得享用。巫臣聞其家族被誅，乃遺書於二將，略云：

爾以貪殘事君，多殺不辜，余必使爾等疲於道路而死！

嬰齊等祕其書，不使聞於楚王。巫臣為晉畫策，請通好於吳國，因以車戰之法，教導吳人。留其子狐庸仕於吳為行人，使通晉、吳之信，往來不絕。自此吳勢日強，兵力日盛，盡奪取楚東方之屬國，壽夢遂僭爵為王。楚邊境被其侵伐，無甯歲矣。後巫臣死，狐庸復屈姓，遂留仕吳。吳用為相國，任以國政。

冬十月，楚王拜公子嬰齊為大將，同鄭師伐衛，殘破其郊，因移師侵魯，屯於楊橋之地。仲孫蔑請賂之。乃括國中良匠，及織女、針女各百人，獻於楚軍，請盟而退。晉亦遣使邀魯侯同伐鄭國。魯成公復從之。周定王二十年，鄭襄公堅薨，世子費嗣位，是為悼公。因與許國爭田界，許君訴於楚。楚共王為許君理直，使人責鄭。鄭悼公怒，乃棄楚從晉。是年，郤克以箭傷失於調養，左臂遂損，乃告老，旋卒。欒書代為中軍元帥。明年，楚公子嬰齊帥師伐鄭，欒書救之。

* * *

時晉景公以齊、鄭俱服，頗有矜慢之心，寵用屠岸賈，游獵飲酒，復如靈公之日。趙同、趙括與其兄趙嬰齊不睦，誣以淫亂之事，逐之奔齊。景公不能禁止。時梁山無故自崩，壅塞河流，三日不通。景公使太史卜之。屠岸賈行賂於太史，使以「刑罰不中」為言。景公曰：「寡人未常過用刑罰，何為不中？」屠岸賈奏曰：「所謂刑罰不中者，失入失出，皆不中也。趙盾弒靈公於桃園，載在史冊，此不赦之罪，成公不加誅戮，且以國政任之。延及於今，逆臣子孫，布滿朝中，何以懲戒後人乎？且臣聞趙朔、原屏等，自恃宗族眾盛，將謀叛逆。樓嬰欲行諫沮，被逐出奔。欒、郤二家，畏趙氏之勢，隱忍不言。

梁山之崩，天意欲主公聲靈公之冤，正趙氏之罪耳。」景公自戰邲時，已惡同、括專橫，遂惑其言，問於韓厥。厥對曰：「桃園之事，與趙盾何與？況趙氏自成季以來，世大有勳於晉。主公奈何聽細人之言，而疑功臣之後乎？」景公意未釋然。復問於欒書、郤錡。二人先受屠賈之囑，含糊其詞，不肯替趙氏分辨。景公遂信屠賈之言，以為實然。乃書趙盾之罪於版，付屠賈曰：「汝好處分，勿驚國人！」韓厥知屠賈之謀，夜往下宮，報知趙朔，使預先逃遁。朔曰：「吾父抗先君之誅，遂受惡名。今屠賈奉有君命，必欲見殺，朔何敢逃？但吾妻見有身孕，已在臨月。倘生女，不必說了。天幸生男，尚可延趙氏之祀。此一點骨血，望將軍委曲保全，朔雖死猶生矣！」韓厥泣曰：「厥受知於宣孟以有今日，恩同父子。今日自愧力薄，不能斷賊之頭。所命之事，敢不力任！但賊臣蓄憤已久，一時發難，玉石俱焚。厥有力亦無用處。及今未發，何不將公主，潛送入宮，脫此大難。後日公子長大，庶有報仇之日也。」朔曰：「謹受教！」二人灑淚而別。趙朔私與莊姬約：生女當名曰「文」，若生男當名曰「武」；文人無用，武可報仇。獨與門客程嬰言之。莊姬從後門上溫車，程嬰護送，徑入宮中，投其母成夫人去了。夫妻分別之苦，自不必說。

比及天明，屠賈自率甲士，圍了下宮。將景公所書罪版，懸於大門，聲言：「奉命討逆。」遂將趙朔、趙同、趙括、趙旃各家老幼男女，盡行誅戮。旃子趙勝，時在邯鄲，獨免；後聞變，出奔於宋。當時殺得屍橫堂戶，血浸庭階。簡點人數，單單不見莊姬。屠賈曰：「公主不打緊❶，但聞懷娠將產。萬一生男，留下逆種，必生後患！」有人報說：「夜半有溫車入宮。」屠賈曰：「此必莊姬也。」即時來

❶ 打緊：要緊。

奏晉侯，言：「逆臣一門俱已誅絕，只有公主走入宮中，伏乞主裁！」景公曰：「吾姊乃母夫人所愛，不可問也。」岸賈又奏曰：「公主懷娠將產，萬一生男，留下逆種，異日長大，必然報仇，復有桃園之事。主公不可不慮！」景公曰：「生男則除之。」岸賈乃日夜使人探伺莊姬生產消息。數日後，莊姬果然生下一男。成夫人分付宮中，假說生女。屠岸賈不信，欲使家中乳媼入宮驗之。莊姬情慌，與其母成夫人商議，推說所生女已死。此時景公耽於淫樂，國事全託於岸賈，恣其所為。岸賈亦疑所生非女，且未死，乃親率女僕，遍索宮中。莊姬乃將孤兒置於袴中，對天祝告曰：「天若滅絕趙宗，兒當啼；若趙氏還有一脈之延，兒則無聲！」及女僕牽出莊姬搜其宮，一無所見，袴中絕不聞啼號之聲。岸賈當時雖然出宮去了，心中到底狐疑。或言：「孤兒已寄出宮門去了。」岸賈遂懸賞於門：「有人首告孤兒，真信，與之千金；知情不言，與窩藏反賊一例，全家處斬！」又分付宮門上出入盤詰。

卻說趙盾有兩個心腹門客，一個是公孫杵臼，一個是程嬰。先前聞屠岸賈圍了下宮，公孫杵臼約程嬰同赴其難。嬰曰：「彼假託君命，佈詞討賊，我等與之俱死，何益於趙氏？」杵臼曰：「明知無益，但恩主有難，不敢逃死耳！」嬰曰：「姬氏有孕，若男也，吾與爾共奉之；不幸生女，死猶未晚。」及聞莊姬生女，杵臼泣曰：「天果絕趙氏乎？」程嬰曰：「未可信也。吾當察之。」乃厚賂宮人，使通信於莊姬。莊姬知程嬰忠義，密書一「武」字遞出。程嬰私喜曰：「公主果生男矣！」及岸賈搜索宮中不得，程嬰謂杵臼曰：「趙氏孤在宮中，索之不得，此天幸也！但可瞞過一時耳。後日事洩，屠賊又將搜索。必須用計，偷出宮門，藏於遠地，方保無虞。」杵臼沉吟了半日，問嬰曰：「立孤與死難，二者孰難？」嬰曰：「死易耳，立孤難也。」杵臼曰：「子任其難，我任其易，何如？」嬰曰：「計將安出？」

杵臼曰：「誠得他人嬰兒稱趙孤，吾抱往首陽山中，汝當出首，說孤兒藏處。屠賊得偽孤，則真孤可免矣！」程嬰曰：「嬰兒易得也。必須竊得真孤出宮，方可保全。」杵臼曰：「諸將中惟韓厥受趙氏恩最深，可以竊孤之事託之。」程嬰曰：「吾新生一兒，與孤兒誕期相近，可以代之。然子既有藏孤之罪，必當并誅。子先我而死，我心何忍？」因泣下不止。杵臼怒曰：「此大事，亦美事，何以泣為？」嬰乃收淚而去。夜半，抱其子付與杵臼之手，即往見韓厥。先以「武」字示之，然後言及杵臼之謀。韓厥曰：「姬氏方有疾，命我求醫。汝若哄得屠賊親往首陽山，吾自有出孤之計。」程嬰乃揚言於眾曰：「屠司寇欲得趙孤乎，曷為索之宮中？」屠氏門客聞之，問曰：「汝知趙氏孤所在乎？」嬰曰：「果與我千金，當告汝。」門客引見岸賈。岸賈叩其姓氏。對曰：「程氏，名嬰，與公孫杵臼同事趙氏。公主生下孤兒，即遣婦人抱出宮門，託吾兩人藏匿。嬰恐日後事露，有人出首，彼獲千金之賞，我受全家之戮，是以告之。」岸賈曰：「孤在何處？」嬰曰：「請屏左右乃敢言。」岸賈即命左右退避。嬰告曰：「在首陽山深處，急往可得，不久當奔秦國矣。然須大夫自往，他人多與趙氏有舊，勿輕託也。」岸賈曰：「汝但隨吾往，實則重賞，虛則死罪！」嬰曰：「吾亦自山中來此，腹餒甚，幸賜一飯！」岸賈與之酒食。嬰食畢，又催岸賈速行。岸賈自率家甲三千，使程嬰前導，徑往首陽山。紆迴數里，路極幽僻。見臨溪有草莊數間，柴門雙掩。嬰指曰：「此即杵臼孤兒處也。」嬰先叩門，杵臼出迎。見甲士甚眾，為倉皇走匿之狀。嬰喝曰：「汝勿走！司寇已知孤兒在此，親自來取，速速獻出可也！」言未畢，甲士縛杵臼來見岸賈。岸賈問：「孤兒何在？」杵臼賴曰：「無有！」岸賈命搜其家。見壁室有鎖甚固，甲士去鎖，入其室。室中頗暗，彷彿竹床之上，聞有小兒驚啼之聲，抱之以出，錦綳繡褓，儼如貴家兒。杵臼一見，即欲奪之，被縛不得前。乃大罵曰：「小人哉，程嬰也！昔下宮之難，我約汝同死，汝說公主有孕，若死誰作保孤之人？今公主將孤兒付我二人，匿於此山，汝與我同謀做事，卻又貪了千金之賞，私行出首！我死不足惜，何以報趙宣孟之恩乎！」千小人，萬小人，罵一個不住。程嬰羞慚滿面，謂岸賈曰：「何不殺之！」岸賈喝令：「將公孫杵臼斬首！」自取孤兒擲之於地，一聲啼哭，化為肉餅，哀哉！髯翁有詩云：

一線宮中趙氏危，甯將血嗣代孤兒。屠奸縱有彌天網，誰料公孫已售欺！

屠岸賈起身往首陽山擒捉孤兒，城中那一處不傳遍。也有替屠家歡喜的，也有替趙家嘆息的，那宮門盤詰，就怠慢了。韓厥卻教心腹門客，假作草澤醫人，入宮看病，將程嬰所傳「武」字，粘於藥囊之上。莊姬看見，已會其意。診脈已畢，講幾句胎前產後的套語。莊姬見左右宮人俱是心腹，即以孤兒裹置藥囊之中。那孩子啼哭起來。莊姬手撫藥囊祝曰：「趙武，趙武！我一門百口冤仇，在你一點血泡身上。出宮之時，切莫啼哭！」分付已畢，孤兒啼聲頓止。走出宮門，亦無人盤問。韓厥得了孤兒，如獲珍寶，藏於深室，使乳婦育之，雖家人亦無知其事者。

屠岸賈回府，將千金賞賜程嬰。程嬰辭不願賞。岸賈曰：「汝原為邀賞出首，如何又辭？」程嬰曰：「小人為趙氏門客已久，今殺孤兒以自脫，已屬非義，況敢利多金乎？倘念小人微勞，願以上此金收葬趙氏一門之屍，亦表小人門下之情於萬一也。」岸賈大喜曰：「子真信義之士也！趙氏遺屍，聽汝收取不禁。即以此金為汝營葬之資。」程嬰乃拜而受之，盡收各家骸骨，棺木盛殮，分別葬於趙盾墓側。事畢，復往謝岸賈。岸賈欲留用之。嬰流涕言曰：「小人一時貪生怕死，作此不義之事，無面目復見晉人，從此將餬口遠方矣！」程嬰辭了岸賈，往見韓厥。厥將乳婦及孤兒交付程嬰。嬰撫為己子，攜之入潛盂山藏匿。後人因名其山曰藏山，以藏孤得名也。

後三年，晉景公遊於新田，見其土沃水甘，因遷其國，謂之新絳。以故都為故絳。百官朝賀。景公設宴於內宮，款待群臣。日色過晡，左右將治燭。忽然怪風一陣，捲入堂中，寒氣逼人。在座者無不驚顫。須臾風過，景公獨見一蓬頭大鬼，身長丈餘，披髮及地，自戶外而入，攘臂大罵曰：「天乎！我子孫何罪，而汝殺之？我已訴聞於上帝，來取汝命！」言畢，將銅鎚來打景公。景公大叫：「群臣救我！」拔佩劍欲斬其鬼，誤劈自己之指。群臣不知為何，慌忙搶劍。景公口吐鮮血，悶倒在地，不省人事。未知性命如何，且看下回分解。

第五十八回　說秦伯魏相迎醫　報魏錡養叔獻藝

話說晉景公被蓬頭大鬼所擊，口吐鮮血，悶倒在地，內侍扶入內寢，良久方醒。群臣皆不樂而散。景公遂病不能起。左右或言：「桑門大巫能白日見鬼，盍往召之？」桑門大巫奉晉侯之召，甫入寢門，便言有鬼。景公問：「鬼狀何如？」大巫對曰：「蓬頭披髮，身長丈餘。以手拍胸，其色甚怒！」景公曰：「巫言與寡人所見正合。言寡人枉殺其子孫，不知此何鬼也？」大巫曰：「先世有功之臣，其子孫被禍最慘者是也。」景公愕然曰：「得非趙氏之祖乎？」屠岸賈在旁，即奏曰：「巫者乃趙盾門客，故借端為趙氏訟冤，吾君不可聽信！」景公嘿然良久。又問曰：「鬼可禳否？」大巫曰：「怒甚，禳之無益。」景公曰：「然則寡人大限何如？」大巫曰：「小人冒死直言，恐君之病，不能嘗新麥也！」屠岸賈曰：「麥熟只在月內，君雖病，精神猶旺，何至如此？若主公得嘗新麥，汝當死罪！」不由景公發落，叱之使出。大巫去後，景公病愈深。晉國醫生入視，不識其症，不敢下藥。大夫魏錡之子魏相言於眾曰：「吾聞秦有名醫二人，高和、高緩，得傳授於扁鵲，能達陰陽之理，善攻內外之症。見為秦國太醫。欲治主公之病，非此人不可。盍往請之？」眾曰：「秦乃吾之仇國，豈肯遣良醫以救吾君哉？」魏相又曰：「恤患分災，鄰國之美事。某雖不才，願掉三寸之舌，必得名醫來晉。」眾曰：「如此，則舉朝皆拜子之賜矣！」

魏相即日束裝，馳軺車星夜往秦。秦桓公問其來意。魏相奏曰：「寡君不幸而沾狂病，聞上國有良醫和、緩，有起死回生之術。臣特來敦請，以救寡君。」桓公曰：「晉國無理，屢敗我兵。吾國雖有良醫，豈救汝君哉？」魏相正色曰：「明公之言差矣！夫秦、晉比鄰之國，故我獻公與爾穆公結婚定好，世世相親。爾穆公始納惠公，復有韓原之來戰。繼納文公，又有氾南之背盟。不終其好，皆爾為之。文公即世，穆公又過聽孟明，欺我襄公之幼弱，師出崤山，襲我屬國，自取敗衄。我獲三帥，赦而不誅。旋違誓言，奪我王官。靈、康之世，我一侵崇，爾即伐晉。及我景公問罪於狄，明公又遣杜回興救狄之師。敗不知懲，勝不知止，棄好尋仇，莫不由秦。明公試思晉犯秦乎？秦犯晉乎？今寡君有負茲之憂，欲借針砭於高鄰。諸臣皆曰：『秦絕我甚，必不許。』臣曰：『不然。秦君屢舉不當，安知不悔於厥心？此行也，將假國手以修先君之舊好。』明公若不許，則諸臣之料秦者中矣！夫鄰有恤患之誼，而明公廢之。醫有活人之心，而明公背之。竊為明公不取也。」秦桓公見魏相言辭慷慨，分剖明白，不覺起敬曰：「大夫以正見責，寡人敢不聽教！」即詔太醫高緩往晉。魏相謝恩，遂與高緩同出雍州，星夜望新絳而來。有詩為證：

婚媾於今作寇仇，幸災樂禍是良謀。若非魏相瀾翻舌，安得名醫到絳州？

時晉景公病甚危篤，日夜望秦醫不至。忽夢有二豎子，從己鼻中跳出。一豎曰：「秦高緩乃當世之名醫。彼若至用藥，我等必然被傷，何以避之？」又一豎子曰：「若躲在肓之上，膏之下，彼能奈我何哉？」須臾，景公大叫，心膈間疼痛，坐臥不安。少頃，魏相引高緩至。入宮診脈畢。緩曰：「此病不可為矣！」景公曰：「何故？」緩對曰：「此病居肓之上，膏之下。既不可以灸攻，又不可以針達。即使用藥之力，亦不能及。此殆天命也！」景公嘆曰：「所言正合吾夢，真良醫矣！」厚其餞送之禮，遣歸秦國。

時有小內侍江忠，伏侍景公辛苦，早間不覺失睡。夢見背負景公，飛騰於天上。醒來與左右言之。值屠岸賈入宮問疾，聞其夢，賀景公曰：「天者陽明，疾者陰暗。飛騰天上，離暗就明。君之疾，必漸平矣！」晉侯是日，亦自覺胸膈稍寬，聞言甚喜。忽報：「甸人來獻新麥。」景公欲嘗之。命饔人取其半，舂而屑之為粥。屠岸賈恨桑門大巫言趙氏之冤，乃奏曰：「前巫者言主公不能嘗新麥，今其言不驗矣。可召而示之。」景公從其言，召桑門大巫入宮，使岸賈責之曰：「新麥在此，猶患不能嘗乎？」巫者曰：「尚未可知。」景公色變。岸賈曰：「小臣咒詛，當斬！」即命左右牽去。大巫嘆曰：「吾因明於小術，以自禍其身，豈不悲哉！」左右獻大巫之首，恰好饔人將麥粥來獻。時日已中矣。景公方欲取嘗，忽然腹脹欲泄，喚江忠：「負我登廁。」纔放下廁，一陣心疼，立腳不住，墜於廁中。江忠顧不得污穢，抱他起來，氣已絕矣。到底不曾嘗新麥，屈殺了桑門大巫，皆屠岸賈之過也。

上卿欒書率百官奉世子州蒲舉哀即位，是為厲公。眾議江忠曾夢負公登天，後負公以出於廁，正應其夢，遂用江忠為殉葬焉。——當時若不言其夢，無此禍矣。口舌害身，不可不慎也。——因晉景公為厲鬼擊死，晉人多有言趙門冤枉之事者。只為欒、郤二家，都與屠岸賈交通相善，只有一個韓厥，孤掌難鳴。是以不敢為趙氏伸冤。

＊　＊　＊

時宋共公遣上卿華元行弔於晉，兼賀新君。因與欒書商議，欲合晉、楚之成，免得南北交爭，生民塗炭。欒書曰：「楚未可信也。」華元曰：「元善於子重，可以任之。」欒書乃使其幼子欒鍼同華元至楚，先與公子嬰齊相見。嬰齊見欒鍼年青貌偉，問於華元，知是中軍元帥之子。欲試其才，問曰：「上國用兵之法何如？」鍼對曰：「整。」又問：「更有何長？」鍼答曰：「暇。」嬰齊曰：「人亂我整，人忙我暇，何戰不勝？二字可謂簡而盡矣！」由此倍加敬重。遂引見楚王，定議：「兩國通和，守境安民。動干戈者，鬼神殛之！」遂訂期為盟。晉士燮、楚公子罷，共歃血於宋國西門之外。

楚司馬公子側自以不曾與議，大怒曰：「南北之不相通久矣！子重欲擅合成之功，吾必敗之！」探知巫臣糾合吳子壽夢，與晉、魯、齊、宋、衛、鄭各國大夫會於鍾離。公子側遂說楚王曰：「晉、吳通好，必有謀楚之情。宋、鄭俱從，楚之宇下一空矣。」共王曰：「孤欲伐鄭，奈西門之盟何？」公子側曰：「宋、鄭受盟於楚，非一日矣。惟不顧盟，是以附晉。今日之事，惟利則進，何以盟為？」共王乃命公子側伐鄭。鄭復背晉從楚。此周簡王十年事也。

晉厲公大怒，集諸大夫計議伐鄭。時欒書雖則為政，而三郤擅權。那三郤，乃郤錡、郤犨、郤至。錡為上軍元帥，犨為上軍副將，至為新軍副將。犨子郤毅，至弟郤乞，並為大夫用事。伯宗為人，正直敢言。屢向厲公言：「郤氏族大勢盛，宜分別賢愚，稍抑其權。以保全功臣之後。」厲公不聽。三郤恨伯宗入骨，遂譖伯宗謗毀朝政。厲公信之，反殺伯宗。其子伯州犁奔楚。楚用為太宰，與之謀晉。厲公素性驕侈，兼好內外，嬖幸甚多。外嬖胥童、夷羊五、長魚矯、匠麗氏等一班少年，皆拜為大夫。內嬖美姬愛婢，不計其數。日事淫樂，好諛惡直，政事不修，群臣解體。士燮見朝政日非，不欲伐鄭。郤至曰：「不伐鄭，何以求諸侯？」欒書曰：「今日失鄭，魯、宋亦將離心。溫季之言是也。」楚降將苗賁皇亦勸伐鄭。厲公從其言，獨留荀罃居守，遂親率大將欒書、士燮、郤錡、荀偃、韓厥、郤至、魏錡、欒鍼等，出車六百乘，浩浩蕩蕩，殺奔鄭國。一面使郤犨往魯、衛各國請兵助戰。

鄭成公聞晉兵勢大，欲謀出降。大夫姚鉤耳曰：「鄭地褊小，間於兩大，只宜擇一強者而事之。豈可朝楚暮晉，而歲歲受兵乎？」鄭成公曰：「然則何如？」鉤耳曰：「依臣之見，莫如求救於楚。楚至，吾與之夾攻，大破晉兵，可保數年之安也。」成公遂遣鉤耳往楚求救。楚共王終以西門之盟為嫌，不欲起兵。問於令尹嬰齊。嬰齊對曰：「我實無信，以致晉師。又庇鄭而與之爭，勤民以逞。勝不可必，不如待之。」公子側進曰：「鄭人不忍背楚，是以告急。前不救齊，今又不救鄭，是絕歸附者之望也。臣雖不才，願提一旅，保駕前往，務要再奏掬指之功。」共王大悅，乃拜司馬公子側為中軍元帥，令尹公子嬰齊為左軍，右尹公子壬夫將右軍。自統親軍兩廣之眾，望北進發，來救鄭國。日行百里，其疾如風。早有哨馬報入晉軍。士燮私謂欒書曰：「君幼不知國事。吾偽為畏楚而避之，以儆君心，使知戒懼，猶可少安。」欒書曰：「畏避之名，書不敢居也。」士燮退而嘆曰：「此行得敗為幸。萬一戰勝，外甯必有內憂，吾甚懼之！」

時楚兵已過鄢陵，晉兵不能前進，留屯彭祖岡。兩下各安營下寨。來日，是六月甲午大盡之日，名為晦日。晦不行兵，晉軍不做准備。鼓漏且盡，天色猶未大明，忽然寨外喊聲大振。守營軍士忙忙來報：「楚軍直逼本營，排下陣勢。」欒書大驚曰：「彼既壓我軍而陣，我軍不能成列，交兵恐致不利。且堅守營壘，待從容設計以破之。」諸軍紛紛議論。有言選銳突陣者，有言移兵退後者。時士燮之子名匄，年纔一十六歲，聞眾議不決，乃突入中軍，稟於欒書曰：「元帥患無戰地乎？此易事也。」欒書曰：「子有何計？」士匄曰：「傳令牢把營門，軍士於寨內暗暗將竈土盡皆削平，井用木板掩蓋，不過半個時辰，結陣有餘地矣。既成列於軍中，決開營壘，以為戰道，楚其奈我何哉？」欒書曰：「井竈乃軍中急務，平竈塞井，何以為食？」匄曰：「先命各軍預備乾糧淨水，足支一二日。俟布陣已定，分發老弱於營後，另作井竈就之。」士燮本不欲戰，見其子進計，大怒，罵曰：「兵之勝負，關係天命。汝童子有何知識，敢在此搖唇鼓舌❶？」遂拔戈逐之。眾將把士燮抱住，士匄方能走脫。欒書笑曰：「此童子之智，勝於范孟也。」乃從士匄之計，令各寨多造乾糧，然後平竈掩井，擺列陣勢，准備來日交兵。胡曾咏史詩云：

軍中列陣本奇謀，士燮抽戈若寇仇。豈是心機遜童子？老成憂國有深籌。

郤說楚共王直逼晉營而陣，自謂出其不意，軍中必然擾亂。卻寂然不見動靜。乃問於太宰伯州犁曰：「晉兵堅壘不動，子晉人也，必知其情。」州犁曰：「請王登轈車而望之。」楚王登轈車，使州犁立於其側。王問曰：「晉兵馳騁，或左或右者，何也？」州犁對曰：「召軍吏也。」王曰：「今又群聚於中軍矣。」州犁曰：「合而為謀也。」又望曰：「忽然張幕，何故？」州犁曰：「虔告於先君也。」又望曰：「今又撤幕矣。」對曰：「將發軍令也。」又望曰：「軍中為何喧嘩，飛塵不止？」對曰：「彼因不得成列，將塞井平竈，為戰地耳。」又望曰：「車皆駕馬矣，將士升車矣。」對曰：「將結陣也。」又望曰：「升車者何以復下？」對曰：「將戰而禱神也。」又望曰：「中軍勢似甚盛，其君在乎？」對

❶ 搖唇鼓舌：大發議論。

曰：「欒、范之族，挾公而陣，不可輕敵也。」楚王盡知晉國之情，乃戒諭軍中，打點來日交鋒之事。楚之降將苗賁皇，亦侍於晉侯之側，獻策曰：「自令尹孫叔之死，軍政無常。兩廣精兵，久不選換，老不堪戰者多矣。且左右二帥，不相和睦。此一戰楚可敗也。」髯翁有詩云：

楚用州犁本晉良，晉人用楚是賁皇。人才難得須珍重，莫把謀臣借外邦。

* * *

是日，兩軍各堅壘，相持未戰。楚將潘黨，於營後試射紅心，連中三矢。眾將鬨然讚美。適值養繇基至，眾將曰：「神箭手來矣！」潘黨怒曰：「我的箭何為不如養叔？」養繇基曰：「汝但能射中紅心，未足為奇。我之箭能百步穿楊。」眾將問曰：「何為百步穿楊？」繇基曰：「曾有人將顏色認記楊樹一葉，我於百步外射之，正穿此葉中心，故曰百步穿楊。」眾將曰：「此間亦有楊樹，可試射否？」繇基曰：「何為不可？」眾將大喜曰：「今日乃得觀養叔神箭也！」乃取墨塗記楊枝一葉，使繇基於百步外射之。其箭不見落下。眾將往察之，箭為楊枝掛住，其鏃正貫於葉心。潘黨曰：「一箭偶中耳。若依我說，將三葉次第的記認，你次第射中，方見高手。」繇基曰：「恐未必能。且試為之。」潘黨於楊樹上高低不等，塗記了三葉，寫個「一」「二」「三」字。養繇基也認過了，退於百步之外，將三矢也記個「一」「二」「三」的號數。以次發之，依次而中，不差毫釐。眾將皆拱手曰：「養叔真神人也！」潘黨雖然暗暗稱奇，終不免自家要顯所長。乃謂繇基曰：「養叔之射，可謂巧矣！然殺人還以力勝。吾之射能貫數層堅甲，亦當為諸君試之。」眾將皆曰：「願觀。」潘黨教隨行組甲之士，脫下甲來，疊至五層。

眾將曰：「足矣。」潘黨命更迭二層，共是七層。眾將想道：「七層甲，差不多有一尺厚，如何射得過？」潘黨教把那七層堅甲，綳於射鵠之上。也立在百步之外，挽起黑彫弓，拈著狼牙箭，左手如托泰山，右手如抱嬰兒，覷得端端正正，儘力發去。撲的一聲，叫道：「著了！」不見箭上，不見箭落。眾人上前看時，齊聲喝采起來道：「好箭，好箭！」原來弓勁力深，這枝箭直透過七層堅甲。如釘釘物，穿的堅牢，搖也搖不動。潘黨面有德色，叫軍士將層甲連箭取下，欲以遍誇營中。養繇基教：「且莫動手，亦試射一箭，未知何如？」眾將曰：「也要看養叔神力。」繇基拈弓在手，欲射復止。眾將曰：「養叔如何不射？」繇基曰：「只依樣穿札，未為希罕。我有個送箭之法。」說罷，搭上箭，颼的射去，叫聲「正好！」這枝箭不上不下，不左不右，恰恰的將潘黨那一枝箭，兜底送出布鵠那邊去了。繇基這枝箭，依舊穿於層甲孔內。眾將看時，無不吐舌。潘黨方纔心服。嘆曰：「養叔妙手，吾不及也！」史傳上載楚王獵於荊山，山上有通臂猿，善能接矢。楚王圍之數重。王命左右發矢，俱為猿所接。乃召養繇基。猿聞繇基之名，即便啼號。及繇基到，一發而中猿心。其為春秋第一射手，名不虛傳矣！潛淵有詩云：

落烏貫蝨名無偶，百步穿楊更罕有。穿札將軍未足奇，強中更有強中手。

眾將曰：「晉、楚相持，吾王正在用人之際。兩位將軍，有此神箭，當奏聞吾王，『美玉不可韞櫝而藏』。」乃命軍士將箭穿層甲，抬到楚共王面前。養繇基和潘黨一同過去。眾將將兩人先後賭射之事，細細稟知楚王：「我國有神箭如此，何愁晉兵百萬？」楚王大怒曰：「將以謀勝，奈何以一箭僥倖耶？爾自恃如此，異日必以藝死！」盡收繇基之箭，不許復射。養繇基羞慚而退。

* * *

次日五鼓，兩軍中各鳴鼓進兵。晉上軍元帥郤錡，攻楚左軍，與公子嬰齊對敵。下軍元帥韓厥，攻楚右軍，與公子壬夫對敵。欒書、士燮各帥本部車馬，中軍護駕，與楚共王和公子側對敵。這邊晉厲公是郤毅為御，欒鍼為車右將軍。郤至等引新軍，為後隊接應。那邊楚共王出陣，上午本該乘右廣。那右廣卻是養繇基為將，共王怪繇基恃射誇嘴，不用右軍，反乘了左廣。卻是彭名為御，屈蕩為車右將軍。鄭成公引本國車馬為後隊接應。

卻說厲公頭帶沖天鳳翅盔，身披蟠龍紅錦戰袍，腰懸寶劍，手提方天大戟，乘著金葉包裹的戎輅。右有欒書，左有士燮，展開軍門，殺奔楚陣而來。誰知陣前卻有一窩泥淖。黎明時候，未曾看得仔細。郤毅御車勇猛，剛剛把晉侯車輪陷於淖中，馬不能走。楚共王之子熊茷，他少年好勇，領著前隊，望見晉侯車陷，驅車飛趕過來。那邊欒鍼忙跳下車，立於泥淖之中，盡平生氣力，雙手將兩輪扶起。車浮馬動，一步步掙出泥淖來。那邊熊茷將次趕到。這裡欒書的軍馬亦到。大喝：「小將不得無禮！」熊茷見旗上有「中軍元帥」字，知是大軍，吃了一驚，回車便走。被欒書追上，活捉過來。楚軍見熊茷有失，一齊來救。卻得士燮引兵殺出，後隊郤至等俱到。楚兵恐墮埋伏，收兵回營。晉兵亦不追趕，各自歸寨。哨馬探聽楚左軍持重。晉上軍不曾交戰。下軍戰二十餘合，互有殺傷，勝負未分。約定來日再戰。欒書將熊茷獻功，晉侯欲斬之。苗賁皇進曰：「楚王聞其子被擒，明日必來親自出戰。可囚熊茷於軍前，往來誘之。」晉侯曰：「善。」一夜安息無話。

黎明，欒書命開營索戰。大將魏錡告書曰：「吾夜來夢見天上一輪明月，遂彎弓射之。正中月心，射出月中一股金光，直瀉下來。慌忙退步，不覺失腳，陷於營前泥淖之內，猛然驚覺。此何兆也？」欒書詳之曰：「周之同姓為日，異姓為月。射月而中，必楚君矣。然泥淖乃泉壤之中，退入於泥，亦非吉兆。將軍必慎之！」魏錡曰：「苟能破楚，雖死何恨！」欒書乃許魏錡打陣。楚將工尹襄出頭。戰不數合，晉兵推出囚車，在陣上往來。楚共王見其子熊茷被囚於陣，急得心生煙火。忙叫：「彭名，鞭馬上前，來搶囚車！」魏錡望見，撇了尹襄，徑追楚王。架起一枝箭，颼的射去，正中楚王的左眼。潘黨力戰，保得楚王迴車。楚王負痛拔箭，其瞳子隨鏃而出，擲於地下。有小卒拾而獻曰：「此龍睛，不可輕棄！」楚王乃納於箭袋之中。晉兵見魏錡得利，一齊殺上。公子側引兵抵死拒敵，救脫了楚共王。郤至圍住了鄭成公。賴御者將大旌藏於弓衣之內，成公亦走脫。時楚王怒甚，急喚神箭將軍養繇基，速來救駕。養繇基聞喚，慌忙馳到，身邊並無一箭。楚王乃抽二矢付之曰：「射寡人乃綠袍虬髯者，將軍為寡人報仇！將軍絕藝，想不費多矢也。」繇基領箭飛車趕入晉陣，正撞見綠袍虬髯者，知是魏錡。大罵：「匹夫有何本事？輒敢射傷吾主！」魏錡方欲答話，繇基發箭已到，正射中魏錡項下，伏於弓衣而死。欒書引軍奪回其屍。繇基餘下一矢，繳還楚王。奏曰：「仗大王威靈，已射殺綠袍虬髯將矣！」共王大喜，自解錦袍賜之，並賜狼牙箭百枝。軍中稱為「養一箭」，言不消第二箭也。有詩為證：

　　鞭馬飛車虎下山，晉兵一見膽生寒。萬人叢裡誅名將，一矢成功奏凱還。

卻說晉兵追逐楚兵至緊。養繇基抽矢控弦，立於陣前，追者輒射殺之。晉兵乃不敢逼。楚將嬰齊、王夫聞楚王中箭，各來接應。混戰一場，晉兵方退。欒鍼望見令尹旗號，知是公子嬰齊之軍。請於晉侯曰：「臣前奉使於楚，楚令尹子重問晉國用兵之法，臣以『整』『暇』二字對。今混戰未見其整，各退未見其暇。臣願使行人持飲獻之，以踐昔日之言。」晉侯曰：「善。」欒鍼乃使行人執酒樽，造於嬰齊之軍曰：「寡君乏人，命鍼持矛車右，故不得親犒從者。使某代進一觴。」嬰齊悟昔日「整」「暇」之言，乃嘆曰：「小將軍可謂記事矣！」受其樽，對使飲之。謂使者曰：「來日陣前，當面謝也。」行人歸述其語。欒鍼曰：「楚君中矢，其師尚未肯退，奈何？」苗賁皇曰：「蒐閱車乘，補益士卒。秣馬厲兵，修陣固列，雞鳴飽食，決一死戰。何畏乎楚？」時郤犨、欒黶從魯、衛請兵回轉，言：「二國各起兵來助，已在二十里遠近。」楚諜探知，報聞楚王。楚王大驚曰：「晉兵已眾，魯、衛又來，如之奈何？」即使左右召中軍元帥公子側商議。不知後事如何，且看下回分解。

第五十九回 寵胥童晉國大亂 誅岸賈趙氏復興

話說楚中軍元帥公子側平日好飲。一飲百觚不止，一醉竟日不醒。楚共王知有此病，每出軍必戒使絕飲。今日晉、楚相持，有大事在身，涓滴不入於口。是日楚王中箭回寨，含羞帶怒。公子側進曰：「兩軍各已疲勞，明日且暫休息一日。容臣從容熟計，務要與主公雪此大恥！」公子側辭回中軍，坐至半夜，計未得就。有小豎名穀陽，乃公子側貼身寵用的。見主帥愁思勞苦，客中藏有三重美酒，煖一甌以進。公子側嗅之，愕然曰：「酒乎？」穀陽知主人欲飲，而畏左右傳說。乃詭言曰：「非酒，乃椒湯耳。」公子側會其意，一吸而盡，覺甘香快嗓，妙不可言。問：「椒湯還有否？」穀陽曰：「還有。」穀陽只說椒湯，只顧滿斟獻上。公子側枯腸久渴，口中只叫：「好椒湯，豎子愛我！」斟來便吞。正不知飲了多少。頓然大醉，倒於坐席之上。楚王聞晉令雞鳴出戰，且魯、衛之兵又到。急遣內侍往召公子側來，共商應敵之策。誰知公子側沉沉冥冥，已入醉鄉。呼之不應，扶之不起，但聞得一陣酒臭。知是害酒，回復楚王。楚王一連遣人十來次催并。公子側越催得急，越睡得熟。小豎穀陽泣曰：「我本愛元帥而送酒，誰知反以害之！楚王知道，連我性命難保，不如逃之！」時楚王見司馬不到，沒奈何，只得召令尹嬰齊計議。嬰齊原與公子側不合，乃奏曰：「臣逆知晉兵勢盛，不可必勝，故初議不欲救鄭。此來都出司馬主張。今司馬貪杯誤事，臣亦無計可施。不如乘夜悄悄班師，可免挫敗之辱。」楚王曰：「雖然如此，司馬醉在中軍，必為晉軍所獲，辱國非小。」乃召養繇基曰：「仗汝神箭，可擁護司馬回國也。」當下暗傳號令，拔寨都起。鄭成公親帥兵護送出境。只留養繇基斷後。繇基思想道：「等待司馬酒醒，不知何時。」即命左右便將公子側扶起，用革帶縛於車上，叱令逐隊前行。自己率弓弩手三百人，緩緩而退。

黎明，晉軍開營索戰，直逼楚營。見是空幕，方知楚軍已遁去矣。欒書欲追之。士燮力言不可。諜者報：「鄭國各處嚴兵固守。」欒書度鄭不可得，乃唱凱而還。魯、衛之兵，亦散歸本國。

卻說公子側行五十里之程，方纔酒醒。覺得身子綳急，大叫：「誰人縛我？」左右曰：「司馬酒醉，養將軍恐乘車不穩，所以如此。」乃急將革帶解去。公子側雙眼尚然矇矓。問道：「如今車馬往那裡走？」左右曰：「是回去的路。」又問：「如何便回？」左右曰：「夜來楚王連召司馬數次，司馬醉不能起。楚王恐晉軍來戰，無人抵敵，已班師矣！」公子側大哭曰：「豎子害殺我也！」急喚穀陽，已逃去不知所之矣。楚共王行二百里，不見動靜，方纔放心。恐公子側懼罪自盡，乃遣使傳命曰：「先大夫子玉之敗，我先君不在軍中。今日之戰，罪在寡人，無與司馬之事。」嬰齊恐公子側不死，別遣使謂公子側曰：「先大夫子玉之敗，司馬所知也。縱吾王不忍加誅，司馬何面目復臨楚軍之上乎？」公子側嘆曰：「令尹以大義見責，側其敢貪生乎？」乃自縊而死。楚王嘆息不已。此周簡王十一年事。髯仙有詩言酒之誤事。詩云：

眇目君王資老謀，英雄誰想困糟邱？豎兒愛我翻成害，謾說能消萬事愁。

* * *

話分兩頭。郤說晉厲公勝楚回朝，自以為天下無敵，驕侈愈甚。士燮逆料晉國必亂，鬱鬱成疾，不肯醫治。使太祝祈神，只求早死。未幾卒。子范匄嗣。時胥童巧佞便給，最得寵幸。厲公欲用為卿，奈無卿缺。胥童奏曰：「今三郤並執兵權，族大勢盛，舉動自專。將來必有不軌之事，不如除之。若除郤氏之族，則位署多虛。但憑主公擇愛而立之，誰敢不從？」厲公曰：「郤氏反狀未明，誅之恐群臣不服。」胥童又奏曰：「鄢陵之戰，郤至已圍鄭君，兩下並車，私語多時，遂解圍放鄭君去了。其間必先有通楚事情。只須問楚公子熊茷，便知其實。」厲公即命胥童往召熊茷，胥童謂熊茷曰：「公子欲歸楚乎？」茷對曰：「思歸之甚，恨不能耳！」胥童曰：「汝能依我一事，當送汝歸。」熊茷曰：「惟命！」胥童遂附耳言：「若見晉侯，問起郤至之事，必須如此恁般對答。」熊茷應允。胥童遂引至內朝，來見晉厲公。屏去左右，問：「郤至曾與楚私通否？汝當實言，我放汝回國。」熊茷曰：「恕臣無罪，臣方敢言。」厲公曰：「正要你說實話，何罪之有？」熊茷曰：「郤氏與吾國子重，二人素相交善，屢有書信相通，言：『君侯不信大臣，淫樂無度，百姓胥怨，非吾主也。人心更思襄公。襄公有孫名周，見在京師。他日南北交兵，幸而師敗，吾當奉孫周以事楚。』獨此事臣素知之，他未聞也。」——按晉襄公之庶長子名談。自趙盾立靈公，談避居於周，在單襄公門下。後談生下一子，因是在周所生，故名曰周。當時靈公被殺，人心思慕文公，故迎立公子黑臀。黑臀傳獳，獳傳州蒲。至是，州蒲淫縱無子，人心復思慕襄公。故胥童教熊茷使引孫周，以搖動厲公之意。——熊茷言之未已，胥童接口曰：「怪得前日鄢陵之戰，郤犨與嬰齊對陣，不發一矢，其交通之情可見矣。郤至明縱鄭君，又何疑焉？主公若不信，何不遣郤至往周告捷，使人窺之。若果有私謀，必與孫周私下相會。」厲公曰：「此計甚當！」遂遣郤至獻楚捷於周。胥童陰使人告孫周曰：「晉國之政，半在郤氏。今溫季來王都獻捷，何不見之？他日公孫復還故國，也有個相知。」孫周以為然。郤至至周，公事已畢，孫周遂至公館相拜，未免詳叩本國之事。郤至一一告之，談論半日而別。厲公使人探聽回來，傳說如此。熊茷所言，果然是實。遂有除郤氏之意。尚未發也。

一日，厲公與婦人飲酒，索鹿肉為饌，甚急。使侍人孟張往市取鹿。市中適當缺乏。郤至自郊外載一鹿於車上，從市中而過。孟張並不分說，奪之以去。郤至大怒，彎弓搭箭，將孟張射死，復取其鹿。厲公聞之，怒曰：「季子太欺余也！」遂召胥童、夷羊五等一班嬖人共議，欲殺郤至。胥童曰：「殺郤至，則郤錡、郤犨必叛，不如並除之。」夷羊五曰：「公私甲士，約可八百人。以君命夜帥以往，乘其無備，可必勝也。」長魚矯曰：「三郤家甲，倍於公室。鬭而不勝，累及君矣！方今郤至兼司寇之職，郤犨又兼士師，不如詐為獄訟，覷便刺之。汝等引兵接應可也。」厲公曰：「妙哉！我使力士清沸魋助汝。」長魚矯打聽三郤是日在講武堂議事，乃與清沸魋各以雞血塗面，若爭鬭相殺者。各帶利刀，紐結到講武堂來，告訴曲直。郤犨不知是計，下坐問之。清沸魋假作稟話，捱到近身，抽刀刺犨中其腰，撲地便倒。郤錡急拔佩刀來砍沸魋，卻是長魚矯接住。兩個在堂下戰將起來。郤至捉空趨出，升車而逃。沸魋把郤犨再砍一刀，眼見得不活了，便來夾攻郤錡。錡雖是武將，爭奈沸魋有千觔力氣的人，長魚矯且是年少手活，一個人怎戰得他兩個人過，亦被沸魋搠倒。長魚矯見走了郤至，道：「不好了，我追趕他去！」也是三郤合當同日并命❶。正走之間，遇著胥童、夷羊五引著八百甲士來到，口中齊叫晉侯有旨，只拿謀反郤氏，不得放走了。郤至見不是頭，回車轉來，劈面撞見長魚矯一躍上車。郤至早已心慌，不及措手，被長魚矯亂砍，便割了頭。清沸魋把郤錡、郤犨都割了頭，血淋淋的三顆首級，提入朝門。有詩為證：

無道昏君臣不良，紛紛嬖倖擅朝堂。一朝過聽讒人語，演武堂前起戰場。

卻說上軍副將荀偃，聞本帥郤錡在演武堂遇賊，還不知何人。即時駕車入朝，欲奏聞討賊。中軍元帥欒書，不約而同，亦至朝門。正遇胥童引兵到來。書、偃不覺大怒，喝曰：「我只道何人為亂，原來是你鼠輩！禁地威嚴，甲士誰敢近前？還不散去！」胥童也不答話，即呼於眾曰：「欒書、荀偃與三郤同謀反叛。甲士與我一齊拿下，重重有賞。」甲士奮勇上前圍裹了書、偃二人，直擁至朝堂之上。厲公聞長魚矯等幹事回來，即時御殿。看見甲士紛紛，倒喫了一驚。問胥童曰：「罪人已誅，眾軍如何不散？」胥童奏曰：「拿得叛黨書、偃，請主公裁決。」厲公曰：「此事與書、偃無與。」長魚矯跪至晉侯膝前密奏曰：「欒、郤同功一體之人。荀偃又是郤錡部將，三郤被誅，欒、荀二氏，必不自安。不久將有為郤氏復仇之事。主公今日不殺二人，朝中不得太平。」厲公曰：「一朝而殺三卿，又波及他族，寡人不忍也！」乃恕書、偃無罪，還復原職。書、偃謝恩回家。長魚矯嘆曰：「君不忍二人，二人將忍於君矣！」即時逃奔西戎去了。

厲公重賞甲士，將三郤屍首，號令朝門，三日方聽改葬。其郤氏之族，在朝為官者，姑免死罪，盡

❶ 并命：同死。

之寵，不以為意。

罷歸田。以胥童為上軍元帥，代郤錡之位，以夷羊五為新軍元帥，代郤犨之位。以清沸魋為新軍副將，代郤至之位。楚公子熊茷釋放回國。胥童既在卿列，欒書、荀偃羞與同事，每每稱病不出。胥童恃晉侯之寵，不以為意。

一日，厲公同胥童出遊於嬖臣匠麗氏之家。家在太陰山之南，離絳城二十餘里。三宿不歸。荀偃私謂欒書曰：「君之無道，子所知也。吾等稱疾不朝，目下雖得苟安，他日胥童等見疑，復誣我等以怨望之名，恐三郤之禍，終不能免，不可不慮。」欒書曰：「然則何如？」荀偃曰：「大臣之道，社稷為重，君為輕。今百萬之眾，在子掌握。若行不測之事，別立賢君，誰敢不從？」欒書曰：「事可必濟乎？」荀偃曰：「龍之在淵，沒人不可窺也。及其離淵就陸，童子得而制之。君遊於匠麗氏，三宿不返。此亦離淵之龍矣，尚何疑哉？」欒書嘆曰：「吾世代忠於晉家。今日為社稷存亡，出此不得已之計，後世必議我為弒逆。我亦不能辭矣！」乃商議忽稱病愈，欲見晉侯議事。預使牙將程滑，將甲士三百人，伏於太陰山之左右。二人到匠麗氏謁見厲公，奏言：「主公棄政出遊，三日不歸。臣民失望。臣等特來迎駕還朝。」厲公被強不過，只得起駕。胥童前導，書、偃後隨。行至太陰山下，一聲砲響，伏兵齊起。程滑先將胥童砍死。厲公大驚，從車上倒跌下來。書、偃分付甲士，將厲公拿住，屯兵於太陰山下，囚厲公於軍中。欒書曰：「范、韓二氏，將來恐有異言，宜假君命以召之。」荀偃曰：「善。」乃使飛車二乘，分召士匄、韓厥二將。使者至士匄之家，士匄問：「主公召我何事？」使者不能答。匄曰：「事可疑矣？」即遣心腹左右，打聽韓厥行否。韓厥先以病辭。匄曰：「智者所見略同也。」欒書見匄、厥俱不至，問荀偃：「此事如何？」偃曰：「子已騎虎背，尚欲下耶？」欒書點首會意。是夜命程滑獻酖酒問君死之故。

於厲公，公飲之而薨。即於軍中殯殮，葬於翼城東門之外。士匄、韓厥驟聞君薨，一齊出城奔喪，亦不

* * *

葬事既畢，欒書集諸大夫共議立君。荀偃曰：「三郤之死，胥童謗謂欲扶立孫周，此乃讖也。靈公死於桃園，而襄遂絕後。天意有在，當往迎之。」群臣皆喜。欒書乃遣荀罃如京師，迎孫周為君。周是時十四歲矣，生得聰明絕人，志略出眾。見荀罃來迎，問其備細。即日辭了單襄公，同荀罃來晉。行至地名清原，欒書、荀偃、士匄、韓厥一班卿大夫，齊集迎接。孫周開言曰：「寡人羈旅他邦，且不指望還鄉，豈望為君乎？但所貴為君者，以命令所自出也。若以名奉之，而不遵其令，不如無君矣。卿等肯用寡人之命，只在今日。如其不然，聽卿等更事他人。孤不能擁空名於上，為州蒲之續也。」欒書等俱戰慄再拜曰：「群臣願得賢君而事，敢不從命！」既退，欒書謂諸臣曰：「新君非舊比也，當以小心事之！」

孫周進了絳城，朝於太廟，嗣晉侯之位，是為悼公。即位之次日，即面責夷羊五、清沸魋等逢君之惡之罪，命左右推出朝門斬之。其族俱逐出境外。又將厲公之死，坐罪程滑，磔之於市。嚇得欒書終夜不寐。次日，即告老致政，薦韓厥以自代。未幾，驚憂成疾而卒。悼公素聞韓厥之賢，拜為中軍元帥，以代欒書之位。

韓厥託言謝恩，私奏於悼公曰：「臣等皆賴先世之功，得侍君左右。然先世之功，無有大於趙氏者。衰佐文公，盾佐襄公，俱能輸忠竭悃，取威定伯。不幸靈公失政，寵信奸臣屠岸賈，謀殺趙盾。出奔僅

免。靈公遭兵變，被弒於桃園。景公嗣立，復寵屠岸賈。岸賈欺趙盾已死，假稱趙氏弒逆，追治其罪，滅絕趙宗。臣民憤怨，至今不平。天幸趙氏有遺孤趙武尚在。主公今日賞功罰罪，大修晉政，既已正夷羊五等之罪，豈可不追錄趙氏之功乎？」悼公曰：「此事寡人亦聞先人言之。今趙氏何在？」韓厥對曰：「當時岸賈索趙氏孤兒甚急。趙之門客曰公孫杵臼、程嬰。杵臼假抱遺孤，甘就誅戮，以脫趙武；程嬰將武藏匿於盂山，今十五年矣。」悼公曰：「卿可為寡人召之。」韓厥奏曰：「岸賈尚在朝中，主公必須祕密其事。」悼公曰：「寡人知之矣！」韓厥辭出宮門，親自駕車，往迎趙武於盂山。程嬰為御。——當初從故絳城而出，今日從新絳城而入。城郭俱非，感傷不已。——韓厥引趙武入內宮，朝見悼公。悼公匿於宮中，詐稱有疾。明日，韓厥率百官入宮問安，屠岸賈亦在。悼公曰：「卿等知寡人之疾乎？只為功勞簿上，有一件事不明，以此心中不快耳！」諸大夫叩首問曰：「不知功勞簿上，那一件不明？」悼公曰：「趙衰、趙盾兩世立功於國家，安忍絕其宗嗣？」眾人齊聲應曰：「趙氏滅族，已在十五年前。今主公雖追念其功，無人可立。」悼公即呼趙武出來，遍拜諸將。諸將曰：「此位小郎君何人？」韓厥曰：「此所謂孤兒趙武也。向所誅趙孤，乃門客程嬰之子耳！」屠岸賈此時魂不附體，如癡醉一般，拜伏於地上，不能措一詞。悼公曰：「此事皆岸賈所為，今日不族岸賈，何以慰趙氏冤魂於地下！」叱左右：「將岸賈綁出斬首！」即命韓厥同趙武，領兵圍屠岸賈之宅，無少長皆殺之。趙武請岸賈之首，祭於趙朔之墓。國人無不稱快。潛淵咏史詩云：

岸賈當時滅趙氏，今朝趙氏滅屠家。只爭十五年前後，怨怨仇仇報不差。

晉悼公既誅胥賈，即召趙武於朝堂，加冠，拜為司寇，以代胥賈之職。以前田祿，悉給還之。又聞程嬰之義，欲用為軍正。嬰曰：「始吾不死者，以趙氏孤未立也。今已復官報仇矣，豈可自貪富貴，令公孫杵臼獨死？吾將往報杵臼於地下！」遂自刎而亡。趙武撫其屍痛哭，請於晉侯，殯殮從厚。與公孫杵臼，同葬於雲中山，謂之「二義塚」。趙武齊衰三年，以報其德。有詩為證：

陰谷深藏十五年，袴中兒報祖宗冤。程嬰、杵臼稱雙義，一死何須問後先？

再說悼公既立趙武，遂召趙勝於宋，復以邯鄲畀之。又大正群臣之位，賢者尊之，能者使之。錄前功，赦小罪。百官濟濟，各稱其職。且說幾個有名的官員：韓厥為中軍元帥，士匄副之；荀罃為上軍元帥，荀偃副之；欒黶為下軍元帥，士魴副之；趙武為新軍元帥，魏相副之；祁奚為中軍尉，羊舌職副之；魏絳為中軍司馬，張老為候奄，韓無忌掌公族大夫，士渥濁為太傅，賈辛為司空，欒糾為親軍戎御，荀賓為車右將軍，程鄭為贊僕，鐸遏寇為輿尉，籍偃為輿司馬。百官既具，大修國政：蠲逋薄斂，濟乏省役，振廢起滯，恤鰥惠寡。百姓大悅。宋、魯諸國聞之，莫不來朝。惟有鄭成公因楚王為他射損其目，感切於心，不肯事晉。

* * *

楚共王聞厲公被弒，喜形於色。正思為復仇之舉。又聞新君嗣位，賞善罰惡，用賢圖治，朝廷清肅，內外歸心，伯業將復興，不覺喜變為愁。即召群臣商議，要去擾亂中原，使晉不能成伯。令尹嬰齊束手無策。公子壬夫進曰：「中國惟宋爵尊國大；況其國介於晉、吳之間，今欲擾亂晉伯，必自宋始。今宋大夫魚石、向為人、鱗朱、向帶、魚府五人，與右師華元相惡，見今出奔在楚。若資以兵力，用之伐宋。取得宋邑，即以封之。此以敵攻敵之計。晉若不救，則失諸侯矣。若救宋，必攻魚石。我坐而觀其成敗，亦一策也。」共王乃用其謀。即命王夫為大將，用魚石等為嚮導，統大軍伐宋。不知勝負如何，且看下回分解。

第六十回　智武子分軍肆敵　偪陽城三將鬥力

話說周簡王十三年夏四月，楚共王用右尹壬夫之計，親統大軍，同鄭成公伐宋。以魚石等五大夫為嚮導，攻下彭城，使魚石等據之。留下三百乘，屯戍其地。共王謂五大夫曰：「晉方通吳，與楚為難。而彭城乃吳、晉往來之徑。今留重兵助汝，進戰則可以割宋國之封，退守亦可以絕吳、晉之使。汝宜用心任事，勿負寡人之託！」共王歸楚。是冬，宋成公使大夫老佐帥師圍彭城。魚石統戍卒迎戰，為老佐所敗。楚令尹嬰齊聞彭城被圍，引兵來救。老佐恃勇輕敵，深入楚軍，中箭而亡。嬰齊遂進兵侵宋。宋成公大懼，使右師華元至晉告急。韓厥言於悼公曰：「昔文公之伯，自救宋始。興衰之機，在此一舉。不可以不動也。」乃大發使徵兵於諸侯。悼公親統大將韓厥、荀偃、欒黶等，先屯於臺谷。嬰齊聞晉兵大至，乃班師歸楚。

周簡王十四年，悼公帥宋、魯、衛、曹、莒、邾、滕、薛八國之兵，進圍彭城。宋大夫向戌使士卒登轈車，向城上四面呼曰：「魚石等背君之賊，天理不容！今晉統二十萬之眾，蹂破孤城，寸草不留。汝等若知順逆，何不擒逆賊來降，免使無辜被戮！」如此傳呼數遍，彭城百姓聞之，皆知魚石理虧，開門以納晉師。時楚戍雖眾，魚石等不加優恤，莫肯效力。晉悼公入城，戍卒俱奔散。韓厥擒魚石，欒黶、荀偃擒魚府，宋向戌擒向為人、向帶，魯仲孫蔑擒鱗朱，各解到晉悼公處獻功。悼公命將五大夫斬首，安置其族於河東壺邱之地。遂移師問罪於鄭。楚右尹壬夫侵宋以救鄭，諸侯之師還救宋，因各散歸。

是年周簡王崩，世子泄心即位，是為靈王。靈王自始生時，口上便有髭鬚，故周人謂之髭王。髭王元年夏，鄭成公疾篤，謂上卿公子騑曰：「楚君以救鄭之故，矢及於目，寡人未之敢忘。寡人死後，諸卿切勿背楚。」囑罷遂薨。公子騑等奉世子髠頑即位，是為僖公。

晉悼公以鄭人未服，大合諸侯於戚以謀之。魯大夫仲孫蔑獻計曰：「鄭地之險，莫如虎牢，且楚、鄭相通之要道也。誠築城設關，留重兵以偪之，鄭必從矣。」楚降將巫臣獻計曰：「吳與楚一水相通。自臣往歲聘吳，約與攻楚，吳人屢次侵擾楚屬，楚人苦之。今莫若更遣一介，導吳伐楚。楚東苦吳兵，安能北與我爭鄭乎？」晉悼公兩從之。時齊靈公亦遣世子光，同上卿崔杼來會所，聽晉之命。悼公乃合九路諸侯兵力，大城虎牢，增置墩臺。大國抽兵千人，小國五百三百，共守其地。鄭僖公果然恐懼，始行成於晉。晉悼公乃還。

時中軍尉祁奚年七十餘矣，告老致政。悼公問曰：「孰可以代卿者？」奚對曰：「莫如解狐。」悼公曰：「聞解狐卿之仇也，何以舉之？」奚對曰：「君問可，非問臣之仇也。」悼公乃召解狐。未及拜官，狐已病死。悼公復問曰：「解狐之外，更有何人？」奚對曰：「其次莫如午。」悼公曰：「午非卿之子耶？」奚對曰：「君問可，非問臣之子也。」悼公曰：「今中軍尉副羊舌職亦死，卿為我並擇其代。」奚對曰：「職有二子，曰赤曰肹，二人皆賢。惟君所用。」悼公從其言，以祁午為中軍尉，羊舌赤副之。諸大夫無不悅服。

*　*　*

話分兩頭。再說巫臣之子巫狐庸，奉晉侯命，如吳見吳王壽夢，請兵伐楚。壽夢許之，使世子諸樊為將，治兵於江口。早有諜人報入楚國。楚令尹嬰齊奏曰：「吳師從未至楚，若一次入境，後將復來。不如先期伐之。」共王以為然。嬰齊乃大閱舟師，簡精卒二萬人，由大江襲破鳩茲，遂欲順流而下。驍將鄧廖進曰：「長江水溜，進易退難。小將願率一軍前行，得利則進，失利亦不至於大敗。元帥屯兵於郝山磯，相機觀變，可以萬全。」嬰齊然其策。乃選組甲三百人，被練袍者三千人，皆氣強力大，一可當十者。大小舟共百艘。一聲礮響，船頭望東進發。早有哨舡探知鳩茲失事，來報世子諸樊。諸樊曰：「鳩茲既失，楚兵必乘勝東下，宜預備之。」乃使公子夷昧，帥舟師數十艘，於東西梁山誘敵。公子餘祭，伏兵於采石港。鄧廖兵過郝山磯，望梁山有兵船，奮勇前進。夷昧略戰，即佯敗東走。鄧廖追過采石磯，遇諸樊大軍。方接戰未十餘合，采石港中礮聲大振，餘祭伏兵，從後夾攻。前後矢發如雨點，鄧廖面中三矢，猶拔箭力戰。夷昧乘艨艟大艦至，艦上俱精選勇士，以大槍亂擣敵船。船多覆溺。鄧廖力盡被執，不屈而死。餘軍得逃者，惟組甲八十，被練甲者三百人而已。嬰齊懼罪，方欲掩敗為功。誰知吳世子諸樊，乘勝反進兵襲楚。嬰齊大敗而回，鳩茲仍復歸吳。嬰齊羞憤成疾，未至郢都遂卒。史臣有詩云：

> 乘車射御教吳人，從此東方起戰塵。組甲成擒名將死，當年錯著族巫臣。

* * *

共王乃進右尹壬夫為令尹。壬夫賦性貪鄙，索賂於屬國。陳成公不能堪，乃使轅僑如請服於晉。晉悼公大合諸侯於雞澤，再會諸侯於戚。吳子壽夢亦來會好。中國之勢大振。楚共王怒失陳國，歸罪於壬夫，殺之。用其弟公子貞字子囊者，代為令尹。大閱師徒，出車五百乘伐陳。時陳成公午已薨，世子弱嗣位，是為哀公。懼楚兵威，復歸附於楚。晉悼公聞之，大怒，欲起兵與楚爭陳。急報無終國君嘉父，遣大夫孟樂至晉，獻虎豹之皮百個。奏言：「山戎諸國，自齊桓公征服，一向平靖。近因燕、齊微弱，山戎窺中國無伯，復肆侵掠。寡君聞晉君精明，將紹桓、文之業。因此宣晉威德，諸戎情願受盟。因此，寡君遣微臣奉聞，惟賜定奪。」悼公集諸將商議，皆曰：「戎、狄無親，不如伐之。昔者，齊桓公之伯，先定山戎，後征荊楚，正以豺狼之性，非兵威不能制也。」司馬魏絳獨曰：「不可。今諸侯初合，大業未定。若興兵伐戎，楚兵必乘虛而生事。諸侯必叛晉而朝楚。夫夷、狄，禽獸也；諸侯，兄弟也。今得禽獸而失兄弟，非策也。」悼公曰：「戎可和乎？」魏絳對曰：「和戎之利有五：戎與晉鄰，其地多曠，賤土貴貨。我以貨易土，可以廣地，其利一也；侵掠既息，邊民得安意耕種，其利二也；以德懷遠，兵事不勞，其利三也；戎、狄事晉，四鄰振動，諸侯畏服，其利四也；我無北顧之憂，得以專意於南方，其利五也。有此五利，君何不從？」悼公大悅，即命魏絳為和戎之使，同孟樂先至無終國，與國王嘉父商議停當。嘉父乃號召山戎諸國，並至無終，歃血定盟：「方今晉侯嗣伯，主盟中華。諸戎願奉約束，捍衛北方，不侵不叛，各保甯宇。如有背盟，天地不佑！」諸戎受盟，各各歡喜，以土宜獻魏絳，絳分毫不受。諸戎相顧曰：「上國使臣，廉潔如此！」倍加敬重。魏絳以盟約報悼公。悼公大悅。

時楚令尹公子貞已得陳國，又移兵伐鄭。因虎牢有重兵戍守，不走汜水一路，卻由許國望潁水而來。鄭僖公髡頑大懼，集六卿共議。那六卿：公子騑字子駟，公子發字子國，公子嘉字子孔，三位俱穆公之子，於僖公為叔祖輩；公孫輒字子耳，乃公子去疾之子；公孫蠆字子蟜，乃公子偃之子；公孫舍之字子展，乃公子喜之子，三位俱穆公之孫，襲父爵為卿，於僖公為叔輩。這六卿都是尊行，素執鄭政。僖公髡頑心高氣傲，不甚加禮。以此，君臣積不相能。上卿公子騑尤為枘鑿。今日會議之際，僖公主意，欲堅守以待晉救。公子騑開言曰：「諺云：『遠水豈能救近火。』不如從楚。」僖公曰：「從楚則晉師又至，何以當之？」公子騑對曰：「晉與楚誰憐我者？我亦何擇於二國？惟強者則事之。今後請以犧牲玉帛，待於境外，楚來則盟楚，晉來則盟晉。兩雄並爭，必有大屈。強弱既分，吾因擇強者而庇民焉，不亦可乎？」僖公不從其計，曰：「如騑言，鄭朝夕待盟，無甯歲矣！」欲遣使求援於晉。諸大夫懼違公子騑之意，莫肯往者。僖公發憤自行，是夜宿於驛舍。公子騑使門客伏而刺之，託言暴疾。立其弟嘉為君，是為簡公。使人報楚曰：「從晉皆髡頑之意。今髡頑已死，願聽盟罷兵。」楚公子貞受盟而退。

晉悼公聞鄭復從楚，乃問於諸大夫曰：「今陳、鄭俱叛，伐之何先？」荀罃對曰：「陳國小地偏，無益於成敗之數。鄭為中國之樞，自來圖伯，必先服鄭。甯失十陳，不可失一鄭也。」韓厥曰：「子羽識見明決，能定鄭者必此人。臣力衰智耄，願以中軍斧鉞讓之。」悼公不許。厥堅請不已，乃從之。韓厥告老致政，荀罃遂代為中軍元帥，統大軍伐鄭。兵至虎牢，鄭人請盟，荀罃許之。比及晉師返旆，楚共王親自伐鄭，復取成而歸。悼公大怒，問於諸大夫曰：「鄭人反覆，兵至則從，兵撤復叛。今欲得其堅附，當用何策？」荀罃獻計曰：「晉所以不能收鄭者，以楚人爭之甚力也。今欲收鄭，必先敝楚。欲敝楚，必用以逸待勞之策。」悼公曰：「何謂以逸待勞之策？」荀罃對曰：「兵不可以數動，數動則疲。諸侯不可以屢勤，屢勤則怨。內疲而外怨，以此禦楚，臣未見其勝也。臣請舉四軍之眾，分而為三，將各國亦分派配搭。每次只用一軍，更番出入。楚進則我退，楚退則我復進。以我之一軍，牽楚之全軍。彼求戰不得，求息又不得。我無暴骨之凶，彼有道路之苦。我能亟往，彼不能亟來。如是而楚可疲，鄭可固也。」悼公曰：「此計甚善！」即命荀罃治兵於曲梁，三分四軍，定更番之制。荀罃登壇出令，壇上豎起一面杏黃色大旆，上寫「中軍元帥智」。——他本荀氏，為何卻寫「智」字？因荀罃、荀偃叔姪，同為大夫。軍中一姓，嫌無分別。罃父荀首食采於智，偃父荀庚自晉作三行時，曾為中行將軍。故又以智氏、中行氏別之。自此荀罃號為智罃，荀偃號為中行偃。軍中耳目，就不亂了。這都是荀罃的法度。——壇下分立三軍：第一軍上軍元帥荀偃，副將韓起。魯、曹、邾三國以兵從。中軍副將范匄接應。第二軍下軍元帥欒黶，副將士魴。齊、滕、薛三國以兵從。中軍上大夫魏頡接應。第三軍新軍元帥趙武，副將魏相。宋、衛、郳三國以兵從。中軍下大夫荀會接應。

荀罃傳令第一次上軍出征，第二次下軍出征，第三次新軍出征。中軍兵將，分配接應。周而復始，但取盟約歸報，便算有功，更不許與楚兵交戰。公子楊干乃悼公之同母弟，年方一十九歲，新拜中軍戎御之職。血氣方剛，未經戰陣。聞得治兵伐鄭，磨拳擦掌，巴不得獨當一隊，立刻上前廝殺。不見荀罃點用，心中一股銳氣，按納不住。遂自請為先鋒，願效死力。智罃曰：「吾今日分軍之計，只要速進速退，不以戰勝為功。分派已定，小將軍雖勇，無所用之。」楊干固請自效。荀罃曰：「既小將軍堅請，權於荀大夫部下，接應新軍。」楊干又道：「新軍派在第三次出征，等待不及。求撥在第一軍部下。」智罃不從。楊干恃自家是晉侯親弟，徑將本部車卒，自成一隊，列於中軍副將范匄之後。司馬魏絳奉將令整肅行伍。見楊干越次成列，即鳴鼓告於眾曰：「楊干故違將令，亂了行伍之序，論軍法本該斬首。

念是晉侯親弟，姑將僕御代戮，以肅軍政。」即命軍校擒其御車之人斬之。懸首壇下。軍中肅然。楊干素驕貴自恣，不知軍法。見御人被戮，嚇得魂不附體，十分懼怕中，又帶了三分羞三分惱。當下駕車馳出軍營，徑奔晉悼公之前，哭拜於地，訴說：「魏絳如此欺負人，無顏見諸將之面！」悼公愛弟之心，不暇致詳。遂艴然大怒曰：「魏絳辱寡人之弟，如辱寡人！必殺魏絳，不可縱也！」乃召中軍尉副羊舌職往取魏絳。羊舌職入宮見悼公曰：「絳志節之士，有事不避難，有罪不避刑。軍事畢後，必當自來謝罪，不須臣往。」頃刻間，魏絳果至。右手仗劍，左手執書，將入朝待罪。至午門，聞悼公欲使人取己，遂以書付僕人，令其申奏，便欲伏劍而死。只見兩位官員，喘吁吁的奔至。乃是下軍副將士魴，主侯大夫張老。見絳欲自刎，忙奪其劍曰：「某等聞司馬入朝，必為楊公子之事，所以急趨而至，欲合詞稟聞主公。不識司馬為何輕生如此！」魏絳具說晉侯召羊舌大夫之意。二人曰：「此乃國家公事，司馬奉法無私，何必自喪其身？不須令僕上書，某等願代為啟奏。」三人同至宮門。士魴、張老先入，請見悼公，呈上魏絳之書。悼公啟而覽之。略云：

君不以臣為不肖，使承中軍司馬之職。臣聞：「三軍之命，繫於元帥。元帥之權，在乎命令。」有令不遵，有命不用，此河曲之所以無功，邲城之所以致敗也。臣戮不用命者，以盡司馬之職。臣自知上觸介弟，罪當萬死！請伏劍於君側，以明君侯親親之誼！

悼公讀罷其書，急問士魴、張老曰：「魏絳安在？」魴等答曰：「絳懼罪，欲自殺。臣等力止之。見在宮門待罪。」悼公悚然起席，不暇穿履，遂跣足步出宮門，執魏絳之手，曰：「寡人之言，兄弟之情也。

子之所行，軍旅之事也。寡人不能教訓其弟，以犯軍刑，過在寡人，於卿無與。卿速就職！」羊舌職在旁大聲曰：「君已恕絳無罪，絳宜退！」魏絳乃叩謝不殺之恩。羊舌職與士魴、張老，同時稽首稱賀曰：「君有奉法之臣如此，何患伯業不就！」四人辭悼公一齊出朝。悼公回宮，大罵楊干：「不知禮法，幾陷寡人於過，殺吾愛將！」使內侍押往公族大夫韓無忌處，學禮三月，方許相見。楊干含羞鬱鬱而去。髯翁有詩云：

軍法無親敢亂行，中軍司馬面如霜。悼公伯志方磨勵，肯使忠臣劍下亡？

* * *

智罃定分軍之令，方欲伐鄭。廷臣傳報：「宋國有文書到來。」悼公取覽，乃是楚、鄭二國相比，屢屢興兵，侵掠宋境，以偪陽為東道。以此告急。上軍元帥荀偃請曰：「楚得陳、鄭而復侵宋，意在與晉爭伯也。偪陽為楚伐宋之道。若興師先向偪陽，可一鼓而下。前彭城之圍，宋向戌有功。因封之以為附庸，使斷楚道，亦一策也。」智罃曰：「偪陽雖小，其城甚固。若圍而不下，必為諸侯所笑。」中軍副將士匄曰：「彭城之役，我方伐鄭，楚則侵宋以救之。虎牢之役，我方平鄭，楚又侵宋以報之。今欲得鄭，非先為固宋之謀不可。偃言是也。」荀罃曰：「二子能料偪陽必可滅乎？」荀偃、士匄同應聲曰：「都在小將二人身上。如若不能成功，甘當軍令！」悼公曰：「伯游倡之，伯瑕助之，何憂事不濟乎？」乃發第一軍往攻偪陽。魯、曹、邾三國，皆以兵從。偪陽大夫妘斑獻計曰：「魯師營於北門，我偽啟門出戰，其必入攻。俟其師半入，下懸門以截之。魯敗，則曹、邾必懼。而晉之銳氣亦挫矣。」偪陽子用其計。

卻說魯將孟孫蔑，率其部將叔梁紇、秦堇父、狄虒彌等攻北門。只見懸門不閉。堇父同虒彌恃勇先進，叔梁紇繼之。忽聞城上豁喇一聲，將懸門當著叔梁紇頭頂上放將下來。紇即投戈於地，舉雙手把懸門輕輕托起。後軍就鳴金起來。堇父、虒彌二將，恐後隊有變，急忙回身。城內鼓角大振，妘斑引著十隊人馬，尾後追逐。望見一大漢，手托懸門以出軍將，妘斑大駭。想道：「這懸門自上放下，不是千斤力氣，怎抬得住？若闖出去，反被他將門放下，可不利害！且自停車觀望。」叔梁紇待晉軍退盡，大叫道：「魯國有名上將叔梁紇在此！有人要出城的，趁我不曾放手，快些出去！」城中無人敢應。妘斑彎弓搭箭，方欲射之。叔梁紇把雙手一掀，就勢撇開。那懸門便落了閘口。紇回至本營，謂堇父、虒彌曰：「二位將軍之命，懸於我之兩腕也！」堇父曰：「若非鳴金，吾等已殺入偪陽城，成其大功矣！」虒彌曰：「只看明日，我要獨攻偪陽，顯得魯人本事。」

至次日，孟孫蔑整隊向城下搦戰，每百人為一隊。狄虒彌曰：「我不要人幫助，只單身自當一隊足矣。」乃取大車輪一個，以堅甲蒙之，緊緊束縛，左手執以為櫓。右握大戟，跳躍如飛。偪陽城上，望見魯將施逞勇力，乃懸布於城下，叫曰：「我引汝登城。誰人敢登？方見真勇。」言猶未已，魯軍隊中一將出應曰：「有何不敢？」此將乃秦堇父也。即以手牽布，左右更換，須臾盤至城堞。偪陽人以刀割斷其布，堇父從半空中蹋將下來。偪陽城高數仞，若是別人，這一跌縱然不死，也是重傷。堇父全然不覺。城上布又垂下，問道：「再敢登麼？」堇父又應曰：「有何不敢？」手借布力，騰身復上。又被偪陽人斷布撲地，又一大跌。纔爬起來，城上布又垂下，問道：「還敢不敢？」堇父聲愈厲，答曰：「不敢不算好漢！」挽布如前。偪陽人看見堇父再墜再登，全無畏懼，倒著了忙。急割布時，已被堇父撈著一人，望城下一摔，跌個半熟。堇父亦隨布墜下。又向城上叫道：「你還敢懸布否？」城上應曰：「已知將軍神勇，不敢復懸矣！」堇父遂取斷布三截，遍示諸隊。眾人無不吐舌。孟孫蔑嘆曰：「詩云：『有力如虎。』此三將足當之矣！」妘斑見魯將兇猛，一個賽一個，遂不敢出戰。分付軍民竭力固守。各軍自夏四月丙寅日圍起，至五月庚寅，凡二十四日，攻者已倦，應者有餘。忽然天降大雨，平地水深三尺，軍中驚恐不安。荀偃、士匄慮水患生變，同至中軍來稟智罃，請示班師。不知智罃肯聽從否，再看下回分解。

第六十一回　晉悼公駕楚會蕭魚　孫林父因歌逐獻公

話說晉及諸侯之兵，圍了偪陽城二十四日，攻打不下。忽然天降大雨，平地水深三尺。荀偃、士匄二將，慮軍心有變，同至中軍來稟智罃曰：「本意謂城小易克。今圍久不下，天降大雨，又時當夏令，水潦將發。泡水在西，薛水在東，漷水在東北。三水皆與泗水相通。萬一連雨不止，三水橫溢，恐班師不便。不如暫歸，以俟再舉。」智罃大怒，取所凭之几，向二將擲之，罵曰：「老夫可曾說來，『城小而固，未易下也。』豎子自任可滅，在晉侯面前，一力承當。牽帥老夫，至於此地！攻圍許久不見尺寸之效。偶然天雨，便欲班師。來由得你，去由不得你！今限汝七日之內，定要攻下偪陽。若還無功，照軍令狀斬首！速去，勿再來見！」二將嚇得面如土色，諾諾連聲而退。謂本部軍將曰：「元帥立下嚴限，七日若不能破城，必取吾等之首。今我亦與爾等立限，六日不能破城，先斬汝等，然後自刎，以中軍法。」眾將皆面面相覷。偃、匄曰：「軍中無戲言，吾二人當親冒矢石，晝夜攻之。有進無退。」約會魯、曹、邾三國，一齊并力。時水勢稍退。偃、匄乘轈車身先士卒，城上矢石如雨，全然不避。自庚寅日攻起，至甲午日，城中矢石俱盡。荀偃附堞先登，士匄繼之。各國軍將，亦乘勢蟻附而上。妘斑巷戰而死。智罃入城，偪陽君率群臣迎降於馬首。智罃盡收其族，留於中軍。計攻城至城破之日，纔五日耳！若非智罃發怒，此舉無功矣。髯翁有詩云：

仗鉞登壇無地天，偏裨何事敢侵權？一人投几三軍懼，不怕隆城鐵石堅。

時悼公恐偪陽難下，復挑選精兵二千人，前來助戰。行至楚邱，聞智罃已成大功，遂遣使至宋，以偪陽之地封宋向戌。向戌同宋平公親至楚邱，來見晉侯。向戌辭不受封。悼公乃歸地於宋公。宋、衛二君，各設享款待晉侯。智罃述魯三將之勇，悼公各賜車服，乃歸。悼公以偪陽子助楚，廢為庶人。選其族人之賢者，以主妘姓之祀，居於霍城。其秋，荀會卒。悼公以魏絳能執法，使為新軍副將。以張老為司馬。

是冬，第二軍伐鄭，屯於牛首。復添虎牢之戍。適鄭人尉止作亂，殺公子騑、公子發、公孫輒於西宮之朝。騑之子公孫夏字子西，發之子公孫僑字子產，各帥家甲攻賊。賊敗，走北宮。公孫蠆亦率眾來助，遂盡誅尉止之黨。立公子嘉為上卿。欒黶請曰：「鄭方有亂，必不能戰。急攻之，可拔也。」智罃曰：「乘亂不義。」命緩其攻。公子嘉使人行成，智罃許之。比及楚公子貞來救鄭，則晉師已盡退矣。鄭復與楚盟。傳稱：「晉悼公三駕服楚。」此乃「三駕」之一。周靈王九年事也。

明年夏，晉悼公以鄭人未服，復以第三軍伐鄭。宋向戌之兵，先至東門。衛上卿孫林父帥師同郳人屯於北鄙。晉下軍元帥趙武等，營於西郊之外。荀罃帥大軍自北林而西，揚兵於鄭之南門。約會各路軍馬，同日圍鄭。鄭君臣大懼，又遣使行成。荀罃又許之。乃退師於宋地。鄭簡公親至亳城之北，大犒諸軍，與荀罃等歃血為盟。晉、宋各軍方散。此乃「三駕」之二。楚共王大怒，使公子貞往秦借兵，約共伐鄭。時秦景公之妹，嫁為楚王夫人，兩國有姻好。乃使大將嬴詹帥三百乘助戰。共王親帥大軍，望滎陽進發，曰：「此番不滅鄭，誓不班師！」

* * *

郤說鄭簡公自亳城北盟晉而歸，逆知楚軍旦暮必至，大集群臣計議。諸大夫皆曰：「方今晉勢強盛，楚不如也。但晉兵來甚緩，去甚速，兩國未嘗見個雌雄，所以交爭不息。若晉肯致死於我，楚力不逮，必將避之。從此可專事於晉矣。」公孫舍之獻策曰：「欲晉致死於我，莫如怒之。欲激晉之怒，莫如伐宋。宋與晉最睦。我朝伐宋，晉夕伐我。晉能驟來，楚必不退。我乃得有詞於楚也。」諸大夫皆曰：「此計甚善！」正計議間，諜人探得楚國借兵於秦的消息來報。公孫舍之喜曰：「此天使我事晉也。」眾人不解其意。舍之曰：「秦、楚交伐，鄭必重困。乘其未入境，當往迎之，因導之使同伐宋國。一則免楚之患，二者激晉之來，豈非一舉二得？」鄭簡公從其謀。即命公孫舍之乘單車星夜南馳。渡了潁水，行不一舍，正遇楚軍。公孫舍之下車拜伏於馬首之前。楚共王厲色問曰：「鄭反覆無信，寡人正來問罪；汝來郤是何意？」舍之奏曰：「寡君懷大王之德，畏大王之威，所願終身宇下，豈敢離逷？無奈晉人暴虐，與宋合兵，侵擾無已。寡君懼社稷顛覆，不能事君，始與之和，以退其師。晉師既退，仍是大王貢獻之邑也。恐大王未鑑敝邑之誠，特遣下臣奉迎，布其心腹。大王若能問罪於宋，寡君願執鞭為前部，稍效犬馬，以明誓不相背之意。」共王回嗔作喜曰：「汝君若從寡人伐宋，寡人又何說乎？」舍之又奏曰：「下臣束裝之日，寡君已悉索敝賦，俟大王於東鄙，不敢後也。」共王曰：「雖然如此，但秦庶長約在滎陽城下相會，須與同事方可。」舍之復奏曰：「雍州遼遠，必越晉過周，方能至鄭。大王遣一介之使，猶可及止。以大王之威，楚兵之勁，何必借助於西戎哉？」共王悅其言，果使人辭謝秦師。遂同公孫舍之東行。及有莘之野，鄭簡公帥師來會，遂同伐宋國，大掠而還。

宋平公遣向戌如晉，訴告楚、鄭連兵之事。悼公果然大怒，即日便欲興師。——此番又輪該第一軍出征了。——智罃進曰：「楚之借師於秦者，正以連年奔走道路，不勝其勞也。我一歲而再伐，楚其能復來乎？此番得鄭必矣。當示以強盛之形，堅其歸志。」悼公曰：「善。」乃大合宋、魯、衛、齊、曹、莒、邾、滕、薛、杞、小邾各國，一齊至鄭，觀兵於鄭之東門。一路俘獲甚眾。此師乃「三駕」之三也。

鄭簡公謂公孫舍之曰：「子欲激晉之怒，使之速來。今果至矣，為之奈何？」舍之對曰：「臣一面求成於晉，一面使人請救於楚。楚兵若能亟來，必當交戰。吾擇其勝者而從之。若楚不能至，吾受晉盟，因以重賂結晉，晉必庇我。又何楚之足患乎？」簡公以為然，乃使大夫伯駢行成於晉。使公孫良霄、太宰石㚟如楚告曰：「晉師又至鄭矣。從者十一國，兵勢甚盛。鄭亡已在旦夕。君王若能以兵威懾晉，孤之願也。不然，孤懼社稷不保，不得不即安於晉。惟君王憐之，恕之！」楚共王大怒，召公子貞問計。公子貞曰：「我兵乍歸，喘息未定，豈能復發？姑讓鄭於晉。後取之，何患無日！」共王餘怒未平，乃囚良霄、石㚟於軍府，不放歸國。髯翁有詩云：

楚晉爭鋒結世仇，晉兵迭至楚兵休。行人何罪遭拘執？始信分軍是善謀。

時晉軍營於蕭魚。伯駢來至晉軍，悼公召入，厲聲問曰：「汝以行成哄我，已非一次矣！今番莫非只是緩兵之計？」伯駢叩首曰：「寡君已別遣行人，先告絕於楚，敢有貳心乎？」悼公曰：「寡人以誠心待汝。汝若再懷反覆，將犯諸侯之公惡，豈獨寡人！汝且回去，與汝君商議詳確，再來回話。」伯駢又奏曰：「寡君薰沐而遣下臣，實欲委國於君侯。君侯勿疑。」悼公曰：「汝意既決，交盟可也。」乃遣新軍元帥趙武，同伯駢入城，與鄭簡公歃血訂盟。簡公亦遣公孫舍之隨趙武出城，與悼公要約。是冬十二月，鄭簡公親入晉軍，與諸侯同會，因請受歃。悼公曰：「交盟已在前矣。君若有信，鬼神鑑之，何必再歃？」乃傳令：「將一路俘獲鄭人，悉解其縛，放歸本國。禁諸軍不得犯鄭國分毫。如有違者，治以軍法。虎牢戍兵，盡行撤去，使鄭人自為守望。」諸侯皆諫曰：「鄭未可恃也。倘更有反覆，重復設戍難矣！」悼公曰：「久勞苦諸國將士，恨無了期。今當與鄭更始，委以心腹。寡人不負鄭，鄭其負寡人乎？」乃謂鄭簡公曰：「寡人知爾苦兵，欲相與休息。今後從晉從楚，出於爾心，寡人不強。」簡公感激流涕曰：「伯君以誠待之，雖禽獸可格，況某猶人類，敢忘覆庇？再有異志，鬼神必殛！」簡公辭去。明日，使公孫舍之獻賂為謝：樂師三人，女樂十六人，歌鐘三十二枚，鎛磬相副，針指女工三十人，輣車廣車他兵車復百乘，甲兵具備。悼公受之。以女樂八人，歌鐘十二，賜魏絳曰：「子教寡人，和諸戎、狄，以正諸華。諸侯親附，如樂之和。願與子同此樂也。」又以兵車三分之一賜智罃曰：「子教寡人分兵敝楚，今鄭人獲成，皆子之功。」絳、罃二將，皆頓首辭曰：「此皆仗君之靈，與諸侯之勞。臣等何力之有？」悼公曰：「微二卿，寡人不能至此。卿勿固卻。」乃皆拜受。於是十國車馬，同日班師。悼公復遣使行聘各國，謝其向來用師之勞。諸侯皆悅。自此鄭國專心歸晉，不敢萌二三之念矣。史臣有詩云：

鄭人反覆似猱狙，晉伯偏將詐力鋤。二十四年歸宇下，方知忠信勝兵戈。

時秦景公伐晉以救鄭，敗晉師於櫟。聞鄭已降晉，乃還。

* * *

明年為周靈王十一年，吳子壽夢病篤，召其四子諸樊、餘祭、夷昧、季札至床前，謂曰：「汝兄弟四人，惟札最賢。若立之，必能昌大吳國。我一向欲立為世子，奈札固辭不肯。我死之後，諸樊傳餘祭，餘祭傳夷昧，夷昧傳季札；傳弟不傳孫，務使季札為君，社稷有幸。違吾命者，即為不孝。上天不祐！」言訖而絕。諸樊讓國於季札曰：「此父志也。」季札曰：「弟辭世子之位於父生之日，肯受君位於父死之後乎？兄若再遜，弟當逃之他國矣。」諸樊不得已，乃宣明次傳之約，以父命即位。晉悼公遣使弔賀。不在話下。

* * *

又明年，為周靈王十二年，晉將智罃、士魴、魏相，相繼而卒。悼公復治兵於綿山，欲使士匄將中軍。匄辭曰：「伯游長。」乃使中行荀偃代智罃之任，士匄為副。又欲使韓起將上軍。起曰：「臣不如趙武之賢。」乃使趙武代荀偃之任，韓起為副。欒黶將下軍如故。魏絳為副。其新軍尚無帥。悼公曰：「甯可虛位以待人，不可以人而濫位。」乃使其軍吏，率官屬卒乘，以附於下軍。諸大夫皆曰：「君之慎於名器如此！」乃各修其職，弗敢懈怠。晉國大治，復興文、襄之業。未幾，廢新軍并入三軍，以守侯國之禮。

* * *

是年秋九月，楚共王審薨，世子昭立，是為康王。吳王諸樊命大將公子黨，帥師伐楚。楚將養繇基迎敵，射殺公子黨，吳師敗還。諸樊遣使告敗於晉。悼公合諸侯於向以謀之。晉大夫羊舌肹進曰：「吳伐楚之喪，自取其敗，不足恤也。秦、晉鄰國，世有姻好。今附楚救鄭，敗我師於櫟，此宜先報。若伐秦有功，則楚勢益孤矣。」悼公以為然。使荀偃率三軍之眾，同魯、宋、齊、衛、鄭、曹、莒、邾、滕、薛、杞、小邾十二國大夫伐秦。晉悼公待於境上。秦景公聞晉師將至，使人以毒藥數囊，沉於涇水之上流。魯大夫叔孫豹，同莒師先濟。軍士飲水中毒，多有死者。各軍遂不肯濟。鄭大夫公孫蠆帥鄭師渡涇，北宮括繼之。於是諸侯之師皆進，營於棫林。諜報：「秦軍相去不遠。」荀偃令各軍：「雞鳴駕車，視我馬首所向而行！」下軍元帥欒黶，素不服中行偃。及聞令，怒曰：「軍旅之事，當即眾謀。即使偃能獨斷，亦宜明示進退。烏有使三軍之眾，視其馬首者？我亦下軍之帥也，我馬首欲東。」遂帥本部東歸。副將魏絳曰：「吾職在從帥，不敢俟中行伯矣。」亦隨欒黶班師。早有人報知中行偃，偃曰：「出令不明，吾實有過。令既不行，何望成功？」乃命諸侯之師，各歸本國。晉師亦還。時欒鍼為下軍戎右，獨不肯歸。謂范匄之子范鞅曰：「今日之役，本為報秦。若無功而返，是益恥也。吾兄弟二人，並在軍中，豈可一時皆返？子能與我同赴秦師乎？」范鞅曰：「子以國恥為念，鞅敢不從！」乃各引本部馳入秦軍。

卻說秦景公引大將嬴詹及公子無地，帥車四百乘，離棫林五十里安營。正遣人探聽晉兵進止。忽見東角塵頭起處，一彪車馬飛來。急使公子無地率眾迎敵。欒鍼奮勇上前，范鞅助之，連刺殺甲將十餘人。秦軍披靡欲走，望其後軍無繼，復鳴鼓合兵圍之。范鞅曰：「秦兵勢大，不可當也。」欒鍼不聽。嬴詹大軍又到。欒鍼復手殺數人，身中七箭，力盡而死。范鞅脫甲，乘單車疾馳得免。

欒黶見范鞅獨歸，問曰：「吾弟何在？」鞅曰：「已沒於秦軍矣！」黶大怒，拔戈直刺范鞅。鞅不敢相抗，走入中軍。黶隨後趕來，鞅避去。其父范匄迎謂曰：「女壻何怒之甚也？」——黶妻欒祁，乃范匄之女，故以壻呼之。——黶怒氣勃勃，不能制。大聲答曰：「汝子誘吾弟同入秦師，吾弟戰死，而汝子生還，是汝子殺吾弟也！汝必逐鞅，猶可恕。不然，我必殺鞅以償吾弟之命！」范匄曰：「此事老夫不知也。今當逐之。」范鞅聞其語，遂從幕後出奔秦國。秦景公問其來意。范鞅敘述始末。景公大喜，待以客卿之禮。

一日，問曰：「晉君何如人？」對曰：「賢君也。知人而善任。」又問：「晉大夫誰最賢？」對曰：「趙武有文德，魏絳勇而不亂，羊舌肹習於春秋，張老篤信有智，祁午臨事鎮定，臣父匄能識大體，皆一時之選。其他公卿，亦皆習於令典，克守其官。鞅未敢輕議也。」景公又曰：「然則晉大夫中，何人先亡？」鞅對曰：「欒氏將先亡。」景公曰：「豈非以汰侈故乎？」范鞅曰：「欒黶雖汰侈，猶可及身。其子盈，必不免。」景公曰：「何故？」鞅對曰：「欒武子恤民愛士，人心所歸，故雖有弒君之惡，而國中不以為非，戴其德也。思召公者愛及甘棠，況其子乎。黶若死，盈之善未能及人，而武之德已遠。修黶之怨者，必此時矣。」景公歎曰：「卿可謂知存亡之故者也！」乃因范鞅而通於范匄，使庶長武聘晉以修舊好，并請復范鞅之位。悼公從之。范鞅歸晉，悼公以鞅及欒盈，並為公族大夫。且諭欒黶勿得修怨。自此秦、晉通和，終春秋之世，不相加兵。有詩為證：

西鄰東道世為姻，一旦尋仇鬬日新。玉帛既通兵革偃，從來好事是和親。

是年欒黶卒，子欒盈代為下軍副將。

話分兩頭。卻說衛獻公名衎，自周簡王十年，代父定公即位。因居喪不戚，其嫡母定姜，逆知其不能守位，屢屢誡諭，獻公不聽。及在位，日益放縱。所親者無非讒諂面諛之人，所喜者不過鼓樂田獵之事。自定公之世，有同母弟公子黑背，怙寵專政。黑背之子公孫剽，嗣父爵為大夫，頗有權略。上卿孫林父，亞卿甯殖，見獻公無道，皆與剽結交。林父又暗結晉國為外援，將國中器幣寶貨，盡遷於戚，使妻子居之。獻公疑其有叛心。一來形跡未著，二來畏其強盛，所以含忍不發。

* * *

忽一日，獻公約孫、甯二卿共午食。二卿皆朝服待命於門。自朝至午，不見使命來召，宮中亦無一人出來。二卿心疑。看看日斜，二卿饑困已甚，乃叩宮門請見。守閽內侍答曰：「主公在後圃演射，二位大夫若要相見，可自往也。」孫、甯二人心中大怒，乃忍饑徑造後圃。望見獻公方帶皮冠，與射師公孫丁較射。獻公見孫、甯二人近前，不脫皮冠，掛弓於臂而見之。問：「二卿今日來此何事？」孫、甯二人齊聲答曰：「蒙主公約共午食，臣等伺候至今，腹且餒矣。恐違君命，是以來此。」獻公曰：「寡人貪射，偶爾忘之。二卿且退，俟改日再約可也。」言罷，適有鴻雁飛鳴而過，獻公謂公孫丁曰：「與爾賭射此鴻。」孫、甯二人，含羞而退。林父曰：「主公耽於遊戲，狎近群小，全無敬禮大臣之意。我等將來必不免於禍，如何？」甯殖曰：「君無道，止自禍耳。安能禍人？」林父曰：「我意欲奉公孫剽為君，子以為何如？」甯殖曰：「此舉甚當。你我相機而動便了。」言罷各別。

林父回家，飯畢，連夜徑往戚邑，密喚家臣庾公差、尹公佗等，整頓家甲，為謀叛之計。遣其長子孫蒯，往見獻公，探其口氣。孫蒯至衛，見獻公於內朝。假說：「臣父林父，偶染風疾，權且在河上調理，望主公寬宥！」獻公笑曰：「爾父之疾，想因過餓所致。寡人今不敢復餓子。」命內侍取酒相待，喚樂工歌詩侑酒。太師請問歌何詩？獻公曰：「巧言之卒章，頗切時事，何不歌之？」太師奏曰：「此詩語意不佳，恐非歡宴所宜。」師曹喝曰：「主公要歌便歌，何必多言！」——原來師曹善於鼓琴，獻公使教其嬖妾。嬖妾不率教，師曹鞭之十下。妾泣愬於獻公。獻公當嬖妾之前，鞭師曹三百。師曹懷恨在心。今日明知此詩不佳，故意欲歌之，以激孫蒯之怒。——遂長聲而歌曰：

彼何人斯？居河之麋？無拳無勇，職為亂階。

獻公的主意，因孫林父居於河上，有叛亂之形，故借歌以懼之。孫蒯聞歌，坐不安席，須臾辭去。獻公曰：「適師曹所歌，子與爾父述之。爾父雖在河上，動息寡人必知。好生謹慎，將息病體。」孫蒯叩頭，連聲「不敢」而退。回戚，述於林父。林父曰：「主公忌我甚矣。我不可坐而待死！大夫蘧伯玉，衛之賢者，若得彼同事，無不濟矣。」乃私至衛往見蘧瑗曰：「主公暴虐，子所知也。恐有亡國之事，將若之何？」瑗對曰：「人臣事君，可諫則諫，不可諫則去之。他非瑗所知矣。」林父度瑗不可動，遂別去。瑗即日逃奔魯國。

林父聚徒眾於邱宮，將攻獻公。獻公懼，遣使至邱宮，與林父講和，林父殺之。獻公使視甯殖，已戒車將應林父矣。乃召北宮括，括推病不出。公孫丁曰：「事急矣！速出奔，尚可求復。」獻公乃集宮甲約二百餘人為一隊，公孫丁挾弓矢相從，啟東門而出，欲奔齊國。孫蒯、孫嘉兄弟二人，引兵追及於阿澤，大殺一陣。二百餘名宮甲，盡皆逃散，存者僅十數人而已。賴得公孫丁善射，矢無虛發，近者輒中箭而死，保著獻公，且戰且走。二孫不敢窮追而反。纔走不上三里，只見庾公差、尹公佗二將，引兵而至。言：「奉相國之命，務取衛侯回報！」孫蒯、孫嘉曰：「有一善射者相隨，將軍可謹防之！」庾公差曰：「得非吾師公孫丁乎？」——原來尹公佗學射於庾公差，公差又學射於公孫丁，三人是一線傳授，彼此皆知其能。——尹公佗曰：「衛侯前去不遠，姑且追之。」約馳十五里，趕著了獻公。因御人被傷，公孫丁在車執轡。回首一望，遠遠的便認得是庾公差了。謂獻公曰：「來者是臣之弟子。弟子無害師之事，主公勿憂。」乃停車待之。庾公差既到，謂尹公佗曰：「此真吾師也！」乃下車拜見。公孫丁舉手答之，麾之使去。庾公差登車曰：「今日之事，各為其主。我若射則為背師；若不射則又為背主。我如今有兩盡之道。」乃抽矢扣輪去其鏃，揚聲曰：「吾師勿驚！」連發四矢，前中軾，後中軫，左右中兩旁。單單空著君臣二人，分明顯個本事，賣個人情的意思。庾公差射畢，叫：「師傅保重！」喝教：「回車！」公孫丁亦引轡而去。尹公佗先遇獻公，本欲逞藝。因庾公差是他業師，不敢自專。回至中途，漸漸懊悔起來。謂庾公差曰：「子有師弟之分，所以用情。弟子已隔一層，師恩為輕，主命為重。若無功而返，何以復吾恩主？」庾公差曰：「吾師神箭，不下養繇基，爾非其敵，枉送性命。」尹公佗不信庾公之言，當下復身來追衛侯。不知結果如何，且聽下回分解。

第六十二回　諸侯同心圍齊國　晉臣合計逐欒盈

話說尹公佗不信庾公之言，復身來追衛侯。馳二十餘里，方纔趕著。公孫丁問其來意。尹公佗曰：「吾師庾公，與汝有師弟之恩。我乃庾公弟子，未嘗受業於子，如路人耳。豈可狥情於路人，而廢公義於君父乎？」公孫丁曰：「汝曾學藝於庾公，可想庾公之藝從何而來。為人豈可忘本？快快回轉，免傷和氣！」尹公佗不聽，將弓拽滿，望公孫丁便射。公孫丁不慌不忙，將轡授與獻公，候箭到時，用手一綽，輕輕接住。就將來箭搭上弓弦，回射尹公佗。尹公佗急躲避時，撲的一聲，箭已貫其左臂。尹公佗負痛棄弓而走。公孫丁再復一箭，結果了尹公性命。嚇得隨行軍士，棄車逃竄。獻公曰：「若非吾子神箭，寡人一命休矣！」公孫丁仍復執轡奔馳。又十餘里，只見後面車聲震動，飛也似趕來。獻公曰：「再有追兵，何以自脫？」正在慌急之際，後車看看相近。視之，乃同母之弟公子鱄，冒死趕來從駕。獻公方纔放心。遂從一路，奔至齊國。齊靈公館之於萊城。宋儒有詩謂獻公不敬大臣，自取奔亡。詩曰：

尊如天地赫如神，何事臣人敢逐君？自是君綱先缺陷，上梁不正下梁蹲。

孫林父既逐獻公，遂與甯殖合謀，迎公孫剽為君，是為殤公。使人告難於晉。晉悼公問於中行偃曰：「衛人出君，復立一君，非正也。當何以處之？」偃對曰：「衛衎無道，諸侯莫不聞。今臣民自願立剽，我勿與知可也。」悼公從之。齊靈公聞晉侯不討孫、甯逐君之罪，乃嘆曰：「晉侯之志惰矣！我不乘此時圖伯，更待何時？」乃帥師伐魯北鄙，圍郕，大掠而還。時周靈王之十四年也。——原來齊靈公初娶魯女顏姬為夫人，無子。其媵鬷姬生子曰光，靈公先立為太子。又有嬖妾戎子亦無子。其娣仲子生子曰牙，戎子抱牙以為己子。他姬生公子杵臼無寵。戎子恃愛，要得立牙為太子。靈公許之。仲子諫曰：「光之立也久矣，又數會諸侯。今無故而廢之，國人不服，後必有悔。」靈公曰：「廢立在我，誰敢不服？」遂使太子光率兵守即墨。光去後，即傳旨廢之。更立牙為太子，使上卿高厚為太傅，寺人夙沙衛，強而有智，以為少傅。魯襄公聞齊太子光之廢，遣使來請其罪。靈公不能答。反慮魯國將來助光爭國，所以與魯為仇，首先加兵。欲以兵威脅魯，然後殺光。此乃靈公無道之極也。——魯使人告急於晉。因悼公抱病，不能救魯。

* * *

是冬，晉悼公薨，群臣奉世子彪即位，是為平公。魯又使叔孫豹弔賀，且告齊患。荀偃曰：「候來春，當會諸侯。若齊不赴會，討之未晚。」周靈王十五年，晉平公元年，大合諸侯於溴梁。齊靈公不至，使大夫高厚代。荀偃大怒，欲執高厚。高厚逃歸。復興師伐魯北鄙，圍防，殺守臣臧堅。叔孫豹再至晉國求救。平公乃命大將中行偃合諸侯之兵，大舉伐齊。中行偃點軍方回，是夜得一夢。夢見黃衣使者，執一卷文書，來拘偃對證。偃隨之，行至一大殿宇，上有王者冕旒端坐。使者命偃跪於丹墀之下。覷同跪者，乃是晉厲公、欒書、程滑、胥童、長魚矯、三郤一班人眾。偃心下暗暗驚異。聞胥童等與三郤爭辯良久，不甚分明。須臾，獄卒引去。止留厲公、欒書、中行偃、程滑四人。厲公訴被弒始末。欒書辯曰：「下手者，程滑也。」程滑曰：「主謀皆出書、偃。滑不過奉命而已，安得歸罪於我？」殿上王者降旨曰：「此時欒書執政，宜坐首惡。五年之內，子孫絕滅。」厲公忿然曰：「此事亦由逆偃助力，安得無罪？」即起身抽戈擊偃之首。夢中覺首墜於前。偃以手捧其首，跪而戴之。走出殿門，遇梗陽巫者靈皐。皐謂曰：「子首何歪也？」代為正之。覺痛極而醒，深以為異。次日入朝，果遇見靈皐於途。乃命之登車，將夜來所夢，細述一遍。靈皐曰：「冤家已至，不死何為？」偃問曰：「今欲有事東方，猶可及乎？」皐對曰：「東方惡氣太重，伐之必克。主雖死，猶可及也。」偃曰：「能克齊，雖死可也！」乃帥師濟河，會諸侯於魯、濟之地。晉、宋、魯、衛、鄭、曹、莒、邾、滕、薛、杞、小邾，共十二路車馬，一同往齊國進發。齊靈公使上卿高厚輔太子牙守國。自帥崔杼、慶封、析歸父、殖綽、郭最、寺人夙沙衛等，引著大軍，屯於平陰之城。城南有防，防有門。使析歸父於防門之外，深掘壕塹，橫廣一里，選精兵把守，以遏敵師。寺人夙沙衛進曰：「十二國人心不一，乘其初至，當出奇擊之。敗其一軍，則餘軍俱喪氣矣！如不欲戰，莫如擇險要而守之。區區防門之塹，未可恃也。」齊靈公曰：「有此深塹，彼軍安能飛渡耶？」

卻說中行偃聞齊師掘塹而守。笑曰：「齊畏我矣，必不能戰。當以計破之。」乃傳令使魯、衛之兵，自須句取路；使邾、莒之兵，自城陽取路；俱由瑯琊而入。我等大兵，從平陰攻進。約定在臨淄城下相會。四國領計去了。使司馬張君臣，凡山澤險要之處，俱虛張旗幟，布滿山谷。又束草為人，蒙以衣甲，立於空車之上。將斷木縛於車轅，車行木動，揚塵蔽天。力士挽大旆引車，往來於山谷之間，以為疑兵。荀偃、士匄率宋、鄭之兵居中。趙武、韓起率上軍，同滕、薛之兵在右。魏絳、欒盈率下軍，同曹、杞、小邾之兵在左。分作三路。命車中各載木石，步卒每人攜土一囊。行至防門，三路砲聲相應，各將車中木石抛於塹中，加以土囊數萬，把壕塹頃刻填平。大刀闊斧，殺將進去。齊兵不能抵當，殺傷大半。析歸父幾為晉兵所獲。僅以身免，逃入平陰城中，告訴靈公，言：「晉兵三路填塹而進，勢大難敵！」靈公始有懼色，乃登巫山以望敵軍。見到處山澤險要之地，都有旗幟飄揚，車馬馳驟。大驚曰：「諸侯之師，何其眾也！且暫避之。」問諸將：「誰人敢為後殿？」夙沙衛曰：「小臣願引一軍繼後，力保主公無虞。」靈公大喜。忽有二將並出奏曰：「堂堂齊國豈無一勇力之士，而使寺人殿其師，豈不為諸侯笑乎？臣二人情願讓夙沙衛先行。」二將者，乃殖綽、郭最也。俱有萬夫不當之勇。靈公曰：「將軍為殿，寡人無後顧之憂矣！」夙沙衛見齊侯不用，羞慚滿面而退。只得隨齊侯先走。約行二十餘里，至石門山，乃是險隘去處。兩邊俱是大石，只中間一條路徑。夙沙衛懷恨綽、最二人，欲敗其功。候齊軍過盡，將隨行馬三十餘匹，殺之以塞其路。又將大車數乘，聯絡如城，橫截山口。

再說綽、最二將，領兵斷後，緩緩而退。將及石門隘口，見死馬縱橫，又有大車攔截，不便馳驅。乃相謂曰：「此必夙沙衛銜恨於心，故意為此。」急教軍士搬運死馬，疏通路徑。因前有車阻，遂一一要退後抬出，撤於空處，不知費了多少工夫。軍士雖多，其奈路隘，有力無用。背後塵頭起處，晉驍將州綽一軍早到。殖綽方欲迴車迎敵，州綽一箭飛來，恰射中殖綽左肩。郭最彎弓來救，殖綽搖手止之。州綽見殖綽如此光景，亦不動手。殖綽不慌不忙，拔箭而問曰：「來將何人？能射殖綽之肩，也算好漢了！願通姓名。」對曰：「吾乃晉國名將州綽也。」殖綽曰：「小將非別，齊國名將殖綽的便是。將軍豈不聞人語云：『莫相謔，怕二綽。』我與將軍以勇力齊名，好漢惜好漢，何忍自相戕賊乎？」州綽曰：

「汝言雖當，但各為其主，不得不然。將軍若肯束身歸順，小將力保將軍不死。」殖綽曰：「得無相欺否？」州綽曰：「將軍如不見信，請為立誓：若不能保全將軍之命，願與俱死！」殖綽曰：「郭最性命，今亦交付將軍。」言罷，二人雙雙就縛。隨行士卒，盡皆投降。史官有詩云：

綽最赳赳二虎臣，相逢狹路志難伸。覆軍擒將因私怨，辱國依然是寺人！

州綽將綽、最二將，解至中軍獻功，且稱其驍勇可用。中行偃命暫囚於中軍，候班師定奪。大軍從平陰進發，所過城郭，並不攻掠，徑抵臨淄外郭之下。魯、衛、邾、莒兵俱到。范鞅先攻雍門。雍門多蘆荻，以火焚之。州綽焚申池之竹木。各軍一齊俱火攻，將四郭盡行焚毀。直逼臨淄城下，四面圍住。喊聲震地，矢及城樓。城中百姓慌亂。靈公十分恐懼。暗令左右駕車，欲開東門走出。高厚知之，疾忙上前，抽佩劍斷其轡索，涕泣而諫曰：「諸軍雖銳，然深入豈無後虞？不久將歸矣！主公一去，都城不可守也。願更留十日，如力竭勢虧，走猶未晚。」靈公乃止。高厚督率萬民，協力固守。

卻說各兵圍齊至第六日，忽有鄭國飛報來到，乃是大夫公孫舍之與公孫夏連名緘封，內中有機密至緊之事。鄭簡公發而視之。略云：

臣舍之、臣夏，奉命與子孔守國。不意子孔有謀叛之心，私自送款於楚，欲招引楚兵伐鄭，己為內應。今楚兵已次魚陵，旦夕將至。事在危急，幸星夜反旆，以救社稷。

鄭簡公大懼，即持書至晉軍中，送與晉平公看了。平公召中行偃議之。偃對曰：「我兵不攻不戰，竟走臨淄，指望乘此銳氣，一鼓而下。今齊守未虧，鄭國又有楚警。若鄭國有失，咎在於晉。不如且歸為救鄭之計。此番雖不曾破齊，料齊侯已喪膽，不敢復侵犯魯國矣。」平公是其言，乃解圍而去。鄭簡公辭晉先歸。

諸侯行至祝阿，平公以楚師為憂，與諸侯飲酒不樂。師曠曰：「臣請以聲卜之。」乃吹律歌南風。又歌北風。北風和平可聽，南風聲不揚，且多肅殺之聲。曠奏曰：「南風不競，其聲近死。不惟無功，且將自禍。不出三日，當有好音至矣。」師曠字子野，乃晉國第一聰明之士。從幼好音樂，苦其不專。乃嘆曰：「技之不精，由於多心。心之不一，由於多視。」乃以艾葉熏瞎其目，專意音樂。遂能察氣候之盈虛，明陰陽之消長。天時人事，審驗無差。風角鳥鳴，吉凶如見。為晉太師掌樂之官。平時為晉侯所深信，故行軍必以相隨。至是聞其言，乃駐軍以待之。使人前途遠探，未三日，探者同鄭大夫公孫蠆來回報，言楚師已去。晉平公訝問其詳。公孫蠆對曰：「楚自子庚代子囊為令尹，欲報先世之仇，謀伐鄭國。公子嘉陰與楚通，許楚兵到日，詐稱迎敵，以兵出城相會。賴公孫舍之、公孫夏二人，預知子嘉之謀，斂甲守城，嚴譏出入。子嘉不敢出會楚師。子庚涉潁水，不見內應消息，乃屯兵於魚齒山下。值大雨雪，數日不止，營中水深尺餘，軍人皆擇高阜處躲雨。寒甚，死者過半，士卒怨詈，子庚只得班師而回矣。寡君討子嘉之罪，已行誅戮。恐煩軍師，特遣下臣蠆連夜奔告。」平公大喜曰：「子野真聖於音者矣！」乃將楚伐鄭無功，遍告諸侯，各回本國。史臣有詩讚師曠曰：

歌罷南風又北風，便知兩國吉和凶。音當精處通天地，師曠從來是瞽宗。

時周靈王十七年，冬十二月事也。比及晉師濟河，已在十八年之春矣。

中行偃行至中途，忽然頭上生一瘍疽，痛不可忍。乃逗遛於著雍之地。延至二月，其瘍潰爛，目睛俱脫而死。墜首之夢，與梗陽巫者之言，至是俱驗矣！殖綽、郭最乘偃之變，破械而出，逃回齊國去了。范匄同偃之子吳，迎喪共歸。晉侯使吳嗣為大夫。以范匄為中軍元帥，以吳為副將，仍以荀為氏，稱荀吳。

是年夏五月，齊靈公有疾，大夫崔杼與慶封商議，使人用溫車迎故太子光於即墨。慶封帥家甲，夜叩太傅高厚之門。高厚出迎，執而殺之。太子光同崔杼入宮。光殺戎子，又殺公子牙。靈公聞變大驚，嘔血數升，登時氣絕。光即位，是為莊公。寺人夙沙衛率其家屬奔高唐。齊莊公使慶封帥師追之。夙沙衛據高唐以叛。齊莊公親引大軍圍城攻之，月餘不下。高唐人工僂有勇力，沙衛用之以守東門。工僂知沙衛不能成事，乃於城上射下羽書，書中約夜半於東北角，伺候大軍登城。莊公猶未准信❶。殖綽、郭最請曰：「彼既相約，必有內應。小將二人願往，當生擒奄狗，以雪石門山阻隘之恨！」莊公曰：「汝小心前往，寡人自來接應。」綽、最引兵至東北角，候至夜半，城上忽放長繩下來，約有數處。綽、最各附繩而上。軍士陸續登城。工僂引著殖綽竟來拿夙沙衛。郭最便去砍開城門，放齊兵入城。城中大亂，互相殺傷，約有一個更次方定。齊莊公入城，工僂同殖綽綁縛夙沙衛解到。莊公大罵：「奄狗！寡人何負於汝？汝卻輔少奪長！今公子牙何在？汝既為少傅，何不相輔於地下！」夙沙衛垂首無言。莊公命牽出斬之，以其肉為醢，遍賜從者諸臣。即用工僂守高唐，班師而退。

❶ 准信：確信。

時晉上卿范匄，以前番圍齊，未獲取成，乃請於平公，復率大軍侵齊。纔濟黃河，聞齊靈公凶信，乃曰：「齊新有喪，伐之不仁。」即時班師。早有人報知齊國。大夫晏嬰進曰：「晉不伐我喪，施仁於我，我背之不義。不如請成，免兩國干戈之苦。」那晏嬰字平仲，身不滿五尺，乃是齊國第一賢智之士。莊公亦以國事粗定，恐晉師復至，乃從嬰之言，使人如晉謝罪，請盟。晉平公大合諸侯於澶淵，范匄為相，與齊莊公歃血為盟，結好而散。自此年餘無事。

* * *

卻說下軍副將欒盈，乃欒黶之子。黶乃范匄之壻。匄女嫁黶，謂之欒祁。欒氏自欒賓、欒成、欒枝、欒盾、欒書、欒黶至於欒盈，頂針七代卿相，貴盛無比。晉朝文武，半出其門，半屬姻黨。魏氏有魏舒，智氏有智起，中行氏有中行喜，羊舌氏有叔虎，籍氏有籍偃，箕氏有箕遺，皆與欒盈聲勢相倚，結為死黨。更兼盈自少謙恭下士，散財結客，故死士多歸之。如州綽、邢蒯、黃淵、箕遺，都是他部下驍將。更有力士督戎，力舉千鈞，手握二戟，刺無不中，是他隨身心腹，寸步不離的。又有家臣辛俞、州賓等，奔走效勞者，不計其數。

欒黶死時，其夫人欒祁，纔及四旬，不能守寡。因州賓屢次入府稟事，欒祁在屏後窺之。見其少俊，遂密遣侍兒道意，因與私通。欒祁盡將室中器幣，贈與州賓。盈從晉侯伐齊，州賓公然宿於府中，不復避忌。盈歸，聞知其事，尚礙母親面皮，乃把他事，鞭治內外守門之吏，嚴稽家臣出入。欒祁一來老羞變怒，二則淫心難絕，三則恐其子害了州賓性命。因父范匄生辰，以拜壽為名，來至范府。乘間訴其父曰：「盈將為亂，奈何？」范匄詢其詳。欒祁曰：「盈嘗言：『鞅殺吾叔，吾父逐之，復縱之歸國。不誅已幸，反加寵位。今父子專國，范氏日盈，欒氏將衰。吾寧死，與范氏誓不兩立！』日夜與智起、羊舌虎等，聚謀密室，欲盡去諸大夫，而立其私黨。恐我洩其消息，嚴敕守門之吏，不許與外家相通。今日勉強來此，異日恐不得相見。吾以父子深恩，不敢不言！」時范鞅在旁助之曰：「兒亦聞之，今果然矣！彼黨羽至盛，不可不防也。」一子一女，聲口相同，不由范匄不信。乃密奏於平公，請逐欒氏。

平公私問於大夫陽畢。陽畢素惡欒黶而睦於范氏，乃對曰：「欒書實弒厲公，黶世其凶德，以及於盈。百姓暱於欒氏久矣。若除欒氏以明弒逆之罪，而立君之威，此國家數世之福也。」平公曰：「欒書援立先君，盈罪未著，除之無名，奈何？」陽畢對曰：「書之援立先君，以掩罪也。先君忘國仇而狥私德，君又縱之，滋害將大。若以盈惡未著，宜翦除其黨，赦盈而遣之。彼若求逞，誅之有名。若逃死於他方，亦君之惠也。」平公以為然，召匄入宮共議其事。范匄曰：「盈在而翦其黨，是速之為亂也。君不如使盈往築著邑之地。盈去，其黨無主，乃可圖矣。」平公曰：「善。」乃遣欒盈往城著邑。盈臨行，其黨箕遺諫曰：「欒氏多怨，主所知也。趙氏以下宮之難怨欒氏，中行氏以伐秦之役怨欒氏，范氏以范鞅之逐怨欒氏，智朔殀死，智盈尚少，而聽於中行。程鄭嬖於公。欒氏之勢孤矣。城著非國之急事，何必使子？子盍辭之，以觀君意之若何，而為之備。」欒盈曰：「君命不可辭也。盈如有罪，其敢逃死？如其無罪，國人將憐我。孰能害之？」乃命督戎為御，出了絳州，望著邑而去。

盈去三日，平公御朝，謂諸大夫曰：「欒書昔有弒逆之罪，未正刑誅。今其子孫在朝，寡人恥之！將若之何？」諸大夫同聲應曰：「宜逐之。」乃宣布欒書罪狀，懸於國門。遣大夫陽畢，將兵往逐欒盈。其宗族在國中者，盡行逐出，收其欒邑。欒樂、欒魴率其家人，同州綽、邢蒯，俱出了絳城，竟往奔欒盈去了。叔虎拉了箕遺、黃淵，隨後出城。城門已閉。傳聞將搜治欒氏之黨。乃商議各聚家丁，欲乘夜為亂，斬東門而出。趙氏有門客章鑑，居與叔虎家相鄰。聞其謀，報知趙武。趙武轉報范匄。匄使其子范鞅率甲士三百，圍叔虎之第。不知後事如何，且看下回分解。

第六十三回　老祁奚力救羊舌　小范鞅智劫魏舒

話說箕遺正在叔虎家中，只等黃淵到來，夜半時候，一齊發作。卻被范鞅領兵圍住府第。外面家丁，不敢聚集，遠遠觀望，亦多有散去者。叔虎乘梯向牆外問曰：「小將軍引兵至此，何故？」范鞅曰：「汝平日黨於欒盈，今又謀斬關出應，罪同叛逆。吾奉晉侯之命，特來取汝。」叔虎曰：「我並無此事，是何人所說？」范鞅即喚章鑑上前使證之。叔虎力大，扱起一塊牆石，望章鑑當頭打去。打個正著，把頂門都打開了。范鞅大怒，教軍士放火攻門。叔虎慌急了，向箕遺說：「我等寧可死裡逃生，不可坐以待縛。」遂提戟當先，箕遺仗劍在後，發聲喊，冒火殺出。范鞅在火光中，認得二人，教軍士一齊放箭。此時火勢薰灼，已難躲避。怎當得箭如飛蝗，二人縱有沖天本事，亦無用處。雙雙被箭射倒。軍士將撓鉤搭出，已自半死。綁縛車中，救滅了火。只聽得車聲轔轔，火炬燭天而至。乃是中軍副將荀吳，率本部兵前來接應。中途正遇黃淵，亦被擒獲。范、荀合兵一處，將叔虎、箕遺、黃淵解到中軍元帥范匄處。范匄曰：「欒黨尚多，只擒此三人，尚未除患。當悉拘之。」乃復分路搜捕。絳州城中，鬧了一夜。直至天明，范鞅拘到智起、籍偃、州賓等。荀吳拘到中行喜、辛俞，及叔虎之兄羊舌赤、羊舌肹。都囚於朝門之外，俟候晉平公出，啟奏定奪❶。

❶ 定奪：裁決。

單說羊舌赤字伯華，羊舌肸字叔向，與叔虎雖同是羊舌職之子，叔虎是庶母所生。當初叔虎之母，原是羊舌夫人房中之婢，甚有美色。其夫欲之，夫人不遣侍寢。時伯華、叔向，俱已年長，諫其母勿妒。其母笑曰：「吾豈妒婦哉！吾聞有甚美者，必有甚惡。深山大澤，實生龍蛇。恐其生龍蛇，為汝等之禍，是以不遣耳。」叔向等順父之意，固請於母，乃遣之。一宿而有孕，生叔虎。及長成，美如其母，而勇力過人。欒盈自幼與之同臥起，相愛宛如夫婦。他是欒黨中第一個相厚的。所以兄弟並行囚禁。

大夫欒王鮒字叔魚，時方嬖幸於平公。平日慕羊舌赤、肸兄弟之賢，意欲納交而不得。至是，聞二人被囚，特到朝門，正遇羊舌肸，揖而慰之曰：「子勿憂，吾見主公，必當力為子請。」羊舌肸默然不應。欒王鮒有慚色。羊舌赤聞之，責其弟曰：「吾兄弟畢命於此，羊舌氏絕矣。欒大夫有寵於君，言無不從。倘借其片語，天幸赦宥，不絕先人之宗。汝奈何不應，以失要人之心？」羊舌肸笑曰：「死生，命也。若天意降祐，必由祁老大夫。叔魚何能為哉？」羊舌赤曰：「以叔魚之朝夕君側，汝曰不能；以祁老大夫之致政閑居，而汝曰必由之。吾不知其解也！」羊舌肸曰：「叔魚行媚者也。君可亦可，君否亦否。祁老大夫外舉不避仇，內舉不避親，豈獨遺羊舌氏乎？」

少頃，晉平公臨朝，范匄以所獲欒黨姓名奏聞。平公亦疑羊舌氏兄弟三人，皆在其數。問於欒王鮒曰：「叔虎之謀，赤與肸實與聞否？」欒王鮒心愧叔向，乃應曰：「至親莫如兄弟，豈有不知？」平公乃下諸人於獄，使司寇議罪。時祁奚已告老，退居於祁。其子祁午，與羊舌赤同僚相善，星夜使人報信於父，求其以書達范匄，為赤求寬。奚聞信，大驚曰：「赤與肸，皆晉國賢臣。有此奇冤，我當親往救之！」乃乘車連夜入都，未及與祁午相會，便叩門來見范匄。匄曰：「大夫老矣，冒風露而降之，必有所諭。」祁奚曰：「老夫為晉社稷存亡而來，非為別事。」范匄大驚，問曰：「不知何事關係社稷，有煩老大夫如此用心？」祁奚曰：「賢人，社稷之衛也。羊舌職有勞於晉室。其子赤、肸，能嗣其美。一庶子不肖，遂聚而殲之，豈不可惜！昔郤芮為逆，郤缺升朝。父子之罪，不相及也，況兄弟乎？子以私怨，多殺無辜，使玉石俱焚。晉之社稷危矣！」范匄蹴然離席曰：「老大夫所言甚當。但君怒未解，匄與老大夫同詣君所言之。」於是並車入朝見平公，奏言：「赤、肸與叔虎，賢不肖不同，必不與聞欒氏之事。且羊舌之勞，不可廢也。」平公大悟，宣赦。赦出赤、肸二人，使復原職。智起、中行喜、籍偃、州賓、辛俞，皆斥為庶人。惟叔虎與箕遺、黃淵處斬。赤、肸二人蒙赦，入朝謝恩。事畢，羊舌赤謂其弟曰：「當往祁老大夫處一謝。」肸曰：「彼為社稷，非為我也。何謝焉？」竟登車歸第。羊舌赤心中不安，自往祁午處請見祁奚。午曰：「老父見過晉侯，即時回祁去矣。未嘗少留須臾也。」羊舌赤曰：「彼固施不望報者，吾愧不及肸之高見也！」髯翁有詩曰：

尺寸微勞亦望酬，拜恩私室豈知羞。
必如奚肸纔公道，笑殺紛紛貨賂求。

州賓復與欒祁往來。范匄聞之，使力士刺殺州賓於家。

卻說守曲沃大夫胥午，昔年曾為欒書門客。欒盈行過曲沃，胥午款迎，極其慇懃。欒盈言及城著，胥午許以曲沃之徒助之。留連三日，欒樂等報信已至，言：「陽畢領兵將到。」督戎曰：「晉兵若至，便與交戰，未必便輸與他。」州綽、邢蒯曰：「專為此事。恐恩主手下乏人，吾二人特來相助。」盈曰：「吾未嘗得罪於君，特為怨家所陷耳！若與拒戰，彼有辭矣。不如逃之，以俟君之見察。」胥午亦言拒戰之不可。即時收拾車乘，盈與午灑淚而別，出奔於楚。比及陽畢兵到著邑，邑人言：「盈未曾到此，在曲沃已出奔了。」陽畢班師而歸，一路宣布欒氏之罪。百姓皆知欒氏功臣，且欒盈為人，好施愛士，無不嘆惜其冤者。

范匄言於平公，嚴禁欒氏故臣，不許從欒盈。從者死。家臣辛俞，初聞欒盈在楚，乃收拾家財數車出城，欲往從之。被守門吏盤住，執辛俞以獻於平公。平公曰：「寡人有禁，汝何犯之？」辛俞再拜言曰：「臣愚甚，不知君所以禁從欒氏者，誠何說也？」平公曰：「從欒氏者無君，是以禁之。」辛俞曰：「誠禁無君，則臣知免於死矣。臣聞之：『三世仕其家則君之，再世則主之。事君以死，事主以勤。』臣自祖若父，以無大援於國，世隸於欒氏，食其祿，今三世矣。欒氏固臣之君也。臣惟不敢無君，是以欲從欒氏，又何禁乎？且盈雖得罪，君逐之而不誅，得無念其先世犬馬之勞，賜以生全乎？今羈旅他方，器用不具，衣食不給。或一朝填於溝壑，君之仁德，無乃不終？臣之此去，盡臣之義，成君之仁，且使國人聞之曰：『君雖危難，不可棄也。』於以禁無君者大矣！」平公悅其言，曰：「子姑留事寡人，寡人將以欒氏之祿祿子。」辛俞曰：「臣固言之矣，欒氏臣之君也。捨一君又事一君，其何以禁無君者？必欲見留，臣請死！」平公曰：「子往矣！寡人姑聽子，以遂子之志。」辛俞再拜稽首，仍領了數車輜重，昂然出絳州城而去。史臣有詩稱辛俞之忠。詩曰：

翻雲覆雨世情輕，霜雪方知松柏榮。三世為臣當效死，肯將晉主換欒盈？

卻說欒盈居楚境上數月，欲往郢都見楚王。忽轉念曰：「吾祖父宣力國家，與楚世仇。倘不相容，奈何？」欲改適齊，而資斧空乏。郤得辛俞驅輜重來到，得濟其用。遂修整車徒，望齊國進發。此周靈王二十一年事也。

* * *

再說齊莊公為人，好勇喜勝，不屑居人之下。雖然受命澶淵，終以平陰之敗為恥。嘗欲廣求勇力之士，自為一隊，親率以橫行天下。由是於卿大夫士之列，別立「勇爵」，祿比大夫。必須力舉千斤，射穿七札者，方與其選。先得殖綽、郭最，次又得賈舉、邴師、公孫傲、封具、鐸甫、襄尹、僂堙等，共是九人。莊公日日召至宮中，相與馳射擊刺，以為笑樂。一日，莊公視朝，近臣報道：「今有晉大夫欒盈被逐，來奔齊國。」莊公喜曰：「寡人正思報晉國之怨。今其世臣來奔，寡人之志遂矣。」欲遣人往迎之。大夫晏嬰出奏曰：「不可，不可！小所以事大者，信也。吾新與晉盟，今乃納其逐臣。倘晉人來責，何以對之？」莊公大笑曰：「卿言差矣！齊、晉匹敵，豈分小大？昔之受盟，聊以紓一時之急耳。寡人豈終事晉，如魯、衛、曹、邾者耶？」遂不聽晏嬰之言，使人迎欒盈入朝。盈謁見稽首，哭訴其見逐之由。莊公曰：「卿勿憂，寡人助卿一臂，必使卿復還晉國。」欒盈再拜稱謝。莊公賜以大館，設宴相款。州綽、邢蒯侍於欒盈之旁。莊公見其身大貌偉，問其姓名，二人以實告。莊公曰：「向日平陰之役，擒我殖綽、郭最者，非爾耶？」綽、蒯叩首謝罪。莊公曰：「寡人慕爾久矣！」命賜酒食。因謂盈曰：「寡人有求於卿，卿不可辭。」盈對曰：「苟可以應君命者，即髮膚無所愛！」莊公曰：「寡人無他求，欲暫乞二勇士為伴耳。」欒盈不敢推，只得應允。怏怏登車，嘆曰：「幸彼未見督戎，不然亦為所奪矣！」

莊公得州綽、邢蒯，列於「勇爵」之末。二人心中不服。一日，與殖綽、郭最，同侍於莊公之側。

二人假意佯驚，指綽、最曰：「此吾國之囚，何得在此？」郭最應曰：「吾等昔為奄狗所誤，須不比你跟人逃竄也！」州綽怒曰：「汝乃我口中之肉，尚敢跳動耶？」殖綽亦怒曰：「汝今日在我國中，也是我盤中之肉矣！」邢蒯曰：「既然汝等不能相容，即當復歸吾主。」郭最曰：「堂堂齊國，難道少了你二人不成！」四人語硬面赤，各以手撫佩劍，漸有相併❷之意。莊公用好言勸解，取酒勞之。謂州綽、邢蒯曰：「寡人固知二卿不屑居齊人之下也。」乃更「勇爵」之名，為「龍」、「虎」二爵，分為左右。右班「龍爵」，州綽、邢蒯為首，又選得齊人盧蒲癸、王何，使列其下。左班「虎爵」，則以殖綽、郭最為首，賈舉等七人，依舊次序。眾人與其列者，皆以為榮。惟州、邢、殖、郭四人，到底心下各不和順。

時崔杼、慶封以援立莊公之功，位皆上卿，同執國政。莊公常造其第，飲酒作樂。或時舞劍射棚，無復君臣之隔。單說崔杼之前妻，生下二子，曰成曰彊，數歲而妻死。再娶東郭氏，乃是東郭偃之妹。先嫁與棠公為妻，謂之棠姜，生一子，名曰棠無咎。那棠姜有美色。崔杼因往弔棠公之喪，窺見姿容，央東郭偃說合，娶為繼室。亦生一子，曰明。崔杼因寵愛繼室，遂用東郭偃、棠無咎為家臣，以幼子崔明託之。謂棠姜曰：「俟明長成，當立為適子。」此一段話，且擱過一邊。

且說齊莊公一日飲於崔杼之室，崔杼使棠姜奉酒。莊公悅其色，乃厚賂東郭偃，使之通意，乘間與之私合。來往多遍，崔杼漸漸知覺，盤問棠姜。棠姜曰：「誠有之。彼挾國君之勢以臨我，非一婦人所敢拒也。」杼曰：「然則汝何不言？」棠姜曰：「妾自知有罪，不敢言耳。」崔杼嘿然久之，曰：「此事與汝無干。」自此有謀弒莊公之意。

---

❷ 相併：互相併吞。

周靈王二十二年，吳王諸樊求婚於晉，晉平公以女嫁之。齊莊公謀於崔杼曰：「寡人許納欒盈，未得其便。聞曲沃守臣，乃欒盈厚交。今欲以送媵為名，順便納欒盈於曲沃，使之襲晉。此事如何？」崔杼銜恨齊侯，私心計較，正欲齊侯結怨於晉。待晉侯以兵來討，然後歸罪於君，弒之以為媚晉之計。今日莊公謀納欒盈，正中其計。乃對曰：「曲沃人雖為欒氏，恐未能害晉。主公必然親率一軍，為之後繼。若盈自曲沃而入，主公揚言伐衛，由濮陽自南而北，兩路夾攻，晉必不支。」莊公深以為然。以其謀告於欒盈，欒盈甚喜。家臣辛俞諫曰：「俞之從主，以盡忠也。亦願主之忠於晉君也！」盈曰：「晉君不以我為臣，奈何？」辛俞曰：「昔紂囚文王於羑里。文王三分天下，以服事殷。晉君不念欒氏之功，黜逐吾主，餬口於外，誰不憐之？一為不忠，何所容於天地之間耶！」欒盈不聽。辛俞泣曰：「吾主此行，必不免。俞當以死相送！」乃拔佩劍自刎而死。史臣有讚云：

盈出則從，盈叛則死。公不背君，私不背主。卓哉辛俞，晉之義士！

齊莊公遂以宗女姜氏為媵，遣大夫析歸父送之於晉。多用溫車載欒盈及其宗族，欲送至曲沃。州綽、邢蒯請從，莊公恐其歸晉，乃使殖綽、郭最代之。囑曰：「事欒將軍，猶事寡人也。」行過曲沃，盈等易服入城，夜叩大夫胥午之門。午驚異，啟門而出，見欒盈，大驚曰：「小恩主安得到此？」盈曰：「願得密室言之。」午乃迎盈入於深室之中。盈執胥午之手，欲言不言，不覺淚下。午曰：「小恩主有事，且共商議，不須悲泣。」盈乃收淚告曰：「吾為范、趙諸大夫所陷，宗祀不守。今齊侯憐其非罪，致我於此，齊兵且踵至矣。子若能興曲沃之甲，相與襲絳，齊兵攻其外，我等攻其內，絳可入也。然後取諸家之仇我者而甘心焉。因奉晉侯以和於齊。欒氏復興，在此一舉！」午曰：「晉勢方強，范、趙、智、荀諸家又睦，恐不能僥倖，徒以自賊，奈何？」盈曰：「吾有力士督戎，一人可當一軍。且殖綽、郭最，齊國之雄；欒樂、欒魴，強力善射。晉雖強，不足懼也。昔我佐魏絳於下軍，其孫舒每有請託，我無不周旋。彼感吾，每思圖報。若更得魏氏為內助，此事可八九矣。萬一舉事不成，雖死無恨！」午曰：「俟來日探人心何如，乃可行也。」盈等遂藏於深室。

至次日，胥午託言夢共太子，祭於其祠。以餕餘饗其官屬，伏欒盈於壁後。三觴樂作，胥午命止之，曰：「共太子之冤，吾等忍聞樂乎？」眾皆嗟嘆。胥午曰：「臣子，一例也。今欒氏世有大功，同朝譖而逐之，亦何異共太子乎？」眾皆曰：「此事通國皆不平，不知孺子猶能反國否？」胥午曰：「假如孺子今日在此，汝等何以處之？」眾皆曰：「若得孺子為主，願為盡力，雖死無悔！」坐中多有泣下者。胥午曰：「諸君勿悲，欒孺子見在此。」欒盈從屏後趨出，向眾人便拜。眾人俱拜。盈乃自述還晉之意：「若得重到絳州城中，死亦瞑目！」眾人俱踴躍願從。是日暢飲而散。

次日，欒盈寫密信一封，託曲沃賈人，送至絳州魏舒處。舒亦以范、趙所行太過，得此密信，即寫回書，言：「某衷甲以待，只等曲沃兵到，即便相迎。」欒盈大喜。胥午搜括曲沃之甲，共二百二十乘。欒盈率之。欒之族人能戰者皆從，老弱俱留曲沃。督戎為先鋒，殖綽、欒樂在右，郭最、欒魴在左。黃昏起行，來襲絳都。自曲沃至絳，止隔六十餘里，一夜便到。壞郭而入，直抵南門，絳人猶然不知。正是疾雷不及掩耳！剛剛掩上城門，守禦一無所設。不消一個時辰，被督戎攻破。招引欒兵入城，如入無人之境。時范匄在家，朝饔方徹。忽然樂王鮒喘吁而至，報言：「欒氏已入南門。」范匄大驚，急呼其子范鞅斂甲拒敵。欒王鮒曰：「事急矣！奉主公走固宮，猶可固守。」——固宮者，晉文公為呂、郤焚宮之難，乃於公宮之東隅，別築此宮，以備不測。廣寬十里有餘，內有宮室臺觀，積粟甚多。輪選國中壯甲三千人守之。外掘溝塹，牆高數仞，極其堅固，故曰固宮。——范匄憂國中有內應。鮒曰：「諸大夫皆欒怨家，可慮惟魏氏耳。若速以君命召之，猶可得也。」范匄以為然，乃使范鞅以君命召魏舒。一面催促僕人駕車。欒王鮒又曰：「事不可知，宜晦其跡。」時平公有外家之喪。范匄與欒王鮒，俱衷甲加墨縗，以絰蒙其首，詐為婦人，直入宮中，奏知平公，即御公以入於固宮。

卻說魏舒家在城北隅，范鞅乘軺車疾驅而往。但見車徒已列門外，舒戎裝在車，南向將往迎欒盈矣。范鞅下車，急趨而進曰：「欒氏為逆，主公已在固宮。鞅之父與諸大臣，皆聚於君所，使鞅來迎吾子。」魏舒未及答言，范鞅踴身一跳，早已登車。右手仗劍，左手牽魏舒之帶，嚇得魏舒不敢做聲。范鞅喝令：「速行！」輿人請問：「何往？」范鞅厲聲曰：「東行往固宮！」於是車徒轉向東行，徑到固宮。未知後事何如，再看下回分解。

第六十四回　曲沃城欒盈滅族　且于門杞梁死戰

卻說范匄雖遣其子范鞅往迎魏舒，未知逆順如何，心中委決不下。親自登城而望，見一簇車徒，自西北方疾驅而至，其子與魏舒，同在一車之上。喜曰：「欒氏孤矣！」即開宮門納之。魏舒與范匄相見，兀自顏色不定。匄執其手曰：「外人不諒，頗言將軍有私於欒氏。匄固知將軍之不然也。若能共滅欒氏者，當以曲沃相勞。」舒此時已落范氏牢籠之內，只得唯唯惟命。遂同謁平公，共商議應敵之計。須臾，趙武、荀吳、智朔、韓無忌、韓起、祁午、羊舌赤、羊舌肸、張孟趯諸臣，陸續而至。皆帶有車徒，軍勢益盛。固宮止有前後兩門，俱有重關。范匄使趙、荀兩家之軍，協守南關二重。韓無忌兄弟，協守北關二重。祁午諸人，周圍巡儆。匄與鞅父子，不離平公左右。欒盈已入絳城，不見魏舒來迎，心內懷疑。乃屯於市口，使人哨探。回報：「晉侯已往固宮，百官皆從。魏舒氏亦去矣！」欒盈大怒曰：「舒欺我，若相見，當手刃之！」即撫督戎之背曰：「用心往攻固宮，富貴與子共也。」督戎曰：「戎願分兵一半，獨攻南關。恩主率諸將攻北關。且看誰人先入？」此時殖綽、郭最，雖則與盈同事，然州綽、邢蒯，卻是欒盈帶往齊國去的。齊侯作興❶了他，綽、最每受其奚落。俗語云：「怪樹怪丫叉。」❷綽、最與州、

❶ 作興：抬舉。

❷ 怪樹怪丫叉：遷怒。

邢二將，有些心病，原原本本，未免遷怒到欒盈身上。況欒盈只誇督戎之勇，口口聲聲，並無俯仰❸綽、最之意。綽、最怎肯把熱氣去呵他冷面。也有坐觀成敗的意思，不肯十分出力。欒盈所靠只是督戎一人。當下督戎手提雙戟，乘車徑往固宮，要取南關。在關外閱看形勢，一馳一驟，威風凜凜，殺氣騰騰，分明似一位黑煞神下降。晉軍素聞其勇名，見之無不膽落。趙武嘖嘖嘆羨不已。武部下兩員驍將，叫做解雍、解肅。兄弟二人，皆使長槍，軍中有名。聞主將嘆羨，心中不服曰：「督戎雖勇，非有三頭六臂。某兄弟不揣，欲引一枝兵下關，定要活捉那廝獻功。」趙武曰：「汝須仔細，不可輕敵。」二將妝束齊整，飛車出關，隔塹大叫：「來將是督將軍否？可惜你如此英雄，卻跟隨叛臣。早早歸順，猶可反禍為福。」督戎聞叫大怒，喝教軍士填塹而渡。軍士方負土運石，督戎性急，將雙戟按地，儘力一躍，早跳過塹北。二解倒吃了一驚，挺槍來戰督戎。督戎舞戟相迎，全無懼怯。解雍的駕馬，早被督戎一戟打去，折了半脊，車不能動。連解肅的駕馬，嘶鳴起來，也不行走。二解欺他單身，跳下車來步戰。督戎兩枝大戟，一左一右，使得呼呼的響。解肅一槍刺來，督戎一戟拉去。戟勢去重，磅的一聲，那枝槍戳為兩段。解肅撇了槍桿便走。解雍也著了忙，手中遲慢，被督戎一戟刺倒，便去追趕解肅。解肅善走，徑奔北關，縋城而上。督戎趕不著，退轉來要結果解雍，已被軍將救入關去了。督戎氣忿忿的，獨自挺戟而立，叫道：「有本事的多著幾個出來，一總廝殺，省得費了功夫。」關上無人敢應。督戎守一會，仍回本營。分付軍士，打點明日攻關。是夜，解雍傷重而死，趙武痛惜不已。解肅曰：「明日小將再決一戰，誓報兄仇，雖死不恨！」荀吳曰：「我部下有老將牟登，他有二子，牟剛、牟勁，俱有千斤之力，見在

❸ 俯仰：看重。

晉侯麾下侍衛。今夜使牟登喚來，明日同解將軍出戰。三人戰一個，難道又輸與他？」趙武曰：「如此甚好！」荀吳自去分付牟登去了。

次早，牟剛、牟勁俱到。趙武看之，果然身材魁偉，氣象猙獰。慰勞了一番，命解肅一同下關。那邊督戎，早把坑塹填平，直逼關下搦戰。這裡三員猛將，開關而出。督戎大叫：「不怕死的都來！」三將並不打話，一枝長槍，兩柄大刀，一齊都奔督戎。督戎全無懼怯。殺得性起，跳下車來。將雙戟飛舞，盡著氣力，落戟去處，便有千鈞之重。牟勁車軸被督戎打折，只得跳下車來。著了督戎一戟，打個稀爛。牟剛大怒，拼命上前，怎奈戟鋒如箭，沒處進步。老將牟登喝叫：「且歇！」關上鳴起金來。牟登親自出關，接應牟剛、解肅進去。督戎教軍士攻關。關上矢石如雨，軍士多有傷損。惟督戎不動分毫，真勇將也！趙武與荀吳，連敗二陣，遣人告急於范匄。范匄曰：「一督戎勝他不得，安能勝欒氏乎？」是夜秉燭而坐，悶悶不已。有一隸人侍側，叩首而問曰：「元帥心懷鬱鬱，莫非憂督戎否？」范匄視其人，姓斐名豹，原是屠岸賈手下驍將斐成之子。因坐屠黨，沒官為奴，在中軍服役。范匄奇其言，問曰：「爾若有計除得督戎，當有重賞。」斐豹曰：「小人名在丹書❹，枉有沖天之志，無處討個出身。元帥若於丹書上，除去豹名，小人當殺督戎，以報厚德。」范匄曰：「爾若殺了督戎，吾當請於晉侯，將丹書盡行焚棄，收爾為中軍牙將。」斐豹曰：「元帥不可失信。」范匄曰：「若失信，有如紅日！但不知用車徒多少？」斐豹曰：「督戎向在絳城，與小人相識，時常角力賭勝。其人恃勇性躁，專好獨鬪。若以車徒往，不能勝也。小人情願單身下關，自有擒督戎之計。」范匄曰：「汝莫非去而不返？」斐豹曰：「小

❹ 丹書：用硃筆定罪的文書。

人有老母，今年七十八歲。又有幼子嬌妻，豈肯罪上加罪，作此不忠不孝之事？如有此等，亦如紅日！」范匄大喜。勞以酒食，賞兕甲一副。

次日，斐豹穿甲於內，外加練袍，扎縛停當。頭帶韋弁，足穿麻屨，腰藏利刃，手中提一銅鎚，重五十二斤，來辭范匄曰：「小人此去，殺得督戎，奏凱而回。不然，亦死於督戎之手，決不兩存。」范匄曰：「我當親往，看汝用力。」即時命駕車，使斐豹驂乘，同至南關。趙武、荀吳接見，訴以督戎如此英雄，連折二將。范匄曰：「今日斐豹單身赴敵，只看晉侯福分。」言猶未已，關下督戎大呼搦戰。斐豹伏在關上呼曰：「督君還認得斐大否？」——豹行大，故自稱斐大，乃昔年彼此所呼也。——督戎曰：「斐大，如今還敢來賭一死生麼？」斐豹曰：「他人怕你，我斐豹不怕你。你把兵車退後，我與你兩人，只地下賭鬬。雙手對雙手，兵器對兵器。不是你死我活，也落得個英名傳後。」督戎曰：「此論正合吾意！」遂將軍士約退。這裡關門開處，單單放一個斐豹出來。兩個就在關前交戰。約二十餘合，未分勝敗。斐豹詐言道：「我一時內急，可暫住手。」督戎那裡肯放，斐豹先瞧見西邊空處，有一帶短牆，捉個空隙就走。督戎隨後趕來，大喝：「走向那裡去？」范匄等在關上，看見督戎追斐豹，慌捏一把汗。誰知斐豹卻是用計，奔近短牆，撲的跳將進去。督戎見斐豹進牆去了，亦踰牆而入。只道斐豹在前面，卻不知斐豹隱身在一棵大樹之下，專等督戎進牆，出其不意，提起五十二斤的銅鎚，自後擊之。正中其腦，腦漿迸裂，撲地便倒，兀自把右腳飛起，將斐豹胸前兕甲，碾去一片。斐豹急拔出腰間利刃，剁下首級，復跳牆而出。關上望見斐豹手提有血淋淋的人頭，已知得勝。大開關門，解肅、牟剛引兵殺出。欒軍大敗，一半殺了，一半投降，逃去者十無一二。范匄仰天瀝酒曰：「此晉侯之福也！」即酌酒親賜斐豹，就帶他往見晉侯。晉侯賞以兵車一乘，注功績第一。潛淵先生有詩云：

督戎神力世間無，敵手誰知出隸夫！始信用人須破格，笑他肉食似雕瓠！

再說欒盈引大隊車馬，攻打北關，連接督戎捷報。盈謂其下曰：「吾若有兩督戎，何患固宮不破耶？」殖綽踐郭最之足。郭最以目答之。各低頭不語。惟有欒樂、欒魴思欲建功，不避矢石。韓無忌、韓起，因前關屢敗，不敢輕出，只是嚴守。到第三日，欒盈得敗軍之報，言：「督戎被殺，全軍俱沒。」嚇得手足無措，方請殖綽、郭最商議。綽、最笑曰：「督戎且失利，況我等乎？」欒盈垂淚不已。欒樂曰：「我等死生，決於今夜。當令將士畢聚北門，於三更之後，悉登轒車，放火燒關，或可入也。」欒盈從其計。晉侯喜督戎之死，置酒慶賀。韓無忌、韓起俱來獻觴上壽。飲至三更方散。纔回北關，點視方畢。忽然車聲轟起，欒氏軍馬大集。轒車高與關齊，火箭飛蝗般射來，延燒關門。火勢兇猛，關內軍士，存扎不牢。欒樂當先，欒魴繼之，乘勢遂占了外關。韓無忌等退守內關，遣人飛報中軍求救。范匄命魏舒往南關，替回荀吳一枝軍馬，往北關幫助二韓。遂同晉侯登臺，望見欒兵屯於外關，寂然無聲。范匄曰：「此必有計！」傳令內關用心防禦。守至黃昏，欒兵復登轒車，仍用火器攻門。這裡預備下皮帳，帳用牛皮為之，以水浸透，撐開遮蔽，火不能入。亂了一夜，兩下暫息。范匄曰：「賊已逼近，儻久而不退，齊復乘之，國必殆矣！」遂命其子范鞅，率斐豹引一枝軍，從南關轉至北門，從外而攻。刻定時辰，約會二韓守關。荀吳率牟剛，引一枝兵，從內關殺出外關。腹背夾攻，教他兩下不能相顧。使趙武、魏舒，移兵屯於關外，以防南逸。調度已畢，奉晉侯登臺觀戰。范鞅臨行，請於匄曰：「鞅年少望輕，願假以中軍旗鼓。」匄許之。鞅仗劍登車，建旆而行。方出南關，謂其下曰：「今日之戰，有進無退！若兵敗，吾先自刭，必不令諸君獨死！」眾皆踴躍。

卻說荀吳奉范匄將令，使將士飽食結束，專等時候。只見欒兵紛紛擾擾，俱退出外關。心知外兵已到。一聲鼓響，關門大開。牟剛在前，荀吳在後，甲士步卒，一齊殺出。欒盈亦慮晉兵內外夾攻，使欒魴用鐵葉車，塞外門之口，分兵守之。荀吳之兵，不能出外。范鞅兵到，欒樂見大旆驚曰：「元帥親至乎？」使人察之，回報曰：「小將軍范鞅也。」樂曰：「不足慮矣。」乃張弓挾矢，立於車中，顧左右曰：「多帶繩索，射倒者則牽之。」馳入晉軍，左射右射，發無不中。其弟欒榮，同在車中，謂曰：「矢可惜也！多射無名。」樂乃不射。少頃，望見一軍遠遠而來，車中一將，韋弁練袍，形容古怪。欒榮指曰：「此人名斐豹，即殺我督將軍者，可以射之。」欒樂曰：「俟近百步，汝當為我喝采。」言未畢，又一車從旁經過。欒樂認得車中，乃是小將軍范鞅。想道：「若射得范鞅，卻不勝如斐豹。」乃驅車逐鞅而射之。欒樂之箭，從來百發百中，偏是這一箭，射個落空。范鞅回顧，見是欒樂，大罵：「反賊！死在頭上，尚敢射我？」欒樂便教回車退走。他不是真懼范鞅，因射他不著，欲回車誘他趕來，覷得親切，好端的放箭。誰知殖綽、郭最，亦在軍中，忌欒樂善射，惟恐其成功。一見他退走，遂大呼曰：「欒氏敗矣！」御人聞呼，又錯認別枝兵敗了。舉頭四望，轡亂馬逸。路上有大槐根，車輪誤觸之而覆，把欒樂跌將出來。恰恰的斐豹趕到，用長戟鉤之。斷其手足。可憐欒樂，是欒族第一個戰將，今日死於槐根之側，豈非天哉！髯翁有詩嘆云：

猿臂將軍射不空，偏教一矢誤英雄。老天已絕欒家祀，肯許軍中建大功？

欒榮先跳下車，不敢來救欒樂，急逃而免。殖綽、郭最，難回齊國。郭最奔秦，殖綽奔衛。欒盈聞欒樂之死，放聲大哭。軍士無不哀涕。欒魴守不住門口，收兵保護欒盈，往南而奔。荀吳與范鞅合兵從後追來。盈、魴同曲沃之眾，抵死拒敵，大殺一場，晉兵纔退。盈、魴亦身帶重傷。行至南門，又遇魏舒引兵攔住。欒盈垂淚告曰：「魏伯獨不憶下軍共事之日乎？盈知必死，然不應死於魏伯之手也。」魏舒意中不忍，使車徒分列左右，讓欒盈一路。欒盈、欒魴引著殘兵，急急奔回曲沃去了。須臾，趙武軍到，問魏舒曰：「欒孺子已過，何不追之？」魏舒曰：「彼如釜中之魚，甕中之鼈，自有庖人動手。舒念先人僚誼，誠不忍操刀也。」趙武心中惻然，亦不行追趕。范匄聞欒盈已去，知魏舒做人情，置之不言。乃謂范鞅曰：「從盈者皆曲沃之甲，此去必還曲沃。彼爪牙已盡，汝率一軍圍之，不憂不下也。」荀吳亦願同往，范匄許之。二將帥車三百乘，圍欒盈於曲沃。范匄奉晉平公復回公宮，取丹書焚之。因斐豹得脫隸籍者二十餘家。范匄遂收斐豹為牙將。

＊　＊　＊

話分兩頭。卻說齊莊公自打發欒盈，轉身便大選車徒，以王孫揮為大將，申鮮虞副之。州綽、邢蒯為先鋒，晏氂為合後。賈舉、邴師等，隨身扈駕。擇吉出師，先侵衛地。衛人儆守，不敢出戰。齊侯也不攻城，遂望帝邱而北，直犯晉界，圍朝歌，三日取之。莊公登朝陽山犒軍，遂分軍為二隊：王孫揮同諸將為前隊，從左取路孟門隘；莊公自率「龍」「虎」二爵為後隊，從右取路共山。俱於太行山取齊。一路殺掠，自不必說。邢蒯露宿共山之下，為毒蛇所螫，腹腫而死。莊公甚惜之。不一日，兩軍俱至太行。莊公登山，以望二絳，正議襲絳之事。聞欒盈敗走曲沃，晉侯悉起大軍將至。莊公曰：「吾志不遂矣！」遂觀兵於少水而還。守邯鄲大夫趙勝，起本邑之兵追之。莊公只道大軍到來，前隊又已先發，倉皇奔走，只留晏氂斷後。氂兵敗，被趙勝斬之。

范鞅、荀吳圍曲沃月餘，盈等屢戰不勝。城中死者過半，力盡不能守，城遂破。胥午伏劍而死。欒盈、欒榮俱被執。盈曰：「吾悔不用辛俞之言，乃至於此！」荀吳欲因欒盈，解至絳城。范鞅曰：「主公優柔不斷，萬一乞哀而免之，是縱仇也。」乃夜使人縊死之。並殺欒榮，盡誅滅欒氏之族。惟欒魴縋城而遁，出奔宋國去了。鞅等班師回奏，平公命以欒氏之事，播告於諸侯。諸侯多遣人來稱賀。史臣有贊云：

賓傳桓叔，枝佐文君。傳盾及書，世為國楨。厭一汰侈，遂墜厥勳。盈雖好事，適殞其身。保家有道，以誡子孫。

於是范匄告老，趙武代之為政。不在話下。

* * *

再說齊莊公以伐晉未竟其功，雄心不死。還至齊境，不肯入，曰：「平陰之役，莒人欲自其鄉襲齊，此仇亦不可不報也。」乃留屯於境上，大蒐車乘。州綽、賈舉等，各賜堅車五乘，名為「五乘之賓」。賈舉稱臨淄人華周、杞梁之勇，莊公即使人召之。周、梁二人來見莊公，賜以一車，使之同乘，隨軍立功。

華周退而不食。謂杞梁曰：「君之立『五乘之賓』，以勇故也。君之召我二人，亦以勇故也。彼一人而五乘，我二人而一乘，此非用我，乃辱我耳！盍辭之他往乎？」杞梁曰：「梁家有老母，當稟命而行之。」杞梁歸告其母。母曰：「汝生而無義，死而無名，雖在『五乘之賓』，人孰不笑汝。汝勉之，君命不可逃也！」杞梁以母之語，述於華周。華周曰：「婦人不忘君命，吾敢忘乎？」遂與杞梁共車，侍於莊公。莊公休兵數日，傳令留王孫揮統大軍屯扎境上。單用五乘之車，及精銳三千，銜枚臥鼓，往襲莒國。華周、杞梁，自請為前隊。莊公問曰：「汝用甲乘幾何？」華周、杞梁曰：「臣等二人，隻身謁君，亦願隻身前往。君所賜一車，已足吾乘矣！」莊公欲試其勇，笑而許之。華周、杞梁，約更番為御。臨行曰：「更得一人為戎右，可當一隊矣！」有小卒挺身出曰：「小人願隨二將軍一行，不知肯提挈否？」華周曰：「汝何姓名？」小卒對曰：「某乃本國人隰侯重也。今慕二位將軍之義勇，是以樂從。」三人遂同一乘，建一旗一鼓，風馳而去。先到莒郊，露宿一夜。次早，莒黎比公知齊師將到，親率甲士三百人巡郊。遇華周、杞梁之車，方欲盤問。周、梁瞋目大呼曰：「我二人乃齊將也，誰敢與我決鬬？」黎比公吃了一驚。察其單車無繼，使甲士重重圍之。周、梁謂隰侯重曰：「汝為我擊鼓勿休！」乃各挺長戟，跳下車來，左右衝突，遇者輒死。三百甲士，被殺傷了一半。黎比公曰：「寡人已知二將軍之勇矣！不須死戰，願分莒國與將軍共之。」周、梁同聲對曰：「去國歸敵，非忠也；受命而棄之，非信也。深入多殺者，為將之事。若莒國之利，非臣所知！」言畢，奮戟復戰。黎比公不能當，大敗而走。齊莊公大隊已到，聞知二將獨戰得勝，使人召之還，曰：「寡人已知二將軍之勇矣！不必更戰。願分齊國，與將軍共之。」周、梁同聲對曰：「君立『五乘之賓』，而吾不與焉，是少吾勇也；又以利啖我，是污吾行也。深入多殺者，為將之事。若齊國之利，非臣所知！」乃揖去使者，棄車步行，直逼且于門。黎比公令人於狹道掘溝炙炭，炭火騰焰，不能進步。隰侯重曰：「吾聞古之士，能立名於後世者，惟捐生也。吾能使子踰溝。」乃仗楯自伏於炭上，令二子乘之而進。華周、杞梁既踰溝，回顧隰侯重，已焦灼矣。乃向之而號。杞梁收淚，華周哭猶未止。杞梁曰：「汝畏死耶？何哭之久也！」華周曰：「我豈怕死者哉！此人之勇，與我同也。乃能先我而死，是以哀之。」黎比公見二將已越火溝，急召善射者百人，伏於門之左右，俟其近即攢射之。華周、杞梁直奪前門，百矢俱發。二將冒矢突戰，復殺二十七人。守城軍士，環立城上，皆注矢下射。杞梁重傷先死。華周身中數十箭，力盡被執，氣猶未絕。黎比公載歸城中。有詩為證：

爭羨赳赳五乘賓，形如熊虎力千鈞。誰知陷陣捐軀者，卻是單車殉義人！

卻說齊莊公得使者回言，知周、梁有必死之心，遂引大隊前進。至且于門，聞二人俱已戰死。大怒，便欲攻城。黎比公遣使至齊軍中謝曰：「寡君徒見單車，不知為大國所遣，是以誤犯。且大國死者只二人，敝邑死者已百餘人矣！彼自求死，非敝邑敢於加兵也。寡君畏君之威，特命下臣百拜謝罪，願歲歲朝齊，不敢有二！」莊公怒氣方盛，不准行成。黎比公復遣使相求，欲送還華周，並歸杞梁之屍，且以金帛犒軍。莊公猶未許。忽報：「王孫揮有急報至，言：『晉侯與宋、魯、衛、鄭各國之君，會於夷儀，謀伐齊國。請主公作速班師。』」莊公得此急信，乃許莒成。莒黎比公大出金帛為獻，以溫車載華周，以輦載杞梁之屍，送歸齊軍。惟隰侯重屍在炭中，已化為灰燼，不能收拾。莊公即日班師，命將杞梁殯於齊郊之外。莊公方入郊，適遇杞梁之妻孟姜，來迎夫屍。莊公停車，使人弔之。孟姜對使者再拜曰：「梁若有罪，敢辱君弔。若其無罪，猶有先人之敝廬在。郊非弔所，下妾敢辭！」莊公大慚曰：「寡人之過也！」乃為位於杞梁之家而弔焉。孟姜奉夫棺，將窆於城外。乃露宿三日，撫棺大慟。涕淚俱盡，繼之以血。齊城忽然崩陷數尺，由哀慟迫切，精誠之所感也。——後世傳秦人范杞梁差築長城而死，其妻孟姜女送寒衣至城下，聞夫死痛哭，城為之崩。蓋即齊將杞梁之事，而誤傳之耳。——華周歸齊傷重，未幾亦死。其妻哀慟，倍於常人。按孟子稱：「華周、杞梁之妻，善哭其夫而變國俗。」正謂此也。史臣有詩云：

忠勇千秋想杞梁，頹城悲慟亦非常。至今齊國成風俗，嫠婦哀哀學孟姜。

按此乃周靈王二十二年之事。是年大水，穀水與洛水鬬，黃河俱泛濫，平地水深尺餘。晉侯伐齊之議遂中止。

* * *

卻說齊右卿崔杼惡莊公之淫亂，巴不得晉師來伐，欲行大事。已與右卿慶封商議，事成之日，平分齊國。及聞水阻，心中鬱鬱。莊公有近侍賈豎，嘗以小事，受鞭一百。崔杼知其銜怨，乃以重賂結之。凡莊公一動一息，俱令相報。畢竟崔杼做出甚事來，再看下回分解。

第六十五回　弒齊光崔慶專權　納衛衎甯喜擅政

話說周靈王二十四年夏五月，莒黎比公因許齊侯歲歲來朝，是月親自至臨淄朝齊。莊公大喜，設饗於北郭，款待黎比公。崔氏府第，正在北郭。崔杼有心拿莊公破綻，詐稱寒疾，不能起身。諸大夫皆侍宴，惟杼不往。密使心腹，叩信於賈豎。豎密報云：「主公等席散，便來問相國之病。」崔杼笑曰：「君豈憂吾病哉？正以吾病為利，欲行無恥之事耳！」乃謂其妻棠姜曰：「我今日欲除此無道昏君！汝若從吾之計，吾不揚汝之醜，當立汝子為適嗣。如不從吾言，先斬汝母子之首！」棠姜曰：「婦人，從夫者也。子有命，焉敢不依！」崔杼乃使棠無咎伏甲士百人於內室之左右，使崔成、崔彊伏甲於門之內，使東郭偃伏甲於門之外。分撥已定，約以鳴鐘為號。再使人送密信於賈豎：「君若來時，須要如此恁般。」

且說莊公愛棠姜之色，心心念念，寢食不忘。只因崔杼防範嚴密，不便數數來往。是日，見崔杼辭病不至，正中其懷，神魂已落在棠姜身上。燕享之儀，了事而已。事畢，趨駕往崔氏問疾。閽者謬對曰：「病甚重，方服藥而臥。」莊公曰：「臥於何處？」對曰：「臥於外寢。」莊公大喜，竟入內室。時州綽、賈舉、公孫傲、僂堙四人從行。賈豎曰：「君之行事，子所知也。盍待於外，無混入以驚相國。」州綽等信以為然，遂俱止於門外。惟賈舉不肯出，曰：「留一人何害？」乃獨止堂中。賈豎閉中門而入。閽者復掩大門，拴而鎖之。莊公至內室，棠姜豔妝出迎。未交一言，有侍婢來告：「相國口燥，欲飲蜜湯。」棠姜曰：「妾往取蜜即至也。」棠姜同侍婢自側戶冉冉而去。莊公倚檻待之。望而不至，乃歌曰：

室之幽兮，美所遊兮。室之邃兮，美所會兮。不見美兮，憂心胡底兮！

歌方畢，聞廊下有刀戟之聲。莊公訝曰：「此處安得有兵？」呼賈豎，不應。須臾間，左右甲士俱起。莊公大驚，情知有變。急趨後戶，戶已閉。莊公力大，破戶而出。得一樓，登之。棠無咎引甲士圍樓，聲聲只叫：「奉相國之命，來拿淫賊！」莊公倚檻諭之曰：「我，爾君也。幸捨我去！」無咎曰：「相國有命，不敢自專。」莊公曰：「相國何在？願與立盟，誓不相害！」無咎曰：「相國病不能來也。」莊公曰：「寡人知罪矣！容至太廟中自盡，以謝相國何如？」無咎曰：「我等但知拿奸淫之人，不知有君。君既知罪，即請自裁，毋徒取辱。」莊公不得已，從樓牖中躍出，登花臺，欲踰牆走。無咎引弓射之，中其左股，從牆上倒墜下來。甲士一齊俱上，刺殺莊公。無咎即使人鳴鐘數聲。時近黃昏，賈舉在堂中側耳而聽，忽見賈豎啟門，攜燭而出，曰：「室中有賊，主公召爾。爾先入，我當報州將軍等。」賈舉曰：「與我燭。」賈豎授燭，失手墜地，燭滅。舉仗劍摸索，纔入中門，遇絆索躓地。崔彊從門旁突出，擊而殺之。州綽等在門外，不知門內之事。東郭偃偽為結好，邀至旁舍中，秉燭具酒肉，且勸使釋劍樂飲，亦遍飲從者。忽聞宅內鳴鐘，東郭偃曰：「主公飲酒矣。」州綽曰：「不忌相國乎？」偃曰：「相國病甚，誰忌之？」有頃，鐘再鳴。偃起曰：「吾當入視。」偃去。甲士悉起。州綽等急簡兵器，先被東郭偃使人盜去了。州綽大怒，視門前有升車石，礫以投人。僂堙適趨過，誤中堙，折其一足，懼而走。公孫傲拔繫馬柱而舞，甲士多傷。眾人以火炬攻之，鬚髮盡燎。時大門忽啟，崔成、崔彊復率甲士自內而出。公孫傲以手拉崔成，折其臂。崔彊以長戈刺傲立死，並殺僂堙。州綽奪甲士之戟，復來尋鬪。東郭偃大呼：「昏君奸淫無道，已受誅戮。不干眾人之事，何不留身以事新主？」州綽乃投戟於地曰：「吾以羈旅亡命，受齊侯知己之遇。今日不能出力，反害僂堙，殆天意也。惟當捨一命以報君寵，豈肯苟活，為齊、晉兩國所笑乎？」即以頭觸石垣三四，石破，頭亦裂。邴師聞莊公之死，自刭於朝門之外，封具縊於家。鐸父與襄尹相約往哭莊公之屍。中路聞賈舉等俱死，遂皆自殺。髯翁有詩云：

似虎如龍勇絕倫，因懷君寵命輕塵。私恩只許私恩報，殉難何曾有大臣？

時王何約盧蒲癸同死。癸曰：「無益也，不如逃之，以俟後圖。幸有一人復國，必當相引。」王何曰：「請立誓！」誓成，王何遂出奔莒國。盧蒲癸將行，謂其弟盧蒲嫳曰：「君之立勇爵，以自衛也。與君同死，何益於君？我去，子必求事崔、慶而歸我。我因以為君報仇。如此則雖死不虛矣。」嫳許之。癸乃出奔晉國。盧蒲嫳遂求事慶封，慶封用為家臣。申鮮虞出奔楚，後仕楚為右尹。時齊國諸大夫聞崔氏作亂，皆閉門待信，無敢至者。惟晏嬰直造崔氏，入其室，枕莊公之股，放聲大哭。既起，又踴躍三度，然後趨出。棠無咎曰：「必殺晏嬰，方免眾謗。」崔杼曰：「此人有賢名，殺之恐失人心。」晏嬰遂歸，告於陳須無曰：「盍議立君乎？」須無曰：「守有高、國，權有崔、慶。須無何能為？」嬰退。須無曰：「亂賊在朝，不可與共事也。」駕而奔宋。晏嬰復往見高止、國夏，皆言：「崔氏將至，且慶氏在，非吾所能主張也。」嬰乃嘆息而去。未幾，慶封使其子慶舍，搜捕莊公餘黨，殺逐殆盡。以車迎崔杼入朝。然後使召高、國，共議立君之事。高、國讓於崔、慶。慶封復讓於崔杼。崔杼曰：「靈公之子杵臼，年已長。其母為魯大夫叔孫僑如之女，立之可結魯好。」眾人皆唯唯。於是迎公子杵臼為君，是為景公。時景公年幼，崔杼自立為右相，立慶封為左相，盟群臣於太公之廟。刑牲歃血，誓其眾曰：「諸君有不與崔、慶同心者，有如日！」慶封繼之，高、國亦從其誓。輪及晏嬰，嬰仰天嘆曰：「諸君能忠於君，利於社稷，而嬰不與同心者，有如上帝！」崔、慶俱色變。高、國曰：「二相今日之舉，正忠君利社稷之事也。」崔、慶乃悅。時莒黎比公，尚在齊國。崔、慶奉景公與黎比公為盟，黎比公乃歸莒。崔杼命棠無咎斂州綽、賈舉等之屍，與莊公同葬於北郭。減其禮數，不用兵器，曰：「恐其逞勇於地下也。」命太史伯以瘧疾書莊公之死。太史伯不從，書於簡曰：「夏五月乙亥，崔杼弒其君光。」杼見之，大怒，殺太史。太史有弟三人，曰仲、叔、季。仲復書如前，杼又殺之。叔亦如之，杼復殺之。季又書。杼執其簡謂季曰：「汝三兄皆死，汝獨不愛性命乎？若更其語，當免汝。」季對曰：「據事直書，史氏之職也。失職而生，不如死！昔趙穿弒晉靈公，太史董狐以趙盾位為正卿，不能討賊，書曰：『趙盾弒其君夷皐。』盾不為怪，知史職不可廢也。某即不書，天下必有書之者。不書不足以蓋相國之醜，而徒貽識者之笑。某是以不愛其死。惟相國裁之！」崔杼嘆曰：「吾懼社稷之隕，不得已而為此。雖直書，人必諒我。」乃擲簡還季。季捧簡而出。將至史館，遇南史氏方來。季問其故。南史氏曰：「聞汝兄弟俱死，恐遂沒夏五月乙亥之事，吾是以執簡而來也。」季以所書簡示之，南史氏乃辭去。髯翁讀史至此，有讚云：

朝綱紐解，亂臣接跡。斧鉞不加，誅之以筆。不畏身死，而畏溺職。南史同心，有遂無格。皎日青天，奸雄奪魄。彼哉訣語，羞此史冊！

崔杼愧太史之筆，乃委罪賈豎而殺之。是月，晉平公以水勢既退，復大合諸侯於夷儀，將為伐齊之舉。崔杼使左相慶封以莊公之死，告於晉師，言：「群臣懼大國之誅，社稷不保，以代大國行討矣！新君杵臼，出自魯姬。願改事上國，勿替舊好。所攘朝歌之地，仍歸上國。」更以宗器若干，樂器若干為獻。諸侯亦皆有賂。平公大悅，班師而歸。諸侯皆散。自此晉、齊復合。時殖綽在衛，聞州綽、邢蒯皆死，復歸齊國。衛獻公衎出奔在齊，素聞其勇，使公孫丁以厚幣招之。綽遂留事獻公。此事擱過一邊。

* * *

是年，吳王諸樊伐楚，過巢，攻其門。巢將牛臣隱身於短牆而射之，諸樊中矢而死，群臣守壽夢臨終之戒，立其弟餘祭為王。餘祭曰：「吾兄非死於巢也。以先王之言，國當次及，欲速死以傳季弟，故輕生耳。」乃夜禱於天，亦求速死。左右曰：「人所欲者壽也。王乃自祈早死，不亦遠於人情乎？」餘祭曰：「昔我先人太王廢長立幼，竟成大業。今我兄弟四人，以次相承，若俱考終命，札且老矣。吾是以求速也。」此段話且擱過一邊。

* * *

卻說衛大夫孫林父、甯殖既逐其君衎，奉其弟剽為君。後甯殖病篤，召其子甯喜謂曰：「甯氏自莊、武以來，世篤忠貞。出君之事，孫子為之，非吾意也。而人皆稱曰：『孫、甯』，吾恨無以自明。即死，無顏見祖父於地下！子能使故君復位，蓋吾之愆，方是吾子。不然，吾不享汝之祀矣！」喜泣拜曰：「敢不勉圖！」殖死，喜嗣為左相。自是，日以復國為念。奈殤公剽屢會諸侯，四境無故。上卿孫林父又是獻公衎的嫡仇，無間可乘。周靈王二十四年，衛獻公襲夷儀據之。使公孫丁私入帝邱城，謂甯喜曰：「子能反父之意，復納寡人，衛國之政，盡歸於子。寡人但主祭祀而已。」甯喜正有遺囑在心，今得此信，且有委政之言，不勝之喜。又思：「衛侯一時求復，故以甜言相哄。倘歸而悔之，奈何？公子鱄賢而有信，若得他為證明，他日定不相負。」乃為復書，密付來使。書中大約言：「此乃國家大事，臣喜一人，豈能獨力承當？子鮮乃國人所信，必得他到此面訂，方有商量。」——子鮮者，公子鱄之字也。——獻公謂公子鱄曰：「寡人復國，全由甯氏。吾弟必須為我一行。」子鱄口雖答應，全無去意。獻公屢屢促之。鱄對曰：「天下無無政之君。君曰：『政由甯氏。』異日必悔之。是使鱄失信於甯氏也。鱄所以不敢奉命。」獻公曰：「寡人今竄身一隅，猶無政也。倘先人之祀，延及子孫，寡人之願足矣。豈肯食言，以累吾弟？」鱄對曰：「君意既決，鱄何敢避事，以敗君之大功！」乃私入帝邱城，來見甯喜，復申獻公之約。甯喜曰：「子鮮若能任其言，喜敢不任其事？」鱄向天誓曰：「鱄若負此言，不能食衛之粟！」喜曰：「子鮮之誓，重於泰山矣。」公子鱄回復獻公去了。甯喜以殖之遺命告於蘧瑗。瑗掩耳而走曰：「瑗不與聞君之出，又敢與聞君之入乎？」遂去衛適魯。喜復告於大夫石惡、北宮遺，二人皆贊成之。喜乃告於右宰穀，穀連聲曰：「不可，不可！新君之立十二年矣，未有失德。今謀復故君，必廢新君。父子得罪於兩世，天下誰能容之？」喜曰：「吾受先人遺命，此事斷不可已。」右宰穀曰：「吾請往見故君，觀其為人視往日如何，而後商之。」喜曰：「善。」右宰穀乃潛往夷儀，求見獻公。獻公方濯足，聞穀至，不及穿履，徒跣而出，喜形於面，謂穀曰：「子從左相處來，必有好音矣！」穀對曰：「臣以便道奉候，喜不知也。」獻公曰：「子第為寡人致左相，速速為寡人圖成其事。左相縱不思復寡人，獨不思得衛政乎？」穀對曰：「所樂為君者，以政在也。政去，何以為君？」獻公曰：「不然。所謂君者，受尊號，享榮名，美衣玉食，崇階華宮，乘高車，駕上駟，府庫充盈，使令滿前，入有嬪御姬侍之奉，出有田獵畢弋之娛。豈必勞心政務然後為樂哉？」穀嘿然而退。復見公子鱄。穀述獻公之言。鱄曰：「君淹恤日久，苦極望甘，故為此言。夫所謂君者，敬禮大臣，錄用賢能，節財而用之，恤民而使之，作事必寬，出言必信，然後能享榮名，而受尊號。此皆吾君之所熟聞也。」右宰穀歸，謂甯喜曰：「吾見故君，其言糞土耳！無改於舊。」喜曰：「曾見子鮮否？」穀曰：「子鮮之言合道，然非君所能行也。」喜曰：「吾恃子鮮矣。吾有先父之遺命，雖知其無改，安能已乎？」穀曰：「必欲舉事，請俟其間。」

時孫林父年老，同其庶長子孫蒯居戚，留二子孫嘉、孫襄在朝。周靈王二十五年，春二月，孫嘉奉殤公之命，出使聘齊。惟孫襄居守。適獻公又遣公孫丁來討信。右宰穀謂甯喜曰：「子欲行事，此其時矣。父兄不在，襄可取也。得襄則子叔無能為矣。」喜曰：「子言正合吾意。」遂陰集家甲，使右宰穀同公孫丁帥之以伐孫襄。孫氏府第壯麗，亞於公宮。牆垣堅厚，家甲千人。有家將雍鉏、褚帶二人，輪班值日巡警。是日，褚帶當班。右宰穀兵到，褚帶閉門登樓問故。穀曰：「欲見舍人，有事商議。」褚帶曰：「議事何須用兵？」欲引弓射之。穀急退，帥卒攻門。孫襄親至門上，督視把守。褚帶使善射者更番迭進，將弓持滿，臨樓牖而立，近者輒射之。死者數人。雍鉏聞府第有事，亦起軍下來接應。兩下混戰，互有殺傷。右宰穀度不能取勝，引兵而回。孫襄命開門，親自馳良馬追趕。遇右宰穀，以長鐃挽其車。右宰穀大呼：「公孫為我速射！」公孫丁認得是孫襄，彎弓搭箭，一發正中其胸。卻得雍、褚二將齊上，救回去了。胡曾先生詠史詩云：

孫氏無成甯氏昌，天教一矢中孫襄。安排兔窟千年富，誰料寒灰發火光？

右宰穀轉去，回復甯喜。說：「孫家如此難攻，若非公孫神箭，射中孫襄，他兵還不肯退。」甯喜曰：「一次攻他不下，第二次越難攻了。既然箭中其主，軍心必亂。今夜吾自往攻之。如再無功，即當出奔，以避其禍。我與孫氏已無兩立之勢矣。」一面整頓車仗，先將妻子送出郊外；恐一時兵敗，脫身不及。一面遣人打聽孫家動靜。約至黃昏時候，打探者回報：「孫氏府第內有號哭之聲，門上人出入，狀甚倉皇。」甯喜曰：「此必孫襄傷重而亡也。」言未畢，北宮遺忽至，言：「孫襄已死，其家無主，可速攻之。」時漏下已三更，甯喜自行披掛，同北宮遺、右宰穀、公孫丁等，悉起家眾，重至孫氏之門。雍鉏、褚帶方臨屍哭泣，聞報甯家兵又到，急忙披掛，已被攻入大門。鉏等急閉中門，奈孫氏家甲，先自逃散，無人協守，亦被攻破。雍鉏踰後牆而遁，奔往戚邑去了。褚帶為亂軍所殺。其時天已大明。甯喜滅孫襄之家，斷襄之首。攜至公宮，來見殤公，言：「孫氏專政日久，有叛逆之情。某已勒兵往討，得孫氏之首矣。」殤公曰：「孫氏果謀叛，奈何不令寡人聞之？既無寡人在目，又來見寡人何事？」甯喜起立，撫劍言曰：「君乃孫氏所立，非先君之命。群臣百姓，復思故君。請君避位，以成堯舜之德。」殤公怒曰：「汝擅殺世臣，廢置任意，真乃叛逆之臣也！寡人南面為君，已十三載，甯死不能受辱！」即操戈以逐甯喜。喜趨出宮門。殤公舉目一看，只見刀槍濟濟，戈甲森森，甯家之兵，布滿宮外，慌忙退步。甯喜一聲指麾，甲士齊上，將殤公拘住。世子角聞變，仗劍來救，被公孫丁趕上，一戟刺死。甯喜傳令，因殤公於太廟，逼使飲鴆而死。此周靈王二十五年，春二月辛卯日事也。甯喜使人迎其妻子，復歸府第。乃集群臣於朝堂，議迎立故君。各官皆到，惟有太叔儀乃是衛成公之子，衛文公之孫，年六十餘，獨稱病不至。人問其故，儀曰：「新舊皆君也。國家不幸有此事，老臣何忍與聞乎？」

甯喜遷殤公之宮眷於外，掃除宮室，即備法駕，遣右宰穀、北宮遺同公孫丁往夷儀迎接獻公。獻公星夜驅馳，三日而至。大夫公孫免餘，直至境外相見。獻公感其遠迎之意，執其手曰：「不圖今日復為君臣！」自此免餘有寵。諸大夫皆迎於境內。獻公自車揖之。既謁廟臨朝，百官拜賀。太叔儀尚稱病不朝。獻公使人責之曰：「太叔不欲寡人返國乎？何為拒寡人？」儀頓首對曰：「昔君之出，臣不能從，臣罪一也；君之在外，臣不能懷貳心，以通內外之言，罪二也；及君求入，臣又不能與聞大事，罪三也。君以三罪責臣，臣敢逃死！」即命駕車，欲謀出奔。獻公親往留之。儀見獻公，垂淚不止，請為殤公成喪。獻公許之，然後出就班列。

獻公使甯喜獨相衛國，凡事一聽專決，加食邑三千室。北宮遺、右宰穀、石惡、公孫免餘等，俱增秩祿。公孫丁、殖綽有從亡之勞；公孫無地、公孫臣，其父有死難之節；俱進爵大夫。其他太叔儀、齊惡、孔羈、褚師申等，俱如舊。召蘧瑗於魯，復其位。

卻說孫嘉聘齊而回，中道聞變，徑歸戚邑。林父知獻公必不干休，乃以戚邑附晉，訴說甯喜弒君之惡，求晉侯做主。恐衛侯不日遣兵伐戚，乞賜發兵，協力守禦。晉平公以三百人助之。孫林父使晉兵專戍茅氏之地。孫蒯諫曰：「戍兵單薄，恐不能拒衛人，奈何？」林父笑曰：「三百人不足為吾輕重，故委之東鄙。若衛人襲殺晉戍，必然激晉之怒。不愁晉人不助我也。」孫蒯曰：「大人高見，兒萬不及。」

甯喜聞林父請兵，晉僅發三百人，喜曰：「晉若真助林父，豈但以三百人塞責哉？」乃使殖綽將選卒千人，往襲茅氏。不知勝負如何，且看下回分解。

第六十六回　殺甯喜子鱄出奔　戮崔杼慶封獨相

話說殖綽帥選卒千人，去襲晉戍，三百人不勾一掃，遂屯兵於茅氏，遣人如衛報捷。林父聞衛兵已入東鄙，遣孫蒯同雍鉏引兵救之。探知晉戍俱已殺盡，又知殖綽是齊國有名的勇將，不敢上前拒敵，全軍而返，回復林父。林父怒曰：「惡鬼尚能為厲，況人乎？一個殖綽，不能與他對陣，倘衛兵大至，何以禦之？汝可再往，如若無功，休見我面！」孫蒯悶悶而出，與雍鉏商議。雍鉏曰：「殖綽勇敵萬夫，必難取勝。除非用誘敵之計，方可。」孫蒯曰：「茅氏之西，有地名圉村。四圍樹木茂盛，中間一村人家。村中有小小土山，我使人於山下掘成陷坑，以草覆之。汝先引百人與戰，誘至村口。我屯兵於山上，極口詈罵。彼怒，必上山來擒我，中吾計矣。」雍鉏如其言，帥一百人馳往茅氏，如探敵之狀。一遇殖綽之兵，佯為畏懼，回頭便走。殖綽恃勇，欺雍鉏兵少，不傳令開營，單帶隨身軍甲數十人，乘輕車追之。雍鉏彎彎曲曲，引至圉村。卻不進村，徑打斜往樹林中去了。殖綽也疑深林中有伏，便教停車。只見土山之上，又屯著一簇步卒，約有三百人數，簇擁著一員將。那員將小小身材，金鏊繡甲，叫著殖綽的姓名罵道：「你是齊邦退下來的歪貨❶，欒家用不著的棄物！今捱身在我衛國吃飯，不知羞恥，還敢出頭！豈不曉得我孫氏是八代世臣，敢來觸犯？全然不識高低，禽獸不如！」殖綽聞之，大怒。衛兵中

❶ 歪貨：壞東西。

有人認得的指道：「這便是孫相國的長子，叫做孫蒯。」殖綽曰：「擒得孫蒯，便是半個孫林父了。」那土山平穩，頗不甚高。殖綽喝教：「驅車！」車馳馬驟，剛剛到山坡之下，那車勢去得兇猛，踏著陷坑，馬就牽車下去，把殖綽掀下坑中。孫蒯恐他勇力難制，預備弓弩，一等陷下，攢箭射之。可憐好一員猛將，今日死於庸人之手！正是：瓦罐不離井上破，將軍多在陣前亡！有詩為證：

神勇將軍孰敢當？無名孫蒯已奔忙。只因一激成奇績，始信男兒當自強。

孫蒯用撓鉤搭起殖綽之屍，割了首級，殺散衛軍，回報孫林父。林父曰：「晉若責我不救戍卒，我有罪矣。不如隱其勝而以敗告。」乃使雍鉏如晉告敗。

晉平公聞衛殺其戍卒，大怒，命正卿趙武，大合諸侯於澶淵，將加兵於衛。衛獻公同甯喜如晉，同訴孫林父之罪。平公執而囚之。齊大夫晏嬰，言於齊景公曰：「晉侯為孫林父而執衛侯，國之強臣，皆將得志矣！君盍如晉請之？寓萊之德，不可棄也。」景公曰：「善。」乃遣使約會鄭簡公。一同至晉，為衛求解。晉平公雖感其來意，然有林父先入之言，尚未肯允諾。晏平仲私謂羊舌肸曰：「晉為諸侯之長。恤患補闕，扶弱抑強，乃盟主之職也。林父始逐其君，既不能討，今又為臣而執君。為君者不亦難乎？昔文公誤聽元咺之言，執衛成公歸於京師。周天子惡其不順，文公愧而釋之。夫歸於京師而猶不可，況以諸侯囚諸侯乎？諸君子不諫，是黨臣而抑君，其名不可居也。嬰懼晉之失伯，敢為子私言之。」肸乃言於趙武，固請於平公。乃釋衛侯歸國。尚未肯釋甯喜。右宰穀勸獻公飾女樂十二人，進於晉以贖喜。晉侯悅，并釋喜。喜歸，愈有德色，每事專決，全不稟命。諸大夫議事者，竟在甯氏私第請命，獻公拱手安坐而已。

時宋左師向戌，與晉趙武相善，亦與楚令尹屈建相善。向戌聘於楚，言及昔日華元欲為晉、楚合成之事。屈建曰：「此事甚善。只為諸侯各自分黨，所以和議迄於無成。若使晉、楚屬國，互相朝聘，歡好如同一家，干戈可永息矣。」向戌以為然。乃倡議晉、楚二君，相會於宋，面定弭兵交見之約。楚自共王至今，屢為吳國侵擾，邊境不寧。故屈建欲好晉，以專事於吳。而趙武亦因楚兵屢次伐鄭，指望和議一成，可享數年安息之福。兩邊皆欣然樂從，遂遣使往各屬國訂期。晉使至於衛國，甯喜不通知獻公，徑自委石惡赴會。獻公聞之，大怒，訴於公孫免餘。免餘曰：「臣請以禮責之。」免餘即往見甯喜，言：「會盟大事，豈可使君不與聞？」甯喜艴然曰：「子鮮有約言矣。吾豈猶臣也乎哉！」免餘回報獻公曰：「喜無禮甚矣！何不殺之？」獻公曰：「若非甯氏，安有今日！約言實出自寡人，不可悔也。」免餘曰：「臣受主公特達之知，無以為報。請自以家屬攻甯氏。事成，則利歸於君；不成，則害獨臣當之。」獻公曰：「卿斟酌而行，勿累寡人也。」免餘乃往見其宗弟公孫無地、公孫臣曰：「相國之專，子所知也。主公猶執硜硜之信，隱忍不言。異日養成其勢，禍且倚於孫氏矣，奈何？」無地與臣同辭而對曰：「何不殺之？」免餘曰：「吾言於君，君不從也。若吾等偽為作亂，幸而成，君之福；不成，不過出奔耳。」無地曰：「吾弟兄願為前驅。」免餘請歃血為信。

時周靈王二十六年，甯喜方治春晏，無地謂免餘曰：「甯氏治春晏，必不備。吾請先嘗之，子為之繼。」免餘曰：「盍卜之？」無地曰：「事在必行，何卜之有。」無地與臣悉起家眾，以攻甯氏。甯氏門內，設有伏機。——伏機者，掘地為深窟，上鋪木板，別以木為機關。觸其機則勢從下發，板啟而人陷。日間去機，夜則設之。——是日因春晏，家屬皆於堂中觀優，無守門者，乃設機以代巡警。無地不知，誤觸其機，陷於窟中。甯氏大驚，爭出捕賊，獲無地。公孫臣揮戈來救，甯氏人眾，臣戰敗被殺。甯喜問無地曰：「子之此來，何人主使？」無地睜目大罵曰：「汝恃功專恣，為臣不忠。吾兄弟特為社稷誅爾！事之不成，命也。豈由人主使耶？」甯喜怒。縛無地於庭柱，鞭之至死，然後斬之。右宰穀聞甯喜得賊，夜乘車來問。甯氏方啟門，免餘帥兵適至。乘之而入。先斬右宰穀於門。甯氏堂中大亂。甯喜驚忙中，遽問：「作賊者何人？」免餘曰：「舉國之人皆在，何問姓名乎？」喜懼而走，免餘奪劍逐之。遶堂柱三周，喜身中兩劍，死於柱下。免餘盡滅甯氏之家，還報獻公。獻公命取甯喜及右宰穀之屍，陳之於朝。公子鱄聞之，徒跣入朝，撫甯喜之屍，哭曰：「非君失信，我實欺子！子死，我何面目立衛之朝乎？」呼天長號者三，遂趨出。即以牛車載其妻小，出奔晉國。獻公使人留之，鱄不從。行及河上，獻公復使大夫齊惡馳驛追及之。齊惡致衛侯之意，必要子鱄回國。子鱄曰：「要我還衛，除是甯喜復生方可！」齊惡猶強之不已。子鱄取活雉二隻，當齊惡前拔佩刀剁落雉頭，誓曰：「鱄及妻子，今後再履衛地，食衛粟，有如此雉！」齊惡知不可強，只得自回。子鱄遂奔晉國，隱於邯鄲與家人織屨易粟而食，終身不言一「衛」字。史臣有詩云：

他鄉不似故鄉親，織屨蕭然竟食貧。只為約言金石重，違心恐負九泉人。

齊惡回復獻公。獻公感嘆不已，乃命收斂二屍而葬之。欲立免餘為正卿。免餘曰：「臣望輕，不如太叔。」乃使太叔儀為政。自此衛國稍安。

話分兩頭。卻說宋左師向戌倡為弭兵之會，面議交見之事。晉正卿趙武，楚令尹屈建，俱至宋地。各國大夫，陸續俱至。晉之屬國魯、衛、鄭，從晉營於左。楚之屬國蔡、陳、許，從楚營於右。以車為城，各據一偏。宋是地主，自不必說。議定：照朝聘常期，楚之屬朝聘於晉，晉之屬亦朝聘於楚。其貢獻禮物，各省其半，兩邊分用。其大國齊、秦，算做敵體與國，不在屬國之數，各不相見。晉屬小國，如邾、莒、滕、薛，楚屬小國，如頓、胡、沈、麇，有力者自行朝聘，無力者從附庸一例，附於鄰近之國。遂於宋西門之外歃血訂盟。楚屈建暗暗傳令衷甲將事，意欲劫盟，襲殺趙武。伯州犁固諫，乃止。趙武聞楚衷甲，以問羊舌肸，欲預備對敵之計。羊舌肸曰：「本為此盟，以弭兵也。若楚用兵，彼先失信於諸侯，諸侯其誰服之？子守信而已，何患焉。」及將盟，楚屈建又欲先歃，使向戌傳言於晉。向戌造晉軍，不敢出言。其從人代述之。趙武曰：「昔我先君文公，受王命於踐土，綏服四國，長有諸夏。楚安得先於晉？」向戌還述於屈建。建曰：「若論王命，則楚亦嘗受命於惠王矣。所以交見者，謂楚、晉匹敵也。晉主盟已久，此番合當讓楚。若仍先晉，便是楚弱於晉了。何云敵國？」向戌復至晉營言之。趙武猶未肯從。羊舌肸謂趙武曰：「主盟以德不以勢。若其有德，歃雖後，諸侯戴之。如其無德，歃雖先，諸侯叛之。且合諸侯以弭兵為名。夫弭兵，天下之利也。爭歃則必用兵，用兵則必失信。是失所以利天下之意矣。姑讓楚。」趙武乃許楚先歃，定盟而散。時衛石惡與盟，聞甯喜被殺，不敢歸衛。遂從趙武留於晉國。自是晉、楚無事，不在話下。

＊　＊　＊

再說齊右相崔杼，自弒莊公，立景公，威震齊國。左相慶封性嗜酒，好田獵，常不在國中。崔杼獨秉朝政，專恣益甚。慶封心中陰懷疾忌。崔杼原許棠姜立崔明為嗣。因憐長子崔成損臂，不忍出口。崔成窺其意，請讓嗣於明，願得崔邑養老。崔杼許之。東郭偃與棠無咎不肯，曰：「崔，宗邑也，必以授宗子。」崔杼謂崔成曰：「吾本欲以崔與汝，偃與無咎不聽，奈何？」崔成訴於其弟崔彊。崔彊曰：「內子之位，且讓之矣。一邑尚吝不與乎？吾父在，東郭等尚然把持。父死，吾弟兄求為奴僕不能矣！」崔成曰：「姑挽左相為我請之。」成、彊二人，求見慶封，告訴其事。慶封曰：「汝父惟偃與無咎之謀是從。我雖進言，必不聽也。異日恐為汝父之害，何不除之？」成、彊曰：「某等亦有此心，但力薄，恐不能濟事。」慶封曰：「容更商之。」成、彊去，慶封召盧蒲嫳述二子之言。盧蒲嫳曰：「崔氏之亂，慶氏之利也。」慶封大悟。過數日，成、彊又至，復言東郭偃、棠無咎之惡。慶封曰：「汝若能舉事，吾當以甲助之。」乃贈之精甲百具，兵器如數。成、彊大喜，夜半率眾披甲執兵，散伏於崔氏之近側。東郭偃、棠無咎每日必朝崔氏。候其入門，甲士突起，將東郭偃、棠無咎攢戟刺死。崔杼聞變大怒，急呼人使駕車。輿僕逃匿皆盡，惟圉人在廄。乃使圉人駕馬，一小豎為御，往見慶封，哭訴以家難。慶封佯為不知，訝曰：「崔、慶雖為二氏，實一體也。孺子敢無上至此！子如欲討，吾當效力！」崔杼信以為誠，乃謝曰：「倘得除此二逆，以安崔宗，我使明也拜子為父。」慶封乃悉起家甲，召盧蒲嫳使率之。分付：如此如此。盧蒲嫳受命而往。崔成、崔彊見盧蒲嫳兵至，欲閉門自守。盧蒲嫳誘之曰：「吾奉左相之命而來，所以利子，非害子也。」成謂彊曰：「得非欲除孽弟明乎？」彊曰：「或有之。」乃啟門納盧蒲嫳。嫳入門，甲士俱入。成、彊阻遏不住，乃問嫳曰：「左相之命何如？」嫳曰：「左相受汝父之訴，吾奉命來取汝頭爾！」喝令甲士：「還不動手！」成、彊未及答言，頭已落地。盧蒲嫳縱甲士抄擄其家，車馬服器，取之無遺，又毀其門戶。棠姜驚駭，自縊於房。惟崔明先在外，不及於難。盧蒲嫳懸成、彊之首於車，回復崔杼。杼見二屍，且憤且悲。問嫳曰：「得無震驚內室否？」嫳曰：「夫人方高臥未起。」杼有喜色，謂慶封曰：「吾欲歸，奈小豎不善執轡，幸借一御者。」盧蒲嫳曰：「某請為相國御。」崔杼向慶封再三稱謝，登車而別。行至府第，只見重門大開，並無一人行動。比入中堂，直望內室，窗戶門闥，空空如也。棠姜懸梁，尚未解索。崔杼驚得魂不附體。欲問盧蒲嫳，已不辭而去矣。遍覓崔明不得，放聲大哭曰：「吾今為慶封所賣，吾無家矣！何以生為？」亦自縊而死。杼之得禍不亦慘乎！髯翁有詩曰：

昔日同心起逆戎，今朝相軋便相攻。莫言崔杼家門慘，幾個奸雄得善終？

崔明半夜，潛至府第，盜崔杼與棠姜之屍，納於一柩之中，車載以出。掘開祖墓之穴，下其柩，仍加掩覆。惟圉人一同做事，此外無知者。事畢，崔明出奔魯國。慶封奏景公曰：「崔杼實弒先君，不敢不討也。」景公唯唯而已。慶封遂獨相景公。以公命召陳須無復歸齊國。須無告老，其子陳無宇代之。此周靈王二十六年事也。

* * *

時吳、楚屢次相攻。楚康王治舟師以伐吳，吳有備，楚師無功而還。吳王餘祭，方立二年，好勇輕生。怒楚伐，使相國屈狐庸誘楚之屬國舒鳩叛楚。楚令尹屈建帥師伐舒鳩。養繇基自請為先鋒。屈建曰：

「將軍老矣。舒鳩蕞爾國，不憂不勝，無相煩也。」養繇基曰：「楚伐舒鳩，吳必救之。某屢拒吳兵，熟知軍情。願隨一行，雖死不恨。」屈建見他說個「死」字，心中惻然。基又曰：「某受先王之遇，嘗欲以身報國，恨無其地。今鬚髮俱改，若一旦病死牖下，乃令尹負某矣！」屈建見其意已決，遂允其請。使大夫息桓助之。養繇基行至離城，吳王之弟夷昧，同相國屈狐庸率兵來救。息桓欲候大軍。養繇基曰：「吳人善水，今棄舟從陸，且射御非其長。乘其初至未定，當急擊之。」遂執弓貫矢，身先士卒，所射輒死。吳師稍卻。基追之，遇狐庸於車，罵曰：「叛國之賊，敢以面目見我耶？」欲射狐庸。狐庸引車而退，其疾如風。基駭曰：「吳人亦善御耶！恨不早射也。」說猶未畢，只見四面鐵葉車圍裹將來，把基困於垓心。乘車將士，皆江南射手。萬矢齊發，養繇基死於亂箭之下。——楚共王曾言其恃藝必死，驗於此矣。——息桓收拾敗軍，回報屈建。建嘆曰：「養叔之死，乃自取也！」乃伏精兵於棲山，使別將子彊以私屬誘吳交鋒，纔十餘合遂走。狐庸意其有伏，不追。夷昧登高望之，不見楚軍，曰：「楚已遁矣！」遂空壁逐之。至棲山之下，子彊回戰，伏兵盡起，將夷昧圍住，衝突不出。卻得狐庸兵到，殺退楚兵，救出夷昧，吳師敗歸。屈建遂滅舒鳩。

明年楚康王復欲伐吳，乞師於秦。秦景公使弟公孫鍼帥師助之。吳盛兵以守江口，楚不能入。以鄭久服事晉，遂還師侵鄭。楚大夫穿封戌，擒鄭將皇頡於陣。公子圍欲奪之。穿封戌不與。圍反訴於康王，言：「已擒皇頡，為穿封戌所奪。」未幾，穿封戌解皇頡獻功，亦訴其事。康王不能決，使少宰伯州犁斷之。犁奏曰：「鄭囚乃大夫，非細人也。問囚自能言之。」乃立囚於庭下。伯州犁立於右，公子圍與穿封戌立於左。犁拱手向上曰：「此位是王子圍，寡君之介弟也。」復拱手向下曰：「此位為穿封戌，乃方城外之縣尹也。誰實擒汝，可實言之。」皇頡已悟犁之意，有心要奉承王子圍。偽張目視圍，對曰：「頡遇此位王子不勝，遂被獲。」穿封戌大怒，遂於架上抽戈欲殺公子圍，圍驚走。戌逐之不及。伯州犁追上勸解而還。言於康王，兩分其功。復自置酒，與圍、戌二人講和。——今人論狗私曲庇之事，輒云「上下其手」。蓋本伯州犁之事也。——後人有詩嘆云：

斬擒功績辨虛真，私用機關媚貴臣。幕府計功多類此，肯持公道是何人！

* * *

卻說吳之鄰國名越，子爵，乃夏王禹之後裔。自無余始封，自夏歷周，凡三十餘世，至於允常。允常勤於為治，越始強盛。吳忌之。餘祭立四年，始用兵伐越，獲其宗人，刖其足，使為閽，守「餘皇」大舟。餘祭觀舟醉臥，宗人解餘祭之佩刀，刺殺餘祭。從人始覺，共殺宗人。餘祭弟夷昧，以次嗣立，以國政任季札。札請戢兵安民，通好上國。夷昧從之。乃使札首聘魯國，求觀五代及列國之樂。札一一評品，輒當其情。魯人以為知音。次聘齊，與晏嬰相善。次聘鄭，與公孫僑相善。及衛，與蘧瑗相善。遂適晉，與趙武、韓起、魏舒相善。所善，皆一時賢臣，札之賢亦可知矣。要知後事，再看下回分解。

第六十七回 盧蒲癸計逐慶封 楚靈王大合諸侯

話說周靈王長子名晉，字子喬，聰明天縱，好吹笙作鳳凰鳴。立為太子。年十七，偶遊伊、洛，歸而死。靈王甚痛之。有人報道：「太子於緱嶺上，跨白鶴吹笙，寄語土人曰：『好謝天子。吾從浮丘公住嵩山，甚樂也。不必懷念。』」──浮丘公，古仙人也。──靈王使人發其冢，惟空棺耳。乃知其仙去矣。至靈王二十七年，夢太子晉控鶴來迎。既覺，猶聞笙聲在戶外。靈王曰：「兒來迎我，我當去矣！」遺命傳位次子貴，無疾而崩。貴即位，是為景王。是年，楚康王亦薨。令尹屈建與群臣共議，立其母弟麇為王。未幾，屈建亦卒。公子圍代為令尹。此事敘明，且擱過一邊。

* * *

再說齊相國慶封，既專國政，益荒淫自縱。一日，飲於盧蒲嫳之家，盧蒲嫳使其妻出而獻酒。封見而悅之，遂與之通。因以國政交付於其子慶舍，遷其妻妾財帑於盧蒲嫳之家。封與嫳妻同宿，嫳亦與封之妻妾相通，兩不禁忌。有時兩家妻小，合做一處，飲酒歡謔。醉後囉唕❶，左右皆掩口。封與嫳不以為意。嫳請召其兄盧蒲癸於魯，慶封從之。癸既歸齊，封使事其子慶舍。舍膂力兼人，癸亦有勇，且善諛，故慶舍愛之。以其女慶姜妻癸。翁壻相稱，寵信彌篤。癸一心只要報莊公之仇，無同心者。乃因射

❶ 囉唕：騷擾。

獵，極口誇王何之勇。慶舍問：「王何今在何處？」癸曰：「在莒國。」慶舍使召之。王何歸齊，慶舍亦愛之。自崔、慶造亂之後，恐人暗算，每出入，必使親近壯士執戈，先後防衛，遂以為例。慶舍因寵信盧蒲癸、王何，即用二人執戈。餘人不敢近前。

舊規：公家供卿大夫每日之膳，例用雙雞。時景公性愛食雞跖，一食數十。公卿家效之，皆以雞為食中之上品，雞價騰貴。御廚以舊額不能供應，往慶氏請益。盧蒲嫳欲揚慶氏之短，勸慶舍勿益，謂御廚曰：「供膳任爾，何必雞也？」御廚乃以鶩代之。僕輩疑鶩非膳品，又竊食其肉。是日，大夫高蠆字子尾，欒竈字子雅，侍食於景公。見食品無雞，但鶩骨耳，大怒曰：「慶氏為政，刻減公膳，而慢我至此！」不食而出。高蠆欲往責慶封，欒竈勸止之。早有人告知慶封。慶封謂盧蒲嫳曰：「子尾、子雅怒我矣，將若之何？」盧蒲嫳曰：「怒則殺之，何懼焉。」盧蒲嫳告其兄癸。癸與王何謀曰：「高、欒二家，與慶氏有隙，可借助也。」何乃夜見高蠆，詭言慶氏要攻高、欒二家。高蠆大怒曰：「慶封實與崔杼同弒莊公。今崔氏已滅，惟慶氏在。吾等當為先君報仇。」王何曰：「此何之志也！大夫謀其外事，何與欒氏謀其內事，蔑不濟矣。」高蠆陰與欒竈商議，乘間而發。陳無宇、鮑國、晏嬰等，無不知之。但惡慶氏專橫，莫肯言者。盧蒲癸與王何卜攻慶氏。卜者獻繇詞曰：

虎離穴，彪見血。

癸以龜兆問於慶舍曰：「有欲攻仇家者，卜得其兆，請問吉凶？」慶舍視兆曰：「必克。虎與彪，父子也。離而見血，何不克焉？所仇者何人？」癸曰：「鄉里之平人耳。」慶舍更不疑惑。

秋八月，慶封率其族人慶嗣、慶遺，往東萊田獵，亦使陳無宇同往。無宇別其父須無。須無謂曰：「慶氏禍將及矣！同行恐與其難，何不辭之？」無宇對曰：「辭則生疑，故不辭。若詭以他故召我，可圖歸也。」遂從慶封出獵去訖。盧蒲癸喜曰：「卜人所謂『虎離穴』者，此其驗矣！」將乘嘗祭舉事。陳須無知之，恐其子與於慶封之難，詐稱其妻有病，使人召無宇歸家。無宇求慶封卜之，暗中禱告，卻通陳慶氏吉凶。慶封曰：「此乃滅身之卦；下剋其上，卑剋其尊，恐老夫人之病，未得痊也！」無宇捧龜涕泣不止。慶封憐之，乃遣歸。慶嗣見無宇登車，問：「何往？」曰：「母病，不得不歸。」言畢而馳。慶嗣謂慶封曰：「無宇言母病，殆詐也。國中恐有他變，夫子當速歸。」慶封曰：「吾兒在彼，何慮？」無宇既濟河，乃發梁鑿舟，以斷慶封之歸路，封不知也。

時八月初旬將盡矣。盧蒲癸部署家甲，怱怱有戰鬭之色。其妻慶姜謂癸曰：「子有事而不謀於我，必不捷矣！」癸笑曰：「汝婦人也，安能為我謀哉？」慶姜曰：「子不聞有智婦人勝於男子乎？武王有亂臣十人，邑姜與焉。何為不可謀也？」癸曰：「昔鄭大夫雍糾，以鄭君之密謀，洩於其妻雍姬，卒致身死君逐，為世大戒。吾甚懼之！」慶姜曰：「婦人以夫為天，夫唱則婦隨之，況重以君命乎？雍姬惑於母言，以害其夫。此閨閫之蝥賊，何足道哉！」癸曰：「假如汝居雍姬之地，當若何？」慶姜曰：「能謀，則共之。即不能，亦不敢洩。」癸曰：「今齊侯苦慶氏之專，與欒、高二大夫謀逐汝族，吾是以備之。汝勿洩也。」慶姜曰：「相國方出獵，時可乘矣。」癸曰：「欲俟嘗祭之日。」慶姜曰：「夫子剛愎自任，耽於酒色，怠於公事，無以激之，或不出，奈何？妾請往止其行，彼之出乃決矣。」癸曰：「吾以性命託子，子勿效雍姬也。」慶姜往告慶舍曰：「聞子尾、子雅將以嘗祭之隙，行不利於夫子。夫子不可出也。」慶舍怒曰：「二子者譬如禽獸，吾寢處之！誰敢為難？即有之，吾亦何懼？」慶姜歸報。盧蒲癸預作准備。

至期，齊景公行嘗祭於太廟，諸大夫皆從。慶舍涖事，慶繩主獻爵。慶氏以家甲環守廟宮。盧蒲癸、王何執寢戈立於慶舍之左右，寸步不離。陳、鮑二家，有圉人善為優戲，故意使在魚里街上搬演。慶氏有馬驚而逸走，軍士逐而得之。乃盡縶其馬，解甲釋兵，共往觀優。欒、高、陳、鮑四族家丁，俱集於廟門之外。盧蒲癸託言小便，出外約會停當，密圍太廟。癸復入立於慶舍之後，倒持其戟以示高蠆。蠆會意，使從人以闔擊門扉三聲，甲士蜂擁而入。慶舍驚起，尚未離坐，盧蒲癸從背後刺之，刃入於脇。王何以戈擊其左肩，肩折。慶舍目視王何曰：「為亂者，乃汝曹乎？」以右手取俎壺投王何，何立死。盧蒲癸呼甲士先擒慶繩殺之。慶舍傷重，負痛不能忍。隻手抱廟柱搖撼之，廟脊俱為震動。大叫一聲而絕。景公見光景利害，大驚，欲走避。晏嬰密奏曰：「群臣為先君欲誅慶氏，以安社稷，無他慮也。」景公方纔心定，脫了祭服，登車入於內宮。盧蒲癸為首，同四姓之甲，盡滅慶氏之黨。令各姓分守城門，以拒慶封。防守嚴密，水洩不通。

卻說慶封田獵而回，至於中途，遇慶舍逃出家丁，前來告亂。慶封聞其子被殺，大怒，遂還攻西門。城中守禦嚴緊，不能攻克。卒徒漸漸逃散。慶封懼，遂出奔魯國。齊景公使人讓魯，不當收留作叛之臣。

魯人將執慶封，以畀齊人。慶封聞而懼，復奔吳國。吳王夷昧以朱方居之，厚其祿入，視齊加富，使伺察楚國動靜。魯大夫子服何聞之，謂叔孫豹曰：「慶封又富於吳，殆天福淫人乎？」叔孫豹曰：「善人富，謂之賞。淫人富，謂之殃。慶氏之殃至矣，又何福焉？」慶封既奔，於是高蠆、欒竈為政，乃宣崔、慶之罪於國中，陳慶舍之屍於朝以徇。求崔杼之柩不得，懸賞賺之：「有能知柩處來獻者，賜以崔氏之拱璧。」崔之圉人貪其璧，遂出首。於是發崔氏祖墓，得其柩。斲之，見二屍。景公欲並陳之。晏嬰曰：「戮及婦人，非禮也。」乃獨陳崔杼之屍於市。國人聚觀，猶能識認，曰：「此真崔子矣！」諸大夫分崔、慶之邑。以慶封家財，俱在盧蒲嫳之室。責嫳以淫亂之罪，放之於北燕。盧蒲癸亦從之。二氏家財，悉為眾人所有。惟陳無宇一無所取。慶氏之莊，有木材百餘車，眾議納之陳氏。無宇悉以施之國人。由是國人咸誦陳氏之德。此周景王初年事也。

其明年欒竈卒，子欒施嗣為大夫，與高蠆同執國政。高蠆忌高厚之子高止。以二高並立為嫌，乃逐高止。止亦奔北燕。止之子高豎，據盧邑以叛。景公使大夫閭邱嬰帥師圍盧。高豎曰：「吾非叛，懼高氏之不祀也。」閭邱嬰許為高氏立後，高豎遂出奔晉國。閭邱嬰復命於景公。景公乃立高酀以守高傒之祀。高蠆怒曰：「本遣閭邱欲除高氏。去一人，立一人，何擇焉？」乃譖殺閭邱嬰。諸公子子山、子商、子周等，皆為不平，紛紛譏議。高蠆怒，以他事悉逐之，國中側目。未幾高蠆卒，子高彊嗣為大夫。高彊年幼，未立為卿，大權悉歸於欒施矣。此段話且擱過一邊。

* * *

是時，晉、楚通和，列國安息。鄭大夫良霄，字伯有，乃公子去疾之孫，公孫輒之子，時為上卿執政。性汰侈，嗜酒，每飲輒通宵。飲時惡見他人，惡聞他事。乃窟地為室，置飲具及鐘鼓於中，為長夜之飲。家臣來朝者，皆不得見。日中乘醉入朝，言於鄭簡公，欲遣公孫黑往楚修聘。公孫黑方與公孫楚爭娶徐吾犯之妹，不欲遠行，來見良霄求免。閽人辭曰：「主公已進窟室，不敢報也。」公孫黑大怒，遂悉起家甲，乘夜同印段圍其第，縱火焚之。良霄已醉，眾人扶之上車，奔雍梁。良霄方醒，聞公孫黑攻己，大怒。居數日，家臣漸次俱到，述國中之事，言：「各族結盟，以拒良氏。惟國氏、罕氏不與盟。」霄喜曰：「二氏助我矣。」乃還攻鄭之北門。公孫黑使其姪駟帶同印段率勇士拒之。良霄戰敗，逃於屠羊之肆，為兵眾所殺。家臣盡死。公孫僑聞良霄死，亟趨雍梁，撫良霄之屍而哭之曰：「兄弟相攻，天乎！何不幸也！」盡斂家臣之屍，與良霄同葬於斗城之村。公孫黑怒曰：「子產乃黨良氏耶？」欲攻之。上卿罕虎止之曰：「子產加禮於死者，況生者乎？禮國之幹也。殺有禮不祥。」黑乃不攻。鄭簡公使罕虎為政。罕虎曰：「臣不如子產。」乃使公孫僑為政。時周景王之三年也。

公孫僑既執鄭政，乃使都鄙有章，上下有服，田有封洫，廬井有伍；尚忠儉，抑泰侈。公孫黑亂政，數其罪而殺之。又鑄刑書以威民，立鄉校以聞過。國人乃歌詩曰：

我有子弟，子產誨之。我有田疇，子產殖之。子產而死，誰其嗣之？

一日，鄭人出北門，恍惚間遇見良霄，身穿介冑，提戈而行，曰：「帶與段害我，我必殺之！」其人歸述於他人，遂患病。於是國中風吹草動，便以為良霄來矣。男女皆奔走若狂，如避戈矛。未幾駟帶病卒。又數日，印段亦死。國人大懼，晝夜不甯。公孫僑言於鄭君，以良霄之子良止為大夫，主良氏之祀。並立公子嘉之子公孫洩。於是國中訛言頓息。行人游吉字子羽，問於僑曰：「立後而訛言頓息，是何故也？」僑曰：「凡兇人惡死，其魂魄不散，皆能為厲。若有所歸依，則不復然矣。吾立祀為之歸也。」游吉曰：「若然，立良氏可矣。何以並立公孫洩？豈慮子孔亦為厲乎？」僑曰：「良霄有罪，不應立後。若因為厲而立之，國人皆惑於鬼神之說，不可以為訓。故吾託言於存七穆之絕祀，良、孔二氏並立，所以除民之惑也。」游吉乃歎服。

*　*　*

再說周景王二年，蔡景公為其世子般娶楚女羋氏為室。景公私通於羋氏。世子般怒曰：「父不父，則子不子矣！」乃偽為出獵，與心腹內侍數人，潛伏於內室。景公只道其子不在，遂入東宮，徑造羋氏之室。世子般率內侍突出，砍殺景公。以暴疾訃於諸侯，遂自立為君，是為靈公。史臣論般以子弒父，千古大變。然景公淫於子婦，自取悖逆，亦不能無罪也。有詩嘆云：

新臺醜行污青史，蔡景如何復蹈之？
逆刃忽從宮內起，因思急子可憐兒！

蔡世子般，雖以暴疾訃於諸侯，然弒逆之跡，終不能掩。自本國傳揚出來，各國誰不曉得。但是時盟主偷惰，不能行誅討之法耳！

其年秋，宋宮中夜失火，夫人乃魯女伯姬也。左右見火至，稟夫人避火。伯姬曰：「婦人之義，傅母不在，宵不下堂。火勢雖迫，豈可廢義？」比及傅母來時，伯姬已焚死矣！國人皆為嘆息。時晉平公以宋有合成之功，憐其被火，乃大合諸侯於澶淵，各出財幣以助宋。宋儒胡安定論此事，以為不討蔡世子弒父之罪，而謀恤宋災，輕重大失其等矣。此平公所以失霸也。

* * *

周景王四年，晉、楚以宋之盟故，將復會於虢。時楚公子圍代屈建為令尹。圍乃共王之庶子，年齒最長。為人桀驁不恭，恥居人下。恃其才器，陰畜不臣之志。欺熊麇微弱，事多專決。忌大夫薳掩之忠直，誣以謀叛，殺之而併其室。交結大夫薳罷、伍舉為腹心，日謀篡逆。嘗因出田郊外，擅用楚王旌旗，行至芋邑，芋尹申無宇數其僭分，收其旌旗於庫。圍稍戢。至是將赴虢之會，圍請先行聘於鄭，欲娶豐氏之女。臨行，謂楚王曰：「楚已稱王，位在諸侯之上。凡使臣乞得用諸侯之禮，庶使列國知楚之尊。」熊麇許之。公子圍遂僭用國君之儀，衣服器用，擬於侯伯，用二人執戈前導。將及鄭郊，郊人疑為楚王，驚報國中。鄭君臣俱大駭，星夜匍匐出迎。及相見，乃公子圍也。公孫僑惡之，恐其一入國中，或生他變。乃使行人游吉，辭以城中舍館頹壞，未及修葺。乃館於城外。公子圍使伍舉入城，議婚豐氏。鄭伯許之。既行聘，筐篚甚盛。臨娶時，公子圍忽萌襲鄭之意，欲借逆女為名，盛飾車乘，乘機行事。公孫僑曰：「圍之心不可測，必去眾而後可。」游吉曰：「吉請再往辭之。」於是游吉往見公子圍曰：「聞令尹將用眾逆。敝邑褊小，不足以容從者。請除地於城外，以聽逆婦之命。」公子圍曰：「君辱貺寡大夫圍，賜以豐氏之婚。若逆於野外，何以成禮？」游吉曰：「禮，軍容不入國，況婚姻乎？令尹若必用眾，以壯觀瞻，請去兵備。」伍舉密言於圍曰：「鄭人知備我矣，不如去兵。」乃使士卒悉棄弓矢，垂橐而入，逆豐氏於館舍，遂赴會所。晉趙武及宋、魯、齊、衛、陳、蔡、鄭、許各國大夫俱已先在。公子圍使人言於晉曰：「楚、晉有盟在前，今此番尋好，不必再立誓書，重復歃血。但將盟宋舊約，表白一番，令諸君勿忘足矣。」祁午謂趙武曰：「圍之此言，恐晉爭先也。前番讓楚先晉。今番晉合先楚。若讀舊書，楚常先矣。子以為何如？」趙武曰：「圍之在會，緝蒲為王宮，威儀與楚王無二。其志不惟外亢，將有內謀。不如姑且聽之，以驕其志。」祁午曰：「雖然，前番子木衷甲赴會，幸而不發。今圍更有甚焉。吾子宜為之備。」趙武曰：「所以尋好者，尋弭兵之約也。武知有守信而已，不知其他。」既登壇，公子圍請讀舊書，加於牲上。趙武唯唯。既畢事，公子圍遽歸。諸大夫皆知圍之將為楚君也。史臣有詩云：

任教貴倨稱公子，何事威儀效楚王？列國盡知成跋扈，郟敖燕雀尚怡堂。

趙武心中，終以讀舊書先楚為恥。恐人議論，將守信之語，向各國大夫再三分剖，說了又說。及還過鄭，魯大夫叔孫豹同行，武復言之。豹曰：「相君謂弭兵之約，可終守乎？」武曰：「吾等偷食，朝夕圖安，何暇問久遠？」豹退，謂鄭大夫罕虎曰：「趙孟將死矣。其語偷，不為遠計。且年未五十，而諄諄焉如八九十歲老人，其能久乎？」未幾，趙武卒。韓起代之為政。不在話下。

再說楚公子圍歸國，值熊麇抱病在宮。圍入宮問疾，託言有密事啟奏，遣開嬪侍，解冠纓加熊麇之頸，須臾而死。麇有二子，曰幕曰平夏，聞變，挺劍來殺公子圍。勇力不敵，俱為圍所殺。麇弟右尹熊比字子干，宮廄尹熊黑肱字子晳，聞楚王父子被殺，懼禍，比出奔晉，黑肱出奔鄭。公子圍赴於諸侯曰：「寡君麇不祿即世，寡大夫圍應為後。」伍舉更其辭曰：「共王之子圍為長。」圍於是嗣即王位，改名熊虔，是為靈王。以薳罷為令尹，鄭丹為右尹，伍舉為左尹，鬬成然為郊尹。太宰伯州犁，有公事在郟。楚王慮其不服，使人殺之。因葬楚王麇於郟，謂之郟敖。以薳啟彊代為太宰，立長子祿為世子。靈王既得志，愈加驕恣，有獨霸中原之意。使伍舉求諸侯於晉。又以豐氏女族微，不堪為夫人，並求婚於晉侯。晉平公新喪趙武，懼楚之強，不敢違抗，一一聽之。

周景王六年，為楚靈王之二年，冬十二月，鄭簡公、許悼公如楚，楚靈王留之，以待伍舉之報。伍舉還楚復命，言晉侯二事俱諾。靈王大悅，遣使大徵會於諸侯，約以明年春三月，為會於申。鄭簡公請先往申地，迎待諸侯，靈王許之。至次年之春，諸國赴會者，接踵不絕，惟魯、衛託故不至。宋遣大夫向戌代行。其他蔡、陳、徐、滕、頓、胡、沈、小邾等國君，俱親身赴會。楚靈王大率兵車，來至申地。諸侯俱來相見。左尹伍舉進曰：「臣聞欲圖霸者，必先得諸侯。欲得諸侯者，必先慎禮。今吾王始求諸侯於晉，宋向戌，鄭公孫僑，皆大夫之良，號為知禮者，不可不慎也。」靈王曰：「古者合諸侯之禮何如？」伍舉曰：「夏啟有鈞臺之享，商湯有景亳之命，周武有孟津之誓，成王有岐陽之蒐，康王有酆宮之朝，穆王有塗山之會，齊桓公有召陵之師，晉文公有踐土之盟。此六王二公所以合諸侯者，莫不有禮。

惟君所擇。」靈王曰：「寡人欲霸諸侯，當用齊桓公召陵之禮，但不知其禮如何？」伍舉對曰：「夫六王二公之禮，臣聞其名，實未之習也。以所聞齊桓公伐楚，退師召陵。楚使先大夫屈完如齊師。桓公大陳八國車乘，以眾強誇示屈完，然後合諸侯與屈完盟會。今諸侯新服，吾王亦惟示以眾強之勢，使其怖畏，然後徵會討貳，不敢不從矣！」靈王曰：「寡人欲用兵於諸侯，效桓公伐楚之事，誰當先者？」伍舉對曰：「齊慶封弒其君，逃於吳國。吳不討其罪，又加寵焉，處以朱方之地，聚族而居，富於其舊。齊人憤怨。夫吳，我之仇也。若用兵伐吳，以誅慶封為名，則一舉而兩得矣。」靈王曰：「善。」於是盛陳車乘，以恐脅諸侯，即申地為會盟。以徐君是吳姬所出，疑其附吳，繫之三日。徐子願為伐吳嚮導，乃釋之。使大夫屈申率諸侯之師伐吳，圍朱方，執齊慶封，盡滅其族。屈申聞吳人有備，遂班師，以慶封獻功。靈王欲戮慶封，以狥於諸侯。伍舉諫曰：「臣聞無瑕者可以戮人。若戮慶封，恐其反唇而稽也。」靈王不聽。乃負慶封以斧鉞，綁示軍前，以刀按其頸，迫使自言其罪曰：「各國大夫聽者，無或如齊慶封弒其君，弱其孤，以盟其大夫！」慶封遂大聲叫曰：「各國大夫聽者，無或如楚共王之庶子圍，弒其君兄之子麇以代之，以盟諸侯！」觀者皆掩口而笑。靈王大慚，使速殺之。胡曾先生詠史詩云：

亂賊還將亂賊誅，雖然勢屈肯心輸？楚虔空自誇天討，不及莊王戮夏舒。

靈王自申歸楚，怪屈申從朱方班師，不肯深入。疑其有貳心於吳，殺之。以屈生代為大夫。薳罷如晉迎夫人姬氏以歸。薳罷遂為令尹。

是年冬，吳王夷昧帥師伐楚，入棘櫟麻，以報朱方之役。楚靈王大怒，復起諸侯之師伐吳。越君允常，恨吳侵掠，亦使大夫常壽過帥師來會。楚將薳啟疆為先鋒，引舟師先至鵲岸，為吳人所敗。楚靈王自引大兵，至於羅汭。吳王夷昧，使其宗弟蹶繇犒師。靈王怒而執之，將殺其血以釁軍鼓。先使人問曰：「汝來時曾卜吉凶否？」蹶繇對曰：「卜之，甚吉。」使者曰：「君王將取汝血以釁軍鼓，何吉之有？」蹶繇對曰：「吳所卜乃社稷之事，豈為一人吉凶哉？寡君之遣繇犒師，蓋以察王怒之疾徐而為守禦之緩急。君若歡焉好逆使臣，使敝邑忘於儆備，亡無日矣。若以使臣釁鼓，敝邑知君之震怒，而修其武備，於是禦楚有餘矣！吉孰大焉。」靈王曰：「此賢士也。」乃赦之歸。楚兵至吳界，吳設守甚嚴，不能攻入而還。靈王乃嘆曰：「向乃枉殺屈申矣！」靈王既歸，恥其無功，乃大興土木。欲以物力制度，誇示諸侯。築一宮名曰章華，廣袤四十里，中築高臺，以望四方。臺高三十仞，曰章華臺，亦名三休臺。以其高峻，凡登臺必三次休息，始陟其顛也。其中宮室亭榭，極其壯麗，環以民居。凡有罪而逃亡者，皆召使歸國，以實其宮。宮成，遣使徵召四方諸侯，同來落成。不知諸侯幾位到來，且看下回分解。

第六十八回　賀虒祁師曠辨新聲　散家財陳氏買齊國

話說楚靈王有一僻性，偏好細腰。不問男女，凡腰圍粗大者，一見便如眼中之釘。既成章華之宮，選美人腰細者居之，以此又名曰細腰宮。宮人求媚於王，減食忍餓，以求腰細，甚有餓死而不悔者。國人化之，皆以腰粗為醜，不敢飽食。雖百官入朝，皆用軟帶緊束其腰，以免王之憎惡。靈王戀細腰之宮，日夕酣飲其中。管絃之聲，晝夜不絕。

一日登臺作樂，正在歡宴之際，忽聞臺下喧鬧之聲。須臾，潘子臣擁一位官員至前。靈王視之，乃芋尹申無宇也。靈王驚問其故。潘子臣對曰：「無宇不由王命，闖入王宮，擅執守卒，無禮之甚。責在於臣，故拘使來見。惟我王詳奪！」靈王問申無宇曰：「汝所執何人？」申無宇對曰：「臣之閽人也。託使守閽，乃踰牆盜臣酒器。事覺逃竄，訪之歲餘不得。今竄入王宮，謬充守卒，臣是以執之。」靈王曰：「既為寡人守宮，可以赦之。」申無宇對曰：「天有十日，人有十等。自王以下，公、卿、大夫、士、皂、輿、僚、僕、臺，遞相臣服。以上制下，以下事上。上下相維，國以不亂。臣有閽人，而臣不能行其法，使借王宮以自庇。苟得所庇，盜賊公行，又誰禁之！臣甯死，不敢奉命。」靈王曰：「卿言是也。」遂命以閽人畀無宇，免其擅執之罪。無宇謝恩而出。

過數日，大夫薳啟彊邀請魯昭公至。楚靈王大喜。啟彊奏言：「魯侯初不肯行，臣以魯先君成公與先大夫嬰齊盟蜀之好，再三敘述，脅以攻伐之事，方始懼而束裝。魯侯習於禮儀，願我王留心，勿貽魯侯之笑。」靈王問曰：「魯侯之貌如何？」啟疆曰：「白面長身，鬚垂尺餘，甚可觀也。」靈王乃密傳一令，精選國中長軀長髯出色大漢十人，偉其衣冠，使習禮三日，命為擯相，然後接見魯侯。魯侯乍見，錯愕不已。遂同遊章華之宮。魯侯見土木壯麗，誇獎之聲不絕。靈王曰：「上國亦有此宮室之美乎？」魯侯鞠躬對曰：「敝邑褊小，安敢望上國萬分之一？」靈王面有驕色。遂陟章華之臺。怎見得臺高？有詩為證：

高臺半出雲，望望高不極。草木無參差，山河同一色。

臺勢高峻逶迤，盤數層而上。每層俱有明廊曲檻。預選楚中美童，年二十以內者，裝束鮮麗，略如婦人。手捧雕盤玉斝，唱郢歌勸酒。金石絲竹，紛然響和。既升絕頂，樂聲嘹亮，俱在天際。觥籌交錯，粉香相逐。飄飄乎如入神仙洞府，迷魂奪魄，不自知其在人間矣。大醉而別。靈王贈魯侯以「大屈」之弓。——「大屈」者，弓名，乃楚庫所藏之寶弓也。——次日靈王心中不捨此弓，有追悔之意。與薳啟疆言之。啟疆曰：「臣能使魯侯以弓還歸於楚。」疆乃造公館，見魯侯，佯為不知，問曰：「寡君昨宴好之際，以何物遺君？」魯侯出弓示之。啟疆見弓即再拜稱賀。魯侯曰：「一弓何足為賀？」啟疆曰：「此弓名聞天下。齊、晉與越三國，皆遣人相求，寡君嫌有厚薄，未敢輕許。今特傳之於君。彼三國者，將望魯而求之。魯其備禦三鄰，慎守此寶。敢不賀乎？」魯侯蹴然曰：「寡人不知弓之為寶。若此，何敢登受？」乃遣使還弓於楚，遂辭歸。伍舉聞之，嘆曰：「吾王其不終乎！以落成召諸侯，諸侯無有至者。

僅一魯侯辱臨，而一弓之不忍，甘於失信！夫不能捨己，必將取人，取人必多怨。亡無日矣！」此周景王十年事也。

* * *

郤說晉平公聞楚以章華之宮，號召諸侯。乃謂諸大夫曰：「楚蠻夷之國，猶能以宮室之美，誇示諸侯。豈晉國反不如耶？」大夫羊舌肸進曰：「伯者之服諸侯，聞以德，不聞以宮室。章華之築，楚失德也。君奈何效之？」平公不聽。乃於曲沃汾水之旁，起造宮室，略彷章華之制，廣大不及，而精美過之。名曰虒祁之宮。亦遣使布告諸侯。髯翁有詩嘆云：

章華築怨萬民愁，不道虒祁復效尤！堪笑伯君無遠計，卻將土木召諸侯！

列國聞落成之命，莫不竊笑其為者。然雖如此，卻不敢不遣使來賀。惟鄭簡公因前赴楚靈王之會，未曾朝晉。衛靈公元新嗣位，未見晉侯。所以二國之君，親自至晉。二國中又是衛君先到。

單表衛靈公行至濮水之上，天晚，宿於驛舍。夜半不能成寢，耳中如聞鼓琴之聲。乃披衣起坐，倚枕而聽之。其音甚微，而泠泠可辨。從來樂工所未奏，真新聲也！試問左右，皆曰弗聞。靈公素好音樂，有太師名涓，善製新聲，能為四時之曲。靈公愛之，出入必使相從。乃使左右召師涓。師涓至，曲猶未終。靈公曰：「子試聽之，其狀頗似鬼神。」師涓靜聽良久，聲止。師涓曰：「臣能識其略矣。更須一宿，臣能寫之。」靈公乃復留一宿。夜半，其聲復發。師涓援琴而習之，盡得其妙。既至晉，朝賀禮畢，平公設宴於虒祁之臺。酒酣，平公曰：「素聞衛有師涓者，善為新聲，今偕來否？」靈公起對曰：「見在臺下。」平公曰：「試為寡人召之。」靈公召師涓登臺。平公亦召師曠。相者扶至，二人於階下叩首參謁。平公賜師曠坐，即令師涓坐於曠之旁。平公問師涓曰：「近日有何新聲？」師涓奏曰：「途中適有所聞，願得琴而鼓之。」平公命左右設几，取古桐之琴，置於師涓之前。涓先將七弦調和，然後拂指而彈。纔奏數聲，平公稱善。曲未及半，師曠遽以手按琴曰：「且止。此亡國之音，不可奏也。」平公曰：「何以見之？」師曠奏曰：「殷末時，樂師名延者，與紂為靡靡之樂。紂聽之而忘倦，即此聲也。及武王伐紂，師延抱琴東走，自投於濮水之中。有好音者過此，其聲輒自水中而出。涓之途中所聞，其必在濮水之上矣。」衛靈公暗暗驚異。平公又問曰：「此前代之樂，奏之何傷？」師曠曰：「紂因淫樂，以亡其國。此不祥之音，故不可奏。」平公曰：「寡人所好者，新聲也。涓其為寡人終之！」師涓重整弦聲，備寫抑揚之態，如訴如泣。平公大悅。問師曠曰：「此曲名為何調？」師曠曰：「此所謂清商也。」平公曰：「清商固最悲乎？」師曠曰：「清商雖悲，不如清徵。」平公曰：「清徵可得而聞乎？」師曠曰：「不可。古之聽清徵者，皆有德義之君也。今君德薄，不當聽此曲。」平公曰：「寡人酷嗜新聲，子其無辭。」師曠不得已，援琴而鼓。一奏之，有玄鶴一群，自南方來，漸集於宮門之棟，數之八雙。再奏之，其鶴飛鳴，序立於臺之階下，左右各八。三奏之，鶴延頸而鳴，舒翼而舞，音中宮商，聲達霄漢。平公鼓掌大悅，滿座生歡。臺上臺下，觀者莫不踴躍稱奇。平公取白玉卮，滿斟醇釀，親賜師曠。曠接而飲之。平公歎曰：「音至清徵，無以加矣！」師曠曰：「更不如清角。」平公大驚，曰：「更有加於清徵者乎？何不並使寡人聽之？」師曠曰：「清角更不比清徵。臣不敢奏也。昔者，黃帝合鬼神於泰山，駕象車而御蛟龍，畢方並轄，蚩尤居前。風伯清塵，雨師灑道。虎狼前驅，鬼神後隨。螣蛇伏地，鳳凰覆上。大合鬼神，作為清角。自後君德日薄，不足以復鬼神，神人隔絕。若奏此聲，鬼神畢集，有禍無福。」平公曰：「寡人老矣。誠一聽清角，雖死不恨！」師曠固辭。平公起立，迫之再三。師曠不得已，復援琴而鼓。一奏之，有玄雲從西方而起。再奏之，狂風驟發，裂簾幙，摧俎豆。屋瓦亂飛，廊柱俱拔。頃之，疾雷一聲，大雨如注，臺下水深數尺，臺中無不沾濕。從者驚散。平公恐懼，與靈公伏於廊室之間。良久，風息雨止，從者漸集，扶攜兩君下臺而去。

是夜，平公受驚，遂得心悸之病。夢中見一物，色黃，大如車輪，蹣跚而至，徑入寢門。察之，其狀如鼈，前二足後一足。所至水湧。平公大叫一聲，曰：「怪事！」忽然驚醒，怔忡不止。及旦，百官至寢門問安。平公以夢中所見告之。群臣皆莫能解。須臾，驛使報鄭君為朝賀，已到館驛。平公遣羊舌肸往勞。羊舌肸喜曰：「君夢可明矣！」眾問其故。羊舌肸曰：「吾聞鄭大夫子產，博學多聞。鄭伯相禮，必用此人。吾當問之。」肸至館驛致餼，兼道晉君之意，病中不能相見。時衛靈公亦以同時受驚，有微恙告歸。鄭簡公亦遂辭歸，獨留公孫僑候疾。羊舌肸問曰：「寡君夢見有物如鱉，黃身三足，入於寢門。此何祟也？」公孫僑曰：「以僑所聞，鼈三足者，其名曰『能』。昔禹父曰鯀，治水無功。舜攝堯政，乃殛鯀於東海之羽山，截其一足。其神化為『黃能』，入於羽淵。禹即帝位，郊祀其神。三代以來，祀典不缺。今周室將衰，政在盟主。宜佐天子，以祀百神。君或者未之祀乎？」羊舌肸以其言告於平公。平公命大夫韓起，祀鯀如郊禮。平公病稍定。歎曰：「子產真博物君子也！」以莒國所貢方鼎賜之。公孫僑將歸鄭，私謂羊舌肸曰：「君不恤民隱，而效楚人之侈，心已僻矣。疾更作，將不可為。吾所對，乃權詞以寬其意也。」其時有人早起，過魏榆地方，聞山下有若數人相聚之聲，議論晉事。近前視之，惟頑石十餘塊，並無一人。既行過，聲復如前。急回顧之，聲自石出。其人大驚，述於土人。土人曰：「吾等聞石言數日矣。以其事怪，未敢言也。」此語傳聞於絳州，平公召師曠問曰：「石何以能言？」師曠對曰：「石不能言，乃鬼神憑之耳。夫鬼神，以民為依。怨氣聚於民，則鬼神不安。鬼神不安，則妖興。今君崇飾宮室，以竭民之財力，石言其在是乎？」平公嘿然。師曠退，謂羊舌肸曰：「神怒民怨，君不久矣！侈心之興，實起於楚。雖楚君之禍，可計日而俟也。」月餘，平公病復作，竟成不起。自築虒祁宮至薨日，不及三年，又皆在病困之中。枉害百姓，不得安享，豈不可笑！史臣有詩云：

崇臺廣廈奏新聲，竭盡民脂怨讟盈。物怪神妖催命去，虒祁空自費經營！

平公薨後，群臣奉世子夷嗣位，是為昭公。此是後話。

* * *

再說齊大夫高彊，自其父蠆逐高止譖殺閭邱嬰，舉朝皆為不平。及彊嗣為大夫，年少嗜酒。欒施亦嗜酒，相得甚歡。與陳無宇、鮑國，蹤跡少疎。四族遂分為二黨。欒、高二人每聚飲，醉後輒言陳、鮑兩家長短。陳、鮑聞之，漸生疑忌。忽一日，高彊因醉中鞭扑小豎，欒施復助之。小豎懷恨，乃乘夜奔告陳無宇，言：「欒、高欲聚家眾，來襲陳、鮑家，期在明日矣。」復奔告鮑國。鮑國信之。忙命小豎往約陳無宇，共攻欒、高。無宇授甲於家眾，即時登車，欲詣鮑國之家。途中遇見高彊，亦乘車而來。彊已半醉，在車中與無宇拱手，問：「率甲何往？」無宇謾應曰：「往討一叛奴耳。」亦問：「子良何往？」彊對曰：「吾欲飲於欒氏也。」既別，無宇令輿人速驅。須臾，遂及鮑門。只見車徒濟濟，戈甲森森。鮑國亦貫甲持弓，方欲升車矣。二人合做一處商量。無宇述子良之言：『將飲於欒氏』，未知的否，可使人探之。」鮑國遣使往欒氏覘視。回報：「欒、高二位大夫，皆解衣冠，蹲踞而賽飲。」鮑國曰：「小豎之語妄矣！」無宇曰：「豎言雖不實，然子良於途中見我率甲，問我何往，我謾應以將討叛奴。今無所致討，彼心必疑。倘先謀逐我，悔無及矣。不如乘其飲酒不做准備，先往襲之。」鮑國曰：「善。」兩家甲士，同時起行。無宇當先，鮑國押後，殺向欒家。將前後府門，團團圍住。欒施方持巨觥欲吸，聞陳、鮑二家兵到，不覺觥墜於地。高彊雖醉，尚有三分主意。謂欒施曰：「亟聚家徒授甲，入朝奉主公以伐陳、鮑，無不克矣。」欒施乃悉聚家眾。高彊當先，欒施在後，從後門突出，殺開一條血路，徑奔公宮。陳無宇、鮑國，恐其挾齊侯為重，緊緊追來。高氏族人聞變，亦聚眾來救。景公在宮中，聞四族率甲相攻，正不知事從何起。急命閽者緊閉虎門，以宮甲守之。使內侍召晏嬰入宮，欒施、高彊攻虎門不能入，屯於門之右。陳、鮑之甲，屯於門之左，兩下相持。須臾，晏嬰端冕委弁，駕車而至。四家皆使人招之，嬰皆不顧。謂使者曰：「嬰惟君命是從，不敢自私。」閽者啟門，晏嬰入見。景公曰：「四族相攻，兵及寢門，何以待之？」晏嬰奏曰：「欒、高怙累世之寵，專行不忌，已非一日。高止之逐，閭邱之死，國人胥怨。今又伐寢門，罪誠不宥。但陳、鮑不候君命，擅興兵甲，亦不為無罪也。惟君裁之。」景公曰：「欒、高之罪，重於陳、鮑，宜去之。誰堪使者？」晏嬰對曰：「大夫王黑可使也。」景公傳命，使王黑以公徒助陳、鮑攻欒、高。欒、高兵敗，退於大衢。國人惡欒、高者，皆攘臂助戰。高彊酒猶未醒，不能力戰。欒施先奔東門，高彊從之。王黑同陳、鮑追及，又戰於東門。欒、高之眾，漸漸奔散，乃奪門而出，遂奔魯國。陳、鮑逐兩家妻子，而分其家財。晏嬰謂陳無宇曰：「子擅命以逐世臣，又專其利，人將議子。何不以所分得者，悉歸諸公？子無所利，人必以讓德稱子，所得多矣！」無宇曰：「多謝指教，無宇敢不從命！」於是將所分食邑及家財，盡登簿籍，獻於景公。景公大悅。景公之母夫人曰孟姬，無宇又私有所獻。孟姬言於景公曰：「陳無宇誅翦強家，以振公室，利歸於公，其讓德不可沒也。何不以高唐之邑賜之？」景公從其言。陳氏始富。

陳無宇有心要做好人，言：「群公子向被高蠆所逐，實出無辜，宜召而復之。」景公以為然。無宇以公命召子由、子商、子周等，凡幄幕器用，及從人之衣屨，皆自出家財，私下完備，遣人分頭往迎。諸公子得歸故國，已自歡喜。及見器物畢具，知是陳無宇所賜，感激無已。無宇又大施恩惠於公室。凡公子公孫之無祿者，悉以私祿分給之。又訪求國中之貧苦孤寡者，私與之粟。凡有借貸，以大量出，以小量入。貧不能償者，即焚其券。國中無不誦陳氏之德，願為效死而無地也。史臣論陳氏厚施於民，乃異日移國之漸。亦由君不施德，故臣下得借私恩小惠，以結百姓之心耳。有詩云：

威福君權敢上侵，輒將私惠結民心。請看陳氏移齊計，只為當時感德深。

景公用晏嬰為相國。嬰見民心悉歸陳氏，私與景公言之。勸景公寬刑薄斂，興發補助，施澤於民，以挽留人心。景公不能從。

＊　＊　＊

話分兩頭。再說楚靈王成章華之宮，諸侯落成者甚少。聞晉築虒祁宮，諸侯皆賀，大有不平之意。召伍舉商議，欲興師以侵中原。伍舉曰：「王以德義召諸侯，而諸侯不至，是其罪也。以土木召諸侯，而責其不至，何以服人？必欲用兵以威中華，必擇有罪者征之，方為有名。」靈王曰：「今之有罪者何國？」伍舉奏曰：「蔡世子般弒其君父，於今九年矣。王初合諸侯，蔡君來會，是以隱忍不誅。然弒逆之賊，雖子孫猶當伏法，況其身乎？蔡近於楚，若討蔡而兼其地，則義利兩得矣。」說猶未了，近臣報陳國有訃音到，言：「陳侯溺已薨，公子留嗣位。」伍舉曰：「陳世子偃師，名在諸侯之策。今立公子留，置偃師於何地？以臣度之，陳國必有變矣。」畢竟陳事如何，且看下回分解。

第六十九回　楚靈王挾詐滅陳蔡　晏平仲巧辯服荊蠻

話說陳哀公名溺，其元妃鄭姬生子偃師，已立為世子矣。次妃生公子留，三妃生公子勝。次妃善媚得寵。既生留，哀公極其寵愛。但以偃師已立，廢之無名，乃以其弟司徒公子招為留太傅，公子過為少傅。囑付招、過：「異日偃師當傳位於留。」周景王十一年，陳哀公病廢在床，久不視朝。公子招謂公子過曰：「公孫吳且長矣。若偃師嗣位，必復立吳為世子，安能及留？是負君之託也。今君病廢已久，事在吾等掌握。及君未死，假以君命，殺偃師而立留，可以無悔。」公子過以為然。乃與大夫陳孔奐商議。孔奐曰：「世子每日必入宮問疾三次，朝夕在君左右，命不可假也。不若伏甲於宮巷，俟其出入，乘便刺之，一夫之力耳。」過遂與招定計，以其事託孔奐。許以立留之日，益封大邑。孔奐自去陰召心腹力士，混於守門人役數內。閽人又認做世子親隨，並不疑慮。世子偃師問安畢，夜出宮門。力士滅其火，刺殺之。宮門大亂。須臾，公子招同公子過到，佯作驚駭之狀。一面使人搜賊，一面倡言：「陳侯病篤，宜立次子留為君。」陳哀公聞變，憤恚自縊而死。史臣有詩云：

嫡長宜君國本安，如何寵庶起爭端？古今多少偏心父，請把陳哀仔細看！

司徒招奉公子留主喪即位。遣大夫于徵師以病薨赴告於楚。時伍舉侍於靈王之側。聞陳已立公子留為君，不知偃師下落，方在疑惑。忽報：「陳侯第三子公子勝同姪兒公孫吳求見。」靈王召之，問其來意。二人哭拜於地。公子勝開言：「嫡兄世子偃師，被司徒招與公子過設謀枉殺，致父親自縊而死。擅立公子留為君。我等恐其見害，特來相投。」靈王詰問于徵師。徵師初猶抵賴，卻被公子勝指實，無言可答。靈王怒曰：「汝即招、過之黨也！」喝教刀斧手：「將徵師綁下斬訖！」伍舉奏曰：「王已誅逆臣之使，宜奉公孫吳以討招、過之罪。名正言順，誰敢不服？既定陳國，次及於蔡。先君莊王之績，不足道也！」靈王大悅，乃出令興師伐陳。公子留聞于徵師見殺，懼禍不願為君，出奔鄭國去了。或勸司徒招：「何不同奔？」招曰：「楚師若至，我自有計退之。」

卻說楚靈王大兵至陳，陳人皆憐偃師之死。見公孫吳在軍中，無不踴躍。咸簞食壺漿，以迎楚師。司徒招事急，使人請公子過議事。過來坐定，問曰：「司徒云有計退楚，計將安出？」招曰：「退楚只須一物，欲問汝借。」過又問：「何物？」招曰：「借汝頭耳！」過大驚。方欲起身，招左右鞭捶亂下，將過擊倒。即拔劍斬其首，親自持赴楚軍，稽首訴曰：「殺世子立留，皆公子過之所為。招今仗大王之威，斬過以獻。惟君赦臣不敏之罪！」靈王聽其言詞卑遜，心中已自歡喜。招又膝行而前，行近王座，密奏曰：「昔莊王定陳之亂，已縣陳矣，後復封之，遂喪其功。今公子留懼罪出奔，陳國無主。願大王收為郡縣，勿為他姓所有也。」靈王大喜曰：「汝言正合吾意。汝且歸國，為寡人辟除宮室，以候寡人之巡幸。」司徒招叩謝而去。公子勝聞靈王放招還國，復來哭訴，言：「造謀俱出於招，其臨時行事，則過使大夫孔奐為之。今乃委罪於過，冀以自解。先君、先太子目不瞑於地下矣！」言罷痛哭不已。一軍為之感動。靈王慰之曰：「公子勿悲，寡人自有處分。」次日，司徒招備法駕儀從，來迎楚王入城。

靈王坐於朝堂，百官俱來參謁。靈王喚陳孔奐至前，責之曰：「戕賊世子，皆汝行兇。不誅何以儆眾？」叱左右：「將孔奐斬訖！與公子過二首，共懸於國門！」復謂司徒招曰：「寡人本欲相寬，奈公論不容何？今赦汝一命，便可移家遠竄東海。」招倉皇不敢措辨，只得拜辭。靈王使人押往越國安置去訖。公子勝率領公孫吳拜謝討賊之恩。靈王謂公孫吳曰：「本欲立汝以延胡公之祀，但招、過之黨尚多，怨汝必深，恐為汝害。汝姑從寡人歸楚。」乃命毀陳之宗廟，改陳國為縣，以穿封戌爭鄭囚皇頡事，不為諂媚，使守陳地，謂之陳公。陳人大失望。髯翁有詩嘆云：

本興義旅誅殘賊，卻愛山河立縣封。記得蹊田奪牛語，恨無忠諫似申公！

靈王攜公孫吳以歸，休兵一載，然後伐蔡。伍舉獻謀曰：「蔡般怙惡已久，忘其罪矣。若往討，彼反有詞。不如誘而殺之。」靈王從其計。乃託言巡方，駐軍於申地。使人致幣於蔡，請靈公至申地相會。使人呈上國書，蔡侯啟而讀之。略云：

寡人願望君侯之顏色，請君侯辱臨於申。不腆之儀，預以犒從者。

蔡侯將戎車起行，大夫公孫歸生諫曰：「楚王為人貪而無信，今使人之來，幣重而言卑，殆誘我也。君不可往。」蔡侯曰：「蔡之地不能當楚之一縣。召而不往，彼若加兵，誰能抗之？」歸生曰：「然則請立世子而後行。」蔡侯從之。立其子有為世子，使歸生輔之監國。即日命駕至申，謁見靈王。靈王曰：「自此地一別，於今八年矣。且喜君丰姿如舊。」蔡侯對曰：「般荷上國辱收盟籍，畏君王之靈，鎮撫敝邑，感恩非淺。聞君王拓地商墟，方欲馳賀。使命下臨，敢不趨承？」靈王即於申地行宮，設宴款待蔡侯，大陳歌舞。賓主痛飲甚樂。復遷席於他寢，使伍舉勞從者於外館。蔡侯歡飲，不覺酕醄大醉。壁衣中伏有甲士，靈王擲杯為號，甲士突起，縛蔡侯於席上。蔡侯醉中尚不知也。靈王使人宣言於眾曰：「蔡般弒其君父，寡人代天行討。從者無罪。降者有賞。願歸者聽！」原來蔡侯待下極有恩禮，從行諸臣，無一人肯降者。靈王一聲號令，楚軍圍裹將來，俱被擒獲。蔡侯方纔酒醒，方知身被束縛。張目視靈王曰：「般得何罪？」靈王曰：「汝親弒其父，悖逆天理。今日死猶晚矣！」蔡侯嘆曰：「吾悔不用歸生之言也！」靈王命將蔡侯磔死。從死者共七十人。輿隸最賤者，俱誅不赦。大書蔡侯般弒逆之罪於版，宣布國中。遂命公子棄疾統領大軍，長驅入蔡。宋儒論蔡般罪固當誅，然誘而殺之，非法也。髯翁有詩云：

蔡般無父亦無君，鳴鼓方能正大倫。莫怪誘誅非法典，楚靈原是弒君人。

卻說蔡世子有，自其父發駕之後，旦晚使諜者探聽。忽報：「蔡侯被殺，楚國大兵，不日臨蔡。」世子有即時糾集兵眾，授兵登陴。楚兵至，圍之數重。公孫歸生曰：「蔡雖久附於楚，然晉、楚合成，歸生實與載書。不若遣人求救於晉。儻惠顧前盟，或者肯來相援。」世子有從其計，募國人能使晉者。蔡洧之父蔡略從蔡侯於申，在被殺七十人之中。洧欲報父讐，應募而出。領了國書，乘夜縋城北走，直達晉國，來見晉昭公，哭訴其事。昭公集群臣問之。荀吳奏曰：「晉為盟主，諸侯依賴以為安。既不救陳，又不救蔡，盟主之業墮矣！」昭公曰：「楚虔暴橫，吾兵力不逮，奈何？」韓起對曰：「雖知不逮，可坐視乎？何不合諸侯以謀之？」昭公乃命韓起約諸侯會於厥憖。宋、齊、魯、衛、鄭、曹，各遣大夫至會所聽命。韓起言及救蔡之事。各國大夫，人人伸舌，個個搖首，沒一個敢擔當主張的。韓起曰：「諸君畏楚如此，將聽其蠶食乎？倘楚兵由陳、蔡漸及諸國，寡君亦不敢與聞矣！」眾人面面相覷，莫有應者。時宋國右師華亥在會，韓起獨謂華亥曰：「盟宋之役，汝家先右師實倡其謀，約定南北弭兵，有先用兵者，各國共伐之。今楚首先敗約，加兵陳、蔡，汝袖手不發一言，非楚無信，乃爾國之欺謾也！」華亥觳觫對曰：「下國何敢欺謾，得罪主盟？但蠻夷不顧信義，下國無如之何耳！今各國久弛武備，一旦用兵，勝負未卜。不若遵弭兵之約，遣一使為蔡請宥，楚必無辭。」韓起見各國大夫俱有懼楚之意，料救蔡一事，鼓舞不來。乃商議修書一封，遣大夫狐父，徑至申城，來見楚靈王。蔡洧見各國不肯發兵救蔡，號泣而去。狐父到申城將書呈上。靈王拆書看之，略云：

日者宋之盟，南北交見，本以弭兵為名。虢之會，再申舊約，鬼神臨之。寡君率諸侯恪守成言，不敢一試干戈。今陳、蔡有罪，上國赫然震怒，興師往討。義憤所激，聊以從權。罪人既誅，兵猶未解，上國其何說之辭？諸國大夫執政，皆走集敝邑，責寡君以拯溺解紛之義。寡君愧焉。猶懼以徵發師徒，自干盟約。遣下臣起合諸大夫，共此尺書，為蔡請命。倘上國惠顧前好，存蔡之宗廟。寡君及同盟，咸受君賜，豈惟蔡人。

書末，宋、齊各國大夫，俱署有名字。靈王覽畢笑曰：「蔡城旦暮且下，汝以空言解圍，以三尺童子待寡人耶？汝去回復汝君，陳、蔡乃孤家屬國，與汝北方無與，不勞照管。」狐父再欲哀懇，靈王遽起身入內，亦無片紙回書。狐父怏怏而回。晉君臣雖則恨楚，無可奈何。正是：有力無心空負力，有心無力枉勞心。若還心力齊齊到，涸海移山孰敢禁！蔡洧回至蔡國，被楚巡軍所獲，解到公子棄疾帳前。棄疾脅使投降，蔡洧不從，乃囚於後軍。棄疾知晉救不至，攻城益力。歸生曰：「事急矣！臣當拚一命，徑往楚營，說之退兵。萬一見聽，免至生靈塗炭。」世子有曰：「城中調度，全賴大夫，安可捨孤而去？」歸生對曰：「殿下若不相捨，臣子朝吳可使也。」世子召朝吳至，含淚遣之。朝吳出城，往見棄疾。棄疾待之以禮。朝吳曰：「公子重兵加蔡，蔡知亡矣。然未知罪所在也。若以先君般失德，則世子何罪？蔡之宗祀何罪？幸公子憐而察之。」棄疾曰：「吾亦知蔡無滅亡之道。但受命攻城，若無功歸報，必得罪矣。」朝吳曰：「吳更有一言，請屏左右。」棄疾曰：「汝第言之，吾左右無妨也。」朝吳曰：「楚王得國非正，公子甯不知之？凡有人心，莫不怨憤！又內竭脂膏於土木，外竭筋骨於干戈。用民不恤，貪得無厭。昔歲滅陳，今復誘蔡。公子不念君讐，奉其驅使。怨讟方作，公子將分其半矣！公子賢明著譽，且有『當璧』之祥。楚人皆欲得公子為君。誠反戈內向，誅其弒君虐民之罪，人心響應，誰能為公子抗者！孰與事無道之君，斂萬民之怨乎？公子倘幸聽愚計，吳願率死亡之餘，為公子先驅！」棄疾怒曰：「匹夫敢以巧言離間我君臣！本該斬首，姑寄汝頭於頸上，傳語世子，速速面縛出降，尚可保全餘喘也。」叱左右：「牽朝吳出營！」——原來當初楚共王有寵妾之子五人，長曰熊昭，即康王。次曰圍，即靈王虔。三曰比，字子干。四曰黑肱，字子晳。末即公子棄疾也。共王欲於五子之中，立一人為世子。心中不決，乃大祀群神，奉璧密禱曰：「請神於五人中，擇一賢而有福者，使主社稷。」乃以璧密埋於太室之庭中，暗記其處。使五子各齋戒三日後，五更入廟，次第謁祖。視其拜當璧處者，即神所選立之人矣。康王先入，跨過埋璧，拜於其前。靈王拜時，手肘及於璧上。子干、子皙，去璧甚遠。棄疾時年尚幼，使傅母抱之入拜，正當璧紐之上。共王心知神佑棄疾，寵愛益篤。因共王薨時，棄疾年尚未長，所以康王先立。然楚大夫聞埋璧之事者，無不知棄疾之當為楚王矣。今日朝吳說及「當璧」之祥，棄疾恐此語傳揚，為靈王所忌，故佯怒而遣之。

朝吳還入城中，述棄疾之語。世子有曰：「國君死社稷，乃是正理。某雖未成喪嗣位，然既攝位守國，便當與此城相為存亡。豈可屈膝讐人，自同奴隸乎？」於是固守益力。自夏四月圍起，直至冬十一月，公孫歸生積勞成病，臥不能起。城中食盡，餓死者居半。守者疲困，不能禦敵。楚師蟻附而上，城遂破。世子端坐城樓，束手受縛。棄疾入城，撫慰居民，將世子有上了囚車，並蔡洧解到靈王處報捷。以朝吳有當璧之言，留之不遣。未幾歸生死，朝吳遂留事棄疾。此周景王十四年事也。

時靈王駕已回郢，夢有神人來謁，自稱九岡山之神，曰：「祭我，我使汝得天下。」既覺大喜，遂命駕至九岡山。適棄疾捷報到，即命取世子有充作犧牲，殺以祭神。申無宇諫曰：「昔宋襄用鄫子於次睢之社，諸侯叛之。王不可蹈其覆轍！」靈王曰：「此逆般之子，罪人之後，安得比於諸侯？正當六畜用之耳！」申無宇退而嘆曰：「王汰虐已甚，其不終乎！」遂告老歸田去訖。蔡洧見世子被殺，哀泣三日。靈王以其忠，乃釋而用之。蔡洧之父，先為靈王所殺，陰懷復讐之志。說靈王曰：「諸侯所以事晉而不事楚者，以晉近而楚遠也。今王奄有陳、蔡，與中華接壤。若高廣其城，各賦千乘，以威示諸侯，四方誰不畏服！然後用兵吳、越，先服東南，次圖西北，可以代周而為天子。」靈王悅其諛言，日漸寵用。於是重築陳、蔡之城，倍加高廣。即用棄疾為蔡公，以酬其滅蔡之功。又築東西二不羹城，據楚之要害。自以天下莫強於楚，指顧可得天下。召太卜將守龜卜之，問：「寡人何日為王？」太卜曰：「君既已稱王矣，尚何問？」靈王曰：「楚、周並立，非真王也。得天下者，方為真王耳。」太卜爇龜。龜裂。太卜曰：「所卜無成。」靈王擲龜於地，攘臂大呼曰：「天乎，天乎！區區天下，不肯與我，生我熊虔何用！」蔡洧奏曰：「事在人為耳，彼朽骨者何知！」靈王乃悅。

* * *

諸侯畏楚之強，小國來朝，大國來聘。貢獻之使，不絕於道。就中單表一人，乃齊國上大夫晏嬰，字平仲，奉齊景公之命，修聘楚國。靈王謂群下曰：「晏平仲身不滿五尺，而賢名聞於諸侯。當今海內諸國，惟齊最盛。寡人欲恥辱晏嬰，以張楚國之威，卿等有何妙計？」太宰薳啟疆密奏曰：「晏平仲善於應對，一事不足以辱之。必須如此如此。」靈王大悅。薳啟疆夜發卒徒於郢城西門之旁，另鑿小竇，剛剛五尺。分付守門軍士：「候齊國使臣到時，卻將城門關閉，使之由竇而入。」不一時晏嬰身穿破裘，輕車羸馬，來至東門。見城門不開，遂停車不行，使御者呼門。守者指小門示之曰：「大夫出入小竇，寬然有餘，何用啟門？」晏嬰曰：「此狗門，非人所出入也。使狗國者，從狗門入；使人國者，還須從人門入。」使者以其言飛報靈王。王曰：「吾欲戲之，反被其戲矣！」乃命開東門延之入城。晏子觀看郢都城郭堅固，市井稠密，真乃地靈人傑，江南勝地也。怎見得？宋學士蘇東坡有咏荊門詩為證：

游人出三峽，楚地盡平川。北客隨南度，吳檣隔蜀船。江侵平野斷，風掩白沙旋。欲問興亡意，重城自古堅。

晏嬰正在觀覽，忽見有車騎二乘，從大衢來。車上俱長軀長鬣，精選的出色大漢，盔甲鮮明，手握大弓長戟，狀如天神，來迎晏子。欲以形晏子之短小。晏子曰：「今日為聘好而來，非為攻戰，安用武士？」叱退一邊，驅車直進。將入朝，朝門外有十餘位官員，一個個峨冠博帶，濟濟彬彬，列於兩行。晏子知是楚國一班豪傑，慌忙下車。眾官員向前逐一相見，權時分左右敘立，等候朝見。就中一後生先開口問曰：「大夫莫非夷維晏平仲乎？」晏子視之，乃鬬韋龜之子鬬成然也。官拜郊尹。晏子答曰：「然。大夫有何教益？」成然曰：「吾聞齊乃太公所封之國。兵甲敵於秦、楚，貨財通於魯、衛。何自桓公一霸之後，篡奪相仍，宋、晉交伐。今日朝晉暮楚，君臣奔走道路，殆無甯歲？夫以齊侯之志，豈下桓公？平仲之賢，不讓管子。君臣合德，乃不思大展經綸，丕振舊業，以光先人之緒。而服事大國，自比臣僕，誠愚所不解也！」晏子揚聲對曰：「夫識時務者為俊傑，通機變者為英豪。夫自周綱失馭，五霸迭興。齊、晉霸於中原，秦霸西戎，楚霸南蠻。雖曰人材代出，亦是氣運使然。夫以晉襄雄略，屢次被兵。秦穆強盛，子孫遂弱。莊王之後，楚亦每受晉、吳之侮。豈獨齊哉！寡君知天運之盛衰，達時務之機變，所以養兵練將，待時而舉。今日交聘，乃鄰國往來之禮，載在王制，何謂臣僕？爾祖子文，為楚名臣，識時通變。豈子非其嫡裔耶？何言之悖也！」成然滿面羞慚，縮頸而退。須臾，左班中一士問曰：「平仲固自負識時通變之士。然崔、慶之難，齊臣自賈舉以下，效節死義者無數。陳文子有馬十乘，去而違之。子乃齊之世家，上不能討賊，下不能避位，中不能致死，何戀戀於名位耶？」晏子視之，乃楚上大夫陽匄字子瑕，乃穆王之曾孫也。晏子即對曰：「抱大節者，不拘小諒。有遠慮者，豈在近謀。吾聞君死社稷，臣當從之。今先君莊公，非為社稷而死，其從死者，皆其私暱。嬰雖不才，何敢廁身寵幸之列，以一死沽名哉？且人臣遇國家之難，能則圖之，不能則去之。吾之不去，欲定新君，以保宗祀，非貪位也。使人人盡去，國事何賴？況君父之變，何國無之？子謂楚國諸公在朝列者，人人皆討賊死難之士乎？」這一句話，暗指著楚熊虔弒君，諸臣反戴之為君，但知責人，不知責己。公孫瑕無言可答。少頃，右班又一人出曰：「平仲，汝云欲定新君，以保宗祀。言太誇矣！崔、慶相圖，欒、高、陳、鮑相并，汝依違觀望其間，並不見出奇畫策，無非因人成事。盡心報國者，止於此乎？」晏子視之，乃右尹鄭丹字子革。晏子笑曰：「子知其一，未知其二。崔、慶之盟，嬰獨不與。四族之難，嬰在君所。宜剛宜柔，相機而動。主於保全君國，此豈旁觀者所得而窺哉！」左班中又一人出曰：「大丈夫匡時遇主，有大才略，必有大規模。以愚觀平仲，未免為鄙吝之夫矣！」晏子視之，乃太宰薳啟彊也。晏子曰：「足下何以知嬰鄙吝乎？」啟彊曰：「大丈夫身仕明主，貴為相國，固當美服飾，盛車馬，以彰君之寵錫。奈何敝裘羸馬，出使外邦，豈不足於祿食耶？且吾聞平仲，少服狐裘，三十年不易。祭祀之禮，豚肩不能掩豆，非鄙吝而何？」晏子撫掌大笑曰：「足下之見，何其淺也！嬰自居相位以來，父族皆衣裘，母族皆食肉。至於妻族，亦無凍餒。草莽之士，待嬰而舉火者，七十餘家。吾家雖儉，而三族肥；身似吝，而群士足。以此彰君之寵錫，不亦大乎！」言未畢，右班中又一人出，指晏子大笑曰：「吾聞成湯身長九尺，而作賢王。子桑力敵萬夫，而為名將。古之明君達士，皆由狀貌魁梧，雄勇冠世，乃能立功當時，垂名後代。今子身不滿五尺，力不勝一雞，徒事口舌，自以為能。甯不可恥！」晏子視之，乃公子真之孫囊瓦，字子常，見為楚王車右之職。嬰乃微微而笑，對曰：「吾聞秤錘雖小，能壓千斤。舟槳空長，終為水沒。僑如長身而戮於魯，南宮萬絕力而戮於宋。足下身長力大，得無近之？嬰自知無能，但有問則對。又何敢自逞其口舌耶？」囊瓦不能復對。忽報令尹薳罷來到。眾人俱拱立候之。伍舉遂揖晏子入於朝門。謂諸大夫曰：「平仲乃齊之賢士，諸君何得以口舌相加！」須臾，靈王升殿。伍舉遂引晏子入見。靈王一見晏子，遽問曰：「齊國固無人耶？」晏子曰：「齊國中呵氣成雲，揮汗成雨；行者摩肩，立者並跡。何謂無人？」靈王曰：「然則何為使小人來聘吾國？」晏子曰：「敝邑出使有常典：賢者奉使賢國，不肖者奉使不肖國。大人則使大國，小人則使小國。臣小人，又最不肖，故以使楚。」楚王慚其言，然心中暗暗驚異。使事畢，適郊人獻合歡橘至，靈王先以一枚賜嬰。嬰遂帶皮而食。靈王鼓掌笑曰：「齊人豈未嘗橘耶？何為不剖？」晏子對曰：「臣聞：『受君賜者，瓜桃不削，橘柑不剖。』今蒙大王之賜，猶吾君也。大王未嘗諭剖，敢不全食！」靈王不覺起敬，賜坐命酒。少頃，武士三四人，縛一囚從殿下而過。靈王遽問：「囚何處人？」武士對曰：「齊國人。」靈王曰：「所犯何罪？」武士對曰：「坐盜。」靈王乃顧謂晏子曰：「齊人慣為盜耶？」晏子知其故意設弄，欲以嘲己。乃頓首曰：「臣聞江南有橘，移之江北則化而為枳。所以然者，地土不同也。今齊人生於齊不為盜，至楚則為盜。楚之地土使然，於齊何與焉？」靈王嘿然良久曰：「寡人本將辱子，今反為子所辱矣！」乃厚為之禮，遣歸齊國。

齊景公嘉晏嬰之功，尊為上相，賜以千金之裘，欲割地以益其封。晏子皆不受。又欲廣晏子之宅，晏子亦力辭之。一日，景公幸晏子之家，見其妻，謂晏子曰：「此卿之內子耶？」嬰對曰：「然。」景公笑曰：「嘻，老且醜矣！寡人有愛女，年少而美，願以納之於卿。」嬰對曰：「人以少姣事人者，以他年老惡可相託也。臣妻雖老且醜，然向已受其託矣。安忍倍之？」景公歎曰：「卿不倍其妻，況君父乎！」於是深信晏子之忠，益隆委任。要知後事，且看下回分解。

第七十回　殺三兄楚平王即位　劫齊魯晉昭公尋盟

話說周景王十二年，楚靈王既滅陳、蔡，又遷許、胡、沈、道、房、申六小國於荊山之地。百姓流離，道路嗟怨。靈王自謂天下可唾手而得，日夜宴息於章華之臺。欲遣使至周求其九鼎，以為楚國之鎮。右尹鄭丹曰：「今齊、晉尚強，吳、越未服。周雖畏楚，恐諸侯有後言也。」靈王憤然曰：「寡人幾忘之！前會申之時，赦徐子之罪，同於伐吳。徐旋附吳，不為盡力。今寡人先伐徐，次及吳。自江以東，皆為楚屬，則天下已定其半矣。」乃使薳罷同蔡洧奉世子祿居守。大閱車馬，東行狩於州來，次於潁水之尾。使司馬督率車三百乘伐徐，圍其城。靈王大軍屯於乾谿，以為聲援。時周景王之十五年，楚靈王之十一年也。冬月值大雪，積深三尺有餘。怎見得？有詩為證：

彤雲蔽天風怒號，飛來雪片如鵝毛。忽然群峰失青色，等閒平地生銀濤。千樹寒巢僵鳥雀，紅爐不煖重裘薄。此際從軍更可憐，鐵衣冰凝愁難著？

靈王問左右：「向有秦國所獻復陶裘，翠羽被，可取來服之。」左右將裘被呈上。靈王服裘加被，頭帶皮冠，足穿豹舄，執紫絲鞭，出帳前看雪，有右尹鄭丹來見。靈王去冠被，捨鞭，與之立而語。靈王曰：「寒甚。」鄭丹對曰：「王重裘豹舄，身居虎帳，猶且寒甚。況軍士單褐露踝，頂兜穿甲，執兵於風雪之中，其苦何如？王何不返駕國都，召回伐徐之師，俟來春天氣和暖，再圖征進，豈不兩便？」靈王曰：「卿言甚善。然吾自用兵以來，所向必克，司馬旦晚，必有捷音矣！」鄭丹對曰：「徐與陳、蔡不同。陳、蔡近楚，久在宇下。而徐在楚東北三千餘里，又附吳為重。王貪伐徐之功，使三軍久頓於外，受勞凍之苦。萬一國有內變，軍士離心，竊為王危之！」靈王笑曰：「穿封戌在陳，棄疾在蔡，伍舉、太子居守，是三楚也。寡人又何慮哉？」言未畢，左史倚相趨過王前。靈王指謂鄭丹曰：「此博物之士也。凡三墳、五典、八索、九邱，無不通曉。子革其善視之。」鄭丹對曰：「王之言過矣！昔周穆王乘八駿之馬，周行天下。祭公謀父作祈招之詩，以諫止王心。穆王聞諫返國，得免於禍。臣曾以此詩問倚相，相不知也。本朝之事，尚然不知，安能及遠乎？」靈王曰：「祈招之詩如何？能為寡人誦之否？」鄭丹對曰：「臣能誦之。詩曰：

『招之愔愔，式昭德音。思我王度，如玉如金。恤民之力，而無醉飽之心。』

靈王曰：「此詩何解？」鄭丹對曰：「愔愔者，安和之貌；言祈父所掌甲兵，享安和之福，用能昭我王之德音，比於玉之堅，金之重。所以然者，由我王能恤民力，適可而止，去其醉飽過盈之心故也。」靈王知其諷己，默然無言。良久曰：「卿且退，容寡人思之。」是夜，靈王意欲班師。忽諜報：「司馬督屢敗徐師，遂圍徐。」靈王曰：「徐可滅也。」遂留乾谿。自冬踰春，日逐射獵為樂。方役百姓築臺建宮，不思返國。

時蔡大夫歸生之子朝吳，臣事蔡公棄疾，日夜謀復蔡國，與其宰觀從商議。觀從曰：「楚王黷兵遠出，久而不返，內虛外怨。此天亡之日也。失此機會，蔡不可復封矣！」朝吳曰：「欲復蔡，計將安出？」觀從曰：「逆虔之立，三公子心皆不服，獨力不及耳。誠假以蔡公之命，召子干、子晳，如此恁般，楚可得也。得楚則逆虔之巢穴已毀，不死何為？及嗣王之世，蔡必復矣。」朝吳從其謀，使觀從假傳蔡公之命，召子干於晉，召子晳於鄭，言：「蔡公願以陳、蔡之師，納二公子於楚，以拒逆虔。」子干、子晳大喜。齊至蔡郊，來會棄疾。觀從先歸報朝吳。朝吳出郊謂二公子曰：「蔡公實未有命，然可劫而取也。」子干、子晳有懼色。朝吳曰：「王佚遊不返，國虛無備。而蔡洧念殺父之仇，以有事為幸。鬬成然為郊尹，與蔡公相善。蔡公舉事，必為內應。穿封戌雖封於陳，其意不親附王，若蔡公召之，必來。以陳、蔡之眾，襲空虛之楚，如探囊取物。公子勿慮不成也。」這幾句話，說透利害。子干、子晳方纔放心，曰：「願終聽教。」朝吳請盟。乃刑牲歃血，誓為先君郟敖報仇。口中說誓，雖則如此。誓書上卻把蔡公裝首，言欲與子干、子晳共襲逆虔。掘地為坎，用牲加書於上而埋之。事畢，遂以家眾導子干、子晳襲入蔡城。蔡公方朝餐，猝見二公子到，出自意外，大驚，欲起避。朝吳隨至，直前執蔡公之袂曰：「事已至此，公將何往？」子干、子晳抱蔡公大哭，言：「逆虔無道，弒兄殺姪，又放逐我等。我二人此來，欲借汝兵力，報兄之仇。事成，當以王位屬子。」棄疾倉皇無計，答曰：「且請從容商議。」朝吳曰：「二公子餒矣，有餐且共食。」子干、子晳食訖，朝吳使速行。遂宣言於眾曰：「蔡公實召二公子，同與大事。已盟於郊，遣二公子先行入楚矣。」棄疾止之曰：「勿誣我！」朝吳曰：「郊外坎牲載書，豈無有見之者？公勿諱，但速速成事，共取富貴，乃為上策。」朝吳乃復號於市曰：「楚王無道，滅我蔡國。今蔡公許復封我，汝等皆蔡百姓，豈忍宗祀淪亡？可共隨蔡公趕上二公子，一同入楚！」蔡人聞呼，一時俱集。各執器械，集於蔡公之門。朝吳曰：「人心已齊，公宜急撫而用之。不然有變！」棄疾曰：「汝迫我上虎背耶？計將安出？」朝吳曰：「二公子尚在郊，宜急與之合，悉起蔡眾。吾往說陳公，帥師從公。」棄疾從之。子干、子晳率其眾與蔡公合。朝吳使觀從星夜至陳，欲見陳公。路中遇陳人夏齧，乃夏徵舒之玄孫，與觀從平素相識。告以復蔡之意。夏齧曰：「吾在陳公門下用事，亦思為復陳之計。今陳公病已不起，子不必往見。子先歸蔡。吾當率陳人為一隊。」觀從回報蔡公。朝吳又作書密致蔡洧，使為內應。蔡公以家臣須務牟為先鋒，史猈副之。使觀從為嚮導，率精甲先行。恰好陳夏齧亦起陳眾來到。夏齧曰：「穿封戌已死。吾以大義曉諭陳人，特來助義。」蔡公大喜。使朝吳率蔡人為右軍，夏齧率陳人為左軍，曰：「掩襲之事，不可遲也！」乃星夜望郢都進發。蔡洧聞蔡公兵到，先遣心腹出城送款。鬬成然迎蔡公於郊外。令尹薳罷方欲斂兵設守，蔡洧開門已納蔡師。須務牟先入呼曰：「蔡公攻殺楚王於乾谿，大軍已臨城矣！」國人惡靈王無道，皆願蔡公為王，無肯拒敵者。薳罷欲奉世子祿出奔。須務牟兵已圍王宮。薳罷不能入，回家自刎而死。哀哉！胡曾先生有詩云：

漫誇私黨能扶主，誰料強都已釀奸。若遇郟敖泉壤下，一般惡死有何顏？

蔡公大兵隨後俱到，攻入王宮。遇世子祿及公子罷敵，皆殺之。蔡公掃除王宮，欲奉子干為王。子干辭。蔡公曰：「長幼不可廢也。」子干乃即位。以子晳為令尹，蔡公為司馬。朝吳私謂蔡公曰：「公首倡義舉，奈何以王位讓人耶？」蔡公曰：「楚王猶在乾谿，國未定也。且越二兄而自立，人將議我。」朝吳已會其意，乃獻謀曰：「王卒暴露已久，必然思歸。若遣人以利害招之，必然奔潰。大軍繼之，王可擒也。」蔡公以為然。乃使觀從往乾谿，告其眾曰：「蔡公已入楚殺二子，奉子干為王矣。今新王有令，先歸者復其田里，後歸者劓之。有相從者，罪及三族。或以飲食餽獻，罪亦如之。」軍士聞之，一時散其大半。

靈王尚醉臥於乾谿之臺。鄭丹慌忙入報。靈王聞二子被殺，自床上投身於地，放聲大哭。鄭丹曰：「軍心已離，王宜速返。」靈王拭淚言曰：「人之愛其子，亦如寡人否？」鄭丹曰：「鳥獸猶知愛子，何況人也！」靈王嘆曰：「寡人殺人子多矣！人殺吾子，何足怪？」少頃，哨馬報：「新王遣蔡公為大將，同鬬成然率陳、蔡二國之兵，殺奔乾谿來了。」靈王大怒曰：「寡人待成然不薄，安敢叛吾？甯一戰而死，不可束手就縛！」遂拔寨都起，自夏口從漢水而上。至於襄州，欲以襲郢。士卒一路奔逃。靈王自拔劍殺數人，猶不能止。比到訾梁，從者纔百人耳！靈王曰：「事不濟矣！」乃解其冠服懸於岸柳之上。鄭丹曰：「王且至近郊，以察國人之向背何如？」靈王曰：「國皆叛，何待察乎？」鄭丹曰：「若不然，出奔他國，乞師以自救亦可。」靈王曰：「諸侯誰愛我者？吾聞大福不再，徒自取辱！」鄭丹見不從其計，恐自己獲罪，即與倚相私奔歸楚。靈王不見了鄭丹，手足無措。徘徊於釐澤之間，從人盡散，只剩單身。腹中饑餒，欲往鄉村覓食，又不識路徑。村人也有曉得是楚王的，因聞逃散軍士傳說，新王的法令甚嚴，那個不怕，各遠遠閃開。靈王一連三日，沒有飲食下咽，餓倒在地，不能行動。單單只有兩目睜開，看著路旁。專望一識面之人，經過此地，便是救星。忽遇一人前來，認得是舊時守門之吏，此時喚作涓人，名疇。靈王叫道：「疇可救我！」涓人疇見是靈王呼喚，只得上前叩頭。靈王曰：「寡人餓三日矣。汝為寡人覓一盂飯，尚延寡人呼吸之命。」疇曰：「百姓皆懼新王之令，臣何從得食？」

靈王嘆氣一口，命疇近身而坐，以頭枕其股，且安息片時。疇候靈王睡去，取土塊為枕以代股，遂奔逃去訖。靈王醒來，喚疇不應。摸所枕，乃土塊也。不覺呼天痛哭，有聲無氣。須臾，又有一人乘小車而至，認得靈王聲音。下車視之，果是靈王。乃拜倒在地，問曰：「大王為何到此地位？」靈王流淚滿面，問曰：「卿何人也？」其人奏曰：「臣姓申名亥，乃芋尹申無宇之子也。臣父兩次得罪於吾王，王赦不誅。臣父往歲臨終囑臣曰：『吾受王兩次不殺之恩，他日王若有難，汝必捨命相從。』臣牢記在心，不敢有忘。近傳聞郢都已破，子干自立。星夜奔至乾谿，不見吾王。一路追尋到此，不期天遣相逢。今遍地皆蔡公之黨，王不可他適。臣家在棘村，離此不遠。王可暫至臣家，再作商議。」乃以乾糧跪進。靈王勉強下咽，稍能起立。申亥扶之上車，至於棘村。靈王平昔住的是章華之臺，崇宮邃室。今日觀看申亥農莊之家，篳門蓬戶，低頭而入，好生淒涼。流淚不止。申亥跪曰：「吾王請寬心，此處幽僻，無行人來往。暫住數日，打聽國中事情，再作進退。」靈王悲不能語。申亥又跪進飲食。靈王只是啼哭，全不沾唇。亥乃使其親生二女侍寢，以悅靈王之意。王衣不解帶，一夜悲嘆。至五更時分，不聞悲聲。二女啟門報其父曰：「王已自縊於寢所矣！」胡曾先生咏史詩曰：

茫茫衰草沒章華，因笑靈王昔好奢！臺土未乾簫管絕，可憐身死野人家！

申亥聞靈王之死，不勝悲慟。乃親自殯殮，殺其二女以殉葬焉。後人論申亥感靈王之恩，葬之是矣。以二女殉，不亦過乎！有詩嘆曰：

章華霸業已沉淪，二女何辜伴穸窀？堪恨暴君身死後，餘殃猶自及閶人！

時蔡公引著鬬成然、朝吳、夏齧眾將，追靈王於乾谿，半路遇著鄭丹、倚相二人，述楚王如此恁般。「今侍衛俱散，獨身求死。某不忍見，是以去之。」蔡公曰：「汝今何往？」二人曰：「欲還國中耳。」蔡公曰：「公等且住我軍中，同訪楚王下落，然後同歸可也。」蔡公引大軍尋訪，及於訾梁，並無蹤跡。有村人知是蔡公，以楚王冠服來獻。言：「三日前於岸柳上得之。」蔡公問曰：「汝知王生死否？」村人曰：「不知。」蔡公收其衣冠，重賞之而去。蔡公更欲追尋。朝吳進曰：「楚王去其衣冠，勢窮力敝，多分死於溝渠，不足再究。但子干在位，若發號施令，收拾民心，不可圖矣！」蔡公曰：「然則若何？」朝吳曰：「楚王在外，國人未知下落。乘此人心未平之時，使數十小卒，假稱敗兵，繞城相呼，言：『楚王大兵將到！』再令鬬成然歸報子干，如此如此。子干、子皙皆懦弱無謀之輩，一聞此信，必驚惶自盡。明公徐徐整旅而歸，穩坐寶位，高枕無憂，豈不美哉！」蔡公然之。乃遣觀從引小卒百餘人，詐作敗兵，奔回郢都，繞城而走，呼曰：「蔡公兵敗被殺，楚王大兵隨後便至！」國人信以為實，莫不驚駭。須臾，鬬成然至，所言相同，國人益信，皆上城瞭望。成然奔告子干，言：「楚王甚怒，來討君擅立之罪，欲如蔡般、齊慶封故事。君須早自為計，免致受辱。臣亦逃命去矣。」言訖，狂奔而走。子干乃召子皙言之。子皙曰：「此朝吳誤我也！」兄弟相抱而哭。宮外又傳：「楚王兵已入城。」子皙先拔佩劍，刎其喉而死。子干慌迫，亦取劍自剄。宮中大亂。宦官宮女，相驚自殺者橫於宮掖，號哭之聲不絕。鬬成然引眾復入，掃除屍首，率百官迎接蔡公。國人不知，尚疑來者是靈王。及入城，乃蔡公也。方悟前後報信，皆出蔡公之計。蔡公既入城即位，改名熊居，是為平王。——昔年共王曾禱於神，當璧而拜者為君，至是果驗矣。——國人尚未知靈王已死，人情洶洶。嘗中夜訛傳王到，男女皆驚起，開門外探。平王患之，乃密與觀從謀，使於漢水之旁，取死屍加以靈王冠服，從上流放至下流。詐云：「已得楚王屍首，殯於訾梁。」歸報平王。平王使鬬成然往營葬事。諡曰靈王。然後出榜安慰國人，人心始定。後三年，平王復訪求靈王之屍。申亥以葬處告，乃遷葬焉。此是後話。

卻說司馬督等圍徐，久而無功。懼為靈王所誅，不敢歸。陰與徐通，列營相守。聞靈王兵潰被殺，乃解圍班師。行至豫章，吳公子光率師要擊，敗之。司馬督與三百乘，悉為吳所獲。光乘勝取楚州來之邑。此皆靈王無道之所致也。

再說楚平王安集楚眾，以公子之禮，葬子干、子皙。錄功用賢，以鬬成然為令尹，陽匄字子瑕為左尹。念薳掩、伯州犁之冤死，乃以犁子郤宛為右尹。掩弟薳射、薳越俱為大夫。朝吳、夏齧、蔡洧，俱拜下大夫之職。以公子魴敢戰，使為司馬。時伍舉已卒。平王嘉其生前有直諫之美，封其子伍奢於連，號曰連公。奢子尚，亦封於棠，為棠宰，號曰棠君。其他薳啟彊、鄭丹等，一班舊臣，職官如故。欲官觀從。從言其先人開卜，願為卜尹。平王從之。群臣謝恩。獨朝吳與蔡洧不謝，欲辭官而去。平王問之，二人奏曰：「本輔吾王興師襲楚，欲復蔡國。今王大位已定，而蔡之宗祀，未沾血食，臣何面目立於王之朝乎？昔靈王已貪功兼并，致失人心。王反其所為，方能令人心悅服。欲反其所為，莫如復陳、蔡之祀。」平王曰：「善。」乃使人訪求陳、蔡之後，得陳世子偃師之子名吳，蔡世子有之子名廬。乃命太史擇吉，封吳為陳侯，是為陳惠公；廬為蔡侯，是為蔡平公，歸國奉宗祀。朝吳、蔡洧，隨蔡平公歸蔡。

夏齧隨陳惠公歸陳。所率陳、蔡之眾，各從其主，厚加犒勞。前番靈王擄掠二國重器貨寶藏於楚庫者，悉給還之。其所遷荊山六小國，悉令還歸故土，秋毫無犯。各國君臣上下，歡聲若雷，如枯木之再榮，朽骨之復活。此周景王十六年事也。髯翁有詩云：

枉竭民勞建二城，留將後主作人情。早知故物仍還主，何苦當時受惡名。

平王長子名建，字子木，乃蔡國郹陽封人之女所生。時年已長，乃立為世子，使連尹伍奢為太師。有楚人費無極，素事平王，善於貢諛。平王寵之，仕為大夫。無極請事世子，乃以為少師。以奮揚為東宮司馬。平王既即位，四境安謐，頗事聲色之樂。吳取州來，王不能報。無極雖為世子少師，日在平王左右，從於淫樂。世子建惡其諂佞，頗疎遠之。令尹鬬成然恃功專恣，無極譖而殺之。以陽匄為令尹。世子建每言成然之冤，無極心懷畏懼。由是陰與世子建有隙。無極又薦鄢將師於平王，使為右領，亦有寵。這段情節，且暫擱起。

* * *

話分兩頭。再說晉自築虒祈宮之後，諸侯窺其志在苟安，皆有貳心。昭公新立，欲修復先人之業。聞齊侯遣晏嬰如楚修聘，亦使人徵朝於齊。齊景公見晉、楚多事，亦有意乘間圖伯，欲觀晉昭公之為人，乃裝束如晉，以勇士古冶子從行。方渡黃河，其左驂之馬，乃景公所最愛者，即令圉人於從舟取至，繫於船頭，親督圉人飼料。忽大雨驟至，波浪洶湧，舟船將覆。有大黿舒頭於水面，張開巨口，搶向船頭，銜左驂之馬，入於深淵。景公大驚。古冶子在側言曰：「君勿懼也，臣請為君索之。」乃解衣裸體，拔劍躍於水中，淩波踼浪而去。載沉載浮，順流九里，望之無跡。景公嘆曰：「治子死矣！」少頃，風浪頓息。但見水面流紅，古治子左手挽驂馬之尾，右手提血瀝瀝一顆黿頭，浴波而出。景公大駭曰：「真神勇也！先君徒設勇爵，焉有勇士如此哉！」遂厚賞之。既至絳州，見了晉昭公。昭公設宴享之。晉國是荀吳相禮。齊國是晏嬰相禮。酒酣，晉侯曰：「筵中無以為樂，請為君侯投壺賭酒。」景公曰：「善。」左右設壺進矢，齊侯拱手讓晉侯先投。晉侯舉矢在手，荀吳進辭曰：「有酒如淮，有肉如坻。寡君中此，為諸侯師。」晉侯矢投果中中壺，將餘矢棄擲於地。晉臣皆伏地稱千歲。齊侯意殊不懌，舉矢亦效其語曰：「有酒如澠，有肉如陵。寡人中此，與君代興。」撲的投去，恰在中壺，與晉矢相並。齊侯大笑，亦棄餘矢。晏嬰亦伏地呼千歲。晉侯勃然變色。荀吳謂齊景公曰：「君失言矣！今日辱貺敝邑，正以寡君世主夏盟之故。君曰『代興』，是何言也？」晏嬰代答曰：「盟無常主，惟有德者居焉。昔齊失霸業，晉方代之。若晉有德，誰敢不服？如其無德，吳、楚亦將迭進，豈惟敝邑！」羊舌肸曰：「晉已師諸侯矣！安用壺矢？此乃荀伯之失言也！」荀吳自知其誤，嘿然不語。齊臣古治子立於階下，厲聲曰：「日昃君勞，可辭席矣！」齊侯即遜謝而去，次日遂行。羊舌肸曰：「諸侯將有離心，不以威脅之，必失霸業！」晉侯以為然，乃大閱甲兵之數，總計有四千乘，甲士三十萬人。羊舌肸曰：「德雖不足，而眾可用也。」於是先遣使如周，請王臣降臨為重。因遍請諸侯，約以秋七月俱集平邱相會。諸侯聞有王臣在會，無敢不赴者。至期，晉昭公留韓起守國，率荀吳、魏舒、羊舌肸、羊舌鮒、籍談、梁丙、張骼、智躒等，盡起四千偏乘之眾，望濮陽城進發，連絡三十餘營，衛地皆晉兵。周卿士劉獻公摯先到。齊、宋、魯、衛、鄭、曹、莒、邾、滕、薛、杞、小邾十二路諸侯畢集。見晉師眾盛，人人皆有懼色。

既會，羊舌肸捧盤盂進曰：「先臣趙武，誤從弭兵之約，與楚通好。楚虔無信，自取隕滅。今寡君欲效踐土故事，徼惠於天子，以鎮撫諸夏。請諸君同歃為信。」諸侯皆俯首曰：「敢不聽命！」惟齊景公不應。羊舌肸曰：「齊侯豈不願盟耶？」景公曰：「諸侯不服，是以尋盟。若皆用命，何以盟為？」羊舌肸曰：「踐土之盟，不服者何國？君若不從，寡君惟是甲車四千乘，願請罪於城下！」說猶未畢，壇上鳴鼓，各營俱建起大旆。景公慮其見襲，乃改辭謝曰：「大國既以盟不可廢，寡人敢自外耶？」於是晉侯先歃，齊、宋以下相繼。劉摯王臣，不使與盟，但監臨其事而已。邾、莒以魯國屢屢侵伐，訴於晉侯。晉侯辭魯昭公於會，執其上卿季孫意如，閉之幕中。子服惠伯私謂荀吳曰：「魯地十倍邾、莒，晉若將棄之，改事齊、楚，於晉何益？且楚滅陳、蔡不救，而復棄兄弟之國乎？」荀吳然其言，以告韓起。起言於晉侯，乃縱意如奔歸。自是諸侯益不直晉。晉不復能主盟矣。史臣有詩嘆云：

一心效楚築虒祁，列國離心復示威。妙矢有靈侯統散，山河如故事全非！

不知後事如何，且看下回分解。

第七十一回　晏平仲二桃殺三士　楚平王娶媳逐世子

話說齊景公歸自平邱，雖然懼晉兵威，一時受歃。已知其無遠大之謀，遂有志復桓公之業。謂相國晏嬰曰：「晉霸西北，寡人霸東南，何為不可？」晏嬰對曰：「晉勞民於興築，是以失諸侯。君欲圖伯，莫如恤民。」景公曰：「恤民何如？」晏嬰對曰：「省刑罰，則民不怨。薄賦斂，則民知恩。古先王春則省耕，補其不足；秋則省斂，助其不給。君何不法之？」景公乃除去煩刑，發倉廩以貸貧窮。國人感悅。於是徵聘於東方諸侯。徐子不從。乃用田開疆為將，帥師伐之。大戰於蒲隧，斬其將嬴爽，獲甲士五百餘人。徐子大懼，遣使行成於齊。齊侯乃約郯子、莒子同徐子結盟於蒲隧。徐以甲父之鼎賂之。晉君臣雖知而不敢問。齊自是日強，與晉並霸。景公錄田開疆平徐之功，復嘉古冶子斬黿之功，仍立「五乘之賓」以旌之。田開疆復舉薦公孫捷之勇。那公孫捷生得面如靛染，目睛突出，身長一丈，力舉千鈞。景公見而異之，遂與之俱獵於桐山。忽然山中趕出一隻弔睛白額虎來。那虎咆哮發喊，飛奔前來，徑撲景公之馬。景公大驚。只見公孫捷從車上躍下，不用刀槍，雙拳直取猛虎。左手揪住項皮，右手揮拳，只一頓，將那隻大蟲打死，救了景公。景公嘉其勇，亦使與「五乘之賓」。公孫捷遂與田開疆、古冶子結為兄弟，自號「齊邦三傑」。挾功恃勇，口出大言。凌鑠閭里，簡慢公卿。在景公面前，嘗以爾我相稱，全無禮體。景公惜其才勇，亦姑容之。時朝中有個佞臣，喚做梁邱據，專以先意逢迎，取悅於君。景公甚寵愛之。據內則獻媚景公，以固其寵。外則結交三傑，以張其黨。況其時陳無宇厚施得眾，已伏移國之兆。那田開疆與陳氏是一族，異日聲勢相倚，為國家之患。晏嬰深以為憂，每欲除之。但恐其君不聽，反結了三人之怨。

忽一日，魯昭公以不合於晉之故，欲結交於齊，親自來朝。景公設宴相待。魯國是叔孫婼相禮。齊國是晏嬰相禮。三傑帶劍，立於階下，昂昂自若，目中無人。二君酒至半酣，晏子奏曰：「園中金桃已熟，可命薦新，為兩君壽。」景公准奏，宣園吏取金桃來獻。晏子奏曰：「金桃難得之物，臣當親往監摘。」晏子領鑰匙去訖。景公曰：「此桃自先公時，有東海人以巨核來獻，名曰『萬壽金桃』。出自海外度索山，亦名『蟠桃』。植之三十餘年，枝葉雖茂，花而不實。今歲結有數顆，寡人惜之，是以封鎖園門。今日君侯降臨，寡人不敢獨享，特取來與賢君臣共之。」魯昭公拱手稱謝。少頃，晏子引著園吏將雕盤獻上。盤中堆著六枚桃子，其大如碗，其赤如炭，香氣撲鼻，真珍異之果也。景公問曰：「桃實止此數乎？」晏子曰：「尚有三四枚未熟，所以只摘得六枚。」景公命晏子行酒。晏子手捧玉爵，恭進魯侯之前。左右獻上金桃。晏子致詞曰：「桃實如斗，天下罕有。兩君食之，千秋同壽！」魯侯飲酒畢，取桃一枚食之。甘美非常，誇獎不已。次及景公，亦飲酒一杯，取桃食訖。景公曰：「此桃非易得之物，叔孫大夫，賢名著於四方，今又有贊禮之功，宜食一桃。」叔孫婼跪奏曰：「臣之賢，萬不及相國。相國內修國政，外服諸侯，其功不小。此桃宜賜相國食之，臣安敢僭？」景公曰：「既叔孫大夫推讓相國，可各賜酒一杯，桃一枚。」二臣跪而領之，謝恩而起。晏子奏曰：「盤中尚有二桃，主公可傳令諸臣中，言其功深勞重者，當食此桃，以彰其賢。」景公曰：「此言甚善！」即命左右傳諭：「使階下諸臣，有自信功深勞重，堪食此桃者，出班自奏，相國評功賜桃。」公孫捷挺身而出，立於筵上而言曰：「昔從主公獵於桐山，力誅猛虎。其功若何？」晏子曰：「擎天保駕，功莫大焉！可賜酒一爵，食桃一枚，歸於班部。」古冶子奮然而出曰：「誅虎不足為奇。吾曾斬妖黿於黃河，使君危而復安，此功若何？」景公曰：「此時波濤洶湧，非將軍斬絕妖黿，必至覆溺。此蓋世奇功也！飲酒食桃，又何疑哉？」晏子慌忙進酒賜桃。只見田開疆撩衣破步而出曰：「吾曾奉命伐徐，斬其名將，俘甲首五百餘人。徐君恐懼，致賂乞盟。郯、莒畏威，一時皆集，奉吾君為盟主。此功可以食桃乎！」晏子奏曰：「開疆之功，比於二將，更自十倍。爭奈無桃可賜，賜酒一杯，以待來年。」景公曰：「卿功最大！可惜言之太遲。以此無桃，掩其大功。」田開疆按劍而言曰：「斬黿打虎，小可事耳！吾跋涉千里之外，血戰成功，反不能食桃。受辱於兩國君臣之間，為萬代恥笑。何面目立於朝廷之上耶？」言訖，揮劍自刎而死。公孫捷大驚，亦拔劍而言曰：「我等微功而食桃，田君功大，反不能食。夫取桃不讓，非廉也；視人之死，而不能從，非勇也。」言訖，亦自刎。古冶子奮氣大呼曰：「吾三人義均骨肉，誓同生死。二人已亡，吾獨苟活，於心何忍！」亦自刎而亡。景公急使人止之，已無及矣。魯昭公離席而起曰：「寡人聞三臣皆天下奇勇，可惜一朝俱盡矣！」景公聞言嘿然，變色不悅。晏嬰從容進曰：「此皆吾國一勇之夫，雖有微勞，何足掛齒！」魯侯曰：「上國如此勇將，還有幾人？」晏嬰對曰：「籌策廟堂，威加萬里，負將相之才者數十人。若血氣之勇，不過備寡君鞭策之用而已。其生死何足為齊輕重哉！」景公意始釋然。晏子更進觴於兩君，歡飲而散。三傑墓在蕩陰里。後漢諸葛孔明梁父吟，正咏其事：

步出齊東門，遙望蕩陰里。里中有三墳，纍纍正相似。問是誰家塚？田疆古冶子。力能排南山，文能絕地紀。一朝中陰謀，二桃殺三士！誰能為此者？相國齊晏子。

魯昭公別後，景公召晏嬰問曰：「卿於席間，張大其辭。雖然存了齊國一時體面，只恐三傑之後，難乎其繼。如之奈何？」晏子對曰：「臣舉一人，足兼三傑之用。」景公曰：「何人？」曰：「有田穰苴者，文能附眾，武能威敵，真大將之才也！」景公曰：「得非田開疆一宗乎？」晏子對曰：「此人雖出田族，然庶孽微賤，不為田氏所禮，故屏居東海之濱。君欲選將，無過於此。」景公曰：「卿既知其賢，何不早聞？」晏子對曰：「善仕者不但擇君，兼欲擇友。田疆、古冶輩，血氣之夫，穰苴豈屑與之比肩哉！」景公口雖唯唯，終以田、陳同族為嫌，躊躇不決。忽有邊吏報道：「晉國探知三傑俱亡，興兵犯東阿之境。燕國亦乘機侵擾北鄙。」景公大懼。於是令晏子以繒帛詣東海之濱，聘穰苴入朝。苴敷陳兵法，深合景公之意。即日拜為將軍，使帥車五百乘，北拒燕、晉之兵。穰苴請曰：「臣素卑賤。君擢之閭里之中，驟然授以兵權，人心不服。願得吾君寵臣一人，為國人素所尊重者，使為監軍，臣之令乃可行也。」景公從其言，命嬖大夫莊賈，往監其軍。苴與賈同時謝恩而出。至朝門之外，莊賈問穰苴出軍之期。苴曰：「期在明日午時。某於軍門專候同行，勿過日中也。」言畢別去。至次日午前，穰苴先至軍中，喚軍吏立木為表，以察日影。因使人催促莊賈。賈年少，素驕貴，恃景公寵幸，看穰苴全不在眼。況且自為監軍，只道權尊勢敵，緩急自由。是日，親戚賓客，俱設酒餞行。賈留連歡飲，使者連催，坦然不以為意。穰苴候至日影移西，軍吏已報未牌，不見莊賈來到。遂分付將木表放倒，傾去漏水，竟自登壇誓眾，申明約束。號令方完，日已將晡。遙見莊賈高車駟馬，徐驅而至，面帶酒容。既到軍門，乃從容下車，左右擁衛，踱上將臺。穰苴端然危坐，並不起身。但問：「監軍何故後期？」莊賈拱手而對曰：「今日遠行，蒙親戚故舊，攜酒餞行，是以遲遲也。」穰苴曰：「夫為將者，受命之日，即忘其家；臨軍約束，則忘其親；秉枹鼓，犯矢石，則忘其身。今敵國侵陵，邊境騷動。吾君寢不安席，食不甘味。以三軍之眾，託吾兩人，冀旦夕立功，以救百姓倒懸之急，何暇與親舊飲酒為樂哉！」莊賈尚含笑對曰：「幸未誤行期，元帥不須過責。」穰苴拍案大怒曰：「汝倚仗君寵，怠慢軍心！倘臨敵如此，豈不誤了大事！」即召軍政司問曰：「軍法：期而後至，當得何罪？」軍政司曰：「按法當斬。」莊賈聞一「斬」字，纔有懼意。便要奔下臺來。穰苴喝教手下：「將莊賈捆縛，牽出轅門斬首！」嚇得莊賈滴酒全無，口中哀叫討饒不已。左右從人，忙到齊侯處報信求救。連景公也吃一大驚。急叫梁邱據持節往諭，特免莊賈一死。分付乘軺車疾驅，誠恐緩不及事。那時莊賈之首，已號令轅門了。梁邱據尚然不知，手捧節符，望軍中馳去。穰苴喝令：「阻住！」問軍政司曰：「軍中不得馳車，使者當得何罪？」答曰：「按法亦當斬。」梁邱據面如土色，戰做一團，口稱：「奉命而來，不干某事。」穰苴曰：「既有君命，難以加誅；然軍法不可廢也。」乃毀車斬驂，以代使者之死。梁邱據得了性命，抱頭鼠竄而去。於是大小三軍，莫不股栗。穰苴之兵，未出郊外，晉師聞風遁去，燕人亦渡河北歸。苴追擊之，斬首萬餘。燕人大敗，納賂請和。班師之日，景公親勞於郊，拜為大司馬，使掌兵權。史臣有詩云：

寵臣節使且罹刑，國法無私令必行。安得穰苴今日起，大張敵愾慰蒼生！

諸侯聞穰苴之名，無不畏服。景公內有晏嬰，外有穰苴，國治兵強，四境無事。日惟田獵飲酒，略如桓公任管仲之時也。

一日，景公在宮中與姬妾飲酒，至夜意猶未暢。忽思晏子，命左右將酒具移於其家。前驅往報晏子曰：「君至矣！」晏子玄端束帶，執笏拱立於大門之外。景公尚未下車，晏子前迎，驚惶而問曰：「諸侯得無有故乎？國家得無有故乎？」景公曰：「無有。」晏子曰：「然則君何為非時而夜辱於臣家？」景公曰：「相國政務煩勞，今寡人有酒醴之味，金石之聲，不敢獨樂，願與相國共享。」晏子對曰：「夫安國家，定諸侯，臣請謀之。若夫布薦席陳簠簋者，君左右自有其人，臣不敢與聞也。」景公命回車，移於司馬穰苴之家。前驅報如前。司馬穰苴冠纓披甲，操戟拱立於大門之外，前迎景公之車，鞠躬而問曰：「諸侯得無有兵乎？大臣得無有叛者乎？」景公曰：「無有。」穰苴曰：「然則昏夜辱於臣家者，何也？」景公曰：「寡人無他。念將軍軍務勞苦，寡人有酒醴之味，金石之樂，思與將軍共之耳。」穰苴對曰：「夫禦寇敵，誅悖亂，臣請謀之。若夫布薦席陳簠簋，君左右不乏，奈何及於介冑之士耶？」景公意興索然。左右問曰：「將回宮乎？」景公曰：「可移於梁邱大夫之家。」前驅馳報亦如前。景公車未及門，梁邱據左操琴，右挈竽，口中行歌而迎景公於巷口。景公大悅，於是解衣卸冠，與梁邱據歡呼於絲竹之間，雞鳴而返。明日，晏嬰、穰苴同入朝謝罪，且諫景公不當夜飲於人臣之家。景公曰：「寡人無二卿，何以治吾國？無梁邱據，何以樂吾身？寡人不敢妨二卿之職，二卿亦勿與寡人之事也。」史臣有詩云：

雙柱擎天將相功，小臣便辟豈相同？景公得士能專任，贏得芳名播海東。

是時中原多故，晉不能謀。昭公立六年薨。世子去疾即位，是為頃公。頃公初年，韓起、羊舌肹俱卒，魏舒為政。荀躒、范鞅用事，以貪賄聞。祁氏家臣祁勝，通於鄔藏之室。祁盈執祁勝，勝行賂於荀躒。躒譖於頃公，反執祁盈。羊舌食我黨於祁氏，為之殺祁勝。頃公怒，殺祁盈、食我，盡滅祁、羊舌二氏之族，國人冤之。其後，魯昭公為強臣季孫意如所逐，荀躒復取貨於意如，不納昭公。於是齊景公合諸侯於鄟陵，以謀魯難。天下俱高其義。齊景公之名，顯於諸侯。此是後話。

* * *

卻說周景王十九年，吳王夷昧在位四年，病篤，復申父兄之命，欲傳位於季札。札辭曰：「吾不受位明矣！昔先君有命，札不敢從。富貴於我，如秋風之過耳❶，吾何愛焉？」遂逃歸延陵。群臣奉夷昧之子州于為王，改名曰僚，是為王僚。諸樊之子名光，善於用兵。王僚用之為將，與楚戰於長岸，殺楚司馬公子魴。楚人懼，築城於州來，以禦吳。時費無極以讒佞得寵。蔡平公廬已立嫡子朱為世子。其庶子名東國，欲謀奪嫡，納貨於無極。無極先譖朝吳，逐之奔鄭。及蔡平公薨，世子朱立。無極詐傳楚王之命，使蔡人逐朱立東國為君。平王問曰：「蔡人何以逐朱？」無極對曰：「朱將叛楚，蔡人不願，是以逐之。」平王遂不問。無極又心忌太子建，欲離間其父子，而未有計。一日，奏平王曰：「太子年長矣，何不為之婚娶？欲求婚，莫如秦國。秦，強國也，而睦於楚。兩強為婚，楚勢益張矣。」平王從之，

❶ 秋風過耳：毫不關心。

遂遣費無極往聘秦國，因為世子求婚。秦哀公召群臣謀其可否。群臣皆言：「昔秦、晉世為婚姻。今晉好久絕，楚勢方盛，不可不許。」秦哀公遂遣大夫報聘，以長妹孟嬴許婚。──今俗家小說稱為無祥公主者是也。公主之號，自漢代始有之，春秋時焉有此號哉！──平王復命無極領金珠彩幣，往秦迎娶。無極隨使者入秦，呈上聘禮。哀公大悅，即詔公子蒲送孟嬴至楚，裝資百輛，從媵之妾數十餘人。孟嬴拜辭其兄秦伯而行。無極於途中，察知孟嬴有絕世之色。又見媵女內有一人，儀容頗端。私訪其來歷，乃是齊女，自幼隨父宦秦，遂入宮中，為孟嬴侍妾。無極訪得備細，因宿館驛，密召齊女謂曰：「我相你有貴人之貌，有心要抬舉你，做個太子正妃。汝能隱吾之計，管你將來富貴不盡。」齊女低首無言。無極先一日行，趨入宮中，回奏平王，言：「秦女已到，約有三舍之遠。」平王問曰：「卿曾見否？其貌若何？」無極知平王是酒色之徒，正要誇張秦女之美，動其邪心。恰好平王有此一問，正中其計。遂奏曰：「臣閱女子多矣，未見有孟嬴之美者！不但楚國後宮無有其對，便是相傳古來絕色，如妲己、驪姬，徒有其名，恐亦不如孟嬴之萬一矣！」平王聞秦女之美，面皮通紅，半晌不語。徐徐嘆曰：「寡人枉自稱王，不遇此等絕色，誠所謂虛過一生耳！」無極請屏左右，遂密奏曰：「王慕秦女之美，何不自取之？」平王曰：「既聘為子婦，恐礙人倫。」無極奏曰：「無害也。此女雖聘於太子，尚未入東宮。王迎入宮中，誰敢異議？」平王曰：「群臣之口可鉗，何以塞太子之口？」無極奏曰：「臣觀從媵之中，有齊女才貌不凡，可充作秦女。臣請先進秦女於王宮，復以齊女進於東宮。囑以毋漏機關，則兩相隱匿，而百美俱全矣！」平王大喜，囑無極機密行事。無極謂公子蒲曰：「楚國婚禮與他國異。先入宮見舅姑，然後成婚。」公子蒲曰：「惟命。」無極遂命輧車將孟嬴及妾媵，俱送入王宮。留孟嬴而遣齊女。令宮中侍妾，扮作秦媵，齊女假作孟嬴，令太子建迎歸東宮成親。滿朝文武及太子，皆不知無極之詐。孟嬴問：「齊女何在？」則云：「已賜太子矣。」潛淵咏史詩云：

衛宣作俑是新臺，蔡國奸淫長逆胎。堪恨楚平倫理盡，又招秦女入宮來！

平王恐太子知秦女之事，禁太子入宮，不許他母子相見。朝夕與秦女在後宮宴樂，不理國政。外邊沸沸揚揚，多有疑秦女之事者。無極恐太子知覺，或生禍變，乃告平王曰：「晉所以能久霸天下者，以地近中原故也。昔靈王大城陳、蔡，以鎮中華，正是爭霸之基。今二國復封，楚仍退守南方，安能昌大其業？何不令太子出鎮城父，以通北方。王專事南方，天下可坐而策也。」平王躊躇未答。無極又附耳密言曰：「秦婚之事，久則事洩。若遠屏太子，豈不兩得其利？」平王恍然大悟。遂命太子建出鎮城父。以奮揚為城父司馬。諭之曰：「事太子如事寡人也。」伍奢知無極之讒，將欲進諫。無極知之，復言於平王，使伍奢往城父輔助太子。太子行後，平王遂立秦女孟嬴為夫人，出蔡姬歸於鄖。太子到此，方知秦女為父所換，然無可奈何矣。孟嬴雖蒙王寵愛，然見平王年老，心甚不悅。平王自知非匹，不敢問之。踰年孟嬴生一子，平王愛如珍寶，遂名曰珍。珍周歲之後，平王始問孟嬴曰：「卿自入宮，多愁嘆，少歡笑，何也？」孟嬴曰：「妾承兄命，適事君王。妾自以為秦、楚相當，青春兩敵。及入宮庭，見王春秋鼎盛，妾非敢怨王，但自嘆生不及時耳！」平王笑曰：「此非今生之事，乃宿世之姻契也。卿嫁寡人，雖老，然為后則不知早幾年矣！」孟嬴心惑其言，細細盤問宮人。宮人不能隱瞞，遂言其故。孟嬴淒然垂淚。平王覺其意，百計媚之，許立珍為世子。孟嬴之意稍定。

費無極終以太子建為慮，恐異日嗣位為王，禍必及己。復乘間譖於平王曰：「聞世子與伍奢有謀叛之心，陰使人通於齊、晉，二國許為之助。王不可不備。」平王曰：「吾兒素柔順，安有此事？」無極曰：「彼以秦女之故，久懷怨望。今在城父，繕甲厲兵，有日矣。常言：『穆王行大事，其後安享楚國，子孫繁盛。』意欲效之。王若不行，臣請先辭，逃死於他國，免受誅戮。」平王本欲廢建而立少子珍，又被無極說得心動，便不信也信了。即欲傳令廢建。無極奏曰：「世子握兵在外，若傳令廢之，是激其反也。太師伍奢是其謀主，王不如先召伍奢，然後遣兵襲執世子，則王之禍患可除矣。」平王然其計。即使人召伍奢。奢至，平王問曰：「建有叛心，汝知之否？」伍奢素剛直，遂對曰：「王納子婦已過矣！又聽細人之說，而疑骨肉之心，於心何忍？」平王慚其言，叱左右執伍奢而囚之。無極奏曰：「奢斥王納婦，怨望明矣！太子知奢見囚，能不動乎？齊、晉之眾，不可當也。」平王曰：「吾欲使人往殺世子，何人可遣？」無極對曰：「他人往，太子必將抗鬭。不若密諭司馬奮揚，使襲殺之。」平王乃使人密諭奮揚曰：「殺太子受上賞，縱太子當死。」奮揚得令，即時使心腹私報太子，教他速速逃命，無遲頃刻。太子建大驚。時齊女已生子名勝，建遂與妻子連夜出奔宋國。奮揚知太子已去，使城父人將自己囚繫，解到郢都，來見平王。言：「世子逃矣。」平王大怒曰：「言出於余口，入於爾耳，誰告建耶？」奮揚曰：「臣實告之。君王命臣曰：『事建如事寡人。』臣謹守斯言，不敢貳心，是以告之。後思罪及於身，悔已無及矣！」平王曰：「爾既私縱太子，又敢來見寡人，不畏死乎？」奮揚對曰：「既不能奉王之後命，又畏死而不來，是二罪也。且世子未有叛形，殺之無名。苟君王之子得生，臣死為幸矣！」平王惻然，似有愧色。良久曰：「奮揚雖違命，然忠直可嘉也。」遂赦其罪，復為城父司馬。史臣有詩云：

無辜世子已偷生，不敢逃刑就鼎烹。讒佞紛紛終受戮，千秋留得奮揚名。

平王乃立秦女所生之子珍為太子，改費無極為太師。

無極又奏曰：「伍奢有二子，曰尚曰員，皆人傑也。若使出奔吳國，必為楚患。何不使其父以免罪召之？彼愛其父，必應召而來。來則盡殺之，可免後患。」平王大喜。獄中取出伍奢，令左右授以紙筆，謂曰：「汝教太子謀反，本當斬首示眾。念汝祖父有功於先朝，不忍加罪。汝可寫書，召二子歸朝。改封官職，赦汝歸田。」伍奢心知楚王挾詐，欲召其父子同斬。乃對曰：「臣長子尚，慈溫仁信，聞臣召必來。少子員，少好於文，長習於武。文能安邦，武能定國。蒙垢忍辱，能成大事。此前知之士，安肯來耶？」平王曰：「汝但如寡人之言，作書往召。召而不來，無與爾事。」奢念君父之命，不敢抗違。遂當殿寫書，略云：

書示尚、員二子：吾因進諫忤旨，待罪縲絏。感吾王念先人功績，免我一死。已聽群臣議功贖罪，改封爾等官職。爾兄弟可星夜前來。若違命延遷，必至獲罪。書到速速！

伍奢寫畢，呈上平王看過。緘封停當，仍復收獄。平王遣鄢將師為使，駕駟馬持封函印綬，往棠邑來。伍尚已回城父矣。鄢將師再至城父見伍尚，口稱：「賀喜！」尚曰：「父方被囚，何賀之有？」鄢將師曰：「王誤信人言，囚繫尊公。今有群臣保舉，稱君家三世忠臣。王內慚過聽，外愧諸侯之恥，反拜尊公為相國，封二子為侯。尚賜鴻都侯，員賜蓋侯，尊公久繫初釋，思見二子。故復作手書，遣某奉迎。

必須早早就駕，以慰尊公之望。」伍尚曰：「父在囚繫，中心如割。得免為幸，何敢貪印綬哉！」將師曰：「此王命也，君其勿辭。」伍尚大喜，乃將父書入室，來報其弟伍員。不知伍員肯同赴召否，且看下回分解。

第七十二回　棠公尚捐軀奔父難　伍子胥微服過昭關

話說伍員字子胥，監利人。生得身長一丈，腰大十圍，眉廣一尺，目光如電。有扛鼎拔山之勇，經文緯武之才。乃世子太師連尹奢之子，棠君尚之弟。尚與員俱隨其父奢於城父。鄢將師奉楚平王之命，欲誘二子入朝。先見了伍尚，因請見員。尚乃持父手書入內，與員觀看，曰：「父幸免死，二子封侯。使者在門，弟可出見之。」員曰：「父得免死，已為至幸。二子何功，而復封侯？此誘我也。往必見誅！」尚曰：「父見有手書，豈相誑哉？」員曰：「吾父忠於國家，知我必欲報仇。故使并命於楚，以絕後慮。」尚曰：「吾弟乃臆度之語。萬一父書果是真情，吾等不孝之罪何辭？」員曰：「兄且安坐，弟當卜其吉凶。」員布卦已畢，曰：「今日甲子日，時加於巳，支傷日下，氣不相受。主君欺其臣，父欺其子。去且就誅，何封侯之有哉？」尚曰：「非貪侯爵，思見父耳。」員曰：「楚人畏吾兄弟在外，必不敢殺吾父。兄若誤往，是速父之死。」尚曰：「父子之愛，恩從中出。若得見面而死，亦所甘心！」於是伍員乃仰天嘆曰：「與父俱誅，何益於事！兄必欲往，弟從此辭矣！」尚泣曰：「弟將何往？」員曰：「能報楚者，吾即從之。」尚曰：「吾之智力，遠不及弟。我當歸楚，汝適他國。我以殉父為孝，汝以復仇為孝。從此各行其志，不復相見矣！」伍員拜了伍尚四拜，以當永訣。尚拭淚出見鄢將師，言：「弟不願封侯，不能強之。」將師只得同伍尚登車。既見平王，王並囚之。伍奢見伍尚單身歸楚，嘆曰：

「吾固知員之不來也！」無極復奏曰：「伍員尚在，宜急捕之。遲且逃矣！」平王准奏。即遣大將武城黑，領精卒二百人，往襲伍員。員探知楚兵來捕己，哭曰：「吾父兄果不免矣！」乃謂其妻賈氏曰：「吾欲逃奔他國，借兵以報父兄之仇，不能顧汝，奈何？」賈氏睜目視員曰：「大丈夫含父兄之怨，如割肺肝，何暇為婦人計耶？子可速行，勿以妾為念！」遂入戶自縊。伍員痛哭一場，藁葬其屍。即時收拾包裹，身穿素袍，貫弓佩劍而去。未及半日，楚兵已至，圍其家，搜伍員不得。度員必東走，遂命御者疾驅追之。約行三百里，及於曠野無人之處，員乃張弓布矢，射殺御者。復注矢欲射武城黑。黑懼，下車欲走。伍員曰：「本欲殺汝。姑留汝命，歸報楚王。欲存楚國宗祀，必留我父兄之命。若其不然，吾必滅楚，親斬楚王之頭，以洩吾恨。」武城黑抱頭鼠竄，歸報平王言：「伍員已先逃矣！」平王大怒，即命費無極押伍奢父子於市曹斬之。臨刑，伍尚唾罵無極讒言惑主，殺害忠良。伍奢止曰：「見危授命，人臣之職。忠佞自有公論，何以詈為！但員兒不至，吾慮楚國君臣，自今以後，不得安然朝食矣！」言罷，引頸受戮。百姓觀者，無不流涕。是日天昏日暗，悲風慘洌。史臣有詩云：

慘慘悲風日失明，三朝忠裔忽遭坑。楚廷從此皆讒佞，引得吳兵入郢城。

平王問：「伍奢臨刑，有何怨言。」無極曰：「並無他語，但言伍員不至，楚國君臣不能安食矣。」平王曰：「員雖走，必不遠，宜更追之。」乃遣左司馬沈尹戌率三千人，窮其所往。伍員行及大江，心生一計，將所穿白袍，掛於江邊柳樹之上，取雙履棄於江邊，足換芒鞋，沿江直下。沈尹戌追至江口，得其袍履，回奏：「伍員不知去向。」無極進曰：「臣有一計，可絕伍員之路。」王問：「何計？」無極對曰：「一面出榜四處懸掛，不拘何人，有能捕獲伍員來者，賜粟五萬石，爵上大夫。容留及縱放者，全家處斬。詔各路關津渡口，凡來往行人，嚴加盤詰。又遣使遍告列國諸侯，不得收藏伍員。彼進退無路，縱一時不能就擒，其勢已孤，安能成其大事哉！」平王悉從其計。畫影圖形，訪拿伍員，各關隘十分緊急。

再說伍員沿江東下，一心欲投吳國。奈路途遙遠，一時難達。忽然想起太子建逃奔宋國，何不從之。遂望睢陽一路而進。行至中途，忽見一簇車馬前來。伍員疑是楚兵截路，不敢出頭，伏於林中察之，乃故人申包胥也。與員有八拜之交，因出使他國回轉，在此經過。伍員趨出，立於車左。包胥慌忙下車相見，問：「子胥何故，獨行至此？」伍員把平王枉殺父兄之事，哭訴一遍。包胥聞之，惻然動容，問曰：「子今何往？」員曰：「吾聞：『父母之仇，不共戴天。』吾將奔往他國，借兵伐楚，生嚼楚王之肉，車裂無極之屍，方洩此恨！」包胥勸曰：「楚王雖無道，君也。子累世食其祿，君臣之分定矣。奈何以臣而仇君乎？」員曰：「昔桀、紂見誅於其臣，惟無道也。楚王納子婦，棄嫡嗣，信讒佞，戮忠良。吾請兵入郢，乃為楚國掃蕩污穢，況又有骨肉之仇乎！若不能滅楚，誓不立於天地之間！」包胥曰：「吾欲教子報楚，則為不忠；教子不報，又陷子於不孝。子勉之，行矣！朋友之誼；吾必不漏洩於人。然子能覆楚，吾必能存楚；子能危楚，吾必能安楚。」伍員遂辭包胥而行。不一日，到了宋國。尋見了太子建，抱頭而哭，各訴平王之過惡。員曰：「太子曾見宋君否？」建曰：「宋國方有亂，君臣相攻，吾尚未通謁也。」

* * *

卻說宋君名佐，乃宋平公嬖妾之子。平王聽寺人伊戾之讒，殺太子痤而立佐。周景王十三年，平公薨，佐嗣立，是為元公。元公為人，貌醜而性柔，多私無信。惡世卿華氏之強，與公子寅、公子御戎、向勝、向行等，謀欲除去之。向勝洩其謀於向甯。甯與華向、華定、華亥相善，謀先期作亂。華亥乃偽為有病，群臣皆來問疾。華亥執公子寅與御戎殺之，因向勝、向行於倉廩之中。元公聞之，亟駕車親至華氏之門，請釋二向。華亥并劫元公，索要世子及親臣為質，方從其請。元公曰：「周、鄭交質，自昔有之。寡人以世子質於卿家，卿之子亦應質於寡人。」華氏商議，將華亥之子無慼，華定之子啟，向甯之子向羅，質於公所。元公亦召世子欒與母弟辰、公子地質於華亥之家。華亥始釋向勝、向行，從元公還朝。元公與夫人，心念世子欒，每日必至華氏，視世子食畢方歸。華亥嫌其不便，欲送世子歸宮，元公甚喜。向甯不肯曰：「所以質太子者，惟不信也。若質去，禍必至矣！」元公聞華氏中悔，大怒。召大司馬華費遂，將帥甲攻華氏。費遂對曰：「世子在彼，君不念耶？」元公曰：「死生有命，寡人不能忍其恥辱！」費遂曰：「君意既決，老臣安敢庇其私族，以違君命哉？」即日整頓兵甲。元公遂將所質華無慼、華啟、向羅，盡皆斬首，將攻華氏。華登素善於華亥，奔往告之。華亥忙集家甲迎戰，兵敗。向甯欲殺世子，華亥曰：「得罪於君，又殺世子，人將議我！」乃盡歸其質，與其黨出奔陳國。華費遂有三子：長華貙，次華多僚，華登其第三子也。多僚與貙，素不睦。因華氏之亂，譖於元公，言：「華貙實與亥、定同謀，今自陳召之，將為內應。」元公信之。使寺人宜僚告於費遂。費遂曰：「此必多僚譖言也。君既疑貙，則請逐之。」華貙之家臣張匄，微聞其事，訊於宜僚。宜僚不肯言。張匄拔劍在手曰：「汝若不言，吾即殺汝！」宜僚懼，盡吐其實。張匄報於華貙，請殺多僚。華貙曰：「登出奔，已傷司馬之心矣！吾兄弟復相殘，何以自立！吾將避之。」華貙往辭其父，張匄從行。恰好費遂自朝中出，多僚為之御車。張匄一見，怒氣勃發，拔佩劍砍殺多僚。劫華費遂同出盧門，屯於南里。使人至陳，招回華亥、向甯等，一同謀叛。宋元公拜樂大心為大將，率兵圍南里。華登如楚借兵。楚平王使薳越帥師來救華氏。伍員聞楚師將到，曰：「宋不可居矣！」乃與太子建及其母子，西奔鄭國。有詩為證：

千里投人未息肩，盧門金鼓又喧天。孤臣孽子多顛沛，又向滎陽快著鞭。

楚兵來救華氏，晉頃公亦率諸侯救宋。諸侯不欲與楚戰，勸宋解南里之圍，縱華亥、向甯等出奔楚國，兩下罷兵。此是後話。

* * *

是時鄭上卿公孫僑新卒，鄭定公不勝痛悼。素知伍員乃三代忠臣之後，英雄無比。況且是時晉、鄭方睦，與楚為仇，聞太子建之來，甚喜。使行人致館，厚其廩餼。建與伍員，每見鄭伯，必哭訴其寃情。鄭定公曰：「鄭國微兵寡，不足用也。子欲報仇，何不謀之於晉？」世子建留伍員於鄭，親往晉國見晉頃公。頃公叩其備細，送居館驛，召六卿共議伐楚之事。那六卿：魏舒、趙鞅、韓不信、士鞅、荀寅、荀躒。時六卿用事，各不相下。君弱臣強，頃公不能自專。就中惟魏舒、韓不信有賢聲。餘四卿，皆貪權怙勢之輩，而荀寅好賂尤甚。鄭子產當國，執禮相抗，晉卿畏之。及游吉代為執政，荀寅私遣人求貨於吉。吉不從。由是，寅有惡鄭之心。至是，密奏頃公曰：「鄭陰陽晉、楚之間，其心不定，非一日矣。今楚世子在鄭，鄭必信之。世子能為內應，我起兵滅鄭，即以鄭封太子。然後徐圖滅楚，有何不可？」

頃公從其計，即命荀寅以其謀私告世子建。建欣然諾之。建辭了晉頃公，回至鄭國，與伍員商議其事。員諫曰：「昔秦將杞子、楊孫謀襲鄭國，事既不成，竄身無所。夫人以忠信待我，奈何謀之？此僥倖之計，必不可！」建曰：「吾已許晉君臣矣！」員曰：「不為晉應，未有罪也。若謀鄭，則信義俱失，何以為人？子必行之，禍立至矣！」建貪於得國，遂不聽伍員之諫。以家財私募驍勇，復交結鄭伯左右，冀其助己。左右受其賄賂，轉相交結。因晉國私遣人至建處，約會日期，其謀漸洩，遂有人密地投首。鄭定公與游吉計議，召太子建遊於後圃。後者皆不得入。三杯酒罷，鄭伯曰：「寡人好意容留太子，不曾怠慢，太子奈何見圖？」建曰：「從無此意。」定公使左右面質其事。太子建不能諱。鄭伯大怒，喝令力士，擒建於席上斬之。並誅左右受賂不出首者二十餘人。伍員在館驛忽然肉跳不止，曰：「太子危矣！」少頃，建從人逃回驛中，言太子被殺之事。伍員即時攜建子勝，出了鄭城。思量無路可奔，只得往吳國逃難。髯翁有詩，單咏太子建自取殺身之禍。詩云：

親父如仇隔釜鬵，鄭君假館反謀侵。人情難料皆如此，冷盡英雄好義心。

再說伍員同公子勝懼鄭國來追，一路晝伏夜行，千辛萬苦，不必細述。行過陳國，知陳非駐足之處。復東行數日，將近昭關。那座關在小峴山之西，兩山並峙，中間一口，為廬、濠往來之衝。出了此關，便是大江通吳的水路了。形勢險隘，原設有官把守。近因盤詰伍員，特遣右司馬薳越，帶領大軍，駐扎於此。伍員行至歷陽山，離昭關約六十里之程。偃息深林，徘徊不進。忽有一老父攜杖而來，徑入林中。見伍員，奇其貌，乃前揖之，員亦答禮。老父曰：「君莫非伍氏子乎？」員大駭曰：「何為問及於此？」

老父曰：「吾乃扁鵲之弟子東皐公也。自少以醫術遊於列國，今年老隱居於此。數日前，薳將軍有小恙，邀某往視。見關上懸有伍子胥形貌，與君正相似，是以問之。君不必諱。寒舍只在山後，請那步❶暫過，有話可以商量。」伍員知其非常人，乃同公子勝隨東皐公而行。約數里，有一茅莊。東皐公揖伍員而入。進了草堂，伍員再拜。東皐公慌忙答禮曰：「此尚非君停足之處。」復引至堂後西偏，進一小籬笆門，過一竹園，園後有土屋三間。其門如竇，低頭而入。內設床几，左右開小窗透光。東皐公推伍員上座。員指公子勝曰：「有小主在，吾當側侍。」東皐公問：「何人？」員曰：「此即楚太子建之子，名勝。某實子胥也。以公長者，不敢隱情。某有父兄切骨之仇，欲誓圖報，幸公勿洩！」東皐公乃坐勝於上，自己與伍員東西相對。謂員曰：「老夫但有濟人之術，豈有殺人之心哉！此處雖住一年半載，亦無人知覺。但昭關設守甚嚴，公子如何可過？必思一萬全之策，方可無虞。」員下跪曰：「先生何計能脫我難？日後必當重報。」東皐公曰：「此處荒僻無人，公子且寬留。容某尋思一策，送爾君臣過關。」員稱謝。東皐公每日以酒食款待，一住七日，並不言過關之事。伍員乃謂東皐公曰：「某有大仇在心，以刻為歲。遷延於此，宛若死人。先生高義，寧不哀乎？」東皐公曰：「老夫思之已熟，欲待一人，未至耳。」伍員狐疑不決。是夜，寢不成寐。欲要辭了東皐公前行，恐不能過關，反惹其禍。欲待再住，又恐擔閣時日，所待者又不知何人。展轉尋思，反側不安，身心如在芒刺之中。臥而復起，繞室而走，不覺東方發白。只見東皐公叩門而入，見了伍員大驚曰：「足下鬚鬢，何以忽然改色？得無愁思所致耶？」員不信，取鏡照之，已蒼然頒白矣。——世傳伍子胥過昭關，一夜愁白了頭，非浪言也。——員乃投鏡於地，痛

❶ 那步：移步。那，通「挪」。

哭曰：「一事無成，雙鬢已斑。天乎，天乎！」東皐公曰：「足下勿得悲傷，此乃足下佳兆也。」員拭淚問曰：「何謂佳兆？」東皐公曰：「公狀貌雄偉，見者易識。今鬚鬢斑白，一時難辨，可以混過俗眼。況吾友老夫已請到，吾計成矣！」員曰：「先生計將安出？」東皐公曰：「吾友覆姓皇甫名訥，從此西南七十里龍洞山居住。此人身長九尺，眉廣八寸，彷彿與足下相似。教他假扮作足下，足下卻扮為僕者。倘吾友被執，紛論之間，足下便可搶過昭關矣。」伍員曰：「先生之計雖善，但累及貴友，於心不安。」東皐公曰：「這個不妨，自有解救之策在後。老夫已與吾友備細言之。此君亦慷慨之士，直任無辭。不必過慮。」言畢，遂使人請皇甫訥至土室中，與伍員相見。員視之，果有三分相像，心中不勝之喜。東皐公又將湯藥與伍員洗臉，變其顏色。捱至黃昏，使伍員解其素服，與皇甫訥穿之。另有緊身褐衣，與員穿著，扮作僕者。芈勝亦更衣，如村家小兒之狀。伍員同公子勝，拜了東皐公四拜：「異日倘有出頭之日，定當重報。」東皐公曰：「老夫哀君受冤，故欲相脫，豈望報也！」員與勝跟隨皇甫訥，連夜過昭關而行。黎明已到，正值開關。

卻說楚將薳越堅守關門。號令：「凡北人東度者，務要盤詰明白，方許過關。」關前畫有伍子胥面貌查對。真個水洩不通，鳥飛不過。皇甫訥剛到關門，關卒見其狀貌，與圖形相似。身穿素縞，且有驚悸之狀。即時盤住，入報薳越。越飛馳出關，遙望之曰：「是矣！」喝令左右，一齊下手，將訥擁入關上。訥詐為不知其故，但乞放生。那些守關將士，及關前後百姓，初聞捉得子胥，盡皆踴躍觀看。伍員乘關門大開，帶領公子勝雜於眾人之中，一來擾攘之際，二來妝扮不同，三來子胥面色既改，鬚鬢俱白，老少不同，急切無人認得，四來都道子胥已獲，便不去盤詰了。遂捱捱擠擠，混出關門。正是：鯉魚脫卻金鉤去，擺尾搖頭再不來。有詩為證：

千群虎豹據雄關，一介亡臣已下山。從此勾吳添勝氣，郢都兵革不能閒！

再說楚將薳越，欲將皇甫訥綁縛拷打，責令供狀，解去郢都。訥辯曰：「吾乃龍洞山下隱士皇甫訥也。欲從故人東皐公出關東遊，並無觸犯，何故見擒？」薳越聞其聲音，想道：「子胥目如閃電，聲若洪鐘。此人形貌雖然相近，其聲低小，豈路途風霜所致耶？」正疑惑間，忽報東皐公來見。薳越命押在一邊，延東皐公入，各序賓主而坐。東皐公曰：「老漢欲出關東遊，聞將軍捉得亡臣伍子胥，特來稱賀。」薳越曰：「小卒拿得一人，貌類子胥，尚未肯招承。」東皐公曰：「將軍與子胥父子，共立楚朝，豈不能辨別真偽耶？」薳越曰：「子胥目如閃電，聲若洪鐘。此人目小而聲雌，吾疑憔悴已久，失其故態耳。」東皐公曰：「老漢與子胥亦有一面。請借此人與吾辨之，便知虛實。」薳越命取原囚至前。訥望見東皐公遽呼曰：「公相期出關，何不早至？累我受辱！」東皐公笑謂薳越曰：「將軍誤矣！此吾鄉友皇甫訥，約吾同遊，期定關前相會。不意他先行一程。將軍不信，老夫有過關文牒在此，焉可誣為亡臣耶？」言畢，即於袖中取出文牒，呈與薳越觀看。越大慚，親釋其縛，命酒壓驚曰：「此乃小卒識認不真，萬勿見怪！」東皐公曰：「此將軍為朝廷執法，老夫何怪之有？」薳越又取金帛相助，為東遊之資。二人稱謝下關。薳越號令將士，堅守如故。

再說伍員過了昭關，心中暗喜，放步而走。走不上數里，遇著一人。伍員認得他姓左名誠，見為昭關擊柝小卒。他原是城父人，曾跟隨伍家父子射獵，所以識認頗真。見伍員大驚曰：「朝廷索公子甚急，公子如何過關？」伍員曰：「主公知我有一顆夜明之珠，問我取索。此珠已落人手，將往取之。適纔稟過薳將軍，蒙他釋放來的。」左誠不信曰：「楚王有令，縱放公子，全家處斬。某請同公子暫回關上，問明了主將，方纔可行。」伍員曰：「若見主將，我說美珠已交付與你，恐汝難於分剖。不如做個人情放我，他日好相見也。」左誠知伍員英雄，不敢相抗，遂縱之東行。回到關上，隱過其事不題。伍員疾行，至於鄂渚，遙望大江，茫茫浩浩，波濤萬頃，無舟可渡。伍員前阻大水，後慮追兵，心中十分危急。忽見有漁翁乘船從下流泝水而上。員喜曰：「天不絕我命也！」乃急呼曰：「漁父渡我！漁父速速渡我！」那漁父方欲攏船，見岸上又有人行動。乃放聲歌曰：

日月昭昭乎浸已馳，與子期乎蘆之碕。

伍員聞歌會意，即望下流沿江趨走。至於蘆洲，以蘆荻自隱。少頃，漁翁將船攏岸，不見了伍員。復放聲歌曰：

日已夕兮，子心憂悲。月已馳兮，何不渡為？

伍員同芈勝從蘆叢中鑽出。漁翁急招之。二人踐石登舟。漁翁將船一篙點開，輕撐蘭槳，飄飄而去。不勾一個時辰，達於對岸。漁翁曰：「夜來夢將星墜於吾舟，老漢知必有異人問渡，所以蕩槳出來，不期遇子。覷子容貌，的非常人。可實告我，勿相隱也。」伍員遂告姓名。漁翁嗟呀不已曰：「子面有饑色，吾往取食啖子，子姑少待。」漁翁將舟繫於綠楊下，入村取食，久而不至。員謂勝曰：「人心難測，安知不聚徒擒我？」乃復隱於蘆花深處。少頃，漁翁取麥飯鮑魚羹盎漿來至樹下，不見伍員。乃高呼曰：「蘆中人，蘆中人，吾非以子求利者也！」伍員乃出蘆中以應。漁翁曰：「知子饑困，特為取食，奈何相避耶？」伍員曰：「性命屬天，今屬於丈人矣！憂患所積，中心皇皇，豈敢相避？」漁翁進食。員與勝飽餐一頓。臨去，解佩劍以授漁翁，曰：「此先王所賜，吾祖、父佩之三世矣。中有七星，價值百金。以此答丈人之惠。」漁翁笑曰：「吾聞楚王有令，得伍員者賜粟五萬石，爵上大夫。吾不圖上卿之賞，而利汝百金之劍乎？且君子無劍不遊，子所必需，吾無所用也。」員曰：「丈人既不受劍，願乞姓名，以圖後報。」漁翁怒曰：「吾以子含冤負屈，故渡汝過江。子以報啖我，非丈夫也！」員曰：「丈人雖不望報，某心何以自安？」固請言之。漁翁曰：「今日相逢，子逃楚難，吾縱楚賊，安用姓名為哉？況我舟楫活計，波浪生涯。雖有名姓，何期而會？萬一天遣相逢，我但呼子為『蘆中人』，子呼我為『漁丈人』，足為誌記耳！」員乃欣然拜謝。方行數步，復轉身謂漁翁曰：「倘後有追兵來至，勿洩吾機。」只因轉身一言，有分喪了漁翁性命。要知後事，且看下回分解。

第七十三回　伍員吹簫乞吳市　專諸進炙刺王僚

話說漁丈人已渡伍員，又與飲食，不受其劍。伍員去而復回，求丈人祕密其事，恐引追兵前至，有負盛意。漁翁仰天嘆曰：「吾為德於子，子猶見疑！倘若追兵別渡，吾何以自明？請以一死絕君之疑！」言訖，解纜開船，拔舵放槳，倒翻船底，溺於江心。史臣有詩云：

數載逃名隱釣綸，扁舟渡得楚亡臣。絕君後慮甘君死，千古傳名漁丈人！

伍員見漁丈人自溺，嘆曰：「我得汝而活，汝為我而死，豈不哀哉！」伍員與芈勝遂入吳境。行至溧陽，餒而乞食。遇一女子，方浣紗於瀨水之上，筥中有飯。伍員停足問曰：「夫人可假一餐乎？」女子垂頭應曰：「妾獨與母居，三十未嫁，豈敢售餐於行客哉？」伍員曰：「某在窮途，願乞一飯自活。夫人行賑恤之德，又何嫌乎？」女子抬頭，看見伍員狀貌魁偉，乃曰：「妾觀君之貌，似非常人。甯以小嫌，坐視窮困？」於是發其簞，取盎漿，跪而進之。胥與勝一餐而止。女子曰：「君似有遠行，何不飽食？」二人乃再餐，盡其器。臨行，謂女子曰：「蒙夫人活命之恩，恩在肺腑。某實亡命之夫，倘遇他人，願夫人勿言！」女子淒然嘆曰：「嗟乎！妾侍寡母三十未嫁，貞明自矢。何期饋飯，乃與男子交言！敗義墮節，何以為人？子行矣！」

——至今武昌東北通淮門外有解劍亭，當年子胥解劍贈漁父處也。——

伍員別去，行數步，回頭視之，此女子抱一大石，自投瀨水中而死。後人有讚云：

溧水之陽，擊綿之女。惟治母餐，不通男語。矜此旅人，發其筐筥。君腹雖充，吾節已虧。捐此孱子軀，以存壺矩。瀨水不竭，茲人千古！

伍員見女子投水，感傷不已。咬破指頭，瀝血書二十字於石上曰：

爾浣紗，我行乞；我腹飽，爾身溺。十年之後，千金報德！

伍員題訖，復恐後人看見，掬土以掩之。

過了溧陽，復行三百餘里，至一地名吳趨。見一壯士，廣顙而深目，狀如餓虎，聲若巨雷，方與一大漢廝打。眾人力勸不止。門內有一婦人喚曰：「專諸，不可！」其人似有畏懼之狀，即時斂手歸家。員深怪之。問於旁人曰：「如此壯士，而畏婦人乎？」旁人告曰：「此吾鄉勇士，力敵萬人，不畏強禦。平生好義，見人有不平之事，即出死力相為。適纔門內喚聲，乃其母也。所喚專諸，即此人姓名。素有孝行，事母無違。雖當盛怒，聞母至即止。」員歎曰：「此真烈士矣！」次日，整衣相訪。專諸出迎，叩其來歷。員具道姓名，并受冤始末。專諸曰：「公負此大冤，何不求見吳王，借兵報仇？」員曰：「未有引進之人，不敢自媒。」專諸曰：「君言是也。今日下顧荒居，有何見諭？」員曰：「敬子孝行，願與結交。」專諸大喜，乃入告於母，即與伍員八拜為交。員長於諸二歲，呼員為兄。員請拜見專諸之母。專諸復出其妻子相見，殺雞為黍，歡如骨肉。遂留員、勝二人，宿了一夜。次早，員謂專諸曰：「某將辭弟入都，覓一機會，求事吳王。」專諸曰：「吳王好勇而驕，不如公子光親賢下士，將來必有所成。」員曰：「蒙弟指教，某當牢記。異日有用弟之處，萬勿見拒。」專諸應諾。三人分別。

員、勝相隨前進，來到梅里，城郭卑隘，朝市粗立，舟車嚷嚷，舉目無親。乃藏芊勝於郊外，自己被髮佯狂，跣足塗面，手執斑竹簫一管，在市中吹之，往來乞食。其簫曲第一疊云：

伍子胥！伍子胥！跋涉宋鄭身無依，千辛萬苦淒復悲！父仇不報，何以生為？

第二疊云：

伍子胥！伍子胥！昭關一度變鬚眉，千驚萬恐淒復悲！兄仇不報，何以生為？

第三疊云：

伍子胥！伍子胥！蘆花渡口溧陽溪，千生萬死及吳陲，吹簫乞食淒復悲！身仇不報，何以生為？

市人無有識者。時周景王二十五年，吳王僚之七年也。

再說吳公子姬光，乃吳王諸樊之子。諸樊薨，光應嗣位。因守父命，欲以次傳位於季札，故餘祭、夷昧以次相及。及夷昧薨後，季札不受國，仍該立諸樊之後。爭奈王僚貪得不讓，竟自立為王。公子光心中不服，潛懷殺僚之意。其如群臣皆為僚黨，無與同謀。隱忍於中。乃求善相者曰被離，舉為吳市吏。囑以諮訪豪傑，引為己輔。一日，伍員吹簫過於吳市。被離聞簫聲甚哀。再一聽之，稍辨其音。出見員，乃大驚曰：「吾相人多矣！未見有如此之貌也！」乃揖而進之，遜於上坐。伍員謙讓不敢。被離曰：「吾聞楚殺忠臣伍奢，其子子胥出亡外國，子殆是乎？」員踟躕未對。被離又曰：「吾非禍子者。吾見子狀貌非常，欲為子求富貴地耳。」伍員乃訴其實。早有侍人知其事，報知王僚。僚召被離引員入見。被離一面使人私報姬光得知，一面使伍員沐浴更衣，一同入朝，進謁王僚。王僚奇其貌。與之語，知其賢，即拜為大夫之職。次日，員入謝，道及父兄之冤，咬牙切齒，目中火出。王僚壯其氣，意復憐之，許為興師復仇。

姬光素聞伍員智勇，有心收養他。聞先謁王僚，恐為僚所親用，心中微慍。乃往見王僚曰：「光聞楚之亡臣伍員，來奔我國。王以為何如人？」僚曰：「賢而且孝。」光曰：「何以見之？」僚曰：「勇壯非常。與寡人籌策國事，無不中窾，是其賢也；念父兄之冤，未曾須臾忘報，乞師於寡人，是其孝也。」光曰：「王許以復仇乎？」僚曰：「寡人憐其情，已許之矣！」光諫曰：「萬乘之主，不為匹夫興師。今吳、楚搆兵已久，未見大勝。若為子胥興師，是匹夫之恨，重於國恥也。勝則彼快其憤，不勝則我益其辱，必不可。」王僚以為然，遂罷伐楚之議。伍員聞光之入諫，曰：「光方有內志，未可說以外事也。」乃辭大夫之職不受。光復言於王僚曰：「子胥以王不肯興師，辭職不受，有怨望之心，不可用之。」僚遂疎伍員，聽其自去，但賜以陽山之田百畝。員與勝遂耕於陽山之野。姬光私往見之，饋以米粟布帛，問曰：「子出入吳、楚之境，曾遇有才勇之士，略如子胥者乎？」員曰：「某何足道。所見有專諸者，真勇士也！」光曰：「願因子胥得交於專先生。」員曰：「專諸去此不遠，當即召之，明旦可入謁也。」光曰：「既是才勇之士，某即當造請，豈敢召乎！」乃與伍員同車共載，直造專諸之家。

專諸方在街坊磨刀，為人屠豕。見車馬紛紛，方欲走避。伍員在車上呼曰：「愚兄在此！」專諸慌忙停刀，候伍員下車相見。員指公子光曰：「此吳國長公子，慕吾弟英雄，特來造見。弟不可辭！」專諸曰：「某閭巷小民，有何德能，敢煩大駕？」遂揖公子光而進。篳門蓬戶，低頭而入。公子光先拜，致生平相慕之意。專諸答拜。光奉上金帛為贄，專諸固讓。伍員從旁力勸，方纔肯受。自此專諸遂投於公子光門下。光使人日饋粟肉，月給布帛，又不時存問其母。專諸甚感其意。一日，問光曰：「某村野小民，蒙公子豢養之恩，無以為報。倘有差遣，惟命是從！」光乃屏左右，述欲刺王僚之意。專諸曰：「前王夷昧卒，其子分自當立，公子何名而欲害之？」光備言祖父遺命，以次相傳之故：「季札既辭，宜歸適長；適長之後，即光之身也。僚安得為君哉？吾力弱，不足以圖大事，故欲借助於有力者。」專諸曰：「何不使近臣從容言於王側，陳前王之命，使其退位。何必私備劍士，以傷先王之德？」光曰：「僚貪而恃力，知進之利，不能退讓。若與之言，反生忌害。光與僚勢不兩立！」專諸奮然曰：「公子之言是也。但諸有老母在堂，未敢以死相許。」光曰：「吾亦知爾母老子幼，然非爾無與圖事者。苟成其事，君之子母，即吾子母也。自當盡心養育，豈敢有負於君哉？」專諸沉思良久，對曰：「凡輕舉無功，必圖萬全。夫魚在千仞之淵，而入漁人之手者，以香餌在也。欲刺王僚，必先投王之所好，乃能親近其身。不知王所好何在？」光曰：「好味。」專諸曰：「味中何者最甘？」光曰：「尤好魚炙。」專諸曰：「某請暫辭！」公子光曰：「壯士何往？」專諸曰：「某往學治味，庶可近吳王耳。」專諸往太湖學炙魚，凡三月，嘗其炙者，皆以為美。然後復見姬光，光乃藏專諸於府中。髯翁有詩云：

剛直人推伍子胥，也因獻媚進專諸。欲知弒械從何起，三月湖邊學炙魚。

姬光召伍子胥，謂：「專諸已精其味矣，何以得近吳王？」員對曰：「夫鴻鵠所以不可制者，以羽翼在也。欲制鴻鵠，必先去其羽翼。吾聞公子慶忌，筋骨如鐵，萬夫莫當，手能接飛鳥，步能格猛獸。王僚得一慶忌，旦夕相隨，尚且難以動手。況其母弟掩餘、燭庸並握兵權。雖有擒龍搏虎之勇，鬼神不測之謀，安能濟事？公子欲除王僚必先去此三子，然後大位可圖。不然，雖幸而成事，公子能安然在位乎？」光俛思半晌，恍然曰：「君言是也。且歸爾田，俟有閒隙，然後相議耳。」員乃辭去。

* * *

是年，周景王崩，有嫡世子曰猛，次曰匄，長庶子曰朝。景王寵愛朝，囑於大夫賓孟，欲更立世子之位。未行而崩。劉獻公摯亦卒，子劉卷字伯蚡嗣立，素與賓孟有隙，遂同單穆公旗殺賓孟，立世子猛，是為悼王。尹文公固，甘平公鰌，召莊公奐，素附子朝。三家合兵，使上將南宮極率之以攻劉卷。卷出奔揚。單旗奉王猛次於皇。子朝使其黨鄩肹伐皇，肹敗死。晉頃公聞王室大亂，遣大夫籍談、荀躒帥師納王於王城。尹固亦立子朝於京。未幾，王猛病卒，單旗、劉卷復立其弟匄，是為敬王，居翟泉。周人呼匄為東王，朝為西王。二王互相攻殺，六年不決。召莊公奐卒，南宮極為天雷震死，人心聳懼。晉大夫荀躒復率諸侯之師納敬王於成周，擒尹固。子朝兵潰。召奐之子嚚，反攻子朝，朝出奔楚。諸侯遂城成周而還。敬王以召嚚為反覆，與尹固同斬於市。周人快之。此是後話。

* * *

且說周敬王即位之元年，吳王僚之八年也。時楚故太子建之母在鄖，費無極恐其為伍員內應，勸平王誅之。建母聞之，陰使人求救於吳。吳王僚使公子光往鄖取建母。行及鍾離，楚將薳越帥師拒之，馳報郢都。平王拜令尹陽匄為大將，并徵陳、蔡、胡、沈、許五國之師。胡子名髡，沈子名逞，二君親自引兵。陳遣大夫夏齧。頓、胡二國，亦遣大夫助戰。胡、沈、陳之兵營於右，頓、許、蔡之兵營於左。薳越大軍居中。姬光亦馳報吳王。王僚同公子掩餘率大軍一萬，罪人三千，來至雞父下寨。兩邊尚未約戰，適楚令尹陽匄暴疾卒，薳越代領其眾。姬光言於王僚曰：「楚亡大將，其軍已喪氣矣。諸侯相從者雖眾，然皆小國，畏楚而來，非得已也。胡、沈之君，幼不習戰。陳夏齧勇而無謀。頓、許、蔡三國，久困楚令，其心不服，不肯盡力。七國同役而不同心，楚帥位卑無威，若分師先犯胡、沈與陳，必先奔。諸國乘亂，楚必震懼，可全敗也。請示弱以誘之，而以精卒持其後。」王僚從其計。乃為三陣，自率中軍，姬光在左，公子掩餘在右，各飽食嚴陣以待。先遣罪人三千，亂突楚之右營。時秋七月晦日，兵家忌晦，故胡子髡，沈子逞，及陳夏齧，俱不做整備。及聞吳兵到，開營擊之。罪人原無紀律，或奔或止。三國以吳兵散亂，彼此爭功追逐，全無隊伍。姬光帥左軍乘亂進擊，正遇夏齧，一戟刺於馬下。胡、沈二君心慌，奪路欲走。公子掩餘右軍亦到，二君如飛禽入網，無處逃脫，俱為吳軍所獲，軍士死者無數，生擒甲士八百餘人。姬光喝教：「將胡、沈二君斬首！」卻縱放甲士，使奔報楚之左軍，言：「胡、沈二君，及陳大夫俱被殺矣！」許、蔡、頓三國將士，嚇得心膽墮地，不敢出戰，各尋走路。王僚合左右二軍，如泰山一般倒壓下來。中軍薳越未及成陣，軍士散其大半。吳兵隨後掩殺，殺得屍橫遍野，流血成渠。薳越大敗，奔五十里方脫。姬光直入鄖陽，迎取楚夫人以歸。蔡人不敢拒敵。薳越收拾敗兵，止存其半。聞姬光單師來取楚夫人，乃星夜赴之。比及楚軍至蔡，吳兵已離鄖陽二日矣。薳越知不可追，仰天嘆曰：「吾受命守關，不能緝獲亡臣，是無功也。既喪七國之師，又失君夫人，是二罪也。無一功而負二罪，何面復見楚王乎？」遂自縊而死。楚平王聞吳師勢大，心中甚懼。用囊瓦為令尹，以代陽匄之位。瓦獻計謂郢城卑狹，更於其東關地築一大城，比舊高七尺，廣二十餘里，名舊城為紀南城，以其在紀山之南也。新城仍名郢，徙都居之。復築一城於西，以為右臂，號曰麥城。三城似品字之形，聯絡有勢，楚人皆以為瓦功。沈尹戌笑曰：「子常不務修德政，而徒事興築，吳兵若至，雖十郢城何益哉？」囊瓦欲雪雞父之恥，大治舟楫，操演水軍。三月，水手習熟。囊瓦率舟師，從大江直逼吳疆，耀武而還。吳公子光聞楚師犯邊，星夜來援。比至境上，囊瓦已還師矣。姬光曰：「楚方耀武而還，邊人必不為備。」乃潛師襲巢，滅之，并滅鍾離，奏凱而歸。

楚平王聞二邑被滅，大驚，遂得心疾，久而不愈。至敬王四年疾篤，召囊瓦及公子申至於榻前，以太子珍囑之而薨。囊瓦與郤宛商議曰：「太子珍年幼，且其母乃太子建所聘，非正也。子西長而好善；立長則名順，建善則國治。誠立子西，楚必賴之。」郤宛以囊瓦之言告於公子申。申怒曰：「若廢太子，是彰君王之穢行也！太子秦出，其母已立為君夫人，可謂非適嗣乎？棄適而失大援，外內惡之！令尹欲以利禍我，其病狂乎？再言及，吾必殺之！」囊瓦懼，乃奉珍主喪即位，改名曰軫，是為昭王。囊瓦仍為令尹，伯郤宛為左尹，鄢將師為右尹，費無極以師傅舊恩，同執國政。

郤說鄭定公聞吳人取楚夫人以歸，乃使人賫珠玉簪珥追送之，以解殺建之恨。楚夫人至吳，吳王賜宅西門之外，使芈勝奉之。伍員聞平王之死，捶胸大哭，終日不止。公子光怪而問曰：「楚王乃子仇人，聞死當稱快，胡反哭之？」員曰：「某非哭楚王也。恨吾不能梟彼之頭，以雪吾恨，使得終牖下耳！」光亦為嗟嘆。胡曾先生有詩曰：

父兄冤恨未曾酬，已報淫狐獲首邱。手刃不能償夙願，悲來霜鬢又添愁。

伍員自恨不能及平王之身，報其仇怨，一連三夜無眠，心中想出一個計策來。謂姬光曰：「公子欲行大事，何無間可乘耶？」光曰：「晝夜思之，未得其便。」員曰：「今楚王新歿，朝無良臣。公子何不奏過吳王，乘楚喪亂之中，發兵南伐，可以圖霸。」光曰：「倘遣吾為將，奈何？」員曰：「公子誤為墜車，而得足疾者，王必不遣。然後薦掩餘、燭庸為將，更使公子慶忌結連鄭、衛，共攻楚國。此一網而除三翼，吳王之死，在目下矣！」光又問曰：「三翼雖去，延陵季子在朝。見我行篡，能容我乎？」員曰：「吳、晉方睦，再令季子使晉，以窺中原之釁。吳王好大而疎於計，必然聽從。待其遠使歸國，大位已定，豈能復議廢立哉？」光不覺下拜曰：「孤之得子胥，乃天賜也！」次日，以乘喪伐楚之利，入言於王僚。僚欣然聽之。光曰：「此事某應效勞，奈因墜車，損其足脛，方就醫療，不能任勞。」僚曰：「然則何人可將？」光曰：「此大事，非至親信者，不可託也。王自擇之。」僚曰：「掩餘、燭庸可乎？」光曰：「得人矣！」光又曰：「向來晉、楚爭霸，吳為屬國。今晉既衰微，而楚復屢敗，諸侯離心，未有所歸。南北之政，將歸於東。若遣公子慶忌往收鄭、衛之兵，并力攻楚；而使延陵季子聘晉，以觀中原之釁；王簡練舟師，以擬其後，霸可成也。」王僚大喜，使掩餘、燭庸帥師伐楚，季札聘於晉國。惟慶忌不遣。

單說掩餘、燭庸引師二萬，水陸並進，圍楚潛邑。潛邑大夫堅守不出，使人入楚告急。時楚昭王新立，君幼臣讒。聞吳兵圍潛，舉朝慌急無措。公子申進曰：「吳人乘喪來伐，若不出兵迎敵，示之以弱，啟其深入之心。依臣愚見，速令左司馬沈尹戌率陸兵一萬救潛。再遣左尹郤宛率水軍一萬，從淮汭順流而下，截住吳兵之後，使他首尾受敵，吳將可坐而擒矣。」昭王大喜。遂用子西之計，調遣二將，水陸分道而行。

卻說掩餘、燭庸攻圍潛邑，諜者報：「救兵來到。」二將大驚。分兵一半圍城，一半迎敵。沈尹戌堅壁不戰。使人四下將樵汲之路，俱用石子壘斷。二將大驚。探馬又報：「楚將郤宛引舟師從沙汭塞斷江口。」吳兵進退兩難，乃分作兩寨，為犄角之勢，與楚將相持。一面遣人入吳求救。姬光曰：「臣向者欲徵鄭、衛之兵，正為此也。今日遣之，尚未為晚。」王僚乃使慶忌糾合鄭、衛。四公子俱調開去了，單留姬光在國。

伍員乃謂光曰：「公子曾覓利匕首乎？欲用專諸，此其時矣！」光曰：「然。昔越王允常，使歐冶子造劍五枚，獻其三枚於吳，一曰『湛盧』，二曰『磐郢』，三曰『魚腸』。『魚腸』乃匕首也。形雖短狹，砍鐵如泥。先君以賜我，至今寶之。藏於床頭，以備非常。此劍連夜發光，意者神物欲自試，將飽王僚之血乎？」遂出劍與員觀之。員誇獎不已。即召專諸以劍付之。專諸不待開言，已知光意。慨然曰：「王僚可殺也。二弟遠離，公子出使，彼孤立耳！無如我何。但死生之際，不敢自主。候稟過老母，方敢從命。」專諸歸視其母，不言而泣。母曰：「諸何悲之甚也？豈公子欲用汝耶？吾舉家受公子恩養，大德當報。忠孝豈能兩全？汝必亟往，勿以我為念！汝能成人之事，垂名後世，我死亦不朽矣！」專諸猶依依不捨。母曰：「吾思飲清泉，可於河下取之。」專諸奉命汲泉於河，比及回家，不見老母在堂。問其妻。妻對曰：「姑適言困倦，閉戶思臥，戒勿驚之。」專諸心疑，啟牖而入，老母自縊於床上矣！髯仙有詩云：

　　願子成名不惜身，肯將孝子換忠臣。世間盡為貪生誤，不及區區老婦人！

專諸痛哭一場，收拾殯殮，葬於西門之外。謂其妻曰：「吾受公子大恩，所以不敢盡死者，為老母也。今老母已亡，吾將赴公子之急。我死，汝母子必蒙公子恩眷，勿為我牽掛。」言畢，來見姬光，言母死之事。光十分不過意，安慰了一番。良久，然後復論及王僚事。專諸曰：「公子盍設享以請吳王？王若肯來，事八九濟矣。」光乃入見王僚曰：「有庖人從太湖來，新學魚炙，味甚鮮美，異於他炙。請王辱臨下舍而嘗之。」王僚好的是魚炙，遂欣然許諾：「來日當過王兄府上，不必過費。」光是夜預伏甲士於窟室之中，再命伍員暗約死士百人，在外接應。於是大張飲具。

　　次早，復請王僚。僚入宮告其母曰：「公子光具酒相延，得無有他謀乎？」母曰：「光心氣怏怏，常有愧恨之色。此番相請，諒無好處。何不辭之？」僚曰：「辭則生隙。若嚴為之備，又何懼哉？」於是被狻猊之甲三重，陳設兵衛，自王宮起，直至光家之門，街衢皆滿，接連不斷。僚駕及門，光迎入拜見。既入席安坐，光侍坐於旁。僚之親戚近信，布滿堂階。侍席力士百人，皆操長戟帶利刀，不離王之左右。庖人獻饌，皆從庭下搜簡更衣，然後膝行而前，十餘力士握劍夾之以進。庖人置饌，不敢仰視，復膝行而出。光獻觴致敬，忽作跛足，偽為痛苦之狀。乃前奏曰：「光足疾舉發，痛徹心髓。必用大帛纏緊，其痛方止。幸王寬坐須臾，容裹足便出。」僚曰：「王兄請自方便。」光一步一蹭入內，潛進窟室中去了。少頃，專諸告進魚炙，搜簡如前。誰知這口「魚腸」短劍，已暗藏於魚腹之中。力士挾專諸膝行至於王前，用手擘魚以進，忽地抽出匕首，徑刺王僚之胸。手勢去得十分之重，直貫三層堅甲，透出背脊。王僚大叫一聲，登時氣絕。侍衛力士，一擁齊上，刀戟並舉，將專諸剁做肉泥，堂中大亂。姬光在窟室中知已成事，乃縱甲士殺出。兩下交鬬，這一邊知專諸得手，威加十倍。那一邊見王僚已亡，勢減三分。僚眾一半被殺，一半奔逃。其所設軍衛，俱被伍員引眾殺散。奉姬光升車入朝，聚集群臣，將王僚背約自立之罪，宣布國人明白：「今日非光貪位，實乃王僚之不義也。光權攝大位，待季子返國，仍當奉之。」乃收拾王僚屍首，殯殮如禮。又厚葬專諸，封其子專毅為上卿。封伍員為行人之職，待以客禮而不臣。市吏被離，舉薦伍員有功，亦升大夫之職。散財發粟，以振窮民，國人安之。姬光心念慶忌在外，使善走者覘其歸期。姬光自率大兵，屯於江上以待之。慶忌中途聞變，即馳去。姬光乘駟馬追之。慶忌棄車而走，其行如飛，馬不能及。光命集矢射之，慶忌挽手接矢，無一中者。姬光知慶忌必不可得，乃誡西鄙嚴為之備，遂還吳國。又數日，季札自晉歸，知王僚已死，徑往其墓，舉哀成服。姬光親詣墓所，以位讓之，曰：「此祖父諸叔之意也。」季札曰：「汝求而得之，又何讓為？苟國無廢祀，民無廢主，能立者即吾君矣。」光不能強，乃即吳王之位，自號為闔閭。季札退守臣位。此周敬王五年事也。札恥爭國之事，老於延陵，終身不入吳國，不與吳事，時人高之。及季札之死，葬於延陵，孔子親題其碑曰：「有吳延陵季子之墓。」史臣有贊云：

貪夫殉利，箪豆見色。春秋爭弒，不顧骨肉。孰如季子？始終讓國。堪愧僚光，無慚泰伯！

宋儒又論季札辭國生亂，為賢名之玷。有詩云：

只因一讓啟群爭，辜負前人次及情。若使延陵成父志，蘇臺麋鹿豈縱橫！

且說掩餘、燭庸困在潛城，日久救兵不至。正在躊躇脫身之計，忽聞姬光弒王奪位，二人放聲大哭。商議道：「光既行弒奪之事，必不相容。」欲要投奔楚國，又恐楚不相信。正是有家難奔，有國難投，如何是好？燭庸曰：「目今困守於此，終無了期。且乘夜從僻路逃奔小國，以圖後舉。」掩餘曰：「楚兵前後圍裹，如飛鳥入籠，焉能自脫？」燭庸曰：「吾有一計，傳令兩寨將士，詐稱來日欲與楚兵交鋒。至夜半與兄微服密走，楚兵不疑。」掩餘然其言。兩寨將士秣馬蓐食，專候軍令布陣。掩餘與燭庸同心腹數人，扮作哨馬小軍，逃出本營。掩餘投奔徐國，燭庸投奔鍾吾。及天明，兩寨皆不見其主將，士卒混亂，各搶船隻奔歸吳國。所棄甲兵無數，皆被郤宛水軍所獲。諸將欲乘吳之亂，遂伐吳國。郤宛曰：「彼乘我喪非義，吾奈何效之？」乃與沈尹戌一同班師獻吳俘。楚昭王以郤宛有功，以所獲甲兵之半賜之，每事諮訪，甚加敬禮。費無極忌之益深，乃生一計，欲害郤宛。畢竟費無極用何計策，且看下回分解。

第七十四回　囊瓦懼謗誅無極　要離貪名刺慶忌

話說費無極心忌伯郤宛，與鄢將師商量出一個計策來，詐謂囊瓦曰：「子惡欲設享相延，託某探相國之意，未審相國肯降臨否？」囊瓦曰：「彼若見招，豈有不赴之理？」無極又謂郤宛曰：「令尹向吾言，欲飲酒於吾子之家。未知子肯為治具否？託吾相探。」郤宛不知是計，應曰：「某位居下僚，蒙令尹枉駕，誠為榮幸！明日當備草酌奉候，煩大夫致意。」無極曰：「子享令尹，以何物致敬？」郤宛曰：「未知令尹所好何在？」無極曰：「令尹最好者，堅甲利兵也。所以欲飲酒於公家者，以吳之俘獲，半歸於子，故欲借觀耳。子盡出所有，吾為子擇之。」郤宛果然將楚昭王所賜，及家藏兵甲，盡出以示無極。無極取其堅利者，各五十件，曰：「足矣！子帷而寘諸門，令尹來必問。問則出以示之。令尹必愛而玩之，因以獻焉。若他物，非所好也。」郤宛信以為然，遂設帷於門之左，將甲兵置於帷中。盛陳肴核，託費無極往邀囊瓦。囊瓦將行，無極曰：「人心不可測也。我為子先往，探其設享之狀，然後隨行。」無極去少頃，踉蹌而來，喘吁未定，謂囊瓦曰：「某幾誤相國！子惡今日相請，非懷好意，將不利於相國也。適見帷兵甲於門，相國誤往，必遭其毒。」囊瓦曰：「子惡素與我無隙，何至如此？」無極曰：「彼恃王之寵，欲代子為令尹耳。且我聞子惡陰通吳國。救潛之役，諸將欲遂伐吳國，子惡私得吳人之賂，以為乘亂不義，遂強左司馬班師而回。夫吳乘我喪，我乘吳亂，正好相報，奈何去之？非得吳賂，焉肯違眾輕退？子惡若得志，楚國危矣！」囊瓦意猶未信，更使左右往視。回報：「門幕中果伏有甲兵。」囊瓦大怒，即使人請鄢將師至，訴以郤宛欲謀害之事。將師曰：「郤宛與陽令終、陽完、陽佗、晉陳三族合黨，欲秉楚政，非一日矣。」囊瓦曰：「異國匹夫，乃敢作亂，吾當手刃之！」遂奏聞楚王，令鄢將師率兵甲以攻伯氏。伯郤宛知為無極所賣，自刎而死。其子伯嚭，懼禍逃出郊外去了。囊瓦命焚伯氏之居，國人莫肯應者。瓦益怒，出令曰：「不焚伯氏，與之同罪！」眾人盡知郤宛是個賢臣，誰肯焚燒其宅。被囊瓦逼迫不過，各取禾藁一扎在手，投於伯氏門外而走。瓦乃親率家眾，將前後門圍住，放起大火。可憐左尹府第一區，登時化為灰燼。連郤宛之屍，亦燒毀無存，盡滅伯氏之族。復拘陽令終、陽完、陽佗、晉陳，誣以通吳謀叛，皆殺之。國中無不稱冤者。

忽一日，囊瓦於月夜登樓，聞市上歌聲，朗然可辨。瓦聽之，其歌云：

莫學郤大夫，忠而見誅。身既死，骨無餘。楚國無君，惟費與鄢。令尹木偶，為人作繭。天若有知，報應立顯！

瓦急使左右察其人不得。但見市廛家家祀神，香火相接。問：「神何姓名？」答曰：「即楚忠臣伯郤宛也。無罪枉殺，冀其上訴於天耳！」左右還報囊瓦。瓦乃訪之朝中。公子申等皆言：「郤宛無通吳之事。」瓦心中頗悔。沈尹戌聞郊外賽神者，皆咒詛令尹，乃來見囊瓦曰：「國人胥怨矣！相國獨不聞乎？夫費無極，楚之讒人也。與鄢將師共為蒙蔽。去朝吳，出蔡侯朱，教先王為滅倫之事。致太子建身死外國，冤殺伍奢父子。今又殺左尹，波及陽、晉二家。百姓怨此二人，入於骨髓。皆云：『相國縱其為惡。』怨詈咒詛，遍於國中。夫殺人以掩謗，仁者猶不為，況殺人以興謗乎？子為令尹而縱讒慝，以失民心，他日楚國有事，寇盜興於外，國人叛於內，相國其危哉！與其信讒以自危，孰若除讒以自安耶？」囊瓦瞿然下席曰：「是瓦之罪也。願司馬助吾一臂，誅此二賊！」沈尹戌曰：「此社稷之福，敢不從命！」沈尹戌即使人揚言於國中曰：「殺左尹者，皆費、鄢二人所為。令尹已覺其奸。今往討之，國人願從者皆來！」言猶未畢，百姓爭執兵先驅。囊瓦乃收費無極、鄢將師數其罪，梟之於市。國人不待令尹之命，將火焚兩家之宅，盡滅其黨。於是謗詛方息。史臣有詩云：

不焚伯氏焚鄢費，公論公心在國人。令尹早同司馬計，讒言何至害忠臣？

又有一詩，言費、鄢二人一生害人，適以自害。讒口作惡，亦何益哉！詩云：

順風放火去燒人，忽地風回燒自身。毒計奸謀渾似此，惡人幾個不遭屯！

* * *

再說吳王闔閭元年，乃周敬王之六年也。闔閭訪國政於伍員曰：「寡人欲強國圖霸，如何而可？」伍員頓首垂淚而對曰：「臣楚國之亡虜也。父兄含冤，骸骨不葬，魂不血食。蒙垢受辱，來歸命於大王。幸不加戮。何敢與聞吳國之政？」闔閭曰：「非夫子，寡人不免屈於人下。今幸蒙一言之教，得有今日。方且託國於子，何故中道忽生退志。豈以寡人為不足耶？」伍員對曰：「臣非以大王為不足也。臣聞：『疎不間親，遠不間近。』臣豈敢以羈旅之身，居吳國謀臣之上乎？況臣大讐未報，方寸搖搖。自不知謀，安能謀國？」闔閭曰：「吳國謀臣，無出子右者。子勿辭！俟國事稍定，寡人為子報仇，惟子所命！」伍員曰：「王所謀者，何也？」闔閭曰：「吾國僻在東南，險阻卑濕，又有海潮之患，倉庫不盈，田疇不墾，國無守禦，民無固志，無以威示鄰國，為之奈何？」伍員對曰：「臣聞治民之道，在安居而理。夫霸王之業，從近制遠。必先立城郭，設守備，實倉廩，治兵革，使內有可守，而外可以應敵。」闔閭曰：「善。寡人委命於子，子為寡人圖之。」伍員乃相土形之高卑，嘗水味之鹹淡。乃於姑蘇山東北三十里，得善地，造築大城，周迴四十七里。陸門八，象天八風。水門八，法地八聰。那八門：南曰盤門、蛇門，北曰齊門、平門，東曰婁門、匠門，西曰閶門、胥門。盤門者，以水之盤曲也；蛇門者，以在巳方，生肖屬蛇也；齊門者，以齊國在其北也；平門者，水陸地相稱也；婁門者，婁江之水所聚也；匠門者，聚匠作於此也；閶門者，通閶闔之氣也；胥門者，向姑胥山也。越在東南，正在巳方。故蛇門之上，刻有木蛇，其首向內，示越之臣服於吳也。南向復築小城，周圍十里，南北西俱有門，惟東不開門，欲以絕越之光明也。吳地在東為辰方，生肖屬龍，故小城南門上為兩鯢，以象龍角。城郭既成，迎闔閭自梅里徙都於此。城中前朝後市，左祖右社，倉廩府庫，無所不備。大選民卒，教以戰陣射御之法。別築一城於鳳凰山之南，以備越寇，名南武城。

闔閭以「魚腸」為不祥之物，函封不用。築冶城於牛首山，鑄劍數千，號曰「扁諸」。又訪得吳人干將，與歐冶子同師，使居匠門，別鑄利劍。干將乃採五山之鐵精，六合之金英，候天伺地，妙選時日，天地下降，百神臨觀，聚炭如邱，使童男童女三百人，裝炭鼓橐。如是三月，而金鐵之精不銷。干將不知其故。其妻莫邪謂曰：「夫神物之化，須人氣而後成。今子作劍三月不就，得無待人而成乎？」干將曰：「昔吾師為冶不化，夫妻俱入爐中，然後成物。至今即山作冶，必麻絰草衣祭爐，然後敢發。今吾鑄劍不成，亦若是耶？」莫邪曰：「師能爍身以成神器，吾何難效之！」於是莫邪沐浴斷髮翦爪，立於爐旁，使男女復鼓橐。炭火方烈，莫邪自投於爐。頃刻銷鑠，金鐵俱液，遂瀉成寶劍。先成者為陽，即名「干將」；後成者為陰，即名「莫邪」。陽作龜文，陰作漫理。干將匿其陽，止以莫邪獻於吳王。王試之石，應手而開。——今虎邱試劍石是也。——王賞之百金。其後吳王知干將匿劍，使人往取：「如不得劍，即當殺之。」干將取劍出觀，其劍自匣中躍出，化為青龍。干將乘之，升天而去。疑已作劍仙矣！使者還報。吳王嘆息。自此益寶莫邪。莫邪留吳，不知下落。直至六百餘年之後，晉朝張華丞相，見牛斗之間有紫氣。聞雷煥妙達象緯，召而問之。煥曰：「此寶劍之精，在豫章豐城。」華即補煥為豐城令。煥既到縣，掘獄屋基，得一石函，長踰六尺，廣三尺。開視之，內有雙劍。以南昌西山之土拭之，光芒豔發。以一劍送華，留一劍自佩之。華報曰：「詳觀劍文，乃干將也。尚有莫邪，何為不至？雖然神物，終當合耳。」其後煥同華佩劍過延平津，劍忽躍出入水。急使人入水求之，惟見兩龍，張鬣相向，五色炳耀，使人恐懼而退。以後二劍更不出現。想神物終歸天上矣！今豐城縣有劍池，池前石函土瘞其半，俗呼石門，即雷煥得劍處。此乃干將、莫邪之結末也。後人有寶劍銘云：

五山之精，六氣之英。鍊為神器，電爍霜凝。虹蔚波映，龍藻龜文。斷金切玉，威動三軍。

話說吳王闔閭既寶莫邪，復募人能作金鉤者，賞以百金。國人多有作鉤來獻者。有鉤師貪王之重賞，將二子殺之，取其血以釁金，遂成二鉤，獻於吳王。越數日，其人詣宮門求賞。吳王曰：「為鉤者眾，爾獨求賞，爾之鉤何以異於人乎？」鉤師曰：「臣利王之賞，殺二子以成鉤，豈他人可比哉！」王命取鉤。左右曰：「已混入眾鉤之中，形製相似，不能辨識。」鉤師曰：「臣請觀之。」左右悉取眾鉤，置於鉤師之前。鉤師亦不能辨，乃向鉤呼二子之名曰：「吳鴻扈稽，我在於此，何不顯靈於王前也？」呼聲未絕，兩鉤忽飛出，貼於鉤師之胸。吳王大驚曰：「爾言果不謬矣！」乃以百金賞之。遂與莫邪俱佩服於身。

其時楚伯嚭出奔在外，聞伍員已顯用於吳，乃奔吳，先謁伍員。員與之相對而泣，遂引見闔閭。闔閭問曰：「寡人僻處東海，子不遠千里遠辱下土，將何以教寡人乎？」嚭曰：「臣之祖父，效力於楚再世矣。臣父無罪，橫被焚戮。臣亡命四方，未有所屬。今聞大王高義，收伍子胥於窮厄。故不遠千里，束身歸命。惟大王死生之！」闔閭惻然，使為大夫，與伍員同議國事。吳大夫被離私問於伍員曰：「子何見而信嚭乎？」員曰：「吾之怨正與嚭同，諺云：『同疾相憐，同憂相救。』驚翔之鳥，相隨而集。瀨下之水，因復俱流。子何怪焉？」被離曰：「子見其外，未見其內也。吾觀嚭之為人，鷹視虎步，其性貪佞，專功而擅殺，不可親近。若重用之，必為子累。」伍員不以為然，遂與伯嚭俱事吳王。後人論被離既識伍員之賢，又識伯嚭之佞，真神相也。員不信其言，豈非天哉！有詩云：

能知忠勇辨奸回，神相如離真異哉！若使子胥能預策，豈容麋鹿到蘇臺。

* * *

話分兩頭，再說公子慶忌逃奔於艾城，招納死士，結連鄰國，欲待時乘隙，伐吳報讐。闔閭聞其謀，謂伍員曰：「昔專諸之事，寡人全得子力。今慶忌有謀吳之心，飲食不甘味，坐不安席，子更為寡人圖之！」伍員對曰：「臣不忠無行，與大王圖王僚於私室之中。今復圖其子，恐非皇天之意。」闔閭曰：「昔武王誅紂，復殺武庚，周人不以為非。皇天所廢，順天而行。慶忌若存，王僚未死。寡人與子，成敗共之。甯可以小不忍而釀大患？寡人更得一專諸，事可了矣！子訪求謀勇之士，已非一日，亦有其人否乎？」伍員曰：「難言也。臣所厚有一細人，似可與謀者。」闔閭曰：「慶忌力敵萬人，豈細人所能謀哉！」員對曰：「是雖細人，實有萬人之勇。」闔閭曰：「其人為誰？子何以知其勇？試為寡人言之。」伍員遂將勇士姓名出處，備細說來。正是：說時華岳山搖動，話到長江水逆流。只為子胥能舉薦，要離姓氏播春秋。伍員曰：「其人姓要名離，吳人也。臣昔曾見其折辱壯士椒邱訢，是以知其勇。」闔閭曰：「折辱之事如何？」員對曰：「椒邱訢者，東海上人也。有友人仕於吳而死，訢至吳奔其喪。車過淮津，欲飲馬於津。津吏曰：『水中有神，見馬即出取之，君勿飲也。』訢曰：『壯士在此，何神敢干我哉！』乃使從者解驂飲於津水。馬果嘶而入水。津吏曰：『神取馬去矣！』椒邱訢大怒，袒裼持劍，入水求神決戰。神興濤鼓浪，終不能害。三日三夜，椒邱訢從水中出，一目為神所傷，遂眇。至吳行弔，坐於喪席。訢恃其與水神交戰之勇，以氣淩人，輕傲於士大夫，言詞不遜。時要離與訢對坐，忽然有不平之色。謂訢曰：『子見士大夫而有傲色，得無以勇士自居耶？吾聞勇士之鬬也，與日戰不移表，與鬼神戰不旋踵，與人戰不違聲，甯死不受其辱。今子與神鬬於水，失馬不能追，又受眇目之羞；形殘名辱，不與并命，而猶戀戀於餘生，此天地間最無用之物。且不當以面目見人，況傲士乎！』椒邱訢被辱，頓口無言，含愧出席而去。要離至晚還舍，誡其妻曰：『我辱勇士椒邱訢於大家之喪，恨怨鬱積，今夜必來殺我，以報其憤。吾當僵臥室中以待其來，慎勿閉門！』妻知要離之勇，從其言。椒邱訢果於夜半挾利刃，徑造要離之舍。見門扉不掩，堂戶大開，直趨其室。見一人垂手放髮，臨窗僵臥，覷之，乃要離也。見訢來，直挺不動，亦無懼意。訢以劍承要離之頸，數之曰：『汝有當死者三，汝知之乎？』離曰：『不知。』訢曰：『汝辱我於大家之喪，一死也；歸不關閉，二死也；見我面不起避，三死也。汝自求死，勿以我為怨！』要離曰：『我無三死之過，爾有三不肖之愧，爾知之乎？』訢曰：『不知。』要離曰：『吾辱爾於千人之眾，爾不敢酬一言，一不肖也；入門不咳，登堂無聲，有掩襲之心，二不肖也；以劍承吾之頸，尚大言，三不肖也。爾有三不肖，而反責我，豈不鄙哉！』椒邱訢乃收劍嘆曰：『吾之勇，自計世人莫有及者。離乃加吾之上，真乃天下勇士！吾若殺之，豈不貽笑於人？然不能殺汝，亦難以勇稱於世矣！』乃投劍於地，以頭觸牖而死。方其在喪席之時，臣亦與坐，故知其詳。豈非有萬人之勇乎？」闔閭曰：「子為我召之。」伍員乃往見要離曰：「吳王聞吾子高義，願一見顏色。」離驚曰：「吾乃吳下小民，有何德能，敢奉吳王之詔？」伍員再申言吳王願見之意。要離乃隨員入謁。

闔閭初聞伍員誇要離之勇，意必魁偉非常。及見離身，材僅五尺餘，腰大一束，形容醜陋，大失所望，心中不悅。問曰：「子胥稱勇士要離乃子乎？」離曰：「臣細小無力，迎風則伏，負風則僵，何勇之有？然大王有所遣，不敢不盡其力。」闔閭嘿然不應。伍員已知其意。奏曰：「夫良馬不在形之高大，所貴者力能任重，足能致遠而已。要離形貌雖陋，其智術非常，非此人不能成事。王勿失之！」闔閭乃延入後宮賜坐。要離進曰：「大王意中所患，得非亡王之公子乎？臣能殺之。」闔閭笑曰：「慶忌骨騰肉飛，走踰奔馬，矯捷如神，萬夫莫當。子恐非其敵也！」要離曰：「善殺人者，在智不在力。臣能近慶忌，刺之如割雞耳！」闔閭曰：「慶忌明智之人，招納四方亡命，豈肯輕信國中之客，而近之哉？」要離曰：「慶忌招納亡命，將以害吳。臣詐以負罪出奔，願王戮臣妻子，斷臣右手，慶忌必信臣而近之矣。如是而後可圖也。」闔閭愀然不樂，曰：「子無罪，吾何忍加此慘禍於子哉？」要離曰：「臣聞安妻子之樂，不盡事君之義，非忠也；懷室家之愛，不能除君之患，非義也。臣得以忠義成名，雖舉家就死，其甘如飴矣！」伍員從旁進曰：「要離為國忘家，為主忘身，真千古之豪傑！但於功成之後，旌表其妻孥，不沒其績，使其揚名後世足矣！」闔閭許之。

次日，伍員同要離入朝。員薦要離為將，請兵入楚。闔閭罵曰：「寡人觀要離之力，不及一小兒，何能勝伐楚之任哉？況寡人國事麤定，豈堪用兵？」要離進曰：「不仁哉王也！子胥為王定吳國，王乃不為子胥報仇乎？」闔閭大怒曰：「此國家大事，豈野人所知！奈何當朝責辱寡人？」叱力士執要離斷其右臂，囚於獄中。遣人收其妻子。伍員嘆息而出。群臣皆不知其繇。過數日，伍員密諭獄吏寬要離之禁。要離乘間逃出。闔閭遂戮其妻子，焚棄於市。宋儒論此事，以為殺一不辜而得天下，仁人不肯為之。今乃無故戮人妻子，以求售其詐謀，闔閭之殘忍極矣！而要離與王無生平之恩，特以貪勇俠之名，殘身害家，亦豈得為良士哉！有詩云：

衹求成事報吾君，妻子無辜枉殺身。莫向他邦誇勇烈，忍心害理是吳人！

要離奔出吳境，一路上逢人訴冤。訪得慶忌在衛，遂至衛國求見。慶忌疑其詭詐，不納。要離乃脫衣示之。慶忌見其右臂果斷，方信為實。乃問曰：「吳王既殺汝妻子，刑汝之軀，今來見我何為？」離曰：「臣聞吳王弒公子之父，而奪大位。今公子連結諸侯，將有復仇之舉，故臣以殘命相投。臣能知吳國之情，誠以公子之勇，用臣為嚮導，吳可入也。大王報父仇，臣亦少雪妻子之恨。」慶忌猶未深信。未幾，有心腹人從吳中探事者，歸報：「要離妻子果焚棄於市上。」慶忌遂坦然不疑。問要離曰：「吾聞吳王任子胥、伯嚭為謀士，練兵選將，國中大治。吾兵微力薄，焉能洩胸中之氣乎？」離曰：「伯嚭乃無謀之徒，何足為慮！吳臣止一子胥，智勇足備。今亦與吳王有隙矣！」慶忌曰：「子胥乃王之恩人，君臣相得，何云有隙？」要離曰：「公子但知其一，未知其二。子胥所以盡心於闔閭者，欲借兵伐楚，報其父兄之仇。今平王已死，費無極亦亡，闔閭得位，安於富貴，不思與子胥復仇。臣為子胥進言，致觸王怒，加臣慘戮。子胥之心怨吳王，亦明矣。臣之幸脫囚繫，亦賴子胥周全之力。子胥囑臣曰：『此去必見公子，觀其志向何如。若肯為伍氏報仇，願為公子內應，以贖窟室同謀之罪。』公子不乘此時發兵向吳，待其君臣復合，臣與公子之仇，俱無再報之日矣！」言罷大哭，以頭擬柱，欲自觸死。慶忌急止之曰：「吾聽子！吾聽子！」遂與要離同歸艾城，任為腹心。使之訓練士卒，修治舟艦。三月之後，順流而下，欲襲吳國。慶忌與要離同舟，行至中流，後船不相接屬。要離曰：「公子可親坐船頭，戒飭舟人。」慶忌來至船頭坐定。要離隻手執短矛侍立。忽然江中起一陣怪風，要離轉身立於上風，借風勢以矛刺慶忌，透入心窩，穿出背外。慶忌倒提要離，溺其頭於水中，如此三次，乃抱要離置於膝上，顧而笑曰：「天下有如此勇士哉？乃敢加刃於我！」左右持戈戟欲攢刺之。慶忌搖手曰：「此天下之勇士也！豈可一日之間，殺天下勇士二人哉！」乃誡左右勿殺要離，可縱之還吳，以旌其忠。言畢，推要離於膝下，自以手抽矛，血流如注而死。不知要離性命如何，且看下回分解。

第七十五回　孫武子演陣斬美姬　蔡昭侯納質乞吳師

話說慶忌臨死，誡左右勿殺要離，以成其名。左右欲釋放要離，要離不肯行。謂左右曰：「吾有三不容於世，雖公子有命，吾敢偷生乎？」眾問曰：「何謂三不容於世？」要離曰：「殺吾妻子而求事吾君，非仁也；為新君而殺故君之子，非義也；欲成人之事，而不免於殘身滅家，非智也。有此三惡，何面目立於世哉！」言訖，遂投身於江。舟人撈救出水。要離曰：「汝撈我何意？」舟人曰：「若返國，必有爵祿，何不去之？」要離笑曰：「吾不愛室家性命，況於爵祿？汝等以吾屍歸，可取重賞！」於是奪從人佩劍，自斷其足，復刎而死。史臣有贊云：

古人一死，其輕如羽。不惟自輕，并輕妻子。闔門畢命，以殉一人。一人既死，吾志已伸。專諸雖死，尚存其胤。傷哉要離！死無形影！豈不自愛，遂人之功。功遂名立，視死猶榮！擊劍死俠，釀成風俗。至今吳人，趨義如鶩。

又有詩單道慶忌力敵萬人，死於殘疾匹夫之手。世人以勇力恃者，可戒矣！詩云：

慶忌驍雄天下少，匹夫一臂須臾了。世人休得逞強梁，牛角傷殘鼷鼠飽。

眾人收要離肢體，并載慶忌之屍，來投吳王闔閭。闔閭大悅，重賞降卒，收於行伍。以上卿之禮，葬要離於閶門城下，曰：「藉子之勇，為吾守門。」追贈其妻子。與專諸同立廟，歲時祭祀。以公子之禮，葬慶忌於王僚之墓側。大宴群臣。伍員泣奏曰：「王之禍患皆除，但臣之仇何日可復？」伯嚭亦垂淚請兵伐楚。闔閭曰：「俟明旦當謀之。」

次早，伍員同伯嚭復見闔閭於宮中。闔閭曰：「寡人欲為二卿出兵，誰人為將？」員、嚭齊聲曰：「惟王所用，敢不效命！」闔閭心念二子皆楚人，但報己仇，未必為吳盡力。乃嘿然不言，向南風而嘯。頃之，復長嘆。伍員已窺其意，復進曰：「王慮楚之兵多將廣乎？」闔閭曰：「然。」員曰：「臣舉一人，可保必勝。」闔閭欣然問曰：「卿所舉何人？其能若何？」員對曰：「姓孫名武，吳人也。」闔閭聞說是吳人，便有喜色。員復奏曰：「此人精通韜略，有鬼神不測之機，天地包藏之妙，自著兵法十三篇。世人莫知其能，隱於羅浮山之東。誠得此人為軍師，雖天下莫敵，何論楚哉！」闔閭曰：「卿試為寡人召之。」員對曰：「此人不輕仕進，非尋常之比。必須以禮聘之，方纔肯就。」闔閭從之。乃取黃金十鎰，白璧一雙，使員駕駟馬往羅浮山取聘孫武。員見武備道吳王相慕之意。乃相隨出山，同見闔閭。闔閭降階而迎，賜坐，問以兵法。孫武將所著十三篇次第進上。闔閭令伍員從頭朗誦一遍。每終一篇，讚不容口。那十三篇：一曰始計篇，二曰作戰篇，三曰謀攻篇，四曰軍形篇，五曰兵勢篇，六曰虛實篇，七曰軍爭篇，八曰九變篇，九曰行軍篇，十曰地形篇，十一曰就地篇，十二曰火攻篇，十三曰用間篇。闔閭顧伍員曰：「觀此兵法，真通天徹地之才也！但恨寡人國小兵微，如何而可？」孫武對曰：「臣之兵法，不但可施於卒伍，雖婦人女子，奉吾軍令，亦可驅而用之。」闔閭鼓掌而笑曰：「先生之言，何迂闊也！天下豈有婦人女子，可使其操戈習戰者？」孫武曰：「王如以臣言為迂，請將後宮女侍與臣試之。令如不行，臣甘欺罔之罪。」闔閭即召宮女三百，令孫武操演。孫武曰：「得大王寵姬二人，以為隊長，然後號令，方有所統。」闔閭又宣寵姬二人，名曰右姬、左姬至前。謂武曰：「此寡人所愛，可充隊長乎？」孫武曰：「可矣。然軍旅之事，先嚴號令，次行賞罰。雖小試，不可廢也。請立一人為執法；二人為軍吏，主傳諭之事；二人值鼓；力士數人，充為牙將，執斧鑕刀戟列於壇上，以壯軍容。」闔閭許於軍中選用。孫武分付宮女分為左右二隊。右姬管轄右隊，左姬管轄左隊。各披挂持兵，示以軍法：「一不許混亂行伍，二不許言語喧譁，三不許故違約束。明日五鼓，皆集教場聽操。王登臺而觀之。」

次日五鼓，宮女二隊俱到教場。一個個身披甲冑，頭戴兜鍪，右手操劍，左手握盾。二姬頂盔衣甲，充做將官，分立兩邊，伺候孫武升帳。武親自區畫繩墨，布成陣勢。使傳諭官將黃旗二面，分授二姬，令執之為前導。眾女跟隨隊長之後，五人為伍，十人為總，各要步跡相繼，隨鼓進退。左右迴旋，寸步不亂。傳諭已畢，令二隊皆伏地聽令。少頃，下令曰：「聞鼓聲一通，兩隊齊起；聞鼓聲二通，左隊右旋，右隊左旋；聞鼓聲三通，各挺劍為爭戰之勢。聽鳴金然後斂隊而退。」眾宮女皆掩口嬉笑。鼓吏稟：「鳴鼓一通。」宮女或起或坐，參差不齊。孫武離席而起曰：「約束不明，申令不信，將之罪也！」使軍吏再申前令。鼓吏復鳴鼓。宮女咸起立，傾斜相接，其笑如故。孫武乃揎起雙袖，親操枹以擊鼓，又申前令。二姬及宮女無不笑者。孫武大怒，兩目忽張，髮上衝冠。遽喚：「執法何在？」執法者前跪。孫武曰：「約束不明，申令不信，將之罪也。既已約束再三，而士不用命，士之罪矣！於軍法當如何？」執法曰：「當斬！」孫武曰：「士難盡誅，罪在隊長。」顧左右：「可將女隊長斬訖示眾！」左右見孫武發怒之狀，不敢違令，便將左右二姬綁縛。闔閭在望雲臺上看孫武操演，忽見綁其二姬，急使伯嚭持節馳救之。令曰：「寡人已知將軍用兵之能，但此二姬，侍寡人巾櫛，甚適寡人之意。寡人非此二姬，食不甘味。請將軍赦之！」孫武曰：「軍中無戲言。臣已受命為將，將在軍，雖君命不得受。若徇君命而釋有罪，何以服眾？」喝令左右：「速斬二姬！」梟其首於軍前。於是二隊宮女無不股慄失色，不敢仰視。孫武於隊中再取二人，為左右隊長。再申令擊鼓，一鼓起立，二鼓旋行，三鼓合戰，鳴金收軍。左右進退，回旋往來，皆中繩墨，毫髮不差。自始至終，寂然無聲。乃使執法往報吳王曰：「兵已整齊，願王觀之。雖使赴湯蹈火，亦不敢退避矣。」髯翁有詩詠孫武試兵之事云：

強兵爭霸業，試武耀軍容。盡出嬌娥輩，猶如戰鬬雄。戈揮羅袖捲，甲映粉顏紅。掩笑分旗下，含羞立隊中。聞聲趨必速，違令法難通。已借妖姬首，方知上將風。驅馳赴湯火，百戰保成功。

闔閭痛此二姬，乃厚葬之於橫山，立祠祭之，名曰愛姬祠。因思念愛姬，遂有不用孫武之意。伍員進曰：「臣聞兵者，凶器也，不可虛談。誅殺不果，軍令不行。大王欲征楚而伯天下，思得良將；夫將以果毅為能，捨孫武之將，誰能涉淮踰泗，越千里而戰者乎！夫美色易得，良將難求。若因二姬而棄一賢將，何異愛莠草而棄嘉禾哉！」闔閭始悟。乃封孫武為上將軍，號為軍師。責成以伐楚之事。伍員問孫武曰：「兵從何方而進？」孫武曰：「大凡行兵之法，先除內患，然後方可外征。吾聞王僚之弟，掩餘在徐，燭庸在鍾吾，二人俱懷報怨之心。今日進兵，宜先除二公子，然後南伐。」伍員然之，奏過吳王。王曰：「徐與鍾吾皆小國。遣使往索逋臣，彼不敢不從。」乃發二使，一往徐國取掩餘，一往鍾吾取燭庸。徐子章羽甚不忍掩餘之死，私使人告掩餘逃去。路逢燭庸亦逃出，遂相與商議往奔楚國。楚昭王喜曰：「二公子怨吳必深，宜乘其窮而厚結之。」乃居於舒城，使之練兵以禦吳。闔閭怒二國之違命，令孫武將兵伐徐，滅之。徐子章羽奔楚。遂伐鍾吾，執其君以歸。復襲破舒城，殺掩餘、燭庸。闔閭便欲乘勝入郢。孫武曰：「民勞，未可驟用也。」遂班師。於是伍員獻謀曰：「凡以寡勝眾，以弱勝強者，必先明於勞逸之數。晉悼公三分四軍，以敝楚師，卒收蕭魚之績；惟自逸而以勞予人也。楚執政皆貪庸之輩，莫肯任患，請為三師以擾楚。我出一師，彼必皆出。彼出則我歸，彼歸則我復出。使彼力疲而卒惰，然後猝然乘之，無不勝矣。」闔閭以為然。乃三分其軍，迭出以擾楚境。楚遣將來救，吳兵即歸。楚人苦之。

* * *

吳王有愛女名勝玉，因內宴庖人進蒸魚，王食其半，而以其餘賜女。女怒曰：「王乃以剩魚辱我，我何用生為！」退而自殺。闔閭悲之，厚為殮具，營葬於國西閶門之外。鑿池積土，所鑿之處，遂成太湖，今女墳湖是也。又斲文石以為槨，金鼎玉杯銀尊珠襦之寶，府庫幾傾其半；又取「磐郢」名劍，皆以送女。乃舞白鶴於吳市之中，令萬民隨而觀之，因令觀者皆入隧門送葬。隧道內設有伏機，男女既入，遂發其機。門閉，實之以土。男女死者萬人。闔閭曰：「使吾女得萬人為殉，庶不寂寞也！」至今吳俗殯事，喪亭上製有白鶴，乃其遺風。闔閭之無道極矣！史臣有詩云：

三良殉葬共非秦，鶴市何當殺萬人？不待夫差方暴骨，闔閭今日已無民！

* * *

話分兩頭，卻說楚昭王臥於宮中，既醒，見枕畔有寒光，視之，得一寶劍。及旦，召相劍者風胡子入宮，以劍示之。風胡子觀劍大驚曰：「君王何從得此？」昭王曰：「寡人臥覺，得之於枕畔。不知此劍何名？」風胡子曰：「此名『湛盧』之劍，乃吳中劍師歐冶子所鑄。昔越王鑄名劍五口，吳王壽夢聞而求之。越王乃獻其三：曰『魚腸』、『磐郢』、『湛盧』。魚腸以刺王僚，磐郢以送亡女，惟湛盧之劍在焉。臣聞此劍乃五金之英，太陽之精。出之有神，服之則威。然人君行逆禮之事，其劍即出。此劍所在之國，其國祚必綿遠昌熾！今吳王殺王僚自立，又坑殺萬人，以葬其女。吳人悲怨，故湛盧之劍，去無道而就有道也。」昭王大悅，即佩於身，以為至寶。宣示國人，以為天瑞。

闔閭失劍，使人訪求之。有人報：「此劍歸於楚國。」闔閭怒曰：「此必楚王賂吾左右而盜吾劍也。」殺左右數十人。遂使孫武、伍員伯嚭率師伐楚，復遣使徵兵於越。越王允常未與楚絕，不肯發兵。孫武等拔楚六、潛二邑。因後兵不繼，遂班師。闔閭怒越之不同於伐楚，復謀伐越。孫武諫曰：「今年歲星在越，伐之不利。」闔閭不聽。遂伐越，敗越兵於檇李，大掠而還。孫武私謂伍員曰：「四十年之後，越強而吳盡矣！」伍員默記其言。此闔閭五年事也。其明年，楚令尹囊瓦率舟師伐吳，以報潛六之役。闔閭使孫武、伍員擊之，敗楚師於巢，獲其將芈繫以歸。闔閭曰：「不入郢都，雖敗楚兵，猶無功也。」員對曰：「臣豈須臾忘郢都哉？顧楚國天下莫強，未可輕敵。囊瓦雖不得民心，而諸侯未惡。聞其索賂無厭，不久諸侯有變，乃可乘矣。」遂使孫武演習水軍於江口，伍員終日使人探聽楚事。忽一日報：「有唐、蔡二國，遣使臣通好，已在郊外。」伍員喜曰：「唐、蔡皆楚屬國，無故遣使遠來，必然與楚有怨。天使吾破楚入郢也！」

＊　　＊　　＊

原來楚昭王為得了湛盧之劍，諸侯畢賀。唐成公與蔡昭侯亦來朝楚。蔡侯有羊脂白玉佩一雙，銀貂鼠裘二副。以一裘一佩獻於楚昭王，以為賀禮，自己佩服其一。囊瓦見而愛之，使人求之於蔡侯。蔡侯愛此裘佩，不與囊瓦。唐侯有名馬二匹，名曰「肅霜」。「肅霜」乃雁名，其羽如練之白，高首而長頸。馬之形色似之，故以為名。後人復加馬旁曰「驌驦」，乃天下希有之馬也。唐侯以此馬駕車來楚，其行速而穩。囊瓦又愛之，使人求之於唐侯。唐侯亦不與。二君朝禮既畢，囊瓦即譖於昭王曰：「唐、蔡私通吳國，若放歸，必導吳伐楚，不如留之。」乃拘二君於館驛，各以千人守之。名為護衛，實則監押。其時昭王年幼，國政皆出於囊瓦。二君一住三年，思歸甚切，不得起身。唐世子不見唐侯歸國，使大夫公孫哲至楚省視，知其見拘之故。奏曰：「二馬與一國孰重？君何不獻馬以求歸？」唐侯曰：「此馬希世之寶，寡人惜之。且不肯獻於楚王，況令尹乎？且其人貪而無厭，以威劫寡人。寡人甯死，決不從之！」公孫哲私謂從者曰：「吾主不捨一馬，而淹淹於楚，何有重畜而輕國哉！我等不如私盜驌驦，獻於令尹。倘得主公歸唐，吾輩雖坐盜馬之罪，亦何所恨！」從者然之。乃以酒灌醉圉人，私盜二馬獻於囊瓦曰：「吾主以令尹德尊望重，故令某等獻上良馬，以備驅馳之用。」囊瓦大喜，受其所獻。次日，入告昭王曰：「唐侯地褊兵微，諒不足以成大事，可赦之歸國。」昭王遂放唐成公出城。唐侯既歸，公孫哲與眾從者，皆自繫於殿前待罪。唐侯曰：「微諸卿獻馬於貪夫，寡人不能返國。此寡人之罪，二三子勿怨寡人足矣！」各厚賞之。今德安府隨州城北有驌驦陂，因馬過此得名也。唐胡曾先生有詩云：

行行西至一荒陂，因笑唐公不見機。莫惜驌驦輸令尹，漢東宮闕早時歸。

又髯仙有詩云：

三年拘縶辱難堪，只為名駒未售貪。不是便宜私竊馬，君侯安得離荊南？

蔡侯聞唐侯獻馬得歸，亦解裘佩以獻瓦。瓦復告昭王曰：「唐、蔡一體。唐侯既歸，蔡不可獨留也。」昭王從之。

蔡侯出了郢都，怒氣填胸。取白璧沉於漢水，誓曰：「寡人若不能伐楚，而再南渡者，有如大川！」及反國，次日，即以世子元為質於晉，借兵伐楚。晉定公為之訴告於周。周敬王命卿士劉卷，以王師會之。宋、齊、魯、衛、陳、鄭、許、曹、莒、邾、頓、胡、滕、薛、杞、小邾子，連蔡，共是十七路諸侯，個個恨囊瓦之貪，皆以兵從。晉士鞅為大將，荀寅副之。諸軍畢集於召陵之地。荀寅自以為蔡興師，有功於蔡，欲得重貨。使人謂蔡侯曰：「聞君有裘佩以遺楚君臣，何獨敝邑而無之？吾等千里興師，專為君侯，不知何以犒師也？」蔡侯對曰：「孤以楚令尹瓦貪冒不仁，棄而投晉。惟大夫念盟主之義，滅強楚以扶弱小，則荊、襄五千里，皆犒師之物也。利孰大焉。」荀寅聞之甚愧。其時周敬王十四年之春三月，偶然大雨連旬，劉卷患瘧。荀寅遂謂士鞅曰：「昔五伯莫盛於齊桓。然駐師召陵，未嘗少損於楚。先君文公，僅一勝之，其後搆兵不已，自交見以後，晉、楚無隙。自我開之，不可。況水潦方降，疾瘧方興。恐進未必勝，退為楚乘。不可不慮。」士鞅亦是個貪夫，也思蔡侯酬謝，未遂其欲，託言雨水不利，難以進兵，遂卻蔡侯之質，傳令班師。各路諸侯見晉不做主，各散回本國。髯仙有詩云：

冠裳濟濟擁兵車，直擣荊襄力有餘。誰道中原無義士，也同囊瓦索苞苴！

蔡侯見諸侯解散，大失所望。歸過沈國怪沈子嘉不從伐楚，使大夫公孫姓襲滅其國。虜其君殺之，以洩其憤。楚囊瓦大怒，興師伐蔡，圍其城。公孫姓進曰：「晉不足恃矣！不如東行求救於吳。子胥、伯嚭諸臣，與楚有大仇，必能出力。」蔡侯從之。即令公孫姓約會唐侯，共投吳國借兵。以其次子公子乾為質。伍員引見闔閭曰：「唐、蔡以傷心之怨，願為先驅。夫救蔡顯名，破楚厚利。王欲入郢，此機不可失也！」闔閭乃受蔡侯之質，許以出兵，先遣公孫姓歸報。闔閭正欲調兵，近臣報道：「今有軍師孫武，自江口歸，有事求見。」闔閭召入，問其來意。孫武曰：「楚所以難攻者，以屬國眾多，未易直達其境也。今晉侯一呼，而十八國群集。內中陳、許、頓、胡皆素附於楚，亦棄而從晉。人心怨楚，不獨唐、蔡。此楚勢孤之時矣。」闔閭大悅。使被離、專毅輔太子波居守。拜孫武為大將，伍員、伯嚭副之。親弟公子夫槩為先鋒，公子山專督糧餉。悉起吳兵六萬，號為十萬，從水路渡淮，直抵蔡國。囊瓦見吳兵勢大，解圍而走。又恐吳兵追趕，直渡漢水，方纔屯扎。連打急報至郢都告急。

再說蔡侯迎接吳王，泣訴楚君臣之惡。未幾，唐侯亦到。二君願為左右翼，相從滅楚。臨行，孫武忽傳令軍士登陸，將戰艦盡留於淮水之曲。伍員私問捨舟之故。孫武曰：「舟行水逆而遲，使楚得徐為備，不可破矣！」員服其言。大軍自江北陸路走章山，直趨漢陽。楚軍屯於漢水之南，吳兵屯於漢水之北。囊瓦日夜愁吳軍濟漢。聞其留舟於淮水，心中稍安。楚昭王聞吳兵大舉，自召諸臣問計。公子申曰：

「子常非大將之才，速令左司馬沈尹戌領兵前往，勿使吳人渡漢。彼遠來無繼，必不能久。」昭王從其言。使沈尹戌率兵一萬五千，同令尹協力拒守。沈尹戌來至漢陽，囊瓦迎入大寨。戌問曰：「吳兵從何而來？如此之速。」瓦曰：「棄舟於淮汭，從陸路自豫章至此。」戌連笑數聲曰：「人言孫武用兵如神，以此觀之，真兒戲耳！」瓦曰：「何謂也？」戌曰：「吳人慣習舟楫，利於水戰。今乃捨舟從陸，但取便捷。萬一失利，更無歸路。吾所以笑之！」瓦曰：「彼兵見屯漢北，何計可破？」戌曰：「吾分兵五千與子，子沿漢列營，將船隻盡拘集於南岸。再令輕舟旦夕往來於江之上下，使吳軍不得掠舟而渡。我率一軍從新息抄出淮汭，盡焚其舟。再將海東隘道，用木石磊斷。然後令尹引兵渡漢江攻其大寨。我從後而擊之。彼水陸路絕，首尾受敵，吳君臣之命，皆喪吾手矣！」囊瓦大喜曰：「司馬高見，吾不及也！」於是沈尹戌留大將武城黑統軍五千，相助囊瓦。自引眾軍人望新息進發。不知後來勝敗如何，且看下回分解。

第七十六回　楚昭王棄郢西奔　伍子胥掘墓鞭屍

話說沈尹戌去後，吳、楚夾漢水，兩軍相持數日。武城黑欲獻媚於令尹，進言曰：「吳人捨舟從陸，違其所長；且又不識地理，司馬已策其必敗矣。今相持數日，不能渡江。其心已怠，宜速擊之。」瓦之愛將史皇亦曰：「楚人愛令尹者少，愛司馬者多。若司馬引兵焚吳舟，塞隘道，則破吳之功，彼為第一也。令尹官高名重，屢次失利。今又以第一之功讓於司馬，何以立於百僚之上？司馬且代子為政矣。不如從武城將軍之計，渡江決一勝負為上。」囊瓦惑其言，遂傳令三軍俱渡漢水，至小別山列成陣勢。史皇出兵挑戰。孫武使先鋒夫槩迎之。夫槩選勇士三百人，俱用堅木為大棒，一遇楚兵，沒頭沒腦打將去。楚兵從未見此軍形，措手不迭，被吳兵亂打一陣，史皇大敗而走。囊瓦曰：「子令我渡江，今纔交兵便敗，何面目來見我？」史皇曰：「戰不斬將，攻不擒王，非兵家大勇。今吳王大寨，扎在大別山之下。不如今夜，出其不意，往劫之，以建大功。」囊瓦從之。遂挑選精兵萬人，披掛銜枚，從間道殺出大別山後。諸軍得令，依計而行。

卻說孫武聞夫槩初戰得勝，眾皆相賀。武曰：「囊瓦乃斗筲之輩，貪功僥倖。今史皇小挫，未有虧損。今夜必來掩襲大寨，不可不備。」乃令夫槩、專毅各引本部伏於大別山之左右，但聽哨角為號，方許殺出。使唐、蔡二君，分兩路接應。又令伍員引兵五千抄出小別山，反劫囊瓦之寨，卻使伯嚭接應。

孫武又使公子山保護吳王，移屯於漢陰山，以避衝突。大寨虛設旌旗，留老弱數百守之。號令已畢，當時三鼓，囊瓦果引精兵密從山後抄出。見大寨中寂然無備，發聲喊殺入軍中。不見吳王，疑有埋伏，慌忙殺出。忽聽得哨角齊鳴，專毅、夫槩兩軍，左右突出夾攻。囊瓦且戰且走，三停兵士，折了一停。纔得走脫，又聞礮聲大震。右有蔡侯，左有唐侯，兩下截住。唐侯大叫：「還我肅霜馬，免汝一死！」蔡侯又叫：「還我裘佩，饒汝一命！」囊瓦又羞又惱，又慌又怕。正在危急，卻得武城黑引兵來大殺一陣，救出囊瓦。約行數里，一起守寨小軍來報：「本營已被吳將伍員所劫，史將軍大敗，不知下落。」囊瓦心膽俱裂，引著敗兵，連夜奔馳。直到柏舉，方纔駐足。良久，史皇亦引殘兵來到。餘兵漸集，復立營寨。囊瓦曰：「孫武用兵，果有機變。不如棄寨逃歸，請兵復戰。」史皇曰：「令尹率大兵拒吳，若棄寨而歸，吳兵一渡漢江，長驅入郢，令尹之罪何逃？不如盡力一戰，便死於陣上，也留個香名於後。」囊瓦正在躊躇，忽報：「楚王又遣一軍來接應。」囊瓦出寨迎接，乃大將薳射也。射曰：「主上聞吳兵勢大，恐令尹不能取勝，特遣小將帶軍一萬，前來聽命。」因問從前交戰之事。囊瓦備細詳述了一遍，面有慚色。薳射曰：「若從沈司馬之言，何至如此？今日之計，惟有深溝高壘，勿與吳戰。等待司馬兵到，然後合擊。」囊瓦曰：「某因輕兵劫寨，所以反被其劫。若兩陣相當，楚兵豈遽弱於吳哉！今將軍初到，乘此銳氣，宜決一死敵。」薳射不從。遂與囊瓦各自立營。名雖互為犄角，相去有十餘里。囊瓦自恃爵高位尊，不敬薳射。薳射又欺囊瓦無能，不為之下。兩邊各懷異意，不肯和同商議。吳先鋒夫槩，探知楚將不和，乃入見吳王曰：「囊瓦貪而不仁，素失人心。薳射雖來赴援，不遵約束。三軍皆無鬭志，若追而擊之，可必全勝。」闔閭不許。夫槩退曰：「君行其令，臣行其志，吾將獨往。若幸破楚軍，郢都可入也。」晨起，率本部兵五千，竟奔囊瓦之營。孫武聞之，急調伍員引兵接應。

卻說夫槩打入囊瓦大寨，瓦全不准備，營中大亂。武城黑捨命敵住。瓦不及乘車，步出寨後，左臂已中一箭。卻得史皇率本部兵到，以車載之。謂瓦曰：「令尹可自方便，小將當死於此！」囊瓦卸下袍甲，乘車疾走。不敢回郢，竟奔鄭國逃難去了。髯翁有詩云：

披裘佩玉駕名駒，只道千年住郢都。兵敗一身逃難去，好教萬口笑貪夫！

伍員兵到，史皇恐其追逐囊瓦，乃提戟引本部殺入吳軍。左衝右突，殺死吳兵將二百餘人。楚兵死傷，數亦相當。史皇身被重傷而死。武城黑戰夫槩不退，亦被夫槩斬之。薳射之子薳延，聞前營有失，報知其父，欲提兵往救。薳射不許，自立營前彈壓，令軍中：「亂動者斬！」囊瓦敗軍，皆歸於薳射。點視尚有萬餘，合成一軍，軍勢復振。薳射曰：「吳軍乘勝掩至，不可當也。及其未至，整隊而行，退至郢都，再作區處。」乃合大軍，拔寨都起，薳延先行，薳射親自斷後。夫槩探得薳射移營，尾其後追之。及於清發，楚兵方收集船隻，將謀渡江。吳兵便欲上前奮擊，夫槩止之曰：「困獸猶鬭，況人乎！若逼之太急，將致死力。不如暫且駐兵，待其半渡，然後擊之。已渡者得免，未渡者爭先，誰肯死鬭，勝之必矣！」乃退二十里安營。中軍孫武等俱到，聞夫槩之言，人人稱善。闔閭謂伍員曰：「寡人有弟如此，何患郢都不入！」伍員曰：「臣聞被離曾相夫槩，言其毫毛倒生，必有背國叛主之事。雖則英勇，不可專任。」闔閭不以為然。

再說薳射聞吳兵來追，方欲列陣拒敵，又聞其復退，喜曰：「固知吳人怯，不敢窮追也！」乃下令五鼓飽食，一齊渡江。剛剛渡及十分之三，夫槩兵到。楚軍爭渡大亂，薳射禁止不住，只得乘車疾走。軍士未渡者，都隨著主將亂竄。吳軍從後掩殺，掠取旗鼓戈甲無數。孫武命唐、蔡二君，各引本國軍將，奪取渡江船隻，沿江一路接應。薳射奔至雍澨，將卒飢困，不能奔走。所喜追兵已遠，暫且停留，埋鍋造飯。飯纔熟，吳兵又到。楚兵將不及下咽，棄食而走。留下現成熟飯，反與吳兵受用。吳兵飽食，復儘力追逐。楚兵自相踐踏，死者更多。薳射車蹟，被夫槩一戟刺死。其子薳延亦被吳兵圍住。延奮勇衝突，不能得出。忽聞東北角喊聲大振，薳延曰：「吳又有兵到，吾命休矣！」原來那枝兵，卻是左司馬沈尹戌行至新息，得囊瓦兵敗之信，遂從舊路退回，恰好在雍澨遇著吳兵圍住薳延。戌遂將部下萬人，分作三路殺入。夫槩恃其屢勝，不以為意。忽見楚三路進兵，正不知多少兵馬，沒抵敵一頭處，遂解圍而走。沈尹戌大殺一陣，吳兵死者千餘人。沈尹戌正欲追殺，吳王闔閭大軍已到，兩下扎營相拒。沈尹戌謂其家臣吳句卑曰：「令尹貪功，使吾計不遂，天也！今敵患已深，明日吾當決一死戰。幸而勝，不及郢，楚國之福。萬一戰敗，以首託汝，勿為吳人所得。」又謂薳延曰：「汝父已沒於敵，汝不可以再死。宜亟歸，傳語子西，為保郢計。」薳延下拜曰：「願司馬驅除東寇，早建大功！」垂淚而別。明日，兩下列陣交鋒。沈尹戌平昔撫士有方，軍卒用命，無不盡力死鬬。夫槩雖勇，不能取勝。看看欲敗，孫武引大軍殺來。右有伍員、蔡侯，左有伯嚭、唐侯。強弓勁弩在前，短兵在後，直衝入楚軍，殺得七零八落。戌死命殺出重圍，身中數箭，僵臥車中，不能復戰。乃呼吳句卑曰：「吾無用矣！汝可速取吾首去見楚王。」句卑猶不忍。戌儘力大喝一聲，遂瞑目不視。句卑不得已，用劍斷其首，解裳裹而懷之。復掘土掩蓋其屍，奔回郢都去了。吳兵遂長驅而進。史官有讚云：

楚謀不臧，賊賢升佞。伍族既捐，郤宗復盡。表表沈尹，一木支廈。操敵掌中，敗於貪瓦。功隳身亡，凌霜暴日。天佑忠臣，歸元於國。

話說薳延先歸，見了昭王，哭訴囊瓦敗奔，其父被殺之事。昭王大驚，急召子西、子期等商議，再欲出軍接應。隨後吳句卑亦到，呈上沈尹戌之首，備述兵敗之由「皆因令尹不用司馬之計，以至如此」。昭王痛哭曰：「孤不能早用司馬，孤之罪也！」因大罵囊瓦：「誤國奸臣！偷生於世，犬豕不食其肉！」句卑曰：「吳兵日逼，大王須早定保郢之計。」昭王一面召沈諸梁領回父首，厚給葬具，封諸梁為葉公；一面議棄郢城西走。子西號哭諫曰：「社稷陵寢，盡在郢都。王若棄去，不可復入矣！」昭王曰：「所恃江、漢為險；今已失其險，吳師旦夕將至，安能束手受擒乎？」子期奏曰：「城中壯丁，尚有數萬，王可悉出宮中粟帛，激厲將士固守城堞，遣使四出，往漢東諸國，令合兵入援。吳人深入我境，糧餉不繼，豈能久哉？」昭王曰：「吳因糧於我，何患乏食？晉人一呼，頓、胡皆往。吳兵東下，唐、蔡為導。楚之宇下，盡已離心，不可恃也！」子西又曰：「臣等悉師拒敵，戰而不勝，走猶未晚。」昭王曰：「國家存亡，皆在二兄。當行則行，寡人不能與謀矣！」言罷，含淚入宮。子西與子期計議，使大將鬬巢引兵五千，助守麥城，以防北路。大將宋木引兵五千，助守紀南城，以防西北路。子西自引精兵一萬，營於魯洑江，以扼東渡之路。惟西路川江，南路湘江，俱是楚地；地方險遠，非吳入楚之道，不必置備。子期督令王孫繇于、王孫圉、鍾建、申包胥等，在內巡城，十分嚴緊。

再說吳王闔閭聚集諸將，問入郢之期。伍員進曰：「楚雖屢敗，然郢都全盛；且三城聯絡，未易拔也。西去魯洑江，乃入楚之徑路，必有重兵把守。必須從北打大縈轉，分軍為三：一軍攻麥城，一軍攻紀南城，大王率大軍直擣郢都。彼疾雷不及掩耳，顧此失彼。二城若破，郢不守矣。」孫武曰：「子胥之計甚善！」乃使伍員同公子山引兵一萬，蔡侯以本國之師助之，去攻麥城；孫武同夫槩引兵一萬，唐侯以本國之師助之，去攻紀南城；闔閭同伯嚭等引大軍攻郢城。

且說伍員東行數日，諜者報：「此去麥城，止一舍之遠，有大將鬭巢引兵把守。」員命屯住軍馬，換了微服，小卒二人跟隨，步出營外，相度地形。來至一村，見村人方牽驢磨麥。其人以捶擊驢，驢走磨轉，麥屑紛紛而下。員忽悟曰：「吾知所以破麥城矣！」當下回營，暗傳號令：「每軍士一名，要布袋一個，內皆盛土；又要草一束，明日五鼓交割。如無者斬！」至次日五鼓，又傳一令：「每軍要帶亂石若干。如無者斬！」比及天明，分軍為二隊：蔡侯率一隊，往麥城之東；公子乾率一隊，往麥城之西。分付各將所帶石土草束築成小城，以當營壘。員親自規度，督率軍士用力，須臾而就。東城狹長，以象驢形，名曰「驢城」。西城正圓，以象磨形，名曰「磨城」。蔡侯不解其意。員笑曰：「東驢西磨，何患『麥』之不下耶？」鬭巢在麥城聞知吳兵東西築城，急忙引兵來爭。誰知二城已立，屹如堅壘。鬭巢先至東城，城上旌旗布滿，鐸聲不絕。鬭巢大怒，便欲攻城。只見轅門開處，一員少年將軍引兵出戰。鬭巢問其姓名。答曰：「吾乃蔡侯少子姬乾也。」鬭巢曰：「孺子非吾敵手，伍子胥安在？」姬乾曰：「已取汝麥城去矣！」鬭巢愈怒，挺著長戟直取姬乾。姬乾奮戈相迎，兩下交鋒，約二十餘合。忽有哨馬飛報：「今有吳兵攻打麥城，望將軍速回！」鬭巢恐巢穴有失，急鳴金收軍，軍伍已亂。姬乾乘勢掩殺一陣，不敢窮追而反。鬭巢回至麥城，正遇伍員指揮軍馬圍城。鬭巢橫戈拱手曰：「子胥別來無恙？足下先世之冤，皆由無極。今讒人已誅，足下無冤可報矣！宗國三世之恩，足下豈忘之乎？」員對曰：「吾先人有大功於楚。楚王不念，冤殺父兄，又欲絕吾之命。幸蒙天祐，得脫於難。懷之十九年，乃有今日！子如相諒，速速遠避，勿攖吾鋒，可以相全。」鬬巢大罵：「背主之賊，避汝不算好漢！」便挺戟來戰伍員。員亦持戟相迎。略戰數合，伍員曰：「汝已疲勞，放汝入城，明日再戰。」鬬巢曰：「來日決個死敵！」兩下各自收軍。城上看見自家人馬，開門接應入城去了。至夜半，忽然城上發起喊來。報說：「吳兵已入城矣！」原來伍員軍中多有楚國降卒。故意放鬬巢入城，卻教降卒數人，一樣妝束，雜在楚兵隊裡混入，伏於僻處。夜半於城上放下長索，吊上吳軍。比及知覺，城上吳軍已有百餘，齊聲吶喊，城外大軍應之。守城軍士亂竄，鬬巢禁約不住，只得乘軺車出走。伍員也不追趕。得了麥城，遣人至吳王處報捷。潛淵有詩云：

西磨東驢下麥城，偶因觸目得功成。子胥智勇真無敵，立見荊蠻右臂傾。

話說孫武引兵過虎牙山，轉入當陽阪。望見漳江在北，水勢滔滔。紀南地勢低下，西有赤湖，湖水通紀南及郢都城下。武看在肚裡，心生一計。命軍士屯於高阜之處，各備畚鍤，俾一夜之間，要掘開深壕一道。引漳江之水，通於赤湖；卻築起長堤，壩住江水。那水進無所洩，平地高起二三丈。又遇冬月，西風大發，即時灌入紀南城中。守將宋木只道江漲，驅城中百姓奔郢都避水。那水勢浩大，連郢都城下，一望如江湖了。孫武使人於山上砍竹造筏，吳軍乘筏薄城。城中方知此水乃吳人決漳江所致。眾心惶懼，各自逃生。楚王知郢都難守，急使箴尹固具舟西門，取其愛妹季芊，一同登舟。子期在城上，正欲督率軍士捍水；聞楚王已行，只得同百官出城保駕。單單走出一身，不復顧其家室矣。郢都無主，不攻自破。史官有詩云：

虎踞方城阻漢川，吳兵迅掃若飛煙。忠良棄盡讒貪售，不怕隆城高入天。

孫武遂奉闔閭入郢都城。即使人掘開水壩，放水歸江，合兵以守四郊。伍員亦自麥城來見。闔閭升楚王之殿，百官拜賀已畢，然後唐、蔡二君，亦入朝致詞稱慶。闔閭大喜，置酒高會。是晚，闔閭宿於楚王之宮，左右得楚王夫人以進，闔閭欲使侍寢，意猶未決。伍員曰：「國尚有之，況其妻乎？」王乃留宿，淫其妾媵殆遍。左右或言楚王之母伯嬴，乃太子建之妻，平王以其美而奪之。今其齒尚少，色未衰也。闔閭心動，使人召之。伯嬴不出。闔閭怒，命左右：「牽來見寡人！」伯嬴閉戶，以劍擊戶而言曰：「妾聞諸侯者，一國之教也。禮：男女不同席，食不共器。所以示別。今君王棄其表儀，以亂淫聞於國人。未亡人甯伏劍而死，不敢承命。」闔閭大慚，乃謝曰：「寡人敬慕夫人，願識顏色，敢及亂乎？夫人休矣。」使其舊侍為之守戶，誡從人不得妄入。伍員求楚昭王不得，乃使孫武、伯嚭等，亦分據諸大夫之室，淫其妻妾以辱之。唐侯、蔡侯、公子山往搜囊瓦之家，裘佩尚依然在笥，肅霜馬亦在廄中。二君各取其物，俱轉獻於吳王。其他寶貨金帛，充牣室中，恣左右運取，狼籍道路。囊瓦一生貪賄，何曾受用。公子山欲取囊瓦夫人，夫槩至，逐子山而自取之。是時君臣宣淫，男女無別。郢都城中，幾於獸群而禽聚矣！髯翁有詩云：

行淫不避楚君臣，但快私心瀆大倫。只有伯嬴持晚節，清風一線未亡人。

伍員言於吳王，欲將楚宗廟盡行拆毀。孫武進曰：「兵以義動，方為有名。平王廢太子建而立秦女之子，任用讒貪，內戮忠良，而外行暴於諸侯，是以吳得至此。今楚都已破，宜召太子建之子羋勝，立之為君。使主宗廟，以更昭王之位。楚人憐故太子無辜，必然相安。而勝懷吳德，世世貢獻不絕。王雖赦楚，猶得楚也。如此則名實俱全矣。」闔閭貪於滅楚，遂不聽孫武之言。乃焚毀其宗廟。唐蔡二君，各辭歸本國去訖。

闔閭復置酒章華之臺，大宴群臣。樂工奏樂，群臣皆喜，惟伍員痛哭不已。闔閭曰：「卿報楚之志已酬矣。又何悲乎？」員含淚而對曰：「平王已死，楚王復逃。臣父兄之仇，尚未報萬分之一也！」闔閭曰：「卿欲何如？」員對曰：「乞大王許臣掘平王之塚墓，開棺斬首，方可洩臣之恨！」闔閭曰：「卿為德於寡人多矣！寡人何愛於枯骨，不以慰卿之私耶？」遂許之。伍員訪知平王之墓，在東門外地方室內莊寥臺湖。乃引本部兵往。但見平原衰草，湖水茫茫，並不知墓之所在。使人四下搜覓，亦無蹤影。伍員乃搥胸向天而號曰：「天乎！天乎！不令我報父兄之怨乎？」忽有老父至前，揖而問曰：「將軍欲得平王之塚何故？」員曰：「平王棄子奪媳，殺忠任佞，滅吾宗族。吾生不能加兵其頸，死亦當戮其屍以報父兄於地下。」老父曰：「平王自知多怨，恐人發掘其墓，故葬於湖中。將軍必欲得棺，須涸湖水而求之，乃可見也。」因登寥臺，指示其處。員使善沒之士，入水求之。於臺東果得石槨。乃令軍士各負沙一囊，堆積墓旁，壅住流水。然後鑿開石槨，得一棺甚重。發之，內惟衣冠及精鐵數百斤而已。老叟曰：「此疑棺也。真棺尚在其下。」更去石板下層，果然有一棺。員令毀棺，拽出其屍。驗之，果楚平王之身也。用水銀殮過，膚肉不變。員一見其屍，怨氣沖天。手持九節銅鞭，鞭之三百，肉爛骨折。於是左足踐其腹，右手抉其目，數之曰：「汝生時枉有目珠，不辨忠佞，聽信讒言，殺吾父兄，豈不冤哉！」遂斷平王之頭，毀其衣裳棺木，同骸骨棄於原野。髯翁有讚云：

怨不可積，冤不可極。極冤無君長，積怨無存歿。匹夫逃死，僇及朽骨。淚血洒鞭，怨氣昏日。孝意奪忠，家仇及國。烈哉子胥！千古猶為之飲泣！

伍員既撻平王之屍，問老叟曰：「子何以知平王葬處，及其棺木之詐？」老叟曰：「吾非他人，乃石工也。昔平王令吾石工五十餘人，砌造疑塚。恐吾等漏洩其機，塚成之後，將諸工盡殺塚內。獨老漢私逃得免。今日感將軍孝心誠切，特來指明，亦為五十餘冤鬼，稍償其恨耳。」員乃取金帛厚酬老叟而去。

* * *

再說楚昭王乘舟西涉沮水，又轉而南渡大江，入於雲中。有草寇數百人，夜劫昭王之舟，以戈擊昭王。時王孫繇于在旁，以背蔽王，大喝曰：「此楚王也，汝欲何為！」言未畢，戈中其肩，流血及踵，昏倒於地。寇曰：「吾輩但知有財帛，不知有王。且令尹大臣，尚且貪賄，況小民乎！」乃大搜舟中金帛寶貨之類。箴尹固急扶昭王登岸避之。昭王呼曰：「誰為我護持愛妹，勿令有傷？」下大夫鍾建背負季羋以從王於岸。回顧群盜放火焚舟，乃夜走數里。至明旦，子期同宋木、鬬辛、鬬巢陸續蹤跡而至。鬬辛曰：「臣家在鄖，去此不及四十里。吾王且勉強到彼，再作區處。」少頃，王孫繇于亦至。昭王驚問曰：「子負重傷，何以得免？」繇于曰：「臣負痛不能起，火及臣身。忽然有人推臣上岸。昏迷中聞其語曰：『吾乃楚之故令尹孫叔敖也。傳語吾王，吳師不久自退，社稷緜遠。』因以藥敷臣之肩。醒來幸血止痛定，故能及此。」昭王曰：「孫叔產於雲中，其靈不泯！」相與嗟嘆不已。鬬巢出乾糧同食。箴尹固解匏瓢汲水以進。

昭王使鬬辛覓舟於成臼之津。辛望見一舟東來，載有妻小。察之，乃大夫藍尹亹也。辛呼曰：「王在此，可以載之！」藍尹亹曰：「亡國之君，吾何載焉！」竟去不顧。鬬辛伺候良久，復得漁舟，解衣以授之，纔肯艤舟攏岸。王遂與季芈同渡，得達鄖邑。鬬辛之仲弟鬬懷，聞王至出迎。辛令治饌。鬬懷進食，屢以目視昭王。鬬辛疑之，乃與季弟巢親侍王寢。至夜半，聞淬刃聲。鬬辛開門出看，乃鬬懷也。手執霜刃，怒氣勃勃。辛曰：「弟淬刃欲何為乎？」懷曰：「欲弒王耳！」辛曰：「汝何故生此逆心？」懷曰：「昔吾父忠於平王，平王聽費無極讒言而殺之。平王殺我父，我殺平王之子，以報其仇，有何不可？」辛怒罵曰：「君猶天也。天降禍於人，人敢仇乎？」懷曰：「王在國，則為君。今失國，則為仇。見仇不殺，非人也！」辛曰：「古者仇不及嗣。王又悔前人之失，錄用我兄弟。今乘其危而弒之，天理不容。汝若萌此意，吾先斬汝！」鬬懷挾刃出門而去，恨恨不已。昭王聞戶外叱喝之聲，披衣起竊聽，備聞其故，遂不肯留鄖。鬬辛、鬬巢與子期商議，遂奉王北奔隨國。

卻說子西在魯洑江把守，聞郢都已破，昭王出奔。恐國人遺散，乃服王服，乘王輿，自稱楚王，立國於脾洩，以安人心。百姓避吳亂者，依之以居。已而聞王在隨，曉諭百姓，使知王之所在，然後至隨，與王相從。

伍員終以不得楚昭王為恨，言於闔閭曰：「楚王未得，楚未可滅也。臣願率一軍西渡，蹤跡昏君，執之以歸。」闔閭許之。伍員一路追尋，聞楚王在隨，竟往隨國，致書隨君，要索取楚王。畢竟楚王如何得免，且看下回分解。

第七十七回　泣秦廷申包胥借兵　退吳師楚昭王返國

話說伍員屯兵於隨國之南鄙，使人致書於隨侯。書中大約言：「周之子孫，在漢川者，被楚吞噬殆盡。今天祐吳國，問罪於楚。君若出楚珍與吳為好，漢陽之田，盡歸於君。寡君與君世為兄弟，同事周室。」隨侯看畢，集群臣計議。楚臣子期，面貌與昭王相似。言於隨侯曰：「事急矣！我偽為王而以我出獻，乃可免也。」隨侯使太史卜其吉凶。太史獻繇曰：

平必陂，往必復。故勿棄，新勿欲。西鄰為虎，東鄰為肉。

隨侯曰：「楚故而吳新，鬼神示我矣。」乃使人辭伍員曰：「敝邑依楚為國，世有盟誓。楚君若下辱，不敢不納。然今已他徙矣。惟將軍察之！」伍員以囊瓦在鄭，疑昭王亦奔鄭。且鄭人殺太子建，仇亦未報。遂移兵伐鄭，圍其郊。時鄭賢臣游吉新卒，鄭定公大懼，歸咎囊瓦。瓦自殺。鄭伯獻瓦屍於吳軍，說明楚王實未至鄭。吳師猶不肯退，必欲滅鄭，以報太子之仇。諸大夫請背城一戰，以決存亡。鄭伯曰：「鄭之士馬孰若楚？楚且破，況於鄭乎？」乃出令於國中曰：「有能退吳軍者，寡人願與分國而治。」懸令三日，時鄂渚漁丈人之子，因避兵亦逃在鄭城之中。聞吳國用伍員為主將，乃求見鄭君，自言能退吳軍。鄭定公曰：「卿退吳兵，用車徒幾何？」對曰：「臣不用一寸之兵，一斗之糧。只要與臣一橈，行歌道中，吳兵便退。」鄭伯不信，然一時無策，只得使左右以一橈授之：「果能退吳，不吝上賞！」漁丈人之子縋城而下，直入吳軍。於營前叩橈而歌曰：

蘆中人！蘆中人！腰間寶劍七星文。不記渡江時，麥飯鮑魚羹？

軍士拘之來見伍員。其人歌「蘆中人」如故。員下席驚問曰：「足下是何人？」舉橈而對曰：「將軍不見吾手中所操乎？吾乃鄂渚漁丈人之子也。」員惻然曰：「汝父因吾而死，正思報恩，恨無其路。今日幸得相遇，汝歌而見我，意何所須？」對曰：「別無所須也。鄭國懼將軍兵威，令於國中：『有能退吳軍者，與之分國而治。』臣念先人與將軍有倉卒之遇，今欲從將軍乞赦鄭國。」員乃仰天嘆曰：「嗟乎！員得有今日，皆漁丈人所賜！上天蒼蒼，豈敢忘也！」即日下令解圍而去。漁丈人之子回報鄭伯。鄭伯大喜，乃以百里之地封之。國人稱之曰「漁大夫」。至今溱、洧之間，有丈人村，即所封地也。髯翁有詩云：

密語蘆洲隔死生，橈歌強似楚歌聲。三軍既散分茅土，不負當時江上情。

伍員既解鄭國之圍，還軍楚境，各路分截守把，大軍營於麋地，遣人四出招降楚屬，兼訪求昭王甚急。

* * *

卻說申包胥自郢都破後，逃避在夷陵石鼻山中。聞子胥掘墓鞭屍，復求楚王，乃遣人致書於子胥。其略曰：

子故平王之臣，北面事之。今乃僇辱其屍，雖云報仇，不已甚乎！物極必反，子宜速歸。不然，胥當踐「復楚」之約。

伍員得書，沉吟半晌，乃謂來使曰：「某因軍務倥傯，不能答書。借汝之口，為我致謝申君：『忠孝不能兩全。吾日暮途遠，故倒行而逆施耳！』」使者回報包胥。包胥曰：「子胥之滅楚必矣，吾不可坐而待之。」想起楚平王夫人，乃秦哀公之妹；楚昭王乃秦之甥。要解楚難，除非求秦。乃晝夜西馳，足踵俱開，步步流血，裂裳而裹之。奔至雍州，來見秦哀公曰：「吳貪如封豕，毒如長蛇。久欲薦食諸侯，兵自楚始。寡君失守社稷，逃於草莽之間。特命下臣，告急於上國。乞君念甥舅之情，代為興兵解厄。」秦哀公曰：「秦僻在西陲，兵微將寡，自保不暇，安能為人？」包胥曰：「楚、秦連界，楚遭兵而秦不救，吳若滅楚，次將及秦。君之存楚，亦以固秦也。若秦遂有楚國，不猶愈於吳乎？倘能撫而存之，不絕其祀，情願世世北面事秦。」秦哀公意猶未決，曰：「大夫姑就館驛安下，容孤與群臣商議。」包胥對曰：「寡君越在草莽，未得安居，下臣何敢就館自便乎？」時秦哀公沉湎於酒，不恤國事。包胥請命愈急，哀公終不肯發兵。於是包胥不脫衣冠，立於秦庭之中，晝夜號哭，不絕其聲。如此七日七夜，水漿一勺不入其口。哀公聞之，大驚曰：「楚臣之急其君，一至是乎！楚有賢臣如此，吳猶欲滅之；寡人無此賢臣，吳豈能相容哉！」為之流涕，賦無衣之詩以旌之。詩曰：

豈曰無衣？與子同袍。王于興師，與子同仇！

包胥頓首稱謝，然後始進壺飧。秦哀公命大將子蒲、子虎帥車五百乘，從包胥救楚。包胥曰：「吾君在隨望救，不啻如大旱之望雨。胥當先往一程，報知寡君。元帥從商穀而東，五日可至襄陽，折而南即荊門。而胥以楚之餘眾，自石梁山南來，計不出三日，亦可相會。吳恃其勝，必不為備。軍士在外，日久思歸。若破其一軍，自然瓦解。」子蒲曰：「吾未知路徑，必須楚兵為導。大夫不可失期。」

包胥辭了秦師，星夜至隨，來見昭王，言：「臣請得秦兵，已出境矣！」昭王大喜，謂隨侯曰：「卜人所言『西鄰為虎，東鄰為肉』，秦在楚之西，而吳在其東，斯言果驗矣！」時薳延、宋木等，亦收拾餘兵，從王於隨。子西、子期并起隨眾，一齊進發。秦師屯於襄陽，以待楚師。包胥引子西、子期等，與秦師相見。楚兵先行，秦兵在後，遇夫槩之師於沂水。子蒲謂包胥曰：「子率楚師先與吳戰，吾當自後會之。」包胥便與夫槩交鋒。夫槩恃勇，看包胥有如無物。約鬬十餘合，未分勝敗。子蒲、子虎，驅兵大進。夫槩望見旗號有「秦」字，大驚曰：「西兵何得至此？」急急收兵，已折大半。子西、子期等，乘勝追逐五十里方止。夫槩奔回郢都，來見吳王，盛稱秦兵勢銳，不可抵當。闔閭有懼色。孫武進曰：「兵，凶器，可暫用而不可久也。且楚土地尚廣，人心未肯服吳。臣前請王立芈勝以撫楚，正慮今日之變耳。為今之計，不如遣使與秦通好，許復楚君，割楚之西鄙以益吳疆，君亦不為無利也。若久戀楚宮，與之相持，楚人憤而力，吳人驕而惰；加以虎狼之秦，臣未保其萬全。」伍員知楚王必不可得，亦以武言為然。闔閭將從之，伯嚭進曰：「吾兵自離東吳，一路破竹而下，五戰拔郢，遂夷楚社。今一遇秦兵，即便班師，何前勇而後怯耶？願給臣兵一萬，必使秦兵片甲不回。如若不勝，甘當軍令！」闔閭壯其言，許之。孫武與伍員力止不可交兵。伯嚭不從，引兵出城，兩軍相遇於軍祥，排成陣勢。伯嚭望見楚軍行列不整，便教鳴鼓馳車突入。正遇子西，大罵：「汝萬死之餘，尚望寒灰再熱耶！」子西亦罵：「背國叛夫，今日何顏相見！」伯嚭大怒，挺戟直取子西，子西亦揮戈相迎。戰不數合，子西詐敗而走。伯嚭追之，未及二里，左邊沈諸梁一軍殺來，右邊薳延一軍殺來。秦將子蒲、子虎引生力軍，從中直貫吳陣。三路兵將吳兵截為三處，伯嚭左衝右突，不能得脫。卻得伍員兵到，大殺一陣，救出伯嚭。一萬軍馬，所存不上二千人。伯嚭自囚入見吳王待罪。孫武謂伍員曰：「伯嚭為人矜功自任，久後必為吳國之患。不如乘此兵敗，以軍令斬之。」伍員曰：「彼雖有喪師之罪，然前功不小；況敵在目前，不可斬一大將。」遂奏吳王赦其罪。秦兵直逼郢都，闔閭命夫槩同公子山守城，自引大軍屯於紀南城。伍員、伯嚭分屯磨城、驢城，以為犄角之勢，與秦兵相持。又遣使徵兵於唐、蔡。楚將子西謂子蒲曰：「吳以郢為巢穴，故堅壁相持。若唐、蔡更助之，不可敵矣！不若乘間加兵於唐。唐破，則蔡人必懼而自守。吾乃得專力於吳。」子蒲然其計。於是子蒲同子期分兵一支，襲破唐城，殺唐成公，滅其國。蔡哀公懼，不敢出兵助吳。

卻說夫槩自恃有破楚之首功，因沂水一敗，吳王遂使協守郢都，心中鬱鬱不樂。及聞吳王與秦相持不決，忽然心動，想道：「吳國之制，兄終弟及，我應嗣位。今王立子波為太子，我不得立矣。乘此大兵出征，國內空虛，私自歸國，稱王奪位，豈不勝於久後相爭乎？」乃引本部軍馬，偷出郢都東門，渡漢而歸。詐稱：「闔閭兵敗於秦，不知所往，我當次立。」遂自稱吳王。使其子扶臧悉眾據淮水，以遏吳王之歸路。吳世子波與專毅聞變，登城守禦，不納夫槩。夫槩乃遣使由三江通越，說其進兵夾攻吳國，事成割五城為謝。

再說闔閭聞秦兵滅唐，大驚。方欲召諸將計議戰守之事，忽公子山報到，言：「夫槩不知何故，引本部兵私回吳國去了。」伍員曰：「夫槩此行，其反必矣！」闔閭曰：「將若之何？」伍員曰：「夫槩一勇之夫，不足為慮。所慮者，越人或聞變而動耳。王宜速歸，先靖內亂。」闔閭於是留孫武、子胥，退守郢都。自與伯嚭以舟師順流而下。既渡漢水，得太子波告急信，言：「夫槩造反稱王，又結連越兵入寇，吳都危在旦夕！」闔閭大驚曰：「不出子胥所料也！」遂遣使往郢都取回孫武、伍員之兵。一面星夜馳歸，沿江傳諭將士：「去夫槩來歸者，復其本位；後到者誅！」淮上之兵，皆倒戈來歸。扶臧奔回谷陽。夫槩欲驅民授甲，百姓聞吳王尚在，俱走匿。夫槩乃獨率本部出戰。闔閭問曰：「我以手足相託，何故反叛？」夫槩對曰：「汝弒王僚，非反叛耶？」闔閭怒，教伯嚭：「為我擒賊！」戰不數回，闔閭麾大軍直進。夫槩雖勇，爭奈眾寡不敵，大敗而走。扶臧具舟於江，以渡夫槩，逃奔宋國去了。闔閭撫定居民，回至吳都。太子波迎接入城，打點拒越之策。

卻說孫武得吳王班師之詔，正與伍員商議。忽報：「楚軍中有人送書到。」伍員命取書看之，乃申包胥所遣也。書略云：

子君臣據郢三時，而不能定楚，天意不欲亡楚，亦可知矣。子能踐「覆楚」之言，吾亦欲酬「復楚」之志。朋友之義，相成而不相傷。子不竭吳之威，吾亦不盡秦之力。

伍員以書示孫武曰：「夫吳以數萬之眾，長驅入楚，焚其宗廟，隳其社稷，鞭死者之屍，處生者之室。自古人臣報仇，未有如此之快者。且秦兵雖敗我餘軍，於我未有大損也。兵法：『見可而進，知難則退。』幸楚未知吾急，可以退矣！」孫武曰：「空退為楚所笑，子何不以羋勝為請？」伍員曰：「善！」乃復書曰：

平王逐無罪之子，殺無罪之臣。某實不勝其憤，以至於此。昔齊桓公存邢立衛，秦穆公三置晉君，不貪其土，傳誦至今。某雖不才，竊聞茲義。今太子建之子勝，餬口於吳，未有寸土。楚若能歸勝，使奉故太子之祀，某敢不退避，以成吾子之志！

申包胥得書，言於子西。子西曰：「封故太子之後，正吾意也。」即遣使迎羋勝於吳。沈諸梁諫曰：「太子已廢，勝為仇人，奈何養仇以害國乎？」子西曰：「勝匹夫耳，何傷？」竟以楚王之命召之，許封大邑。楚使既發，孫武與伍員遂班師而還。凡楚之府庫寶玉，滿載以歸。又遷楚境戶口萬家，以實吳空虛之地。

伍員使孫武從水路先行。自己從陸路打從歷陽山經過，欲求東皐公報之。其廬舍俱不存矣。再遣使於龍洞山問皇甫訥，亦無蹤跡。伍員歎曰：「真高士也！」就其地再拜而去。至昭關，已無楚兵把守。員命毀其關。復過溧陽瀨水之上，乃嘆曰：「吾嘗饑困於此，向一女子乞食。女子以盎漿及飯飼我，遂投水而亡。吾曾留題石上，未知在否？」使左右發土，其石字宛然不磨。欲以千金報之，未知其家。乃命投金於瀨水中曰：「女子如有知，明吾不相負也！」行不一里，路旁一老嫗，視兵過而哭泣。軍士欲執之，問曰：「嫗何哭之悲也？」嫗曰：「吾有女共居三十年不嫁。往年浣紗於瀨，遇一窮途君子而輒飯之。恐事洩，自投瀨水。聞所飯者，乃楚亡臣伍君也。今伍君兵勝而歸，不得其報。自傷虛死，是以悲耳。」軍士乃謂嫗曰：「吾主將正伍君也。欲報汝千金，不知其家，已投金於水中，盍往取之！」嫗遂取金而歸。至今名其水為投金瀨。髯仙有詩云：

投金瀨下水澌澌，猶憶亡臣報德時。三十年來無匹偶，芳名已共子胥垂。

越子允常聞孫武等兵回吳國，知武善於用兵，料難取勝，亦班師而回。曰：「越與吳敵也！」遂自稱為越王。不在話下。

闔閭論破楚之功，以孫武為首。孫武不願居官，固請還山。王使伍員留之。武私謂員曰：「子知天道乎？暑往則寒來，春還則秋至。王恃其強盛，四境無虞，驕樂必生。夫功成不退，將有後患！吾非徒自全，并欲全子。」員謂不然。武遂飄然而去。贈以金帛數車，俱沿路散於百姓之貧者。後不知其所終。史臣有讚云：

孫子之才，彰於伍員。法行二嬪，威振三軍。御眾如一，料敵如神。大伸於楚，小挫於秦。智非偏屈，謀不盡行。不受爵祿，知亡知存。身出道顯，身去名成。書十三篇，兵家所尊。

闔閭乃拜伍員為相國，亦做齊仲父、楚子文之意，呼為子胥而不名。伯嚭為太宰。同預國政。更名閶門曰破楚門。復壘石於南界，留門使兵守之，以拒越人，號曰石門關。越大夫范蠡亦築城於浙江之口以拒吳，號曰固陵。言其可固守也。此周敬王十五年事。

* * *

話分兩頭。再說子西與子期重入郢城，一面收葬平王骸骨，將宗廟社稷，重新草創；一面遣申包胥以舟師迎昭王於隨。昭王遂與隨君定盟，誓無侵伐。隨君親送昭王登舟，方纔回轉。昭王行至大江之中，凭欄四望，想起來日之苦。今日重渡此江，中流自在，心中甚喜。忽見水面一物，如斗之大，其色正紅。使水手打撈得之。遍問群臣，皆莫能識。乃拔佩刀砍開。內有瓤似瓜，試嘗之，甘美異常。乃遍賜左右曰：「此無名之果，可識之以俟博物之士也。」不一日，行至雲中。昭王嘆曰：「此寡人遇盜之處，不可以不識。」乃泊舟江岸，使鬬辛督人夫築一小城於雲夢之間，以便行旅投宿。今雲夢縣有地名楚王城，即其故址。子西、子期等離郢都五十里迎接昭王。君臣交相慰勞。既至郢城，見城外白骨如麻，城中宮闕，半已殘毀，不覺淒然淚下。遂入宮來見其母伯嬴，子母相向而泣。昭王曰：「國家不幸，遭此大變，至於廟社淩夷，陵墓受辱，此恨何時可雪？」伯嬴曰：「今日復位，宜先明賞罰，然後撫恤百姓。徐俟氣力完足，以圖恢復可也。」昭王再拜受教。是日不敢居寢，宿於齋宮。次日，祭告宗廟社稷，省視墳墓，然後升殿，百官稱賀。昭王曰：「寡人任用匪人，幾至亡國。若非卿等，焉能重見天日！失國者，寡人之罪！復國者，卿等之功也！」諸大夫皆稽首謝不敢。昭王先宴勞秦將，厚犒其師，遣之歸國。然後論功行賞，拜子西為令尹，子期為左尹。以申包胥乞師功大，欲拜為右尹。申包胥曰：「臣之乞師於秦為君也，非為身也。君既返國，臣志遂矣。敢因以為利乎？」固辭不受。昭王強之。包胥乃挈其妻子而逃。妻曰：「子勞形疲神，以乞秦師，而定楚國；賞其分也，又何逃乎？」包胥曰：「吾始為朋友之義，不洩子胥之謀；使子胥破楚，吾之罪也。以罪而冒功，吾實恥之。」遂逃入深山，終身不出。昭王使人求之不得，乃旌表其閭曰「忠臣之門」。以王孫繇于為右尹，曰：「雲中代寡人受戈，不敢忘也。」

其他沈諸梁、鍾建、宋木、鬬辛、鬬巢、薳延等，俱進爵加邑。亦召鬬懷欲賞。子西曰：「鬬懷欲行弒逆之事，罪之為當，況可賞乎？」昭王曰：「彼欲為父報仇，乃孝子也。能為孝子，何難為忠臣？」亦使為大夫。藍尹亹求見昭王。王思成臼不肯同載之恨，將執而誅之。使人謂曰：「爾棄寡人於道路，今敢復來何也？」藍尹亹對曰：「囊瓦惟棄德樹怨，是以敗於柏舉。王奈何效之！夫成臼之舟，孰若郢都之宮之安？臣之棄王於成臼，以儆王也。今日之來，欲觀大王之悔悟與否。王不省失國之非，而記臣不載之罪。臣死不足惜，所惜者楚宗社耳！」子西奏曰：「亹之言直，王宜赦之，以無忘前敗。」昭王乃許亹入見，使復為大夫如故。群臣見昭王度量寬洪，莫不大悅。昭王夫人自以失身闔閭，羞見其夫，自縊而死。時越方與吳搆難，聞楚王復國，遣使來賀，因進其宗女於王。王立為繼室，越姬甚有賢德，為王所敬禮。王念季芈相從患難，欲擇良婿嫁之。季芈曰：「女子之義，不近男人。鍾建常負我矣，是即我夫也。敢他適乎？」昭王乃以季芈嫁鍾建，使建為司樂大夫。又思故相孫叔敖之靈，使人立祠於雲中祭之。子西以郢都殘破，且吳人久居，熟其路徑，復擇鄀地築城建宮，立宗廟社稷，遷都居之，名曰新郢。昭王置酒新宮，與群臣大會。飲酒方酣，樂師扈子恐昭王安今之樂，忘昔之苦，復蹈平王故轍，乃抱琴於王前奏曰：「臣有窮衄之曲，願為大王鼓之。」昭王曰：「寡人願聞。」扈子援琴而鼓，聲甚淒怨。其詞曰：

> 王耶王耶何乖劣？不顧宗廟聽讒孽？任用無忌多所殺，誅夷忠孝大綱絕。二子東奔適吳越，吳王哀痛助忉怛。垂涕舉兵將西伐，子胥伯嚭孫武決。五戰破郢王奔發，留兵縱騎虜荊闕。先王骸骨

遭發掘，鞭辱腐屍恥難雪！幾危宗廟社稷滅，君王逃死多跋涉。卿士悽愴民泣血，吳軍雖去怖不歇。願王更事撫忠節，勿為讒口能謗褻！

昭王深知琴曲之情，垂涕不已。扈子收琴下階。昭王遂罷宴。自此早朝宴罷，勤於國政。省刑薄斂，養士訓武，修復關隘，嚴兵固守。芈勝既歸，楚昭王封為白公勝，築城名白公城，遂以白為氏。聚其本族而居。夫槩聞楚王不念舊惡，自宋來奔。王知其勇，封之堂谿，號為堂谿氏。子西以禍起唐、蔡，唐已滅而蔡尚存，乃請伐蔡報仇。昭王曰：「國事粗定，寡人尚未敢勞民也！」按春秋傳楚昭王十年出奔，十一年反國。直至二十年方纔用兵，滅頓，擄頓子牂；二十一年滅胡，擄胡子豹；報其從晉侵楚之仇。二十二年圍蔡，問其從吳入郢之罪。蔡昭侯請降，遷其國於江、汝之間，中間休息民力近十年，所以師輒有功。楚國復興，終符「湛盧」之祥，「萍實」之瑞也。要知後事，且看下回分解。

第七十八回 會夾谷孔子卻齊 墮三都聞人伏法

話說齊景公見晉不能伐楚，人心星散，代興之謀愈急。乃糾合衛、鄭，自稱盟主。魯昭公前為季孫意如所逐，景公謀納之。意如固拒不從。昭公改而求晉。晉荀躒得意如賄賂，亦不果納。昭公客死，意如遂廢太子衍及其母弟務人，而援立庶子宋為君，是為定公。因季氏與荀躒通賄，遂事晉而不事齊。齊侯大怒，用世臣國夏為將，屢侵魯境，魯不能報。未幾，季孫意如卒，子斯立，是為季康子。

說起季、孟、叔三家，自昭公在國之日，已三分魯國，各用家臣為政。魯君不復有公臣。於是家臣又竊三大夫之權，展轉恣肆，凌鑠其主。今日季孫斯、孟孫無忌、叔孫州仇，雖然三家鼎立，邑宰各據其城，以為己物。三家號令不行，無可奈何。季氏之宗邑曰費，其宰公山不狃；孟氏之宗邑曰成，其宰公斂陽；叔氏之宗邑曰郈，其宰公若藐。這三處城垣，皆三家自家增築，極其堅厚，與曲阜都城一般。那三個邑宰中，惟公山不狃尤為強橫。更有家臣一人，姓陽名虎，字貨。生得鴛肩巨顙，身長九尺有餘。勇力過人，智謀百出。季斯起初任為腹心，使為家宰。後漸專季氏之家政，擅作威福。季氏反為所制，無可奈何。季氏內為陪臣所制，外受齊國侵凌，束手無策。時又有少正卯者，為人博聞強記，巧辨能言，通國號為「聞人」。三家倚之為重。卯面是背非，陰陽其說。見三家則稱頌其佐君匡國之功，見陽貨等又託為強公室抑私家之說。使之挾魯侯以令三家，挑得上下如水火。而人皆悅其辨給，莫悟其奸。內中單說孟孫無忌，乃是仲孫貜之子，仲孫蔑之孫。貜在位之日，慕魯國孔仲尼之名，使其子從之學禮。

那孔仲尼名丘，其父叔梁紇，嘗為鄒邑大夫，即偪陽手托懸門之勇士也。紇娶於魯之施氏，多女而無子。其妾生一子曰孟皮，病足成廢人。乃求婚於顏氏，顏氏有五女，俱未聘。疑紇年老，謂諸女曰：「誰願適鄒大夫者？」諸女莫對。最幼女曰徵在，出應曰：「女子之義，在家從父；惟父所命，何問焉？」顏氏奇其語，即以徵在許婚。既歸紇，夫婦憂無子，共禱於尼山之谷。徵在升山時，草木之葉皆上起。及禱畢而下，草木之葉皆下垂。是夜，徵在夢黑帝見召，囑曰：「汝有聖子。若產，必於空桑之中。」覺而有孕。一日，恍惚若夢，見五老人列於庭，自稱「五星之精」。挾一獸，似小牛而獨角，文如龍鱗，向徵在而伏。口吐玉尺，上有文曰：「水精之子，繼衰周而素王。」徵在心知其異，以繡紱繫其角而去。告於叔梁紇。紇曰：「此獸必麒麟也。」及產期，徵在問：「地有名空桑者乎？」叔梁紇曰：「南山有空竇。竇有石口而無水，俗名亦呼空桑。」徵在曰：「吾將往產於此。」紇問其故。徵在乃述前夢。遂攜臥具於空竇中。其夜，有二蒼龍自天而下，守於山之左右。又有二神女擎香露於空中，以沐徵在，良久乃去。徵在遂產孔子。石門中忽有清泉流出，自然溫暖。浴畢，泉即涸。今曲阜縣南二十八里，俗呼女陵山，即空桑也。

孔子生有異相。牛脣虎掌，鴛肩龜脊，海口輔喉，頂門狀如反宇。父紇曰：「此兒秉尼山之靈。」因名曰丘，字仲尼。仲尼生未幾而紇卒，育於徵在。既長，身長九尺六寸，人呼為「長人」。有聖德，好學不倦。周遊列國，弟子滿天下。國君無不敬慕其名。而為權貴當事所忌，竟無能用之者。是時適在魯國，無忌言於季斯曰：「欲定內外之變，非用孔子不可。」季斯召孔子，與語竟日，如在江海中，莫窺其際。季斯起更衣，忽有費邑人至，報曰：「穿井者得土缶，內有羊一隻，不知何物？」斯欲試孔子之學，囑使勿言。既入座，謂孔子曰：「或穿井於土中得狗，此何物也？」孔子曰：「以某言之，此必羊也；非狗也。」斯驚問其故。孔子曰：「某聞山之怪曰夔，魍魎；水之怪曰龍，罔象；土之怪曰羵羊。今得之穿井，是在土中，其為羊必矣！」斯曰：「何以謂之羵羊？」孔子曰：「非雌非雄，徒有其形。」斯乃召費人問之，果不成雌雄者。於是大驚曰：「仲尼之學，果不可及！」乃用為中都宰。此事傳聞至楚，楚昭王使人致幣於孔子，詢以渡江所得之物。孔子答使者曰：「是名萍實，可剖而食也。」使者曰：「夫子何以知之？」孔子曰：「某曾問津於楚，聞小兒謠曰：『楚王渡江得萍實，大如斗，赤如日。剖而嘗之甜如蜜。』是以知之。」使者曰：「可常得乎？」孔子曰：「萍者浮泛不根之物，乃結而成實，雖千百年不易得也。此乃散而復聚、衰而復興之兆。可為楚王賀矣！」使者歸告昭王，昭王歎服不已。孔子在中都大治，四方皆遣人觀其政教，以為法則。魯定公知其賢，召為司空。

周敬王十九年，陽虎欲亂魯而專其政。知叔孫輒無寵於叔孫氏，而與費邑宰公山不狃相厚。乃與二人商議，欲以計先殺季孫，然後并除仲、叔以公山不狃代斯之位，以叔孫輒代州仇之位，己代孟孫無忌之位。虎慕孔子之賢，欲招致門下，以為己助。使人諷之來見，孔子不從。乃以蒸豚饋之。孔子曰：「虎誘我往謝而見我也。」令弟子伺虎出外，投刺於門而歸。虎竟不能屈。孔子密言於無忌曰：「虎必為亂，亂必始於季氏。子預為之備，乃可免也。」無忌偽為築室於南門之外，立柵聚材，選牧圉之壯勇者三百人為傭。名曰興工，實以備亂。又語成宰公斂陽，使繕甲待命：「倘有報至，星夜前來赴援。」是年秋八月，魯將行禘祭。虎請以禘之明日，享季孫於蒲圃。無忌聞之曰：「虎享季孫，事可疑矣！」乃使人馳告公斂陽，約定日中率甲由東門至南門，一路觀變。至享期，陽虎親至季氏之門，請季斯登車。陽虎在前為導，虎之從弟陽越在後。左右皆陽氏之黨。惟御車者林楚，世為季氏門下之客。季斯心疑有變，私語林楚曰：「汝能以吾車適孟氏乎？」林楚點頭會意。行至大衢，林楚遽輓轡南向，以鞭策連擊其馬，馬怒而馳。陽越望見，大呼：「收轡！」林楚不應，復加鞭，馬行益急。陽越怒，彎弓射楚不中，亦鞭其馬。心急鞭墜。越拾鞭，季氏之車已去遠矣。季斯出南門，徑入孟氏之室，閉其柵，號曰：「孟孫救我！」無忌使三百壯士，挾弓矢伏於柵門以待。須臾，陽越至，率其徒攻柵。三百人從柵內發矢，中者輒倒。陽越身中數箭而死。

且說陽貨行及東門，回顧不見了季孫。乃轉轅復循舊路至大衢，問路人曰：「見相國車否？」路人曰：「馬驚已出南門矣！」語未畢，陽越之敗卒亦到。方知越已射死，季孫已避入孟氏新宮。虎大怒，驅其眾急往公宮，劫定公以出朝。遇叔孫州仇於途，并劫之。盡發公宮之甲，與叔孫氏家眾，共攻孟氏於南門。無忌率三百人力拒之。陽虎命以火焚柵。季斯大懼。無忌使視日方中曰：「成兵且至，不足慮也！」言未畢，只見東角上一員猛將，領兵呼哨而至。大叫：「勿犯吾主！公斂陽在此！」陽虎大怒，便奮長戈迎住公斂陽廝殺。二將各施逞本事，戰五十餘合，陽虎精神愈增，公斂陽漸漸力怯。叔孫州仇遽從後呼曰：「虎敗矣！」即率其家眾，前擁定公西走。公徒亦從之。無忌引壯士開柵殺出。季氏之家臣苦越，亦帥甲而至。陽虎孤寡無助，倒戈而走，入讙陽關據之。三家合兵以攻關，虎力不能支，命放火焚萊門，魯師避火卻退。虎冒火而出，遂奔齊國。見景公，以所據讙陽之田獻之，欲借兵伐魯。大夫鮑國進曰：「魯方用孔某，不可敵也。不如執陽虎而歸其田，以媚孔某。」景公從之。乃囚虎於西鄙。

虎以酒醉守者，乘輜車逃奔宋國。宋使居於匡。陽虎虐用匡人，匡人欲殺之。復奔晉國，仕於趙鞅為臣。不在話下。宋儒論陽虎以陪臣而謀賊其家主，固為大逆。然季氏放逐其君，專執魯政，家臣從旁竊視，已非一日。今日效其所為，乃天理報施之常，不足怪也。有詩云：

當時季氏凌孤主，今日家臣叛主君。自作忠奸還自受，前車音響後車聞。

又有言魯自惠公之世，僭用天子禮樂。其後三桓之家，舞八佾，歌雍徹。大夫目無諸侯，故家臣亦目無大夫。悖逆相仍，其來遠矣。詩云：

九成干戚舞團團，借問何人啟僭端？要使國中無叛逆，重將禮樂問周官。

齊景公失了陽虎，又恐魯人怪其納叛。乃使人致書魯定公，說明陽虎奔宋之故。就約魯侯於齊、魯界上夾谷山前，為乘車之會，以通兩國之好，永息干戈。定公得書，即召三家商議。仲孫無忌曰：「齊人多詐，主公不可輕往。」季孫斯曰：「齊屢次加兵於我，今欲修好，奈何拒之？」定公曰：「寡人若去，何人保駕？」無忌曰：「非臣師孔某不可。」定公即召孔子，以相禮之事屬之。乘車已具，定公將行。孔子奏曰：「臣聞有文事者，必有武備。文武之事，不可相離。古者諸侯出疆，必具官以從。宋襄公會盂之事可鑑也。請具左右司馬，以防不虞。」定公從其言。乃使大夫申句須為右司馬，樂頎為左司馬。各率兵車五百乘，遠遠從行。又命大夫茲無還率兵車三百乘，離會所十里下寨。既至夾谷，齊景公先在，設立壇位，為土階三層，制度簡略。齊侯幕於壇之右，魯侯幕於壇之左。孔子聞齊國兵衛甚盛，亦命申句須、樂頎緊緊相隨。時齊大夫黎彌，以善謀稱。自梁邱據死後，景公特寵信之。是夜，黎彌叩幕請見。景公召入。問：「卿有何事，昏夜來此？」黎彌奏曰：「齊、魯為仇，非一日矣。止為孔某賢聖，用事於魯，恐其他日害齊，故為今日之會耳。臣觀孔某為人，知禮而無勇，不習戰伐之事。明日主公會禮畢後，請奏四方之樂，以娛魯君。乃使萊夷三百人假做樂工，鼓譟而前。覷便拿住魯侯，并執孔某。臣約會車乘，從壇下殺散魯眾。那時魯國君臣之命，懸於吾手，憑主公如何處分。豈不勝於用兵侵伐耶？」景公曰：「此事可否，當於相國謀之。」黎彌曰：「相國素與孔某有交。若通彼得知，其事必不行矣！臣請獨任。」景公曰：「寡人聽卿，卿須仔細！」黎彌自去暗約萊兵行事去了。

次早，兩君集於壇下，揖讓而登。齊是晏嬰為相，魯是孔子為相。兩相一揖之後，各從其主，登壇交拜，敘太公、周公之好。及至玉帛酬獻之禮既畢，景公曰：「寡人有四方之樂，願與君共觀之。」遂傳令先使萊人上前，奏其本土之樂。於是壇下鼓聲大振。萊夷三百人，雜執旍旄羽袚矛戟劍楯，蜂擁而至，口中呼哨之聲，相和不絕，歷階之半。定公色變。孔子全無懼意，趨立於景公之前，舉袂而言曰：「吾兩君為好會，本行中國之禮，安用夷狄之樂？請命有司去之！」晏子不知黎彌之計，亦奏景公曰：「孔某所言，乃正禮也。」景公大慚，急麾萊夷使退。黎彌伏於壇下，只等萊夷動手，一齊發作。見齊侯打發下來，心中甚惱。乃召本國優人，分付：「筵席中間召汝奏樂，要歌敝笱之詩，任情戲謔。若得魯君臣或笑或怒，我這裡有重賞。」——原來那詩乃文姜淫亂故事，欲以羞辱魯國。——黎彌升階奏於齊侯曰：「請奏宮中之樂為兩君壽。」景公曰：「宮中之樂，非夷樂也。可速奏之！」黎彌傳齊侯之命。倡優侏儒二十餘人，異服塗面，裝女扮男，分為二隊，擁至魯侯面前。跳的跳，舞的舞，口中齊歌的都是淫詞，且歌且笑。孔子按劍張目，覷定景公奏曰：「匹夫戲諸侯者罪當死！請齊司馬行法！」景公不應。優人戲笑如故。孔子曰：「兩國既已通好，如兄弟然，魯國之司馬，即齊之司馬也。」乃舉袖向下麾之，大呼：「申句須、樂頎何在？」二將飛馳上壇，於男女二隊中，各執領班一人，當下斬首。餘人驚走不迭。景公心中駭然。魯定公隨即起身。黎彌初意還想於壇下邀截魯侯。一來見孔子有此手段；二來見申、樂二將英雄；三來打探得十里之外，即有魯軍屯扎。遂縮頸而退。

會散，景公歸幕，召黎彌責之曰：「孔某相其君，所行者皆是古人之道。汝偏使寡人入夷狄之俗。寡人本欲修好，今反成仇矣！」黎彌惶恐謝罪，不敢對一語。晏子進曰：「臣聞：『小人知其過，謝之以文；君子知其過，謝之以質。』今魯有汶陽之田三處：其一曰讙，乃陽虎所獻不義之物；其二曰鄆，乃昔年所取以寓魯昭公者；其三曰龜陰，乃先君頃公時仗晉力索之於魯者。那三處皆魯故物，當先君桓公之日，曹沫登壇劫盟，單取此田。田不歸魯，魯志不甘。主公乘此機以三田謝過，魯君臣必喜，而齊、魯之交固矣。」景公大悅，即致三田於魯。此周敬王二十四年事也。史臣有詩云：

紛然鼓噪起萊戈，無奈壇前片語何！知禮之人偏有勇，三田買得兩君和。

又詩單讚齊景公能虛心謝過，所以為賢君，幾於復霸。詩云：

盟壇失計聽黎彌，臣諫君從兩得之。不惜三田稱謝過，顯名千古播華夷。

這汶陽田，原是昔時魯僖公賜與季友者。今日名雖歸魯，實歸季氏。以此季斯心感孔子。特築城於龜陰，名曰謝城，以旌孔子之功。言於定公，升孔子為大司寇之職。

時齊之南境，忽來一大鳥，約長三尺。黑身白頸，長喙獨足，鼓雙翼舞於田間。野人逐之不得，飛騰望北而去。季斯聞有此怪，以問孔子。孔子曰：「此鳥名曰『商羊』，生於北海之濱。天降大雨，商羊起舞，所見之地，必有淫雨為災。齊、魯接壤，不可不預為之備。」季斯預戒汶上百姓，修堤蓋屋。不三日，果然天降大雨，汶水泛溢。魯有備無患。其事傳布齊邦，景公益以孔子為神。自是孔夫子博學之名，傳播天下，人皆呼為聖人矣。有詩為證：

五典三墳漫究詳，誰知萍實辨商羊？多能將聖由天縱，贏得芳名四海揚。

* * *

季斯訪人才於孔子之門，孔子薦仲由冉求，可使從政。季氏俱用為家臣。忽一日，季斯問於孔子曰：「陽虎雖去，不狃復興，何以制之？」孔子曰：「欲制之，先明禮制。古者臣無藏甲，大夫無百雉之城。故邑宰無所據以為亂。子何不墮其城，撤其武備？上下相安，可以永久。」季斯以為然，轉告於孟、叔二氏。孟孫無忌曰：「苟利家國，吾豈恤其私哉？」時少正卯忌孔子師徒用事，欲敗其功。使叔孫輒密地送信於公山不狃。不狃欲據城以叛。知孔子素為魯人所敬重，亦思借助。乃厚致禮幣，遺以書曰：

昔自三桓擅政，君弱臣強，人心積憤。不狃雖為季宰，實慕公義。願以費歸公為公臣，輔公以鋤強暴，俾魯國復見周公之舊。夫子倘見許，願移駕過費，面決其事。不腆路犒，伏惟不鄙！

孔子謂定公曰：「不狃若叛，未免勞兵。臣願輕身一往，說其回心改過，何如？」定公曰：「國家多事，全賴夫子主持，豈可去寡人左右耶！」孔子遂卻其書幣。不狃見孔子不往，遂約會成宰公斂陽，郈宰公若藐，同時起兵為逆。陽與藐俱不從。

卻說郈邑馬正侯犯，勇力善射，郈人所畏服，素有不臣之志。遂使圉人刺藐殺之，自立為郈宰。發郈眾登城為拒命之計。州仇聞郈叛，往告無忌。無忌曰：「吾助子一臂，共滅此叛奴。」於是孟、叔二家，連兵往討，遂圍郈城。侯犯悉力拒戰，攻者多死，不能取勝。無忌教州仇求援於齊。時叔氏家臣駟赤，在郈城中，偽附侯犯。侯犯親信之。赤謂犯曰：「叔氏遣使如齊乞師矣。齊、魯合兵，不可當也！子何不以郈降齊？齊外雖親魯，內實忌之。得郈可以偪魯，齊必大喜，而倍以他地酬子。總之得地，而可去危以就安，又何不利之有？」侯犯曰：「此計甚善！」即遣人乞降於齊，以郈邑獻之。齊景公召晏嬰問曰：「叔孫氏乞兵伐郈，侯犯又以郈來降，寡人將何適從？」晏子對曰：「方與魯講好，豈可受其叛臣之獻乎？助叔孫氏為是。」景公笑曰：「郈乃叔孫私邑，於魯侯無與。況叔孫氏君臣自相魚肉，魯之不幸，實齊之幸也。寡人有計在此，當兩許其使以誤之。」乃使司馬穰苴屯兵於界上，以觀其變。若侯犯能禦叔孫，便分兵據郈，迎侯犯歸於齊國。若叔孫勝了侯犯，便說助攻郈城，臨時便宜行事。此是齊景公的奸雄處。

卻說駟赤見侯犯遣使往齊去了，復謂犯曰：「齊新與魯侯為會，助魯助郈，未可定也。宜多置兵甲於門，萬一事變不測，可以自衛。」侯犯乃一勇之夫，信為好語。遂選精甲利兵留於門下。駟赤將羽書射於城外，魯兵拾得，獻於州仇。州仇發書看之。書中言：「赤已安排逆犯十有七八，不日城中當有內變，主君不須掛念。」州仇大喜，報知無忌，嚴兵以待。數日後，侯犯使者自齊回，言：「齊侯已許下矣。願以他邑相償。」駟赤入賀侯犯而出，使人宣言於眾曰：「侯氏將遷郈民以附齊。使者回言齊師將至，奈何？」一時人情洶洶，多有造駟赤處問信者。赤曰：「吾亦聞之。齊新與魯好，不便得地，將遷爾戶口以實聊攝之虛耳。」自古道「安土重遷」，說了離鄉背井，那一個不怕的？眾人聽說，互相傳說，各有怨心。忽一夜，駟赤探知侯犯飲酒方酣，遂命心腹數十人，繞城大呼曰：「齊師已至城外矣！吾等速治行李，三日內便要起身！」因繼以哭。郈眾大驚，俱集於侯氏之門。此時老弱惟有涕泣，那壯者無不咬牙切齒，憤恨侯犯。忽見門內藏甲甚多，正適其用。大家搶得穿著起來，各執兵器，發聲喊，將侯犯家四面圍住；連守城之兵，都反了侯氏，與眾助興了。駟赤亟入告侯犯曰：「郈眾不願附齊，滿城俱變。子更有甲兵否？吾請率而攻之。」犯曰：「甲兵俱被眾掠取矣！今日之事，免禍為上。」駟赤曰：「吾捨命送子。」遂出謂眾曰：「汝等讓一路，容侯氏出奔。侯氏出，齊師亦不至矣。」眾人依言，放開一路。駟赤當先，侯犯在後，家屬尚有百餘人，車十餘乘。駟赤直送出東門。因引魯兵入於郈城安撫百姓。無忌請追侯犯。駟赤曰：「臣已許之免禍矣！」乃縱之不追，遂墮郈城三尺，即用駟赤為郈宰。侯犯奔齊師，穰苴知魯師已定郈，乃班師還齊。州仇、無忌亦回魯國。

公山不狃初聞侯犯據郈以叛，叔、仲二家往討，喜曰：「季氏孤矣！乘虛襲魯，國可得也。」遂盡驅費眾，殺至曲阜。叔孫輒為內應，開門納之。定公急召孔子問計。孔子曰：「公徒弱，不足用也。臣請御君以往季氏。」遂驅車至季氏之宮。宮內有高臺，堅固可守。定公居之。少頃，司馬申句須、樂頎俱至。孔子命季斯盡出其家甲以授司馬，使伏於臺之左右，而使公徒列於臺前。公山不狃同叔孫輒商議曰：「我等此舉，以扶公室抑私家為名。不奉魯侯為主，季氏不可克也。」乃齊叩公宮，索定公不得。盤桓許久，知已往季氏，遂移兵來攻。與公徒戰，公徒皆散走。忽然左右大譟，申句須、樂頎二將，領著精甲殺至。孔子扶定公立於臺上，謂費人曰：「吾君在此，汝等豈不知順逆之理？速速解甲，既往不咎。」費人知孔子是個聖人，誰敢不聽。俱捨兵拜伏臺下。公山不狃、叔孫輒勢窮，遂出奔吳國去了。

叔孫州仇回魯，言及郈都已墮。季斯亦命墮了費城，復其初制。無忌亦欲墮成都。成宰公斂陽問計於少正卯，卯曰：「郈費因叛而墮。若并墮成，何以別子於叛臣乎？汝但云：『成乃魯國北門之守。若墮成，齊師侵我北鄙，何以禦之？』堅持其說，雖拒命不為叛也！」陽從其計，使其徒穿甲而登城，謝叔孫氏曰：「吾非為叔孫氏守，為魯社稷守也。恐齊兵旦暮猝至，無守禦之具。願捐此性命，與城俱碎，不敢動一磚一土！」孔子笑曰：「陽不辨此語，必『聞人』教之耳！」季斯嘉孔子定費之功，自知不及萬分之一，使攝行相事，每事諮謀而行。孔子有所陳說，少正卯輒變亂其詞，聽者多為所惑。孔子密奏於定公曰：「魯之不振，由忠佞不分，刑賞不立也。夫護嘉苗者，必去莠草。願君勿事姑息。請出太廟中斧鉞，陳於兩觀之下。」定公曰：「善！」明日使群臣參議成城不墮利害，但聽孔子裁決。眾人或言當墮，或言不當墮。少正卯欲迎合孔子之意，獻墮成六便。何謂六便？一、君無二尊；二、歸重都城形勢；三、抑私門；四、使跋扈家臣無所憑藉；五、平三家之心；六、使鄰國聞魯國興革當理，知所敬重。孔子奏曰：「卯誤矣。成已作孤立之勢，何能為哉！況公斂陽忠於公室，豈跋扈之比。卯辨言亂政，離間君臣，按法當誅！」群臣皆曰：「卯乃魯聞人，言或不當，罪不及死。」孔子復奏曰：「卯言偽而辨，行僻而堅。徒有虛名惑眾，不誅之無以為政。臣職在司寇，請正斧鉞之典！」遂命力士縛卯於兩觀之下斬之。群臣莫不變色，三家心中亦俱凜然。史臣有詩云：

養高華士太公誅，孔子偏將少正除。不是聖人開正眼，世間盡讀兩人書。

自少正卯誅後，孔子之意始得發舒。定公與三家皆虛心以聽之。孔子乃立綱陳紀，教以禮義，養其廉恥，故民不擾而事治。三月之後，風俗大變。市中鬻羔豚者，不飾虛價；男女行路，分別左右，不亂；遇路有失物，恥非己有，無肯拾取者。四方之客，一入魯境，皆有常供，不至缺乏，自至如歸。國人歌之曰：

袞衣章甫，來適我所。章甫袞衣，慰我無私。

此歌詩傳至齊國，齊景公大驚曰：「吾國必為魯所并矣！」不知景公如何計較，且看下回分解。

第七十九回　歸女樂黎彌阻孔子　棲會稽文種通宰嚭

話說齊侯自會夾谷歸後，晏嬰病卒。景公哀泣數日，正憂朝中乏人。復聞孔子相魯，魯國大治。驚曰：「魯相孔子必霸。霸，必爭地。齊為近鄰，恐禍之先及，奈何？」大夫黎彌進曰：「君患孔子之用，何不沮之？」景公曰：「魯方任以國政，豈吾所能沮乎？」黎彌曰：「臣聞治安之後，驕逸必生。請盛飾女樂以遺魯君。魯君幸而受之，必然怠於政事，而疎孔子。孔子見疎，必棄魯而適他國。君可安枕而臥矣。」景公大悅。即命黎彌於女閭之中，擇其貌美年二十以內者，共八十人，分為十隊，各衣錦繡，教之歌舞。其舞曲名康樂，聲容皆出新製，備態極妍，前所未有。教習已成，又用良馬一百二十匹，金勒雕鞍，毛色各別，望之如錦，使人致獻魯侯。使者張設錦棚二處於魯高門之外，東棚安放馬群，西棚陳列女樂。先致國書於定公。公發書看之。書曰：

杵臼頓首啟魯賢侯殿下：孤向者獲罪夾谷，愧未忘心。幸賢侯鑒其謝過之誠，克終會好。日以國之多虞，聘問缺然。茲有歌婢十群，可以侑歡；良馬三十駟，可以服車。敬致左右，聊申忱慕。伏惟存錄！

且說魯相國季斯安享太平，忘其所自。侈樂之志，已伏胸中。忽聞齊饋女樂，如此之盛，不勝豔慕。

即時換了微服，與心腹數人，乘車潛出南門往看。那樂長方在演習，歌聲遏雲，舞態生風；一進一退，光華奪目。如遊天上覩仙姬，非復人間思想所及。季斯看了多時。又閱其容色之美，服飾之華，不覺手麻腳軟，目睜口呆，意亂神迷，魂消魄奪。魯定公一日三宣，季斯為貪看女樂，竟不赴召。至次日，方入宮來見定公。定公以國書示之。季斯奏曰：「此齊君美意，不可卻也。」定公亦有想慕之意，便問：「女樂何在？可試觀否？」季斯曰：「見列高門之外。車駕如往，臣當從行，但恐驚動百官，不如微服為便。」於是君臣皆更去法服，各乘小車，馳出南門，竟到西棚之下。早有人傳出：「魯君易服親來觀樂了！」使者分付女子，用心獻技。那時歌喉轉嬌，舞袖增豔。十隊女子，更番迭進。真乃盈耳奪目，應接不暇。把魯國君臣二人，喜得手舞足蹈，不知所以。有詩為證：

一曲嬌歌一塊金，一番妙舞一盤琛。只因十隊歌姬面，改盡君臣兩個心。

從人又誇東棚良馬。定公曰：「只此已是極觀，不必又問馬矣！」是夜，定公入宮，一夜不寐。耳中猶時聞樂聲，若美人之在枕畔也。恐群臣議論不一，次早獨宣季斯入宮，草就答書。書中備述感激之意，不必盡述。又將黃金百鎰，贈與齊使。將女樂收入宮中。以三十人賜季斯。其馬付於圉人餵養。定公與季斯新得女樂，各自受用。日則歌舞，夜則枕席。一連三日，不去視朝聽政。孔子聞知此事，淒然長嘆。時弟子仲、子路在側，進曰：「魯君怠於政事，夫子可以行矣！」孔子曰：「郊祭已近，倘大禮不廢，國猶可為也。」及祭之期，定公行禮方畢，即便回宮，仍不視朝，并胙肉亦無心分給。主胙者叩宮門請命，定公諉之季孫，季孫又諉之家臣。孔子從祭而歸，至晚不見胙肉頒到。乃告子路曰：「吾道不行，命也夫！」乃援琴而歌曰：

彼婦之口，可以出走。彼女之謁，可以死敗。優哉游哉！聊以卒歲！

歌畢，遂束裝去魯。子路、冉有亦棄官從孔子而行。自此魯國復衰。史臣有詩云：

幾行紅粉勝鋼刀，不是黎彌巧計高。天運淩夷成瓦解，豈容魯國獨甄陶？

孔子去魯適衛，衛靈公喜而迎之，問以戰陣之事。孔子對曰：「某未之學也。」次日，遂行。過宋之匡邑。匡人素恨陽虎，見孔子之貌相似，以為陽虎復至，聚眾圍之。子路欲出戰，孔子止之，曰：「某無仇於匡，是必有故，不久當自解。」乃安坐鳴琴。適靈公使人追還孔子，匡人乃知其誤，謝罪而去。孔子復還衛國，主於賢大夫蘧瑗之家。

且說靈公之夫人曰南子，宋女也，有美色而淫。在宋時，先與公子朝相通。朝亦男子中絕色，兩美相愛，過於夫婦。既歸靈公，生蒯聵。已長，立為世子。而舊情不斷。時又有美男子曰彌子瑕，素得君之寵愛。嘗食桃及半，以其餘推入靈公之口。靈公悅而啖之。誇於人曰：「子瑕愛寡人甚矣！一桃味美，不忍自食，而分啖寡人。」群臣無不竊笑。子瑕恃寵弄權，無所不至。靈公外嬖子瑕，而內懼南子，思以媚之。乃時時召宋朝與夫人相會，醜聲遍傳。靈公不以為恥。蒯聵深恨其事，使家臣戲陽速因朝見之際，刺殺南子，以滅其醜。南子覺之，訴於靈公，靈公逐蒯聵。聵奔宋，轉又奔晉。靈公立蒯聵之子輒為世子。及孔子再至，南子請見之。知孔子為聖人，倍加敬禮。忽一日，靈公與南子同車而出，使孔子為陪乘，過街市。市人歌曰：

同車者色耶！從車者德耶！

孔子嘆曰：「君之好德，不如好色！」乃去衛適宋，與弟子習禮於大樹之下。宋司馬桓魋，亦以男色得寵於景公，方貴幸用事。忌孔子之來宋，使人伐其樹，欲求孔子殺之。孔子微服去宋適鄭。將適晉，至河，聞趙鞅殺賢臣竇犨、舜華，嘆曰：「鳥獸惡傷其類，況人乎？」復返衛。未幾，衛靈公卒，國人立輒為君，是為出公。蒯聵亦藉晉援，與陽虎襲戚據之。是時衛父子爭國，晉助蒯聵，齊助輒。孔子惡其逆理，復去衛適陳。又將適蔡。楚昭王聞孔子在陳、蔡之間，使人聘之。陳、蔡大夫相議，以為楚用孔子，陳、蔡危矣。乃相與發兵圍孔子於野。孔子絕糧三日，而絃歌不輟。今開封府陳州界有地名桑落，其地有臺，名曰厄臺，即孔子當時絕糧處。宋劉敞有詩云：

四海栖栖一旅人，絕糧三日死生鄰。自是天心勞木鐸，豈關陳蔡有愚臣。

忽一晚，有異人長九尺餘，皂衣高冠，披甲持戈，向孔子大咤，聲動左右。子路引出，與戰於庭。其人力大，子路不能取勝。孔子從旁諦視良久，謂子路曰：「何不探其脅？」子路遂探其脅。其人力盡手垂，敗而仆地，化為大鮎魚。弟子怪之。孔子曰：「凡物老而衰，則群精附焉。殺之則已，何怪之有？」命弟子烹之以充飢，弟子皆喜曰：「天賜也！」楚使者發兵以迎孔子。孔子至，楚昭王大喜，將以里社之地封孔子。令尹子西諫曰：「昔文王在豐，武王在鎬，地僅百里，能修其德，卒以代殷。今孔子之德，不下文武。弟子又皆大賢，若得據土壤，其代楚不難矣！」昭王乃止。孔子知楚不能用，乃復還衛。衛出公欲任以國政，孔子拒之。魯相國季孫肥，亦來召其門人冉有，孔子因而反魯。魯以大夫告老之禮待之。於是諸弟子中，子路、子羔仕於衛。子貢、冉有、有若、宓子賤仕於魯。這都是後話，敘明留作話柄❶。

* * *

再說吳王闔閭自敗楚之後，威震中原，頗事遊樂。乃大治宮室，建長樂宮於國中，築高臺於姑蘇山。——山在城西南三十里，一名姑胥山。——於胥門外為徑九曲，以通山路。春夏則治於城外，秋冬則治於城內。忽一日，想起越人伐吳之恨，謀欲報之。忽聞齊與楚交通聘使，怒曰：「齊、楚通好，此我北方之憂也。」欲先伐齊，後及越。相國子胥進曰：「交聘乃鄰國之常，未必助楚害吳，不可遽興兵旅。今太子波元妃已歿，未有繼室。王何不遣使求婚於齊？如其不從，伐之未晚。」闔閭從之。使大夫王孫駱往齊，為太子波求婚。時景公年已老耄，志氣衰頹，不能自振，宮中止一幼女未嫁，不忍棄之吳地。無奈朝無良臣，邊無良將。恐一拒吳命，興師來伐，如楚國之受禍，悔之何及？大夫黎彌亦勸景公結婚於吳，勿激其怒。景公不得已，以女少姜許婚。王孫駱回復吳王。王復遣納幣於齊，迎齊女歸國。景公愛女畏吳，兩念交迫，不覺流淚出涕。嘆曰：「若平仲、穰苴一人在此，孤豈憂吳人哉！」謂大夫鮑牧曰：「煩卿為寡人致女於吳，此寡人之愛女，囑吳王善視之。」臨行，親扶少姜登車，送出南門而反。鮑牧奉少姜至吳，敬致齊侯之命。因慕子胥之賢，深相結納，不在話下。

---

❶ 話柄：同話把兒，供人談論的資料。

卻說少姜年幼，不知夫婦之樂。與太子波成婚之後，一心只想念父母，日夜號泣。太子波再三撫慰，其哀不止，遂抑鬱成病。闔閭憐之，乃改造北門城樓，極其華煥，更其名曰望齊門，令少姜日遊其上。少姜凭欄北望，不見齊國，悲哀愈甚，其病轉增。臨絕命，囑太子波曰：「妾聞虞山之巔，可見東海，乞葬我於此。倘魂魄有知，庶幾一望齊國也！」波奏聞其父，乃葬於虞山頂上。今常熟縣虞山有齊女墓，又有望海亭是也。有張洪齊女墳詩為證。詩曰：

南風初勁北風微，爭長諸姬復娶齊。越境定須千兩送，半途應拭萬行啼。望鄉不憚登臺遠，埋恨惟嫌起塚低。蔓草垂垂猶泣露，倩誰滴向故鄉泥？

太子波憶念齊女亦得病，未幾卒。闔閭欲於諸公子中擇可立者，意猶未定，欲召子胥決之。太子波前妃生子名夫差，年已二十六歲矣。生得昂藏英偉，一表人材。聞其祖闔閭擇嗣，乃先趨見子胥曰：「我嫡孫也。欲立太子，捨我其誰？此在相國一言耳！」子胥許之。少頃，闔閭使人召子胥商議立儲之事。子胥曰：「立子以嫡，則亂不生。今太子雖不祿，有嫡孫夫差在。」闔閭曰：「吾觀夫差愚而不仁，恐不能奉吳之統。」子胥曰：「夫差信以愛人，敦於禮義。父死子代，經之明文。又何疑焉？」闔閭曰：「寡人聽子，子善輔之！」遂立夫差為太孫。夫差至子胥家稽首稱謝。

周敬王二十四年，闔閭年老，性益躁。聞越王允常薨，子句踐新立，遂欲乘喪伐越。子胥諫曰：「越雖有襲吳之罪，然方有大喪，伐之不祥。宜少待之。」闔閭不聽。留子胥與太孫夫差守國，自引伯嚭、王孫駱、專毅等，選精兵三萬，出南門望越國進發。越王句踐親自督師禦之。諸稽郢為大將，靈姑浮為先鋒。疇無餘、胥犴為左右翼，與吳兵相遇於檇李。相拒十里，各自安營下寨。兩下挑戰，不分勝負。闔閭大怒，遂悉眾列陳於五臺山。戒軍中毋得妄動，俟越兵懈怠，然後乘之。句踐望見吳陣上隊伍整齊，戈甲精銳，謂諸稽郢曰：「彼兵勢甚振，不可輕敵。必須以計亂之。」乃使大夫疇無餘、胥犴督敢死之士，左五百人，各持長槍；右五百人，各持大戟。一聲吶喊，殺奔吳營，吳陣上全然不理，陣腳都用弓弩手把住，堅如鐵壁。衝突三次，俱不能入，只得回轉。句踐無可奈何。諸稽郢密奏曰：「罪人可使也。」句踐悟。次日，密傳軍令，悉出軍中所攜死罪者，共三百人，分為三行。俱袒衣，注劍於頸，安步造於吳軍。為首者前致辭曰：「吾主越王，不自量力，得罪於上國，致辱下討。臣等不敢愛死，願以死代越王之罪。」言畢，以次自剄。吳兵從未見如此舉動，甚以為怪。皆注目而觀之，互相傳語，正不知其何故。越軍中忽然鳴鼓，鼓聲大振。疇無餘、胥犴帥死士二隊，各擁大楯，持短兵，呼哨而至。吳兵心忙，隊伍遂亂。句踐統大軍繼進。右有諸稽郢，左有靈姑浮，衝開吳陣。王孫駱捨命與諸稽郢相持。靈姑浮奮長刀左衝右突，尋人廝殺，正遇吳王闔閭。靈姑浮將刀便砍。闔閭望後一閃，刀砍中右足，傷其將指，失履墜於車下。郤得專毅兵到，救了吳王。專毅身被重傷，王孫駱知吳王有失，不敢戀戰，急急收兵，被越兵掩殺一陣，死者過半。闔閭傷重，即刻班師回寨。靈姑浮取吳王之履獻功，句踐大悅。

郤說吳王因年老不能忍痛，回至七里之外，大叫一聲而死。伯嚭護喪先行，王孫駱引兵斷後，徐徐而返。越兵亦不追趕。史臣有詩論闔閭用兵不息，致有此禍。詩曰：

破楚凌齊意氣豪，又思吞越起兵刀。好兵終在兵中死，順水叮嚀莫放篙。

吳太孫夫差迎喪以歸，成服嗣位。卜葬於破楚門外之海湧山。發工穿山為穴，以專諸所用「魚腸」之劍殉葬。其他劍甲六千副，金玉之玩，充牣其中。既葬，盡殺工人以殉。三日後有人望見葬處，有白虎蹲踞其上，因名曰虎邱山。識者以為埋金之氣所現。後來秦始皇使人發闔閭之墓，鑿山求劍無所得。其鑿處遂成深澗，今虎邱劍池是也。專毅重傷亦死，附葬於山後，今亦不知其處矣。

夫差既葬其祖，立長子友為太子。使侍者十人，更番立於庭中。每自己出入經由，必大聲呼其名而告曰：「夫差！爾忘越王殺爾之祖乎！」即泣而對曰：「唯！不敢忘！」欲以儆惕其心。命子胥、伯嚭練水兵於太湖。又立射柵於靈巖山以訓射。俟三年喪畢，便為報仇之舉。此周敬王二十四年事也。

* * *

是時晉頃公失政，六卿樹黨爭權，自相魚肉。荀寅與士吉射相睦，結為婚姻。韓不信、魏曼多忌之。荀躒有寵臣曰梁嬰父，躒欲以為卿。嬰父恃荀躒之愛，謀逐荀寅而代其位，故荀躒亦與范氏、中行氏相惡。上卿趙鞅有族子名午，封於邯鄲。午之母，荀寅之娣，故寅呼午為甥。先年衛靈公與齊景公合謀叛晉，趙鞅帥師伐衛。衛懼，貢戶口五百家謝罪。鞅留於邯鄲，謂之「衛貢」。未幾，鞅欲遷五百家以實晉陽。午恐衛人不服，未即奉命。鞅怒午之拒己，遂誘午至晉陽，執而殺之。荀寅怒趙鞅私殺其甥，因與士吉射商議，欲共伐趙氏，為邯鄲午報仇。趙氏有謀臣曰董安于，時為趙氏守晉陽城，聞二氏之謀，特至絳州，告於趙鞅曰：「范、中行方睦，一旦作亂，恐不可制。主君宜先為之備。」趙鞅曰：「晉國有令，始禍必誅。待其先發而後應之可也。」董安于曰：「與其多害百姓，寗我獨死。若有事，安于當之。」鞅不可。安于乃私具甲兵，以俟其變。荀寅、士吉射倡言於眾曰：「董安于治兵，將以害我！」

於是連兵以伐趙氏，圍其宮。卻得董安于有備，引兵殺開一條血路，保護趙鞅奔晉陽城。恐二家來攻，建壘自守。荀躒謂韓不信、魏曼多曰：「趙氏六卿之長，寅與吉射不由君命而擅逐之，政其歸二家矣！」韓不信曰：「盍以始禍為罪，而并逐之？」三人遂同請於定公，各率家甲，奉定公以伐二家。寅、吉射悉力拒戰，不能取勝。吉射謀劫定公，韓不信遽使人呼於市中曰：「范、中行氏謀反，來劫其君矣！」國人信其言，各執兵器來救定公。三家借國人之眾，殺敗范、中行之兵。寅、吉射奔於朝歌以叛。韓不信告於定公曰：「范、中行實為首禍，今已逐矣！趙氏世有大功於晉，宜復鞅位。」定公言無不從。遂召鞅於晉陽，復其爵祿。梁嬰父欲代荀寅為卿，荀躒言於趙鞅。鞅問董安于。安于曰：「晉惟政出多門，故禍亂不息。若立嬰父，是乃又置一荀寅也。」鞅乃不從。嬰父怒，知為董安于所阻，謂荀躒曰：「韓、魏黨於趙，智氏之勢孤矣！趙氏所恃者，其謀臣董安于也。何不去之！」躒問曰：「去之何策？」嬰父曰：「安于私具甲兵，以激成范、中行之變。若論始禍，還是安于為首。」荀躒如嬰父之言，以責趙鞅。鞅懼。董安于曰：「臣向者固以死自期矣！臣死而趙氏安，是死賢於生也！」乃退而自縊。趙鞅乃陳其屍於市，使人告於荀躒曰：「安于已伏罪矣！」荀躒乃與趙鞅結盟，各無相害。鞅私祀董安于於家廟之中，以答其勞。寅、吉射久據朝歌，諸侯叛晉者，皆欲借之以害晉。趙鞅屢次興師攻之，齊、魯、鄭、衛遣使諭粟助兵，以救二氏。鞅不能克。直至周敬王三十年，趙鞅合韓、魏、智三家之兵，攻下朝歌，寅、吉射奔邯鄲，再奔柏人。未幾，柏人城復破，其黨范皐夷、張柳朔俱戰死。豫讓為荀躒子荀甲所獲。甲子荀瑤請而活之，遂為智氏之臣。寅、吉射逃奔齊國去訖。可憐荀林父五傳至寅，士蔿七傳至吉射，祖宗俱晉室股肱之臣也。子孫貪橫，遂至滅宗，豈不哀哉！晉六卿自此只有趙、韓、魏、智四卿矣。此是後話。髯仙有詩云：

六卿相并或存亡，總是私門作主張。四氏瓜分謀愈急，不如留卻范中行。

＊　＊　＊

且說周敬王二十六年，春二月，吳王夫差除喪已久。乃告於太廟，興傾國之兵，使子胥為大將，伯嚭副之，從太湖取水道攻越。越王句踐集群臣計議，出師迎敵。大夫范蠡字少伯，出班奏曰：「吳恥喪其君，誓矢圖報者三年於茲矣！其志憤，其力齊，不可當也。宜斂兵為堅守之計。」大夫文種字會，奏曰：「以愚見，莫若卑詞謝罪，以乞其和。俟其兵退而後圖之。」句踐曰：「二卿言守言和，皆非至計。夫吳，吾世仇也。伐而不戰，以我不能軍矣！」乃悉起國中丁壯，共三萬人，迎於椒山之下。初合戰，吳兵稍卻，殺傷約百十人。句踐趨利直進。約行數里，正遇夫差大軍，兩下布陣大戰。夫差立於船頭，親自秉枹擊鼓，以激厲將士，勇氣十倍。忽北風大起，波濤洶湧，子胥、伯嚭各乘艅艎大艦，順風揚帆而下。俱用強弓勁弩，箭如飛蝗一般射來，越兵迎風，不能抵敵，大敗而走。吳兵分三路逐之。越將靈姑浮舟覆，溺水而死。胥犴中箭亦亡。吳兵乘勝追逐，殺死不計其數。句踐奔至固城自保，吳兵圍之數重，絕其汲道。夫差喜曰：「不出十日，越兵俱渴死矣！」誰知山頂之上，自有靈泉，泉有嘉魚。句踐命取魚數百頭以饋吳王，吳王大驚。句踐留范蠡堅守，自帥殘兵乘間奔會稽山，點閱甲楯之數，纔剩得五千餘人。句踐嘆曰：「自先君至於孤，三十年來，未嘗有此敗也！悔不聽范、文二大夫之言，以至如此！」吳兵攻固城益急，子胥營於右，伯嚭營於左。范蠡告急，一日三至。越王大恐。文種獻謀曰：「事急矣！及今請成，猶可及也。」句踐曰：「吳不許成，奈何？」文種對曰：「吳有太宰伯嚭者，其人貪財好色，忌功嫉能，與子胥同朝，而志趣不合。吳王畏事子胥，而暱於嚭。若私詣太宰之營，結其歡心，與定行成之約，太宰言於吳王無不聽。子胥雖知而阻之，亦無及矣。」句踐曰：「卿見太宰以何為賂？」種對曰：「軍中所乏者女色耳。誠得美女而獻之，天若祚越，嚭當見聽。」句踐乃連夜遣使至都城，命夫人選宮中之有色者得八人，盛其容飾，加以白璧二十雙，黃金千鎰，夜造太宰之營，求見太宰。嚭初欲拒絕，姑使人探其來狀。聞有所齎獻，乃召入。嚭倨坐以待之。文種跪而致詞曰：「寡君句踐，年幼無知，不能善事大國，以致獲罪。今寡君已悔恨無及，願舉國請為吳臣，而恐王見咎不納。知太宰以巍巍功德，外為吳之干城，內作王之心膂。寡君使下臣種先叩首於轅門，借重一言，收寡君於宇下。不腆之儀，聊效薄贄，自此當源源而來矣。」乃以賄單呈上。嚭猶作色謂曰：「越國旦暮且破滅矣！凡越所有，何患不歸吳！而以此區區者啖我為耶？」種復進曰：「越兵雖敗，然保會稽者，尚有精卒五千，堪當一戰。戰而不捷，將盡焚庫藏之積，竄身異國，以圖楚王之事，安得遽為吳有耶？即使吳盡有之，然大半歸於王宮，太宰同諸將不過瓜分一二。孰若主越之成，寡君非委身於王，實委身於太宰也。春秋貢獻，未入王宮，先入宰府。是太宰獨擅全越之利，諸將不得與焉！況困獸猶鬬，背城一戰，尚有不可測之事乎？」這一席話，說入伯嚭之心，不覺點頭微笑。文種又指單上所開美人曰：「此八人者，皆出自越宮。若民間更有美如此者，寡君若生還越國，當竭力搜求，以備太宰掃除之數。」伯嚭起立曰：「大夫捨右營而趨左，以某無乘危害人之意也。某來朝當引子先見吾王，以決其議。」遂盡收所獻，留種於營中，敘賓主之禮。次早，同造中軍，來見夫差。伯嚭先入，備道越王句踐使文種請成之意。夫差勃然曰：「越與寡人有不共戴天之恨，安得允其成哉！」嚭對曰：「王不記孫武之言乎？『兵凶器，可暫用而不可久也。』越雖得罪於吳，然其下吳者已至矣。其君請為吳臣，其妻請為吳妾。越國之寶器珍玩，盡掃以貢於吳宮。所乞於王者，僅存宗祀一線耳。夫受越之降，厚實也；赦越之罪，顯名也。名實俱收，吳可以伯。必欲窮兵力以誅越，彼句踐將焚宗廟，殺妻子，沉金玉於江，率死士五千人致死於吳，得無有所傷於王之左右乎？與其殺是人，孰若得是國之為利？」夫差曰：「今文種安在？」嚭對曰：「見在幕外候宣。」夫差乃命種入見。種膝行而前，復申前說，加以卑遜。夫差曰：「汝君請為臣妾，能從寡人入吳否？」種稽首曰：「既為臣妾，死生在君。敢不服事於左右！」嚭曰：「句踐夫婦，願來吳國。吳名雖赦越，實已得之矣。王又何求焉？」夫差乃許其成。早有人到右營報知子胥。子胥急趨至中軍，見伯嚭同文種立於王側。子胥怒氣盈面，問吳王曰：「王已許越和乎？」王曰：「已許之矣。」子胥連叫曰：「不可！不可！」嚇得文種倒退幾步，靜聽其言。子胥諫曰：「越與吳鄰，有不兩立之勢。若吳不滅越，越必滅吳。夫秦、晉之國，我攻而勝之，得其地，不能居，得其車，不能乘。如攻越而勝之，其地可居，其舟可乘，此社稷之利，不可棄也。況又有先王大仇，不滅越，何以謝『立庭』之誓乎？」夫差語塞，不能對，惟以目視伯嚭。伯嚭前奏曰：「相國之言誤矣！先王建國，水陸並封。吳、越宜水，秦、晉宜陸。若以其地可居，其舟可乘，謂吳、越必不能共存，則秦、晉、齊、魯，皆陸國也，其地亦可居，其車亦可乘，彼四國者亦將并而為一乎？若謂先王大仇，必不可赦，則相國之仇楚者更甚，何不遂滅楚國，而遽許其和耶？今越王夫婦皆願服役於吳，視楚僅納芈勝，更不相同。相國自行忠厚之事。而欲王居刻薄之名，忠臣不如是也。」夫差喜曰：「太宰之言有理，相國且退。俟越國貢獻之日，當分贈汝。」氣得子胥面如土色，嘆曰：「吾悔不聽被離之言，與此佞臣同事！」口中恨恨不絕，只得步出幕府。謂大夫王孫雄曰：「越十年生聚，再加以十年之教訓，不過二十年，吳宮為沼矣！」雄意殊未深信。子胥含憤，自回右營。夫差命文種回復越王，再到吳軍申謝。夫差問越王夫婦入吳之期。文種對曰：「寡君蒙大王赦而不誅，將暫假歸國，悉斂其玉帛子女，以貢於吳。願大王稍寬其期。其或負心失信，安能逃大王之誅乎？」夫差許諾。遂約定五月中旬，夫婦入臣於吳。遂遣王孫雄押文種同至越國催促起程。太宰伯嚭屯兵一萬於吳山以候之；如過期不至，滅越歸報。夫差引大軍先回，畢竟越王如何入吳，且看下回分解。

第八十回　夫差違諫釋越　句踐竭力事吳

話說越大夫文種，蒙吳王夫差許其行成，回報越王，言：「吳王已班師矣。遣大夫王孫雄隨臣到此，催促起程。太宰屯兵江上，專候我王過江。」越王句踐不覺雙眼流淚。文種曰：「五月之期迫矣！王宜速歸，料理國事，不必為無益之悲。」越王乃收淚。回至越都，見市井如故，丁壯蕭然，甚有慚色。留王孫雄於館驛，收拾庫藏寶物，裝成車輛；又括國中女子三百三十人，以三百人送吳王，三十人送太宰。時尚未有行動之日，王孫雄連連催促。句踐泣謂群臣曰：「孤承先人餘緒，兢兢業業，不敢怠荒。今夫椒一敗，遂至國亡家破，千里而作俘囚。此行有去日，無歸日矣！」群臣莫不揮涕。文種進曰：「昔者湯囚於夏臺，文王繫於羑里，一舉而成王。齊桓公奔莒，晉文公奔翟，一舉而成伯。夫艱苦之境，天之所以開王伯也。王善承天意，自有興期。何必過傷，以自損其志乎？」句踐於是即日祭祀宗廟。王孫雄先行一日，句踐與夫人隨後進發。群臣皆送至浙江之上，范蠡具舟於固陵，迎接越王。臨水祖道，文種舉觴而前，祝曰：

皇天祐助，前沉後揚。禍為德根，憂為福堂。威人者滅，服從者昌。王雖淹滯，其後無殃。君臣生離，感動上皇。眾夫哀悲，莫不感傷。臣請薦脯，行酒三觴。

句踐仰天嘆息，舉杯垂涕，默無所言。范蠡進曰：「臣聞『居不幽者志不廣，形不愁者思不遠』。古之聖賢，皆遇困厄之難，蒙不赦之恥，豈獨君王哉？」句踐曰：「昔堯任舜禹而天下治，雖有洪水，不為大害。寡人今將去越入吳，以國屬諸大夫。大夫何以慰寡人之望乎？」范蠡謂同列曰：「吾聞：『主憂臣辱，主辱臣死。』今主上有去國之憂，臣吳之辱，以吾浙東之士，豈無一二豪傑，與主上分憂辱者乎？」於是諸大夫齊聲曰：「誰非臣子，惟王所命！」句踐曰：「諸大夫不棄寡人，願各言爾志。誰可從難？誰可守國？」文種曰：「四境之內，百姓之事，蠡不如臣。與君周旋，臨機應變，臣不如蠡。」范蠡曰：「文種自處已審，主公以國事委之，可使耕戰足備，百姓親睦。至於輔危主，忍垢辱，往而必反，與君復仇者，臣不敢辭。」於是諸大夫以次自述。太宰苦成曰：「發君之令，明君之德，統煩理劇，使民知分；臣之事也。」行人曳庸曰：「通使諸侯，解紛釋疑，出不辱命，入不被尤；臣之事也。」司直皓進曰：「君非臣諫，舉過決疑，直心不撓，不阿親戚；臣之事也。」司馬諸稽郢曰：「望敵設陣，飛矢揚兵，貪進不退，流血滂沱；臣之事也。」司農臯如曰：「躬親撫民，弔死存疾，食不二味，蓄陳儲新；臣之事也。」太史計倪曰：「候天察地，紀歷陰陽，福見知吉，妖見知凶；臣之事也。」句踐曰：「孤雖入於北國，為吳窮虜，諸大夫懷德抱術，各顯所長，以保社稷，孤何憂焉？」乃留眾大夫守國，獨與范蠡偕行。君臣別於江口，無不流涕。句踐仰天嘆曰：「死者人之所畏。若孤之聞死，胸中絕無怵惕。」遂登船徑去。送者皆哭拜於江岸下。越王終不返顧。有詩為證：

斜陽山外片帆開，風捲春濤動地回。今日一樽沙際別，何時重見渡江來？

越夫人乃據舷而哭。見烏鵲啄江渚之蝦，飛去復來，意甚閒適。因哭而歌之曰：

仰飛鳥兮烏鳶，凌玄虛兮翩翩。集洲渚兮優游，奮健翮兮雲間。啄素蝦兮飲水，任厥性兮往還。

妾無罪兮負地，有何辜兮譴天。風飄飄兮西往，知再返兮何年？心輟輟兮若割，淚泫泫兮雙懸！

越王聞夫人怨歌，心中內慟。強笑以慰夫人之心曰：「孤之六翮備矣。高飛有日，復何憂哉！」

越王既入吳界，先遣范蠡見太宰伯嚭於吳山，復以金帛女子獻之。嚭問曰：「文大夫何以不至？」蠡曰：「為吾主守國，不得偕來也。」嚭遂隨范蠡來見越王，越王深謝其覆庇之德。嚭一力擔承，許以返國，越王之心稍安。伯嚭引軍押送越王，至於吳下，引入見吳王。句踐肉袒伏於階下，夫人亦隨之。范蠡將寶物女子開單呈獻於下。越王再拜稽首曰：「東海役臣句踐，不自量力，得罪邊境。大王赦其深辜，使執箕帚，誠蒙厚恩，得保須臾之命，不勝感戴！句踐謹叩首頓首！」夫差曰：「寡人若念先君之仇，到今日無生理！」句踐復叩首曰：「臣實當死，惟大王憐之！」時子胥在旁，目若熛火，聲如雷霆，乃進曰：「夫飛鳥在青雲之上，尚欲彎弓而射之，況近集於庭廡乎？句踐為人機險，今為釜中之魚，命制庖人。故諂詞令色，以求免刑誅。一旦稍得志，如放虎於山，縱鯨於海，不復可制矣！」夫差曰：「孤聞誅降殺服，禍及三世。孤非愛越而不誅，恐見咎於天耳！」太宰嚭曰：「子胥明於一時之計，不知安國之道。吾主誠仁者之言也！」子胥見吳王信伯嚭之佞言，不用其諫，憤憤而退。夫差受越貢獻之物，使王孫雄於闔閭墓側，築一石室，將句踐夫婦貶入其中。去其衣冠，蓬首垢衣，執養馬之事。伯嚭私饋食物，僅不至於飢餓。吳王每駕車出遊，句踐執馬箠步行車前。吳人皆指曰：「此越王也！」句踐低首而已。有詩為證：

堪嘆英雄值坎坷，平生志氣盡銷磨。魂離故苑歸應少，恨滿長江淚轉多。

句踐在石室二年，范蠡朝夕侍側，寸步不離。忽一日，夫差召句踐入見。句踐跪伏於前，范蠡立於後。夫差謂范蠡曰：「寡人聞『哲婦不嫁破亡之家，名賢不官滅絕之國』。今句踐無道，國已將亡。子君臣並無奴僕，羈囚一室，豈不鄙乎？寡人欲赦子之罪，子能改過自新，棄越歸吳，寡人必當重用。去憂患而取富貴，子意何如？」時越王伏地流涕，惟恐范蠡之從吳也。只見范蠡稽首而對曰：「臣聞『亡國之臣，不敢語政；敗軍之將，不敢語勇』。臣在越不忠不信，不能輔越王為善，致得罪於大王。幸大王不即加誅，得君臣相保，入備掃除，出給趨走，臣願足矣。尚敢望富貴哉？」夫差曰：「子既不移其志，可仍歸石室。」蠡曰：「謹如君命。」夫差起入宮中。句踐與范蠡趨入石室。越王服犢鼻，著樵頭，斫剉養馬。夫人衣無緣之裳，施左關之襦，汲水除糞灑掃。范蠡拾薪炊爨，面目枯槁。夫差時使人窺之。見其君臣力作，絕無幾微怨恨之色，終夜亦無愁嘆之聲，以此謂其無志思鄉，置之度外。

一日，夫差登姑蘇臺，望見越王及夫人端坐於馬糞之旁，范蠡操箠而立於左；君臣之禮存，夫婦之儀具。夫差顧謂太宰嚭曰：「彼越王不過小國之君，范蠡不過一介之士，雖在窮厄之地，不失君臣之禮，寡人心甚敬之。」伯嚭對曰：「不惟可敬，亦可憐也。」夫差曰：「誠如太宰之言，寡人目不忍見。倘彼悔過自新，亦可赦乎？」嚭對曰：「臣聞『無德不復』。大王以聖王之心，哀孤窮之士，加恩於越，越豈無厚報？願大王決意。」夫差曰：「可命太史擇吉日，赦越王歸國。」伯嚭密遣家人以五鼓投石室，將喜信報知句踐。句踐大喜，告於范蠡。蠡曰：「請為王占之。今日戊寅，以卯時聞信，戊為囚日，而卯復剋戊。其繇曰：『天網四張，萬物盡傷，祥反為殃。』雖有信，不足喜也。」句踐聞言，喜變為憂。

卻說子胥聞吳王將赦越王，急入見曰：「昔桀囚湯而不誅，紂囚文王而不殺。天道還反，禍轉成福。故桀為湯所放，商為周所滅。今大王既囚越君，而不行誅，誠恐夏、殷之患至矣！」夫差因子胥之言，復有殺越王之意，使人召之。伯嚭復先報句踐。句踐大驚，又告於范蠡。蠡曰：「王勿懼也。吳王囚王已三年矣。彼不忍於三年，而能忍於一日乎？去必無恙。」句踐曰：「寡人所以隱忍不死者，全賴大夫之策耳。」乃入城來見吳王。候之三日，吳王並不視朝。伯嚭從宮中出，奉吳王之命，使句踐復歸石室。句踐怪問其故。伯嚭曰：「王惑子胥之言，欲加誅戮，所以相召。適王感寒疾，不能起。某入宮問疾，因言：『禳災，宜作福事。今越王匍匐待誅於闕下，怨苦之氣，上干於天。王宜保重。且權放還石室，待疾愈而圖之。』王聽某之言，故遣君出城耳。」句踐感謝不已。

句踐居石室，忽又三月，聞吳王病尚未愈，使范蠡卜其吉凶。蠡布卦已成，對曰：「吳王不死，至己巳日當減，壬申日必全愈。願大王請求問疾，倘得入見，因求其糞而嘗之。觀其顏色，再拜慶賀，言病起之期。至期若愈，必然心感大王，而赦可望矣。」句踐垂淚言曰：「孤雖不肖，亦曾南面為君，奈何含污忍辱，為人嘗泄便乎？」蠡對曰：「昔紂囚西伯於羑里，殺其子伯邑考，烹而餉之。西伯忍痛而食子肉。夫欲成大事者，不矜細行。吳王有婦人之仁，而無丈夫之決。已欲赦越，忽又中變。不如此，何以取其憐乎？」句踐即日投太宰府中，見伯嚭曰：「人臣之道，主疾則臣憂。今聞主公抱病不瘳，句踐心孤失望，寢食不安。願從太宰問疾，以伸臣子之情。」嚭曰：「君有此美意，敢不轉達。」伯嚭入見吳王，曲道句踐相念之情，願入問疾。夫差在沉困之中，憐其意而許之。嚭引句踐入於寢室。夫差強目視曰：「句踐亦來見孤耶？」句踐叩首奏曰：「囚臣聞龍體失調，如摧肝肺，欲一望顏色而無由也。」言未畢，夫差覺腹漲欲便，麾使出。句踐曰：「臣在東海，曾事醫師。觀人泄便，能知疾之瘥劇。」乃拱立於戶下。侍人將餘桶近床，扶夫差便訖，將出戶外。句踐揭開桶蓋，手取其糞，跪而嘗之。左右皆掩鼻。句踐復入叩首曰：「囚臣敢再拜敬賀大王，王之疾至己巳日有瘳，交三月壬申全愈矣。」夫差曰：「何以知之？」句踐曰：「臣聞於醫師：『夫糞者，穀味也。順時氣則生，逆時氣則死。』今囚臣竊嘗大王之糞，味苦且酸，正應春夏發生之氣，是以知之。」夫差大悅，曰：「仁哉句踐也！臣子之事君父，孰肯嘗糞而決疾者？」時太宰嚭在旁，夫差問曰：「汝能乎？」嚭搖首曰：「臣雖甚愛大王，然此事亦不能。」夫差曰：「不但太宰，雖吾太子亦不能也！」即命句踐：「離其石室，就便棲止。待孤疾瘳，即當遣伊還國。」句踐再拜謝恩而出。自此僦居民舍，執牧養之事如故。夫差病果漸愈，一一如句踐所刻之期。心念其忠。既出朝，命置酒於文臺之上，召句踐赴宴。句踐佯為不知，仍前囚服而來。夫差聞之，即令沐浴，改換衣冠。句踐再三辭謝，方纔奉命。更衣入謁，再拜稽首。夫差慌忙扶起，即出令曰：「越王仁德之人，焉可久辱？寡人將釋其囚役，免罪放還。今日為越王設北面之坐，群臣以客禮事之。」乃揖讓使就客坐，諸大夫皆列坐於旁。子胥見吳王忘仇待敵，心中含忿，不肯入坐，拂衣而出。伯嚭進曰：「大王以仁者之心，赦仁者之過。臣聞『同聲相和，同氣相求』。今日之坐，仁者宜留，不仁者宜去。相國剛勇之夫，其不坐殆自慚乎？」夫差笑曰：「太宰之言當矣。」酒三行，范蠡與越王俱起進觴為吳王壽，口致祝辭曰：

皇王在上，恩播陽春。其仁莫比，其德日新。於乎休哉！傳德無極！延壽萬歲，長保吳國。四海咸承，諸侯賓服。觴酒既升，永受萬福！

吳王大悅。是日，盡醉方休。命王孫雄送句踐於客館：「三日之內，孤當送爾歸國。」至次早，子胥入見吳王曰：「昨日大王以客禮待仇人，果何見也？句踐內懷虎狼之心，外飾溫恭之貌。大王愛須臾之諛，不慮後日之患。棄忠直而聽讒言，溺小仁而養大仇。譬如縱毛於爐炭之上，而幸其不焦；投卵於千鈞之下，而望其必全。豈可得耶？」吳王艴然曰：「寡人臥疾三月，相國並無一好言相慰，是相國之不忠也；不進一好物相送，是相國之不仁也。為人臣不仁不忠，要他何用！越王棄其國家，千里來歸寡人，獻其貨財，身為奴婢，是其忠也；寡人有疾，親為嘗糞，略無怨恨之心，是其仁也。寡人若徇相國私意，誅此善士，皇天必不佑寡人矣！」子胥曰：「王何言之相反也！夫虎卑其勢，將有擊也；狸縮其身，將有取也。越王入臣於吳，怨恨在心，大王何得知之？其下嘗大王之糞，實上食大王之心。王若不察，中其奸謀，吳必為擒矣！」吳王曰：「相國置之勿言，寡人意已決。」子胥知不可諫，遂鬱鬱而退。至第三日，吳王復命置酒於蛇門之外，親送越王出城。群臣皆捧觴餞行，惟子胥不至。夫差謂句踐曰：「寡人赦君返國，君當念吳之恩，勿記吳之怨。」句踐稽首曰：「大王哀臣孤窮，使得生還故國，當生生世世，竭力報效。蒼天在上，實鑑臣心。如若負吳，皇天不佑！」夫差曰：「君子一言為定，君其遂行。勉之！勉之！」句踐再拜跪伏，流涕滿面，有依戀不捨之狀。夫差親扶句踐登車，范蠡執御，夫人亦再拜謝恩，一同升輦，望南而去。時周敬王二十九年事也。史臣有詩云：

越王已作釜中魚，豈料殘生出會稽？可笑夫差無遠慮，放開羅網縱鯨鯢！

句踐回至浙江之上，望見隔江山川重秀，天地再清，乃嘆曰：「孤自意永辭萬民，委骨異域，豈期復得返國而奉祀乎？」言罷，與夫人相向而泣。左右皆感動流涕。文種早知越王將至，率守國群臣，城中百姓，拜迎於浙水之上，歡聲動地。句踐命范蠡卜日到國。蠡屈指曰：「異哉，王之擇日也！無如來日最吉。王宜疾趨以應之。」於是策馬飛輿，星夜還都。告廟臨朝，都不必敘。句踐心念會稽之恥，欲立城於會稽，遷都於此，以自警惕。乃專委其事於范蠡。蠡乃觀天文，察地理，規造新城，包會稽山於內。西北立飛翼樓於臥龍山，以象天門。東南伏漏石竇，以象地戶。外郭周圍，獨缺西北。揚言「已臣服於吳，不敢壅塞貢獻之道」。實陰圖進取之便。城既成，忽然城中湧出一山，周圍數里，其象如龜，天生草木茂盛。有人認得此山，乃瑯琊東武山。不知何故，一夕飛至。范蠡奏曰：「臣之築城，上應天象。故天降『崑崙』，以啟越之伯也。」越王大喜，乃名其山曰怪山，亦曰飛來山，亦曰龜山。於山巔立靈臺，建三層樓，以望靈物。制度俱備，句踐自諸暨遷而居之。謂范蠡曰：「孤實不德，以至失國亡家，身為奴隸。苟非相國及諸大夫贊助，焉有今日！」蠡曰：「此乃大王之福，非臣等之功也！但願大王時時勿忘石室之苦，則越國可興，而吳仇可報矣！」句踐曰：「敬受教！」於是以文種治國政，以范蠡治軍旅。尊賢禮士，敬老恤貧，百姓大悅。

越王自嘗糞之後，常患口臭。范蠡知城北有山，出蔬菜一種，其名曰蕺，可食而微有氣息。乃使人採蕺，舉朝食之，以亂其氣。後人因名其山曰蕺山。句踐迫欲復仇，乃苦身勞心，夜以繼日。目倦欲合，則攻之以蓼；足寒欲縮，則漬之以水。冬常抱冰，夏還握火。累薪而臥，不用床褥。又懸膽於坐臥之所，飲食起居，必取而嘗之。中夜潸泣，泣而復嘯。「會稽」二字，不絕於口。以喪敗之餘，生齒虧減。乃著令壯者勿娶老妻，老者不娶少婦。女子十七不嫁，男子二十不娶，其父母俱有罪。孕婦將產，告於官，使醫守之。生男賜以壺酒一犬，生女賜以壺酒一豚。生子三人，官養其二；生子二人，官養其一。其死者親為哭弔。每出遊，必載飯與羹於後車，遇童子必餔而啜之，問其姓名。遇耕時，躬自秉耒。夫人自織，與民間同其勞苦。七年不收民稅。食不加肉，衣不重采。惟問候之使，無一月不至於吳。復使男女入山採葛，作黃絲細布，欲獻吳王。尚未及進，吳王嘉句踐之順，使人增其封。於是東至句甬，西至檇李，南至姑蔑，北至平原，縱橫八百餘里，盡為越壤。句踐乃治葛布十萬疋，甘蜜百壜，狐皮五雙，晉竹十艘，以答封地之禮。夫差大悅，賜越王羽毛之飾，子胥聞之，稱疾不朝。

夫差見越已臣服不貳，遂深信伯嚭之言。一日問伯嚭曰：「今日四境無事，寡人欲廣宮室以自娛，何地相宜？」嚭奏曰：「吳都之下，崇臺勝境，莫若姑蘇。然前王所築，不足以當巨覽。王不若重將此臺改建，令其高可望百里，寬可容六千人。聚歌童舞女於上，可以極人間之樂矣。」夫差然之。乃懸賞購求大木。文種聞之，進於越王曰：「臣聞『高飛之鳥，死於美食；深泉之魚，死於芳餌』。今王志在報吳，必先投其所好，然後得制其命。」句踐曰：「雖得其所好，豈遂能制其命乎？」文種對曰：「臣所以破吳者有七術：一曰捐貨幣，以悅其君臣；二曰貴糴粟槁，以虛其積聚；三曰遺美女，以惑其心志；四曰遺之巧工良材，使作宮室，以罄其財；五曰遺之諛臣，以亂其謀；六曰彊其諫臣，使自殺以弱其輔；七曰積財練兵，以承其弊。」句踐曰：「善哉！今日先行何術？」文種對曰：「今吳王方改築姑蘇臺，宜選名山神材，奉而獻之。」越王乃使木工三千餘人，入山伐木，經年無所得，工人思歸，皆有怨望之心。乃歌木客之吟曰：

朝採木，暮採木，朝朝暮暮入山曲。窮巖絕壑徒往復！天不生兮地不育，木客何辜兮，受此勞酷！

每深夜長歌，聞者淒絕。忽一夜，天生神木一雙，大二十圍，長五十尋。在山之陽者曰梓，在山之陰者曰楠。木工驚覩，以為目未經見，奔告越王。群臣皆賀曰：「此大王精誠格天，故天生神木，以慰王衷也。」句踐大喜，親往設祭而後伐之。加以琢削磨礱，用丹青錯畫為五采龍蛇之文，使文種浮江而至，獻於吳王曰：「東海賤臣句踐，賴大王之力，竊為小殿。偶得巨材，不敢自用，敢因下吏獻於左右。」夫差見木材異常，不勝驚喜。子胥諫曰：「昔桀起靈臺，紂起鹿臺，窮竭民力，遂致滅亡。句踐欲害吳，故獻此木，王勿受之。」夫差曰：「句踐得此良材，不自用而獻於寡人，乃其好意，奈何逆之？」遂不聽。乃將此木建姑蘇之臺。三年聚材，五年方成，高三百丈，廣八十四丈。登臺望徹二百里。舊有九曲徑以登山，至是更廣之。百姓晝夜并作，死於疲勞者，不可勝數。有梁伯龍詩為證：

千仞高臺面太湖，朝鐘暮鼓宴姑蘇。威行海外三千里，霸占江南第一都。

越王聞之，謂文種曰：「子所云『遺之巧匠良材，使作宮室，以盡其財』。此計已行。今崇臺之上，必妙選歌舞以充之，非有絕色，不足移其心志。子其為寡人謀之！」文種對曰：「興亡之數，定於上天。既生神木，何患無美女？但搜求民間，恐搖動人心。臣有一計，可閱國中之子女，惟王所擇。」不知文種又是何計，且看下回分解。

第八十一回　美人計吳宮寵西施　言語科子貢說列國

話說越王句踐欲訪求境內美女，獻於吳王。文種獻計曰：「願得王之近豎百人，雜以善相人者，使挾其術，遍遊國中。得有色者，而記其人地。於中選擇，何患無人？」句踐從其計，半年之中，開報美女何止二千餘人。句踐更使人覆視，得尤美者二人，因圖其形以進。那二人是誰？西施、鄭旦。那西施乃苧蘿山下採薪者之女。其山有東西二村，多施姓者。女在西村，故以西施別之。鄭旦亦在西村，與施女比鄰，臨江而居。每日相與浣紗於江，紅顏花貌，交相映發，不啻如並蒂之芙蓉也。句踐命范蠡各以百金聘之。服以綺羅之衣，乘以重帷之車。國人慕美人之名，爭欲識認。都出郊外迎候，道路為之壅塞。范蠡乃停西施、鄭旦於別館，傳諭：「欲見美人者，先輸金錢一文！」設櫃收錢，頃刻而滿。美人登朱樓，凭欄而立。自下望之，飄飄乎天仙之步虛矣。美人留郊外三日，所得金錢無算。悉輦於府庫，以充國用。句踐親送美人別居土城。使老學師教之歌舞，學習容步。俟其藝成，然後敢進吳邦。時周敬王三十一年，句踐在位之七年也。

＊　＊　＊

先一年，齊景公杵臼薨，幼子荼嗣立。是年，楚昭王軫薨，世子章嗣立。其時楚方多故，而晉政復衰。齊自晏嬰之死，魯因孔子之去，國俱不振。獨吳國之強，甲於天下。夫差恃其兵力，有荐食山東之志。諸侯無不畏之。就中單說齊景公，夫人燕姬，有子而夭。諸公子庶出者凡六人，陽生最長，荼最幼。荼之母鬻姒，賤而有寵。景公因母及子，愛荼特甚，號為安孺子。景公在位五十七年，年已七十餘歲，不肯立世子，欲待安孺子長成，而後立之。何期一病不起，乃屬世臣國夏、高張，使輔荼為君。大夫陳乞素與公子陽生相結，恐陽生見誅，勸使出避。陽生遂與其子壬及家臣闞止，同奔魯國。景公果使國、高二氏逐群公子，遷於萊邑。景公薨，安孺子荼既立，國夏、高張左右秉政。陳乞陽為承順，中實忌之。遂於諸大夫面前，詭言：「高、國有謀，欲去舊時諸臣，改用安孺子之黨。」諸大夫信之，皆就陳乞求計。陳乞因與鮑牧倡首，率諸大夫家眾，共攻高、國，殺高張。國夏出奔莒。於是鮑牧為右相，陳乞為左相，立國書、高無平，以繼二氏之祀。安孺子年纔數歲，言動隨人，不能自立。陳乞有心要援立公子陽生，陰使人召之於魯。陽生夜至齊郊，留闞止與其子壬於郊外，自己單身入城，藏於陳乞家中。陳乞假稱祀先，請諸大夫至家共享祭餘。諸大夫皆至。鮑牧別飲於他所，最後方到。陳乞候眾人坐定，乃告曰：「吾新得精甲，請共觀之。」眾皆曰：「願觀。」於是力士負巨囊自內門出，至於堂前。陳乞手自啟囊，只見一個人從囊中伸頭出來。視之，乃公子陽生也。眾人大驚。陳乞扶陽生出，南向立，謂諸大夫曰：「立子以長，古今通典。安孺子年幼，不堪為君。今奉鮑相國之命，請改事長公子。」鮑牧睜目言曰：「吾本無此謀，何得相誣？欺我醉耶？」陽生向鮑牧揖曰：「廢興之事，何國無之？惟義所在。大夫度義可否，何問謀之有無？」陳乞不待言終，強拉鮑牧下拜。諸大夫不得已，皆北面稽首。陳乞同諸大夫歃血定盟。車乘已具，齊奉陽生升車入朝，御殿即位，是為悼公。即日遷安孺子於宮外，殺之。悼公疑鮑牧不欲立己，訪於陳乞。乞亦忌牧位在己上，遂陰譖牧與群公子有交，不誅牧，國終不靖。於是悼公復誅鮑牧，立鮑息，以存鮑叔牙之祀。陳乞獨相齊國。國人見悼公誅殺無辜，頗有怨言。

再說悼公有妹，嫁與邾子益為夫人。益傲慢無禮，與魯不睦。魯上卿季孫斯言於哀公，引兵伐邾，破其國，執邾子益囚於負瑕。齊悼公大怒曰：「魯執邾君，是欺齊也！」遂遣使乞師於吳，約同伐魯。夫差喜曰：「吾欲試兵山東，今有名矣！」遂許齊出師。魯哀公大懼，即釋放邾子益復歸其國，使人謝齊。齊悼公使大夫公孟綽辭於吳王，言：「魯已服罪，不敢勞大王之軍旅。」夫差怒曰：「吳師行止，一憑齊命，吳豈齊之屬國耶？寡人當親至齊國，請問前後二命之故！」叱公孟綽使退。魯聞吳王怒齊，遂使人送款與吳，反約吳王同伐齊國。夫差欣然，即日起師，同魯伐齊，圍其南鄙。齊舉國驚惶，皆以悼公無端召寇，怨言益甚。時陳乞已卒，子陳恆秉政。乘國人不順，謂鮑息曰：「子盍行大事，外解吳怨，而內以報家門之仇？」息辭以不能。恆曰：「吾為子行之。」乃因悼公閱師，進鴆酒毒殺悼公。以疾訃於吳軍曰：「上國膺受天命，寡君得罪，遂遘暴疾，上天代大王行誅。幸賜矜恤，勿隕社稷，願世世服事上國。」夫差乃班師，魯師亦歸。國人皆知悼公死於非命，因畏愛陳氏，無敢言者。陳恆立悼公之子壬，是為簡公。簡公欲分陳氏之權，乃以陳恆為右相，闞止為左相，昔人論齊禍皆啟於景公。詩曰：

從來溺愛智逾昏，繼統如何亂弟昆？莫怨強臣與強寇，分明自己釁凶門。

* * *

時越王教習美女三年，技態盡善。飾以珠幌，坐以寶車，所過街衢，香風聞於遠近。又以美婢旋波、移光等六人為侍女，使相國范蠡進之吳國。夫差自齊回吳，范蠡入見，再拜稽首曰：「東海賤臣句踐，感大王之恩，不能親率妻妾伏侍左右，遍搜境內，得善歌舞者二人，使陪臣納於王宮，以供洒掃之役。」夫差望見，以為神仙之下降也，魂魄俱醉。子胥諫曰：「臣聞『夏亡以妹喜，殷亡以妲己，周亡以褒姒』。夫美女者，亡國之物，王不可受！」夫差曰：「好色人之同心。句踐得此美人不自用，而進於寡人，此乃盡忠於吳之證也。相國勿疑。」遂受之。二女皆絕色，夫差並寵愛之。而妖豔善媚，更推西施為首。於是西施獨奪歌舞之魁，居姑蘇之臺，擅專房之寵，出入儀制，擬於妃后。鄭旦居吳宮，妒西施之寵，鬱鬱不得志，經年而死。夫差哀之，葬於黃茅山，立祠祀之。此是後話。且說夫差寵幸西施，令王孫雄特建館娃宮於靈巖之山。銅溝玉檻，飾以珠玉，為美人遊息之所。建響屧廊，——何為響屧？屧乃鞋名，鑿空廊下之地，將大甕鋪平，覆以厚板，令西施與宮人步屧繞之，錚錚有聲，故名響屧。——靈巖寺圓照塔前小斜廊，即其址也。高啟館娃宮詩云：

館娃宮中館娃閣，畫棟侵雲峰頂開。猶恨當時高未極，不能望見越兵來。

王禹偁有響屧廊詩云：

廊壞空留響屧名，為因西子遶廊行。可憐伍相終屍諫，誰記當時曳履聲！

山上有翫花池、翫月池。又有井名吳王井。井泉清碧，西施或照泉而妝。夫差立於旁，親為理髮。又有洞名西施洞，夫差與西施同坐於此。洞外石有小陷，今俗名西施跡。又嘗與西施鳴琴於山巔，今有琴臺。又令人種香於香山，使西施與美人泛舟採香。今靈巖山南望一水，直如矢，俗名箭涇，即採香涇故處。

又有採蓮涇，在郡城東南，吳王與西施採蓮處。又於城中開鑿大濠，自南直北，作錦帆以遊，號錦帆涇。高啟詩云：

吳王在日百花開，畫船載樂洲邊來；吳王去後百花落，歌吹無聞洲寂寞。花開花落年年春，前後看花應幾人？但見枝枝映流水，不知片片墮行塵。年年風雨荒臺畔，日暮黃鸝腸欲斷。豈惟世少看花人，從來此地無花看。

又城南有長洲苑，為遊獵之所。又有魚城養魚，鴨城畜鴨，雞陂畜雞，酒城造酒。又嘗與西施避暑於西洞庭之南灣，灣可十餘里，三面皆山，獨南面如門闕。吳王曰：「此地可以消夏。」因名消夏灣。張羽又有蘇臺歌云：

館娃宮中百花開，西施曉上姑蘇臺。霞裙翠袂當空舉，身輕似展凌風羽。遙望三江水一杯，兩點微茫洞庭樹。轉面凝眸未肯回，要見君王射麋處。城頭落日欲棲鴉，下階戲折棠梨花。隔岸行人莫倚盼，千將莫邪光粲粲。

夫差自得西施，以姑蘇臺為家。四時隨意出遊，絃管相逐，流連忘返。惟太宰嚭、王孫雄常侍左右。子胥求見，往往辭之。

越王句踐聞吳王寵幸西施，日事遊樂，復與文種謀之。文種對曰：「臣聞『國以民為本，民以食為天』。今歲年穀歉收，粟米將貴。君可請貸於吳，以救民飢。天若棄吳，必許我貸。」句踐即命文種以重幣賄伯嚭，使引見吳王。吳王召見姑蘇臺之宮。文種再拜請曰：「越國洿下，水旱不調，年穀不登，人民飢困。願從大王乞太倉之穀萬石，以救目前之餒。明年穀熟，即當奉償。」夫差曰：「越王臣服於吳，越民之飢，即吳民之飢也。吾何愛積穀，不以救之？」時子胥聞越使至，亦隨至蘇臺得見吳王。及聞許其請穀，復諫曰：「不可！不可！今日之勢，非吳有越，即越有吳。吾觀越王之遣使者，非真飢困而乞糴也；將以空吳之粟也。與之不加親，不與未必仇。王不如辭之。」吳王曰：「句踐囚於吾國，卻行馬前，諸侯莫不聞知。今吾復其社稷，恩若再生，貢獻不絕，豈復有背叛之虞乎？」子胥曰：「吾聞越王早朝晏罷，恤民養士，志在報吳。大王又輸粟以助之，臣恐麋鹿將遊於姑蘇之臺矣！」吳王曰：「句踐業已稱臣，烏有臣而伐君者？」子胥曰：「湯伐桀，武王伐紂，非臣伐君乎？」伯嚭從旁叱之曰：「相國出言太甚！吾王豈桀、紂之比耶？」因奏曰：「臣聞葵邱之盟，遏糴有禁，為恤鄰也。況越，吾貢獻之所自出乎？明歲穀熟，責其如數相償，無損於吳，而有德於越，何憚而不為也？」夫差乃與越粟萬石。謂文種曰：「寡人逆群臣之議而輸粟於越，年豐必償，不可失信。」文種再拜稽首曰：「大王哀越而救其飢餒，敢不如約！」文種領穀萬石歸越，越王大喜，群臣皆呼萬歲。句踐即以粟頒賜國中之貧民，百姓無不頌德。

次年，越國大熟。越王問於文種曰：「寡人不償吳粟，則失信；若償之，則損越而利吳矣。奈何？」文種對曰：「宜擇精粟蒸而與之。彼愛吾粟，而用以布種，吾計乃得矣。」越王用其計，以熟穀還吳，如其斗斛之數。吳王嘆曰：「越王真信人也！」又見其穀粗大異常，謂伯嚭曰：「越地肥沃，其種甚嘉，可散與吾民植之。」於是國中皆用越粟種，不復發生，吳民大飢。夫差猶認以為地土不同，不知粟種之蒸熟也。文種之計亦毒矣。此周敬王三十六年事也。

越王聞吳國饑困，便欲興兵伐吳。文種諫曰：「時未至也，其忠臣尚在。」越王又問於范蠡。蠡對曰：「時不遠矣！願王益習戰以待之。」越王曰：「攻戰之具，尚未備乎？」蠡對曰：「善戰者，必有精卒。精卒必有兼人之技。大者劍戟，小者弓弩，非得明師教習，不得盡善。臣訪得南林有處女，精於劍戟。又有楚人陳音，善於弓矢。王其聘之。」越王分遣二使，持重幣往聘處女及陳音。

單說處女，不知名姓，生於深林之中，長於無人之野，不由師傅，自然工於擊刺。使者至南林，致越王之命。處女即隨使北行。至山陰道中，遇一白髮老翁，立於車前，問曰：「來者莫非南林處女乎？有何劍術，敢受越王之聘？願請試之！」處女曰：「妾不敢自隱，惟公指教！」老翁即挽林內之竹，如摘腐草，欲以刺處女。竹折末墮於地，處女即接取竹末，還刺老翁。老翁忽飛上樹，化為白猿，長嘯一聲而去。使者異之。處女見越王，越王賜坐，問以擊刺之道。處女曰：「內實精神，外示安佚；見之如婦，奪之似虎；布形候氣，與神俱往；捷若騰兔，追形還影；縱橫往來，目不及瞬。得吾道者，一人當百，百人當萬。大王不信，願得試之。」越王命勇士百人，攢戟以刺處女。處女連接其戟而投之。越王乃服。使教習軍士。軍士受其教者三千人。歲餘處女辭歸南林。越王再使人請之，已不在矣。或曰：「天欲興越亡吳，故遣神女下授劍術，以助越也。」

再說楚人陳音，以殺人避仇於越。蠡見其射必命中，言於越王，聘為射師。王問音曰：「請聞弓弩何所而始？」陳音對曰：「臣聞弩生於弓，弓生於彈，彈生於古之孝子。古者人民朴實，飢食鳥獸，渴飲霧露。死則裹以白茅，投於中野。有孝子不忍見其父母為禽獸所食，故作彈以守之。時為之歌曰：『斷竹續竹，飛土逐肉。』至神農皇帝興，弦木為弧，剡木為矢，以立威於四方。有弧父者，生於楚之荊山；生不見父母，自為兒時，習用弓矢，所射無脫。以其道傳於羿，羿傳於逢蒙，逢蒙傳於琴氏。琴氏以為諸侯相攻，矢不能制服。乃橫弓著臂，施機設樞，加之以力，其名曰『弩』。琴氏傳之楚三侯，楚由是世世以桃弓棘矢，備禦鄰國。臣之前人，受其道於楚，五世於茲矣。弩之所向，鳥不及飛，獸不及走。惟王試之。」越王亦遣士三千，使音教習於北郊之外。音授以連弩之法，三矢連續而去，人不能防。三月盡其巧。陳音病死，越王厚葬之。名其山曰陳音山。此是後話。髯仙詩云：

擊劍彎弓總為吳，臥薪嘗膽淚幾枯。蘇臺歌舞方如沸，遑問鄰邦事有無。

子胥聞越王習武之事，乃求見夫差，流涕而言曰：「大王信越之臣順，今越用范蠡，日夜訓練士卒。劍戟弓矢之藝，無不精良。一旦乘吾間而入，吾國禍不支矣！王如不信，何不使人察之？」夫差果使人探聽越國，備知處女、陳音之事，回報夫差。夫差謂伯嚭曰：「越已服矣，復治兵欲何為乎？」嚭對曰：「越蒙大王賜地，非兵莫守。夫治兵乃守國之常事，王何疑焉？」夫差終不釋然，遂有興兵伐越之意。

* * *

話分兩頭。再說齊國陳氏世得民心，久懷擅國之志。及陳恆嗣位，逆謀愈急。憚高、國之黨尚眾，思盡去之。乃奏於簡公曰：「魯鄰國，而共吳伐齊，此仇不可忘也。」簡公信其言。恆因薦國書為大將，高無平、宗樓副之。大夫公孫夏、公孫揮、閭丘明等皆從。出車千乘，陳恆親送其師，屯於汶水之上，誓欲滅魯方還。時孔子在魯，刪述詩、書。一日，門人琴牢字子張，自齊至魯，來見其師。孔子問及齊事，知齊兵在境上，大驚曰：「魯乃父母之國，今被兵，不可不救！」因問群弟子：「誰能為某出使於齊，以止伐魯之兵者？」子張、子石俱願往，孔子不許。子貢離席而問曰：「賜可以去乎？」孔子曰：「可矣。」子貢即日辭行，至汶上求見陳恆。恆知子貢乃孔門高弟，此來必有遊說之語，乃預作色以待之。子貢坦然而入，旁若無人。恆迎入相見，坐定，問曰：「先生此來，為魯作說客耶？」子貢曰：「賜之來，為齊，非為魯也。夫魯難伐之國，相國何為伐之？」陳恆曰：「魯何難伐也？」子貢曰：「其城薄以卑，其池狹以淺，其君弱，大臣無能，士不習戰，故曰難伐。為相國計，不如伐吳。吳城高而池廣，兵甲精利，又有良將為守，此易攻耳！」恆勃然曰：「子所言難易，顛倒不情，恆所不解。」子貢曰：「請屏左右，為相國解之。」恆乃屏去從人，前席請教。子貢曰：「賜聞『憂在外者，攻其弱；憂在內者，攻其強』。賜竊窺相國之勢，非能與諸大臣共事者也。今破弱魯以為諸大臣之功，而相國無與焉。諸大臣之勢日盛，而相國危矣。若移師於吳，大臣外困於強敵，而相國專制齊國，豈非計之最便乎？」陳恆色頓解，欣然問曰：「先生之言，徹恆肺腑。然兵已在汶上，若移而向吳，人將疑我。奈何？」子貢曰：「但按兵勿動。賜請南見吳王，使救魯而伐齊。如是而戰吳，不患無詞。」陳恆大悅。乃謂國書曰：「吾聞吳將伐齊，吾兵姑駐此，未可輕動。打探吳人動靜，須先敗吳兵，然後伐魯。」國書領諾。陳恆遂歸齊國。

再說子貢星夜行至東吳，來見吳王夫差，說曰：「吳、魯連兵伐齊，齊恨入骨髓。今其兵已在汶上，將以伐魯，其次必及吳。大王何不伐齊以救魯？夫敗萬乘之齊，而收千乘之魯，威如強晉，吳遂霸矣！」夫差曰：「前者齊許世世服事吳國，寡人以此班師。今朝聘不至，寡人正欲往問其罪。但聞越君勤政訓武，有謀吳之心。寡人欲先伐越國，然後及齊未晚。」子貢曰：「不可！越弱而齊強，伐越之利小，而縱齊之患大。夫畏弱越而避強齊，非勇也；逐小利而忘大患，非智也。智勇俱失，何以爭霸？大王必慮越國，臣請為大王東見越王，使親櫜鞬以從下吏何如？」夫差大悅曰：「誠如此，孤之願也。」子貢辭了吳王，東行至越。越王句踐聞子貢將至，使候人預為除道，郊迎三十里，館之上舍，鞠躬而問曰：「敝邑僻處東海，何煩高賢遠辱？」子貢曰：「特來弔君！」句踐再拜稽首曰：「孤聞『禍與福為鄰』，先生下弔，孤之福矣！請聞其說。」子貢曰：「臣今者見吳王，說以救魯而伐齊。吳王疑越謀之，其意欲先加誅於越。夫無報人之志，而使人疑之者，拙也；有報人之志，而使人知之者，危也。」句踐愕然長跪曰：「先生何以救我？」子貢曰：「吳王驕而好佞，宰嚭專而善讒。君以重器悅其心，以卑辭盡其禮，親率一軍，從於伐齊。彼戰而不勝，吳自此削矣；若戰而勝，必侈然有霸諸侯之心，將以兵臨強晉。如此則吳國有間，而越可乘矣。」句踐再拜曰：「先生之來，實出天賜。如起死人而肉白骨，孤敢不奉教！」乃贈子貢以黃金百鎰，寶劍一口，良馬二匹。子貢固辭不受。還見吳王報曰：「越王感大王生全之德，聞大王有疑，意甚悚懼，旦暮遣使來謝矣。」夫差使子貢就館，留五日，越果遣文種至吳，叩首於吳王之前曰：「東海賤臣句踐，蒙大王不殺之恩，得奉宗祀，雖肝腦塗地，未能為報！今聞大王興大義，誅強救弱，故使下臣種貢上前王所藏精甲二十領，屈盧之矛，步光之劍，以賀軍吏。句踐請問師期，將悉四境之內，選士三千人，以從下吏。句踐願披堅執銳，親受矢石，死無所懼。」夫差大悅，乃召子貢謂曰：「句踐果信義人也！欲率選士三千，以從伐齊之役。先生以為可否？」子貢曰：「不可！夫用人之眾，又役及其君，亦太過矣。不如許其師而辭其君。」夫差從之。子貢辭吳，復北往晉國，見晉定公，說曰：「臣聞『無遠慮者，必有近憂』。今吳之戰齊有日矣。戰而勝，必與晉爭伯。君宜修兵休卒以待之。」晉侯曰：「謹受教！」比及子貢反魯，齊兵已為吳所敗矣。不知吳如何敗齊，再看下回分解。

第八十二回　殺子胥夫差爭歃　納蒯聵子路結纓

話說周敬王三十六年春，越王句踐使大夫諸稽郢帥兵三千助吳攻齊。吳王夫差遂徵九郡之兵，大舉伐齊。預遣人建別館於句曲，遍植秋梧，號曰梧宮，使西施移居避暑。俟勝齊回日，即於梧宮過夏方歸。吳兵將發，子胥又諫曰：「越在，我心腹之病也。若齊，特疥癩耳。今王興十萬之師，行糧千里，以爭疥癩之患，而忘大毒之在腹心，臣恐齊未必勝，而越禍已至矣。」夫差怒曰：「孤發兵有期，老賊故出不祥之語，阻撓大計，當得何罪？」意欲殺之。伯嚭密奏曰：「此前王之老臣，不可加誅。王不若遣之往齊約戰，假手齊人。」夫差曰：「太宰之計甚善！」乃為書數齊伐魯慢吳之罪，命子胥往見齊君，冀其激怒而殺子胥也。子胥料吳必亡，乃私攜其子伍封同行，至臨淄致吳王之命。齊簡公大怒，欲殺子胥。鮑息諫曰：「子胥乃吳之忠臣，屢諫不入，已成水火。今遣來齊，欲齊殺之，以自免其謗。宜縱之使歸，令其忠佞自相攻擊，而夫差受其惡名矣。」簡公乃厚待子胥，報以戰期，定於春末。——子胥原與鮑牧相識，故鮑息諫齊侯勿殺子胥也。——鮑息私叩吳事，子胥垂淚不言，但引其子伍封使拜鮑息為兄，寄居於鮑氏：「今後只稱王孫封，勿用伍姓。」鮑息嘆曰：「子胥將以諫死，故預謀存祀於齊耳！」

不說子胥父子分離之苦。再說吳王夫差，擇日於西門出軍，過姑蘇臺午膳。膳畢，忽然睡去，得其異夢。既覺，心中恍惚。乃召伯嚭告曰：「寡人晝寢片時，所夢甚多。夢入章明宮，見兩釜炊而不熟。

又有黑犬二隻，一嘷南，一嘷北。又有鋼鍬二把，插於宮牆之上。又流水湯湯，流於殿堂。後房非鼓非鐘，聲若鍛工。前園別無他植，橫生梧桐。太宰為寡人占其吉凶。」伯嚭稽首稱賀曰：「美哉，大王之夢！應在興師伐齊矣。臣聞章明者破敵成功，聲朗朗也。兩釜炊而不熟者，大王德盛氣有餘也。兩犬嘷南嘷北者，四夷賓服，朝諸侯也。兩鍬插宮牆者，農工盡力，田夫耕也。流水入殿堂者，鄰國貢獻，財貨充也。後房聲若鍛工者，宮女悅樂，聲相諧也。前園橫生梧桐者，桐作琴瑟，音調和也。大王此行，美不可言！」夫差雖喜其諛，而心中終未快然，復告於王孫駱。駱對曰：「臣愚昧不能通微。城西陽山有一異士，喚做公孫聖，此人多見博聞。大王心上狐疑，何不召而決之？」夫差曰：「子即為我召來。」駱承命，馳車往迎公孫聖。聖聞其故，伏地涕泣。其妻從旁笑曰：「子性太鄙，希見人主；卒聞宣召，涕淚如雨。」聖仰天長嘆曰：「悲哉！非汝所知。吾曾自推壽數，盡於今日。今將與汝永別，是以悲耳！」駱催促登車，遂相與馳至姑蘇之臺。夫差召而見之，告以所夢令詳。公孫聖曰：「臣知言而必死，然雖死不敢不言。怪哉，大王之夢！應在興師伐齊也。臣聞章者，戰不勝走章皇也。明者，去昭就冥冥也。兩釜炊而不熟者，大王敗走，不火食也。黑犬嘷南嘷北者，黑為陰類，走陰方也。兩鍬插宮牆者，越兵入吳，掘社稷也。流水入殿堂者，波濤漂沒，後宮空也。後房聲若鍛工者，宮女為俘，長嘆息也。前園橫生梧桐者，桐作冥器，待殉葬也。願大王罷伐齊之師，更遣太宰嚭解冠肉袒，稽首謝罪於句踐，則國可安而身可保矣！」伯嚭從旁奏曰：「草野匹夫，妖言肆毀，合加誅戮！」公孫聖睜目大罵曰：「太宰居高官，食重祿，不思盡忠報主，專事諂諛。他日越兵滅吳，太宰獨能保其首領乎？」夫差大怒曰：「野人無識，一味亂言。不誅，必然惑眾！」顧力士石番：「可取鐵鎚，擊殺此賊！」聖乃仰天大呼曰：

「皇天！皇天！知我之冤。忠而獲罪，身死無辜。死後不願葬埋，願撇我在陽山之下，後作影響，以報大王也。」夫差已擊殺聖，使人投其屍於陽山之下。數之曰：「豺狼食汝肉，野火燒汝骨，風揚汝骸，形銷影滅，何能為聲響報我哉！」伯嚭捧觴趨進曰：「賀大王妖孽已滅。願進一觴，兵便可發矣。」史臣有詩云：

妖夢先機已兆凶，驕君尚戀伐齊功。吳廷多少文和武，誰似公孫肯盡忠！

夫差自將中軍，太宰嚭為副，胥門巢將上軍，王子姑曹將下軍。興師十萬，同越兵三千，浩浩蕩蕩，望山東一路進發。先遣人約會魯哀公合兵攻齊。子胥於中途復命，稱病先歸，不肯從師。

卻說齊將國書，屯兵汶上，聞吳、魯連兵來伐，聚集諸將商議迎敵。忽報：「陳相國遣其弟陳逆來到。」國書同諸將迎入中軍，叩問：「子行此來何意？」陳逆曰：「吳兵長驅，已過嬴博，國家安危在於呼吸。相國恐諸君不肯用力，遣小將至此督戰。今日之事，有進無退，有死無生。軍中只許鳴鼓，不許鳴金。」諸將皆曰：「吾等誓決一死敵！」國書傳令：拔寨都起，往迎吳軍。至於艾陵，吳將胥門巢上軍先到。國書問：「誰人敢衝頭陣？」公孫揮欣然願往，率領本部車馬，疾驅而出。胥門巢急忙迎敵，兩下交鋒，約三十餘合，不分勝敗。國書一股銳氣，按納不住，自引中軍夾攻。軍中鼓聲如雷，胥門巢不能支，大敗而走。國書勝了一陣，意氣愈壯。令軍士臨陣，各帶長繩一條，曰：「吳俗斷髮，當以繩貫其首！」一軍若狂，以為吳兵旦暮可掃也。胥門巢引敗兵來見吳王，吳王大怒，欲斬巢以狥。巢奏曰：「臣初至，不知虛實，是以偶挫。若再戰不勝，甘伏軍法！」伯嚭亦力為勸解。夫差叱退，以大將展如代領其軍。適魯將叔孫州仇引兵來會，夫差賜以劍甲各一具，使為嚮導，離艾陵五里下寨。國書使人下戰書，吳王批下「來日決戰」。次早，兩下各排陣勢。夫差命叔孫州仇打第一陣，展如打第二陣，王子姑曹打第三陣。使胥門巢率越兵三千，往來誘敵。自與伯嚭引大軍屯於高阜，相機救援。留越將諸稽郢於身旁觀戰。

卻說齊軍列陣方完，陳逆令諸將各具含玉，曰：「死即入殮！」公孫夏、公孫揮使軍中皆歌送葬之詞，誓曰：「生還者，不為烈丈夫也！」國書曰：「諸君以必死自勵，何患不勝乎？」兩陣對圓，胥門巢先來搦戰。國書謂公孫揮曰：「此汝手中敗將，可便擒之！」公孫揮奮戟而出，胥門巢便走。叔孫州仇引兵接住公孫揮廝殺。胥門巢復身又來。國書恐其夾攻，再使公孫夏出車。胥門巢又走。公孫夏追之。吳陣上大將展如，引兵便接住公孫夏廝殺。胥門巢又回車幫戰。惱得齊將高無平、宗樓性起，一齊出陣。王子姑曹挺身獨戰二將，全無懼怯。兩軍各自奮力，殺傷相抵。國書見吳兵不退，親自執枹鳴鼓，悉起大軍前來助戰。吳王在高阜處看得親切，見齊兵十分奮勇，吳兵漸漸失了便宜。乃命伯嚭引兵一萬先去接應。國書見吳兵又至，正欲分軍迎敵，忽聞金聲大震，鉦鐸皆鳴。齊人只道吳兵欲退，不防吳王夫差自引精兵三萬，分為三股，反以鳴金為號，從刺斜裡直衝齊陣，將齊兵隔絕三處。展如、姑曹等，聞吳王親自臨陣，勇氣百倍，殺得齊軍七零八落。展如就陣上擒了公孫夏，胥門巢刺殺公孫揮於車中。夫差親射宗樓，中之。閭丘明謂國書曰：「齊兵將盡矣！元帥可微服遁去，再作道理。」國書嘆曰：「吾以十萬強兵，敗於吳人之手，何面目還朝？」乃解甲衝入吳軍，為亂軍所殺。閭丘明伏於草中，亦被魯將州仇搜獲。夫差大勝齊師，諸將獻功，共斬上將國書、公孫揮二人，生擒公孫夏、閭丘明二人，即斬首訖。只單走了高無平、陳逆二人。其他擒斬不計其數，革車八百乘，盡為吳所有，無得免者。夫差謂諸稽郢曰：「子觀吳兵強勇，視越何如？」郢稽首曰：「吳兵之強，天下莫當，何論弱越！」夫差大悅，重賞越兵，使諸稽郢先回報捷。齊簡公大驚，與陳恆、闞止商議，遣使大貢金幣，謝罪請和。夫差主張齊、魯復修兄弟之好，各無侵害。二國俱聽命受盟。夫差乃歌凱而回。史臣有詩曰：

艾陵白骨壘如山，盡道吳王奏凱還。壯氣一如吞宇宙，隱憂誰想伏吳關？

夫差回至句曲新宮，見西施，謂曰：「寡人使美人居此者，取相見之速耳。」西施拜賀且謝。時值新秋，梧陰正茂，涼風吹至，夫差與西施登臺飲酒甚樂。至夜深，忽聞有眾小兒和歌之聲。夫差聽之。歌曰：

梧葉冷，吳王醒未醒？梧葉秋，吳王愁更愁！

夫差惡之，使人拘群兒至宮，問：「此歌誰人所教？」群兒曰：「有一緋衣童子，不知何來，教我為歌。今不知何往矣！」夫差怒曰：「寡人天之所生，神之所使，有何愁哉！」欲誅眾小兒，西施力勸乃止。伯嚭進曰：「春至而萬物喜，秋至而萬物悲。此天道也。大王悲喜與天同道，何所慮乎？」夫差乃悅。住梧宮三日，即起駕還吳。吳王升殿，百官迎賀。子胥亦到，獨無一言。夫差乃讓之曰：「子諫寡人不當伐齊，今得勝而回，子獨無功，甯不自羞！」子胥攘臂大怒，釋劍而對曰：「天之將亡人國，先逢其小喜，而後授之以大憂。勝齊不過小喜也，臣恐大憂之即至也！」夫差慍曰：「久不見相國，耳邊頗覺清淨。今又來絮聒耶！」乃掩耳瞑目，坐於殿上。頃間，忽睜眼直視久之，大叫：「怪事！」群臣問曰：「王何所見？」夫差曰：「吾見四人相背而倚，須臾四分而走。又見殿下兩人相對，北向人殺南向人。諸卿曾見之否？」群臣皆曰：「不見。」子胥奏曰：「四人相背而走，四方離散之象也。北向人殺南向人，為下賊上，臣弒君。王不知儆省，必有身弒國亡之禍。」夫差怒曰：「汝言太不祥！孤所惡聞。」伯嚭曰：「四方離散，奔走吳庭。吳國伯王，將有代周之事。此亦下賊其上，臣犯其君也？」夫差曰：「太宰之言，足啟心胸。相國耄矣，言不足採。」過數日，越王句踐率群臣親至吳邦來朝，并賀戰勝。吳庭諸臣，俱有餽賂。伯嚭曰：「此奔走吳庭之應也。」吳王置酒於文臺之上，越王侍坐，諸大夫階侍立於側。夫差曰：「寡人聞之，『君不忘有功之臣，父不沒有功之子。』今太宰嚭為寡人治兵有功，吾將賞為上卿。越王孝事寡人，始終不倦，吾將再增其國，以酬助我之功。於眾大夫之意如何？」群臣皆曰：「大王賞功酬勞，此伯王之事也！」於是子胥伏地涕泣曰：「嗚呼哀哉！忠臣掩口，讒夫在側。邪說諛辭，以曲為直。養亂畜奸，將滅吳國。廟社為墟，殿生荊棘。」夫差大怒曰：「老賊多詐，為吳妖孽！乃欲專權擅威，傾復吾國。寡人以前王之故，不忍加誅。今退自謀，無勞再見！」子胥曰：「老臣若不忠不信，不得為前王之臣。譬如龍逢逢桀，比干逢紂，臣雖見誅，君亦隨滅。臣與王永辭，不復見矣！」遂趨出。吳王怒猶未息。伯嚭曰：「臣聞子胥使齊，以其子託於齊臣鮑氏，有叛吳之心。王其察之！」夫差乃使人賜子胥以「屬鏤」之劍。子胥接劍在手，嘆曰：「王欲吾自裁也！」乃徒跣下階，立於中庭，仰天大呼曰：「天乎！天乎！昔先王不欲立汝，賴吾力爭，汝得嗣位。吾為汝破楚敗越，威加諸侯。今汝不用吾言，反賜我死。我今日死，明日越兵至，掘汝社稷矣！」乃謂家人曰：「吾死後可抉吾之目，懸於東門，以觀越兵之入吳也。」言訖，自刎其喉而絕。使者取劍還報。述其臨終之囑。夫差往視其屍，數之曰：「胥，汝一死之後，尚何知哉？」乃自斷其頭，置於盤門城樓之上。取其屍，盛以鴟夷❶之器，使人載去，投於江中。謂曰：「日月炙汝骨，魚鼈食汝肉。汝骨變形灰，復何所見！」屍入江中，隨流揚波，依潮往來，蕩激崩岸。土人懼，乃私撈取，埋之於吳山。後世因改稱胥山。今山有子胥廟。隴西居士有古風一篇云：

將軍自幼稱英武，磊落雄才越千古。一旦蒙讒殺父兄，湘流誓濟吞荊楚。貫弓亡命欲何之？滎陽睢水空棲遲。昭關鎖鑰愁無翼，鬢毛一夜成霜絲。浣女沉溪漁丈死，簫聲吹入吳人耳。「魚腸」作合定君臣，復為強兵進孫子。五戰長驅據楚宮，生王含淚逃雲中。掘墓鞭屍吐宿恨，精誠貫日生長虹。英雄再振匡吳業，夫椒一戰棲強越。釜中魚鼈宰夫手，縱虎歸山還自嚙。姑蘇臺上西施笑，讒臣稱賀忠臣弔。可憐兩世輔吳功，到頭翻把「屬鏤」報！鴟夷激起錢塘潮，朝朝暮暮如呼號。吳越興衰成往事，忠魂千古恨難消！

夫差既殺子胥，乃進伯嚭為相國，欲增越之封地。句踐固辭，乃止。於是句踐歸越，謀吳益急。夫差全不在念，意益驕恣。乃發卒數萬築邗城，穿溝東北通射陽湖，西北使江、淮水合，北達於沂，西達於濟。太子友知吳王復欲與中國會盟，欲切諫，恐觸怒。思以諷諫，感悟其父。清旦懷丸持彈，從後園而來，衣履俱濕。吳王怪而問之。友對曰：「孩兒適遊後園，聞秋蟬鳴於高樹，往而觀之。望見秋蟬趨

❶ 鴟夷：盛酒的革囊。

風長鳴，自謂得所，不知螳螂超枝緣條，曳腰聳距，欲捕蟬而食之；螳螂一心只對秋蟬，不知黃雀徘徊綠陰，欲啄螳螂；黃雀一心只對螳螂，不知孩兒挾彈持弓欲彈黃雀；孩兒一心只對黃雀，又不知旁有空坎，失足墮陷，以此衣履俱沾濕，為父王所笑。」吳王曰：「汝但貪前利，不顧後患。天下之愚，莫甚於此！」友對曰：「天下之愚，更有甚者！魯承周公之後，有孔子之教，不犯鄰國。齊無故謀伐之，以為遂有魯矣；不知吳悉境內之士，暴師千里而攻之；吳國大敗齊師，以為遂有齊矣；不知越王將選死士由三江之口，入五湖之中，屠我吳國，滅我吳宮。天下之愚，莫甚於此！」吳王怒曰：「此伍員之唾餘，久已厭聞，汝復拾之，以撓我大計耶？再多言，非吾子也！」太子友悚然辭出。夫差乃使太子友同王子地、王孫彌庸守國，親帥國中精兵，由邗溝北上，會魯哀公於槖皋，會衛出公於發陽，遂約諸侯大會於黃池，欲與晉爭盟主之位。

越王句踐聞吳王已出境，乃與范蠡計議，發習流二千人，俊士四萬，君子六千人，從海道通江以襲吳。前隊疇無餘先及吳郊，王孫彌庸出戰。不數合，王子地引兵夾攻，疇無餘馬蹶被擒。次日，句踐大軍齊到。太子友欲堅守，王孫彌庸曰：「越人畏吳之心尚在，且遠來疲敝，再勝之必走；即不勝，守猶未晚。」太子友惑其言，乃使彌庸出師迎敵，友繼其後。句踐親立於行陣，督兵交戰。陣方合，范蠡、泄庸兩翼呼譟而至，勢如風雨。吳兵精勇慣戰者，俱隨吳王出征，其國中皆未教之卒。那越國是數年訓練就的精兵，弓弩劍戟，十分勁利。又范蠡、泄庸俱是宿將，怎能抵當？吳兵大敗，王孫彌庸為泄庸所殺。太子友陷於越軍，衝突不出，身中數箭，恐被執辱，自刎而亡。越兵直造城下，王子地把城門牢閉，率民夫上城把守。一面使人往吳王處告急。句踐乃留水軍屯於太湖，陸營屯於胥、閶之間。使范蠡焚姑蘇之臺，火彌月不息。其艅艎大舟，悉徙於湖中，吳兵不敢復出。

再說吳王夫差與魯、衛二君，同至黃池，使人請晉定公赴會。晉定公不敢不至。夫差使王孫駱與晉上卿趙鞅議載書名次之先後。趙鞅曰：「晉世主夏盟，又何讓焉？」王孫駱曰：「晉祖叔虞，乃成王之弟；吳祖太伯，乃武王之伯祖，尊卑隔絕數輩。況晉雖主盟，會宋會虢已出楚下，今乃欲踞吳之上乎？」於是彼此爭論，連日不決。忽王子地密報至，言：「越兵入吳，殺太子，焚姑蘇臺，見今圍城，勢甚危急！」夫差大驚。伯嚭拔劍砍殺使者。夫差問曰：「爾殺使人何意？」伯嚭曰：「事之虛實，尚未可知，留使者洩漏其語，齊、晉將乘危生事，大王安得晏然而歸乎？」夫差曰：「爾言是也。然吳、晉爭長未定，又有此報，孤將不會而歸乎？抑會而先晉乎？」王孫駱進曰：「二者俱不可。不會而歸，人將窺我之急；若會而先晉，我之行止，將聽命於晉。必求主會，方保無虞。」夫差曰：「欲主會，計將安出？」王孫駱密奏曰：「事在危急，請王鳴鼓挑戰，以奪晉人之氣。」夫差曰：「善。」是夜出令，中夜士皆飽食，秣馬銜枚疾驅，去晉軍纔一里，結為方陣。百人為一行，一行建一大旗。百二十行為一面。中軍皆白輿，白旗，白甲，白羽之矰，望之如白茅吐秀。吳王親自仗鉞，秉素旌，中陣而立。左軍面左，亦百二十行，皆赤輿，赤旗，丹甲，朱羽之矰，一望如血。太宰嚭主之。右軍面右，亦百二十行。皆黑輿，黑旗，玄甲，烏羽之矰，一望如墨。王孫駱主之。帶甲之士，共三萬六千人。黎明陣定，吳王親執枹鳴鼓，軍中萬鼓皆鳴，鐘聲鐸聲，丁甯錞于，一時齊扣。三軍譁吟，響震天地。晉軍大駭，不知其故。乃使大夫董褐至吳軍請命。夫差親對曰：「周王有旨，命寡人主盟中夏，以繼諸姬之闕。今晉君逆命爭長，遷延不決。寡人恐煩使者往來，親聽命於籓籬之外，從與不從，決於此日。」董褐還報晉侯，魯、衛二君皆在坐。董褐私謂趙鞅曰：「臣觀吳王口強而色慘，中心似有大憂，或者越人入其國都乎？若不許其先，必逞其毒於我。然而不可徒讓也，必使之去王號以為名。」趙鞅言於晉侯，使董褐再入吳軍，致晉侯之命曰：「君以王命宣布於諸侯，寡君敢不敬奉。然上國以伯肇封，而號曰吳王，謂周室何？君若去王號而稱公，惟君所命。」夫差以其言為正，乃斂兵就幕，與諸侯相見，稱吳公，先歃。晉侯次之，魯、衛以次受歃。會畢，即班師從江、淮水路而回。於途中連得告急之報，軍士知家國被襲，心膽俱碎。又且遠行疲敝，皆無鬬志。吳王猶率眾與越相持。吳軍大敗。夫差懼，謂伯嚭曰：「子言越必不叛，故聽之而歸越王。今日之事，子當為我請成於越。不然，子胥屬鏤之劍猶在，當以屬子。」伯嚭乃造越軍，稽首於越王，求赦吳罪。其犒軍之禮，悉如越之昔日。范蠡曰：「吳尚未可滅也，姑許成以為太宰之惠。吳自今亦不振矣。」句踐乃許吳成，班師而歸。此周敬王三十八年事也。

* * *

明年，魯哀公狩於鉅野，叔孫氏家臣鉏商獲一獸，麕身牛尾，其角有肉，怪而殺之，以問孔子。孔子觀之曰：「此麟也！」視其角赤紱猶在，識其為顏母昔日所繫。嘆曰：「吾道其終窮矣！」使弟子取而埋之。今鉅野故城東十里有土臺，廣輪四十餘步，俗呼為獲麟堆，即麟葬處。孔子援琴作歌曰：

明王作兮麟鳳遊，今非其時來何求？麟兮麟兮我心憂！

於是取魯史，自魯隱公元年，至哀公獲麟之歲，共二百四十二年之事，筆削而成春秋，與易、詩、書、禮、樂號為六經。是年齊右相陳恆知吳為越所破，外無強敵，內無強家，單單只礙一闞止。乃使其族人陳逆、陳豹等，攻殺闞止。齊簡公出奔，陳恆追而殺之。盡滅闞氏之黨。立簡公弟驁，是為平公。陳恆獨相。孔子聞齊變，齋三日，沐浴而朝哀公，請兵伐齊，討陳恆弒君之罪。哀公使告三家。孔子曰：「臣知有魯君，不知有三家。」陳恆亦懼諸侯之討，乃悉歸魯、衛之侵地，北結好於晉之四卿，南行聘於吳、越。復修陳桓子之政，散財輸粟，以贍貧乏，國人悅服。乃漸除鮑、晏、高、國諸家，及公族子姓，而割國之大半為己封邑。又選國中女子長七尺以上者，納於後房，不下百人。縱其賓客出入不禁，生男子七十餘人，欲以自強其宗。齊都邑大夫宰，莫非陳氏。此是後話。

* * *

再說衛世子蒯聵在戚，其子出公輒率國人拒之。大夫高柴諫不聽。蒯聵之姊，嫁於大夫孔圉，生子曰孔悝，嗣為大夫，事出公，執衛政。孔氏小臣曰渾良夫，身長而貌美。孔圉卒，良夫通於孔姬。孔姬使渾良夫往戚，問候其弟蒯聵。蒯聵握其手言曰：「子能使我入國為君，使子服冕乘軒，三死無與。」渾良夫歸，言於孔姬。孔姬使良夫以婦人之服，往迎蒯聵。昏夜，良夫與蒯聵同為婦裝，勇士石乞、孟黶為御，乘溫車，詭稱婢妾，溷入城中，匿於孔姬之室。孔姬曰：「國家之事，皆在吾兒掌握。今飲於公宮，俟其歸，當以威劫之，事乃有濟耳。」使石乞、孟黶、渾良夫皆被甲懷劍以俟，伏蒯聵於臺上。須臾，孔悝自朝帶醉而回。孔姬召而問曰：「父母之族，孰為至親？」悝曰：「父則伯叔，母則舅氏而已。」孔姬曰：「汝既知舅氏為母至親，何故不納吾弟？」孔悝曰：「廢子立孫，此先君遺命，悝不敢違也！」遂起身如廁。孔姬使石乞、孟黶候於廁外，俟悝出廁，左右幫定❷曰：「太子相召！」不由分

❷ 幫定：猶言幫住，就是擠住的意思。

說，擁之上臺，來見蒯聵。孔姬已先在側，喝曰：「太子在此，孔悝如何不拜？」悝只得下拜。孔姬曰：「汝今日肯從舅氏否？」悝曰：「惟命！」孔姬乃殺豭❸，使蒯聵與悝歃血定盟。孔姬留石乞、孟黶守悝於臺上，而以悝命召聚家甲，使渾良夫帥之襲公宮。出公輒醉而欲寢，聞亂，使左右往召孔悝。左右曰：「為亂者正孔悝也！」輒大驚，即時取寶器駕輕車，出奔魯國。群臣不願附蒯聵者，皆四散逃竄。仲子路為孔悝家臣，時在城外，聞孔悝被劫，將入城來救。遇大夫高柴自城中出曰：「門已閉矣！政不在子，不必與其難也。」子路曰：「由已食孔氏之祿，敢坐視乎？」遂疾趨及門，門果閉矣。守門者公孫敢謂子路曰：「君已出奔，子何入為？」子路曰：「吾惡夫食人之祿，而避其難者，是以來也。」適有人自內而出，子路乘門開遂入城，徑至臺下，大呼曰：「仲由在此，孔大夫可下臺矣！」孔悝不敢應。子路欲取火焚臺。蒯聵懼，使石乞、孟黶二人持戈下臺來敵子路。子路仗劍來迎，怎奈乞、黶雙戟並舉，攢刺子路，又砍斷其冠纓。子路身負重傷，將死，曰：「禮，『君子死不免冠。』」乃整結其冠纓而死。孔悝奉蒯聵即位，是為莊公。立次子疾為太子，以渾良夫為卿。

時孔子在衛，聞蒯聵之亂，謂眾弟子曰：「柴也其歸乎！由也其死乎！」弟子問其故。孔子曰：「高柴知大義，必能自全。由好勇輕生，昧於取裁，其死必矣！」說猶未了，高柴果然奔歸。師弟相見，且悲且喜。衛之使者接踵而至，見孔子曰：「寡君新立，敬慕夫子，敢獻奇味！」孔子再拜而受，啟視則肉醢。孔子遽命覆之。謂使者曰：「得非吾弟子仲由之肉乎？」使者驚曰：「然也！夫子何以知之？」孔子曰：「非此，衛君必不以見頒也！」遂命弟子埋其醢，痛哭曰：「某嘗恐由不得其死，今果然矣！」

❸ 殺豭：音ㄐㄧㄚ。公豬。

使者辭去。未幾，孔子遂得疾不起，年七十有三歲。時周敬王四十一年，夏四月己丑也。史臣有贊云：

尼丘誕聖，闕里生德。七十升堂，四方取則。行誅兩觀，攝相夾谷。嘆鳳遽衰，泣麟何促！九流仰鏡，萬古欽躅！

弟子營葬於北阜之曲，冢大一頃，鳥雀不敢棲止其樹。累朝封大成至聖文宣王，今改為大成至聖先師。天下俱立文廟，春秋二祭，子孫世襲為衍聖公不絕。不在話下。

再說衛莊公蒯聵，疑孔悝為出公輒之黨，醉以酒而逐之。孔悝奔宋。莊公為府藏俱空，召渾良夫計議：「用何計策，可復得寶器？」渾良夫密奏曰：「亡君亦君之子也，何不召之？」不知莊公曾召出公否，且看下回分解。

第八十三回 誅羋勝葉公定楚 滅夫差越王稱霸

話說衛莊公蒯聵因府藏寶貨，俱被出公輒取去，謀於渾良夫。良夫曰：「太子疾與亡君，皆君之子。君何不以擇嗣召之？亡君若歸，器可得也。」有小豎聞其語，私告於太子疾。疾使壯士數人，載豭從己，乘間劫莊公，使歃血立誓，勿召亡君。且必殺渾良夫。莊公曰：「勿召輒易耳。業與良夫有盟在前，免其三死。奈何？」太子疾曰：「請俟四罪，然後殺之。」莊公許諾。未幾，莊公新造虎幕，召諸大夫落成。渾良夫紫衣狐裘而至，袒裘不釋劍而食。太子疾使力士牽良夫以退。良夫曰：「臣何罪？」太子疾數之曰：「臣見君有常服，侍食必釋劍。爾紫衣一罪也，狐裘二罪也，不釋劍三罪也。」良夫呼曰：「有盟免三死！」疾曰：「亡君以子拒父，大逆不孝。汝欲召之，非四罪乎？」良夫不能答，俯首受刑。他日，莊公夢厲鬼被髮北面而譟曰：「余為渾良夫，叫天無辜！」莊公覺，使卜大夫胥彌赦占之，曰：「不害也。」既辭出，謂人曰：「冤鬼為厲，身死國危，兆已見矣！」遂逃奔宋。蒯聵立三年，晉怒其不朝，上卿趙鞅帥師伐衛。衛人逐莊公。莊公奔戎國，戎人殺之，并殺太子疾。國人立公子般師。齊陳恆帥師救衛，執般師立公子起。衛大夫石圃逐起，復迎出公輒為君。輒既復國，逐石圃。諸大夫不睦於輒，逐輒奔越。國人立公子黔，是為悼公。自是衛臣服於晉國，益微弱，依趙氏。此段話擱過不題。

* * *

再說白公勝自歸楚國，每念鄭人殺父之仇，思以報之。只為伍子胥是白公勝的恩人，子胥前已赦鄭，況鄭服事昭王，不敢失禮，故勝含忍不言。及昭王已薨，令尹子西、司馬子期，奉越女之子章即位，是為惠王。白公勝自以故太子之後，冀子西召己同秉楚政。子西竟不召，又不加祿，心懷怏怏。及聞子胥已死，曰：「報鄭此其時矣！」使人請於子西曰：「鄭人肆毒於先太子，令尹所知也。父仇不報，無以為人！令尹倘哀先太子之無辜，發一旅以聲鄭罪，勝願為前驅，死無所恨！」子西辭曰：「新王方立，楚國未定，子姑待我。」白公勝乃託言備吳，使心腹家臣石乞築城練兵，盛為戰具。復請於子西，願以私卒為先鋒伐鄭。子西許之。尚未出師，晉趙鞅以兵伐鄭，鄭請救於楚。子西帥師救鄭，晉兵乃退。子西與鄭定盟，班師。白公怒曰：「不伐鄭而救鄭，令尹欺我甚矣！當先殺令尹，然後伐鄭。」召其宗人白善於澧陽。善曰：「從子而亂其國，則不忠於君。背子而發其私，則不仁於族。」遂棄祿，築圃灌園終其身。楚人因名其圃曰白善將軍樂圃。白公聞白善不來，怒曰：「我無白善，遂不能殺令尹耶？」即召石乞議曰：「令尹與司馬，各用五百人，足以當之否？」石乞曰：「未足也。市南有勇士熊宜僚者，若得此人，可當五百人之用。」白公乃同石乞造於市南，見熊宜僚。宜僚大驚曰：「王孫貴人，奈何屈身而至？」白公曰：「某有事，欲與子謀之。」遂告以殺子西之事。宜僚搖首曰：「令尹有功於國，而無仇於僚。僚不敢奉命。」白公怒，拔劍指其喉曰：「不從，先殺汝！」宜僚面不改色，從容對曰：「殺一宜僚，如去螻蟻，何以怒為？」白公乃投劍於地，嘆曰：「子真勇士，吾聊試之耳！」即以車載回，禮為上賓。飲食必共，出入必俱。宜僚感其恩，遂以身許白公。及吳王夫差會黃池時，楚國畏吳之強，戒飭邊人，使修儆備。白公勝託言吳兵將謀襲楚，乃反以兵襲吳邊境，頗有所掠。遂張大其功，只說大敗吳師，得其鎧仗兵器若干，欲親至楚庭獻捷，以張國威。子西不知其詐，許之。白公悉出自己甲兵，裝作鹵獲百餘乘，親率壯士千人，押解入廟獻功。惠王登殿受捷，子西、子期侍立於旁。白公勝參見已畢，惠王見階下立著兩籌好漢❶，全身披掛，問：「是何人？」勝答曰：「此乃臣部下將士石乞、熊宜僚，伐吳有功者。」遂以手招二人。二人舉步方欲升階，子期喝曰：「吾王御殿，邊臣只許在下叩頭，不得升階！」石乞、熊宜僚那肯聽從，大踏步登階。子期使侍衛阻之。熊宜僚用手一拉，侍衛東倒西歪。二人徑入殿中。石乞拔劍來砍子西，熊宜僚拔劍來砍子期。白公大喝：「眾人何不齊上！」壯士千人，齊執兵器蜂擁而登。白公幫住❷惠王不許轉動。石乞生縛子西，百官皆驚散。惟子期素有勇力，遂拔殿戟與宜僚交戰。宜僚棄劍，前奪子期之戟。子期拾劍，以劈宜僚，中其左肩。宜僚亦刺中子期之腹。二人死命相持不捨，攪做一團，死於殿庭。子西謂勝曰：「汝餬口吳邦，我念骨肉之親，召汝還國，封為公爵。何負於汝，而反耶？」勝曰：「鄭殺吾父，汝與鄭講和，汝即鄭也。吾為父報仇，豈顧私恩哉？」子西嘆曰：「悔不聽沈諸梁之言也！」白公勝手劍斬子西之頭，陳其屍於朝。石乞曰：「不弒王，事終不濟。」勝曰：「孺子者何罪，廢之可也。」乃拘惠王於高府，欲立王子啟為王。啟固辭，遂殺之。石乞又勸勝自立。勝曰：「縣公尚眾，當悉召之。」乃屯兵於太廟。大夫管修，率家甲往攻白公，戰三日，修眾敗，被殺。圉公陽乘間使人掘高府之牆為小穴，夜潛入負惠王以出，匿於昭夫人之宮。

葉公沈諸梁聞變，悉起葉眾，星夜至楚。及郊，百姓遮道迎之。見葉公未曾甲冑，訝曰：「公胡不

❶ 兩籌好漢：兩個好漢。古時通行籌算，以一「籌」為一「個」，所以籌可以代替個。

❷ 幫住：擠住。

冑？國人望公之來，如赤子之望父母，萬一盜賊之矢傷害於公，民何望焉？」葉公乃披掛戴冑而進。將近都城，又遇一群百姓前來迎接。見葉公戴冑，又訝曰：「公胡冑？國人望公之來，如凶年之望穀米，若得見公之面，猶死而得生也。雖老稚，誰不為公致死力者？奈何掩蔽其面，使人懷疑無所用力乎？」葉公乃解冑而進。葉公知民心附己，乃建大旆於車。箴尹固因白公之召，欲率僚屬入城，既見大旗上「葉」字，遂從葉公守城。兵民望見葉公來到，大開城門以納其眾。葉公率國人攻白公勝於太廟。石乞兵敗，扶勝登車逃往龍山，欲適他國，未定。葉公引兵追至，勝自縊而死。石乞埋屍於山後。葉公兵至，生擒石乞。問：「白公何在？」對曰：「已自盡矣！」又問：「屍在何處？」石乞堅不肯言。葉公命取鼎鑊，揚火沸湯，置於乞前。謂曰：「再不言，當烹汝！」石乞自解其衣，笑曰：「事成，貴為上卿；事不成，則就烹，此乃理之當然也。吾豈肯賣屍骨以自免乎？」遂跳入鑊中，須臾糜爛。勝屍竟不知所在。石乞雖所從不正，亦好漢也！葉公迎惠王復位。時陳國乘楚亂，以兵侵楚。葉公請於惠王，帥師伐陳，滅之。以子西之子甯嗣為令尹，子期之子寬嗣為司馬。自己告老歸葉。自此楚國危而復安。此周敬王四十二年事也。

* * *

是年越王句踐探聽得吳王自越兵退後，荒於酒色，不理朝政；況連歲凶荒，民心愁怨。乃復悉起境內士卒，大舉伐吳。方出郊，於路上見一大鼃，目睜腹脹，似有怒氣。句踐肅然憑軾而起。左右問曰：「君何敬？」句踐曰：「吾見怒鼃如欲鬬之士，是以敬之。」軍中皆曰：「吾王敬及怒鼃，吾等受數年教訓，豈反不如鼃乎！」於是交相勸勉，以必死為志。國人各送其子弟於郊境之上，皆泣涕訣別，相語曰：「此行不滅吳，不復相見！」句踐復詔於軍曰：「父子俱在軍中者，父歸；兄弟俱在軍中者，兄歸；有父母無昆弟者，歸養；有疾病不能勝兵者，以告，給醫藥糜粥。」軍中感越王愛才之德，歡聲如雷。行及江口，斬有罪者，以申兵法。軍心肅然。吳王夫差聞越兵再至，亦悉起士卒，迎敵於江上。越兵屯於江南，吳兵屯於江北。越王將大軍，分為左右二陣。范蠡率右軍，文種率左軍。君子之卒六千人，從越王為中陣。明日，將戰於江中。乃於黃昏左側，令中軍銜枚遡江而上五里，以待吳兵。戒以夜半鳴鼓而進。復令右軍銜枚踰江十里，只等左軍接戰，右軍上前夾攻。各用大鼓，務使鼓聲震聞遠近。吳兵至夜半，忽聞鼓聲震天，知是越兵來襲，倉皇舉火。尚未看得明白，遠遠的鼓聲又起，兩軍相應，合圍攏來。夫差大驚，急傳令分軍迎戰。不期越王潛引私卒六千，金鼓不鳴，於黑暗中，徑衝吳中軍。此時天色尚未明，但覺前後左右中央，盡是越軍。吳兵不能抵當，大敗而走。句踐率三軍緊緊追之。及於笠澤，復戰，吳師又敗。一連三戰三北，名將王子姑曹、胥門巢等俱死。夫差連夜遁回，閉門自守。句踐從橫山進兵，即今越來溪是也。築一城於胥門之外，謂之越城，欲以困吳。越王圍吳多時，吳人大困。伯嚭託疾不出，夫差乃使王孫駱肉袒膝行而前，請成於越王曰：「孤臣夫差，異日得罪於會稽，夫差不敢逆命，得與君王結成以歸。今君王舉兵而誅孤臣，孤臣意者，亦望君王如會稽之赦罪。」句踐不忍其言，意欲許之。范蠡曰：「君王早朝晏罷，謀之至二十年，奈何垂成而棄之？」遂不准其行成。吳使往返七次，種、蠡堅執不肯。遂鳴鼓攻城，吳人不能復戰。種、蠡商議欲毀胥門而入。其夜望見吳南城上有伍子胥頭，巨若車輪，目若耀電，鬚髮四張，光射十里。越將士無不畏懼，暫且屯兵。至夜半，暴風從南門而起，夜雨如注，雷電轟掣，飛石揚沙，疾於弓弩。越兵遭者不死即傷，船索俱解，不能連屬。范蠡、文種情急，乃肉袒冒雨遙望南門，稽顙謝罪。良久，風息雨止。種、蠡坐而假寐，以待天明。夢見子胥乘白馬素車而至，衣冠甚偉，儼如生時。開言曰：「吾前知越兵必至，故求置吾頭於東門，以觀汝之入吳。吳王置吾頭於南門。吾忠心未絕，不忍汝從吾頭下而入，故為風雨以退汝軍。然越之有吳，此乃天定，吾安能止哉！汝如欲入，更從東門，我當為汝開道，貫城以通汝路。」二人所夢皆同，乃告於越王，使士卒開渠，自南而東。將及蛇、匠二門之間，忽然太湖水發，自胥門洶湧而來，波濤衝擊，竟將羅城蕩開一大穴，有鱄䱜無數，逐濤而入。范蠡曰：「此子胥為我開道也！」遂驅兵入城。其後因穴為門，名曰鱄䱜門；因水多葑草，又名葑門；其水名葑溪。此乃子胥顯靈古跡也。

夫差聞越兵入城，伯嚭已降，遂同王孫駱及其三子，奔於陽山。晝馳夜走，腹餒口飢，目視昏眩，左右採得生稻，剝之以進。吳王嚼之，伏地掬飲溝中之水。問左右曰：「所食者何物也？」左右對曰：「生稻。」夫差曰：「此公孫聖所言，『不得火食走章皇』也。」王孫駱曰：「飽食而去，前有深谷，可以暫避。」夫差曰：「妖夢已准，死在旦夕。暫避何為？」乃止於陽山，謂王孫駱曰：「吾前戮公孫聖，投於此山之巔，不知尚有靈響否？」駱曰：「王試呼之。」夫差乃大呼曰：「公孫聖！」山中亦應曰：「公孫聖。」三呼而三應。夫差心中恐懼，乃遷於干隧。句踐率千人追至，圍之數重。夫差作書繫於矢上，射入越軍。軍人拾取呈上，種、蠡二人同啟視，其詞曰：「吾聞『狡兔死而良犬烹。敵國如滅，謀臣必亡』。大夫何不存吳一線，以自為餘地？」文種亦作書繫矢而答之曰：「吳有大過者六：戮忠臣伍子胥，大過一也；以直言殺公孫聖，大過二也；太宰讒佞，而聽用之，大過三也；齊、晉無罪，數伐其國，大過四也；吳、越同壤而侵伐，大過五也；越親戕吳之前王，不知報仇，而縱敵貽患，大過六也。有此六大過，欲免於亡，得乎？昔天以越賜吳，吳不肯受。今天以吳賜越，越其敢違天之命！」夫差得書，讀至第六款大過，垂淚曰：「寡人不誅句踐，忘先王之仇，為不孝之子，此天之所以棄吳也！」王孫駱曰：「臣請再見越王而哀懇之。」夫差曰：「寡人不願復國，若許為附庸，世世事越，固所願矣！」駱至越軍，種、蠡拒之，不得入。句踐望見吳使者，泣涕而去，意頗憐之。使人謂吳王曰：「寡人念君昔日之情，請置君於甬東，給夫婦五百家，以終王之世。」夫差含淚而對曰：「君王幸赦吳，吳亦君之外府也。若覆社稷，廢宗廟，而以五百家為臣，孤老矣，不能從編氓之列，孤有死耳！」越使者去，夫差猶未肯自裁。句踐謂種、蠡曰：「二子何不執而誅之？」種、蠡對曰：「人臣不敢加誅於君。願主公自命之。天誅當行，不可久稽！」句踐乃仗步光之劍，立於軍前，使人告吳王曰：「世無萬歲之君，總之一死，何必使吾師加刃於王耶？」夫差乃太息數聲，四顧而望，泣曰：「吾殺忠臣子胥、公孫聖，今自殺晚矣！」謂左右曰：「使死者有知，無面目見子胥、公孫聖於地下。必重羅三幅，以掩吾面！」言罷，拔佩劍自刎。王孫駱解衣以覆吳王之屍，即以組帶自縊於旁。句踐命以侯禮葬於陽山，使軍士每人負土一簞，須臾遂成大冢。流其三子於龍尾山，後人名其里為吳山里。詩人張羽有詩嘆云：

荒臺獨上故城西，輦路凄涼草木悲。廢墓已無金虎臥，壞牆時有夜烏啼。採香徑斷來麋鹿，響屧廊空變黍離。欲弔伍員何處所？淡煙斜月不堪題！

楊誠齋蘇臺弔古詩云：

插天四塔雲中出，隔水諸峰雪後新。道是遠瞻三百里，如何不見六千人？

胡曾先生詠史詩云：

吳王恃霸逞雄才，貪向姑蘇醉綠醅。不覺錢塘江上月，一宵西送越兵來！

元人薩都剌詩云：

閶門楊柳自春風，水殿幽花泣露紅。飛絮年年滿城郭，行人不見館娃宮。

唐人陸龜蒙詠西施云：

半夜娃宮作戰場，血腥尚雜宴時香。西施不及燒殘蠟，猶為君王泣數行。

再說越王入姑蘇城，據吳王之宮，百官稱賀。伯嚭亦在其列，恃其舊日周旋之恩，面有德色。句踐謂曰：「子吳太宰也！寡人敢相屈乎？汝君在陽山，何不從之？」伯嚭慚而退。句踐使力士執而殺之，滅其家，曰：「吾以報子胥之忠也！」

句踐撫定吳民，乃以兵北渡江、淮，與齊、晉、宋、魯諸侯會於舒州，使人致貢於周。時周敬王已崩，太子名仁嗣位，是為元王。元王使人賜句踐袞冕圭璧彤弓弧矢，命為「東方之伯」。句踐受命，諸侯悉遣人致賀。其時楚滅陳國，懼越兵威，亦遣使修聘。句踐割淮上之地以與楚，割泗水之東，地方百里以與魯，以吳所侵宋地歸宋。諸侯悅服，尊越為霸。

越王還吳國，遣人築賀臺於會稽，以蓋昔日被棲之恥。置酒吳宮文臺之上，與群臣為樂。命樂工作伐吳之曲。樂師引琴而鼓之。其詞曰：

吾王神武蓄兵威，欲誅無道當何時？大夫種蠡前致詞，吳殺忠臣伍子胥。今不伐吳又何須？良臣集謀迎天禧；一戰開疆千里餘，恢恢功業勒常彝。賞無所吝罰不違，君臣同樂酒盈卮。

臺上群臣大悅而笑，惟句踐面無喜色。范蠡私嘆曰：「越王不欲功歸臣下，疑忌之端已見矣！」次日，入辭越王曰：「臣聞『主辱臣死』。向者大王辱於會稽，臣所以不死者，欲隱忍成越之功也。今吳已滅矣。大王倘免臣會稽之誅，願乞骸骨，老於江湖。」越王惻然，泣下沾衣，言曰：「寡人賴子之力，以有今日。方思圖報，奈何棄寡人而去乎？留則與子共國，去則妻子為戮！」蠡曰：「臣則宜死，妻子何罪？死生惟王，臣不顧矣！」是夜乘扁舟出齊女門，涉三江入五湖。——至今齊門外有地名蠡口，即范蠡涉三江之道也。——次日越王使人召范蠡，蠡已行矣。越王愀然變色，謂文種曰：「蠡可追乎？」文種曰：「蠡有鬼神不測之機，不可追也！」種既出，有人持書一封投之。種啟視，乃范蠡親筆。其書曰：

子不記吳王之言也？「狡兔死，走狗烹；敵國破，謀臣亡。」越王為人，長頸鳥喙，忍辱妒功。可與共患難，不可與共安樂。子今不去，禍必不免！

文種看罷，欲召送書之人，已不知何往矣。種怏怏不樂，然猶未深信其言。嘆曰：「少伯何慮之過乎！」

過數日，句踐班師回越，攜西施以歸。越夫人潛使人引出，負以大石，沉於江中，曰：「此亡國之物，留之何為？」後人不知其事，訛傳范蠡載入五湖，遂有「載去西施豈無意，恐留傾國誤君王」之句。——按范蠡扁舟獨往，妻子且棄之，況吳宮寵妃，何敢私載乎？——又有言范蠡恐越王復迷其色，乃以計沉之於江，此亦謬也。羅隱有詩辨西施之冤云：

家國興亡自有時，時人何苦咎西施。西施若解亡吳國，越國亡來又是誰？

再說越王念范蠡之功，收其妻子，封以百里之地。復使良工鑄金，象范蠡之形，置之座側，如蠡之生也。

卻說范蠡自五湖入海，忽一日，使人取妻子去，遂入齊。改名曰鴟夷子皮，仕齊為上卿。未幾，棄官隱於陶山，畜五牝，生息獲利千金，自號曰陶朱公。——後人所傳致富奇書，云是陶朱公之遺術也。——其後吳人祀范蠡於吳江，與晉張翰、唐陸龜蒙為三高祠。宋人劉寅有詩云：

人謂吳癡信不虛，建崇越相果何如？千年亡國無窮恨，只合江邊祀子胥。

句踐不行滅吳之賞，無尺土寸地分授。與舊臣疎遠，相見益稀。計倪佯狂辭職，曳庸等亦多告老。文種心念范蠡之言，稱疾不朝。越王左右有不悅文種者，譖於王曰：「種自以功大賞薄，心懷怨望，故不朝耳。」越王素知文種之才能，以為滅吳之後，無所用之。恐其一旦為亂，無人可制。欲除之，又無其名。其時魯哀公與季、孟、仲三家有隙，欲借越兵伐魯，以除去三家。乃借朝越為名，來至越國。句踐心虞文種，故不為發兵。哀公遂死於越。再說越王忽一日往視文種之疾，種為病狀，強迎王入。王乃解劍而坐，謂曰：「寡人聞之，『志士不憂其身之死，而憂其道之不行。』子有七術，寡人行其三，而吳已破滅。尚餘四術，安所用之？」種對曰：「臣不知所用也。」越王曰：「願以四術為我謀吳之前人於地下可乎？」言畢，即升輿而去，遺下佩劍於坐。種取視之，劍室有「屬鏤」二字，即夫差賜子胥自剄之劍也。種仰天嘆曰：「古人云：『大德不報。』吾不聽范少伯之言，乃為越王所戮，豈非愚哉！」復自笑曰：「百世而下，論者必以吾配子胥，亦復何恨！」遂伏劍而死。越王知種死，乃大喜。葬種於臥龍山。後人因名其山曰種山。葬一年，海水大發，穿山脅，冢忽崩裂，有人見子胥同文種前後逐浪而去。今錢塘江上，海潮重疊，前為子胥，後乃文種也。髯翁有文種贊曰：

忠哉文種，治國之傑！三術亡吳，一身殉越。不共蠡行，甯同胥滅。千載生氣，海潮疊疊。

句踐在位二十七年而薨。周元王之七年也。其後子孫世稱為霸。

話分兩頭。卻說晉國六卿，自范中行二氏滅後，止存智、趙、魏、韓四卿。智氏、荀氏因與范氏同出於荀，欲別其族，乃循智罃之舊，改稱智氏。時智瑤為政，號為智伯。四家聞田氏弒君專國，諸侯莫討，於是私自立議，各擇便據地，以為封邑。晉出公之地，反少於四卿，無可奈何。就中單表趙簡子名鞅，有子數人，長子名伯魯，其最幼者，名無卹，乃賤婢所生。有善相人者，姓姑布，名子卿，至於晉，鞅召諸子使相之。子卿曰：「無為將軍者。」鞅嘆曰：「趙氏其滅矣！」子卿曰：「吾來時，遇一少年在途，相從者，皆君府中人，此得非君之子耶？」鞅曰：「此吾幼子無卹，所出甚賤，豈足道哉！」子卿曰：「天之所廢，雖貴必賤；天之所興，雖賤必貴。此子骨相，似異諸公子，吾未得詳視也。君可召之。」鞅使人召無卹至。子卿望見，遽起拱立曰：「此真將軍矣！」鞅笑而不答。他日，悉召諸子，叩其學問，無卹有問必答，條理分明，鞅始知其賢。乃廢伯魯，而立無卹為適子。一日，智伯怒鄭之不朝，欲同趙鞅伐鄭。鞅偶患疾，使無卹代將以往。智伯以酒灌無卹，無卹不能飲。智伯醉而怒，以酒斝投無卹之面，面傷出血。趙氏將士俱怒，欲攻智伯。無卹曰：「此小恥，吾姑忍之。」智伯班師回晉，反言無卹之過，欲鞅廢之。鞅不從。無卹自此與智伯有隙。趙鞅病篤，謂無卹曰：「異日晉國有難，惟晉陽可恃，汝可識之！」言畢遂卒。無卹代立，是為趙襄子。此乃周貞定王十一年之事。時晉出公憤四卿之專，密使人乞兵於齊、魯，請伐四卿。齊田氏，魯三家，反以其謀告於智伯。智伯大怒，同韓康子虎，魏桓子駒，趙襄子無卹，合四家之眾，反伐出公。出公出奔於齊。智伯立昭公之曾孫驕為晉君，是為哀公。自此晉之大權，盡歸於智伯瑤，瑤遂有代晉之志，召集家臣商議。畢竟智伯成敗如何，且看下回分解。

第八十四回　智伯決水灌晉陽　豫讓擊衣報襄子

話說智伯名瑤，乃智武子躒之孫，智宣子徐吾之子。徐吾欲建嗣，謀於族人智果曰：「吾欲立瑤何如？」智果曰：「不如宵也。」徐吾曰：「宵才智皆遜於瑤，不如立瑤。」智果曰：「瑤有五長過人，惟一短耳。美鬚長大過人，善射御過人，多技藝過人，強毅果敢過人，智巧便給過人。然而貪殘不仁，是其一短。以五長凌人，而濟之以不仁，誰能容之？若果立瑤，智宗必滅！」徐吾不以為然，竟立瑤為適子。智果嘆曰：「吾不別族，懼其隨波而溺也！」乃私謁太史，求改氏譜，自稱輔氏。及徐吾卒，瑤嗣位，獨專晉政。內有智開、智國等肺腑之親，外有絺疵、豫讓等忠謀之士。權尊勢重，遂有代晉之志。召諸臣密議其事。謀士絺疵進曰：「四卿位均力敵，一家先發，三家拒之。今欲謀晉室，先削三家之勢。」智伯曰：「削之何道？」絺疵曰：「今越國方盛，晉失主盟。主公託言興兵與越爭霸，假傳晉侯之命，令韓、趙、魏三家，各獻地百里，率其賦以為軍資。三家若從命割地，我坐而增三百里之封，智氏益強，而三家日削矣。有不從者，矯晉侯之命，率大軍先除滅之。此食果去皮之法也。」智伯曰：「此計甚妙！但三家先從那家割起？」絺疵曰：「智氏睦於韓、魏，而與趙有隙，宜先韓次魏。韓、魏既從，趙不能獨異也。」智伯即遣智開至韓虎府中。虎延入中堂，叩其來意。智開曰：「吾兄奉晉侯之命，治兵伐越，令三家各割采地百里，入於公家，取其賦以充公用。吾兄命某致意，願乞地界回復。」韓虎曰：

「子且暫回，某來日即當報命。」智開去，韓康子虎召集群下謀曰：「智瑤欲挾晉侯以弱三家，故請割地為名。吾欲興兵先除此賊，卿等以為何如？」謀士段規曰：「智伯貪而無厭，假君命以削吾地。若用兵，是抗君也。彼將借以罪我，不如與之。彼得吾地，必又求之於趙、魏。趙、魏不從，必相攻擊。吾得安坐而觀其勝負。」韓虎然之。次日，令段規畫出地界百里之圖，親自進於智伯。智伯大喜，設宴於藍臺之上，以款韓虎。飲酒中間，智伯命左右取畫一軸，置於几上，同虎觀之，乃魯卞莊子刺三虎之圖。上有題贊云：

三虎啖羊，勢在必爭。其鬭可俟，其倦可乘。一舉兼收，卞莊之能！

智伯戲謂韓虎曰：「某嘗稽諸史冊，列國中與足下同名者，齊有高虎，鄭有罕虎，今與足下而三矣。」時段規侍側，進曰：「禮，不呼名，懼觸諱也。君之戲吾主，毋乃甚乎！」段規生得身材矮小，立於智伯之旁，纔及乳下。智伯以手拍其頂曰：「小兒何知，亦來饒舌，三虎所啖之餘，得非汝耶？」言畢，拍手大笑。段規不敢對，以目視韓虎。虎佯醉，閉目應曰：「智伯之言是也。」即時辭去。智國聞之，諫曰：「主公戲其君而侮其臣，韓氏之恨必深，若不備之，禍且至矣！」智伯瞋目大言曰：「我不禍人，足矣！誰敢興禍於我？」智國曰：「蚋蟻蜂蠆，猶能害人，況君相乎？主公不備，異日悔之何及！」智伯曰：「吾將效卞莊子一舉刺三虎，蚋蟻蜂蠆，我何患哉！」智國嘆息而出。史臣有詩云：

智伯分明井底蛙，眼中不復置三家。宗英空進興亡計，避害誰如輔果嘉！

次日，智伯再遣智開求地於魏桓子駒。駒欲拒之。謀臣任章曰：「若求地而與之，失地者必懼，得地者必驕。驕則輕敵，懼則相親。以相親之眾，待輕敵之人。智氏之亡可待矣。」魏駒曰：「善。」亦以萬家之邑獻之。智伯乃遣其兄智宵，求蔡皐狼之地於趙氏。趙襄子無卹，銜其舊恨，怒曰：「土地乃先世所傳，安敢棄之！韓、魏有地自予，吾不能媚人也！」智宵回報，智伯大怒。盡出智氏之甲，使人邀韓、魏二家，共攻趙氏。約以滅趙氏之日，三分其地。韓虎、魏駒，一來懼智伯之強，二來貪趙氏之地，各引一軍，從智伯征進。智伯自將中軍，韓軍在右，魏軍在左，殺奔趙府中，欲擒趙無卹。趙氏謀臣張孟談預知兵到，奔告無卹曰：「寡不敵眾。主公速宜逃難！」無卹曰：「逃在何處方好？」張孟談曰：「莫如晉陽。昔董安于曾築公宮於城內，又經尹鐸經理一番，百姓受尹鐸數十年寬恤之恩，必能效死。先君臨終有言：『異日國家有變，必往晉陽。』主公宜速行，不可遲疑！」無卹即率家臣張孟談、高赫等，望晉陽疾走。智伯勒二家之兵，以追無卹。

卻說無卹有家臣原過，行遲落後。於中途遇一神人，半雲半霧，惟見上截金冠錦袍，面貌亦不甚分明，以青竹二節授之，囑曰：「為我致趙無卹。」原過追上無卹，告以所見，以竹管呈之。無卹親剖其竹，竹中有朱書二行：「告趙無卹，余霍山之神也。奉上帝命，三月丙戌，使汝滅智氏。」無卹令祕其事。行至晉陽，晉陽百姓感尹鐸仁德，攜老扶幼，迎接入城，駐扎公宮。無卹見百姓親附，又見晉陽城堞高固，倉廩充實，心中稍安。即時曉諭百姓，登城守望。點閱軍器，戈戟鈍敝，箭不滿千，愀然不樂。謂張孟談曰：「守城之器，莫利於矢。今箭不過數百，不勾分給，奈何？」孟談曰：「吾聞董安于之治晉陽也，公宮之牆垣，皆以荻蒿楛楚，聚而築之。主公何不發其牆垣，以驗虛實？」無卹使人發其牆垣，果然都是箭幹之料。無卹曰：「箭已足矣，奈無金以鑄兵器何？」孟談曰：「聞董安于建宮之時，堂室皆練精銅為柱。瀉而用之，鑄兵有餘也。」無卹再發其柱，純是練過的精銅。即使冶工碎柱，鑄為劍戟刀槍，無不精利，人情益安。無卹歎曰：「甚哉，治國之需賢臣也！得董安于而器用備，得尹鐸而民心歸。天祚趙氏，其未艾乎？」

再說智、韓、魏三家兵到，分作三大營，連絡而居，把晉陽圍得鐵桶相似。晉陽百姓，情願出戰者甚眾，齊赴公宮請令。無卹召張孟談商之。孟談曰：「彼眾我寡，戰未必勝。不如深溝高壘，堅閉不出，以待其變。韓、魏無仇於趙，特為智伯所迫耳。兩家割地，亦非心願。雖同兵而實不同心。不出數月，必有自相疑猜之事，安能久乎？」無卹納其言，親自撫諭百姓，示以協力固守之意。軍民互相勸勉，雖婦女童稚，亦皆欣然，願效死力。有敵兵近城，輒以強弩射之。三家圍困歲餘，不能取勝。智伯乘小車，周行城外，嘆曰：「此城堅如鐵甕，安可破哉？」正懷悶間，行至一山，見山下泉流萬道，滾滾望東而逝。拘土人問之，答曰：「此山名曰龍山。山腹有巨石如甕，故又名懸甕山。晉水東流，與汾水合。此山乃發源之處也。」智伯曰：「離城幾何里？」土人曰：「自此至城西門，可十里之遙。」智伯登山以望晉水，復繞城東北，相度了良久，忽然省悟曰：「吾得破城之策矣！」即時回寨請韓、魏二家計議，欲引水灌城。韓虎曰：「晉水東流，安能決之使西乎？」智伯曰：「吾非引晉水也。晉水發源於龍山，其流如注。若於龍山，高阜處掘成大渠，預為蓄水之地，然後將晉水上流壩斷，使水不歸於晉川，勢必盡注新渠。方今春雨將降，山水必大發。俟水至之日，決隄灌城。城中之人，皆為魚鱉矣。」韓、魏齊聲贊曰：「此計妙哉！」智伯曰：「今日便須派定路數，各司其事。」韓公把守東路，魏公把守南路。須早夜用心，以防奔突。某將大營移屯龍山，兼守西北二路，專督開渠築隄之事。」韓、魏領命辭去。智伯傳下號令，多備鍬插，鑿渠於晉水之北。次將各處泉流下瀉之道，盡皆壩斷。後於渠之左右，築起高隄，凡山坳洩水之處，都有隄壩。那泉源泛溢，奔激無歸，只得望北而走，盡注新渠。卻將鐵枋閘板，漸次增添，截住水口。其水便有留而無去，有增而無減了。——今晉水北流一支，名智伯渠，即當日所鑿也。——一月之後，果然春雨大降，山水驟漲，渠高頓與隄平。智伯使人決開北面，其水從北溢出，竟灌入晉陽城來。有詩為證：

向聞洪水汩山陵，復見壅泉灌晉城。能令陽侯添膽大，便教神禹也心驚。

時城中雖被圍困，百姓向來富庶，不苦凍餒。況城基築得十分堅厚，雖經水浸，並無剝損。過數日，水勢愈高，漸漸灌入城中。房屋不是倒塌，便是淹沒。百姓無地可棲，無竈可爨，皆構巢而居，懸釜而炊。公宮雖有高臺，無卹不敢安居，與張孟談不時乘竹筏，周視城垣。但見城外水聲淙淙，一望江湖，有排山倒峽之勢。再加四五尺，便冒過城頭了。無卹心下暗暗驚恐。且喜守城軍民，晝夜巡警，未嘗疏怠。百姓皆以死自誓，更無二心。無卹嘆曰：「今日方知尹鐸之功矣！」乃私謂張孟談曰：「民心雖未變，而水勢不退。倘山水再漲，闔城皆為魚鼈，將若之何？霍山神其欺我乎？」孟談曰：「韓、魏獻地，未必甘心。今日從兵，迫於勢耳。臣請今夜潛出城外，說韓、魏之君，反攻智伯，方脫此患。」無卹曰：「兵圍水困，雖插翅亦不能飛出也。」孟談曰：「臣自有計，吾主不必憂慮。主公但令諸將多造船筏，利兵器。倘徼天之幸，臣說得行，智伯之頭，指日可取矣。」無卹許之。

孟談知韓康子屯兵於東門，乃假扮智伯軍士，於昏夜越城而出，徑奔韓家大寨。只說：「智元帥有機密事，差某面稟。」韓虎正坐帳中，使人召入。其時軍中嚴緊，凡進見之人，俱搜簡乾淨，方纔放進。張孟談既與軍士一般打扮，身邊又無夾帶，並不疑心。孟談既見韓虎，乞屏左右。虎命從人閃開，叩其所以。孟談曰：「某非軍士，實乃趙氏之臣張孟談也。吾主被圍日久，亡在旦夕。恐一旦身死家滅，無由布其腹心。故特遣臣假作軍士，潛夜至此，求見將軍，有言相告。將軍容臣進言，臣敢開口。如不然，臣請死於將軍之前。」韓虎曰：「汝有話但說，有理則從。」孟談曰：「昔日六卿和睦，同執晉政。自范氏、中行氏不得眾心，自取覆滅。今存者，惟智、韓、魏、趙四家耳。智伯無故欲奪趙氏蔡皐狼之地，吾主念先世之遺，不忍遽割，未有得罪於智伯也。智伯自恃其強，糾合韓、魏，欲攻滅趙氏。趙氏亡，則禍必次及於韓、魏矣。」韓虎沉吟未答。孟談又曰：「今日韓、魏所以從智伯而攻趙者，指望城下之日，三分趙氏之地耳。夫韓、魏不嘗割萬家之邑，以獻智伯乎？世傳疆宇，彼尚垂涎而奪之，未聞韓、魏敢出一語相抗也。況他人之地哉？趙氏滅，則智氏益強。韓、魏能引今日之勞，與之爭厚薄乎？即使今日三分趙地，能保智氏異日之不復請乎？將軍請細思之！」韓虎曰：「子之意欲如何？」孟談曰：「依臣愚見，莫若與吾主私和，反攻智伯。均之得地，而智氏之地，多倍於趙；且以除異日之患，世為唇齒，豈不美哉！」韓虎曰：「子言亦似有理。俟吾與魏家計議。子且去，三日後來取回復。」孟談曰：「臣萬死一生，此來非同容易。軍中耳目，難保不洩。願留麾下三日，以待尊命。」韓虎使人密召段規，告以孟談所言。段規受智伯之侮，懷恨未忘，遂深贊孟談之謀。韓虎使孟談與段規相見。段規留孟談同幕而居，二人深相結納。次日，段規奉韓虎之命，親往魏桓子營中，密告以趙氏有人，到軍中講話，如此恁般：「吾主不敢擅便，請將軍裁決。」魏駒曰：「狂賊悖嫚，吾亦恨之！但恐縛虎不成，反為所噬耳！」段規曰：「智伯不能相容，勢所必然。與其悔於後日，不如斷於今日。趙氏將亡，韓、魏存之。其德我必深，不猶愈於與兇人共事乎？」魏駒曰：「此事當熟思而行，不可造次。」段規辭去。

到第二日，智伯親自行水，遂治酒於懸甕山，邀請韓、魏二將軍，同視水勢。飲酒中間，智伯喜形於色。遙指著晉陽城謂韓、魏曰：「城不沒者，僅三版矣！吾今日始知水之可以亡人國也。晉國之盛，表裡山河。汾、澮、晉、絳，皆號巨川。以吾觀之，水不足恃，適足速亡耳！」魏駒私以肘撐韓虎，韓虎躡魏駒之足。二人相視，皆有懼色。須臾席散，辭別而去。絺疵謂智伯曰：「韓、魏二家必反矣！」智伯曰：「子何以知之？」絺疵曰：「臣未察其言，已觀其色。主公與二家約滅趙之日，三分其地。今趙城旦暮必破，二家無得地之喜，而有慮患之色，是以知必反也。」智伯曰：「吾與二氏方歡然同事，彼何慮焉？」絺疵曰：「主公言水不足恃，適速其亡。夫晉水可以灌晉陽，汾水可以灌安邑，絳水可以灌平陽。主公言及晉陽之水，二君安得不慮乎？」

至第三日，韓虎、魏駒亦移酒於智伯營中，答其昨日之情。智伯舉觴未飲，謂韓、魏曰：「瑤素負直性，能吐不能茹。昨有人言二位將軍有中變之意，不知果否？」韓虎、魏駒齊聲答曰：「元帥信乎？」智伯曰：「吾若信之，豈肯面詢於將軍哉？」韓虎曰：「聞趙氏大出金帛，欲離間吾三人。此必讒臣，受趙氏之私，使元帥疑我等，因而懈於攻圍，庶幾脫禍耳！」魏駒亦曰：「此言甚當。不然，城破在邇，誰不願剖分其土地？乃捨此目前必獲之利，而蹈不可測之禍乎？」智伯笑曰：「吾亦知二位必無此心，乃絺疵之過慮也。」韓虎曰：「元帥今日雖然不信，恐早晚復有言者。使吾兩人忠心無以自明，甯不墮讒臣之計乎？」智伯以酒酹地曰：「今後彼此相猜，有如此酒！」虎、駒拱手稱謝。是日，飲酒倍歡，將晚而散。絺疵隨後入見智伯曰：「主公奈何以臣之言，洩於二君耶？」智伯曰：「汝又何以知之？」絺疵曰：「適臣遇二君於轅門，二君端目視臣，已而疾走。彼謂臣已知其情，有懼臣之心，故遑遽如此。」智伯笑曰：「吾與二子酹酒為誓，各不相猜。子勿妄言，自傷和氣！」絺疵退而嘆曰：「智氏之命不長矣！」乃詐言暴得寒疾，求醫治療，遂逃奔秦國去訖。髯翁有詩咏絺疵云：

　　韓魏離心已見端，絺疵遠識詎能瞞？一朝託疾飄然去，明月清風到處安。

再說韓虎、魏駒從智伯營中歸去，路上二君定計，與張孟談歃血訂約：「期於明日夜半，決隄洩水。你家只看水退為信，便引城內軍士殺將出來，共擒智伯。」孟談領命入城，報知無卹。無卹大喜，暗暗傳令結束停當，等待接應。至期，韓虎、魏駒暗地使人襲殺守隄軍士，於四面掘開水口。水從西決。反灌入智伯之寨。軍中驚亂，一片聲喊起，智伯從睡夢中驚醒起來，水已及於臥榻，衣被俱濕。還認道巡視疎虞，偶然隄漏。急喚左右，快去救水塞隄。須臾，水勢益大。卻得智國、豫讓，率領水軍駕筏相迎，扶入舟中。回視本營，波濤滾滾，營壘俱陷。軍糧器械，飄蕩一空。營中軍士，盡從水中浮沉掙命❶。智伯正在悽慘，忽聞鼓聲大震，韓、魏二家之兵，各乘小舟，趁著水勢殺來，將智家軍亂砍，口中只叫：「拿智瑤來獻者重賞！」智伯嘆曰：「吾不信絺疵之言，果中其詐！」豫讓曰：「事已急矣！主公可從山後逃匿，奔入秦邦請兵。臣當以死拒敵。」智伯從其言，遂與智國棹小舟，轉出山背。

❶ 掙命：瀕死的掙扎。

誰知趙襄子也料智伯逃奔秦國，卻遣張孟談從韓、魏二家追逐智軍，自引一隊伏於龍山之後，湊巧相遇。無卹親縛智伯，數其罪斬之。智國投水溺死。豫讓鼓勵殘兵，奮勇迎戰。爭奈寡不敵眾，手下漸漸解散。及聞智伯已擒，遂變服逃往石室山中。智氏一軍盡沒。無卹查是日，正三月丙戌日也。天神所賜竹書，其言驗矣。三家收兵在於一處，將各路壩閘，盡行拆毀。水復東行，歸於晉川。晉陽城中之水，方纔盡退。無卹安撫居民已畢，謂韓、魏曰：「某賴二公之力，保全殘城，實出望外。然智伯雖死，其族尚存。斬草留根，終為後患。」韓、魏曰：「當盡滅其宗，以洩吾等之恨！」無卹即同韓、魏回至絳州，誣智氏以叛逆之罪，圍其家，無男女少長，盡行屠戮，宗族俱盡。惟智果已出姓為輔氏，得免於難。到此方知果之先見矣。韓、魏所獻地，各自收回。又將智氏食邑，三分均分，無一民尺土入於公家。此周貞定王十六年事也。

無卹論晉陽之功，左右皆推張孟談為首。無卹獨以高赫為第一。孟談曰：「高赫在圍城之中，不聞畫一策，效一勞，而乃居首功，受上賞，臣竊不解。」無卹曰：「吾在厄困中，眾俱慌錯，惟高赫舉動敬謹，不失君臣之禮。夫功在一時，禮垂萬世。受上賞，不亦宜乎？」孟談愧服。無卹感山神之靈，為之立祠於霍山，使原過世守其祀。又憾智伯不已，漆其頭顱為溲便之器。豫讓在石室山中，聞知其事，涕泣曰：「『士為知己者死！』吾受智氏厚恩，今國亡族滅，辱及遺骸。吾偷生於世，何以為人？」乃更姓名，詐為囚徒服役者，挾利匕首，潛入趙氏內廁之中。欲候無卹如廁，乘間刺之。無卹到廁，忽然心動。使左右搜廁中，牽豫讓出見無卹。無卹乃問曰：「子身藏利器，欲行刺於吾耶？」豫讓正色答曰：「吾智氏亡臣，欲為智伯報仇耳！」左右曰：「此人叛逆，宜誅！」無卹止之曰：「智伯身死無後，而豫讓欲為之報仇，真義士也！殺義士者不祥。」今放豫讓還家。臨去，復召問曰：「吾今縱子，能釋前仇否？」豫讓曰：「釋臣者，主之私恩；報仇者，臣之大義。」左右曰：「此人無禮，縱之必為後患！」無卹曰：「吾已許之，可失信乎？今後但謹避之可耳。」即日歸治晉陽，以避豫讓之禍。

卻說豫讓回至家中，終日思報君仇，未能就計。其妻勸其再仕韓、魏，以求富貴。豫讓怒，拂衣而出。思欲再入晉陽，恐其識認不便。乃削髮去眉，漆其身為癩子之狀，乞丐於市中。妻往市跟尋，聞呼乞聲。驚曰：「此吾夫之聲也！」趨視，見豫讓曰：「其聲似而其人非。」遂捨去。豫讓嫌其聲音尚在，復吞炭變為啞喉。再乞於市，妻雖聞聲，亦不復訝。有友人素知豫讓之志，見乞者行動，心疑為讓。潛呼其名，果是也。乃邀至家中進飲食，謂曰：「子報仇之志決矣！然未得報之術也。以子之才，若詐投趙氏，必得重用。此時乘隙行事，唾手而得。何苦毀形滅性，以求濟其事乎？」豫讓謝曰：「吾既臣趙氏，而復行刺，是二心也。今吾漆身吞炭為智伯報仇，正欲使人臣懷二心者，聞吾風而知愧耳！請與子訣，勿復相見。」遂奔晉陽城來，行乞如故。更無人識之者。趙無卹在晉陽，觀智伯新渠已成之業，不可復廢。乃使人建橋於渠上，以便來往，名曰赤橋。——赤乃火色，火能剋水。因晉水之患，故以赤橋厭之。——橋既成，無卹駕車出觀。豫讓預知無卹觀橋，復懷利刃，詐為死人，伏於橋梁之下。無卹之車將近赤橋，其馬忽悲嘶卻步。御者連鞭數策，亦不前進。張孟談進曰：「臣聞『良驥不陷其主』。今此馬不渡赤橋，必有奸人藏伏，不可不察。」無卹停車，命左右搜簡。回報：「橋下並無奸細，只有一死人僵臥。」無卹曰：「新築橋梁，安得便有死屍？必豫讓也！」命曳出視之。形容雖變，無卹尚能識認，罵曰：「吾前已曲法赦之，今又來謀刺，皇天豈佑汝哉！」命牽去斬之。豫讓呼天而號，淚與血下。左右曰：「子畏死耶？」讓曰：「某非畏死，痛某死之後，別無報仇之人耳！」無卹召回問曰：「子先事范氏。范氏為智伯所滅，子忍恥偷生，反事智伯，不為范氏報仇。今智伯之死，子獨報之甚切，何也？」豫讓曰：「夫君臣以義合。君待臣如手足，則臣待君如腹心；君待臣如犬馬，則臣待君如路人。某向事范氏，止以眾人相待。吾亦以眾人報之。及事智伯，蒙其解衣推食，以國士相待。吾當以國士報之。豈可一例而觀耶？」無卹曰：「子心如鐵石不轉，吾不復赦子矣！」遂解佩劍，責令自裁。豫讓曰：「臣聞『忠臣不憂身之死，明主不掩人之義』。蒙君赦宥，於臣已足。今日臣豈望再活？但兩計不成，憤無所洩。請君脫衣與臣擊之，以寓報仇之意，臣死亦瞑目矣！」無卹憐其志，脫下錦袍，使左右遞與豫讓。讓掣劍在手，怒目視袍，如對無卹之狀。三躍而三砍之，曰：「吾今可以報智伯於地下矣！」遂伏劍而死。——至今此橋尚存，後人改名為豫讓橋。——無卹見豫讓自刎，心甚悲之，即命收葬其屍。軍士提起錦袍，呈與無卹。無卹視所砍之處，皆有鮮血點污。此乃精誠之所感也。無卹心中驚駭，自是染病。不知性命何如，且看下回分解。

第八十五回　樂羊子怒餟中山羹　西門豹喬送河伯婦

話說趙無卹被豫讓三擊其衣，連打三個寒噤。豫讓死後，無卹視衣所砍處，皆有血跡。自此患病，逾年不痊。無卹生有五子，因其兄伯魯為己而廢，欲以伯魯之子周為嗣。而周先死，立周之子浣為世子。無卹臨終，謂世子趙浣曰：「三卿滅智氏，地土寬饒，百姓悅服，宜乘此時，約韓、魏三分晉國，各立廟社，傳之子孫。若遲疑數載，晉或出英主，攬權勤政，收拾民心，則趙氏之祀不保矣。」言訖而瞑。趙浣治喪已畢，即以遺言告於韓虎。時周考王之四年，晉哀公薨，子柳立，是為幽公。韓虎與魏、趙合謀，只以絳州、曲沃二邑，為幽公俸食。餘地皆三分入於三家，號曰三晉。幽公微弱，反往三家朝見，君臣之分倒置矣。

再說齊相國田盤，聞三晉盡分公家之地，亦使其兄弟宗人，盡為齊都邑大夫，遣使致賀於三晉，與之通好。自是列國交際，田、趙、韓、魏四家，自出名往來。齊、晉之君，拱手如木偶而已。時周考王封其弟揭於河南城，以續周公之官職。揭少子班別封於鞏，因鞏在王城之東，號曰東周公，而稱河南曰西周公。此東西二周之始。考王薨，子午立，是為威烈王。威烈王之始，趙浣卒，子趙籍代立。而韓虔嗣韓，魏斯嗣魏，田和嗣田。四家相結益深，約定彼此互相推援，共成大事。威烈王二十三年，有雷電擊周之九鼎，鼎俱搖動。三晉之君聞此，私議曰：「九鼎乃三代傳國之重器，今忽震動，周運其將終矣。

吾等立國已久，未正名號。乘此周室衰微之際，各遣使請命於周王，求為諸侯。彼畏吾之強，不敢不許。如此則名正言順，有富貴之實，而無篡奪之名，豈不美哉？」於是各遣心腹之使，魏遣田文，趙遣公仲連，韓遣俠累，各齎金帛及土產之物，貢獻於威烈王，乞其冊命。威烈王問於使者曰：「晉地皆入於三家乎？」魏使田文對曰：「晉失其政，外離內叛。三家自以兵力征討叛臣，而有其地，非攘之於公家也。」威烈王又曰：「三晉既欲為諸侯，何不自立？乃復告於朕乎？」趙使公仲連對曰：「以三晉累世之強，自立誠有餘。所以必欲稟命者，不敢忘天子之尊耳。王若冊封三晉之君，俾世篤忠貞，為周藩屏，於王室何不利焉？」威烈王大悅，即命內史作策命，賜籍為趙侯，虔為韓侯，斯為魏侯，各賜黼冕圭璧全副。田文等回報，於是趙、韓、魏三家，各以王命宣布國中。趙都中牟，韓都平陽，魏都安邑，立宗廟社稷。復遣使遍告列國，列國亦多致賀。惟秦國自棄晉附楚之後，不通中國，中國亦以夷狄待之，故獨不遣賀。未幾，三家廢晉靖公為庶人，遷於純留，而復分其餘地。晉自唐叔傳至靖公，凡二十九世，其祀遂絕。髯翁有詩嘆云：

六卿歸四四歸三，南面稱侯自不慚。利器莫教輕授柄，許多昏主導奸貪。

又有詩譏周王不當從三晉之命，導人叛逆。詩云：

王室單微似贅瘤，怎禁三晉不稱侯？若無冊命終成竊，只怪三侯不怪周。

卻說三晉之中，惟魏文侯斯最賢，能虛心下士。時孔子高弟卜商，字子夏，教授於西河，文侯從之受經。魏成薦田子方之賢，文侯與之為友。成又言西河人段干木有德行，隱居不仕，文侯即命駕車往見。干木聞車駕至門，乃踰後垣而避之。文侯歎曰：「高士也！」遂留西河一月，日日造門請見。將近其廬，即憑軾起立，不敢倨坐。干木知其誠，不得已而見之。文侯以安車載歸，與田子方同為上賓。四方賢士，聞風來歸。又有李克、翟璜、田文、任座一班謀士，濟濟在朝。當時人才之盛，無出魏右。秦人屢次欲加兵於魏，畏其多賢，為之寢兵。文侯嘗與虞人❶期定午時，獵於郊外。其日早朝，值天雨，寒甚，賜群臣酒，君臣各飲。方在浹洽之際，文侯問左右曰：「時及午乎？」答曰：「時午矣！」文侯遽命撤酒，促輿人速速駕車適野。左右曰：「雨不可獵矣！何必虛此一出乎？」文侯曰：「吾與虞人有約，彼必相候於郊。雖不獵，敢不親往以踐約哉！」國人見文侯冒雨而出，咸以為怪。及聞赴虞人之約，皆相顧語曰：「我君之不失信於人如此！」於是凡有政教，朝令夕行，無敢違者。

* * *

卻說晉之東，有國名中山，姬姓，子爵，乃白狄之別種，亦號鮮虞。自晉昭公之世，叛服不常，屢次征討。趙簡子率師圍之，始請和，奉朝貢。及三晉分國，無所專屬。中山子姬窟，好為長夜之飲，以日為夜，以夜為日。疎遠大臣，狎昵群小。黎民失業，災異屢見。文侯謀欲伐之。魏成進曰：「中山西近趙，而南遠於魏，若攻而得之，未易守也。」文侯曰：「若趙得中山，則北方之勢愈重矣。」翟璜奏曰：「臣舉一人，姓樂名羊，本國穀邱人也。此人文武全才，可充大將之任。」文侯曰：「何以見之？」翟璜對曰：「樂羊嘗行路，得遺金，取之以歸。其妻唾之曰：『志士不飲盜泉之水，廉者不受嗟來之食。

❶虞人：古代掌山澤之官，亦主苑囿田獵。

此金不知來歷，奈何取之，以污素行乎？』樂羊感妻之言，乃拋金於野，別其妻而出，遊學於魯、衛。過一年來歸，其妻方織機，問夫：『所學成否？』樂羊曰：『尚未也。』妻取刀斷其機絲。樂羊驚問其故。妻曰：『學成而後可行，猶帛成而後可服。今子學尚未成，中道而歸，何異於此機之斷乎？』樂羊感悟，復往就學，七年不反。今此人見在本國，高自期許，不屑小仕。何不用之？」文侯即命翟璜以軺車召樂羊。左右阻之曰：「臣聞樂羊長子樂舒，見仕中山，豈可任哉？」翟璜曰：「樂羊功名之士也。子在中山，曾為其君招樂羊，羊以中山君無道，不往。主公若寄以斧鉞之任，何患不能成功乎？」文侯從之。樂羊隨翟璜入朝見文侯。文侯曰：「寡人欲以中山之事相委，奈卿子在彼國何？」樂羊曰：「丈夫建功立業，各為其主。豈以私情廢公事哉？臣若不能破滅中山，甘當軍令！」文侯大喜曰：「子能自信，寡人無不信子。」遂拜為元帥，使西門豹為先鋒，率兵五萬，往伐中山。姬窟遣大將鼓須屯兵楸山，以拒魏師。樂羊屯兵於文山。相持月餘，未分勝負。樂羊謂西門豹曰：「吾在主公面前任軍令狀而來。今出兵月餘，未有寸功，豈不自愧！吾觀楸山多楸樹，誠得一膽勇之士，潛師而往，縱火焚林，彼兵必亂。亂而乘之，無不勝矣。」西門豹願往。其時八月中秋，中山子姬窟，遣使齎羊酒到楸山，以勞鼓須。鼓須對月暢飲，樂而忘懷。約定三更，西門豹率兵壯銜枚突至，每人各持長炬一根，俱枯枝扎成，內灌有引火藥物，四下將楸木焚燒。鼓須見軍中火起，延及營寨，帶醉率軍士救火。只見吰吰嘷嘷，遍山皆著，沒一頭救處，軍中大亂。鼓須知前營有魏兵，急往山後奔走。正遇樂羊親自引兵從山後襲來。中山兵大敗，鼓須死戰得脫，奔至白羊關。魏兵緊追在後，鼓須棄關而走。樂羊長驅直入，所向皆破。鼓須引敗兵見姬窟，言：「樂羊勇智難敵。」須臾，樂羊引兵圍了中山，姬窟大怒。大夫公孫焦進曰：「樂羊者，樂舒之父。舒仕於本國。君令舒於城上說退父兵，此為上策。」姬窟依計，謂樂舒曰：「爾父為魏將攻城，如說得退兵，當封汝大邑。」樂舒曰：「臣父前不肯仕中山而仕於魏，今各為其主，豈臣說之可行哉？」姬窟強之。樂舒不得已，只得登城大呼，請其父相見。樂羊披掛登於轈車，一見樂舒，不等開口，遽責曰：「君子不居危國，不事亂朝！汝貪於富貴，不識去就。吾奉君命弔民伐罪。可勸汝君速降，尚可相見。」樂舒曰：「降不降在君，非男所得專也。但求父暫緩其攻，容我君臣從容計議。」樂羊曰：「吾且休兵一月，以全父子之情。汝君臣可早早定議，勿誤大事！」樂羊果然出令，只教軟困，不去攻城。姬窟恃著樂羊愛子之心，決不急攻，且圖延緩，全無主意。過了一月，樂羊使人討取降信，姬窟又叫樂舒求寬。樂羊又寬一月。如此三次，西門豹進曰：「元帥不欲下中山乎？何以久而不攻也？」樂羊曰：「中山君不恤百姓，吾故伐之。若攻之太急，傷民益甚。吾之三從其請，不獨為父子之情，亦所以收民心也。」

卻說魏文侯左右見樂羊新進，驟得大用，俱有不平之意。及聞其三次輟攻，遂譖於文侯曰：「樂羊乘屢勝之威，勢如破竹。特因樂舒一語，三月不攻。父子情深，亦可知矣。主公若不召回，恐勞師費財，無益於事。」文侯不應，問於翟璜。璜曰：「此必有計，主公勿疑。」自此群臣紛紛上書，有言中山將分國之半與樂羊者，有言樂羊謀於中山共攻魏國者。文侯俱封置篋內，但時時遣使勞苦，預為治府第於都中，以待其歸。樂羊心甚感激。見中山不降，遂率將士儘力攻擊。中山城堅厚，且積糧甚多，鼓須與公孫焦晝夜巡警，拆城中木石為捍禦之備。攻至數月，尚不能破。惱得樂羊性起，與西門豹親立於矢石之下，督令四門急攻。鼓須方指揮軍士，腦門中箭而死。城中房屋牆垣，漸已拆盡。公孫焦言於姬窟曰：

「事已急矣！今日止有一計，可退魏兵。」窟問：「何計？」公孫焦曰：「樂舒三次求寬，羊俱聽之，足見其愛子之情矣。今攻擊至急，可將樂舒綁縛，置於高竿。若不退師，當殺其子，使樂舒哀呼乞命。樂羊之攻，必然又緩。」姬窟從其言。樂舒在高竿上，大呼：「父親救命！」樂羊見之，大罵曰：「不肖子！汝仕於人國，上不能出奇運策，使其主有戰勝之功；下不能見危委命，使君決行成之計，尚敢如含乳小兒，以哀號乞憐乎！」言畢，架弓搭矢，欲射樂舒。舒叫苦下城，見姬窟曰：「吾父志在為國，不念父子之情。主公自謀戰守，臣請死於君前，以明不能退兵之罪。」公孫焦曰：「其父攻城，其子不能無罪，合當賜死。」姬窟曰：「非樂舒之過也。」公孫焦曰：「樂舒死，臣便有退兵之計。」姬窟遂以劍授舒，舒自刎而亡。公孫焦曰：「人情莫親父子。今將樂舒烹羹以遺樂羊，羊見羹必然不忍。乘其哀泣之際，無心攻戰，主公引一軍殺出，大戰一場，幸而得勝，再作計較。」姬窟不得已而從之。命將樂舒之肉烹羹，并其首送於樂羊曰：「寡君以小將軍不能退師，已殺而烹之，謹獻其羹！小將軍尚有妻子，元帥若再攻城，即當盡行誅戮！」樂羊認得是其子首，大罵曰：「不肖子！事無道昏君，固宜取死！」即取羹對使者食之，盡一器。謂使者曰：「蒙汝君饋羹，破城日面謝。吾軍中亦有鼎鑊，以待汝君也。」使者還報。姬窟見樂羊全無痛子之心，攻城愈急，恐城破見辱，遂入後宮自縊。公孫焦開門出降。樂羊數其讒諂敗國之罪，斬之。撫慰居民已畢，留兵五千，使西門豹居守。盡收中山府藏寶玉，班師回魏，魏文侯聞樂羊成功，親自出城迎勞曰：「將軍為國喪子，實孤之過也！」樂羊頓首曰：「臣義不敢顧私情，以負主公斧鉞之寄。」樂羊朝見畢，呈上中山地圖，及寶貨之數。群臣稱賀。文侯設宴於內臺之上，親捧觴以賜樂羊。羊受觴飲之，足高氣揚，大有矜功之色。宴畢，文侯命左右挈二篋，封識甚固，送樂羊歸第。左右將二篋交割。樂羊想道：「篋內必是珍珠金玉之類，主公恐群臣相妒，故封識贈我。」命家人抬進中堂，啟篋視之，俱是群臣奏本，本內盡說樂羊反叛之事。樂羊大驚曰：「原來朝中如此造謗！若非吾君相信之深，不為所惑，怎得成功？」次日，入朝謝恩，文侯議加上賞。樂羊再拜辭曰：「中山之滅，全賴主公力持於內。臣在外稍效犬馬，何力之有？」文侯曰：「非寡人不能任卿，非卿亦不能副寡人之任也！然將軍勞矣，盍就封安食乎？」即以靈壽封羊，稱為靈壽君，罷其兵權。翟璜進曰：「君既知樂羊之能，奈何不使將兵備邊，而縱其安閒乎？」文侯笑而不答。璜出朝以問李克，克曰：「樂羊不愛其子，況他人哉！此管仲所以疑易牙也。」翟璜乃悟。

文侯思中山地遠，必得親信之人為守，乃保無虞。乃使其世子擊為中山君。擊受命而出，遇田子方乘敝車而來。擊慌忙下車，拱立道旁致敬。田子方驅車直過，傲然不顧。擊心懷不平，乃使人牽其車索上前曰：「擊有問於子，富貴者驕人乎？貧賤者驕人乎？」子方笑曰：「自古以來，只有貧賤驕人，那有富貴驕人之理？國君而驕人，則不保社稷；大夫而驕人，則不保宗廟。楚靈王以驕亡其國，智伯瑤以驕亡其家。富貴之不足恃明矣。若夫貧賤之士，食不過藜藿，衣不過布褐，無求於人，無欲於世。惟好士之主，自樂而就之。言聽計合，勉為之留。不然，則浩然長往，誰能禁之？武王能誅萬乘之紂，而不能屈首陽之二士。蓋貧賤之足貴如此。」太子擊大慚，謝罪而去。文侯聞子方不屈於世子，益加敬禮。

*　*　*

時鄴都缺守，翟璜曰：「鄴介於上黨、邯鄲之間，與韓、趙為鄰，必得強明之士以守之，非西門豹不可。」文侯即用西門豹為鄴都守。豹至鄴城，見閭里蕭條，人民稀少。召父老至前，問其所苦。父老皆曰：「苦為河伯娶婦。」豹曰：「怪事！怪事！河伯如何娶婦？汝為我詳言之。」父老曰：「漳水自漳嶺而來，由沙城而東，經於鄴，為漳河；河伯即清漳之神也。其神好美婦，歲納一夫人。若擇婦嫁之，常保年豐歲稔，雨水調均。不然，神怒，致水波泛溢，漂溺人家。」豹曰：「此事誰人倡始？」父老曰：「此邑之巫覡所言也。俗畏水患，不敢不從。每年里豪及廷掾，與巫覡共計，賦民錢數百萬。用二三十萬，為河伯娶婦之費，其餘則共分用之。」豹問曰：「百姓任其瓜分，甯無一言乎？」父老曰：「巫覡主祝禱之事，三老廷掾，有科斂奔走之勞；分用公費，固所甘心。更有至苦，當春初布種，巫覡遍訪人家女子，有幾分顏色者，即云：『此女當為河伯夫人。』不願者，多將財帛買免，別覓他女。有貧民不能買免，只得將女與之。巫覡治齋宮於河上，絳帷床席，鋪設一新。將此女沐浴更衣，居於齋宮之內。卜一吉日，編葦為舟，使女登之。浮於河，流數十里乃滅。人家苦此煩費，又有愛女者，恐為河伯所娶，攜女遠竄，所以城中益空。」豹曰：「汝邑曾受漂溺之患否？」父老曰：「賴歲歲娶婦，不曾觸河神之怒。但漂溺雖免，奈本邑土高路遠，河水難達。每逢歲旱，又有乾枯之患。」豹曰：「神既有靈，當嫁女時，吾亦欲往送，當為汝禱之。」及期，父老果然來稟。西門豹具衣冠，親往河上。凡邑中官屬，三老豪戶里長父老，莫不畢集。百姓遠近皆會，聚觀者數千人。三老里長等引大巫來見，其貌甚倨。豹顧之，乃一老女子也。小巫女弟子，二十餘人，衣冠楚楚，悉持巾櫛爐香之類，隨侍其後。豹曰：「勞苦大巫，煩呼河伯婦來，我欲視之。」老巫顧弟子使喚至。豹視女子鮮衣素襪，顏色中等。豹謂巫嫗及三老眾人曰：「河伯貴神，女必有殊色，方纔相稱。此女不佳，煩大巫為我入報河伯，但傳太守之語，更當別求好女子，後日送之。」即使吏卒數人，共抱老巫，投之於河。左右莫不驚駭失色。豹靜立俟之，良久曰：「嫗年老不幹事，去河中許久，尚不回話。弟子為我催之！」復使吏卒，抱弟子一人，投於河中。少頃，又曰：「弟子去何久也？」復使弟子一人催之。又嫌其遲，更投一人。凡投弟子三人，入水即沒。豹曰：「是皆女子之流，傳話不明。煩三老入河，明白言之。」三老方欲辭，豹喝：「快去！即取回覆！」吏卒左牽右拽，不由分說，又推河中，逐波而去。旁觀者皆為吐舌。豹簪纓鞠躬，向河恭敬以待。約莫又一個時辰，又曰：「三老年高，亦復不濟。須得廷掾豪長者往告。」那廷掾里豪，嚇得面如土色，流汗浹背，一齊皆叩頭求哀，流血滿面，堅不肯起。西門豹曰：「且俟須臾。」眾人戰戰兢兢，又過一刻。西門豹曰：「河水滔滔，去而不返。河伯安在？枉殺民間女子，汝曹罪當償命！」眾人復叩頭謝曰：「從來都被巫嫗所欺，非某等之罪也！」豹曰：「巫嫗已死，今後再有言河伯娶婦者，即令其人為媒，往報河伯。」於是廷掾里豪三老，乾沒財賦，悉追出散還民間。又使父老，即於百姓中，詢其年長無妻者，以女弟子嫁之。巫風遂絕。百姓逃避者復還鄉里。有詩為證：

河伯何曾見娶妻？愚民無識被巫欺。一從賢令除疑網，女子安眠不受虧。

豹又相度地形，視漳水可通處，發民鑿渠，各十二處，引漳水入渠。既殺河勢，又腹內田畝，得渠水浸灌，無旱乾之患，禾稼倍收，百姓樂業。——今臨漳縣有西門渠，即豹所鑿也。——文侯謂翟璜曰：「寡人聽子之言，使樂羊伐中山，使西門豹治鄴，皆勝其任，寡人賴之。今西河在魏西鄙，為秦人犯魏之道，卿思何人可以為守？」翟璜沉思半晌，答曰：「臣舉一人，姓吳名起，此人大有將才。今自魯奔魏，主公速召而用之。若遲，則又他適矣。」文侯曰：「起非殺妻以求為魯將者乎？聞此人貪財好色，性復殘忍，豈可託以重任哉？」翟璜曰：「臣所舉者，取其能為君成一日之功，若素行不足計也。」文侯曰：「試為寡人召之。」不知吳起如何在魏立功，且看下回分解。

第八十六回　吳起殺妻求將　騶忌鼓琴取相

話說吳起衛國人，少居里中，以擊劍無賴，為母所責。起自嚙其臂出血，與母誓曰：「起今辭母，遊學他方。不為卿相，擁節旄，乘高車，不入衛城，與母相見！」母泣而留之。起竟出北門不顧，往魯國受業於孔門高弟曾參。晝研夜誦，不辭勞苦。有齊國大夫田居至魯，嘉其好學，與之談論，淵淵不竭。乃以女妻之。起在曾參之門歲餘，參知其家中尚有老母，一日問曰：「子遊學六載，不歸省親，人子之心安乎？」起對曰：「起曾有誓詞在前，不為卿相，不入衛城。」參曰：「他人可誓，母安可誓也！」由是心惡其人。未幾，衛國有信至，言起母已死。起仰天三號，旋即收淚，誦讀如故。參怒曰：「吳起不奔母喪，忘本之人！夫水無本則竭，木無本則折，人而無本，能令終乎？起非吾徒矣！」命弟子絕之，不許相見。起遂棄儒學兵法，三年學成，求仕於魯。魯相公儀休，常與論兵，知其才能。言於穆公，任為大夫。起祿入既豐，遂多買妾婢，以自娛樂。時齊相國田和，謀篡其國。恐魯與齊世姻，或討其罪。乃修艾陵之怨，興師伐魯，欲以威力脅而服之。魯相國公儀休進曰：「欲卻齊兵，非吳起不可。」穆公口雖答應，終不肯用。及聞齊師已拔成邑，休復請曰：「臣言吳起可用，君何不行？」穆公曰：「吾固知起有將才。但其所娶乃田宗之女。夫至愛莫如夫妻，能保無觀望之意乎？吾是以躊躇而不決也。」公儀休出朝，吳起已先在相府候見，問曰：「齊寇已深，主公已得良將否？今日不是某誇口自薦，若用某為將，必使齊兵隻輪不返。」公儀休曰：「吾言之再三，主公以子婚於田宗，以此持疑未決。」吳起曰：「欲釋主公之疑，此特易耳！」乃歸家問其妻田氏曰：「人之所貴有妻者何也？」田氏曰：「有外有內，家道始立。所貴有妻以成家耳。」吳起曰：「夫位為卿相，食祿萬鍾，功垂於竹帛，名留於千古，其成家也大矣！豈非婦之所望於夫者乎？」田氏曰：「然。」起曰：「吾有求於子，子當為我成之。」田氏曰：「妾婦人，安得助君成其功？」吳起曰：「今齊師伐魯，魯侯欲用我為將。以我娶於田宗，疑而不用。誠得子之頭以謁見魯侯，則魯侯之疑釋，而吾之功名可就也。」田氏大驚。方欲開口答話，起拔劍一揮，田氏頭已落地。史臣有詩云：

一夜夫妻百夜恩，無辜忍使作冤魂？母喪不顧人倫絕，妻子區區何足論！

於是以帛裹田氏頭，往見穆公，奏曰：「臣報國有志，而君以妻故見疑。臣今斬妻之頭，以明臣之為魯不為齊也。」穆公慘然不樂，曰：「大夫休矣！」少頃，公儀休入見。穆公謂曰：「吳起殺妻以求將，此殘忍之極，其心不可測也。」公儀休曰：「起不愛其妻而愛功名，君若棄之不用，必反而為齊矣。」穆公乃從休言，即拜吳起為大將，使泄柳、申詳副之，率兵二萬以拒齊師。起受命之後，在軍中與士卒同衣食。臥不設席，行不騎乘。見士卒裹糧負重，分而荷之。有卒病疽，起親為調藥，以口吮其膿血。士卒感起之恩，如同父子。咸摩拳擦掌，願為一戰。

卻說田和引大將田忌、段朋長驅而入，直犯南鄙。聞吳起為魯將，笑曰：「此田氏之壻，好色之徒，安知軍旅事耶？魯國合敗，故用此人也。」及兩軍對壘，不見吳起挑戰，陰使人覘其作為。見起方與軍士中之最賤者，席地而坐，分羹同食。使者還報，田和笑曰：「將尊則士畏，士畏則戰力。起舉動如此，安能用眾？吾無慮矣！」再遣愛將張丑假稱願與講和，特至魯軍探起戰守之意。起將精銳之士，藏於後軍，悉以老弱見客。謬為恭敬，延入禮待。丑曰：「軍中傳聞將軍殺妻求將，果有之乎？」起觳觫而對曰：「某雖不肖，曾受學於聖門，安敢為此不情之事？吾妻自因病亡，與軍旅之命適會其時。君之所聞，殆非其實。」丑曰：「將軍若不棄田宗之好，願與將軍結盟通和。」起曰：「某書生，豈敢與田氏戰乎？若獲結成，此乃某之至願也。」起留張丑於軍中，歡飲三日，方纔遣歸，絕不談及兵事。臨行時，再三致意，求其申好。丑辭去，起即暗調兵將，分作三路，尾其後而行。田和得張丑回報，以起兵既弱，又無戰志，全不掛意。忽然轅門外鼓聲大振，魯兵突然殺至。田和大驚。馬不及甲，車不及駕，軍中大亂。田忌引步軍出迎，段朋急命軍士，整頓車乘接應。不提防泄柳、申詳二軍，分為左右，一齊殺入。乘亂夾攻，齊軍大敗。殺得僵屍滿野，直追過平陸方回。魯穆公大悅，進起上卿。田和責張丑誤事之罪。丑曰：「某所見如此，豈知起之詐謀哉？」田和乃嘆曰：「起之用兵，孫武、穰苴之流也！若終為魯用，齊必不安。吾欲遣一人至魯，暗與通和，各無相犯，子能去乎？」丑曰：「願捨命一行，將功折罪。」田和乃購求美女二人，加以黃金千鎰，令張丑詐為賈客，攜至魯，私餽吳起。起貪財好色，見即受之。謂丑曰：「致意齊相國，使齊不侵魯，魯何敢加齊哉？」張丑既出魯城，故意洩其事於行人。遂沸沸揚揚，傳說吳起受賄通齊之事。穆公曰：「吾固知起心不可測也。」欲削起爵究罪。起聞而懼，棄家逃奔魏國，主於翟璜之家。適文侯與璜謀及守西河之人，璜遂薦吳起可用。文侯召起見之，謂起曰：「聞將軍為魯將有功，何以見辱敝邑？」起對曰：「魯侯聽信讒言，信任不終，故臣逃死於此。慕君侯折節下士，豪傑歸心，願執鞭馬前。倘蒙驅使，雖肝腦塗地，亦無所恨！」文侯乃拜起為西河守。起至西河，修城治池，練兵訓武。其愛卹士卒，一如為魯將之時。築城以拒秦，名曰吳城。

時秦惠公薨，太子名出子嗣位。惠公乃簡公之子。簡公乃靈公之季父。方靈公之薨，其子師隰年幼，群臣乃奉簡公而立之。至是三傳，及於出子。而師隰年長，謂大臣曰：「國，吾父之國也。吾何罪而見廢？」大臣無辭以對。乃相與殺出子而立師隰，是為獻公。吳起乘秦國多事之日，興兵襲秦，取河西五城。韓、趙皆來稱賀。文侯以翟璜薦賢有功，欲拜為相國，謀於李克。克曰：「不如魏成。」文侯點頭。克出朝，翟璜迎而問曰：「聞主公欲卜相，取決於子，今已定乎？何人也？」克曰：「已定魏成。」翟璜忿然曰：「君欲伐中山，吾進樂羊；君憂鄴，吾進西門豹；君憂西河，吾進吳起。吾何以不若魏成哉？」李克曰：「成所舉卜子夏、田子方、段干木，非師即友。子所進者，君皆臣之。成食祿千鍾，什九在外，以待賢士。子祿食皆以自贍。子安得比於魏成哉？」璜再拜曰：「鄙人失言，請侍門下為弟子。」自此魏國將相得人，邊鄙安集。三晉之中，惟魏最強。齊相國田和見魏之強，又文侯賢名重於天下，乃深結魏好。遂遷其君康公貸於海上，以一城給其食，餘皆自取。使人於魏文侯處，求其轉請於周，欲援三晉之例，列於諸侯。周威烈王已崩，子安王名驕立，勢愈微弱。時乃安王之十三年，遂從文侯之請，賜田和為齊侯，是為田太公。自陳公子完奔齊，事齊桓公為大夫，凡傳十世，至和而代齊有國。姜氏之祀遂絕。不在話下。

* * *

時三晉皆以擇相得人為尚，於是相國之權最重。趙相公仲連，韓相俠累。就中單說俠累微時，與濮陽人嚴仲子名遂，為八拜之交。累貧而遂富，資其日用，復以千金助其遊費。俠累因此得達於韓，位至相國。俠累既執政，頗著威重，門絕私謁。嚴遂至韓謁累，冀其引進，候月餘不得見。遂自以家財賂君左右，得見烈侯。烈侯大喜，欲貴重之。俠累復於烈侯前言嚴遂之短，阻其進用。嚴遂聞之大恨，遂去韓，遍遊列國，欲求勇士刺殺俠累，以雪其恨。行至齊國，見屠牛肆中，一人舉巨斧砍牛，斧下之處，筋骨立解，而全不費力。視其斧，可重三十餘斤。嚴遂異之。細看其人，身長八尺，環眼虬鬚，顴骨特聳，聲音不似齊人。遂邀與相見，問其姓名來歷。答曰：「姓聶名政，某魏人也。家在軹之深井里。因賤性粗直，得罪於鄉里，移老母及姊，避居此地，屠牛以供朝夕。」亦詢嚴遂姓字。遂告之，匆匆別去。次早，嚴遂具衣冠往拜，邀至酒肆，具賓主之禮。酒至三酌，遂出黃金百鎰為贈。政怪其厚。遂曰：「聞子有老母在堂，故私進不腆，代吾子為一日之養。」政曰：「仲子為老母謀養，必有用政之處。若不言，政決不受！」嚴遂將俠累負恩之事，備細說知：「今欲殺之報仇。」政曰：「昔專諸有言，『老母在，此身未敢許人。』仲子之事難即行，不敢虛尊賜。」遂曰：「某慕君之高義，願結兄弟之好。豈敢捨君養母之孝，而求遂其私哉？」聶政被強不過，只得受之。以其半嫁其姊嫈，餘金日具肥甘奉母。歲餘，老母病卒。嚴遂復往哭弔，代為治喪。喪葬既畢，聶政曰：「今日之身，乃足下之身也。惟所用之，不復自惜！」仲子乃問報仇之策，欲為具車騎壯士。政曰：「相國至貴，出入兵衛，眾盛無比。當以奇取，不可以力勝也。願得利匕首懷之，伺隙圖事。今日別仲子前行，更不相見矣！仲子亦勿問吾事。」

政至韓，宿於郊外，靜息三日。早起入城，值俠累自朝中出。高車駟馬，甲士執戈，前後擁衛，其行如飛。政尾至相府。累下車，復坐府決事。自大門至於堂階，皆有兵仗。政遙望堂上，累重席憑案而坐，左右持牒稟決者甚眾。俄頃，事畢將退。政乘其懈，口稱：「有急事告相國！」從門外攘臂直趨。甲士攔之者，皆縱橫顛仆。政搶至公座，抽匕首以刺累。累驚走，未及離席，中心而死。堂上大亂，共呼：「有賊！」閉門來擒聶政。政擊殺數人。度不能自脫，恐人識之，急以匕首自削其面，抉出雙眼，還自刺其喉而死。早有人報知韓烈侯。烈侯問：「賊何人？」眾莫能識。乃暴其屍於市中，懸千金之賞，購人告首。欲得賊人姓名來歷，為相國報仇。如此七日，行人往來如蟻，絕無識者。此事直傳至魏國軹邑。聶姊嫈聞之，即痛哭曰：「必吾弟也！」便以素帛裹頭，竟至韓國。見政橫屍市上，撫而哭之，甚哀。市吏拘而問曰：「汝於死者何人也？」婦人曰：「死者為吾弟聶政，妾乃其姊嫈也。聶政居軹之深井里，以勇聞。彼知刺相國罪重，恐累及賤妾，故抉目破面，以自晦其名。妾奈何惜一身之死，忍使吾弟終泯沒於世人乎！」市吏曰：「死者既是汝弟，必知作賊之故。何人主使？汝若明言，吾請於主公，貸汝一死。」嫈曰：「妾如愛死，不至此矣。吾弟不惜身軀，誅千乘之國相，代人報仇。妾不言其名，是沒吾弟之名也。妾復洩其故，是又沒吾弟之義也。」遂觸市中井亭石柱而死。市吏報之韓烈侯，烈侯嘆息，令收葬之。以韓山堅為相國，代俠累之任。

烈侯傳子文侯，文侯傳哀侯。韓山堅素與哀侯不睦，乘間弒哀侯。諸大臣共誅殺山堅，而立哀侯子若山，是為懿侯。懿侯子昭侯，用申不害為相。不害精於刑名之學，國以大治。此是後話。

* * *

再說周安王十五年，魏文侯斯病篤，召太子擊於中山。趙聞魏太子離了中山，乃引兵襲而取之。自此魏與趙有隙。太子擊歸，魏文侯已薨，乃主喪嗣位，是為武侯，拜田文為相國。吳起自西河入朝，自以功大，滿望拜相。及聞已相田文，忿然不悅。朝退，遇田文於門，迎而謂曰：「子知起之功乎？今日請與子論之。」田文拱手曰：「願聞。」起曰：「將三軍之眾，使士卒聞鼓而忘死，為國立功，子孰與起？」文曰：「不如。」起曰：「治百官，親萬民，使府庫充實，子孰與起？」文曰：「不如。」起又曰：「守西河而秦兵不敢東犯，韓、趙賓服，子孰與起？」文又曰：「不如。」起曰：「此三者，子皆出我之下，而位加吾上，何也？」文曰：「某叨竊上位，誠然可愧。然今日新君嗣統，主少國疑，百姓不親，大臣未附。某特以先世勳舊，承之肺腑，或者非論功之日也。」吳起俯首沉思，良久曰：「子言亦是。然此位終當屬我。」有內侍聞二人論功之語，傳報武侯。武侯疑吳起有怨望之心，遂留起不遣，欲另擇人為西河守。吳起懼見誅於武侯，出奔楚國。

魯悼王熊疑，素聞吳起之才，一見即以相印授之。起感恩無已，慨然以富國強兵自任。乃請於悼王曰：「楚國地方數千里，帶甲百餘萬，固宜雄壓諸侯，世為盟主。所以不能加於列國者，養兵之道失也。夫養兵之道，先阜其財，後用其力。今不急之官，布滿朝署；疏遠之族，糜費公廩。而戰士僅食升斗之餘，欲使捐軀殉國，不亦難乎？大王誠聽臣計，汰冗官，斥疏族，盡儲廩祿，以待敢戰之士。如是而國威不振，則臣請伏妄言之誅！」悼王從其計。群臣多謂起言不可用，悼王不聽。於是使吳起詳定官制，凡削去冗官數百員。大臣子弟，不得夤緣竊祿。又公族五世以上者，令自食其力，比於編氓；五世以下，酌其遠近，以次裁之。所省國賦數萬。選國中精銳之士，朝夕訓練。閱其材器，以上下其廩食，有加厚至數倍者。士卒莫不競勸。楚遂以兵強，雄視天下。三晉、齊、秦咸畏之，終悼王之世，不敢加兵。及悼王薨，未及殯斂，楚貴戚大臣子弟失祿者，乘喪作亂，欲殺吳起。起奔入宮寢，眾持弓矢追之。起知力不能敵，抱王屍而伏。眾攢箭射起，連王屍也中了數箭。起大叫曰：「某死不足惜。諸臣銜恨於王，僇及其屍，大逆不道！豈能逃楚國之法哉！」言畢而絕。眾聞吳起之言，懼而散走。太子熊臧嗣位，是為肅王。月餘，追理射屍之罪，使其弟熊良夫率兵，收為亂者，次第誅之，凡滅七十餘家，髯翁有詩嘆云：

滿望終身作大臣，殺妻叛母絕人倫。誰知魯魏成流水，到底身軀喪楚人！

又有一詩，說吳起伏王屍以求報其仇，死尚有餘智也。詩云：

為國忘身死不辭，巧將賊矢集王屍。雖然王法應誅滅，不報公仇卻報私。

* * *

話分兩頭。卻說田和自為齊侯，凡二年而薨。和傳子午，午傳子因齊。當因齊之立，乃周安王之二十三年也。因齊自恃國富兵強，見吳、越俱稱王，使命往來，俱用王號，不甘為下，僭稱齊王，是為齊威王。魏侯罃聞齊稱王曰：「魏何以不如齊？」於是亦稱魏王，即孟子所見梁惠王也。

再說齊威王既立，日事酒色，聽音樂，不修國政。九年之間，韓、魏、魯、趙悉起兵來伐，邊將屢敗。忽一日，有一士人，叩閽求見。自稱姓騶名忌，本國人，知琴。聞王好音，特來求見。威王召而見之，賜之坐，使左右置几，進琴於前，忌撫弦而不彈。威王問曰：「聞先生善琴，寡人願聞佳音。今撫弦而不彈，豈琴不佳乎？抑有不足於寡人耶？」騶忌捨琴正容而對曰：「臣所知者琴理也。若夫絲桐之聲，樂工之事，臣雖知之，不足以辱王之聽也。」威王曰：「琴理如何？可得聞乎？」騶忌對曰：「琴者，禁也。所以禁止淫邪，使歸於正。昔伏羲作琴，長三尺六寸六分，象三百六十六日也；廣六寸，象六合也；前廣後狹，象尊卑也；上圓下方，法天地也；五弦，象五行也。大弦為君，小弦為臣。其音以緩急為清濁。濁者寬而不弛，君道也；清者廉而不亂，臣道也。一弦為宮，次弦為商，次為角，次為徵，次為羽。文王、武王各加一弦。文弦為少宮，武弦為少商，以合君臣之恩也。君臣相得，政令和諧，治國之道，不過如此。」威王曰：「善哉！先生既知琴理，必審琴音。願先生試為彈之。」騶忌對曰：「臣以琴為事，則審於為琴；大王以國為事，豈不審於為國哉？今大王撫國而不治，何異臣之撫琴而不彈乎？臣撫琴而不彈，無以暢大王之意；大王撫國不治，恐無以暢萬民之意也。」威王愕然曰：「先生以琴諫寡人，寡人聞命矣！」遂留之右室。明日，沐浴而召之，與之談論國事。騶忌勸威王節飲遠色，核名實，別忠佞，息民教戰，經營霸王之業。威王大悅，即拜騶忌為相國。

時有辨士淳于髡，見騶忌唾手取相印，心中不服，率其徒往見騶忌。忌接之甚恭。髡有傲色，直入踞上坐，謂忌曰：「髡有愚志，願陳於相國之前，不識可否？」忌曰：「願聞。」淳于髡曰：「子不離母，婦不離夫。」忌曰：「謹受教！不敢遠於君側。」髡又曰：「棘木為輪，塗以脂油，至滑也；投於方孔，則不能運轉。」忌曰：「謹受教！不敢不順人情。」髡又曰：「弓幹雖膠，有時而解；眾流赴海，自然而合。」忌曰：「謹受教！不敢不親附萬民。」髡又曰：「狐裘雖敝，不可補以黃狗之皮。」忌曰：「謹受教！請選擇賢者，毋雜不肖於其間。」髡又曰：「輻轂不較分寸，不能成車；琴瑟不較緩急，不能成律。」忌曰：「謹受教！請修法令而督奸吏。」淳于髡默然，再拜而退。既出門，其徒曰：「夫子始見相國，何其倨？今再拜而退，又何屈也？」淳于髡曰：「吾示以微言凡五，相國隨口而應，悉解吾意。此誠大才，吾所不及！」於是遊說之士，聞騶忌之名，無敢入齊者。騶忌亦用淳于髡之言，盡心圖治。常訪問邑守中誰賢誰不肖。同朝之人，無不極口稱阿大夫之賢，而貶即墨大夫者。忌述於威王。威王於不意中，時時問及左右，所對大略皆同。乃陰使人往察二邑治狀，從實回報。因降旨召阿、即墨二守入朝。即墨大夫先到，朝見威王，並無一言發放。左右皆驚訝，不解其故。未幾，阿邑大夫亦到。威王大集群臣，欲行賞罰。左右私心揣度，都道：「阿大夫今番必有重賞，即墨大夫禍事到矣！」眾文武朝見事畢，威王召即墨大夫至前，謂曰：「自子之官即墨也，毀言日至。吾使人視即墨田野開闢，人民富饒，官無留事，東方以甯。由子專意治邑，不肯媚吾左右，故蒙毀耳。子誠賢令！」乃加封萬家之邑。又召阿大夫謂曰：「自子守阿，譽言日至。吾使人視阿田野荒蕪，人民凍餒。昔日趙兵近境，子不往救，但以厚幣精金，賄吾左右，以求美譽。守之不肖，無過於汝！」阿大夫頓首謝罪，願改過。威王不聽，呼力士使具鼎鑊。須臾，火猛湯沸，縛阿大夫投鼎中。復召左右平日常譽阿大夫毀即墨者，凡數十人，責之曰：「汝在寡人左右，寡人以耳目寄汝，乃私受賄賂，顛倒是非，以欺寡人。有臣如此，要他何用？可俱就烹！」眾皆泣拜哀求。威王怒猶未息，擇其平日尤所親信者十餘人，次第烹之。眾皆股慄。有詩為證：

權歸左右主人依，毀譽由來倒是非。誰似烹阿封即墨，竟將公道誦齊威。

於是選賢才，改易郡守，使檀子守南城以拒楚，田肦守高唐以拒趙，黔夫守徐州以拒燕，種首為司寇，田忌為司馬，國內大治，諸侯畏服。威王以下邳封騶忌曰：「成寡人之志者，吾子也！」號曰成侯。騶忌謝恩畢，復奏曰：「昔齊桓、晉文，五霸中為最盛。所以然者，以尊周為名也。今周室雖衰，九鼎猶在。大王何不如周，行朝覲之禮？因假王寵，以臨諸侯。桓、文之業，不足道矣。」威王曰：「寡人已僭號為王，今以王朝王可乎？」騶忌對曰：「夫稱王者，所以雄長乎諸侯，非所以壓天子也。若朝王之際，暫稱齊侯，天子必喜大王之謙德，而寵命有加矣。」威王大悅，即命駕往成周，朝見天子。時周烈王之六年，王室微弱，諸侯久不行朝禮，獨有齊侯來朝，上下皆鼓舞相慶。烈王大搜寶藏為贈。威王自周反齊，一路頌聲載道，皆稱其賢。

且說當時天下大國凡七，齊、楚、魏、趙、韓、燕、秦，那七國地廣兵強，大略相等。餘國如越，雖則稱王，日就衰弱。至於宋、魯、衛、鄭，益不足道矣。自齊威王稱霸，楚、魏、韓、趙、燕五國，皆為齊下。會聚之間，推為盟主。惟秦僻在西戎，中國擯棄，不與通好。秦獻公之世，上天雨金三日。周太史儋私嘆曰：「秦之地，周所分也。分五百餘歲，當復合，有霸王之君出焉，以金德王天下。今雨金於秦，殆其瑞乎？」及獻公薨，子孝公代立，以不得列於中國為恥。於是下令招賢，令曰：「賓客群臣，有能出奇計彊秦者，授以尊官，封之大邑。」不知有甚賢臣應詔而來，且聽下回分解。

第八十七回　說秦君衛鞅變法　辭鬼谷孫臏下山

話說衛人公孫鞅原是衛侯之支庶，素好刑名之學。因見衛國微弱，不足展其才能，乃入魏國，欲求事相國田文。田文已卒，公叔痤代為相國，鞅遂委身於痤之門。痤知鞅之才，薦為中庶子。每有大事，必與計議。鞅謀無不中，痤深愛之。欲引居大位，未及而痤病。惠王親往問疾，見痤病勢已重，奄奄一息，乃垂淚而問曰：「公叔恙萬一不起，寡人將託國於何人？」痤對曰：「中庶子衛鞅，其年雖少，實當世之奇才也。君舉國而聽之，勝痤十倍矣。」惠王默然。痤又曰：「君如不用鞅，必殺之，勿令出境。恐見用於他國，必為魏害。」惠王曰：「諾。」既上車，嘆曰：「甚矣，公叔之病也！乃使我託國於衛鞅，又曰『不用則殺之。』夫鞅何能為？豈非昏憒之語哉！」惠王既去，公叔痤召衛鞅至床頭謂曰：「吾適言於君如此，欲君用子。君不許。吾又言：『若不用當殺之。』君曰：『諾。』吾向者先君而後臣，故先以告君，後以告子。子必速行，毋及禍也！」鞅曰：「君既不能用相國之言而用臣，又安能用相國之言而殺臣乎？」竟不去。大夫公子卬與鞅善，復薦於惠王，惠王竟不能用。

至是，聞秦孝公下令招賢，鞅遂去魏入秦，求見孝公之嬖臣景監。監與論國事，知其才能，言於孝公。公召見，問以治國之道。衛鞅歷舉羲、農、堯、舜為對，語未及終，孝公已睡去矣。明日，景監入見，孝公責之曰：「子之客妄人耳！其言迂闊無用，子何為薦之？」景監退朝，謂衛鞅曰：「吾見先生於君，欲投君之好，庶幾重子。奈何以迂闊無用之談，瀆君之聽耶？」鞅曰：「吾望君行帝道，君不悟也。願更一見而說之。」景監曰：「君意不懌，非五日之後，不可言也。」過五日，景監復言於孝公曰：「臣之客語尚未盡，自請復見，願君許之。」孝公復召鞅。鞅備陳夏禹畫土定賦，及湯武順天應人之事。孝公曰：「客誠博聞強記。然古今事異，所言尚未適於用。」乃麾之使退。景監先候於門，見衛鞅從公宮出，迎而問曰：「今日之說何如？」鞅曰：「吾說君以王道，猶未當君意也。」景監對曰：「人主得士而用，如弋人治繳，旦暮望獲禽耳。豈能捨目前之效，而遠法帝王哉？先生休矣！」鞅曰：「吾向者未察君意，恐其志高，而吾之言卑，故且探之。今得之矣。若使我更得見君，不憂不入。」景監曰：「先生兩進言，而兩拂吾君，吾尚敢饒舌以干君之怒哉？」明日，景監入朝謝罪，不敢復言衛鞅。景監歸舍，鞅問曰：「子曾為我復言於君否？」景監曰：「未曾。」鞅曰：「惜乎！君徒下求賢之令，而不能用才。鞅將去矣！」監曰：「先生何往？」鞅曰：「六王擾擾，豈無好賢之主勝於秦君者哉？即不然，豈無委曲進賢，勝於吾子者哉？鞅將求之。」景監曰：「先生且從容更待五日，吾當復言。」

又過五日，景監入侍孝公。孝公方飲酒，忽見飛鴻過前，停盃而嘆。景監進曰：「君目視飛鴻而嘆，何也？」孝公曰：「昔齊桓公有言：『吾得仲父，猶飛鴻之有羽翼也。』寡人下令求賢，且數月矣，而無一奇才至者。譬如鴻雁，徒有沖天之志，而無羽翼之資，是以嘆耳。」景監答曰：「臣客衛鞅，自言有帝王伯三術。向者述帝王之事，君以為迂遠難用。今更有伯術欲獻，願君省須臾之暇，請畢其詞。」孝公聞「伯術」二字，正中其懷，命景監即召衛鞅入。孝公問曰：「聞子有伯道，何不早賜教於寡人乎？」鞅對曰：「臣非不欲言也。但伯者之術，與帝王異。帝王之道，在順民情；伯者之道，必逆民情。」孝公勃然按劍變色曰：「夫伯者之道，安在其必逆人情哉！」鞅對曰：「夫琴瑟不調，必改弦而更張之。政不更張，不可為治。小民狃於目前之安，不顧百世之利，可與樂成，難於慮始。如仲父相齊，作內政而寄軍令，制國為二十五鄉，使四民各守其業，盡改齊國之舊。此豈小民之所樂從哉？及乎政成於內，敵服於外，君享其名，而民亦受其利，然後知仲父為天下才也。」孝公曰：「子誠有仲父之術，寡人敢不委國而聽子？但不知其術安在？」衛鞅對曰：「夫國不富，不可以用兵；兵不強，不可以摧敵。欲富國，莫如力田；欲強兵，莫如勸戰。誘之以重賞，而後民知所趨；脅之以重罰，而後民知所畏。賞罰必信，政令必行，而國不富強者，未之有也。」孝公曰：「善哉！此術寡人能行之。」鞅對曰：「夫富強之術，不得其人不行；得其人而任之不專，不行；任之專而惑於人言，二三其意，又不行。」孝公又曰：「善。」衛鞅請退。孝公曰：「寡人正欲悉子之術，奈何遽退？」鞅對曰：「願君熟思三日，以定可否，然後臣敢盡言。」鞅出朝，景監又咎之曰：「賴君再三稱善，不乘此罄吐其所懷，又欲君熟思三日，無乃為要君耶？」鞅曰：「君意未堅，不如此恐中變耳。」至明日，孝公使人來召衛鞅。鞅謝曰：「臣與君言之矣，非三日後不敢見也。」景監又勸令勿辭。鞅曰：「吾始與君約而遂自失信，異日何以取信於君哉？」景監乃服。至第三日，孝公使人以車來迎。衛鞅復入見。孝公賜坐請教，其意甚切。鞅乃備述秦政所當更張之事。彼此問答，一連三日三夜，孝公全無倦色。遂拜衛鞅為左庶長，賜第一區，黃金五百鎰。諭群臣：「今後國政，悉聽左庶長施行。有違抗者，與逆旨同！」群臣肅然。

衛鞅於是定變法之令，將條款呈上孝公。商議停當，未及張掛，恐民不信，不即奉行。乃取三丈之木，立於咸陽市之南門，使吏守之。令曰：「有能徙此木於北門者，予以十金。」百姓觀者甚眾，皆中懷疑怪，莫測其意，無敢徙者。鞅曰：「民莫肯徙，豈嫌金少耶？」復改令，添至五十金。眾人愈疑。有一人獨出曰：「秦法素無重賞，今忽有此令，必有計議。縱不能得五十金，豈無薄賞！」遂荷其木，竟至北門立之。百姓從而觀者如堵。吏奔告衛鞅。鞅召其人至，獎之曰：「爾真良民也！能從吾令。」隨取五十金與之，曰：「吾終不失信於爾民矣！」市人互相傳說，皆言左庶長令出必行，預相誡諭。次日，將新令頒布，市人聚觀，無不吐舌。此周顯王十年事也。只見新令上云：

一、定都：秦地最勝，無如咸陽，被山帶河，金城千里。今當遷都咸陽，永定王業。一、建縣：凡境內村鎮，悉并為縣。每縣設令丞各一人，督行新法。不遵者，輕重議罪。一、闢土：凡郊外曠土，非車馬必由之途，及田間阡陌，責令附近居民開墾成田。俟成熟之後，計步為畝，照常輸租。六尺為一步，二百四十步為一畝。步過六尺為欺，沒田入官。一、定賦：凡賦租悉照畝起科，不用井田什一之制。凡田皆屬於官，百姓不得私尺寸。一、本富：男耕女織，粟帛多者，謂之良民，免其一家之役。惰而貧者，沒為官家奴僕。棄灰於道，以惰農論。工商則重征之。民有二男，即令分異，各出丁錢。不分異者，一人出兩課。一、勸戰：官爵以軍功為敘，能斬一敵首，即賞爵一級；退一步者即斬。功多者受上爵，車服任其華美不禁。無功者，雖富室，止許布褐乘犢。宗室以軍功多寡為親疎，戰而無功，削其屬籍，比於庶民。凡有私下爭鬪者，不論曲直，並皆處斬。一、禁奸：五家為保，十家相連，互相覺察。一家有過，九家同舉。不舉者，十家連坐，俱腰斬。能首奸者，與克敵同賞。告一奸，得爵一級。私匿罪人者，與罪人同。客舍宿人，務取文憑辨驗；無驗者，不許容留。凡民一人有罪，并其室家沒官。一、重令：政令既出，不問貴賤，一體遵行。有不遵者，戮以狗。

新令既出，百姓議論紛紛，或言不便，或言便。鞅悉令拘至府中，責之曰：「汝曹聞令，但當奉而行之。言不便者，梗令之民也；言便者，亦媚令之民也。此皆非良民！」悉籍其姓名，徙於邊境為戍卒。大夫甘龍、杜摯私議新法，斥為庶人。於是道路以目相視，不敢有言。衛鞅乃大發徒卒，築宮闕於咸陽城中，擇日遷都。太子駟不願遷，且言變法之非。衛鞅怒曰：「法之不行，自上犯之！太子君嗣，不可加刑。若赦之，則又非法。」乃言於孝公，坐其罪於師傅。將太傅公子虔劓鼻，太師公孫賈黥面。百姓相謂曰：「太子違令，且不免刑其師傅，何況他人乎？」鞅知人心已定，擇日遷都。雍州大姓徙居咸陽者，凡數千家。分秦國為三十一縣，開墾田畝，增稅至百餘萬。衛鞅常親至渭水閱囚，一日誅殺七百餘人，渭水為之盡赤，哭聲遍野。百姓夜臥，夢中皆戰。於是道不拾遺，國無盜賊，倉廩充足，勇於公戰，而不敢私鬭。秦國富強，天下莫比。於是興師伐楚，取商、於之地，武關之外，拓地六百餘里。周顯王遣使冊命秦為方伯，於是諸侯畢賀。

是時三晉惟魏稱王，有吞并韓、趙之意。聞衛鞅用於秦國，嘆曰：「悔不聽公叔痤之言也！」時卜子夏、田子方、魏成、李克等俱卒。乃捐厚幣，招來四方豪傑。鄒人孟軻字子輿，乃子思門下高弟。子思姓孔名伋，孔子嫡孫。孟軻得聖賢之傳於子思，有濟世安民之志。聞魏惠王好士，自鄒至魏。惠王郊迎，禮為上賓，問以利國之道。孟軻曰：「臣遊於聖門，但知有仁義，不知有利。」惠王迂其言，不用。

軻遂適齊。潛淵有詩云：

仁義非同功利謀，紛爭誰肯用儒流？子輿空挾圖王術，歷盡諸侯話不投。

* * *

卻說周之陽城有一處地面，名曰鬼谷。以其山深樹密，幽不可測，似非人之所居，故云鬼谷。內中有一隱者，但自號曰鬼谷子。相傳姓王名栩，晉平公時人。在雲夢山與宋人墨翟，一同採藥修道。那墨翟不畜妻子，發願雲遊天下，專一濟人利物，拔其苦厄，救其危難。惟王栩潛居鬼谷，人但稱為鬼谷先生。其人通天徹地，有幾家學問，人不能及。那幾家學問：一曰數學，日星象緯，在其掌中；占往察來，言無不驗。二曰兵學，六韜、三略，變化無窮；布陣行兵，鬼神不測。三曰遊學，廣記多聞，明理審勢；出詞吐辨，萬口莫當。四曰出世學，修真養性，服食引導；卻病延年，沖舉可俟。那先生既知仙家沖舉之術，為何屈身世間？只為要度幾個聰明弟子，同歸仙境，所以借這個鬼谷棲身。初時偶然入市，為人占卜，所言吉凶休咎，應驗如神，漸漸有人慕學其術。先生只看來學者資性，近著那一家學問，便以其術授之。一來成就些人才，為七國之用；二來就訪求仙骨，共理出世之事。他住鬼谷也不計年數，弟子就學者不知多少。先生來者不拒，去者不追。就中單說同時幾個有名的弟子：齊人孫賓，魏人龐涓、張儀，洛陽人蘇秦。賓與涓結為兄弟，同學兵法。秦與儀結為兄弟，同學遊說。各為一家之學。

單表龐涓學兵法三年有餘，自以為能。忽一日為汲水，偶然行至山下，聽見路人傳說魏國厚幣招賢，訪求將相。龐涓心動，欲辭先生下山，往魏國應聘。又恐先生不放，心下躊躇，欲言不言。先生見貌察情，早知其意。笑謂龐涓曰：「汝時運已至，何不下山，求取富貴？」龐涓聞先生之言，正中其懷，跪而請曰：「弟子正有此意，未審此行可得意否？」先生曰：「汝往摘山花一枝，吾為汝占之。」龐涓下山，尋取山花。此時正是六月炎天，百花開過，沒有山花。龐涓左盤右轉，尋了多時，止覓得草花一莖，連根拔起，欲待呈與師父。忽想道：「此花質弱身微，不為大器。」棄擲於地，又去尋覓了一回。可怪，絕無他花。只得轉身將先前所取草花，藏於袖中，回復先生曰：「山中沒有花。」先生曰：「既沒有花，汝袖中何物？」涓不能隱，只得取出呈上。其花離土，又先經日色，已半萎矣。先生曰：「汝知此花之名乎？乃馬兜鈴也。一開十二朵，為汝榮盛之年數。採於鬼谷，見日而萎；鬼旁著委，汝之出身，必於魏國。」龐涓暗暗稱奇。先生又曰：「但汝不合見欺。他日必以欺人之事，還被人欺，不可不戒。吾有八字，汝當記取：『遇羊而榮，遇馬而瘁。』」龐涓再拜曰：「吾師大教，敢不書紳！」臨行，孫賓送之下山。龐涓曰：「某與兄有八拜之交，誓同富貴！此行倘有進身之階，必當舉薦吾兄，同立功業。」孫賓曰：「吾弟此言果實否？」涓曰：「弟若謬言，當死於萬箭之下！」賓曰：「多謝厚情，何須重誓！」兩下流淚而別。

孫賓還山，先生見其淚容，問曰：「汝惜龐涓之去乎？」賓曰：「同學之情，何能不惜？」先生曰：「汝謂龐涓之才，堪為大將否？」賓曰：「承師教訓已久，何為不可？」先生曰：「全未，全未！」賓大驚，請問其故。先生不言。至次日，謂弟子曰：「我夜間惡聞鼠聲。汝等輪流直宿，為我驅鼠。」眾弟子如命。其夜輪孫賓直宿，先生於枕下，取出文書一卷，謂賓曰：「此乃汝祖孫武子兵法十三篇。昔汝祖獻於吳王闔閭，闔閭用其策，大破楚師。後闔閭惜此書，不欲廣傳於人。乃置以鐵櫃，藏於姑蘇臺屋楹之內。自越兵焚臺，此書不傳。吾向與汝祖有交，求得其書，親為注解。行兵祕密，盡在其中，未嘗輕授一人。今見子心術忠厚，特以付子。」賓曰：「弟子少失父母，遭國家多故，宗族離散。雖知祖父有此書，實未傳領。吾師既有注解，何不并傳之龐涓，而獨授於賓也？」先生曰：「得此書者，善用之，為天下利；不善用之，為天下害。涓非佳士，豈可輕付哉！」賓乃攜歸臥室，晝夜研誦。三日之後，先生遽向孫賓索其原書，賓出諸袖中，繳還先生。先生逐篇盤問，賓對答如流，一字不遺。先生喜曰：「子用心如此，汝祖為不死矣！」

再說龐涓別了孫賓，一徑入魏國，以兵法干相國王錯。錯薦於惠王。龐涓入朝之時，正值庖人進蒸羊於惠王之前，惠王方舉箸。涓私喜曰：「吾師言『遇羊而榮』，斯不謬矣！」惠王見龐涓一表人物，放箸而起，迎而禮之。龐涓再拜。惠王扶住，問其所學。涓對曰：「臣學於鬼谷先生之門，用兵之道，頗得其精。」因指畫敷陳，傾倒胸中，惟恐不盡。惠王問曰：「吾國東有齊，西有秦，南有楚，北有韓、趙、燕，皆勢均力敵。而趙人奪我中山，此仇未報，先生何以策之？」龐涓曰：「大王不用微臣則已，如用微臣為將，管教戰必勝，攻必取，可以兼并天下，何憂六國哉？」惠王曰：「先生大言，得無難踐乎？」涓對曰：「臣自揣所長，實可操六國於掌中。若委任不效，甘當伏罪！」惠王大悅，拜為元帥，兼軍師之職。涓子龐英，姪龐蔥、龐茅，俱為列將。涓練兵訓武，先侵衛、宋諸小國，屢屢得勝。宋、魯、衛、鄭諸君，相約聯翩來朝。適齊兵侵境，涓復禦卻之。遂自以為不世之功，不勝誇詡。

時墨翟遨遊名山，偶過鬼谷探友。一見孫賓，與之談論，深相契合。遂謂賓曰：「子學業已成，何不出就功名，而久淹山澤耶？」賓曰：「吾有同學龐涓，出仕於魏，相約得志之日，必相援引。吾是以待之。」墨翟曰：「涓見為魏將，吾為子入魏，以察涓之意。」墨翟辭去，徑至魏國。聞龐涓自恃其能，大言不慚，知其無援引孫賓之意。乃自以野服求見魏惠王。惠王素聞墨翟之名，降階迎入，叩以兵法。墨翟指說大略，惠王大喜，欲留任官職。墨翟固辭曰：「臣山野之性，不習衣冠。所知有孫武子之孫，名賓者，真大將之才，臣萬分不及！見今隱於鬼谷，大王何不召之？」惠王曰：「孫賓學於鬼谷，乃是龐涓同門。卿謂二人所學，孰勝？」墨翟曰：「賓與涓雖則同學，然賓獨得乃祖祕傳，雖天下無其對手；況龐涓乎？」墨翟辭去，惠王即召龐涓問曰：「聞卿之同學有孫賓者，獨得孫武子祕傳，其才天下無比，將軍何不為寡人召之？」龐涓對曰：「臣非不知孫賓之才。但賓是齊人，宗族皆在於齊。今若仕魏，必先齊而後魏。臣是以不敢進言。」惠王曰：『『士為知己者死』，豈必本國之人，方可用乎？」龐涓對曰：「大王既欲召孫賓，臣即當作書致去。」龐涓口雖不語，心下躊躇：「魏國兵權，只在我一人之手。若孫賓到來，必然奪寵。既魏王有命，不敢不依。且待來時，生計害他，阻其進用之路，卻不是好。」遂面修書一封，呈上惠王。惠王用駟馬高車，黃金白璧，遣人帶了龐涓之書，一徑望鬼谷來聘取孫賓。賓拆書看之，略曰：

涓託兄之庇，一見魏王，即蒙重用。臨岐援引之言，銘心不忘。今特薦於魏王，求即驅馳赴召，共圖功業。

孫賓將書呈與鬼谷先生。先生知龐涓已得時大用，今番有書取用孫賓，竟無一字問候其師，此乃刻薄忘本之人，不足計較。但龐涓生性驕妒，孫賓若去，豈能兩立？欲待不容他去，又見魏王使命鄭重，孫賓已自行色匆匆，不好阻當。亦使賓取山花一枝，卜其休咎。此時九月天氣，賓見先生几案之上，瓶中供有黃菊一枝，遂拔以呈上，即時復歸瓶中。先生乃斷曰：「此花見被殘折，不為完好。但性耐歲寒，經霜不落，雖有殘害，不為大凶。且喜供養瓶中，為人愛重。瓶乃範金而成，鐘鼎之屬，終當威行霜雪，名勒鼎鐘矣。但此花再經提拔，恐一時未能得意。仍舊歸瓶，汝之功名終在故土。吾為汝增改其名，可圖進取。」遂將孫賓「賓」字，左邊加月為「臏」。——按字書「臏」乃刖刑之名。今鬼谷子改孫賓為孫臏，明明知有刖足之事。但天機不肯洩漏耳，豈非異人哉！——髯翁有詩云：

山花入手知休咎，試比蓍龜倍有靈。卻笑當今賣卜者，空將鬼谷畫占形。

臨行，又授以錦囊一枚，分付：「必遇至急之地，方可開看。」孫臏拜辭先生，隨魏使者下山，登車而去。

蘇秦、張儀在旁，俱有欣羨之色，相與計議來稟，亦欲辭歸，求取功名。先生曰：「天下最難得者聰明之士。以汝二人之質，若肯灰心學道，可致神仙。何苦要碌碌塵埃，甘為浮名虛利所驅逐也！」秦、儀同聲對曰：「夫良材不終朽於巖下，良劍不終祕於匣中。日月如流，光陰不再。某等受先生之教，亦欲乘時建功，圖個名揚後世耳！」先生曰：「你兩人中肯留一人與我作伴否？」秦、儀執定欲行，無肯留者。先生強之不得，嘆曰：「仙才之難如此哉！」乃為之各占一課，斷曰：「秦先吉後凶，儀先凶後吉。秦說先行，儀當晚達。吾觀孫、龐二子，勢不相容，必有吞噬之事。汝二人異日宜互相推讓，以成名譽，勿傷同學之情！」二人稽首受教。先生又將書二本，分贈二人。秦、儀觀之，乃太公陰符篇也。

曰：「此書弟子久已熟誦，先生今日見賜，有何用處？」先生曰：「汝雖熟誦，未得其精。此去若未能得意，只就此篇探討，自有進益。我亦從此逍遙海外，不復留於此谷矣。」秦、儀既別去，不數日，鬼谷子亦浮海為蓬島之遊。或云已仙去矣。不知孫臏應聘下山，後來如何，且看下回分解。

第八十八回　孫臏佯狂脫禍　龐涓兵敗桂陵

話說孫臏行至魏國，即寓於龐涓府中。臏謝涓舉薦之恩，涓有德色。臏又述鬼谷先生改「賓」為「臏」之事。涓驚曰：「臏非佳語，何以改易？」臏曰：「先生之命，不敢違也。」次日，同入朝中，謁見惠王。惠王降階迎接，其禮甚恭。臏再拜奏曰：「臣乃村野匹夫，過蒙大王聘禮，不勝慚愧！」惠王曰：「墨子盛稱先生獨得孫武祕傳。寡人望先生之來，如渴思飲。今蒙降重，大慰平生！」遂問龐涓曰：「寡人欲封孫先生為副軍師之職，與卿同掌兵權，卿意如何？」龐涓對曰：「臣與孫臏，同窗結義，臏乃臣之兄也。豈可以兄為副？不若權拜客卿，候有功績，臣當讓爵，甘居其下。」惠王准奏，即拜臏為客卿，賜第一區，亞於龐涓。——客卿者，半為賓客，不以臣禮加之。外示優崇，不欲分兵權於臏也。——自此孫、龐頻相往來。龐涓想道：「孫子既有祕授，未見吐露，必須用意探之。」遂設席請酒，酒中同談及兵機，孫子對答如流。及孫子問及龐涓數節，涓不知所出。乃佯問曰：「此非孫武子兵法所載乎？」臏全不疑慮，對曰：「然也。」涓曰：「愚弟昔日亦蒙先生傳授，自不用心，遂至遺忘。今日借觀，不敢忘報。」臏曰：「此書經先生註解詳明，與原本不同。先生止付看三日，便即取去，亦無錄本。」涓曰：「吾兄還記得否？」臏曰：「依稀尚存記憶。」涓心中巴不得便求傳授，只是一時難以驟逼。

過數日，惠王欲試孫臏之能，乃閱武於教場，使孫、龐二人，各演陣法。龐涓布的陣法，孫臏一見，即便分說此為某陣，用某法破之。孫臏排成一陣，龐涓茫然不識。私問於孫臏，臏曰：「此即顛倒八門陣也。」涓曰：「有變乎？」臏曰：「攻之則變為長蛇陣矣。」龐涓探了孫臏說話，先報惠王曰：「孫子所布，乃顛倒八門之陣，可變長蛇。」已而惠王問於孫臏，所對相同。惠王以龐涓之才，不弱於孫臏，心中愈喜。只有龐涓回府思想：「孫子之才，大勝於吾。若不除之，異日必為欺壓。」心生一計，於相會中間，私叩孫子曰：「吾兄宗族俱在齊邦，今兄已仕魏國，何不遣人迎至此間，同享富貴？」孫臏垂淚言曰：「子雖與吾同學，未悉吾家門之事也。吾四歲喪母，九歲喪父，育於叔父孫喬身畔。叔父仕於齊康公為大夫。及田太公遷康公於海上，盡逐其故臣，多所誅戮，吾宗族離散。叔與從兄孫平、孫卓，挈吾避難奔周，因遇荒歲，復將吾傭於周北門之外，父子不知所往。吾後來年長，聞人言鬼谷先生道高而心慕之，是以單身往學。又復數年，家鄉杳無音信。豈有宗族可問哉！」龐涓復問曰：「然則兄長亦還憶故鄉墳墓否？」臏曰：「人非草木，能忘本原？先生於吾臨行，亦言『功名終在故土』。今已作魏臣，此話不須題起矣。」龐涓探了口氣，佯應曰：「兄長之言甚當，大丈夫隨地立功，何必故鄉也。」

約過半年，孫臏所言，都已忘懷了。一日，朝罷方回，忽有漢子似山東人語音，問人曰：「此位是孫客卿否？」臏隨喚入府，叩其來歷。那人曰：「小人姓丁名乙，臨淄人氏。在周客販。令兄有書，託某送到鬼谷。聞貴人已得仕魏邦，迂路來此。」說罷，將書呈上。孫臏接書在手，拆而觀之。略云：

愚兄平、卓字達賢弟賓親覽：吾自家門不幸，宗族蕩散，不覺已三年矣。向在宋國為人耕牧。汝叔一病即世，異鄉零落，苦不可言。今幸吾王盡釋前嫌，招還故里，正欲奉迎吾弟，重立家門。

聞吾弟就學鬼谷，良玉受琢，定成偉器。茲因某客之便，作書報聞。幸早為歸計，兄弟復得相見。

孫臏得書，認以為真，不覺大哭。丁乙曰：「承賢兄分付，勸貴人早早還鄉，骨肉相聚。」孫臏曰：「吾已仕於此，此事不可造次。」乃款待丁乙飲酒，付以回書。前面亦敘思鄉之語，後云：「弟已仕魏，未可便歸。俟稍有建立，然後徐為首邱之計。」送丁乙黃金一錠為路費。丁乙接了回書，當下辭去。——誰知來人不是什麼丁乙，乃是龐涓手下心腹徐甲也。龐涓套出孫臏來歷姓名，遂偽作孫平、孫卓手書，教徐甲假稱齊商丁乙，投見孫子。孫子兄弟自小分別，連手跡都不分明，遂認以為真了。——龐涓詐得回書，遂仿其筆跡，改後數句云：「弟今雖身仕魏國，但故土難忘，心殊懸切。不日當圖歸計，以盡手足之歡。倘或齊王不棄微長，自當盡力報效！」於是入朝私見惠王，屏去左右，將偽書呈上，言：「孫臏有背魏向齊之心，近日私通齊使，取有回書。臣遣人邀截於郊外，搜得在此。」惠王看畢曰：「孫臏心懸故土，豈以寡人未能重用，不盡其才耶？」涓對曰：「臏祖孫武子為吳王大將，後來仍舊歸齊。父母之邦，誰能忘情？大王雖重用臏，臏心已戀齊，必不能為魏盡力。且臏才不下於臣，若齊用為將，必然與魏爭雄，此大王異日之患也。不如殺之！」惠王曰：「孫臏應召而來，今罪狀未明，遽然殺之，恐天下議寡人之輕士也。」涓對曰：「大王之言甚善！臣當勸諭孫臏，倘肯留魏國，大王重加官爵。若其不然，大王發到微臣處議罪，微臣自有區處。」龐涓辭了惠王，往見孫子，問曰：「聞兄已得千金家報，有之乎？」臏是忠直之人，全不疑慮。遂應曰：「果然。」因備述書中要他還鄉之意。龐涓曰：「弟兄久別思歸，人之至情。兄長何不於魏王前暫給一二月之假，歸省墳墓，然後再來？」臏曰：「恐主公見疑，不允所請。」涓曰：「兄試請之，弟當從旁力贊。」臏曰：「全仗賢弟玉成。」是夜龐涓又入見惠王，奏曰：「臣奉大王之命，往諭孫臏，臏意必不願留，且有怨望之語。若目下有表章請假，主公便發其私通齊使之罪。」惠王點頭。次日，孫臏果進上一通表章，乞假月餘，還齊省墓。惠王見表大怒，批表尾云：「孫臏私通齊使，今又告歸，顯有背魏之心，有負寡人委任之意。可削其官爵，發軍師府問罪！」軍政司奉旨，將孫臏拿到軍師府來見龐涓。涓一見，佯驚曰：「兄長何為至此！」軍政司宣惠王之命。龐涓領旨訖，問臏曰：「吾兄受此奇冤，愚弟當於王前力保。」言罷，命輿人駕車，來見惠王，奏曰：「孫臏雖有私通齊使之罪，然罪不至死。以臣愚見，不若刖而黥之，使為廢人，終身不能退歸故土。既全其命，又無後患，豈不兩全？微臣不敢自專，特來請旨！」惠王曰：「卿處分最善！」龐涓辭回本府，謂孫臏曰：「魏王十分惱怒，欲加兄極刑。愚弟再三保奏，恭喜得全性命。但須刖足黥面，此乃魏國法度，非愚弟不盡力也！」孫臏嘆曰：「吾師云：『雖有殘害，不為大凶。』今得保首領，此乃賢弟之力，不敢忘報！」龐涓遂喚刀斧手，將孫臏綁住，剔去雙膝蓋骨。臏大叫一聲，昏絕倒地，半晌方甦。又用針刺面，成「私通外國」四字，以墨塗之。龐涓假意啼哭，以刀瘡藥敷臏之膝。用帛纏裹，使人抬至書館，好言撫慰，好食將息。約過月餘，孫臏瘡口已合，只是膝蓋既去，兩腿無力，不能行動，只好盤足而坐。髯翁有詩云：

易名臏字禍先知，何待龐涓用計時？
堪笑孫君太忠直，尚因全命感恩私！

孫臏已成廢人，終日受龐涓三餐供養，甚不過意。龐涓乃求臏傳示鬼谷子注解孫武兵書。臏慨然應允。涓給以木簡，要他繕寫。臏寫未及十分之一，有蒼頭名喚誠兒，龐涓使伏侍孫臏。誠兒見孫子無辜受枉，反有憐憫之意。忽龐涓召誠兒至前，問：「孫臏繕寫，日得幾何？」誠兒曰：「孫將軍為兩足不便，長眠短坐，每日只寫得二三策。」龐涓怒曰：「如此遲慢，何日寫完！汝可與我上緊催促。」誠兒退問涓近侍曰：「軍師央孫君繕寫，何必如此催迫？」近侍曰：「汝有所不知。軍師與孫君外雖相卹，內實相忌。所以全其性命，單為欲得兵書耳！繕寫一完，便當絕其飲食。汝切不可洩漏！」誠兒聞知此信，密告孫子。孫子大驚：「原來龐涓如此無義，豈可傳以兵法？」又想：「若不繕寫，他必然發怒。吾命旦夕休矣！」左思右想，欲求自脫之計。忽然想著：「鬼谷先生臨行時，付我錦囊一個，囑云：『到至急時，方可開看。』今其時矣！」遂將錦囊啟視，乃黃絹一幅，中間寫著「詐瘋魔」三字。臏曰：「原來如此！」當日晚餐方設，臏正欲舉筯，忽然昏憒，作嘔吐之狀。良久發怒，張目大叫曰：「汝何以毒藥害我？」將瓶甌悉拉於地，取寫過木簡，向火焚燒，撲身倒地，口中含糊罵詈不絕。誠兒不知是詐，慌忙奔告龐涓。涓次日親自來看，臏痰涎滿面，伏地呵呵大笑，忽然大哭。龐涓問曰：「兄長為何而笑？為何而哭？」臏曰：「吾笑者，笑魏王欲害我命。吾有十萬天兵相助，能奈我何？吾哭者，哭魏邦沒有孫臏，無人作大將也！」說罷，復睜目視涓，磕頭不已，口中叫：「鬼谷先生，乞救我孫臏一命！」龐涓曰：「我是龐某，休得錯認了！」臏牽住龐涓之袍，不肯放手，亂叫：「先生救命！」龐涓命左右扯脫，私問誠兒曰：「孫子病症是幾時發的？」誠兒曰：「是夜來發的。」涓上車而去，心中疑惑不已。恐其佯狂，欲試其真偽。命左右拖入豬圈中，糞穢狼籍。臏被髮覆面，倒身而臥。再使人送酒食與之，詐云：「吾小人哀憐先生被刖，聊表敬意，元帥不知也。」孫子已知是龐涓之詐，怒目猙獰，罵曰：「汝又來毒我耶？」將酒食傾翻地下，使者乃拾狗矢及泥塊以進，臏取而啖之。於是還報龐涓。涓曰：「此真中狂疾，不足為慮矣！」自此縱放孫臏，任其出入。臏或朝出晚歸，仍臥豬圈之內。或出而不返，混宿市井之間。或談笑自若，或悲號不已。市人認得是孫客卿，憐其病廢，多以飲食遺之。臏或食或不食，狂言誕語，不絕於口。無有知其為假瘋魔者。龐涓卻分付地方，每日侵晨，具報孫臏所在，尚不能置之度外也。髯翁有詩嘆云：

紛紛七國鬬干戈，俊傑乘時歸網羅。堪恨奸臣懷嫉忌，致令良友詐瘋魔。

時墨翟雲遊至齊，客於田忌之家，其弟子禽滑從魏而至。墨翟問：「孫臏在魏得意何如？」禽滑親將孫子被刖之事，述於墨翟。翟嘆曰：「吾本欲薦臏，反害之矣！」乃將孫臏之才，及龐涓妒忌之事，轉述於田忌。田忌言於威王曰：「國有賢臣，而令見辱於異國，大不可也！」威王曰：「寡人發兵以迎孫子如何？」田忌曰：「龐涓不容臏仕於本國，肯容仕於齊國乎？欲迎孫子，須是如此恁般，密載以歸，可保萬全。」威王用其謀，即令客卿淳于髡假以進茶為名，至魏欲見孫子。淳于髡領旨，押了茶車，捧了國書，竟至魏國。禽滑裝做從者隨行。到魏都見了魏惠王，致齊侯之命。惠王大喜，送淳于髡於館驛。禽滑見臏發狂，不與交言，半夜私往候之。臏背靠井欄而坐，見禽滑張目不語。滑垂涕曰：「孫子困至此乎！識禽滑否？吾師言孫卿之冤於齊王，齊王甚相傾慕。淳于公此來，非為貢茶，實欲載孫卿入齊，為卿報刖足之仇耳！」孫臏淚流如雨，良久言曰：「某已分死於溝渠，不期今日有此機會！但龐涓疑慮太甚，恐不便挈帶，如何？」禽滑曰：「吾已定下計策，孫卿不須過慮。俟有行期，即當相迎。」約定：

「只在此處相會，萬勿移動！」次日，魏王款待淳于髡，知其善辨之士，厚贈金帛。髡辭了魏王欲行，龐涓復置酒長亭餞行。禽滑先於是夜將溫車藏了孫臏，卻將孫臏衣服，與廝養王義穿著，披頭散髮，以泥土塗面，妝作孫臏模樣。地方已經具報，龐涓以此不疑。淳于髡既出長亭，與龐涓歡飲而別。先使禽滑驅車速行，親自押後。過數日，王義亦脫身而來。地方但見骯髒衣服撒做一地，已不見孫臏矣。即時報知龐涓，涓疑其投井而死，使人打撈屍首不得。連連挨訪，並無影響。反恐魏王見責，戒左右只將孫臏溺死申報，亦不疑其投齊也。

再說淳于髡載孫臏離了魏境，方與沐浴。既入臨淄，田忌親迎於十里之外。言於威王，使乘蒲車入朝。威王叩以兵法，即欲拜官。孫臏辭曰：「臣未有寸功，不敢受爵。龐涓若聞臣用於齊，又起妒嫉之端。不若姑隱其事，俟有用臣之處，然後效力，何如？」威王從之，乃使居田忌之家。忌尊為上客。臏欲偕禽滑往謝墨翟，他師弟二人，已不別而行了。臏嘆息不已。再使人訪孫平、孫卓信息，杳然無聞，方知龐涓之詐。

齊威王暇時，常與宗族諸公子馳射賭勝為樂。田忌馬力不及，屢次失金。一日，田忌引孫臏同至射圃觀射。臏見馬力不甚相遠，而田忌三棚皆負。乃私謂忌曰：「君明日復射，臣能令君必勝。」田忌曰：「先生果能使某必勝，某當請於王以千金決賭。」臏曰：「君但請之。」田忌請於威王曰：「臣之馳射屢負矣。來日願傾家財，一決輸贏。每棚以千金為采。」威王笑而從之。是日，諸公子皆盛飾車馬，齊至場圃。百姓聚觀者數千人。田忌問孫子曰：「先生必勝之術安在？千金一棚，不可戲也！」孫臏曰：「齊之良馬，聚於主廐。而君欲與次第角勝，難矣！然臣能以術得之。夫三棚有上中下之別。誠以君之下駟，當彼上駟，而取君之上駟，與彼中駟角，取君之中駟，與彼下駟角。君雖一敗，必有二勝。」田忌曰：「妙哉！」乃以金鞍錦韉，飾其下等之馬，偽為上駟，先與威王賭第一棚。馬足相去甚遠，田忌復失千金。威王大笑。田忌曰：「尚有二棚，臣若全輸，笑臣未晚！」及二棚三棚，田忌之馬果皆勝，多得采物千金。田忌奏曰：「今日之勝，非臣馬之力，乃孫子所教也！」因述其故。威王嘆曰：「即此小事，已見孫先生之智矣！」由是益加敬重，賞賜無算。不在話下。

* * *

再說魏惠王既廢孫臏，責成龐涓恢復中山之事。龐涓奏曰：「中山遠於魏而近於趙，與其遠爭，不如近割。臣請為君直擣邯鄲，以報中山之恨。」惠王許之。龐涓遂出車五百乘伐趙，圍邯鄲。邯鄲守臣丕選，連戰俱敗，上表趙成侯，成侯使人以中山賂齊求救。齊威王已知孫子之能，拜為大將。臏辭曰：「臣刑餘之人，而使主兵，顯齊國別無人才，為敵所笑。請以田忌為將。」威王乃用田忌為將。孫臏為軍師，常居輜車之中，陰為畫策，不顯其名。田忌欲引兵救邯鄲，臏止之曰：「趙將非龐涓之敵。比我至邯鄲，其城已下矣。不如駐兵於中道，揚言欲伐襄陵，龐涓必還。還而擊之，無不勝也。」忌用其謀。時邯鄲候救不至，丕選以城降涓。涓遣人報捷於魏王。正欲進兵，忽聞齊遣田忌乘虛來襲襄陵，龐涓驚曰：「襄陵有失，安邑震動，吾當還救根本。」乃班師。離桂陵二十里，便遇齊兵。原來孫臏早已打聽魏兵到來，預作准備。先使牙將袁達，引三千人截路搦戰。龐涓族子龐葱前隊先到，迎住廝殺。約戰二十餘合，袁達詐敗而走。龐葱恐有計策，不敢追趕，卻來稟知龐涓。涓叱曰：「諒偏將尚不能擒取，安能擒田忌乎？」即引大軍追之。將及桂陵，只見前面齊兵排成陣勢。龐涓乘車觀看，正是孫臏初到魏國時擺的「顛倒八門陣」。龐涓心疑，想道：「那田忌如何也曉此陣法？莫非孫臏已歸齊國乎？」當下亦布隊成列。只見齊軍中閃出「大將田」旗號，推出一輛戎車，田忌全裝披掛，手執畫戟，立於車中。田嬰挺戈立於車右。田忌口呼：「魏將能事者，上前打話！」龐涓親自出車，謂田忌曰：「齊、魏一向和好，魏、趙有怨，何與齊事？將軍棄好尋仇，實為失計！」田忌曰：「趙以中山之地，獻於吾主，吾主命吾帥師救之。若魏亦割數郡之地，付於吾手，吾當即退。」龐涓大怒曰：「汝有何本事，敢與某對陣？」田忌曰：「你既有本事，能識我陣否？」龐涓曰：「此乃『顛倒八門陣』，吾受之鬼谷子，汝何處竊取一二，反來問我？我國中三歲孩童，皆能識之！」田忌曰：「汝既能識，敢打此陣否？」龐涓心下躊躇：「若說不打，喪了志氣。」遂厲聲應曰：「既能識，如何不能打！」龐涓分付龐英、龐葱、龐茅曰：「記得孫臏曾講此陣，略知攻打之法。但此陣能變『長蛇』，擊首則尾應，擊尾則首應，擊中則首尾皆應，攻者輒為所困。我今去打此陣，汝三人各領一軍，只看此陣一變，三隊齊進，使首尾不能相顧，則陣可破矣。」龐涓分付已畢，自帥先鋒五千人，上前打陣。纔入陣中，只見八方旗色，紛紛轉換，認不出那一門是「休、生、傷、杜、景、死、驚、開」了。東衝西撞，戈甲如林，並無出路。只聞得金鼓亂鳴，四下吶喊。豎的旗上，俱有「軍師孫」字。龐涓大駭曰：「刖夫果在齊國，吾墮其計矣！」正在危急，卻得龐英、龐葱兩路兵殺進，單單救出龐涓，那五千先鋒，不剩一人。問龐茅時，已被田嬰所殺，共損軍二萬餘人。龐涓甚是傷感。原來八卦陣本按八方，連中央戊己，共是九隊軍馬。其形正方，比及龐涓入來打陣，抽去首尾二軍為二角，以遏外救，止七隊軍馬，變為圓陣，以此龐涓迷惑。後來唐朝衛國公李靖，因此作「六花陣」，即從此圓陣布出。有詩為證：

八陣中藏不測機，傳來鬼谷少人知。龐涓只曉長蛇勢，那識方圓變化奇！

按今堂邑縣東南有地名古戰場，乃昔日孫、龐交兵之處也。

卻說龐涓知孫臏在軍中，心中懼怕。與龐英、龐蔥商議，棄營而遁，連夜回魏國去了。田忌與孫臏探知空營，奏凱回齊。此周顯王十七年之事。魏惠王以龐涓有取邯鄲之功，雖然桂陵喪敗，將功折罪。齊威王遂寵任田忌、孫臏，專以兵權委之。騶忌恐其將來代己為相，密與門客公孫閱商量，欲要奪田忌、孫臏之寵。恰好龐涓使人以千金行賂於騶忌之門，要得退去孫臏。騶忌正中其懷，乃使公孫閱假作田忌家人，持十金，於五鼓叩卜者之門曰：「我奉田忌將軍之差，欲求占卦。」卦成，卜者問：「何用？」閱曰：「我將軍，田氏之宗也。兵權在握，威震鄰國，今欲謀大事，煩為斷其吉凶。」卜者大驚曰：「此悖逆之事，吾不敢與聞！」公孫閱囑曰：「先生即不肯斷，幸勿洩！」公孫閱方纔出門，騶忌差人已至，將卜者拿住，說他替叛臣田忌占卦。卜者曰：「雖有人來小店，實不曾占。」騶忌遂入朝，以田忌所占之語，告於威王，即引卜者為證。威王果疑，每日使人伺田忌之舉動。田忌聞其故，遂託病辭了兵政，以釋齊王之疑。孫臏亦謝去軍師之職。明年齊威王薨，子辟疆即位，是為宣王。宣王素知田忌之冤，與孫臏之能，俱召復故位。

* * *

再說龐涓初時，聞齊國退了田忌、孫臏不用，大喜曰：「吾今日乃可橫行天下也！」是時韓昭侯滅鄭國而都之。趙相國公仲侈如韓稱賀，因請同起兵伐魏。約以滅魏之日，同分魏地。昭侯應允。回言：

「偶值荒饉，俟來年當從兵進討。」龐涓訪知此信，言於惠王曰：「聞韓謀助趙攻魏，今乘其未合，宜先伐韓，以阻其謀。」惠王許之。使太子申為上將軍，龐涓為大將，起傾國之兵，向韓國進發。不知勝負如何，且聽下回分解。

第八十九回 馬陵道萬弩射龐涓 咸陽市五牛分商鞅

話說龐涓同太子申起兵伐韓，行過外黃，有布衣徐生請見太子。太子問曰：「先生辱見寡人，有何見諭？」徐生曰：「太子此行，將以伐韓也。臣有百戰百勝之術於此，太子欲聞之否？」申曰：「此寡人所樂聞也。」徐生曰：「太子自度富有過於魏，位有過於王者乎？」申曰：「無以過矣！」徐生曰：「今太子自將而攻韓，幸而勝，富不過於魏，位不過於王也。萬一不勝，將若之何？夫無不勝之害，而有稱王之榮，此臣所謂百戰百勝者也。」申曰：「善哉！寡人請從先生之教，即日班師。」徐生曰：「太子雖善吾言，必不行也。夫一人烹鼎，眾人啜汁。今欲啜太子之汁者甚眾，太子即欲還，其誰聽之？」徐生辭去，太子出令欲班師。龐涓曰：「大王以三軍之寄屬於太子，未見勝敗，而遽班師，與敗北何異？」諸將皆不欲空還。太子申不能自決，遂引兵前進，直造韓都。韓昭侯遣人告急於齊，求其出兵相救。齊宣王大集群臣，問以救韓與不救，孰是孰非。相國騶忌曰：「韓、魏相并，此鄰國之幸也。不如勿救。」田忌、田嬰皆曰：「魏勝韓，則禍必及於齊。救之為是。」孫臏獨嘿然無語。宣王曰：「軍師不發一言，豈救與不救二策皆非乎？」孫臏對曰：「然也。夫魏國自恃其強，前年伐趙，今年伐韓，其心亦豈須臾忘齊哉？若不救，是棄韓以肥魏，故言不救者非也。魏方伐韓，韓未敝而吾救之，是我代韓受兵。韓享其安，而我受其危，故言救者亦非也。」宣王曰：「然則如何？」孫臏對曰：「為大王計，宜許韓必救，以安其心。韓知有齊救，必悉力以拒魏。魏亦必悉力以攻韓。吾俟魏之敝，徐引兵而往，攻敝魏以存危韓，用力少而見功多，豈不勝於前二策耶？」宣王鼓掌稱：「善！」遂許韓使，言：「齊救旦暮且至。」韓昭侯大喜，乃悉力拒魏。前後交鋒五六次，韓皆不勝。復遣使往齊，催趲救兵。齊復用田忌為大將，田嬰副之，孫子為軍師，率車五百乘救韓。田忌又欲望韓進發，孫臏曰：「不可！不可！吾向者救趙，未嘗至趙，今救韓，奈何往韓乎？」田忌曰：「軍師之意，將欲如何？」孫臏曰：「夫解紛之術，在攻其所必救。今日之計，惟有直走魏都耳！」田忌從之。乃命三軍齊向魏都進發。龐涓連敗韓師，將逼新都，忽接本國警報，言：「齊兵復寇魏境，望元帥作速班師！」龐涓大驚，即時傳令去韓歸魏。韓兵亦不追趕。孫臏知龐涓將至，謂田忌曰：「三晉兵素悍勇而輕齊，齊號為怯。善戰者因其勢而利導之。兵法云：『百里而趨利者蹶上將，五十里而趨利者軍半至。』吾軍遠入魏地，宜詐為弱形以誘之。」田忌曰：「誘之如何？」孫臏曰：「今日當作十萬竈，明後日以漸減去。彼見軍竈頓減，必謂吾兵怯戰，逃亡過半，將兼程逐利。其氣必驕，其力必疲。吾因以計取之。」田忌從其計。

再說龐涓兵望西南而行，心念韓兵屢敗，正好征進，卻被齊人侵擾，毀其成功，不勝之忿。及至魏境，知齊兵已前去了。遺下安營之跡，地甚寬廣。使人數其竈，足有十萬。驚曰：「齊兵之眾如此，不可輕敵也！」明日又至前營，查其竈僅五萬有餘。又明日，竈僅三萬。涓以手加額曰：「此魏王之洪福矣！」太子申問曰：「軍師未見敵形，何喜形於色？」涓答曰：「某固知齊人素怯，今入魏地纔三日，士卒逃亡已過半了。尚敢操戈相角乎？」太子申曰：「齊人多詐，軍師須十分在意。」龐涓曰：「田忌等今番自來送死。涓雖不才，願生擒忌等，以雪桂陵之恥！」當下傳令，選精銳二萬人，與太子申分為二隊，倍日并行。步軍悉留在後，使龐葱率領徐進。孫臏時刻使人探聽龐涓消息，回報：「魏兵已過沙鹿山，不分早夜，兼程而進。」孫臏屈指計程，日暮必至馬陵。那馬陵道在兩山中間，溪谷深隘，堪以伏兵。道旁樹木叢密。臏只揀絕大一株留下，餘樹盡皆砍倒，縱橫道上，以塞其行。卻將那大樹向東樹身砍白，用黑煤大書六字云：「龐涓死此樹下。」上面橫書四字云：「軍師孫示。」令部將袁達、獨孤陳各選弓弩手五千，左右埋伏。分付：「但看樹下火光起時，一齊發弩。」再令田嬰引兵一萬，離馬陵三里埋伏。只待魏兵已過，便從後截殺。分撥已定，自與田忌引兵遠遠屯扎，准備接應。

再說龐涓一路打聽齊兵過去不遠，恨不能一步趕著，只顧催趲。來到馬陵道時，恰好日落西山。其時十月下旬，又無月色。前軍回報：「有斷木塞路，難以進前。」龐涓叱曰：「此齊兵畏吾躡其後，故設此計也。」正欲指麾軍士搬木開路，忽抬頭看見樹上砍白處，隱隱有字跡，但昏黑難辨。命小軍取火照之。眾軍士一齊點起火來，龐涓於火光之下，看得分明，大驚曰：「吾中刖夫之計矣！」急教軍士速退。說猶未絕，那袁達、獨孤陳兩支伏兵，望見火光，萬弩齊發，箭如驟雨。軍士大亂。龐涓身帶重傷，料不能脫，嘆曰：「吾恨不殺此刖夫，遂成豎子之名！」即引佩劍自刎其喉而絕。龐英亦中箭身亡。軍士射死，不計其數。史官有詩云：

> 昔日偽書奸似鬼，今宵伏弩妙如神。相交須是懷忠信，莫學龐涓自隕身。

昔龐涓下山時，鬼谷曾言：「汝必以欺人之事，還被人欺。」龐涓用假書之事欺孫臏而刖之。今日亦受孫臏之欺，墮其減竈之計。鬼谷又言：「遇馬而瘁。」果然死於馬陵。計龐涓仕魏至身死，剛十二年，應花開十二朵之兆。果見鬼谷之占，纖微必中，神妙不測。

時太子申在後隊，聞前軍有失，慌忙屯扎住不行。不隄防田嬰一軍，反從後面殺到。魏兵心膽俱裂，無人敢戰，各自四散逃生。太子申勢孤力寡，被田嬰生擒，縛置車中。田忌和孫臏統大軍接應，殺得魏軍屍橫遍野，輜重軍器，盡歸於齊。田嬰將太子申獻功，袁達、獨孤陳將龐涓父子屍首獻功。孫臏手斬龐涓之頭，懸於車上。齊軍大勝，奏凱而還。其夜太子申懼辱，亦自刎而死。孫臏嘆息不已。大軍行至沙鹿山，正逢龐葱步軍。孫臏使人挑龐涓之頭示之，步軍不戰而潰。龐葱下車叩頭乞命，田忌欲并誅之。孫臏曰：「為惡者止龐涓一人。其子且無罪，況其姪乎？」乃將太子申及龐英二屍交付龐葱，教他回報魏王：「速速上表朝貢！不然，齊兵再至，宗社不保。」龐葱諾諾連聲而去。此周顯王二十八年事也。

田忌等班師回國，齊宣王大喜，設宴相勞，親為田忌、田嬰、孫臏把盞。相國騶忌自思昔日私受魏賂，欲陷田忌之事，未免於心有愧。遂稱病篤，使人繳還相印。齊宣王遂拜田忌為相國，田嬰為將軍，孫臏軍師如故，加封大邑。孫臏固辭不受。手錄其祖孫武兵書十三篇，獻於宣王曰：「臣以廢人，過蒙擢用。今上報主恩，下酬私怨，於願足矣。臣之所學，盡在此書，留臣亦無用。願得閒山一片，為終老之計。」宣王留之不得，乃封以石閭之山。孫臏住山歲餘，一夕忽不見。或言鬼谷先生度之出世矣。此是後話。武成王廟有孫子讚云：

孫子知兵，翻為盜憎。刖足銜冤，坐籌運能。救韓攻魏，雪恥揚靈。功成辭賞，遁跡藏名。揆之祖武，何愧典型！

再說齊宣王將龐涓之首，懸示國門，以張國威。使人告捷於諸侯，諸侯無不聳懼。韓、趙二君，尤感救兵之德，親來朝賀。宣王欲與韓、趙合兵攻魏，魏惠王大恐，亦遣使通和，請朝於齊。齊宣王約會三晉之君，同會於博望城，韓、趙、魏無敢違者。三君同時朝見，天下榮之。宣王遂自恃其強，耽於酒色。築雪宮於城內，以備宴樂；闢郊外四十里為苑囿，以備狩獵。又聽信文學遊說之士，於稷門立左右講室，聚遊客數千人。內如騶衍、田駢、接輿、環淵等七十六人，皆賜列第，為上大夫，日事議論，不修實政。嬖臣王驩等用事，田忌屢諫不聽，鬱鬱而卒。

* * *

一日，宣王宴於雪宮，盛陳女樂。忽有一婦人，廣額深目，高鼻結喉，駝背肥項，長指大足，髮若秋草，皮膚如漆，身穿破衣，自外而入，聲言：「願見齊王。」武士止之曰：「醜婦何人？敢見大王！」醜婦曰：「吾乃齊之無鹽人也。覆姓鍾離，名春，年四十餘，擇嫁不得。聞大王游宴離宮，特來求見。願入後宮，以備灑掃。」左右皆掩口而笑曰：「此天下強顏之女子也！」乃奏知宣王，宣王召入。群臣侍宴者，見其醜陋，亦皆含笑。宣王問曰：「我宮中妃侍已備，今婦人貌醜，不容於鄉里，以布衣欲干千乘之君，得無有奇能乎？」鍾離春對曰：「妾無奇能，特有隱語之術。」宣王曰：「汝試發隱術，為孤度之。若言不中用，即當斬首。」鍾離春乃揚目銜齒，舉手再四，拊膝而呼曰：「殆哉！殆哉！」宣王不解其意，問於群臣，群臣莫能對。宣王曰：「春來前，為寡人明言之。」春頓首曰：「大王赦妾之死，妾乃敢言。」宣王曰：「赦爾無罪！」春曰：「妾揚目者，代王視烽火之變；銜齒者，代王懲拒諫之口；舉手者，代王揮讒佞之臣；拊膝者，代王拆游宴之臺。」宣王大怒曰：「寡人焉有四失？村婦妄言！」喝令：「斬之！」春曰：「乞申明大王之四失，然後就刑。妾聞秦用商鞅，國以富強，不日出兵函關，與齊爭勝，必首受其患。大王內無良將，邊備漸弛，此妾為王揚目而視之。妾聞『君有諍臣，不亡其國；父有諍子，不亡其家』。大王內耽女色，外荒國政，忠諫之士，拒而不納，妾所以銜齒，為王受諫也。且王驩等阿諛取容，蔽賢竊位；騶衍等迂談闊說，虛而無實。大王信用此輩，妾恐其有誤社稷，所以舉手為王揮之。王築宮築囿，臺榭陂池，殫竭民力，虛耗國賦，所以拊膝為王拆之。大王四失，危如累卵。而偷目前之安，不顧異日之患。妾冒死上言，倘蒙採聽，雖死何恨！」宣王嘆曰：「使無鍾離氏之言，寡人不得聞其過也！」即日罷宴，以車載春歸宮，立為正后。春辭曰：「大王不納妾言，安用妾身？請以理國為急，用賢為先。」於是宣王招賢下士，疎遠嬖佞，散遣稷下游說之徒，以田嬰為相國，以鄒人孟軻為上賓，齊國大治。即以無鹽之邑封春家，號春為無鹽君。此是後話。

* * *

話分兩頭。卻說秦相國衛鞅聞龐涓之死，言於孝公曰：「秦、魏比鄰之國。秦之有魏，猶人之有腹心之疾。非魏并秦，即秦并魏，其勢不兩存明矣。魏今大破於齊，諸侯叛之。可乘此時伐魏，魏不能支，必然東徙。然後秦據河山之固，東鄉以制諸侯，此帝王之業也。」孝公以為然，使衛鞅為大將，公子少官副之，帥兵五萬伐魏。師出咸陽，望東進發。警報已至西河，守臣朱倉告急文書，一日三發。惠王大集群臣，問禦秦之計。公子卬進曰：「鞅昔日在魏時，與臣相善。臣嘗舉薦於大王，大王不聽。今日臣願領兵前往，先與講和。如若不許，然後固守城池，請救韓、趙。」群臣皆贊其策。惠王即拜公子卬為大將，亦率兵五萬，來救西河，進屯吳城。——那吳城是吳起守西河所築以拒秦者，堅固可守。——公子卬正欲修書，遣人往秦寨通問衛鞅，欲其罷兵。守城將士報道：「今有秦相國差人下書，見在城外。」公子卬命縋城而上，發書看之。書曰：

> 鞅始與公子相得甚歡，不異骨肉。今各事其主，為兩國之將，何忍治兵，自相魚肉？鄙意欲與公子相約，各去兵車，釋甲冑，以衣冠之會，相見於玉泉山，樂飲而罷。免使兩國肝腦塗地。使千秋而下，稱吾兩人之交情，同於管、鮑。公子如肯俯從，幸示其期！

公子卬讀畢，大喜曰：「吾意正欲如此！」遂厚待使者，答以書曰：

> 相國不忘夙昔之好，舉齊桓故事，以衣裳易兵車，安秦、魏之民，明管、鮑之誼，此卬志也。三日之內，惟相國示期，敢不聽命！

衛鞅得了回書，喜曰：「吾計成矣！」復使人入城訂定日期，言：「秦兵前營已撤，打發先回。只等會過元帥，便拔寨都起。」復以旱藕、麝香遺之曰：「此二物秦地所產。旱藕益人，麝香辟邪。聊志交情，永以為好。」公子卬謂衛鞅愛己，益信其無他，答書謝之。衛鞅假傳軍令，使前營盡撤，公子少官率領先行。卻暗暗分付，一路只說射獵充食，在狐岐山、白雀山等處，四散埋伏。期定是日午末未初，齊到玉泉山下，只聽山上放礮為號，便一齊殺入，將來人盡數拿住，不許走漏一人。

至期，侵晨，衛鞅先使人報入城中，言：「相國先往玉泉山伺候，隨行不滿三百人。」公子卬十分相信，亦以輜車載酒食，并樂工一部，乘車赴會，人數與商鞅相當。衛鞅在山下相迎。公子卬見人從既少，且無軍器，坦然不疑。相見之間，各敘昔日交情，并及今日通和之意。魏國從人，無不歡喜。兩邊俱有酒席。公子卬是地主，先替衛鞅把盞。三獻三酬，奏樂三次。衛鞅使軍吏席上報時，即時撤了魏國筵席，另用本國酒饌。兩個侍酒的，都是秦國有名的勇士。一個喚做烏獲，力舉千鈞；一個喚做任鄙，手格虎豹。衛鞅纔舉初杯相勸，以目視左右，便去山頂上放起一聲號礮。山下亦放礮相應，聲震陵谷。公子卬大驚曰：「此礮何來？相國莫非見欺否？」衛鞅笑曰：「暫欺一次，尚容告罪！」公子卬心慌，便欲奔逃，卻被烏獲緊緊幫住，轉動不得。任鄙指揮左右拿人。公子少官率領軍士拘獲車仗人等，真個是滴水不漏。衛鞅分付將公子卬上了囚車，先遞回秦國報捷。卻將所獲隨行人眾，解其束縛，賜酒壓驚。仍用原來車仗，教他：「只說：『主帥赴會回來！』賺開城門，另有重賞。如若不從，即時斬首！」那一行從人，都是小輩，誰不怕死？盡皆依允。卻教烏獲假作公子卬坐於車中，任鄙作護送使臣，單車隨後。城上認得是自家人從，即時開門。那兩員勇將，一齊發作，將城門一拳一腳，打個粉碎，關闔不得。軍士上前者，都被打倒。背後衛鞅親率大軍，飛也似趕來。城中軍民亂竄。衛鞅縱軍士亂殺一陣，遂占了吳城。朱倉聞知主帥被虜，度西河難守，棄城而遁。衛鞅長驅而入，直逼安邑。惠王大懼，使大夫龍賈往秦軍行成。衛鞅曰：「魏王不能用吾，吾故出仕秦國。蒙秦王尊為卿相，食祿萬鍾。今以兵權交付，若不滅魏，有負重託。」龍賈曰：「吾聞『良鳥戀舊林，良臣懷故主』。魏王雖不能用足下，然父母之邦，足下安得無情？」衛鞅沉思半晌，謂龍賈曰：「若要我班師，除非將河西之地，盡割於秦方可。」龍賈只得應諾。回奏惠王，惠王從之。即令龍賈奉河西地圖，獻於秦軍買和。衛鞅按圖受地，奏凱而還。公子卬遂降於秦。魏惠王以安邑地近於秦，難守，遂遷都大梁去訖。自此稱為梁國。

秦孝公嘉衛鞅之功，封為列侯。以前所取楚地商、於等十五邑，為鞅食邑，號為商君。後世稱為商鞅，為此也。鞅謝恩歸第，謂家臣曰：「吾以衛之支庶，挾策歸秦，為秦更治，立致富強。今又得魏地七百里，封邑十五城。大丈夫得志，可謂壯矣！」賓客齊聲稱賀。內有一士厲聲而前曰：「『千人諾諾，不如一士諤諤！』爾等居商君門下，豈可進諂而陷主乎？」眾人視之，乃上客趙良也。鞅曰：「先生語眾人之諂，試言吾之治秦，與五羖大夫孰賢？」良曰：「五羖大夫之相穆公，三置晉君，并國二十，使其主為西戎伯主。及其自奉，暑不張蓋，勞不坐乘。死之日，百姓悲哭，如喪考妣。今君相秦八載，法令雖行，刑戮太慘。民見威而不見德，知利而不知義。太子恨君刑其師傅，怨入骨髓。民間父兄子弟，久含怨心。一旦秦君晏駕，君之危若朝露，尚可貪商、於之富貴，而自誇大丈夫乎？君何不薦賢人以自代？辭去祿位，退耕於野，尚可以望自全也。」商君默然不樂。

後五月，秦孝公得疾而薨，群臣奉太子駟即位，是為惠文公。商鞅自負先朝舊臣，出入傲慢。公子虔初被商鞅劓鼻，積恨未報，至是與公孫賈同奏於惠文公曰：「臣聞『大臣太重者國危，左右太重者身危』。商鞅立法治秦，秦邦雖治，然婦人童稚，皆言商君之法，莫言秦國之法。今又封邑十五，位尊權重，後必謀叛。」惠文公曰：「吾恨此賊久矣！但以先王之臣，反形未彰，故姑容旦夕。」乃遣使者收商鞅相印，退歸商、於。鞅辭朝具駕出城，儀仗隊伍，猶比諸侯。百官餞送，朝署為空。公子虔、公孫賈密告惠文公，言：「商君不知悔咎，僭擬王者儀制。若歸商、於，必然謀叛。」甘龍、杜摯，證成其事。惠文公大怒，即令公孫賈引武士三千，追趕商鞅，梟首回報。公孫賈領命出朝。當時百姓連街倒巷，皆怨商君，一聞公孫賈引兵追趕，攘臂相從者，何止數千餘人。商鞅車駕出城，已百餘里。忽聞後面喊聲大振，使人探聽。回報：「朝廷發兵追趕。」商鞅大驚。知是新主見責，恐不免禍。急卸衣冠下車。扮作卒隸逃亡。走至函關，天色將昏，往旅店投宿。店主索照身之帖，鞅辭無有。店主曰：「商君之法，不許收留無帖之人。犯者並斬，吾不敢留。」商鞅驚曰：「吾設此法，乃自害其身也！」乃連夜前行，混出關門，徑奔魏國。魏惠王恨商鞅誘虜公子卬，割其河西之地，於是欲因商鞅以獻秦。鞅復逃回商、於，謀起兵攻秦。被公孫賈追至縛歸。惠文公歷數其罪，分付將鞅押出市曹，五牛分屍。百姓爭啖其肉，須臾而盡。於是盡滅其族。可憐商鞅變立新法，使秦國富強，今日受車裂之禍，豈非過刻之報乎？此周顯王三十一年事也。髯翁有詩云：

商於封邑未經年，五路分屍亦可憐！慘刻從來兇報至，勸君熟讀省刑篇。

自商鞅之死，百姓歌舞於道，如釋重負。六國聞之，亦皆相慶。甘龍、杜摯先被革職，今皆復官。拜公孫衍為相國。衍勸惠文公西并巴蜀，稱王以號召天下。要列國悉如魏國割地為賀，如有違者，即發兵伐之。惠文公遂稱王，遣使者偏告列國，都要割地為賀。諸侯俱猶豫未決。惟楚威王熊商，任用昭陽，新敗越兵，殺越王無疆，盡有越地，地廣兵強，與秦為敵。秦使至楚，被楚王叱咤而去。於是洛陽蘇秦挾兼并之策，以說秦王。不知蘇秦如何說秦，且看下回分解。

第九十回　蘇秦合從相六國　張儀被激往秦邦

話說蘇秦、張儀自從辭了鬼谷子下山，張儀自往魏國去了。蘇秦回至洛陽家中，老母在堂，一兄二弟，兄已先亡，惟寡嫂在。二弟乃蘇代、蘇厲也。一別數年，今日重會，舉家歡喜，自不必說。過了數日，蘇秦欲出遊列國，乃請於父母，變賣家財，為資身之費。母嫂及妻，俱力阻之曰：「季子不治耕穫，力工商，求什一之利，乃思以口舌博富貴，棄見成之業，圖未獲之利。他日生計無聊，豈可悔乎？」蘇代、蘇厲亦曰：「兄如善於遊說之術，何不就說周王，在本鄉亦可成名，何必遠出？」蘇秦被一家阻當，乃求見周顯王，說以自強之術。王留之館舍。左右皆素知蘇秦出於農賈之家，疑其言空疎無用，不肯在顯王前保舉。蘇秦在館舍羈留歲餘，不能討個進身。於是發憤回家，盡破其產，得黃金百鎰。製黑貂裘為衣，治車馬僕從，遨遊列國，訪求山川地形，人民風土，盡得天下利害之詳。如此數年，未有所遇。聞衛鞅封商君，甚得秦孝公之心，乃西至咸陽。而孝公已薨，商君亦死，乃求見惠文王。惠文王宣秦至殿，問曰：「先生不遠千里而來敝邑，有何教誨？」蘇秦奏曰：「臣聞大王求諸侯割地，意者欲安坐而并天下乎？」惠文王曰：「然。」秦曰：「大王東有關河，西有漢中，南有巴蜀，北有胡貉，此四塞之國也。沃野千里，奮擊百萬。以大王之賢，士民之眾，臣請獻謀效力，并諸侯，吞周室，稱帝而一天下，易如反掌。豈有安坐而能成事者乎？」惠文王初殺商鞅，心惡遊說之士。乃辭曰：「孤聞『毛羽不成，不能高飛』。先生所言，孤有志未逮。更俟數年，兵力稍足，然後議之。」蘇秦乃退，復將古三王五霸攻戰而得天下之術，彙成一書，凡十餘萬言。次日，獻上秦王。秦王雖然留覽，絕無用蘇秦之意。再謁秦相公孫衍，衍忌其才，不為引進。

蘇秦留秦復歲餘，黃金百鎰，俱已用盡。黑貂之裘，亦敝壞。計無所出，乃貨其車馬僕從，以為路資，擔囊徒步而歸。父母見其狼狽，罵辱之。妻方織布，見秦來，不肯下機相見。秦餓甚，向嫂求一飯。嫂辭以無柴，不肯為炊。有詩為證：

富貴途人成骨肉，貧窮骨肉亦途人。試看季子貂裘敝，舉目雖親盡不親。

秦不覺墮淚，嘆曰：「一身貧賤，妻不以我為夫，嫂不以我為叔，母不以我為子，皆我之罪也！」於是簡書篋中，得太公陰符一篇，忽悟曰：「鬼谷先生曾言：『若遊說失意，只須熟玩此書，自有進益。』」乃閉戶探討，務窮其趣，晝夜不息。夜倦欲睡，則引錐自刺其股，血流遍足。既於陰符有悟，然後將列國形勢，細細揣摩。如此一年，天下大勢，如在掌中。乃自慰曰：「秦有學如此，以說人主，豈不能出其金玉錦繡，取卿相之位者乎？」遂謂其弟代、厲曰：「吾學已成，取富貴如寄。弟可助吾行資，出說列國。倘有出身之日，必當相引。」復以陰符為弟講解。代與厲亦有省悟，乃各出黃金以資其行。

秦辭父母妻嫂，欲再往秦國。思想：「當今七國之中，惟秦最強，可以輔成帝業。何奈秦王不肯收用？吾今再去，倘復如前，何面復歸故里？」乃思一擯秦之策：「必使列國同心協力以孤秦勢，方可自立。」於是東投趙國。時趙肅侯在位，其弟公子成為相國，號奉陽君。蘇秦先說奉陽君，奉陽君不喜。秦乃去趙，北遊於燕，求見燕文公，左右莫為通達。居歲餘，資用已盡，饑餓於旅邸，旅邸之人哀之，貸以百錢。秦賴以濟。適值燕文公出遊，秦伏謁道左。文公問其姓名，知是蘇秦，喜曰：「聞先生昔年以十萬言獻秦王，寡人心慕之，恨未得能讀先生之書。今先生幸惠教寡人，燕之幸也。」遂回車入朝，召秦入見，鞠躬請教。蘇秦奏曰：「大王列在戰國，地方二千里。兵甲數十萬，車六百乘，騎六千匹。然比於中原，曾未及半。乃耳不聞金戈鐵馬之聲，目不睹覆車斬將之危，安居無事，大王亦知其故乎？」燕文公曰：「寡人不知也。」秦又曰：「燕所以不被兵者，以趙為之蔽耳。大王不知結好於近趙，而反欲割地以媚遠秦，不愚甚耶？」燕文公曰：「然則如何？」秦對曰：「依臣愚見，不若與趙從親，因而結連列國，天下為一，相與協力禦秦，此百世之安也。」燕文公曰：「先生合從以安燕，寡人所願。但恐諸侯不肯為從耳。」秦又曰：「臣雖不才，願面見趙侯，與定從約。」燕文公大喜，資以金帛路費，高車駟馬，使壯士送秦至趙。適奉陽君趙成已卒，趙肅侯聞燕國送客來至，遂降階而迎，曰：「上客遠辱，何以教我？」蘇秦奏曰：「秦聞天下布衣賢士，莫不高賢君之行義，皆願陳忠於君前。奈奉陽君妒才嫉能，是以遊士裹足而不進，卷舌而不言。今奉陽君捐館舍，臣故敢獻其愚忠。臣聞『保國莫如安民，安民莫如擇交』。當今山東之國，惟趙為強。趙地方二千餘里，帶甲數十萬，車千乘，騎萬匹，粟支數年。秦之所最忌害者，莫如趙。然而不敢舉兵伐趙者，畏韓、魏之襲其後也。故為趙南蔽者韓、魏也。

韓、魏無名山大川之險，一旦秦兵大出，蠶食二國，二國降則禍次於趙矣。臣嘗考地圖，列國之地，過秦萬里；諸侯之兵，多秦十倍。設使六國合一，并力西向，何難破秦？今為秦謀者，以秦恐嚇諸侯，必須割地求和。夫無故而割地，是自破也。破人與破於人，二者孰愈？依臣愚見，莫如約列國君臣會於洹水，交盟定誓，結為兄弟，聯為唇齒。秦攻一國，則五國共救之。如有敗盟背誓者，諸侯共伐之。秦雖強暴，豈敢以孤國與天下之眾爭勝負哉？」趙肅侯曰：「寡人年少，立國日淺，未聞至計。今上客欲糾諸侯以拒秦，寡人敢不敬從！」乃佩以相印，賜以大第。又以飾車百乘，黃金千鎰，白璧百雙，錦繡千匹，使為從約長。蘇秦乃使人以百金往燕，償旅邸人之百錢。正欲擇日起行，歷說韓、魏諸國。忽趙肅侯召蘇秦入朝，有急事商議。蘇秦慌忙來見肅侯。肅侯曰：「適邊吏來報：『秦相國公孫衍出師攻魏，擒其大將龍賈，斬首四萬五千，魏王割河北十城以求和。衍又欲移兵攻趙。』將若之何？」蘇秦聞言，暗暗吃驚：「秦兵若到趙，趙君必然亦效魏求和，合從之計不成矣。」正是人急計生。且答應過去，另作區處。乃故作安閒之態，拱手對曰：「臣度秦兵疲敝，未能即至趙國。萬一來到，臣自有計退之。」肅侯曰：「先生且暫留敝邑，待秦兵果然不到，方可遠離寡人耳。」這句話正中蘇秦之意，應諾而退。

蘇秦回至府第，喚門下心腹喚做畢成，至於密室，分付曰：「吾有同學故人，名曰張儀字餘子，乃大梁人氏。我今予汝千金，汝可扮作商賈，變姓名為賈舍人，前往魏邦，尋訪張儀。倘相見時，須如此如此。若到趙之日，又須如此如此。汝可小心在意。」賈舍人領命，連夜望大梁而行。

* * *

話分兩頭。卻說張儀自離鬼谷歸魏，家貧，求事魏惠王不得。後見魏兵屢敗，乃挈其妻去魏遊楚。楚相國昭陽留之為門下客。昭陽將兵伐魏，大敗魏師，取襄陵等七城。楚威王嘉其功，以和氏之璧賜之。——何謂和氏之璧，當初楚厲王之末年，有楚人卞和得玉璞於荊山，獻於厲王。王使玉工相之，曰：「石也。」厲王大怒，以卞和欺君，刖其左足。及楚武王即位，和復獻其璞。玉工又以為石。王怒，刖其右足。及楚文王即位，卞和又欲往獻。奈雙足俱刖，不能行動。乃抱璞於懷，痛哭於荊山之下，三日三夜，泣盡繼之以血。有曉得卞和的，問曰：「汝再獻再刖，可以止矣。尚希賞乎？又何哭為？」和曰：「吾非為求賞也。所恨者，本良玉而謂之石，本貞士而謂之欺。是非顛倒，不得自明，是以悲耳！」楚文王聞卞和之泣，乃取其璞，使玉人剖之，果得無瑕美玉，因製為璧，名曰和氏之璧。今襄陽府南漳縣荊山之顛有池，池旁有石室，謂之抱玉巖，即卞和所居泣玉處也。楚王憐其誠，以大夫之祿給卞和，終其身。此璧乃無價之寶，只為昭陽滅越敗魏，功勞最大，故以重賞賜之。——昭陽隨身攜帶，未嘗少離。一日，昭陽出遊於赤山，四方賓客從行者百人。那赤山下有深潭，相傳姜太公曾釣於此。潭邊建有高樓，眾人在樓上飲酒作樂。及至半酣，賓客慕和璧之美，請於昭陽，求借觀之。昭陽命守藏豎，於車箱中取出寶櫝至前，親自啟鑰。解開三重錦袱，玉光爍爍，照人顏面。賓客次第傳觀，無不極口稱贊。正賞玩間，左右言：「潭中有大魚躍起。」昭陽起身凭欄而觀，眾賓客一齊出看。那大魚又躍起來，足有丈餘，群魚從之跳躍。俄焉雲興東北，大雨將至。昭陽分付收拾轉程。守藏豎欲收和璧置櫝，已不知傳遞誰手，竟不見了。亂了一回，昭陽回府，教門下客捱查盜璧之人。門下客曰：「張儀赤貧，素無行。要盜璧除非此人。」昭陽亦心疑之。使人執張儀笞掠之，要他招承。張儀實不曾盜，如何肯服。笞至數百，遍體俱傷，奄奄一息。昭陽見張儀垂死，只得釋放。旁有可憐張儀的，扶儀歸家。其妻見張儀困頓模樣，垂淚而言曰：「子今日受辱，皆由讀書遊說所致。若安居務農，甯有此禍耶？」儀張口向妻使視之，問曰：「吾舌尚在乎？」妻笑曰：「尚在。」儀曰：「舌在，是本錢，不愁終困也。」於是將息半愈，復還魏國。

賈舍人至魏之時，張儀已回魏半年矣。聞蘇秦說趙得意，正欲往訪。偶然出門，恰遇賈舍人休車於門外。相問間，知從趙來。遂問：「蘇秦為趙相國，信果真否？」賈舍人曰：「先生何人？得無與吾相國有舊耶？何為問之？」儀告以同學兄弟之情。賈舍人曰：「若是，何不往遊？相國必當薦揚。吾賈事已畢，正欲還趙。若不棄嫌微賤，願與先生同載。」張儀欣然從之。既至趙郊，賈舍人曰：「寒家在郊外有事，只得暫別。城內各門俱有旅店，安歇遠客。容卑人過幾日相訪。」張儀辭賈舍人下車，進城安歇。次日，修刺求謁蘇秦。秦預誡門下人，不許為通。候至第五日，方得投進名刺。秦辭以事冗，改日請會。儀復候數日，終不得見，怒欲去。地方店主人拘留之，曰：「子已投刺相府，未見發落。萬一相國來召，何以應之？雖一年半載，亦不敢放去也。」張儀悶甚。訪賈舍人何在，人亦無知之者。又過數日，復書刺往辭相府。蘇秦傳命來日相見。儀向店主人假借衣履停當，次日，侵晨往候。蘇秦預先排下威儀，闔其中門，命客從耳門而入。張儀欲登階，左右止之曰：「相國公謁未畢，客宜少待！」儀乃立於廡下，睨視堂前，官屬拜見者甚眾。已而稟事者又有多人。良久，日將昃，聞堂上呼曰：「客今何在？」左右曰：「相君召客！」儀整衣升階，只望蘇秦降坐相迎。誰知秦安坐不動。儀忍氣進揖，秦起立微舉手答之，曰：「餘子別來無恙？」儀怒氣勃勃，竟不答言。左右稟進午餐。秦復曰：「公事匆冗，煩餘子久待。恐飢餒，且草率一飯，飯後有言。」命左右設坐於堂下，秦自飯於堂上，珍羞滿案。儀前不過一肉一菜，粗糲之餐而已。張儀本待不吃，奈腹中飢甚。況店主人飯錢，先已欠下許多。只望今日見了蘇秦，便不肯薦用，也有些金資賫發。不想如此光景。正是：在他矮簷下，誰敢不低頭。出於無奈，只得含羞舉箸。遙望見蘇秦杯盤狼籍，以其餘肴分賞左右，比張儀所食，還盛許多。儀心中且羞且怒。食畢，秦復傳言：「請客上堂。」張儀舉目觀看，秦仍舊高坐不起。張儀忍氣不過，走上幾步，大罵：「季子！我道你不忘故舊，遠來相投。何意辱我至此！同學之情何在？」蘇秦徐徐答曰：「以餘子之才，只道先我而際遇了。不期窮困如此！吾豈不能薦於趙侯，使子富貴？但恐子志衰才退，不能有為，貽累於薦舉之人。」張儀曰：「大丈夫自能致富貴，豈賴汝薦乎？」秦曰：「你既能自取富貴，何必來謁？念同學情分，助汝黃金一笏❷，請自方便！」命左右以金授儀。儀一時性起，將金擲於地下，憤憤而出。蘇秦亦不挽留。儀回至旅店，只見自己鋪蓋，俱已移出在外。儀問其故。店主人曰：「今日足下得見相君，必然贈館授餐，故移出耳。」張儀搖頭，口中只說：「可恨！可恨！」一頭脫下衣履，交還店主人。店主人曰：「莫非不是同學，足下有些妄攀麼？」張儀扯住主人，將往日交情，及今日相待光景，備細述了一遍。店主人曰：「相君雖然倨傲，但位尊權重，禮之當然。送足下黃金一笏，亦是美情。足下收

❷一笏：一錠，重五兩或十兩。

了此金，也可打發飯錢，剩些作歸途之費。何必辭之？」張儀曰：「我一時使性，擲之於地。如今手無一錢，如之奈何？」

正說話間，只見前番那賈舍人走入店門，與張儀相見，道：「連日少候，得罪。不知先生曾見過蘇相國否？」張儀將怒氣重復弔起，將手往店案上一拍，罵道：「這無情無義的賊！再莫提他！」賈舍人曰：「先生出言太重，何故如此發怒？」店主人遂將相見之事，代張儀敘述一遍：「今欠賬無還，又不能作歸計，好不愁悶！」賈舍人曰：「當初原是小人攛掇先生來的。今日遇而不遇，卻是小人帶累了先生。小人情願代先生償了欠賬，備下車馬，送先生回魏。先生意下何如？」張儀曰：「我亦無顏歸魏了。欲往秦邦一遊，恨無資斧！」賈舍人曰：「先生欲遊秦，莫非秦邦還有同學兄弟麼？」張儀曰：「非也。當今七國中惟秦最強。秦之力可以困趙。我往秦幸得用事，可報蘇秦之仇耳！」賈舍人曰：「先生若往他國，小人不敢奉承。若欲往秦，小人正欲往彼探親。依舊與小人同載，彼此得伴，豈不美哉？」張儀大喜曰：「世間有此高義，足令蘇秦愧死！」遂與賈舍人為八拜之交。賈舍人替張儀算還店錢，見有車馬在門，二人同載望西秦一路而行。路間為張儀製衣裝，買僕從。凡儀所須，不惜財費。及至秦國，復大出金帛，賂秦惠文王左右，為張儀延譽。

時惠文王方悔失蘇秦，聞左右之薦，即時召見，拜為客卿，與之謀諸侯之事。賈舍人乃辭去。張儀垂淚曰：「始吾困阨至甚，賴子之力，得顯用秦國。方圖報德，何遂言去耶？」賈舍人笑曰：「臣非能知君，知君者，乃蘇相國也。」張儀愕然良久，問曰：「子以資斧給我，何言蘇相國耶？」賈舍人曰：

「相國方倡合從之約，慮秦伐趙敗其事。思可以得秦之柄者，非君不可。故先遣臣偽為賈人，招君至趙。又恐君安於小就，故意怠慢激怒君。君果萌遊秦之意。相君乃大出金資付臣，分付恣君所用，必得秦柄而後已。今君已用於秦，臣請歸報相君。」張儀歎曰：「嗟乎！吾在季子術中，而吾不覺。吾不及季子遠矣！煩君多謝季子。當季子之身，不敢言『伐趙』二字，以此報季子玉成之德也。」

* * *

賈舍人回報蘇秦。秦乃奏趙肅侯曰：「秦兵果不出矣。」於是拜辭往韓，見韓宣惠公曰：「韓地方九百餘里，帶甲數十萬。然天下之強弓勁弩，皆從韓出。今大王事秦，秦必求割地為贄。明年將復求之。夫韓地有限，而秦欲無窮。再三割，則韓地盡矣！俗諺云：『甯為雞口，勿為牛後！』以大王之賢，挾強韓之兵，而有牛後之名，臣竊羞之！」宣惠公蹴然曰：「願以國聽於先生，如趙王約。」亦贈蘇秦黃金百鎰。蘇秦乃過魏，說魏惠王曰：「魏地方千里，然而人民之眾，車馬之多，無如魏者，於以抗秦，有餘也。今乃聽群臣之言，欲割地而臣事秦。倘秦求無已，將若之何？大王誠能聽臣，六國從親，并力制秦，可使永無秦患。臣今奉趙王之命，來此約從。」魏惠王曰：「寡人愚不肖，自取敗辱。今先生以長策下教寡人，敢不從命！」亦贈金帛一車。蘇秦復造齊國，說齊宣王曰：「臣聞臨淄之塗，車轂擊，人肩摩，富盛天下莫比。乃西面而謀事秦，甯不恥乎？且齊地去秦甚遠，秦兵必不能及齊，事秦何為？臣願大王從趙約，六國和親，互相救援。」齊宣王曰：「謹受教！」蘇秦乃驅車向南，說楚威王曰：「楚地五千餘里，天下莫強。秦之所患莫如楚。楚強則秦弱，秦強則楚弱。今列國之君，非從則衡。夫合從則諸侯將割地以事楚，連衡則楚將割地以事秦。此二策者，相去遠矣！」楚威王曰：「先生之言，楚之福也！」秦乃北行，回報趙肅侯。

行過洛陽，諸侯各發使送之。儀仗旌旄，前遮後擁；車騎輜重，連接二十里不絕。威儀比於王者。一路官員，望塵下拜。周顯王聞蘇秦將至，預使人掃除道路，設供帳於郊外以迎之。秦之老母，扶杖旁觀，嘖嘖驚歎。二弟及妻嫂側目不敢仰視，俯伏郊迎。蘇秦在車中謂其嫂曰：「嫂向不為我炊，今又何恭之過也？」嫂曰：「見季子位高而金多，不容不敬畏耳！」蘇秦喟然歎曰：「世情看冷暖，人面逐高低。吾今日乃知富貴之不可少也！」於是以車載其親屬，同歸故里，起建大宅，聚族而居。散千金以贍宗黨。——今河南府城內有蘇秦宅遺址，相傳有人掘之，得金百錠。蓋當時所埋也。——秦弟代、厲，羨其兄之貴盛，亦習陰符學遊說之術。

蘇秦住家數日，乃發車往趙。趙肅侯封為武安君。遣使約齊、楚、魏、韓、燕五國之君，俱到洹水相會。蘇秦同趙肅侯預至洹水，築壇布位，以待諸侯。燕文公先到，次韓宣惠公到。不數日，魏惠王，齊宣王，楚威王陸續俱到。蘇秦先與各國大夫相見，私議坐次。論來，楚、燕是個老國，齊、韓、趙、魏都是更姓新國。但此時戰爭之際，以國之大小為敘。楚最大，齊次之，魏次之，次趙，次燕，次韓。內中楚、齊、魏已稱王，趙、燕、韓尚稱侯。爵位相懸，相敘不便。於是蘇秦建議，六國一概稱王。趙王為約主，居主位。楚王等以次居客位。先與各國會議停當。至期，各登盟壇，照位排列。蘇秦歷階而上，啟告六王曰：「諸君山東大國，位皆王爵。地廣兵多，足以自雄。秦乃牧馬賤夫，據咸陽之險，蠶食列國。諸君能以北面之禮事秦乎？」諸侯皆曰：「不願事秦，願奉先生明教！」蘇秦曰：「合從擯秦之策，向者已悉陳於諸君之前矣。今日但當刑牲歃血，誓於神明，結為兄弟，務期患難相恤。」六王皆拱手曰：「謹受教！」秦遂捧盤，請六王以次歃血，拜告天地及六國祖宗。一國背盟，五國共擊。寫下誓書六通❸，六國各收一通，然後就宴。趙王曰：「蘇秦以大策奠安六國，宜封高爵，俾其往來六國，堅此從約。」五王皆曰：「趙王之言是也。」於是六王合封蘇秦為從約長，兼佩六國相印；金牌寶劍，總轄六國臣民。又各賜黃金百鎰，良馬十乘。蘇秦謝恩，六王各散歸國。蘇秦隨趙肅侯歸趙。此乃周顯王三十六年事也。史官有詩云：

相要洹水誓明神，唇齒相依骨肉親。假使合從終不解，何難協力滅孤秦？

是年魏惠王、燕文王俱薨。魏襄王、燕易王嗣位。不知後事如何，且看下回分解。

❸通：文書首末全曰通。

第九十一回　學讓國燕噲召兵　偽獻地張儀欺楚

話說蘇秦既合從六國，遂將從約寫一通投於秦關。關吏送與秦惠文王觀之。惠文王大驚，謂相國公孫衍曰：「若六國為一，寡人之進取無望矣。必須畫一計散其從約，方可圖大事。」公孫衍曰：「首從約者，趙也。大王興師伐趙，視其先救趙者，即移兵伐之。如是，則諸侯懼而從約可散矣。」時張儀在座，意不欲伐趙，以負蘇秦之德。乃進曰：「六國新合，其勢未可猝離也。秦如伐趙，則韓軍宜陽，楚軍武關，魏軍河外，齊涉清河，燕悉銳師以助戰。秦師拒關不暇，何暇他移哉？夫近秦之國無如魏，而燕在北最遠。大王誠遣使以重賂求成於魏，以疑各國之心，而與燕太子結婚。如此則從約自解矣。」惠文王稱善，乃許魏還襄陵等七城以講和。魏亦使人報秦之聘，復以女許配秦太子。趙王聞之，召蘇秦責之曰：「子倡為從約，六國和親，相與擯秦。今未踰年，而魏、燕二國，皆與秦通。從約之不足恃明矣。倘秦兵猝然加趙，尚可望二國之救乎？」蘇秦惶恐謝曰：「臣請為大王出使燕國，必有以報魏也。」秦乃去趙適燕。燕易王以為相國。時易王新即位，齊宣王乘喪伐之，取十城。易王謂蘇秦曰：「始先君以國聽子，六國和親。今先君之骨未寒，而齊兵壓境，取我十城。如洹水之誓何？」蘇秦曰：「臣請為大王使齊，奉十城以還燕。」燕易王許之。蘇秦見齊宣王曰：「燕王者，大王之同盟，而秦王之愛壻也。大王利其十城，不惟燕怨齊，秦亦怨齊矣。得十城而結二怨，非計也。大王聽臣計，不如歸燕之十城，以結燕、秦之歡。齊得燕、秦，於以號召天下不難矣。」宣王大悅，乃以十城還燕。易王之母文夫人素慕蘇秦之才，使左右召秦入宮，因與私通。易王知之而不言。秦懼，乃結好於燕相國子之，與聯兒女之姻。又使其弟蘇代、蘇厲與子之結為兄弟，欲以自固。燕夫人屢召蘇秦，秦益懼，不敢往。乃說易王曰：「燕、齊之勢，終當相并。臣願為大王行反間於齊。」易王曰：「反間如何？」秦對曰：「臣偽為得罪於燕，而出奔齊國，齊王必重用臣。臣因敗齊之政，以為燕地。」易王許之。乃收秦相印，秦遂奔齊。齊宣王重其名，以為客卿。秦因說宣王以田獵鐘鼓之樂。宣王好貨，因使厚其賦斂。宣王好色，因使妙選宮女。欲俟齊亂，而使燕乘之。宣王全然不悟。相國田嬰，客卿孟軻極諫，皆不聽。宣王薨，子湣王地立。初年頗勤國政，娶秦女為王后，封田嬰為薛公，號靖郭君。蘇秦客卿用事如故。

話分兩頭。再說張儀聞蘇秦去趙，知從約將解，不與魏襄陵七邑之地。魏襄王怒，使人索地於秦。秦惠王使公子華為大將，張儀副之，帥師伐魏，攻下蒲陽。儀請於秦王，復以蒲陽還魏。又使公子繇質於魏，與之結好。張儀送之。魏襄王深感秦王之意。張儀因說曰：「秦王遇魏甚厚，得城不取，又納質焉。魏不可無禮於秦，宜謀所以謝之。」襄王曰：「何以為謝？」張儀曰：「土地之外，非秦所欲也。大王割地以謝秦，秦之愛魏必深。若秦、魏合兵以圖諸侯，大王之取償於他國者，必十倍於今之所獻也。」襄王惑其言，乃獻少梁之地以謝秦。又不敢受質。秦王大悅，因罷公孫衍，用張儀為相。時楚威王已薨，子熊槐立，是為懷王。張儀乃遣人致書懷王，迎其妻子，且言昔日盜璧之冤。楚懷王面責昭陽曰：「張儀賢士，子何不進於先君，而迫之使為秦用也？」昭陽嘿然甚愧，歸家發病死。懷王懼張儀用秦，復申蘇秦合從之約，結連諸侯。而蘇秦已得罪於燕，去燕奔齊。張儀乃見秦王，辭相印，自請往魏。

惠文王曰：「君捨秦往魏何意？」儀對曰：「六國溺於蘇秦之說，未能即解。臣若得魏柄，請令魏先事秦，以為諸侯之倡。」惠文王許之。儀遂投魏。魏襄王果用為相國。儀因說曰：「大梁南鄰楚，北鄰趙，東鄰齊，西鄰韓，而無山川之險可恃。此四分五裂之道也。故非事秦，國不得安。」魏襄王計未定，張儀陰使人招秦伐魏，大敗魏師，取曲沃。髯翁有詩云：

仕齊卻為燕邦去，相魏翻因秦國來。雖則從橫分兩路，一般反覆小人才。

襄王怒，益不肯事秦，謀為合從。仍推楚懷王為從約長，於是蘇秦益重於齊。

時齊相國田嬰病卒，子田文嗣為薛公，號為孟嘗君。——田嬰有子四十餘人，田文乃賤妾之子，以五月五日生。初生時，田嬰戒其妾棄之勿育。妾不忍棄，乃私育之。既長，五歲，妾乃引見田嬰。嬰怒其違命。文頓首曰：「父所以見棄者何故？」嬰曰：「世人相傳，五月五日為凶日，生子者長與戶齊，將不利於父母。」文對曰：「人生受命於天，豈受命於戶耶？若必受命於戶，何不增而高之？」嬰不能答，然暗暗稱奇。及文長十餘歲，便能接應賓客。賓客皆樂與之遊，為之延譽。諸侯使者至齊，皆求見田文。於是田嬰以文為賢，立為適子。遂繼薛公之爵，號孟嘗君。——孟嘗君既嗣位，大築館舍，以招天下之士。凡士來投者，不問賢愚，無不收留。天下亡人有罪者皆歸之。孟嘗君雖貴，其飲食與諸客同。一日，待客夜食，有人蔽其火光，客疑飯有二等，投筯辭去。田文起坐，自持飯比之，果然無二。客歎曰：「以孟嘗君待士如此，而吾過疑之。吾真小人矣！尚何面目立於其門下？」乃引刀自刭而死。孟嘗君哭臨其喪甚哀，眾客無不感動。歸者益眾，食客嘗滿數千人。諸侯聞孟嘗君之賢，且多賓客，皆尊重齊，相戒不敢犯其境。正是：虎豹居山禽獸遠，蛟龍在水怪魚藏。堂中有客三千輩，天下人人畏孟嘗。

再說張儀相魏三年，而魏襄王薨，子哀王立。楚懷王遣使弔喪，因徵兵伐秦。哀王許之。韓宣惠王、趙武靈王、燕王噲，皆樂於從兵。楚使者至齊，齊湣王集群臣問計。左右皆曰：「秦甥舅之親，未有仇隙，不可伐。」蘇秦主合從之約，堅執以為可伐。孟嘗君獨曰：「言可伐與不可伐，皆非也。伐則結秦之仇，不伐則觸五國之怒。以臣愚計，莫如發兵而緩其行。兵發則不與五國為異同，行緩則可觀望為進退。」湣王以為然，即使孟嘗君帥兵二萬以往。孟嘗君方出齊郊，遽稱疾延醫療治，一路擔擱不行。

卻說韓、趙、魏、燕四王，與楚懷王相會於函谷關外，刻期進攻。懷王雖為從約長，那四王各將其軍，不相統一。秦守將樗里疾大開關門，陳兵索戰。五國互相推諉，莫敢先發。相持數日，樗里疾出奇兵，絕楚餉道。楚兵乏食，兵士皆譁。樗里疾乘機襲之，楚兵敗走。於是四國皆還。孟嘗君未至秦境，而五國之師已撤矣。此乃孟嘗君之巧計也。孟嘗君回齊，齊湣王歎曰：「幾誤聽蘇秦之計！」乃贈孟嘗君黃金百斤，為食客費，益愛重之。蘇秦自愧以為不及。楚懷王恐齊、秦交合，乃遣使厚結於孟嘗君，與齊申盟結好，兩國聘使往來不絕。

自齊宣王之世，蘇秦尊貴寵用，左右貴戚，多有妒者。及湣王時，秦寵未衰。今日湣王不用蘇秦之計，卻依了孟嘗君，果然伐秦失利，孟嘗君受多金之賞。左右遂疑湣王已不喜蘇秦矣。乃募壯士懷利匕首刺蘇秦於朝。匕首入秦腹，秦以手按腹而走訴於湣王。湣王命擒賊，賊已逃去不可得。蘇秦曰：「臣死之後，願大王斬臣之頭，號令於市曰：『蘇秦為燕行反間於齊，今幸誅死。有人知其陰事來告者，賞以千金。』如是則賊可得也。」言訖，拔去匕首，血流滿地而死。湣王依其言，號令蘇秦之頭於齊市中。

須臾，有人過其頭下，見賞格，自誇於人曰：「殺秦者，我也！」市吏因執之以見湣王。王令司寇以嚴刑鞫之，盡得主使之人。誅滅凡數家。史官論蘇秦雖身死，猶能用計自報其仇，可謂智矣！而身不免見刺，豈非反覆不忠之報乎？蘇秦死後，其賓客往往洩蘇秦之謀，言：「秦為燕而仕齊。」湣王始悟秦之詐。自是與燕有隙，欲使孟嘗君將兵伐燕。蘇代說燕王，納質子以和齊。燕王從之。使蘇厲引質子來見湣王。湣王恨蘇秦不已，欲囚蘇厲。蘇厲呼曰：「燕王欲以國依秦，臣之兄弟陳大王之威德，以為事秦不如事齊，故使臣納質請平。大王奈何疑死者之心，而加生者之罪乎？」湣王悅，乃厚待蘇厲。厲遂委質為齊大夫。蘇代留仕燕國。史官有蘇秦贊曰：

季子周人，師事鬼谷。揣摩既就，陰符伏讀。合從離橫，佩印者六。晚節不終，燕、齊反覆。

再說張儀見六國伐秦無成，心中暗喜。及聞蘇秦已死，乃大喜曰：「今日乃吾吐舌之時矣！」遂乘間說魏哀王曰：「以秦之強，禦五國而有餘，此其不可抗明矣！本倡合從之議者蘇秦，而秦且不保其身，況能保人國乎？夫親兄弟共父母者，或因錢財爭鬪不休，況異國哉？大王猶執蘇秦之議，不肯事秦，倘列國有先事秦者，召兵攻魏，魏其危矣！」哀王曰：「寡人願從相國事秦，誠恐秦不見納奈何？」張儀曰：「臣請為大王謝罪於秦，以結兩國之好。」哀王乃飾車從，遣張儀入秦求和。於是秦、魏通好。張儀遂留秦，仍為秦相。

* * *

再說燕相國子之，身長八尺，腰大十圍，肌肥肉重，面闊口方，手綽飛禽，走及奔馬，自燕易王時，已執國柄。及燕王噲嗣位，荒於酒色。但貪逸樂，不肯臨朝聽政。子之遂有篡燕之意。蘇代、蘇厲與子之相厚，每對諸侯使者，揚其賢名。燕王噲使蘇代如齊問候質子，事畢歸燕。燕王噲問曰：「聞齊有孟嘗君，天下之大賢也。齊王有此賢臣，遂可以霸天下乎？」代對曰：「不能。」噲問曰：「何故不能？」代對曰：「知孟嘗君之賢，而任之不專，安能成霸？」噲曰：「寡人獨不得孟嘗君為臣耳！何難專任哉？」蘇代曰：「今相國子之，明習政事，是即燕之孟嘗君也。」噲乃使子之專決國事。忽一日，噲問於大夫鹿毛壽曰：「古之人君多矣，何以獨稱堯、舜？」鹿毛壽亦是子之之黨，遂對曰：「堯、舜所以稱聖者，以堯能讓天下於舜，舜能讓天下於禹也。」噲曰：「然則禹何為獨傳於子？」鹿毛壽曰：「禹不能讓天下於益，但使代理政事，而未嘗廢其太子。故禹崩之後，太子啟竟奪益之天下。至今論者謂禹德衰，不及堯、舜，以此之故。」燕王曰：「寡人欲以國讓於子之，事可行否？」鹿毛壽曰：「王如行之，與堯、舜何以異者？」噲遂大集群臣，廢太子平，而禪國於子之。子之佯為謙遜再三，然後受之。乃郊天祭地，服袞冕，執圭，南面稱王，略無慚色。噲反北面列於臣位，出就別宮居住。蘇代、鹿毛壽俱拜上卿。將軍市被心中忿甚，乃帥本部軍士往攻子之，百姓亦多從之。兩下連戰十餘日，殺傷數萬人。市被終不勝，為子之所殺。鹿毛壽言於子之曰：「市被所以作亂者，以故太子平在也。」子之因欲收太子平。太傅郭隗與平微服共逃於無終山避難。平之庶弟公子職，出奔韓國。國人無不怨憤。

齊湣王聞燕亂，乃使匡章為大將，率兵十萬，從渤海進兵。燕人恨子之入骨，皆簞食壺漿，以迎齊師，無有持寸兵拒戰者。匡章出兵凡五十日，兵不留行，直達燕都，百姓開門納之。子之之黨，見齊兵眾盛，長驅而入，亦皆聳懼奔竄。子之自恃其勇，與鹿毛壽率兵拒戰於大衢。兵士漸散，鹿毛壽戰死，子之身負重傷，猶格殺百餘人，力竭被擒。燕王噲自縊於別宮。蘇代奔周。匡章因毀燕之宗廟，盡收燕府庫中寶貨，將子之置囚車中，先解去臨淄獻功。燕地三千餘里，大半俱屬於齊。匡章留屯燕都，以徇屬邑。此周赧王元年事也。齊湣王親數子之之罪，凌遲處死。以其肉為醢，遍賜群臣。子之為王纔一歲有餘，癡心貪位，自取喪滅，豈不愚哉！

燕人雖恨子之，見齊王意在滅燕，眾心不服，乃共求故太子平，得之於無終山，奉以為君，是為昭王。郭隗為相國。時趙武靈王深忿齊之并燕，使大將樂池迎公子職於韓，欲奉立為燕王。聞太子平已立，乃止。郭隗傳檄燕都，告以恢復之義。各邑已降齊者，一時皆叛齊為燕。匡章不能禁止，遂班師回齊。昭王仍歸燕都，修理宗廟，志復齊仇。乃卑身厚幣，欲以招求賢士。謂相國郭隗曰：「先王之恥，孤早夜在心。若得賢士，可與共圖齊事者，孤願以身事之。惟先生為孤擇其人。」郭隗曰：「古之人君，有以千金使涓人求千里之馬。途遇死馬，旁人皆環而嘆息。涓人問其故，答曰：『此馬生時，日行千里。今死，是以惜之。』涓人乃以五百金買其骨，囊負而歸。君大怒曰：『此死骨何用？而廢棄多金耶？』涓人答曰：『所以費五百金者，為千里馬之骨故也。此奇事，人將競傳，必曰：「死馬且得重價，況活馬乎？」馬今至矣。』不期得千里之馬三匹。今王欲致天下賢士，請以隗為馬骨。況賢於隗者，誰不求價而至哉？」於是昭王特為郭隗築宮，執弟子之禮，北面聽教。親供飲食，極其恭敬。復於易水之旁，築起高臺，積黃金於臺上，以奉四方賢士，名為招賢臺，亦曰黃金臺。於是燕王好士，傳布遠近。劇辛自趙往，蘇代自周往，鄒衍自齊往，屈景自衛往。昭王悉拜為客卿，與謀國事。元劉因有黃金臺詩云：

燕山不改色，易水無剩聲。誰知數尺臺，中有萬古情？區區後世人，猶愛黃金名。黃金亦何物，
能為賢重輕？周道日東漸，二老皆西行。養民以致賢，王業自此成。

* * *

話分兩頭。再說齊湣王既勝燕，殺燕王噲與子之，威振天下。秦惠文王患之。而楚懷王為從約長，與齊深相結納，置符為信。秦王欲離齊、楚之黨，召張儀問計。儀奏曰：「臣憑三寸不爛之舌，南遊於楚，伺便進言，必使楚王絕齊而親於秦。」惠文王曰：「寡人聽子。」張儀乃辭相印遊楚。知懷王有嬖臣，姓靳名尚，在王左右，言無不從。乃先以重賄納交於尚，然後往見懷王。懷王重張儀之名，迎之於郊。賜坐而問曰：「先生辱臨敝邑，有何見教？」張儀曰：「臣之此來，欲合秦、楚之交耳。」楚懷王曰：「寡人豈不願納交於秦哉？但秦侵伐不已，是以不敢求親也。」張儀對曰：「今天下之國雖七，然大者無過楚、齊與秦三國耳。秦東合於齊則齊重，南合於楚則楚重。然寡君之意，竊在楚而不在齊，何也？以齊為婚姻之國，而負秦獨深也。寡君欲事大王，雖儀亦願為大王門闌之廝。而大王與齊通好，犯寡君之所忌。大王誠能閉關而絕齊，寡君願以商君所取楚商、於之地六百里，還歸於楚，使秦女為大王箕帚妾。秦、楚世為婚姻兄弟，以禦諸侯之患。惟大王納之！」懷王大悅曰：「秦肯還楚故地，寡人又何愛於齊？」群臣皆以楚復得地，合詞稱賀。獨一人挺然出奏曰：「不可！不可！以臣觀之，此事宜弔不宜賀！」楚懷王視之，乃客卿陳軫也。懷王曰：「寡人不費一兵，坐而得地六百里。群臣賀，子獨弔，何故？」陳軫曰：「王以張儀為可信乎？」懷王笑曰：「何為不信？」軫曰：「秦所以重楚者，以有齊

也。今若絕齊，則楚孤矣。秦何重於孤國，而割六百里之地以奉之耶？此張儀之詭計也。倘絕齊而張儀負王，不與王地，齊又怨王而反附於秦，齊、秦合而攻楚，楚亡可待矣！臣所謂宜弔者為此也。王不如先遣一使隨張儀往秦受地。地入楚而後絕齊未晚。」大夫屈平進曰：「陳軫之言是也。張儀反覆小人，決不可信！」嬖臣靳尚曰：「不絕齊，秦肯與我地乎？」懷王點頭曰：「張儀不負寡人明矣！陳子閉口勿言，請看寡人受地。」遂以相印授張儀，賜黃金百鎰，良馬十駟，命北關守將勿通齊使。一面使逢侯丑隨張儀入秦受地。張儀一路與逢侯丑飲酒談心，歡若骨肉。將近咸陽，張儀詐作酒醉，失足墜於車下。左右慌忙扶起。儀曰：「吾足脛損傷，急欲就醫。」先乘臥車入城，表奏秦王，留逢侯丑於館驛。儀閉門養病不入朝，逢侯丑來見秦王不得，往候張儀，只推未愈。如此三月，丑乃上書秦王，述張儀許地之言。惠文王復書曰：「儀如有約，寡人必當踐之。但聞楚與齊尚未決絕。寡人恐受欺於楚，非得張儀病起，不可信也。」逢侯丑再往張儀之門，儀終不出。乃遣人以秦王之言，還報懷王。懷王曰：「秦猶謂楚之絕齊未甚耶？」乃遣勇士宋遺假道於宋，借宋符直造齊界，辱罵湣王。湣王大怒，遂遣使西入秦，願與秦共攻楚國。張儀聞齊使者至，其計已行，乃稱病愈入朝。遇逢侯丑於朝門，故意訝曰：「將軍胡不受地，乃尚淹吾國耶？」丑曰：「秦王專候相國面決。今幸相國玉體無恙，請入言於王，早定地界，回覆寡君。」張儀曰：「此事何須關白秦王耶？儀所言者乃儀之俸邑六里，自願獻之於楚王耳。」丑曰：「臣受命於寡君，言商、於之地六百里，未聞只六里也。」張儀曰：「楚王殆誤聽乎？秦地皆百戰所得，豈肯以尺土讓人？況六百里哉？」逢侯丑還報懷王。懷王大怒曰：「張儀果是反覆小人！吾得之，必生食其肉！」遂傳旨發兵攻秦。客卿陳軫進曰：「臣今日可以開口乎？」懷王曰：「寡人不聽先生之言，為狡賊所欺。先生今日有何妙計？」陳軫曰：「大王已失齊助，今復攻秦，未見利也。不如割兩城以賂秦，與之合兵而攻齊。雖失地於秦，尚可取償於齊。」懷王曰：「本欺楚者秦也，齊何罪焉？合兵而攻齊，人將笑我！」即日拜屈匄為大將，逢侯丑副之，興兵十萬，取路天柱山西北而進，逕襲藍田。秦王命魏章為大將，甘茂為副，起兵十萬拒之。一面使人徵兵於齊。齊將匡章，亦率師助戰。屈匄雖勇，怎當二國夾攻，連戰俱北。秦、齊之兵，追至丹陽，屈匄聚殘兵復戰，被甘茂斬之，前後獲首級八萬有餘，名將逢侯丑等死者七十餘人，盡取漢中之地六百里。楚國震動。韓、魏聞楚敗，亦謀襲楚。楚懷王大懼，乃使屈平如齊謝罪。使陳軫如秦軍，獻二城以求和。魏章遣人請命於秦王。惠文王曰：「寡人欲得黔中之地，請以商、於之地易之。如允，便可罷兵。」魏章奉秦王之命，使人言於懷王。懷王曰：「寡人不願得地，願得張儀而甘心焉！如上國肯以張儀畀楚，寡人情願獻黔中之地為謝。」不知秦王肯放張儀入楚否，且看下回分解。

第九十二回　賽舉鼎秦武王絕脛　莽赴會楚懷王陷秦

話說楚懷王恨張儀欺詐，願自獻黔中之地，只要換張儀一人。左右忌嫉張儀者，皆曰：「以一人而易數百里之地，利莫大焉。」秦惠文王曰：「張儀吾股肱之臣，寡人甯不得地，何忍棄之？」張儀自請曰：「微臣願往。」惠文王曰：「楚王含盛怒以待先生，往必見殺。故寡人不忍遣也。」張儀奏曰：「殺臣一人，而為秦得黔中之地，臣死有餘榮矣！況未必死乎？」惠文王曰：「先生何計自脫？試為寡人言之。」張儀曰：「楚夫人鄭袖，美而有智，得王之寵。臣昔在楚時，聞楚王新幸一美人。鄭袖謂美人曰：『大王惡人以鼻氣觸之，子見王必掩其鼻。』美人信其言。楚王問於鄭袖曰：『美人見寡人輒掩鼻，何也？』鄭袖曰：『嫌大王體臭，故惡聞之。』楚王大怒，命劓美人之鼻。袖遂專寵。又有嬖臣靳尚，媚事鄭袖，內外用事。而臣與靳尚相善，臣自料能借其庇，可以不死。大王但詔魏章等留兵漢中，遙為進取之勢，楚必然不敢殺臣矣！」秦王乃遣儀行。儀既至楚國，懷王即命使者執而囚之。將擇日告於太廟，然後行誅。張儀別遣人打靳尚關節。靳尚入言於鄭袖曰：「夫人之寵不終矣。奈何？」鄭袖曰：「何故？」靳尚曰：「秦不知楚王之怒張儀，故遣使楚。今聞楚王欲殺儀，秦將還楚侵地，使親女下嫁於楚，以美人善歌者為媵，以贖張儀之罪。秦女至，楚王必尊而禮之。夫人雖欲擅寵，得乎？」鄭袖大驚曰：「子有何計，可止其事？」靳尚曰：「夫人若為不知者，而以利害言於大王，使出張儀還秦，事宜可已。」鄭袖乃中夜涕泣，言於懷王曰：「大王欲以地易張儀。地未入於秦，而張儀先至，是秦之有禮於大王也。秦兵一舉而席捲漢中，有吞楚之勢。若殺張儀以怒之，必將益兵攻楚。我夫婦不能相保，妾中心如刺，飲食不甘者累日矣！且人臣各為其主。張儀天下智士，其相秦國久，與秦偏厚，何怪其然？大王若厚待儀，儀之事楚，亦猶秦也。」懷王曰：「卿勿憂，容寡人從長計議。」靳尚復乘間言曰：「殺一張儀，何損於秦？而又失黔中數百里之地。不如留儀以為和秦之地。」懷王意亦惜黔中之地，不肯與秦，於是出張儀以厚禮之。張儀遂說懷王以事秦之利，懷王即遣張儀歸秦，通兩國之好。屈平出使齊國而歸，聞張儀已出，乃諫曰：「前大王見欺於張儀，儀至，臣以為大王必烹食其肉。今赦之不誅，又欲聽其邪說，率先事秦。夫匹夫猶不忘仇讐，況君乎？未得秦歡，而先觸天下之公憤，臣竊以為非計也！」懷王悔，使人駕軺車追之。張儀已星馳出郊二日矣。張儀既還秦，魏章亦班師而歸。史臣有詩云：

張儀反覆為嬴秦，朝作俘囚暮上賓。堪笑懷王如木偶，不從忠計聽讒人。

張儀謂秦王曰：「儀萬死一生，得復見大王之面。楚王誠畏秦甚。雖然，不可使臣失信於楚。大王誠割漢中之半，以為楚德，與為婚姻。臣請借楚為端，說六國連袂以事秦。」秦王許之。遂割漢中五縣，遣人往楚修好。因求懷王之女為太子蕩妃。復以秦女許妻懷王之少子蘭。懷王大喜，以為張儀果不欺楚也。秦王念張儀之勞，封以五邑，號武信君，因具黃金白璧，高車駟馬，使以連衡之術，往說列國。張儀東見齊湣王曰：「大王自料土地孰與秦廣？甲兵孰與秦強？從人為齊計者，皆謂齊去秦遠，可以無患。此但狃目前，不顧後患。今秦、楚嫁女娶婦，結昆弟之好。三晉莫不悚懼，爭獻地以事秦。大王獨與秦為仇。秦驅韓、魏攻齊之南境，悉趙兵渡黃河，以乘臨淄、即墨之敝。大王雖欲事秦，尚可得乎？今日之計，事秦者安，背秦者危！」齊湣王曰：「寡人願以國聽於先生。」乃厚贈張儀。儀復西說趙王曰：「敝邑秦王有敝甲凋兵，願與君會於邯鄲之下，使微臣先聞於左右。大王所恃者，蘇秦之約耳。秦背燕逃齊，又以反誅。一身不保，而人猶信之，誤矣！今秦、楚結婚，齊獻魚鹽之地，韓、魏稱東籓之臣，是五國為一也。大王欲以孤趙抗五國之鋒，萬無一幸！故臣為大王計，莫如事秦。」趙王許諾。儀復北往燕國，說燕昭王曰：「大王所最親者，莫如趙。昔趙襄子嘗以其姊為代王夫人。襄子欲并代國，約與代王為好會。令工人製為長柄金斗，方宴，廚人進羹，反斗柄以擊，代王破腦而死。遂襲據代國。其姊聞之，泣而呼天，因摩笄以自刺。後人因號其山曰摩笄之山。夫親姊猶欺之以取利，況他人哉？今趙王已割地謝過於秦，將入朝秦王於澠池。一旦驅趙而攻燕，則易水、長城，非大王之有也。」燕昭王恐懼，願獻恆山之東五城以和秦。

張儀連衡之說既行，將歸報秦。未至咸陽，秦惠文王已病薨，太子蕩即位，是為武王。齊湣王初聽張儀之說，以為三晉皆已獻地事秦，故不敢自異。及聞儀說齊之後，方往說趙。以儀為欺，大怒。又聞秦惠文王之薨，乃使孟嘗君致書列國，約共背秦，復為合從。疑楚已結婚於秦，恐其不從，先欲伐之。楚懷王遣其太子橫為質於齊，齊兵乃止。湣王自為從約長，連結諸侯，約能得張儀者，賞以十城。秦武王生性粗直，自為太子時，素惡張儀之多詐。群臣先忌儀寵者，至是皆讒譖之。儀懼禍，乃入見武王曰：「儀有愚計，願效於左右。」武王曰：「君計安出？」張儀曰：「聞齊王甚憎儀，儀之所在，必興師伐之。儀願辭大王，東往大梁，齊之伐梁必矣。梁、齊兵連而不解，大王乃乘間伐韓，通三川以窺周室，此王業也。」武王以為然。乃具革車三十乘，送張儀入大梁。魏哀王用為相國，以代公孫衍之位。衍乃去魏入秦。齊湣王知儀相魏，果然大怒，興師伐魏。魏哀王大懼，謀於張儀。儀乃使其舍人馮喜偽為楚客，見湣王曰：「聞大王甚憎張儀，信乎？」湣王曰：「然。」馮喜曰：「大王如憎儀，願無伐魏也。臣適從咸陽來，聞儀去秦時，與秦王有約。言：『齊王惡儀，儀所在，必興師伐之。』故秦王具車乘送儀於魏，欲以挑齊、魏之鬬。齊、魏兵連而不解，秦乃得乘間而圖事於北方。王今伐魏，中儀計。王不如無伐，使秦不信張儀。儀雖在魏，亦無能為矣。」湣王遂罷兵不伐魏。魏哀王益厚張儀。踰年，張儀病卒於魏。是歲，齊無鹽后死。

* * *

卻說秦武王長大多力，好與勇士角力為戲。烏獲、任鄙，自先世已為秦將。武王復寵任之，益其祿秩。有齊人孟賁字說，以力聞。水行不避蛟龍，陸行不避虎狼，發怒吐氣，聲響動天。嘗於野外見兩牛相鬬，孟賁從中以手分之。一牛伏地，一牛猶觸不止。賁怒，左手按牛頭，以右手拔其角。角出牛死。人畏其勇，莫敢與抗。聞秦王招致天下勇力之士，乃西渡黃河。岸上人待渡者甚眾，當日，以次上船。賁最後至，強欲登船先渡。船人怒其不遜，以楫擊其頭曰：「汝用強如此，豈孟說耶？」賁瞋目而視，髮植目裂；舉聲一喝，波浪頓作。舟中之人，惶懼顛倒，盡揚播入於河。賁振橈頓足，一去數丈。須臾過岸，竟入咸陽，來見武王。武王試知其勇，亦拜大官，與烏獲、任鄙並見寵任。時周赧王六年，秦武王之二年也。

秦以六國皆有相國之名，不屑與同。乃特置丞相，左右各一人。甘茂為左丞相，樗里疾為右丞相。

魏章忿其不得相位，奔梁國去了。武王思張儀之言，謂樗里疾曰：「寡人生於西戎，未覩中原之盛。若得通三川，一遊鞏、洛之間，雖死無恨！二卿誰能為寡人伐韓乎？」樗里疾曰：「王之伐韓，欲攻宜陽以通三川之道也。宜陽路險而遠，勞師費財，梁、趙之救將至，臣竊以為不可。」武王復問於甘茂。茂曰：「臣請為王使梁，約共伐韓。」武王大喜，使甘茂往說梁王。梁王許秦助兵。甘茂初與樗里疾相左，恐從中阻撓其事。先遣副使向壽回報秦王，言：「魏已聽命矣。然雖如此，勸王勿伐韓為便。」秦武王疑其言，乃親往迎甘茂。至息壤，與甘茂相遇。武王曰：「相國許為寡人約魏攻韓。今魏人聽命，相國又曰：『勿伐韓為便』，何也？」甘茂曰：「夫越千里之險，以攻勁韓之大邑，此不可以歲月計也。昔曾參居費，圉人有與曾參同姓名者殺人。人奔告其母曰：『曾參殺人！』其母方織，應曰：『吾子不殺人。』織如故。未幾，又一人奔告曰：『曾參殺人！』其母停梭而思曰：『吾子必無此事。』復織如故。少頃，又一人奔告曰：『殺人者，果曾參也！』其母投杼下機，踰牆走匿。夫以曾參之賢，其母信之。然而三人言殺人，而慈母亦疑矣。今臣之賢不及曾參，王之信臣，未必如曾參之母。而謗臣殺人者，恐不止三人。臣恐大王之投杼也。」武王曰：「寡人不聽人言也。請與子盟。」於是君臣歃血為誓，藏誓書於息壤。發兵五萬，使甘茂為大將，向壽副之。兵至宜陽，圍其城五月。宜陽守臣固守不能拔。右相樗里疾言於武王曰：「秦師老矣。不撤回，恐有變。」武王召甘茂班師。甘茂乃為書一函，以謝武王。武王啟函視之，書中惟「息壤」二字。武王悟曰：「甘茂固嘗言之，是寡人之過也。」更益兵五萬，使烏獲往助甘茂。韓王亦使大將公叔嬰率師救宜陽，大戰於城下。烏獲持鐵戟一雙，重一百八十斤，獨入韓軍，軍士皆披靡，莫敢禦者。甘茂與向壽各率一軍，乘勢並進。韓兵大敗，斬首七萬有餘。烏獲一躍登城，手攀城堞，堞毀，獲墮於石上，折肋而死。秦兵乘之，遂拔宜陽。韓王恐懼，乃使相國公仲侈，持寶器入秦乞和。武王大喜，許之。詔甘茂班師，留向壽安戢宜陽地方。使右丞相樗里疾先往三川開路。隨後引任鄙、孟賁一班勇士起程，直入洛陽。周赧王遣使郊迎，親具賓主之禮。秦武王謝勿敢見。知九鼎在太廟之旁室，遂往觀之。見九位寶鼎，一字❶排列，果然整齊。那九鼎，是禹王收取九州的貢金，各鑄成一鼎，載其本州山川人物，及貢賦田土之數，足耳俱有龍文，又謂之「九龍神鼎」。夏傳於商，為鎮國之重器。及周武王克商，起之於洛邑。遷時，用卒徒牽挽，舟車負載，分明是九座小鐵山相似，正不知重多少斤兩。武王周覽了一回，贊歎不已。鼎腹有荊、梁、雍、豫、徐、揚、青、兗、冀等九字分別。武王指雍字一鼎嘆曰：「此雍州乃秦鼎也。寡人當擕歸咸陽耳。」因問守鼎吏曰：「此鼎曾有人能舉之否？」吏叩首對曰：「自有鼎以來，未曾移動。聞人傳說，每位有千鈞之重。誰人能舉？」武王遂問任鄙、孟賁曰：「二卿多力，能舉此鼎否？」任鄙知武王恃力好勝，辭曰：「臣力止可勝百鈞。此鼎十倍之重，臣不能勝。」孟賁攘臂而前曰：「臣請試之。若不能舉，休得見罪！」即命左右取青絲為巨索，寬寬的繫於鼎耳之上。孟賁將腰帶束緊，揎起雙袖，用兩枝鐵臂，套入絲絡。狠狠的喝一聲：「起！」那鼎離地約有半尺，乃還於地。用力過猛，眼珠迸出，目眦流血。武王笑曰：「卿大費力。既然卿能舉起此鼎，寡人難道不如！」任鄙諫曰：「大王萬乘之軀，不可輕試！」武王不聽。即時卸下錦袍玉帶，束縛腰身，更用大帶扎縛其袖。任鄙拖袖固諫。武王曰：「汝自不能，乃妒寡人耶？」鄙遂不敢復言。武王大踏步向前，亦將雙臂套入絲絡。想道：「孟賁止能舉起，我偏要行動數步，方可誇勝。」

❶ 一字：一排。

乃儘生平神力，屏一口氣，喝聲：「起！」那鼎亦離地半尺。方欲轉步，不覺力盡失手，鼎墜於地，正壓在武王右足上，趷札一聲，將脛骨壓個平斷。武王大叫：「痛哉！」登時悶絕。左右慌忙扶歸公館。血流床席，痛極難忍，捱至夜半而薨。——武王自言：「得遊鞏、洛，雖死無恨！」今日果然死於洛陽，前言豈非讖乎？——周赧王聞變大驚，急備美棺，親往視殮，哭弔盡禮。樗里疾奉其喪以歸。武王無子，迎其異母弟稷嗣位，是為昭襄王。樗里疾討舉鼎之罪，磔孟賁，族滅其家。以任鄙能諫，用為漢中太守。疾復宣言於朝曰：「通三川者，甘茂之謀也。」甘茂懼為疾所害，遂奔魏國，後死於魏。

* * *

再說秦昭襄王聞楚遣子質於齊，疑其背秦而向齊。乃使樗里疾為大將，興兵伐楚。楚使大將景央迎戰，兵敗被殺。楚懷王恐懼。昭襄王乃遣使遺懷王書。略云：

始寡人與王約為兄弟，結為婚姻，相親久矣。王棄寡人而納質於齊，寡人誠不勝其憤，是以侵王之邊境。然非寡人之情也。今天下大國，惟楚與秦。吾兩君不睦，何以令於諸侯？寡人願與王會於武關，面相訂約，結盟而散。還王之侵地，復遂前好，惟王許之。王如不從，是明絕寡人也。寡人不能以兵退矣！

懷王覽書，即召群臣計議曰：「寡人欲勿往，恐激秦之怒；欲往，恐被秦之欺。二者孰善？」屈原進曰：「秦虎狼之國也。楚之見欺於秦，非一二次矣。王往必不歸！」相國昭睢曰：「靈均乃忠言也！王其勿行。速發兵自守，以防秦兵之至。」靳尚曰：「不然。楚惟不能敵秦，故兵敗將死，與地日削。今歡然結好而復拒之，倘秦王震怒，益兵伐楚，奈何？」懷王之少子蘭，娶秦女為婦，以為婚姻可恃，力勸王行，曰：「秦、楚之女，互相嫁娶，親莫過於此。彼以兵來，尚欲請和，況歡然求為好會乎？上官大夫所言最當，王不可不聽。」懷王因楚兵新敗，心本畏秦。又被靳尚、子蘭二人攛掇不過，遂許秦王赴會。擇日起程，只有靳尚相隨。

秦昭王使其弟涇陽君悝，乘王車羽旄，侍衛畢具，詐為秦王居武關。使將軍白起引兵一萬，伏於關內，以劫楚王。使將軍蒙驁引兵一萬，伏於關外，以備非常。一面遣使者為好語前迎楚王，往來不絕。楚懷王信之不疑，遂至武關之下。只見關門大開，秦使者復出迎曰：「寡君候大王於關內三日矣。不敢辱車徒於草野，請至敝館，成賓主之禮。」懷王已至秦國，勢不容辭。遂隨使者入關。懷王剛剛進了關門，一聲礮響，關門已緊閉矣。懷王心疑，問使者曰：「閉關何太急也？」使者曰：「此秦法也。戰爭之時，不得不然。」懷王問：「爾王何在？」對曰：「先在公館伺候車馬。」即叱御者速馳。約行二里許，望見秦王侍衛，擺列公館之前。使者分付停車。館中一人出迎，懷王視之，雖然錦袍玉帶，舉動卻不像秦王。懷王心下躊躇，未肯下車。那人鞠躬致詞曰：「大王勿疑，臣實非秦王，乃王弟涇陽君也。請大王至館，自有話講。」懷王只得就館。涇陽君與懷王相見。方欲就坐，只聽得外面一片聲起，秦兵萬餘，圍住公館。懷王曰：「寡人赴秦王之約，奈何以兵見困耶？」涇陽君曰：「無傷也。寡君適有微恙，不能出門。又恐失信於君王，故使微臣悝奉迎君王，屈至咸陽，與寡君一會。以些少軍卒，為君侍衛，萬勿推辭。」那時不由楚王做主，擁之登車。留蒙驁一軍於關上。涇陽君陪乘，白起領兵四下擁衛，西望咸陽而去。靳尚逃歸楚國。懷王嘆曰：「悔不聽昭睢、屈平之言，乃為靳尚所誤！」流淚不已。懷王既至咸陽，昭襄王大集群臣及諸侯使者於章臺之上。秦王面南上坐，使懷王北面參謁，如藩臣禮。懷王大怒，抗聲大言曰：「寡人信婚姻之好，輕身赴會。今君王假稱有疾，誘寡人至於咸陽。復不以禮相接，此何意也？」昭襄王曰：「向者蒙君許我黔中之地，已而不果。今日相屈，欲遂前約耳！倘君王朝許割地，暮即送王歸楚矣。」懷王曰：「王縱欲得地，亦當善言，何必詭計如此？」昭襄王曰：「不如此，君必不從。」懷王曰：「寡人願割黔中矣。請與君王為盟，以一將軍隨寡人至楚受地，何如？」昭襄王曰：「盟不可信也。必須先遣使回楚，將地界交割分明，方與王餞行耳。」秦之群臣，皆前勸懷王。懷王益怒曰：「汝詐誘我至此，復強要我以割地。寡人死即死耳，不受汝脅也！」昭襄王乃留懷王於咸陽城中，不放回國。

再說靳尚逃回，報與昭睢，如此恁般：「秦王欲得王黔中之地，拘留在彼。」昭睢曰：「吾王在秦不得還，而太子又質於齊。倘齊人與秦合謀，復留太子，則楚國無君矣！」靳尚曰：「公子蘭見在，何不立之？」昭睢曰：「太子之立已久。今王猶在秦，遽棄其命，捨適立庶，異日王幸歸國，何以自解？吾今詐訃於齊，以請太子，齊必信從。」靳尚曰：「吾不能為君禦難，此行當效微勞耳！」昭睢即遣靳尚使齊，詐稱楚王已薨，迎太子奔喪嗣位。齊湣王謂其相國孟嘗君田文曰：「楚國無君，吾欲留太子以求淮北之地何如？」孟嘗君曰：「不可。楚王固非一子。吾留太子而彼以地來贖，可也。倘彼別立一人為王，我無尺寸之利，而徒抱不義之名。將安用之？」湣王以為然，乃以禮歸太子橫於楚。橫即楚王位，是為頃襄王。子蘭、靳尚用事如故。遣使告於秦曰：「賴社稷神靈，國已有王矣！」秦王空留懷王，不可得地，乃大慚怒，使白起為將，蒙驁副之，帥師十萬攻楚，取十五城而歸。楚懷王留秦歲餘，秦守者久而懈怠。懷王變服，逃出咸陽，欲東歸楚國。秦王發兵追之。懷王不敢東行，遂轉北路間道走趙。不知趙國肯納懷王否，且看下回分解。

第九十三回　趙主父餓死沙邱宮　孟嘗君偷過函谷關

話說趙武靈王身長八尺八寸，龍顏鳥喝，廣鬢虬髯，面黑有光，胸開三尺，氣雄萬夫，志吞四海。即位五年，娶韓女為夫人，生子曰章，立為太子。至十六年，因夢美人鼓琴，心慕其貌。次日，向群臣言之。大夫胡廣，自言其女孟姚善於琴。武靈王召見於大陵之臺。容貌宛如夢中所見，因使鼓琴，大悅之。納於宮中，謂之吳娃，生子曰何。及韓后薨，竟立吳娃為后，廢太子章而立何為太子。武靈王自念趙國北邊於燕，東邊於胡，西邊於林胡、樓煩與趙為鄰，而秦止一河之隔。居四戰之地。恐日就微弱，乃身自胡服，革帶皮靴。使民皆效胡俗，窄袖左衽，以便騎射。國中無貴賤，莫不胡服者。廢車乘馬，日逐射獵，兵以益強。武靈王親自帥師略地，至於常山，西極雲中，北盡雁門，拓地數百里，遂有吞秦之志。欲取路雲中，自九原而南，竟襲咸陽。以諸將不可專任，不若使其子治國事，而出其身經略四方。乃使群臣大朝於東宮，傳位於太子何，是為惠王。武靈王自號曰主父。——主父者，猶後世稱太上皇也。——使肥義為相國，李兌為太傅，公子成為司馬。封長子章以安陽之地，號安陽君。使田不禮為之相。此周赧王十七年事也。

主父欲圖秦之山川形勢，及觀秦王之為人，乃詐稱趙國使者趙招，賫國書來告立君於秦國。攜工數人，一路圖其地形，竟入咸陽，來謁秦王。昭襄王問曰：「汝王年齒幾何？」對曰：「尚壯。」又問曰：

「既在尚壯，何以傳位於子？」對曰：「寡君以嗣位之人，多不諳事。欲及其身，使嫻習之。寡君雖為主父，然國事未嘗不主裁也。」昭襄王曰：「汝國亦畏秦乎？」對曰：「寡君不畏秦，不胡服習騎射矣！今馳馬控弦之士，十倍昔年。以此待秦，或者可終徼盟好。」昭襄王見其應對鑿鑿，甚相敬重。使者辭出就館，昭襄王睡至中夜，忽思趙使者形貌魁梧軒偉，不似人臣之相，事有可疑，輾轉不寐。天明，傳旨宣趙招相見。其從人答曰：「使人患病，不能入朝，請緩之。」過三日，使者尚不出。昭襄王怒，遣吏迫之。吏直入舍中，不見使者，止獲從人，自稱真趙招。乃解到昭襄王面前。王問：「汝既是真趙招，使者的係何人？」對曰：「實吾王主父也。主父欲觀大王威容，故詐稱使者而來。今已出咸陽三日矣！特命臣招待罪於此。」昭襄王大驚，頓足曰：「主父大欺吾也！」即使涇陽君同白起領精兵三千，星夜追之。至函谷關，守關將士言：「趙國使者於三日前已出關矣！」涇陽君等回復秦王。秦王心跳不寗者數日。乃以禮遣趙招還國。髯翁有詩云：

分明猛虎踞咸陽，誰敢潛窺函谷關？不道龍顏趙主父，竟從堂上認秦王。

* * *

次年，主父復出巡雲中，自代而西，收兵於樓煩，築城於靈壽，以鎮中山，名趙王城。吳娃亦於肥鄉築城，號夫人城。是時趙之強甲於三晉。其年楚懷王自秦來奔。惠王與群臣計議，恐觸秦怒，且主父遠在代地，不敢自專，遂閉關不納。懷王計窮，欲南奔大梁。秦兵追及之，復與涇陽君俱至咸陽。懷王憤甚，嘔血斗餘，遂發病，未幾而薨。秦乃歸其喪於楚。楚人憐懷王為秦所欺，客死於外。百姓往迎喪者，無不痛哭，如悲親戚。諸侯咸惡秦之無道，復為合從以擯秦。

楚大夫屈原痛懷王之死，由子蘭、靳尚誤之。今日二人，仍舊用事，君臣貪於苟安，絕無報秦之志。乃屢屢進諫，勸頃襄王進賢遠佞，選將練兵，以圖雪懷王之恥。子蘭悟其意，使靳尚言於頃襄王曰：「原自以同姓，不得重用，心懷怨望。且每向人言：『大王忘秦仇為不孝，子蘭等不主張伐秦為不忠。』」頃襄王大怒，削屈原之職，放歸田里。原有姊名嬃，已遠嫁，聞原被放，乃歸家，訪原於夔之故宅。見原被髮垢面，形容枯槁，行吟於江畔。乃喻之曰：「楚王不聽子言，子之心已盡矣。憂思何益？幸有田畝，何不力耕自食，以終餘年乎？」原不違姊意，乃秉耒而耕。里人哀原之忠者，皆為助力。月餘，姊去。原嘆曰：「楚事至此，吾不忍見宗室之滅亡！」忽一日晨起，抱石自投汨羅江而死，其日乃五月五日。里人聞原自溺，爭棹小舟，出江拯救，已無及矣。乃為角黍投於江中以祭之，繫以綵線，恐為蛟龍所攫食也。又龍舟競渡之戲，亦因拯救屈原而起。至今自楚至吳，相沿成俗。屈原所耕之田，獲米如白玉，因號曰玉米田。里人私為原立祠，名其鄉曰姊歸鄉。今荊州府有歸州，亦因姊歸得名也。至宋元豐中，封原為清烈公，兼為其姊立廟，號姊歸廟。後復加封原為忠烈王。髯翁有過忠烈王廟詩云：

峨峨廟貌立江旁，香火爭趨忠烈王。佞骨不知何處朽，龍舟歲歲弔滄浪。

* * *

再說趙主父出巡雲中，回至邯鄲，論功行賞，賜通國百姓酒餔五日。是日，群臣畢集稱賀。主父使惠王聽朝，自己設便坐於旁，觀其行禮。見何年幼，服袞冕南面為王。長子章魁然丈夫，反北面拜舞於下。兄屈於弟，意甚憐之。朝既散，主父見公子勝在側，私謂曰：「汝見安陽君乎？雖隨班拜舞，似有不甘之色。吾分趙地為二，使章為代王，與趙相並。汝以為何如？」趙勝對曰：「王昔日已誤矣。今君臣之分已定，復生事端，恐有爭變。」主父曰：「事權在我，又何慮哉？」主父回宮，夫人吳娃見其色變，問曰：「今日朝中有何事？」主父曰：「吾見故太子章以兄朝弟，於理不合，欲立為代王。勝又言其不便，吾是以躊躇而未決也。」吳娃曰：「昔晉穆侯生二子，長曰仇，弟曰成師。穆侯薨，子仇嗣立，都於翼，封其弟成師於曲沃。其後曲沃益強，遂盡滅仇之子孫，並吞翼國，此主父所知也。成師為弟，尚能戕兄，況以兄而臨弟，以長而臨少乎？吾母子且為魚肉矣！」主父惑其言，遂止。有侍人舊曾服事故太子章於東宮者，聞知主父商議之事，乃私告於章。章與田不禮計之。不禮曰：「主父分王二子，出自公心。特為婦人之言所阻耳！王年幼，不諳事。誠乘間以計圖之，主父亦無如何也。」章曰：「此事惟君留意，富貴共之。」太傅李兌與肥義相善，密告曰：「安陽君強壯而驕，其黨甚眾，且有怨望之心。田不禮剛狠自用，知進而不知退。二人為黨，行險僥倖，其事不遠。子任重而勢尊，禍必先及。何不稱病傳政於公子成，可以自免？」肥義曰：「主父以王屬義，尊為相國，謂義可託安危也。今未見禍形而先自避，不為苟息所笑乎？」李兌嘆曰：「子今為忠臣，不得復為智士矣！」因泣下，久之，別去。肥義思李兌之言，夜不能寐，食不下咽，展轉躊躇，未得良策。乃謂近侍高信曰：「今後設有召吾王者，必先告我。」高信曰：「諾！」

忽一日，主父與王同遊於沙邱。安陽君章亦從往。那沙邱有臺，乃商紂王所築，有離宮二所。主父與王各居一宮，相去五六里。安陽君之館，適當其中。田不禮謂安陽君曰：「王出遊在外，其兵眾不甚集。若假以主父之命召王，王必至。吾伏兵於途中，要而殺之。因奉主父以撫其眾，誰敢違者？」章曰：「此計甚妙！」即遣心腹內侍，偽為主父使者，夜召惠王曰：「主父卒然病發，欲見王面，幸速往！」高信即走告相國肥義。義曰：「王素無病，事可疑也。」乃入謂王曰：「義當以身先之。俟無他故，王乃可行。」又謂高信曰：「緊閉宮門，慎勿輕啟。」肥義與數騎隨使者先行，至中途，伏兵誤以為王，群起盡殺之。田不禮舉火驗視，乃肥義也。田不禮大驚曰：「事已變矣！及其機未露，宜悉眾乘夜襲王，幸或可勝。」於是奉安陽君以攻王。高信因肥義分付，已預作准備。田不禮攻王宮不能入。至天明，高信使從軍乘屋發矢，賊多傷死者。矢盡，乃飛瓦下擲之。田不禮命取巨石繫於木，以撞宮門，譁聲如雷。惠王正在危急，只聽得宮外喊聲大舉，兩隊軍馬殺來。賊兵大敗，紛紛而散。原來是公子成、李兌在國中商議，恐安陽君乘機為亂，各率一枝軍前來接應。正遇著賊圍王宮，解救了此難。安陽君兵敗，謂田不禮曰：「今當如何？」不禮曰：「急走主父處涕泣哀求，主父必然相庇。吾當力拒追兵。」章從其言，乃單騎奔主父宮中。主父果然開門匿之，殊無難色。田不禮驅殘兵再與成、兌交戰，眾寡不敵，不禮被兌斬之。兌度安陽君無處託身，必然往投主父，乃引兵前圍主父之宮。打開宮門，李兌仗劍當先開路，公子成在後，入見主父，叩頭曰：「安陽君反叛，法所不宥。願主父出之！」主父曰：「彼未嘗至吾宮中，二卿可他覓也。」兌、成再四告稟，主父並不開口。李兌曰：「事已至此，當搜簡一番。即不得賊，謝罪未晚。」公子成曰：「君言是也。」乃呼集親兵數百人，遍搜宮中。於複壁中得安陽君，牽之以出。李兌遽拔劍擊斷其頭。公子成曰：「何急也？」兌曰：「若遇主父，萬一見奪，抗之則非臣禮，從之則為失賊。不如殺之。」公子成乃服。李兌提安陽君之首，自宮內出，聞主父泣聲。復謂公子成曰：「主父開宮納章，心已憐之矣。吾等以章故，圍主父之宮，搜章而殺之。無乃傷主父之心？事平之後，主父以圍宮加罪，吾輩族滅矣！王年幼，不足與計。吾等當自決也。」乃分付軍士，不許解圍，使人詐傳惠王之令曰：「在宮人等，先出者免罪。後出者即係賊黨，夷其族！」從官及內侍等，聞王令爭先出宮。單單剩得主父一人。主父呼人，無一應者。欲出則門已下鑰矣。一連圍了數日，主父在宮中餓甚，無從取食。庭中樹有雀巢，乃探其卵啖之。月餘餓死。髯仙有詩嘆曰：

胡服行邊靖虜塵，雄心直欲并西秦。吳娃一脈能胎禍，夢裡琴聲解誤人。

主父既死，外人未知。李兌等尚不敢直入。待三月有餘，方纔啟鑰入視。主父身屍已枯癟矣！公子成奉惠王往沙邱宮，視殮發喪，葬於代地。今靈邱縣以葬武靈王得名也。惠王回國，以公子成為相國，李兌為司寇。未幾，公子成卒。惠王以公子勝曾阻主父分王之謀，乃用為相國，封以平原，號為平原君。

平原君亦好士，有孟嘗君之風。既貴，益招致賓客，坐食者常數千人。平原君之府第有畫樓，置美人於上。其樓俯臨民家。民家之主人有躃疾，曉起蹣跚而出汲。美人於樓上望見，大笑。少頃，躃者造平原君之門，請見。公子勝揖而進之。躃者曰：「聞君之喜士，士所以不遠千里集於君之門者，以君貴士而賤色也。臣不幸有罷癃之病，不良於行。君之後宮，乃臨而笑臣。臣不甘受婦人之辱，願得笑臣者之頭！」勝笑應曰：「諾！」躃者去，平原君笑曰：「愚哉，此豎也！以一笑之故，遂欲殺吾美人乎？」平原君門下有個常規，主客者每月一進客籍，稽客之多少，科算錢穀出入之數。前此客有增無減，至是，日漸引去。歲餘，減半。公子勝怪之。乃鳴鐘大會諸客，問曰：「勝所以待諸君者，未嘗敢失禮。乃紛紛引去，何也？」客中一人前對曰：「君不殺笑躃之美人，眾皆咈然。以君愛色而賤士，所以去耳！臣等不日亦將辭矣！」平原君大驚，引罪曰：「此勝之過也！」即解佩劍，令左右斬樓上美人之頭，自造躃者之門，長跽請罪。躃者乃喜。於是門下皆稱頌平原君之賢。賓客復聚如初。時人為三字語云：

食我飽，衣我溫。息其館，遊其門。齊孟嘗，趙平原；佳公子，賢主人。

* * *

時秦昭襄王聞平原君斬美人謝躃之事，一日，與向壽述之，嗟嘆其賢。向壽曰：「尚不及齊孟嘗君之甚也。」秦王曰：「孟嘗君如何？」向壽曰：「孟嘗君自其父田嬰存日，即使主家政，接待賓客。賓客歸之如雲。諸侯咸敬慕之，請於田嬰以為世子。及嗣為薛公，賓客益盛，衣食與己無二。供給繁費，為之破產。士從齊來者，人人以為孟嘗君親己，無有間言。今平原容美人笑躃而不誅，直待賓客離心，乃斬頭以謝，不亦晚乎？」秦王曰：「寡人安得一見孟嘗君，與之同事哉？」向壽曰：「王如欲見孟嘗君，何不召之？」秦王曰：「彼齊相國也。召之安肯來乎？」向壽曰：「王誠以親子弟為質於齊，以請孟嘗君，齊信秦，不敢不遣。王得孟嘗君，即以為相，齊亦必相王之親子弟。秦、齊互相，其交必合。然後共謀諸侯不難矣。」秦王曰：「善。」乃以涇陽君悝為質於齊：「願易孟嘗君來秦，使寡人一見其面，以慰飢渴之想。」賓客聞秦召，皆勸孟嘗君必行。時蘇代適為燕使於齊，謂孟嘗君曰：「今代從外來，見土偶人與木偶人相與語。木偶人謂土偶人曰：『天方雨，子必敗矣！奈何？』土偶人笑曰：『我生於土，敗則仍還於土耳！子遭雨漂流，吾不知其所底也！』秦虎狼之國，楚懷王猶不返，況君乎？若留君不遣，臣不知君之所終也！」孟嘗君乃辭秦不欲行。匡章言於湣王曰：「秦之致質而求見孟嘗君，欲親齊也。孟嘗君不往，失秦歡矣。雖然，留秦之質，猶為不信秦也。王不如以禮歸涇陽君於秦，而使孟嘗君聘秦，以答秦之禮。如是則秦王必聽信孟嘗君，而厚於齊。」湣王以為然。謂涇陽君曰：「寡人行將遣相國文行聘於上國，以候秦王之顏色，豈敢煩貴人為質？」即備車乘送涇陽君還秦，而使孟嘗君行聘於秦。

孟嘗君同賓客千餘人，車騎百餘乘，西入咸陽，謁見秦王。秦王降階迎之，握手為歡，道平生相慕之意。孟嘗君有白狐裘，毛深二寸，其白如雪，價值千金，天下無雙。以此為私禮，獻於秦王。秦王服此裘入宮，誇於所幸燕姬。燕姬曰：「此裘亦常有，何以足貴？」秦王曰：「狐非數千歲，色不白。今之白裘，所取狐腋下一片，補綴而成。此乃純白之皮，所以貴重。真無價之珍也！齊乃山東大國，故有此珍服耳。」時天氣尚煖，秦王解裘付主藏吏，分付珍藏，以俟進御。擇日將立孟嘗君為丞相。樗里疾忌孟嘗君見用，恐奪其相權，乃使其客公孫奭說秦王曰：「田文齊族也。今相秦，必先齊而後秦。夫以孟嘗君之賢，其籌事無不中。又加以賓客之眾，而借秦權以陰為齊謀，秦其危矣！」秦王以其言問於樗里疾。疾對曰：「奭言是也。」秦王曰：「然則遣之乎？」疾對曰：「孟嘗君居秦月餘，其賓客千人，盡已得秦鉅細之事。若遣之歸齊，終為秦害，不如殺之！」秦王惑其言，命幽孟嘗君於館舍。涇陽君在齊時，孟嘗君待之甚厚，日具飲食。臨行，復餽以寶器數事。涇陽君甚德之。至是，聞秦王之謀，私見孟嘗君，言其事。孟嘗君懼而問計。涇陽君曰：「王計尚未決也。宮中有燕姬者，最得王心，所言必從。君攜有重寶，吾為君進於燕姬，求其一言，放君還國，則禍可免矣。」孟嘗君以白璧二雙，託涇陽君獻於燕姬求解。燕姬曰：「妾甚愛白狐裘。聞山東大國有之。若得此裘，妾不惜一言。不願得璧也。」涇陽君回報孟嘗君。孟嘗君曰：「只有一裘，已獻秦王。何可復得？」遍問賓客：「有能復得白狐裘者否？」眾皆束手莫對。最下坐有一客，自言：「臣能得之！」孟嘗君曰：「子有何計得裘？」客曰：「臣能為狗盜。」孟嘗君笑而遣之。客是夜裝束如狗，從竇中潛入秦宮庫藏，為狗吠聲。主藏吏以為守狗，不疑。客伺吏睡熟，取身邊所藏鑰匙，逗開藏櫃，果得白狐裘，遂盜之以出，獻於孟嘗君。孟嘗君使涇陽君轉獻燕姬，燕姬大悅。值與王夜飲方歡，遂進言曰：「妾聞齊有孟嘗君，天下之大賢也。孟嘗君方為齊相，不欲來秦。秦請而致之，不用則已矣，乃欲加誅！夫請人國之相而無故誅之，又有戮賢之名，妾恐天下賢士，將裹足而避秦也！」秦王曰：「善。」明日御殿，即命具車馬給驛券，放孟嘗君還齊。孟嘗君曰：「吾僥倖燕姬之一言，得脫虎口。萬一秦王中悔，吾命休矣！」客有善為偽券者，為孟嘗君易券中名姓，星馳而去。至函谷關，夜方半，關門下鑰已久。孟嘗君慮追者或至，急欲出關。關開閉，俱有常期。人定即閉，雞鳴始開。孟嘗君與賓客咸擁聚關內，心甚惶迫。忽聞雞鳴聲自客隊中出，孟嘗君怪而視之，乃下客一人，能效雞聲者。於是群雞盡鳴。關吏以為天且曉，即起驗券開關。孟嘗君之眾，復星馳而去。謂二客曰：「吾之得脫虎口，乃狗盜雞鳴之力也！」眾賓客自愧無功，從此不敢怠慢下坐之客。髯翁有贊曰：

明珠彈雀，不如泥丸。白璧療飢，不如壺餐。狗吠裘得，雞鳴關啟。雖為聖賢，不如彼鄙。細流納海，累塵成岡。用人惟器，勿陋孟嘗。

樗里疾聞孟嘗君得放歸國，即趨入朝，見昭襄王曰：「王即不殺田文，亦宜留以為質。奈何遣之？」秦王大悔，即使人馳急傳追孟嘗君。至函谷關，索出客籍閱之，無齊使田文姓名。使者曰：「得無從間道，尚未至乎？」候半日，杳無影響。乃言孟嘗君狀貌，及賓客車馬之數。關吏曰：「若然，則今早出關者是矣！」使者曰：「還可追否？」關吏曰：「其馳如飛，今已去百里之遠，不可追也。」使者乃還報秦王。王歎曰：「孟嘗君有鬼神不測之機，果天下賢士也！」後秦王索白狐裘於主藏吏不得，及見燕姬服之，因叩其故。知其為孟嘗君之客所盜，復歎曰：「孟嘗君門下，如通都之市，無物不有。吾秦國未有其比！」竟以裘賜燕姬，不罪主藏吏。不知孟嘗君歸國如何，且看下回分解。

第九十四回　馮驩彈鋏客孟嘗　齊王糾兵伐桀宋

話說孟嘗君自秦逃歸，道經於趙。平原君趙勝出迎於三十里外，極其恭敬。趙人素聞人傳說孟嘗之名，未見其貌。至是爭出觀之。孟嘗君身材短小，不踰中人。觀者或笑曰：「始吾慕孟嘗君以為天人，必魁然有異。今觀之，但渺小丈夫耳！」和而笑者復數人。是夜，凡笑孟嘗君者皆失頭。平原君心知孟嘗門客所為，不敢問也。

再說齊湣王，既遣孟嘗君往秦，如失左右手，恐其遂為秦用，深以為憂。乃聞其逃歸，大喜。仍用為相國，賓客歸者益眾。乃置為客舍三等。上等曰代舍，中等曰幸舍，下等曰傳舍。代舍者，言其人可以自代也；上客居之，食肉乘輿。幸舍者，言其人可任用也；中客居之，但食肉不乘輿。傳舍者，脫粟之飯，免其飢餒，出入聽其自便；下客居之。前番雞鳴狗盜及偽券有功之人，皆列於代舍。所收薛邑俸入，不足以給賓客。乃出錢行債於薛，歲收利息，以助日用。一日，有一漢子，狀貌脩偉，衣敝褐，躡草履，自言姓馮，名驩，齊人，求見孟嘗君。孟嘗君揖之與坐，問曰：「先生下辱，有以教文乎？」驩曰：「無也。竊聞君好士，不擇貴賤，故不揣以貧身自歸耳。」孟嘗君命置傳舍。十餘日，孟嘗君問於傳舍長曰：「新來客何所事？」傳舍長答曰：「馮先生貧甚，身無別物，止存一劍。又無劍囊，以蒯緱繫之於腰間。食畢，輒彈其劍而歌曰：『長鋏歸來兮，食無魚！』」孟嘗君笑曰：「是嫌吾食儉也。」乃遷之於幸舍，食魚肉。乃使幸舍長候其舉動：「五日後，來告我。」居五日，幸舍長報曰：「馮先生彈劍而歌如故，但其辭不同矣。曰：『長鋏歸來兮，出無車！』」孟嘗君驚曰：「彼欲為我上客乎？其人必有異也。」又遷之代舍。復使代舍長伺其歌否。驩乘車日出夜歸，又歌曰：「長鋏歸來兮，無以為家！」代舍長詣孟嘗君言之。孟嘗君蹙額曰：「客何無饜之甚乎？」更使伺之，驩不復歌矣。

居一年有餘，主家者來告孟嘗君：「錢穀只勾❶一月之需。」孟嘗君查貸券，民間所負甚多。乃問左右曰：「客中誰能為我收債於薛者？」代舍長進曰：「馮先生不聞他長，然其人似忠實可任。向者自請為上客，君其試之。」孟嘗君請馮驩，與言收債之事。馮驩一諾無辭。遂乘車至薛，坐於公府。薛民萬戶，多有貸者。聞薛公使上客來徵息，時輸納甚眾，計之得息錢十萬。馮驩將錢多市牛酒，預出示：「凡負孟嘗君息錢者，勿論能償不能償，來日悉會府中驗券。」百姓聞有牛酒之犒，皆如期而來。馮驩一一勞以酒食，勸使醉飽。因而旁觀，審其中貧富之狀，盡得其實。食畢，乃出券與合之。度其力饒，雖一時不能，後可相償者，與為要約，載於券上。其貧不能償者，皆羅拜哀乞寬期。馮驩命左右取火，將貧券一筒悉投火中燒之。謂眾人曰：「孟嘗君所以貸錢於爾民者，恐爾民無錢以為生計，非為利也。然君之食客數千，俸食不足，故不得已而徵息，以奉賓客。今有力者更為期約，無力者焚券蠲免。君之施德於爾薛人，可謂厚矣！」百姓皆叩頭歡呼曰：「孟嘗君真吾父母也！」早有人將焚券事報知孟嘗君。孟嘗君大怒，使人催召驩。驩空手來見。孟嘗君假意問曰：「客勞苦，收債畢乎？」驩曰：「不但為君收債，且為君收德。」孟嘗君色變，讓之曰：「文食客三千人，俸食不足，故貸錢於薛，冀收餘息，以

❶ 只勾：只夠。

助公費。聞客得息錢，多具牛酒，與眾樂飲，復焚券之半，猶曰『收德』，不知所收何德也？」驩對曰：「君請息怒，容備陳之。負債者多，不具牛酒為歡，眾疑不肯齊赴，無以驗其力之饒乏。力饒者與為期約，其乏者，雖嚴責之，亦不能償。久而息多，則逃亡耳。區區之薛，君之世封。其民乃君所與共安危者也。今焚無用之券，以明君之輕財而愛民。仁義之名，流於無窮。此臣所謂為君收德者矣。」孟嘗君迫於客費，心中殊不以為然。然已焚券，無可奈何，勉為放顏，揖而謝之。史臣有詩云：

逢迎言利號佳賓，焚券先虞觸主嗔。空手但收仁義返，方知彈鋏有高人。

卻說秦昭襄王悔失孟嘗君，又見其作用可駭。想道：「此人用於齊國，終為秦害！」乃廣布謠言，流於齊國，言：「孟嘗君名高天下。天下知有孟嘗君，不知有齊王。不日孟嘗君且代齊矣！」又使人說楚頃襄王曰：「向者六國伐秦，齊兵獨後。因楚王自為從約長，孟嘗君不服，故不肯同兵。及懷王在秦，寡君欲歸之。孟嘗君使人勸寡君勿歸懷王，以太子見質於齊，欲秦殺懷王，彼乃留太子以要地於楚。故太子幾不得歸，而懷王竟死於秦。寡君之得罪於楚，皆孟嘗君之故也。寡君以楚之故，欲得孟嘗君而殺之。會逃歸，不獲。今復為齊相專權，旦暮篡齊，秦、楚自此多事矣。寡君願悔前之禍，與楚結好，以女為楚王婦，共備孟嘗君之變。幸大王裁聽！」楚王惑其言，竟通和於秦，迎秦王之女為夫人。亦使人布流言於齊。齊湣王疑之，遂收孟嘗君相印，黜歸於薛。賓客聞孟嘗君罷相，紛紛散去。惟馮驩在側，為孟嘗君御車。未至薛，薛百姓扶老攜幼相迎，爭獻酒食，問起居。孟嘗君謂驩曰：「此先生所謂為文收德者也！」馮驩曰：「臣意不止於此。倘借臣以一乘之車，必令君益重於國，而俸邑益廣。」孟嘗君曰：「惟先生命！」

過數日，孟嘗君具車馬及金幣，請馮驩曰：「聽先生所往。」馮驩駕車，西入咸陽，求見昭襄王，說曰：「士之遊秦者，皆欲強秦而弱齊；其遊齊者，皆欲強齊而弱秦。秦與齊，勢不兩雄。其雄者，乃得天下。」秦王曰：「先生何策，可使秦雄，而不為雌乎？」馮驩曰：「大王知齊之廢孟嘗君否？」秦王曰：「寡人曾聞之，而未信也。」馮驩曰：「齊之所以重於天下者，以有孟嘗君之賢也。今齊王惑於讒毀，一旦收其相印，以功為罪，孟嘗君怨齊必深。乘其懷怨之時，而秦收之以為用，則齊國之陰事，必將盡輸於秦。用以謀齊，齊可得也。豈特為雄而已哉！大王急遣使載重幣，陰迎孟嘗君於薛，時不可失！萬一齊王悔悟而復用之，則兩國之雌雄，未可定矣！」時樗里疾方卒，秦王急欲得賢相，聞驩言大喜。乃飾良車十乘，黃金百鎰，命使者以丞相之儀從，迎孟嘗君。馮驩曰：「臣請為大王先行，報孟嘗君使之束裝，毋淹來使。」馮驩疾驅至齊，未暇見孟嘗君，先見齊王，說曰：「齊、秦之互為雌雄，王所知也。得人者為雄，失人者為雌。今臣聞道路之言，秦王幸孟嘗君之廢，陰遣良車十乘，黃金百鎰，迎孟嘗君為相。倘孟嘗君西入相秦，反其為齊謀者以為秦謀，則雄在秦，而臨淄、即墨危矣！」湣王色動，問曰：「然則如何？」馮驩曰：「秦使旦暮且至薛。大王乘其未至，先復孟嘗君相位，更廣其邑封，孟嘗君必喜而受之。秦使者雖強，豈能不告於王，而擅迎人之相國哉？」湣王曰：「善。」然口雖答應，意未深信。使人至境上，探其虛實。只見車騎紛紛而至。詢之，果秦使也。使者連夜奔告湣王。湣王即命馮驩持節迎孟嘗君復其相位，益封孟嘗君千戶。秦使者至薛，聞孟嘗君已復相齊，乃轉轅而西。孟嘗君既復相位，前賓客去者復歸。孟嘗君謂馮驩曰：「文好客無敢失禮。一日罷相，客皆棄文而去。今賴先生之力，得復其位，諸客有何面目復見文乎？」馮驩答曰：「夫榮辱盛衰，物之常理。君不見大都之市，平旦則側肩爭門而入，日暮為墟矣。為所求不在焉。夫富貴多士，貧賤寡交，事之常也。君又何怪乎？」孟嘗君再拜曰：「敬聞命矣！」乃待客如初。

* * *

是時魏昭王與韓釐王，奉周王之命，合從伐秦。秦使白起將兵迎之，大戰於伊闕，斬首二十四萬，虜韓將公孫喜，取武遂地三百里。遂伐魏，取河東地四百里。昭襄王大喜，以七國皆稱王，不足為異。欲別立帝號，以示貴重，而嫌於獨尊。乃使人言於齊湣王曰：「今天下相王，莫知所歸。寡人意欲稱西帝，以主西方；尊齊為東帝，以主東方，平分天下。大王以為何如？」湣王意未決，問於孟嘗君。孟嘗君曰：「秦以強橫見惡於諸侯，王勿效之。」踰一月，秦復遣使至齊，約共伐趙。適蘇代自燕復至，湣王先以並帝之事，請教於代。代對曰：「秦不致帝於他國，而獨致於齊，所以尊齊也。卻之則拂秦之意；直受之，則取惡於諸侯。願王受之而勿稱。使秦稱之，而西方之諸侯奉之，王乃稱帝以王東方，未晚也；使秦稱之，而諸侯惡之，王因以為秦罪。」湣王曰：「敬受教！」又問：「秦約伐趙，其事何如？」蘇代曰：「兵出無名，事故不成。趙無罪而伐之，得地則為秦利，齊無與焉。今宋方無道，天下號為桀宋。王與其伐趙，不如伐宋。得其地可守，得其民可臣；而又有誅暴之名，此湯武之舉也。」湣王大悅，乃受帝號而不稱。厚待秦使，而辭其伐趙之請。秦昭襄王稱帝纔二月，聞齊仍稱王，亦去帝號不敢稱。

* * *

話分兩頭。卻說宋康王乃宋辟公辟兵之子，剔成之弟。其母夢徐偃王來託生，因名曰偃。生有異相，身長九尺四寸，面闊一尺三寸，目如巨星，面有神光，力能屈伸鐵鉤。於周顯王四十一年，逐其兄剔成而自立。立十一年，國人探雀巢，得蛻卵，中有小鸇，以為異事，獻於君偃。偃召太史占之。太史布卦奏曰：「小而生大，此反弱為強，崛起霸王之象。」偃喜曰：「宋弱甚矣，寡人不興之，更望何人？」乃多僉壯丁，親自訓練，得勁兵十餘萬。東伐齊，取五城；南敗楚，取地三百餘里；西又敗魏軍，取二城。滅滕，有其地。因遣使通好於秦。秦王遣使報之。自是宋號強國，與齊、楚、三晉相並。偃遂稱為宋王。自謂天下英雄，無與為比，欲速就霸王之業。每臨朝，輒令群臣齊呼萬歲。堂上一呼，堂下應之。門外侍衛亦俱應之，聲聞數里。又以革囊盛牛血，懸於高竿，挽弓射之。弓強矢勁，射透革囊，血雨從空亂灑。使人傳言於市曰：「我王射天得勝！」欲以恐嚇遠人。又為長夜之飲，以酒強灌群臣，而陰使左右以熟水代酒自飲。群臣量素洪者，皆潦倒大醉，不能成禮。惟康王惺然。左右獻諛者皆曰：「君王酒量如海，飲千石不醉也！」又多取婦人為淫樂，一夜御數十女。使人傳言：「宋王精神兼數百人，從不倦怠。」以此自炫。

一日，遊封父之墟，遇見採桑婦甚美，築青陵之臺以望之。訪其家，乃舍人韓馮之妻息氏也。王使人喻馮以意，使獻其妻。馮與妻言之，問其願否？息氏作詩以對曰：

南山有鳥，北山張羅。鳥自高飛，羅當奈何？

宋王慕息氏不已，使人即其家奪之。韓馮見息氏升車而去，心中不忍，遂自殺。宋王召息氏共登青陵臺，謂之曰：「我，宋王也。能富貴人，亦能生殺人；況汝夫已死，汝何所歸？若從寡人，當立為王后。」

息氏復作詩對曰：

烏有雌雄，不逐鳳凰。妾是庶人，不樂宋王。

宋王曰：「卿今已至此，雖欲不從寡人，不可得也！」息氏曰：「容妾沐浴更衣，拜辭故夫之魂，然後侍大王巾櫛耳！」宋王許之。息氏沐浴更衣訖，望空再拜，遂從臺上自投於地。宋王急使人速攬其衣，不及；視之，氣已絕矣。簡其身畔，於裙帶得書一幅。書云：「死後乞賜遺骨，與韓馮合葬於一塚，黃泉感德！」宋王大怒，故為二塚，隔絕埋之。使其東西相望，而不相親。埋後三日，宋王還國。忽一夜，有文梓木生於二塚之旁。旬日間，木長三丈許，其枝自相附結成連理。有鴛鴦一對，飛集於枝上，交頸悲鳴。里人哀之曰：「此韓馮夫婦之魂所化也！」遂名其樹曰「相思樹」。髯仙有詩嘆云：

相思樹上兩鴛鴦，千古情魂事可傷！莫道威強能奪志，婦人執性抗君王。

群臣見宋王暴虐，多有諫者。宋王不勝其瀆。乃置弓矢於座側，凡進諫者，輒引弓射之。嘗一日間射殺景成、戴烏、公子勃等三人。自是舉朝莫敢開口。諸侯號曰桀宋。

時齊湣王用蘇代之說，遣使於楚、魏，約共攻宋，三分其地。兵既發，秦昭王聞之，怒曰：「宋新與秦歡，而齊伐之，寡人必救宋，無再計。」齊湣王恐秦兵救宋，求於蘇代。代曰：「臣請西止秦兵，以遂王伐宋之功。」乃西見秦王曰：「齊今伐宋矣，臣敢為大王賀！」秦王曰：「齊伐宋，先生何以賀寡人乎？」蘇代曰：「齊王之強暴，無異於宋。今約楚、魏而攻宋，其勢必欺楚、魏。楚、魏受其欺，必西向而事秦。是秦損一宋，以餌齊，而坐收楚、魏之二國也。王何不利焉？敢不賀乎！」秦王曰：「寡人欲救宋，何如？」代答曰：「桀宋犯天下之公怒，天下皆幸其亡。而秦獨救之，眾怒且移於秦矣。」秦王乃罷兵不救宋。齊師先至宋郊，楚、魏之兵，亦陸續來會。齊將韓聶，楚將唐昧，魏將芒卯，三人做一處商議。唐昧曰：「宋王志大氣驕，宜示弱以誘之。」芒卯曰：「宋王淫虐，人心離怨。我三國皆有喪師失地之恥。宜傳檄文，布其罪惡，以招故地之民，必有反戈而向宋者。」韓聶曰：「二君之言皆是也。」乃為檄數桀宋十大罪：一、逐兄篡位，得國不正；二、滅滕兼地，恃強淩弱；三、好攻樂戰，侵犯大國；四、革囊射天，得罪上帝；五、長夜酣飲，不恤國政；六、奪人妻女，淫蕩無恥；七、射殺諫臣，忠良結舌；八、僭擬王號，妄自尊大；九、獨媚強秦，結怨鄰國；十、慢神虐民，全無君道。檄文到處，人心聳懼。三國所失之地，其民不樂附宋。皆逐其官吏，登城自守，以待來兵。於是所向皆捷，直逼睢陽。宋王偃大閱車徒，親領中軍，離城十里結營，以防攻突。韓聶先遣部下將閭丘儉，以五千人挑戰。宋兵不出。閭丘儉使軍士聲洪者數人，登轈車朗誦桀宋十罪。宋王偃大怒，命將軍盧曼出敵。略戰數合，閭丘儉敗走，盧曼追之。儉盡棄其車馬器械，狼狽而奔。宋王偃登壘，望見齊師已敗，喜曰：「敗齊一軍，則楚、魏俱喪氣矣！」乃悉師出戰，直逼齊營。韓聶又讓一陣，退二十里下寨。卻教唐昧、芒卯二軍，左右取路，抄出宋王大營之後。次日，宋王偃只道齊兵已不能戰，拔寨都起，直攻齊營。閭丘儉打著韓聶旗號，列陣相持。自辰至午，合戰三十餘次。宋王果然英勇，手斬齊將二十餘員，兵士死者百餘人。宋將盧曼亦死於陣。閭丘儉復大敗而奔，委棄車仗器械無數。宋兵爭先掠取。忽有探子報道：「敵兵襲攻睢陽城甚急，探是楚、魏二國軍馬。」宋王大怒，忙教整隊回軍。行不上五里，刺斜裡一軍突出，大叫：「齊國上將韓聶在此，無道昏君，還不速降！」宋王左右將戴直、屈志高，雙車齊出。韓聶大展神威，先將屈志高斬於車下。戴直不敢交鋒，保護宋王且戰且走，回至睢陽城下。守將公孫拔認得自家軍馬，開門放入。三國合兵攻打，晝夜不息。忽見塵頭起處，又有大軍到來。乃是齊湣王恐韓聶不能成功，親帥大將王蠋、太史敫等，引大軍三萬前來，軍勢益壯。宋軍知齊王親自領兵，人人喪膽，個個灰心。又兼宋王不恤士卒，晝夜驅率男女守瞭，絕無恩賞，怨聲藉藉。戴直言於王偃曰：「敵勢猖狂，人心已變，大王不如棄城，權避河南，更圖恢復。」宋王此時一片圖王定霸之心，化為秋水。嘆息了一回，與戴直半夜棄城而遁。公孫拔遂豎起降旗，迎湣王入城。湣王撫安百姓，一面令諸軍追逐宋王。宋王走至溫邑，為追兵所及。先擒戴直斬之。宋王自投於神農澗中，不死，被軍士牽出斬首，傳送睢陽。齊、楚、魏遂共滅宋國，三分其地。楚、魏之兵既散，湣王曰：「伐宋之役，齊力為多，楚、魏安得受地？」遂引兵銜枚尾唐眛之後，襲敗楚師於重丘。乘勝逐去，盡收取淮北之地。又西侵三晉，屢敗其軍。楚、魏恨湣王負約，果皆遣使附秦。秦反以為蘇代之功矣。

湣王既兼有宋地，氣益驕恣。使嬖臣夷維，往合衛、魯、鄒三國之君，要他稱臣入朝。三國懼其侵伐，不敢不從。湣王曰：「寡人殘燕滅宋，闢地千里；敗梁割楚，威加諸侯。魯、衛盡已稱臣，泗上無不恐懼。旦晚提一旅，兼并二周，遷九鼎於臨淄，正號天子，以令天下，誰敢違者！」孟嘗君田文諫曰：「宋王偃惟驕，故齊得而乘之。願大王以宋為戒！夫周雖微弱，然號為共主。七國攻戰，不敢及周，畏其名也。大王前去帝號不稱，天下以此多齊之讓。今忽萌代周之志，恐非齊福！」湣王曰：「湯放桀，武王伐紂。桀、紂非其主乎？寡人何不如湯、武？惜子非伊尹、太公耳！」於是復收孟嘗君相印。孟嘗君懼誅，乃與其賓客走大梁，依公子無忌以居。

* * *

那公子無忌乃是魏昭王之少子，為人謙恭好士，接人惟恐不及。嘗朝膳，有一鳩為鷂所逐。急投案下，無忌蔽之。視鷂去，乃縱鳩。誰知鷂隱於屋脊，見鳩飛出，逐而食之。無忌自咎曰：「此鳩避患而投我，乃竟為鷂所殺，是我負此鳩也！」竟日不進膳。令左右捕鷂，共得百餘頭，各置一籠以獻。無忌曰：「殺鳩者止一鷂，吾何可累及他禽！」乃按劍於籠上，祝曰：「不食鳩者，向我悲鳴，我則放汝。」群鷂皆悲鳴。獨至一籠，其鷂低頭不敢仰視，乃取而殺之。遂開籠放其餘鷂。聞者嘆曰：「魏公子不忍負一鳩，忍負人乎？」由是士無賢愚，歸之如市，食客亦三千餘人。與孟嘗君、平原君相亞。

魏有隱士，姓侯名嬴，年七十餘，家貧，為大梁夷門監者。無忌聞其素行修潔，且好奇計，里中尊敬之，號為侯生。於是駕車往拜，以黃金二十鎰為贄。侯生謝曰：「嬴安貧自守，不妄受人一錢。今且老矣，甯為公子而改節乎？」無忌不能強。欲尊禮之，以示賓客，乃置酒大會。是日，魏宗室將相，諸貴客畢集堂中。坐定，獨虛左第一席。無忌命駕，親往夷門迎侯生赴會。侯生登車，無忌揖之上坐，生略不謙遜。無忌執轡在旁，意甚恭敬。侯生又謂無忌曰：「臣有客朱亥在市屠中，欲往看之。公子能枉駕同一往否？」無忌曰：「願與先生偕往。」即命引車枉道入市。及屠門，侯生曰：「公子暫止車中，老漢將下看吾客。」侯生下車，入亥家，與亥對坐肉案前，絮語移時。侯生時時睨視公子，公子顏色愈和，略無倦怠。時從騎數十餘，見侯生絮語不休，厭之，多有竊罵者。侯生亦聞之。獨視公子色終不變，乃與朱亥別，復登車，上坐如故。無忌以午牌出門，比回府，已申末矣！諸貴客見公子親往迎客，虛左以待，正不知甚處有名的遊士，何方大國的使臣，俱辦下一片敬心伺候。及久不見到，各各心煩意懶。忽聞報說：「公子迎客已至！」眾貴客敬心復萌，俱起坐出迎，睜眼相看。及客到，乃一白鬚老者，衣冠敝陋，無不駭然。無忌引侯生徧告賓客。諸貴客聞是夷門監者，意殊不以為然。無忌揖侯生就首席，侯生亦不謙讓。酒至半酣，無忌手捧金巵，為壽於侯生之前。侯生接巵在手，謂無忌曰：「臣乃夷門抱關吏也！公子枉駕下辱，久立市中，毫無怠色。又尊臣於諸客之上，於臣似為過分！然所以為此，欲成公子下士之名耳。」諸貴客皆竊笑。席散，侯生遂為公子上客。侯生因薦朱亥之賢。無忌數往候見，朱亥絕不答拜。無忌亦不以為怪。其折節下士如此。今日孟嘗君至魏，獨依無忌，正合著古語「同聲相應，同氣相求」八個字，自然情投意合。孟嘗君原與趙平原君公子勝交厚，因使無忌結交於趙勝。無忌將親姊嫁於平原君為夫人。於是魏、趙通好，而孟嘗君居間為重。齊湣王自孟嘗君去後，益自驕橫，遂欲謀代周為天子。時齊境多怪異：天雨血方數百里，沾人衣，腥臭難當；又地坼數丈，泉水湧出；又有人當闕而哭，但聞其聲，不見其形。由是百姓惶惶，朝不保夕。大夫狐咺、陳舉先後進諫，且請召還孟嘗君。湣王怒而殺之，陳屍於通衢，以杜諫者。於是王蠋、太史敫等皆謝病棄職，歸隱鄉里。不知湣王如何結果，且看下回分解。

第九十五回 說四國樂毅滅齊 驅火牛田單破燕

話說燕昭王自即位之後，日夜以報齊雪恥為事。弔死問孤，與士卒同甘苦。尊禮賢士，四方豪傑歸者如市。有趙人樂毅，乃樂羊之孫，自幼好講兵法。當初樂羊封於靈壽，子孫遂家焉。趙主父沙邱之亂，樂毅挈家去靈壽，奔大梁，事魏昭王，不甚信用。聞燕王築黃金臺，招致天下賢士，欲往投之。乃謀出使於燕。見燕昭王說以兵法。燕王知其賢，待以客禮。樂毅謙讓不敢當。燕王曰：「先生生於趙，仕於魏，在燕固當為客。」樂毅曰：「臣之仕魏，以避亂也。大王若不棄微末，請委質為燕臣。」燕王大喜，即拜毅為亞卿，位在劇辛諸人之上。樂毅悉召其宗族，居燕為燕人。其時齊國強盛，侵伐諸侯。昭王深自韜晦，養兵恤民，待時而動。

及湣王逐孟嘗君，恣行狂暴，百姓弗堪。而燕國休養多年，國富民稠，士卒樂戰。於是昭王進樂毅而問曰：「寡人銜先人之恨，二十八年於茲矣！常恐一旦溘先朝露，不及剸刃於齊王之腹，以報國恥，終夜痛心。今齊王驕暴自恃，中外離心，此天亡之時。寡人欲起傾國之兵，與齊爭一旦之命。先生何以教之？」樂毅對曰：「齊國地大人眾，士卒習戰，未可獨攻也。王必欲伐之，必與天下共圖之。今燕之比鄰，莫密於趙。宜首與趙合，則韓必從。而孟嘗君在魏，方恨齊，宜無不聽。如是而齊可攻也。」燕王曰：「善。」乃具符節，使樂毅往說趙國。平原君趙勝為言於惠文王。王許之。適秦國使者在趙，樂毅并說秦使者以伐齊之利。使者還報秦王。秦王忌齊之盛，懼諸侯背秦而事齊，於是復遣使者報趙，願共伐齊之役。劇辛往說魏王，見信陵君。信陵君果主發兵，復為約韓與其事。俱與訂期。於是燕王悉起國中精銳，使樂毅將之。秦將白起，趙將廉頗，韓將暴鳶，魏將晉鄙，各率一軍，如期而至。於是燕王命樂毅并護五國之兵，號為樂上將軍，浩浩蕩蕩，殺奔齊國。齊湣王自將中軍，與大將韓聶迎戰於濟水之西。樂毅身先士卒，四國兵將，無不賈勇爭奮。殺得齊兵屍橫原野，流血成渠。韓聶被樂毅之弟樂乘所殺。諸軍乘勝逐北，湣王大敗，奔回臨淄，連夜使人求救於楚，許盡割淮北之地為賂。一面檢點軍民，登城設守。秦、魏、韓、趙乘勝，各自分路收取邊城。獨樂毅自引燕軍，長驅深入。所過宣諭威德，齊城皆望風而潰。勢如破竹，大軍直逼臨淄。湣王大懼，遂與文武數十人，潛開北門而遁。行至衛國，衛君郊迎稱臣。既入城，讓正殿以居之，供具甚敬。湣王驕傲，待衛君不以禮。衛諸臣意不能平，夜往掠其輜重。湣王怒，欲俟衛君來見，責以捕盜。衛君是日竟不朝見，亦不復給廩餼。湣王甚愧。候至日昃餓甚，恐衛君圖己，與夷維數人，連夜逃去。從臣失主，一時皆四散奔走。湣王不一日逃至魯關。關吏報知魯君，魯君遣使者出迎。夷維謂曰：「魯何以待吾君？」對曰：「將以十太牢待子之君。」夷維曰：「吾君天子也！天子巡狩，諸侯辟宮，朝夕親視膳於堂下。天子食已，乃退而聽朝，豈止十牢之奉而已！」使者回復魯君。魯君大怒，閉關不納。復至鄒，值鄒君方死，湣王欲入弔。夷維謂鄒人曰：「天子下弔，主人必背其殯棺，立西階，北面而哭。天子乃於阼階上，南面而弔之。」鄒人曰：「吾國小，不敢煩天子下弔！」亦拒之不受。湣王計窮。夷維曰：「聞莒州尚完，何不往？」乃奔莒州，斂兵城守，以拒燕軍。樂毅遂破臨淄，盡收取齊之財物祭器，并查舊日燕國重器前被齊掠者，大車裝載，俱歸燕國。燕昭王大悅，親至濟上大犒三軍，封樂毅於昌國，號昌國君。燕昭王返國，獨留樂毅於齊，以收齊之餘城。

齊之宗人有田單者，有智術，知兵。湣王不能用，現為臨淄市掾。燕王入臨淄，城中之人，紛紛逃竄。田單與同宗逃難於安平，盡截去其車軸之頭，略與轂平，而以鐵葉裹軸，務令堅固。人皆笑之。未幾，燕兵來攻安平。城破，安平人復爭竄，乘車皆推擠，多因軸頭相觸，不能疾驅；或軸折車覆，皆為燕兵所獲。惟田氏一宗，以鐵籠堅固，且不礙，竟得脫，奔即墨去訖。

樂毅分兵略地，至於晝邑。聞故太傅王蠋家在晝邑，傳令軍中環晝邑三十里，不許入犯。使人以金幣聘蠋，欲薦於燕王。蠋辭老病，不肯往。使者曰：「上將軍有令：『太傅來，即用為將，封以萬家之邑；不行，且引兵屠邑！』」蠋仰天嘆曰：「『忠臣不事二君，列女不事二夫！』齊王疏斥忠諫，故吾退而耕於野。今國破君亡，吾不能存，而反劫吾以兵。吾與其不義而存，不若全義而亡！」遂自懸其頭於樹上，舉身一奮，頸絕而死。樂毅聞之嘆息，命厚葬之。表其墓曰：「齊忠臣王蠋之墓。」樂毅出兵六個月，所攻下齊地共七十餘城，皆編為燕之郡縣，惟莒州與即墨堅守不下。毅乃休兵享士，除其暴令，寬其賦役。又為齊桓公、管夷吾立祠設祭，訪求逸民。齊民大悅。樂毅之意，以為齊止二城，在掌握之中，終不能成事。且欲以恩結之，使其自降，故不極其兵力。此周赧王三十一年事也。

卻說楚頃襄王見齊使者來請救兵，許盡割淮北之地，乃命大將淖齒率兵二十萬，以救齊為名，往齊受地。謂淖齒曰：「齊王急而求我，卿至彼可相機而行。惟有利於楚，可以便宜從事。」淖齒謝恩而出，率兵謁齊湣王於莒州。湣王德淖齒，立以為相國，大權皆歸於齒。齒見燕兵勢盛，恐救齊無功，獲罪二國。乃密遣使私通樂毅，欲弒齊王，與燕共分齊國，使燕人立己為王。樂毅回報曰：「將軍誅無道，以自立功名，桓、文之業，不足道也。所請惟命！」淖齒大悅，乃大陳兵於鼓里，請湣王閱兵。湣王既至，遂執而數其罪曰：「齊有亡徵三：雨血者，天以告也；地坼者，地以告也；有人當闕而哭，人以告也。王不知省戒，戮忠廢賢，希望非分。今全齊盡失，而偷生於一城，尚欲何為？」湣王俯首不能答。夷維擁王而哭。淖齒先殺夷維，乃生擢王筋，懸於屋梁之上，三日而後氣絕。湣王之得禍，亦慘矣哉！淖齒回莒州，欲覓王世子殺之，不得。齒乃為表奏燕王，自陳其功，使人送於樂毅，求其轉達。是時莒州與臨淄陰自相通，往來無禁。

卻說齊大夫王孫賈，年十二歲，喪父，止有老母，湣王憐而官之。湣王出奔，賈亦從行。在衛相失，不知湣王下處，遂潛自歸家。其母見之，問曰：「齊王何在？」賈對曰：「兒從王於衛，王中夜逃出，已不知所之矣。」老母怒曰：「汝朝去而晚回，則吾倚門而望；汝暮出而不還，則吾倚閭而望。君之望臣，何異母之望子？汝為齊王之臣，王昏夜走出，汝不知其處，何可歸乎？」賈大愧，復辭老母，蹤跡齊王。聞其在莒州，趨而求王。比至莒州，知齊王已為淖齒所殺。賈乃袒其左肩，呼於市中曰：「淖齒相齊而弒其君，為臣不忠！有願與吾誅討其罪者，依吾左袒！」市人相顧曰：「此人年幼，尚有忠義之心，吾等好義者，皆當從之！」一時左袒者四百餘人。時楚兵雖眾，皆分屯於城外。淖齒居齊王之宮，方酣飲，使婦人奏樂為歡。兵士數百人，列於宮外。王孫賈率領四百人，奪兵士器仗，殺入宮中，擒淖齒剁為肉醬，因閉城堅守。楚兵無主，一半逃散，一半投降於燕國。

再說齊世子法章，聞齊王遇變，急更衣為窮漢，自稱臨淄人王立，逃難無歸，投太史敫家為傭工，與之灌園。力作辛苦，無人知其為貴介者。太史敫有女年及笄，偶遊園中，見法章之貌，大驚曰：「此非常人，何以屈辱於此！」使侍女叩其來歷。法章懼禍，堅不肯吐。太史女曰：「白龍魚服，畏而自隱。異日富貴，不可言也！」時時使侍女給其衣食，久益親近。法章因私露其蹤於太史女。女遂與訂夫婦之約，因而私通。舉家俱不知也。

時即墨守臣病死，軍中無主。欲擇知兵者，推戴為將，而難其人。有人知田單鐵籠得全之事，言其才可將。乃共擁立為將軍。田單身操版鍤，與士卒同操作。宗族妻妾，皆編於行伍之間。城中人畏而愛之。

再說齊諸臣四散奔逃，聞王蠋死節之事，嘆曰：「彼已告者，尚懷忠義之心，吾輩見立齊朝，坐視君亡國破，不圖恢復，豈得為人！」乃共走莒州，投王孫賈，相與訪求世子。歲餘，法章知其誠，乃出自言曰：「我實世子法章也。」太史敫報知王孫賈，乃具法駕，迎之即位，是為襄王。告於即墨，相約為犄角，以拒燕兵。樂毅圍之，三年不克。乃解圍退九里，建立軍壘。令曰：「城中民有出樵採者，聽之不許擒拿。其有困乏飢餓者，食之；寒者，衣之。」欲使感恩悅附。不在話下。

且說燕大夫騎劫，頗有勇力，亦喜談兵。與太子樂資相善，覬得兵權。謂太子曰：「齊王已死，城之不拔者，惟莒與即墨耳。樂毅能於六月間下齊七十餘城，何難於二邑？所以不肯即拔者，以齊人未附，欲徐以恩威結齊，不久當自立為齊王矣。」太子樂資述其言於昭王。昭王怒曰：「吾先王之仇，非昌國君不能報。即使真欲王齊，於功豈不當耶！」乃笞樂資二十，遣使持節至臨淄，即拜樂毅為齊王。毅感激，以死自誓，不受命。昭王曰：「吾固知毅之本心，決不負寡人也！」昭王好神仙之術，使方士鍊金石為神丹，服之，久而內熱發病，遂薨。太子樂資嗣位，是為惠王。

田單每使細作入燕，窺覘事情。聞騎劫謀代樂毅，及燕太子被笞之事，嘆曰：「齊之恢復，其在燕後王乎？」及燕惠王立，田單使人宣言於燕國曰：「樂毅久欲王齊，以受燕先王厚恩，不忍背，故緩攻二城，以待其事。今新王即位，且與即墨連和。齊人所懼，惟恐他將來，則即墨殘矣。」燕惠王久疑樂毅，及聞流言，與騎劫之言相合，因信為然。乃使騎劫往代樂毅而召毅歸國。毅恐見誅，曰：「我趙人也。」遂棄其家，西奔趙國。趙王封樂毅於觀津，號望諸君。騎劫既代將，盡改樂毅之令，燕軍俱憤怨不服。騎劫到壘三日，即率師往攻即墨，圍其城數匝。城中設守愈堅。田單晨起謂城中人曰：「吾夜來夢見上帝告我云：『齊當復興，燕當即敗。』不日當有神人為我軍師，戰無不克。」有一小卒悟其意，即趨近單前低語曰：「臣可以為師否？」言畢，即疾走。田單急起持之，謂人曰：「吾夢中所見神人，即是此也！」乃為小卒易衣冠，置之幕中上坐，北面而師事之。小卒曰：「臣實無能。」田單曰：「子勿言！」因號為「神師」，每出一約束，必稟命於神師而行。謂城中人曰：「神師有令，凡食者必先祭其先祖於庭，當得祖宗陰力相助。」城中人從其教。飛鳥見庭中祭品，悉翔舞下食。如此早暮二次，燕軍望見以為怪異。聞有神君下教，因相與傳說，謂：「齊得天助，不可敵。敵之，違天。」皆無戰心。單復使人揚樂毅之短曰：「昌國君太慈，得齊人不殺，故城中不怕。若劓其鼻而置之前行，即墨人苦死矣！」騎劫信之，將降卒盡劓其鼻。城中人見降者割鼻，大懼。相戒堅守，惟恐為燕人所得。田單又揚言：「城中人家墳墓皆在城外，倘被燕人發掘，奈何？」騎劫又使兵卒，盡掘城外墳墓，燒死人，暴骸骨。即墨人從城上望見，皆涕泣，欲食燕人之肉。相率來軍門，請出一戰，以報祖宗之仇。田單知士卒可用，乃精選強壯者五千人，藏匿於民間。其餘老弱，同婦女輪流守城。遣使送款於燕軍，言城中食盡，將以某日出降。騎劫謂諸將曰：「我比樂毅何如？」諸將皆曰：「勝毅多倍！」軍中悉踴躍呼萬歲。田單又收民間金，得千鎰，使富家私遺燕將，囑以城下之日，求保全家小。燕將大喜，受其金，各付小旗，使插於門上，以為記認。全不准備，呆呆的只等田單出降。單乃使人收取城中牛，共千餘頭。製為絳繒之衣，畫以五色龍文，披於牛體。將利刃束於牛角。又將麻葦灌下膏油，束於牛尾，拖後如巨帚。於約降前一日，安排停當。眾人皆不解其意。田單椎牛具酒，候至日落黃昏，召五千壯卒飽食，以五色塗面，各執利器，跟隨牛後。使百姓鑿城為穴，凡數十處，驅牛從穴中出，用火燒其尾帚。火漸漸迫牛尾，牛怒，直奔燕營。五千壯卒，銜枚隨之。燕軍信為來日受降入城，方夜，皆安寢。忽聞馳驟之聲，從夢中驚起。那帚炬千餘，光明照耀，如同白日。望之皆龍文五采，突奔前來。角刃所觸，無不死傷。軍中擾亂。那一夥壯卒，不言不語，大刀闊斧，逢人便砍。雖只五千個人，慌亂之中，恰像幾萬一般。況且向來聽說神師下教，今日神頭鬼臉，不知何物。田單又親率城中人，鼓噪而來。老弱婦女，皆擊銅器為聲，震天動地。一發膽都嚇破了，腳都嚇軟了，那個還敢相持。真個人人逃竄，個個奔忙，自相蹂踏，死者不計其數！騎劫乘車落荒而走❶，正遇田單一戟刺死。燕軍大敗。此周赧王三十六年事也。史官有詩云：

火牛奇計古今無，畢竟機乘騎劫愚。假使金臺不易將，燕齊勝負竟何如？

田單整頓隊伍，乘勢追逐，戰無不克。所過城邑，聞齊兵得勝，燕將已死，盡皆叛燕而歸齊。田單兵勢日盛，掠地直逼河上，抵齊北界。燕所下七十餘城，復歸於齊。眾軍將以田單功大，欲奉為王。田單曰：

❶ 落荒而走：戰敗投無人處奔逃。

「太子法章自在莒州，吾疎族，安敢自立？」於是迎法章於莒。王孫賈為法章御車，至於臨淄，收葬湣王，擇日告廟臨朝。襄王謂田單曰：「齊危而復安，亡而復存，皆叔父之功也！叔父知名，始於安平，今封叔父為安平君，食邑萬戶。」王孫賈拜爵亞卿。迎太史女為后，是為君王后。那時，太史敫方知其女先以身許法章，怒曰：「汝不取媒而自嫁，非吾種也！」終身誓不復相見。齊襄王使人益其官祿，皆不受。惟君王后歲時遣人候省，未嘗缺禮。此是後話。

時孟嘗君在魏，讓相印於公子無忌。魏封無忌為信陵君。孟嘗君退居於薛，比於諸侯。與平原君、信陵君相善。齊襄王畏之，復遣使迎為相國。孟嘗君不就。於是與之連和通好。孟嘗君往來於齊魏之間。其後孟嘗君死，無子，諸公子爭立。齊、魏共滅薛，分其地。

再說燕惠王自騎刦兵敗，方知樂毅之賢，悔之無及。使人遺毅書謝過，欲招毅還國。毅答書不肯歸。燕王恐趙用樂毅以圖燕，乃復以毅子樂間，襲封昌國君。毅從弟樂乘為將軍，並貴重之。毅遂合燕、趙之好，往來其間。二國皆以毅為客卿。毅終於趙。時廉頗為趙大將，有勇，善用兵，諸侯皆憚之。秦兵屢侵趙境，賴廉頗力拒，不能深入。秦乃與趙通好。不知後事何如，且看下回分解。

第九十六回　藺相如兩屈秦王　馬服君單解韓圍

卻說趙惠文王寵用一個內侍，姓繆名賢，官拜宦者令，頗干預政事。忽一日，有外客以白璧來求售。繆賢愛其玉色光潤無比，以五百金得之。以示玉工，玉工大驚曰：「此真和氏之璧也！楚相昭陽，因宴會偶失此璧，疑張儀偷盜，捶之幾死。張儀以此入秦。後昭陽懸千金之賞，購求此璧。盜者不敢出獻，竟不可得。今日無意中落於君手，此乃無價之寶，須什襲珍藏，不可輕示於人也！」繆賢曰：「雖然，良玉何以遂為無價？」玉工曰：「此玉置暗處，自然有光。能卻塵埃，辟邪魅，名曰『夜光之璧』。若置之座間，冬月則煖，可以代爐；夏月則涼，百步之內，蠅蚋不入。有此數般奇異，他玉不及，所以為至寶。」繆賢試之，果然。乃製為寶櫝，藏於內笥。早有人報知趙王，言：「繆中侍得和氏璧。」趙王問繆賢取之。賢愛璧，不即獻。趙王怒，因出獵之便，突入賢家，搜其室，得寶櫝，收之以去。繆賢恐趙王治罪誅之，欲出走。其舍人藺相如牽衣問曰：「君今何往？」賢曰：「吾將奔燕。」相如曰：「君何以受知於燕王，而輕身往投也？」繆賢曰：「吾昔年嘗從大王與燕王相會於境上。燕王私握吾手，曰：『願與君結交。』以此相知，故欲往。」相如諫曰：「君誤矣！夫趙強而燕弱，而君得寵於趙王，故燕王欲與君結交。非厚君也，因君以厚於趙王也。今君得罪於王，亡命走燕。燕畏趙王之討，必將束縛君以媚於趙王。君其危矣！」繆賢曰：「然則如何？」相如曰：「君無他大罪，惟不早獻璧耳！若肉袒負斧鑕，叩首請罪，王必赦君。」繆賢從其計，趙王果赦賢不誅。賢重相如之智，以為上客。

再說玉工偶至秦國，秦昭襄王使之治玉，玉工因言及和氏之璧，今歸於趙。秦王問：「此璧有甚好處？」玉工如前誇獎。秦王想慕之甚，思欲一見其璧。時昭襄王之母舅魏冉為丞相，進曰：「王欲見和璧，何不以酉陽十五城易之？」秦王訝曰：「十五城，寡人所惜也！奈何易一璧哉！」魏冉曰：「趙之畏秦久矣。大王若以城易璧，趙不敢不以璧來。來則留之。是易城者名也，得璧者實也。王何患失城乎？」秦王大喜，即為書致趙王，命客卿胡傷為使。書略曰：

寡人慕和氏璧有日矣，未得一見。聞君王得之，寡人不敢輕請，願以酉陽十五城奉酬。惟君王許之。

趙王得書，即召大臣廉頗等商議。欲予秦，恐其見欺，璧去城不可得；欲勿予，又恐觸秦之怒。諸大臣或言不宜與，或言宜與，紛紛不決。李克曰：「遣一智勇之士，懷璧以往。得城則授璧於秦，不得城仍以璧歸趙，方為兩全。」趙王目視廉頗，頗俛首不語。宦者令繆賢進曰：「臣有舍人姓藺名相如，此人勇士，且有智謀。若求使秦，無過此人。」趙王即命繆賢召藺相如至。相如拜謁已畢，趙王問曰：「秦王請以十五城易寡人之璧，先生以為可許否？」相如曰：「秦強趙弱，不可不許。」趙王曰：「倘璧去城不可得，如何？」相如對曰：「秦以十五城易璧，價厚矣。如是趙不許璧，其曲在趙。趙不待入城，而即獻璧，禮恭矣。如是而秦不予城，其曲在秦。」趙王曰：「寡人欲求一人使秦，保護此璧，先生能為寡人一行乎？」相如曰：「大王必無其人，臣願奉璧以往。若城入於趙，臣當以璧留秦。不然，臣請完璧歸趙！」趙王大喜，即拜相如為大夫，以璧授之。相如奉璧西入咸陽。

秦昭襄王聞璧至，大喜。坐章臺之上，大集群臣，宣相如入見。相如留下寶櫝，只用錦袱包裹，兩手捧璧，再拜奉上秦王。秦王於是展開錦袱觀看。但見純白無瑕，寶光閃爍，雕鏤之處，天成無跡，真希世之珍矣！秦王飽看了一回，嘖嘖歎息。因付左右群臣，遞相傳示。群臣看畢，皆羅拜稱萬歲。秦王命內侍重將錦袱包裹，傳與後宮美人玩之。良久送出，仍歸秦王案上。藺相如從旁伺候良久，並不見說起償城之話。相如心生一計，乃前奏曰：「此璧有微瑕，臣請為大王指之。」秦王命左右以璧傳與相如。相如得璧在手，連退數步，靠在殿柱之上。睜開雙目，怒氣勃不可遏，謂秦王曰：「和氏之璧，天下之至寶也！大王欲得璧，發書至趙，寡君悉召群臣計議。群臣皆曰：『秦自負其強，以空言求璧，恐璧往城不可得，不如勿許。』臣以為布衣之交，尚不相欺，況萬乘之君乎？奈何以不肖之心待人，而得罪於大王？於是寡君乃齋戒五日，然後使臣奉璧拜送於庭，敬之至也。今大王見臣，禮節甚倨。坐而受璧，左右傳觀，復使後宮美人玩弄，褻瀆殊甚。以此知大王無償城之意矣！臣所以復取璧也。大王必欲迫臣，臣頭今與璧俱碎於柱，甯死不使秦得璧！」於是持其璧睨柱，欲以擊柱。秦王惜璧，恐其碎之。乃謝曰：「大夫無然！寡人豈敢失信於趙？」即召有司取地圖來，秦王指示，從某處至某處，共十五城予趙。相如心中暗想：「此乃秦王欲誑取，非真情。」乃謂秦王曰：「寡君不敢愛希世之寶，以得罪於大王。故臨遣臣時，齋戒五日，遍召群臣，拜而遣之。今大王亦宜齋戒五日，陳設車輅文物，具左右威儀，臣乃敢上璧。」秦王曰：「諾。」乃命齋戒五日，送相如於公館安歇。相如抱璧至館，又想道：「我曾在趙王面前誇口：『秦若不償城，願完璧歸趙。』今秦王雖然齋戒，倘得璧之後，仍不償城，何面目回見趙王？」乃命從者穿粗褐衣，裝作貧人模樣，將布袋纏璧於腰，從徑路竊走。附奏於趙王曰：「臣恐秦欺趙，無意償城，謹遣從者歸璧大王，臣待罪於秦，死不辱命！」趙王曰：「相如果不負所言矣！」

再說秦王假說齋戒，實未必然。過五日，升殿，陳設禮物，令諸侯使者皆會，共觀受璧，欲以誇示列國。使贊禮引趙國使臣上殿。藺相如從容徐步而入。謁見已畢，秦王見相如手中無璧，問曰：「寡人已齋戒五日，敬受和璧。今使者不持璧來，何故？」相如奏曰：「秦自穆公以來，共二十餘君，皆以詐術用事。遠則杞子欺鄭，孟明欺晉；近則商鞅欺魏，張儀欺楚。往事歷歷，從無信義。臣今者惟恐見欺於王，以負寡君。已令從者懷璧從閒道還趙矣。臣當死罪。」秦王怒曰：「使者謂寡人不敬，故寡人齋戒受璧。使者以璧歸趙，是明欺寡人也！」叱左右：「前縛相如！」相如面不改色，奏曰：「大王請息怒，臣有一言：今日之勢，秦強趙弱。但有秦負趙之事，決無趙負秦之理。大王真欲得璧，先割十五城予趙，遣一介之使，同臣往趙取璧。趙豈敢得城而留璧，負不信之名，以得罪於大王哉？臣自知欺大王之罪，罪當萬死。臣已寄奏寡君，不望生還。請就鼎鑊之烹！令諸侯皆知秦以欲璧之故，而誅趙使，曲直有所在矣！」秦王與群臣面面相覷，不能吐一語。諸侯使者旁觀，皆為相如危懼。左右欲牽相如去。秦王喝住，謂群臣曰：「即殺相如，璧未可得，徒負不義之名，絕秦、趙之好。」乃厚待相如，禮而歸之。髯翁讀史至此，論秦人攻城取邑，列國無可奈何，一璧何足為重？相如之意，只恐被秦王欺趙得璧，便小覷了趙國，將來難以立國。倘索地索貢，不可復拒。故於此顯個力量，使秦王知趙國之有人也。

藺相如既歸，趙王以為賢，拜上大夫。其後秦竟不予趙城，趙亦不與秦璧。秦王心中終不釋然於趙，復遣使約趙王於西河外澠池之地，共為好會。趙王曰：「秦以會欺楚懷王，錮之咸陽，至今楚人傷心未已。今又來約寡人為會，得無以懷王相待乎？」廉頗與藺相如計議曰：「王若不行，示秦以弱。」乃共奏曰：「臣相如願保駕前往。臣頗願輔太子居守。」趙王喜曰：「相如且能完璧，況寡人乎？」平原君趙勝奏曰：「昔宋襄公以乘車赴會，為楚所劫。魯君與齊會於夾谷，具左右司馬以從。今保駕雖有相如，再選精銳卒五千扈從，以防不虞。再用大軍，離三十里屯扎，方保萬全。」趙王曰：「五千銳卒，何人為將？」趙勝對曰：「臣所知田部吏李牧者，真將才也！」趙王曰：「何以見之？」趙勝對曰：「李牧為田部吏，取租稅。臣家過期不納，牧以法治之，殺臣司事者九人。臣怒責之。牧謂臣曰：『國之所恃者，法也。今縱君家而不奉公，則法削。法削則國弱，而諸侯加兵。趙且不保其國，君安得保其家乎？以君之貴，奉公如法，法立而國強，長保富貴，豈不善耶？』此其識慮非常，臣是以知其可將也。」趙王即用李牧為中軍大夫，使其率精兵五千扈從同行。平原君以大軍繼之。廉頗直送至境上，謂趙王曰：「王入虎狼之秦，其事誠不測！今與王約，度往來道路，與夫會遇之禮畢，為期不過三十日耳。若過期不歸，臣請如楚國故事，立太子為王，以絕秦人之望。」趙王許諾，遂至澠池。秦王亦到。各歸館驛。

至期，兩王以禮相見，置酒為歡。飲至半酣，秦王曰：「寡人竊聞趙王善於音樂。寡人有寶瑟在此，請趙王奏之。」趙王面赤，然不敢辭。秦侍者將寶瑟進於趙王之前。趙王為奏湘靈一曲。秦王稱善不已。鼓畢，秦王曰：「寡人嘗聞趙之始祖烈侯好音，君王真得家傳矣！」乃顧左右召御史使載其事。秦御史秉筆取簡書曰：「某年月日，秦王與趙王會於澠池，令趙王鼓瑟。」藺相如前進曰：「趙王聞秦王善於秦聲，臣謹奉盆缶，請秦王擊之，以相娛樂。」秦王怒，色變不應。相如即取盛酒瓦器，跪請於秦王之前。秦王不肯擊。相如曰：「大王恃秦之強乎？今五步之內，相如得以頸血濺大王矣！」左右曰：「相如無禮！」欲前執之。相如張目叱之，鬚髮皆張。左右大駭，不覺倒退數步。秦王意不悅，然心憚相如，勉強擊缶一聲。相如方起，召趙御史亦書於簡曰：「某年月日，趙王與秦王會於澠池，令秦王擊缶。」秦諸臣意不平，當筵而立，請於趙王曰：「今日趙王惠顧，請王割十五城為秦王壽！」相如亦請於秦王曰：「禮尚往來。趙既進十五城於秦，秦不可不報。願以秦之咸陽為趙王壽！」秦王曰：「吾兩君為好，諸君不必多言！」乃命左右，更進酒獻酬，假意盡歡而罷。秦客卿胡傷等，密勸拘留趙王及藺相如。秦王曰：「諜者言，趙設備甚密。萬一其事不濟，為天下笑。」乃益敬重趙王，約為兄弟，永不侵伐。使太子安國君之子，名異人者，為質於趙。群臣皆曰：「約好足矣，何必送質？」秦王笑曰：「趙方強，未可圖也。不送質，則趙不相信。趙信我，其好益堅。我乃得專事於韓矣。」群臣乃服。

趙王辭秦王而歸，恰三十日。趙王曰：「寡人得藺相如，身安於泰山，國重於九鼎。相如功最大，群臣莫及。」乃拜為上相，班在廉頗之右。廉頗怒曰：「吾有攻城野戰之大功，相如徒以口舌微勞，位居吾上。且彼乃宦者舍人，出身微賤，吾豈甘為之下乎？今見相如，必擊殺之！」相如聞廉頗之言，每遇公朝，託病不往，不肯與廉頗會。舍人俱以相如為怯，竊議之。偶一日，藺相如出外，廉頗亦出。相如望見廉頗前導，忙使御者引車避匿旁巷中去，俟廉頗車過方出。舍人等益忿，相約同見相如，諫曰：「臣等拋井里，棄親戚，來君之門下者，以君為一時之丈夫，故相慕悅而從之。今君與廉將軍同列，班況在右，廉君口出惡言，君不能報，避之於朝，又避之於車，何畏之甚也！臣等竊為君羞之，請辭去！」相如固止之曰：「吾所以避廉將軍者有故。諸君自不察耳。」舍人等曰：「臣等淺近無知，乞君明言其故。」相如曰：「諸君視廉將軍孰若秦王？」諸舍人皆曰：「不若也。」相如曰：「夫以秦王之威，天下莫敢抗。而相如庭叱之，辱其群臣。相如雖駑，獨畏一廉將軍哉？顧吾念之，強秦所以不敢加兵於趙者，徒以吾兩人在也。今兩虎共鬬，勢不俱生。秦人聞之，必乘間而侵趙。吾所以強顏引避者，國計為重，而私讐為輕也。」舍人等乃歎服。未幾，藺氏之舍人，與廉氏之客，一日在酒肆中，不期而遇。兩下爭坐。藺氏舍人曰：「吾主君以國家之故，讓廉將軍。吾等亦宜體主君之意，讓廉氏客。」於是廉氏益驕。河東人虞卿游趙，聞藺氏舍人述相如之語，乃說趙王曰：「王今日之重臣，非藺相如、廉頗乎？」王曰：「然。」虞卿曰：「臣聞前代之臣，師師濟濟，同寅協恭，以治其國。今大王所恃重臣二人，而使自相水火，非社稷之福也。夫藺氏愈益讓，而廉氏不能諒其情。廉氏愈益驕，而藺氏不敢折其氣。在朝則有事不共議，為將則有急不相恤。臣竊為大王憂之！臣請合廉、藺之交，以為大王輔。」趙王曰：「善。」虞卿往見廉頗，先頌其功。廉頗大喜。虞卿曰：「論功，則無如將軍矣。論量，則還推藺君。」廉頗勃然曰：「彼懦夫以口舌取功名，何量之有哉？」虞卿曰：「藺君非懦士也。其所見者大。」因述相如對舍人之言。且曰：「將軍不欲託身於趙則已。若欲託身於趙，而兩大臣一讓一爭，恐盛名之歸，不在將軍矣。」廉頗大慚曰：「微先生之言，吾不聞過。吾不及藺君遠矣！」因使虞卿先道意於相如，頗肉袒負荊，自造於藺氏之門，謝曰：「鄙人志量淺狹，不知相國能寬容至此，死不足贖罪矣！」因長跪庭中。相如趨出引起曰：「吾二人比肩事主，為社稷臣。將軍能見諒已幸甚，何煩謝為？」廉頗曰：「鄙性麤暴，蒙君見容，慚愧無地！」因相持泣下。相如亦泣。廉頗曰：「從今願結為生死之交，雖刎頸不變！」頗先下拜，相如答拜。因置酒筵款待，極歡而罷。——後世稱刎頸之交，正謂此也。——無名子有詩云：

引車趨避量誠洪，肉袒將軍志亦雄。今日紛紛競門戶，誰將國計置胸中！

趙王賜虞卿黃金百鎰，拜為上卿。

* * *

是時，秦大將軍白起擊破楚軍，收郢都，置南郡。楚頃襄王敗走，東保於陳。大將魏冉復攻取黔中，置黔中郡。楚益衰削。乃使太傅黃歇，侍太子熊完，入質於秦以求和。白起等復攻魏，至於大梁。魏遣大將暴鳶迎戰，敗績，斬首四萬。魏獻三城以和。秦封白起為武安君。未幾，客卿胡傷復攻魏，敗魏將芒卯，取南陽，置南陽郡。秦王以賜魏冉，號為穰侯。復遣胡傷帥師二十萬伐韓，圍閼與。韓釐王遣使求救於趙。趙惠文王聚集群臣商議：「韓可救與否？」藺相如、廉頗、樂乘皆言：「閼與道險且狹，救之不便。」平原君趙勝曰：「韓、魏唇齒相蔽，不救則還戈即向趙矣。」趙奢嘿然無言。趙王獨問之。奢對曰：「道險且狹，譬如兩鼠鬬於穴中，將勇者勝！」趙王乃選軍五萬，使奢帥之救韓。出邯鄲東門三十里，傳令立壁壘下寨。安插已定，又出令曰：「有言及軍事者斬！」閉營高臥，軍中寂然。秦軍鼓噪勒兵，聲如震霆。閼與城中，屋瓦皆為振動。軍吏一人來報，秦兵如此恁般。趙奢以為犯令，立斬之以狥。留二十八日不行，日使人增壘濬溝，為自固計。秦將胡傷聞有趙兵來救，不見其來，再使諜人探聽。報云：「趙果有救兵，乃大將趙奢也。出邯鄲城三十里，即立壘下寨不進。」胡傷未信，便使親近左右，直入趙軍，謂趙奢曰：「秦攻閼與，旦暮且下矣。將軍能戰即速來！」趙奢曰：「寡君以鄰邦告急，遣某為備。某何敢與秦戰乎？」因具酒食厚款之，使周視壁壘。秦使者還報胡傷。胡傷大喜曰：「趙兵去國纔三十里，而堅壁不進，乃增壘自固，已無戰情。閼與必為吾有矣！」遂不為禦趙之備，一意攻韓。趙奢既遣秦使，約三日，度其可至秦軍，遂出令選騎兵善射慣戰者萬人為前鋒，大軍在後，銜枚卷甲，晝夜兼行。一日一夜及韓境，去閼與城十五里，復立軍壘。胡傷大怒，留兵一半圍城，悉起老營之眾，前來迎敵。趙營軍士許歷書一簡，上寫「請諫」二字，跪於營前。趙奢異之，命刊去前令，召入曰：「汝欲何言？」許歷曰：「秦人不意趙師卒至，此其來氣盛。元帥必厚集其陣，以防衝突。不然必敗！」趙奢曰：「諾！」即傳令列陣以待。許歷又曰：「兵法：『得地利者勝。』閼與形勢，惟北山最高。而秦將不知據守，留此以待元帥也。宜速據之！」趙奢又曰：「諾！」即命許歷引軍萬人，屯據北山嶺上。凡秦兵行動，一望而知。胡傷兵到，便來爭山。山勢崎嶇，秦兵膽大的，有幾個上前，都被趙軍飛石擊傷。胡傷咆哮大怒，指揮軍將四下尋路。忽聞鼓聲大振，趙奢引軍殺到。胡傷命分兵拒敵。趙奢將射手萬人，分為二隊，左右各五千人，向秦軍亂射。許歷驅萬人，從山頂上趁勢殺下。喊聲如雷，前後夾攻。殺得秦軍如天崩地裂，沒處躲閃，大敗而奔。胡傷馬蹶墜下，幾為趙兵所獲。卻遇兵尉斯離引軍剛到，抵死救出。趙奢追至五十里，秦軍屯扎不住，只得望西逃奔。遂解閼與之圍。韓釐王親自勞軍，致書稱謝趙王。趙王封奢為馬服君，位與藺相如、廉頗相並。趙奢薦許歷之才，以為國尉。

趙奢子趙括，自少喜談兵法。家傳六韜、三略之書，一覽而盡。嘗與父奢論兵，指天畫地，目中無人，雖奢亦不能難也。其母喜曰：「有子如此，可謂將門出將矣！」奢蹴然不悅曰：「括不可為將。趙不用括，乃社稷之福耳。」母曰：「括盡讀父書，其談兵自以為天下莫及。君曰『不可為將』，何故？」奢曰：「括自謂天下莫及，此其所以不可為將也。夫兵者死地，戰戰兢兢，博諮於眾，猶懼有遺慮。而括易言之！若得兵權，必果於自用。忠謀善策，無由而入，其敗必矣。」母以奢之語告括。括曰：「父年老而怯，宜有是言也！」後二歲，趙奢病篤，謂括曰：「兵凶戰危，古人所戒。汝父為將數年，今日方免敗衂之辱，死亦瞑目。汝非將才，切不可妄居其位，自壞家門！」又囑括母曰：「異日若趙王召括為將，汝必述吾遺言辭之。喪師辱國，非細事也！」言訖而終。趙王念奢之功，以括嗣馬服君之職。未知後事何如，且看下回分解。

第九十七回 死范雎計逃秦國 假張祿庭辱魏使

話說大梁人范雎字叔，有談天說地之能，安邦定國之志。欲求事魏王，因家貧，不能自通。乃先投於中大夫須賈門下，用為舍人。當初齊湣王無道，樂毅糾合四國，一同伐齊，魏亦遣兵助燕。及田單破燕復齊，齊襄王法章即位，魏王恐其報復，同相國魏齊計議，使須賈至齊修好。賈使范雎從行。齊襄王問於須賈曰：「昔我先王與魏同兵伐宋，聲氣相投。及燕人殘滅齊國，魏實與焉。寡人念先王之仇，切齒痛心！今又以虛言來誘寡人，魏反覆無常，使寡人何以為信？」須賈不能對。范雎從旁代答曰：「大王之言差矣。先寡君之從於伐宋，以奉命也。本約三分宋國，上國背約，盡收其地，反加侵虐。是齊之失信於敝邑也。諸侯畏齊之驕暴無厭，於是暱就燕人。濟西之戰，五國同仇，豈獨敝邑？然敝邑不為已甚，不敢從燕於臨淄，是敝邑之有禮於齊也。今大王英武蓋世，報仇雪恥，光啟前日之緒，寡君以為桓、威之烈，必當再振。可以上蓋湣王之愆，垂休無窮。故遣下臣賈來修舊好。大王但知責人，不知自反，恐湣王之覆轍，又見於今矣！」齊襄王愕然起謝曰：「是寡人之過也！」即問須賈：「此位何人？」須賈曰：「臣之舍人范雎也。」齊王顧盼良久，乃送須賈於公館，厚其廩餼。使人陰說范雎曰：「寡君慕先生大才，欲留先生於齊，當以客卿相處。萬望勿棄！」范雎辭曰：「臣與使者同出，而不與同入，不信無義，何以為人？」齊王益愛重之。復使人賜范雎黃金十斤，及牛、酒。雎固辭不受。使者再四致齊王之命，堅不肯去。雎不得已，乃受牛、酒而還其金。使者嘆息而去。早有人報知須賈。須賈召范雎問曰：「齊使者為何而來？」范雎曰：「齊王以黃金十斤及牛、酒賜臣，臣不敢受。再四相強，臣止留其牛、酒。」須賈曰：「所以賜子者何故？」范雎曰：「臣不知。或者以臣在大夫之左右，故敬大夫以及臣耳。」須賈曰：「賜不及使者而獨及子，必子與齊有私也！」范雎曰：「齊王先曾遣使，欲留臣為客卿，臣峻拒之。臣以信義自矢，豈敢有私哉？」須賈疑心益甚。

使事既畢，須賈同范雎還魏。賈遂言於魏齊曰：「齊王欲留舍人范雎為客卿，又賜以黃金、牛、酒。疑以國中陰事告齊，故有此賜也。」魏齊大怒，乃會賓客，使人擒范雎，即席訊之。雎至，伏於階下。魏齊厲聲問曰：「汝以陰事告齊乎？」范雎曰：「怎敢！」魏齊曰：「汝若無私於齊，齊王安用留汝？」雎曰：「留果有之，雎不從也。」魏齊曰：「然則黃金、牛、酒之賜，汝何受之？」雎曰：「使者十分相強，雎恐拂齊王之意，勉受牛、酒。其黃金十斤，實不曾收。」魏齊咆哮大喝曰：「賣國賊，還要多言！即牛、酒之賜，亦豈無因！」呼獄卒縛之，決脊一百，使招承通齊之語。范雎曰：「臣實無私，有何招？」魏齊益怒曰：「為我笞殺此奴，勿留禍種！」獄卒鞭笞亂下，將牙齒打折。雎血流被面，痛極難忍，號呼稱冤。賓客見相國盛怒之下，莫敢勸止。魏齊教左右一面用巨觥行酒，一面教獄卒加力。自辰至未，打得范雎遍體皆傷，血肉委地。咶喇一響，脅骨亦斷。雎大叫失聲，悶絕而死。

潛淵居士又有詩云：

可憐信義忠良士，翻作溝渠枉死人！
傳語上官須仔細，莫將屈棒打平民。

張儀何曾盜楚璧，范叔何曾賣齊國？疑心盛氣總難平，多少英雄受冤屈。

左右報曰：「范雎氣絕矣！」魏齊親自下視，見范雎斷脅折齒，身無完膚，直挺挺在血泊中不動。齊指罵曰：「賣國賊，死得好！好教後人看樣！」命獄卒以葦薄卷其屍，置之坑廁間，使賓客便溺其上，勿容他為乾淨之鬼。看看天晚，范雎命不該絕，死而復蘇。從葦薄中張目偷看，只有一卒在旁看守。范雎微嘆一聲，守卒聞之，慌忙來看。范雎謂曰：「吾傷重至此，雖暫醒，決無生理。汝能使我死於家中，以便殯殮，家有黃金數兩，盡以相謝。」守卒貪其利，謂曰：「汝仍作死狀，吾當入稟。」魏齊與賓客皆大醉。守卒稟曰：「廁間死人腥臭甚，合當發出。」賓客皆曰：「范雎雖然有罪，相國處之亦已足矣！」魏齊曰：「可出之於郊外，使野鳶飽其餘肉也！」言罷，賓客皆散。魏齊亦回內宅。守卒捱至黃昏人靜，乃私負范雎至其家。雎妻小相見，痛苦自不必說。范雎命取黃金相謝。又卸葦薄，付與守卒，使棄野外，以掩人之目。守卒去後，妻小將血肉收拾乾淨，縛裹傷處以酒食進之。范雎徐謂其妻曰：「魏齊恨我甚，雖知吾死，尚有疑心。我之出廁，乘其醉耳。明日復求吾屍不得，必及吾家，吾不得生矣。吾有八拜兄弟鄭安平，在西門之陋巷。汝可乘夜送我至彼，不可洩漏！俟月餘，吾創愈，當逃命於四方也。我去後，家中可發哀，如吾死一般，以絕其疑。」其妻依言，使僕人往報知鄭安平。鄭安平即時至雎家看視，與其家人同擕負以去。次日，魏齊果然疑心范雎，恐其得甦。使人視其屍所在。守卒回報：「棄野外無人之處，今惟葦薄在，想為犬豕銜去矣。」魏齊復使人瞷其家舉哀帶孝，方始坦然。

再說范雎在鄭安平家敷藥將息，漸漸平復。安平乃與雎共匿於具茨山。范雎更姓名曰張祿，山中人無知為范雎者。過半歲，秦謁者王稽奉昭襄王之命，出使魏國，居於公館。鄭安平詐為驛卒，伏侍王稽。應對敏捷，王稽愛之。因私問曰：「汝知國有賢人，未出仕者乎？」安平曰：「賢人未容易言也！向有一范雎者，其人智謀之士，相國箠之至死。」言未畢，王稽嘆曰：「惜哉！此人不到我秦國，不得展其大才！」安平曰：「今臣里中有張祿先生，其才智不亞於范雎。君欲見其人否？」王稽曰：「既有此人，何不請來相會？」安平曰：「其人有仇家在國中，不敢晝行。若無此仇，久已仕魏，不待今日矣。」王稽曰：「夜至不妨，吾當候之。」鄭安平乃使張祿亦扮做驛卒模樣，以深夜至公館來謁。王稽略叩以天下大勢，范雎指陳了了，如在目前。王稽喜曰：「吾知先生非常人，能與我西游於秦否？」范雎曰：「臣祿有仇於魏，不能安居。若能挈行，實乃至願！」王稽屈指曰：「度吾使事畢，更須五日。先生至期，可待我於三亭岡無人之處，當相載也。」過五日，王稽辭別魏王，群臣俱餞送於郊外。事畢俱別。王稽驅車至三亭岡上，忽見林中二人趨出，乃張祿、鄭安平也。王稽大喜，如獲奇珍。與張祿同車共載，一路飲食安息，必與相共。談論投機，甚相親愛。不一日已入秦界。至湖關，望見對面塵頭起處，一群車騎自西而來。范雎問曰：「來者誰人？」王稽認得前驅，曰：「此丞相穰侯東行郡邑耳。」——原來穰侯名魏冉，乃是宣太后之弟。宣太后羋氏，楚女，乃昭襄王之母。昭襄王即位時，年幼未冠。宣太后臨朝決政，用其弟魏冉為丞相，封穰侯。次弟羋戎，亦封華陽君，並專國事。後昭襄王年長，心畏太后，乃封其弟公子悝為涇陽君，公子市為高陵君，欲以分羋氏之權。國中謂之四貴。然總不及丞相之尊也。丞相每歲時，代其王周行郡國，巡察官吏，省視城池，較閱車馬，撫循百姓，此是舊規。今日穰侯東巡，前導威儀，王稽如何不認得？——范雎曰：「吾聞穰侯專秦權，妒賢嫉能，惡納諸侯賓客。恐其見辱，我且匿車箱中以避之。」須臾，穰侯至，王稽下車迎謁。穰侯亦下車相見。勞之曰：「謁君國事勞苦！」遂共立於車前，各敘寒溫。穰侯曰：「關東近有何事？」王稽鞠躬對曰：「無有。」穰侯目視車中曰：「謁君得無與諸侯賓客俱來乎？此輩仗口舌遊說人國，取富貴，全無實用！」王稽又對曰：「不敢。」穰侯既別去，范雎從車箱中出，便欲下車趨走。王稽曰：「丞相已去，先生可同載矣。」范雎曰：「臣潛窺穰侯之貌，眼多白而視邪，其人性疑而見事遲。向者目視車中，固已疑之。一時未即搜索，不久必悔。悔必復來，不若避之為安耳。」遂呼鄭安平同走。王稽車仗在後。約行十里之程，背後馬聲響，果有二十騎從東如飛而來，趕著王稽車仗，言：「吾等奉丞相之命，恐大夫帶有遊客，故遣復行查看。大夫勿怪。」因遍索車中，並無外國之人，方纔轉身。王稽嘆曰：「張先生真智士，吾不及也！」乃命催車前進。再行五六里，遇著了張祿、鄭安平二人，邀使登車，一同竟入咸陽。髯翁有詩咏范雎去魏之事云：

料事前知妙若神，一時智術少儔倫。信陵空養三千客，卻放高賢遁入秦！

王稽朝見秦昭襄王，復命已畢，因進曰：「魏有張祿先生，智謀出眾，天下奇才也！與臣言秦國之勢，危於累卵，彼有策能安之。然非面對不可，臣故載與俱來。」秦王曰：「諸侯客好為大言，往往如此。姑使就客舍。」乃館於下舍，以需召問。踰年不召。忽一日，范雎出行市上，見穰侯方徵兵出征。范雎私問曰：「丞相徵兵出征，將伐何國？」有一老者對曰：「欲伐齊綱壽也。」范雎曰：「齊兵曾犯境乎？」老者曰：「未曾。」范雎曰：「秦與齊東西懸絕，中間隔有韓、魏。且齊不犯秦，秦奈何涉遠而伐之？」老者引范雎至僻處言曰：「伐齊非秦王之意，因陶山在丞相封邑中。而綱壽近於陶，故丞相欲使武安君為將，伐而取之，以自廣其封耳！」范雎回舍，遂上書於秦王。略曰：

羈旅臣張祿，死罪死罪！奏聞秦王殿下：臣聞「明主立政，有功者賞，有能者官；勞大者祿厚，才高者爵尊」。故無能者不敢濫職，而有能者亦不得遺棄。今臣待命於下舍，一年於茲矣。如以臣為有用，願惜寸陰之暇，悉臣之說。如以臣為無用，留臣何為？夫言之在臣，聽之在君。臣言而不當，請伏斧鑕之誅未晚。毋以輕臣故，並輕舉臣之人也。

秦王已忘張祿，及見其書，即使人以傳車召至離宮相見。秦王猶未至，范雎先到。望見秦王車騎方來，佯為不知，故意趨入永巷。宦者前行逐之，曰：「王來！」范雎謬言曰：「秦獨有太后、穰侯耳，安得有王！」前行不顧。正爭嚷間，秦王隨後至。問宦者：「何為與客爭論？」宦者述范雎之語。秦王亦不怒。遂迎之於內宮，待以上客之禮。范雎遜讓。秦王屏去左右，長跪而請曰：「先生何以幸教寡人？」范雎曰：「唯唯。」少頃，秦王又跪請如前。范雎又曰：「唯唯。」如此三次。秦王曰：「先生卒不幸教寡人，豈以寡人為不足語耶？」范雎對曰：「非敢然也。昔者呂尚釣於渭濱，及遇文王，一言而拜為尚父，卒用其謀，滅商而有天下。箕子、比干，身為貴戚，盡言極諫，商紂不聽。或奴或誅，商遂以亡。此無他，信與不信之異也。呂尚雖疏，而見信於文王，故王業歸於周，而尚亦享有侯封，傳之世世。箕子、比干雖親，而不見信於紂，故身不免死辱，而無救於國。今臣羈旅之臣，居至疎之地，而所欲言者，皆興亡大計，或關係人骨肉之間。不深言則無救於秦，欲深言則箕子、比干之禍隨於後。所以王三問而不敢答，未卜王心之信不信何如耳！」秦王復跪請曰：「先生是何言也！寡人慕先生大才，故屏去左右，專意聽教。事凡可言者，上及太后，下及大臣，願先生盡言無隱！」秦王這句話，因是進永巷時，聞宦者述范雎之言：「秦止有太后、穰侯，不聞有王」之語，心下疑惑，實落的❶要請教一番。這邊范雎猶恐初見之時，萬一語不投機，便絕了後來進言之路。況且左右竊聽者多，恐其傳說，禍且不測。故且將外邊事情，略說一番以為引火之煤。乃對曰：「大王以盡言命臣，臣之願也！」遂下拜。秦王亦答拜。然後就坐開言曰：「秦地之險，天下莫及。其甲兵之強，天下亦莫敵。然兼并之謀不就，伯王之業不成，豈非秦之大臣，計有所失乎？」秦王側席問曰：「請言失計何在？」范雎曰：「臣聞穰侯將越韓、魏而攻齊，其計左矣！齊去秦甚遠，有韓、魏以間之。王少出師，則不足以害齊。若多出師，則先為秦害。昔魏越趙而伐中山，既克其地，旋為趙有。何者？以中山近趙而遠魏也。今伐齊而不克，為秦大辱。即伐齊而克，徒以資韓、魏，於秦何利焉？為大王計，莫如遠交而近攻。遠交以離人之歡，近攻以廣我之地。自近而遠，如蠶食葉，天下不難盡矣！」秦王曰：「遠交近攻之道何如？」范雎曰：「遠交莫如齊、楚，近攻莫如韓、魏。既得韓、魏，齊、楚能獨存乎？」秦王鼓掌稱善，即拜范雎為客卿，號為張卿。用其計東伐韓、魏，止白起伐齊之師不行。魏冉與白起一相一將，用事日久，見張祿驟然得寵，俱有不悅之意。惟秦王深信之，寵遇日隆。每每中夜獨召計事，無說不行。范雎知秦王之心已固，請間盡屏左右進說曰：「臣蒙大王過聽，引與共事。臣雖粉骨碎身，無以為酬。雖然，臣有安秦之計，尚未敢盡效於王也。」秦王跪問曰：「寡人以國授於先生，先生有安秦之計，不以此時辱教，尚何待乎？」范雎曰：

❶ 實落的：實在的。

「臣前居山東時，聞齊但有孟嘗君，不聞有齊王，聞秦但有太后、穰侯、華陽君、高陵君、涇陽君，不聞有秦王。夫制國之謂王，生殺予奪，他人不敢擅專。今太后恃國母之尊，擅行不顧者四十餘年；穰侯獨相秦國，華陽輔之。涇陽、高陵各立門戶，生殺自由。私家之富，十倍於公。大王拱手而享其空名，不亦危乎？昔崔杼擅齊，卒弒莊公；李兌擅趙，終戕主父。今穰侯內仗太后之勢，外竊大王之威。用兵則諸侯震恐，解甲則列國感恩。廣置耳目，布王左右。臣見王之獨立於朝，非一日矣！恐千秋萬歲而後，有秦國者，非王之子孫也！」秦王聞之，不覺毛骨悚然。再拜謝曰：「先生所教，乃肺腑至言，寡人深恨聞之不早！」遂於次日收穰侯魏冉相印，即使就國。穰侯取牛車於有司，徙其家財，千有餘乘。奇珍異寶，不計其數，皆秦內庫所未有者。明日，秦王復逐華陽、高陵、涇陽三君於關外，安置太后於深宮，不許與聞政事。遂以范雎為丞相，封以應城，號為應侯。秦人皆謂張祿為丞相，無人知為范雎。惟鄭安平知之。雎戒以勿得洩漏。安平亦不敢言。時秦昭襄王之四十一年，乃周赧王之四十九年也。

* * *

是時魏昭王已薨，子安釐王即位。聞知秦王新用張祿丞相之謀，欲伐魏國，急集群臣計議。信陵君無忌曰：「秦兵不加魏者數年矣。今無故興師，明欺我不能相持也。宜嚴兵固圉以待之。」相國魏齊曰：「不然。秦強魏弱，戰必無幸。聞丞相張祿乃魏人也。豈無香火之情哉？倘遣使賫厚幣先通張相，後謁秦王，許以納質請和，可保萬全。」安釐王初即位，未經戰伐，乃用魏齊之策。使中大夫須賈出使於秦。須賈奉命，竟至咸陽下於館驛。范雎知之，喜曰：「須賈至此，乃吾報仇之日矣！」遂撤去鮮衣，妝作寒酸落魄之狀，潛出府門，來到館驛，徐步而入，謁見須賈。須賈一見，大驚曰：「范叔固無恙乎？吾以汝被魏相打死，何以得命在此？」范睢曰：「彼時將吾屍首擲於郊外，次日方甦。適遇賈客過此，聞呻吟聲，憐而救之。苟延一命，不敢回家，因間關來至秦國。不期復見大夫之面於此！」須賈曰：「范叔豈欲遊說於秦乎？」睢曰：「昔日得罪魏國，亡命來此，得生為幸，何敢開口言事？」須賈曰：「范叔在秦，何以為生？」睢曰：「為傭餬口耳。」須賈不覺動了哀憐之意，留之同坐，索酒食賜之。時值冬天，范睢衣敝，有戰慄之狀。須賈嘆曰：「范叔一寒如此哉！」命取一綈袍與穿。范睢曰：「大夫之衣，某何敢當？」須賈曰：「故人何必過謙？」范睢穿袍再四稱謝。因問：「大夫來此何事？」須賈曰：「今秦相張君方用事，吾欲通之，恨無其人。孺子在秦久，豈有相識能為我先容於張君者哉？」范睢曰：「某之主人翁與丞相善，臣嘗隨主人翁至於相府。丞相好談論，反覆之間，主人不給。某每助之一言。丞相以某有口辨，時賜酒食，得親近。君若欲謁張君，某當同往。」須賈曰：「既如此，煩為訂期。」范睢曰：「丞相事忙，今日適暇，何不即去？」須賈曰：「吾乘大車，駕駟馬而來。今馬損足，車軸折，未能即行。」范睢曰：「吾主人翁有之，可假也。」范睢歸府，取大車駟馬至館驛前，報須賈曰：「車馬已備，某請為君御。」須賈欣然登車，范睢執轡。街市之人，望見丞相御車而來，咸拱立兩旁，亦或走避。須賈以為敬己，殊不知其為范睢也。既至府前，范睢曰：「大夫少待於此，某當先入，為大夫通之。若丞相見許，便可入謁。」范睢逕進府門去了。須賈下車，立於門外。候至良久，只聞府中鳴鼓之聲。門上喧傳：「丞相升堂！」屬吏舍人，奔走不絕，並不見范睢消息。須賈因問守門者曰：「向有吾故人范叔入通相君，久而不出，子能為我召之乎？」守門者曰：「君所言范叔，何時進府？」須賈曰：「適間為我御車者是也。」門下人曰：「御車者乃丞相張君。彼私到驛中訪友，故微服而出。何得言范叔乎？」須賈聞言，如夢中忽聞霹靂，心坎中突突亂跳，曰：「吾為范雎所欺，死期至矣！」常言道：「醜媳婦少不得見公婆。」只得脫袍解帶，免冠徒跣，跪於門外，託門下人入報。但言：「魏國罪人須賈在外領死！」良久，門內傳丞相召入。須賈愈加惶悚，俛首膝行，從耳門而進，直至階前，連連叩首，口稱：「死罪！」范雎威風凜凜，坐於堂上，問曰：「汝知罪麼？」須賈俯伏應曰：「知罪。」范雎曰：「汝罪有幾？」須賈曰：「擢賈之髮，以數賈之罪，尚猶未足。」范雎曰：「汝罪有三：吾先人邱墓在魏，吾所以不願仕齊。汝乃以吾有私於齊，妄言於魏齊之前，致觸其怒，汝罪一也。當魏齊發怒，加以笞辱，至於折齒斷脅，汝略不諫止，汝罪二也。及我昏憒，已棄廁中，汝復率賓客而溺我，昔仲尼不為已甚，汝何太忍乎？汝罪三也。今日至此，本該斷頭瀝血，以酬前恨。汝所以得不死者，以綈袍戀戀，尚有故人之情。故苟全汝命，汝宜致感。」須賈叩頭稱謝不已。范雎麾之使去，須賈匍匐而出。於是秦人始知張祿丞相，乃魏人范雎，假託來秦。

次日，范雎入見秦王，言：「魏國恐懼，遣使乞和，不須用兵。此皆大王威德所致。」秦王大喜。范雎又奏曰：「臣有欺君之罪，求大王憐恕，方纔敢言。」秦王曰：「卿有何欺？寡人不罪。」范雎奏曰：「臣實非張祿，乃魏人范雎也。自少孤貧，事魏中大夫須賈為舍人。從賈使齊，齊王私餽臣金。臣堅卻不受。須賈說於相國魏齊，將臣捶擊至死。幸而復甦，改名張祿，逃奔入秦。蒙大王拔之上位。今須賈奉使而來，臣真姓名已露，便當仍舊。伏望吾主憐恕！」秦王曰：「寡人不知卿之受冤如此！今須賈既到，便可斬首，以快卿之憤。」范雎奏曰：「須賈為公事而來。自古兩國交兵，不斬來使，況求和乎？臣豈敢以私怨而傷公義？且忍心殺臣者魏齊，不全關須賈之事。」秦王曰：「卿先公後私，可謂大忠矣。魏齊之仇，寡人當為卿報之。來使從卿發落。」范雎謝恩而退。秦王准了魏國之和，須賈入辭范雎。雎曰：「故人至此，不可無一飯之敬。」使舍人留須賈於門中。分付大排筵席。須賈暗暗謝天道：「慚愧！慚愧！難得丞相寬洪大量。如此相待，忒過禮了！」范雎退堂，須賈獨坐門房中，有軍牢守著，不敢轉動。自辰至午，漸漸腹中空虛。須賈想道：「我前日在館驛中見成飲食相待，今番答席，故人之情，何必過禮？」少頃，堂上陳設已完。只見府中發出一單，遍邀各國使臣，及本府有名賓客。須賈心中想道：「此是請來陪我的了。但不知何國何人？少停，坐次亦要斟酌，不好一概僭妄。」須賈方在躊躇間，只見各國使臣及賓客紛紛而到，逕上堂階。管席者傳板報道：「客齊！」范雎出堂相見。敘禮已畢，送盞定位，兩廡下鼓樂交作，竟不呼召須賈。須賈那時又飢又渴，又苦又愁，又羞又惱，胸中煩懣，不可形容。三盃之後，范雎開言：「還有一個故人在此，適纔倒忘了。」眾客齊起身道：「丞相既有貴相知，某等禮合伺候！」范雎曰：「雖則故人，不敢與諸公同席。」乃命設一小坐於堂下，喚魏客到，使兩黥徒夾之以坐。席上不設酒食，但置炒熟料豆，兩黥徒手捧而餵之，如餵馬一般。眾客甚不過意，問曰：「丞相何恨之深也？」范雎將舊事訴說一遍。眾客曰：「如此，亦難怪丞相發怒。」須賈雖然受辱，不敢違抗，只得將料豆充飢。食畢，還要叩謝。范雎瞋目數之曰：「秦王雖然許和，但魏齊之仇，不可不報！留汝蟻命，歸告魏王，速斬魏齊頭送來。將我家眷送入秦邦，兩國通好。不然，我親自引兵來屠大梁，那時悔之晚矣！」嚇得須賈魂不附體，諾諾連聲而出。不知魏國可曾斬魏齊頭來獻，且看下回分解。

第九十八回　質平原秦王索魏齊　敗長平白起坑趙卒

話說須賈得命，連夜奔回大梁，來見魏王，述范雎分付之言。那送家眷是小事，要斬相國之頭，干礙體面，難於啟齒。魏王躊躇未決。魏齊聞知此信，棄了相印，連夜逃往趙國，依平原君趙勝去了。魏王乃大飾車馬，將黃金百鎰，采帛千端，送范雎家眷至咸陽。又告明：「魏齊聞風先遁，今在平原君府中，不干魏國之事。」范雎乃奏聞秦王。秦王曰：「趙與秦一向結好。澠池會上，結為兄弟，又將王孫異人為質於趙，欲以固其好也。前秦兵伐韓，圍閼與。趙遣趙奢救韓，大敗秦兵，寡人向未問罪。今又擅納丞相之仇人；丞相之仇，即寡人之仇。寡人決意伐趙。一則報閼與之恨，二者索取魏齊。」乃親帥師二十萬，命王翦為大將，伐趙拔三城。是時趙惠文王方薨，太子丹立，是為孝成王。孝成王年少，惠文太后用事。聞秦兵深入，甚懼。時藺相如病篤告老，虞卿代為相國。使大將廉頗帥師禦敵，相持不決。虞卿言於惠文太后曰：「事急矣，臣請奉長安君為質於齊以求救。」太后許之。原來惠文王之太后，乃齊湣王之女。其年齊襄王新薨，太子建即位，年亦少，君王后太史氏用事。兩太后姑嫂之親，親情和睦。長安君又是惠文太后最愛之少子，往質於齊，君王后如何不動心。於是即命田單為大將，發兵十萬，前來救趙。秦將王翦言於秦王曰：「趙多良將，又有平原君之賢，未易攻也。況齊救將至，不如全師而歸。」秦王曰：「不得魏齊，寡人何面見應侯乎？」乃遣使謂平原君曰：「秦之伐趙，為取魏齊耳。若能獻出魏齊，即當退兵。」平原君對曰：「魏齊不在臣家，大夫無聽人言也。」使者三往，平原君終不肯認。秦王心中悶悶不悅。欲待進兵，又恐齊、趙合兵，勝負難料。欲待班師，魏齊如何可得？再四躊躇，生出一個計策來。乃為書謝趙王。略曰：

寡人與君，兄弟也。寡人誤聞道路之言，魏齊在平原君所，是以興兵索之。不然，豈敢輕涉趙境？所取三城，謹還歸於趙。寡人願復前好，往來無間。

趙王亦遣使答書，謝其退兵還城之意。田單聞秦師已退，亦歸齊去訖。秦王回至函谷關，復遣人以一緘致平原君趙勝。勝拆書看之。略曰：

寡人聞君之高義，願與君為布衣之交。君幸過寡人，寡人願與君為十日之飲。

平原君將書來見趙王。趙王集群臣計議。相國虞卿進曰：「秦虎狼之國也。昔孟嘗君入秦，幾乎不返。況彼方疑魏齊在趙，平原君不可往！」廉頗曰：「昔藺相如懷和氏璧單身入秦，尚能完歸趙國，秦不欺趙。若不往，反起其疑。」趙王曰：「寡人亦以為秦王美意，不可違也。」遂命趙勝同秦使西入咸陽。秦王一見，歡若平生，日日設宴相待。盤桓數日，秦王因極歡之際，舉巵向趙勝曰：「寡人有請於君，君若見諾，乞飲此酌。」勝曰：「大王命勝，何敢不從！」因引巵盡之。秦王曰：「昔周文王得呂尚，以為太公；齊桓公得管夷吾，以為仲父。今范君亦寡人之太公、仲父也。范君之仇魏齊托在君家，君可使人歸取其頭，以畢范君之恨。即寡人受君之賜！」趙勝曰：「臣聞之：『貴而為友者，為賤時也；富而為友者，為貧時也。』夫魏齊，臣之友也。即使真在臣所，臣亦不忍出之，況不在乎？」秦王變色曰：「君必不出魏齊，寡人不放君出關。」趙勝曰：「關之出與不出，事在大王。且王以飲相召，而以威劫之，天下知曲直之所在矣！」秦王知平原君不肯負魏齊，遂與之俱至咸陽，留於館舍。使人遺趙王書，略曰：

> 王之弟平原君在秦，范君之仇魏齊在平原君之家。魏齊頭旦至，平原君夕返。不然，寡人且舉兵臨趙，親討魏齊，又不出平原君於關。惟王諒之！

趙王得書大恐，謂群臣曰：「寡人豈為他國亡臣，易吾國之鎮公子！」乃發兵圍平原君家，索取魏齊。平原君賓客多與魏齊有交，乘夜縱之逃出，往投相國虞卿。虞卿曰：「趙王畏秦，甚於豺虎，此不可以言語爭也。不如仍走大梁。信陵君招賢納士，天下亡命者皆歸之。又且平原君之厚交，必然相庇。雖然，君罪人，不可獨行。吾當與君同往。」即解相印，為書以謝趙王。與魏齊共變服為賤者，逃出趙國。既至大梁，虞卿乃伏魏齊於郊外，慰之曰：「信陵君慷慨丈夫，我往投之，必立刻相迎，不令君久待也。」虞卿徒步至信陵君之門，以刺通。主客者入報。信陵君方解髮就沐，見刺大驚曰：「此趙之相國，安得無故至此？」使主客者辭以主人方沐，暫請入座，因叩其來魏之意。虞卿情急，只得將魏齊得罪於秦始末，及自家捐棄相印相隨投奔之意，大略告訴一番。主客者復入言之。信陵君心中畏秦，不欲納魏齊。又念虞卿千里相投一段意思，不好直拒。事在兩難，猶豫不決。虞卿聞信陵君有難色，不即出見，大怒而去。信陵君問於賓客曰：「虞卿之為人何如？」時侯生在旁，大笑曰：「何公子之暗於事也！虞卿以三寸舌取趙王相印，封萬戶侯。及魏齊窮困而投虞卿，虞卿不愛爵祿之重，解綬相隨。天下如此人有幾？公子猶未定其賢否耶？」信陵君大慚，急挽髮加冠，使輿人駕車疾驅郊外迫之。

再說魏齊懸懸而望，待之良久，不見消息。想曰：「虞卿言信陵君慷慨丈夫，一聞必立刻相迎。今久而不至，事不成矣！」少頃，只見虞卿含淚而至曰：「信陵君非丈夫也！乃畏秦而卻我！吾當與君間道入楚。」齊曰：「吾以一時不察，得罪於范叔，一累平原君，再累吾子。又欲子間關跋涉，乞殘喘於不可知之楚，我安用生為！」即引佩劍自刎。虞卿急前奪之，喉已斷矣。虞卿正在悲傷，信陵君車騎隨到。虞卿望見，遂趨避他所，不與相見。信陵君見魏齊屍首，撫而哭之，曰：「無忌之過也！」時趙王不得魏齊，又走了相國虞卿，知兩人相隨而去，非韓即魏，遣飛騎四出追捕。使者至魏郊，方知魏齊自刎。即奏知魏王，欲請其頭，以贖平原君歸國。信陵君方命殯殮魏齊屍首，意猶不忍。使者曰：「平原君與君一體也。平原之愛魏齊，與君又一心也。魏齊若在，臣何敢言？今惜已死無知之骨，而使平原君長為秦虜，君其安乎？」信陵君不得已，乃取其首，用匣盛之，交封趙使，而葬其屍於郊外。髯翁有詩詠魏齊云：

無端辱士聽須賈，只合捐生謝范睢。殘喘累人還自累，咸陽函首恨教遲！

虞卿既棄相印，感慨世情，遂不復遊宦。隱於白雲山中，著書自娛，譏刺時事，名曰虞氏春秋。髯翁亦有詩云：

不是窮愁肯著書，千秋高尚記虞兮。可憐有用文章手，相印輕拋徇魏齊！

趙王將魏齊之首，星夜送至咸陽。秦王以賜范雎。范雎命漆其頭為溺器，曰：「汝使賓客醉而溺我，今令汝九泉之下常含我溺也！」秦王以禮送平原君還，趙用為相國，以代虞卿之位。

范雎又言於秦王曰：「臣布衣下賤，幸受知於大王，備位卿相；又為臣報切齒之仇，此莫大之恩也。但臣非鄭安平不能延命於魏，非王稽不能獲進於秦。願大王貶臣爵秩，加此二臣，以畢臣報德之心。臣死無恨！」秦王曰：「丞相不言，寡人幾忘之。」即用王稽為河東守，鄭安平為偏將軍。於是專用范雎之謀，先攻韓、魏，遣使約好於齊、楚。范雎謂秦王曰：「吾聞齊之君王后賢而有智，當往試之。」乃命使者以玉連環獻於君王后曰：「齊國有人能解此環者，寡人願拜下風！」君王后命取金鎚在手，即時擊斷其環。謂使者曰：「傳語秦王，老婦已解此環訖矣！」使者還報，范雎曰：「君王后果女中之傑，不可犯也！」於是與齊結盟，各無侵害。齊國賴以安息。

* * *

單說楚太子熊完為質於秦，秦留之十六年不遣。適秦使者約好於楚，楚使者朱英，與俱至咸陽報聘。朱英因述楚王病勢已成，恐遂不起。太傅黃歇言於熊完曰：「王病篤而太子留於秦，萬一不諱，太子不在榻前，諸公子必有代立者。楚國非太子有矣！臣請為太子謁應侯而請之。」太子曰：「善。」黃歇遂造相府說范雎曰：「相君知楚王之病乎？」范雎曰：「使者曾言之。」黃歇曰：「楚太子久於秦，其與秦將相無不交親者。倘楚王薨而太子得立，其事秦必謹。相君誠以此時歸之於楚，太子之感相君無窮也。

若留之不遣，楚更立他公子，則太子在秦不過咸陽一布衣耳！況楚人懲於太子之不返，異日必不復委質事秦。夫留一布衣而絕萬乘之好，臣竊以為非計也。」范雎首肯曰：「君言是也。」即以黃歇之言，告於秦王。秦王曰：「可令太傅黃歇先歸問疾；病果篤，然後來迎太子。」黃歇聞太子不得同歸，私與太子計議曰：「秦王留太子不遣，欲如懷王故事，乘急以求割地也。楚幸而來迎，則中秦之計；不迎，則太子終為秦虜矣。」太子跪請曰：「太傅計將若何？」黃歇曰：「以臣愚見，不如微服而逃。今楚使者報聘將歸，此機不可失也。臣請獨留，以死當之。」太子喜曰：「事若成，楚國當與太傅共之。」黃歇私見朱英，與之通謀。朱英許之。太子熊完乃微服為御者，與楚使者朱英執轡，竟出函谷關，無人知覺。黃歇守旅舍，秦王遣歸問病。黃歇曰：「太子適患病，無人守視。俟病稍愈，臣即當辭朝矣。」過半月，度太子已出關久，乃求見秦王，叩首謝罪曰：「臣歇恐楚王一旦不諱，太子不得立，無以事君。已擅遣之，今出關矣。歇有欺君之罪，請伏斧鑕。」秦王大怒曰：「楚人乃多詐如此！」叱左右囚黃歇，將殺之。丞相范雎諫曰：「殺黃歇不能復還太子，而徒絕楚歡。不如嘉其忠而歸之。楚王死，太子必嗣位。太子嗣位，歇必為相。楚君臣俱感秦德，其事秦必矣。」秦王以為然，乃厚賜黃歇，遣之歸楚。史臣有詩云：

更衣執轡去如飛，險作咸陽一布衣。不是春申有先見，懷王餘涕又重揮。

歇歸三月，而楚頃襄王薨。太子熊完立，是為考烈王。進太傅黃歇為相國，以淮北地十二縣，封春申君。黃歇曰：「淮北地邊齊，請置為郡，以便城守。臣願遠封江東。」考烈王乃改封黃歇於故吳之地。

歇修闔閭故城，以為都邑。濬河於城內，四縱五橫，以通太湖之水。改破楚門為昌門，時孟嘗君雖死，而趙有平原君，魏有信陵君，方以養士相尚。黃歇慕之，亦招致賓客，食客常數千人。平原君趙勝常遣使至春申君家，春申君館之於上舍。趙使者欲誇示楚人，用玳瑁為簪，以珠玉飾刀劍之室。及見春申君客三千餘人，其上客皆以明珠為履。趙使大慚。春申君用賓客之謀，北兼鄒、魯之地，用賢士荀卿為蘭陵令，修舉政法，練習兵士。楚國復強。

*　　*　　*

話分兩頭。再說秦昭襄王已結齊、楚，乃使大將王齕帥師伐韓，從渭水運糧，東入河、洛，以給軍餉，拔野王城。上黨往來路絕。上黨守臣馮亭與其吏民議曰：「秦據野王則上黨非韓有矣。與其降秦，不如降趙。秦怒趙得地，必移兵伐趙。趙受兵，必親韓。韓、趙同患，可以禦秦。」乃遣使持書並上黨地圖，獻於趙孝成王。時孝成王之四年，周赧王之五十三年也。趙王夜臥得一夢，夢衣偏裻之衣，有龍自天而下。王乘之，龍即飛去。未至於天而墜。見兩旁有金山、玉山二座，光輝奪目。王覺，召大夫趙禹，以夢告之。趙禹對曰：「偏衣者，合也；乘龍上天，升騰之象；墜地者，得地也；金玉成山者，貨財充溢也。大王目下必有廣地增財之慶。此夢大吉！」趙王喜，復召筮史敢占之。敢對曰：「偏衣者殘也；乘龍上天不至而墜者，事多中變，有名無實也；金玉成山，可觀而不可用也。此夢不吉，王其慎之！」趙王心惑趙禹之言，不以筮史為然。逾後三日，上黨太守馮亭使者至趙。趙王發書觀之。略曰：

「秦攻韓急，上黨將入於秦矣。其吏民不願附秦，而願附趙。不敢違吏民之欲，謹將所轄十七城，再拜獻之於大王。惟大王辱收之！

趙王大喜曰：「禹所言『廣地增財之慶』，今日驗矣！」平陽君趙豹諫曰：「臣聞『無故之利，謂之禍殃』。王勿受也。」趙王曰：「人畏秦而懷趙，是以來歸。何謂無故？」趙豹對曰：「秦蠶食韓地，拔野王，絕上黨之道，不令相通。自以為掌握中物，坐而得之。一旦為趙所有，秦豈能甘心哉！秦力其耕，而趙收其穫，此臣所謂無故之利也。且馮亭所以不入地於秦而入之於趙者，將嫁禍於趙以舒韓之困也。王何不察耶？」趙王不以為然。再召平原君趙勝決之。勝對曰：「發百萬之眾而攻人國，踰年歷歲，未得一城。今不費寸兵斗糧，得十七城，此莫大之利，不可失也！」趙王曰：「君此言正合寡人之意。」乃使平原君率兵五萬，往上黨受地。封馮亭以三萬戶，號華陵君，仍為守。其縣令十七人，各封以三千戶，皆世襲稱侯。馮亭閉門而泣，不與平原君相見。平原君固請之，亭曰：「吾有三不義，不可以見使者。為主守地不能死固，一不義也；不由主命，擅以地入趙，二不義也；賣主地以得富貴，三不義也。」平原君嘆曰：「此忠臣也！」候其門，三日不去。馮亭感其意，乃出見，猶垂涕不止。願交割地面，別選良守。平原君再三撫慰曰：「君之心事，勝已知之。君不為守，無以慰吏民之望。」馮亭乃領守如故，竟不受封。平原君將別，馮亭謂曰：「上黨所以歸趙者，力不能獨抗秦也。望公子奏聞趙王，大發士卒，急遣名將為禦秦計。」平原君回報趙王。趙王置酒賀得地，徐議發兵未決。秦大將王齕進兵圍上黨，馮亭堅守兩月，趙援兵猶未至。乃率其吏民奔趙。時趙王拜廉頗為上將，率兵二十萬來援上黨。行至長平關，遇馮亭，方知上黨已失，秦兵日近。乃就金門山下列營築壘，東西各數十，如列星之狀。又分兵一萬，使馮亭守光狼城。又分兵二萬，使都尉蓋負、蓋同分領之，守東、西二鄣城。又使裨將趙茄遠探秦兵。

卻說趙茄領軍五千，哨探出長平關外，約二十里，正遇秦將司馬梗，亦行探來到。趙茄欺司馬梗兵少，直前搏戰。正在交鋒，秦第二哨張唐兵又到。趙茄心慌手慢，被司馬梗一刀斬之，亂殺趙兵。廉頗聞前哨有失，傳諭：「各壘用心把守，勿與秦戰！」且使軍士掘地深數丈以注水，軍中都不解其意。王齕大軍已到，距金門山十里下寨，先分軍攻二鄣城，蓋負、蓋同出戰，皆敗沒。王齕乘勝攻光狼城，司馬梗奮勇先登，大軍繼之。馮亭復敗走，奔金門山大營。廉頗納之。秦兵又來攻壘，廉頗傳令：「出戰者，雖勝亦斬！」王齕攻之不入，乃移營逼之。去趙營僅五里，挑戰幾次，趙兵終不出。王齕曰：「廉頗老將，其行軍持重，未可動也。」偏將王陵獻計曰：「金門山下有流澗，名曰楊谷。秦、趙之軍，共取汲於此澗。趙壘在澗水之南，而秦壘踞其西。水勢自西而流於東南，若絕斷此澗，使水不東流，趙人無汲，不過數日，軍必亂。亂而擊之，無不勝矣。」王齕以為善，使軍士將澗水築斷。——至今楊谷名為絕水，為此也。——誰知廉頗預掘深坎，注水有餘，日用不乏。秦、趙相持四個月，王齕不得一戰，無可奈何，遣人入告秦王。秦王召應侯范雎計議。范雎曰：「廉頗更事，久知秦軍強，不輕戰。彼以秦兵道遠，不能持久，欲以老我而乘其隙。若此人不去，趙終未可入也。」秦王曰：「卿有何計，可以去廉頗乎？」范雎屏左右言曰：「要去廉頗，須用反間之計。如此恁般，非費千金不可。」秦王大喜，即以千金付范雎，乃使其心腹門客，從間道入邯鄲，用千金賄賂趙王左右，布散流言曰：「趙將惟馬服君最良，聞其子趙括勇過其父。若使為將，誠不可當。廉頗老而怯，屢戰俱敗，失亡趙卒三四萬。今為秦兵所逼，不日將出降矣。」趙王先聞趙茄等被殺，連失三城，使人往長平催頗出戰。廉頗主堅壁之謀，不肯出戰，趙王已疑其怯。及聞左右反間之言，信以為實，遂召趙括問曰：「卿能為我擊秦軍乎？」括對曰：「秦若使武安君為將，臣尚費籌畫。如王齕，不足道矣！」趙王曰：「何以言之？」趙括曰：「武安君數將秦軍，先敗韓、魏於伊闕，斬首二十四萬。再攻魏，取大小六十一城。又南攻楚，拔鄢、郢，定巫、黔。又復攻魏，走芒卯，斬首十三萬。又攻韓，拔五城，斬首五萬。又斬趙將賈偃，沉其卒二萬人於河。戰必勝，攻必取。其威名素著，軍士望風而慄。臣若與對壘，勝負居半，故尚費籌畫。如王齕新為秦將，乘廉頗之怯，故敢於深入。若遇臣，如秋葉之遇風，不足當迅掃也！」趙王大悅，即拜趙括為上將，賜黃金彩帛，使持節往代廉頗，復益勁軍二十萬。括閱軍畢，車載金帛，歸見其母。母曰：「汝父臨終遺命，戒汝勿為趙將。汝今日何不辭之？」括曰：「非不欲辭，奈朝中無如括者！」母乃上書諫曰：「括徒讀父書，不知通變，非將才。願王勿遣！」趙王召其母至，親叩其說。母對曰：「括父奢為將，所得賞賜，盡以與軍吏。受命之日，即宿於軍中，不問及家事，與士卒同甘苦。每事必博諮於眾，不敢自專。今括一旦為將，東鄉而朝，軍吏無敢仰視。所賜金帛，悉歸私家。為將豈宜如此？括父臨終，嘗戒妾曰：『括若為將，必敗趙兵！』妾謹識其言，願王別選良將，切不可用括！」趙王曰：「寡人意決，汝勿復言。」母曰：「王即不聽妾言，倘兵敗，妾之家請無連坐。」趙王許之。趙括遂引大軍出邯鄲，望長平進發。

再說范雎所遣門客，猶在邯鄲，備細打聽，盡知趙括向趙王所說之語。趙王已拜為大將，擇日起程，遂連夜奔回咸陽報信。秦王與范雎計議曰：「非武安君不能了此事也。」乃更遣白起為上將，王齕副之。

傳軍中祕密其事：「有人洩漏武安君為將者，斬！」

再說趙括至長平關，廉頗驗過符節，即將軍籍交付趙括，獨引親軍百餘人，回邯鄲去訖。趙括將廉頗約束，盡行更改，軍壘合并成大營。時馮亭在軍中，固諫，不聽。括又以自己所帶將士，易去舊將。嚴諭：「秦兵若來，各要奮勇爭先。如遇得勝，便行追逐。務使秦軍一騎不返！」白起既入秦軍，聞趙括更易廉頗之令，先使卒三千人出營挑戰。趙括輒出萬人來迎，秦軍大敗奔回。白起登壁上望趙軍，謂王齕曰：「吾知所以勝之矣！」趙括勝了一陣，不禁手舞足蹈。使人至秦營下戰書。白起使王齕批：「來日決戰。」因退軍十里，復營於王齕舊屯之處。趙括喜曰：「秦兵畏我矣！」乃椎牛饗士，傳命：「來日大戰，定要生擒王齕，與諸侯做個笑話！」白起安營已定，大集諸將聽令。使將軍王賁、王陵率萬人列陣，與趙括更迭交戰，只要輸不要贏。引得趙兵來攻秦壁，便算一功。再喚大將司馬錯、司馬梗二人，各引兵一萬五千，從間道繞出趙軍之後，絕其糧道。又遣大將胡傷引兵二萬，屯於左近，只等趙人開壁出逐秦軍，即便殺出，要將趙軍截為二段。又遣大將蒙驁王翦各率輕騎五千，伺候接應。白起與王齕堅守老營。正是：安排地網天羅計，待捉龍爭虎鬬人。

再說趙括分付軍中，四鼓造飯，五鼓結束，平明列陣前進。行不五里，遇見秦兵，兩陣對圓。趙括使先鋒傳豹出馬，秦將王賁接戰。約三十餘合，王賁敗走，傳豹追之。趙括復遣王容率軍幫助，又遇秦將王陵。略戰數合，王陵又敗走。趙括見趙兵連勝，自率大軍來追。馮亭又諫曰：「秦人多詐，其敗不可信也。元帥勿追！」趙括不聽。追奔十餘里，及於秦壁，王賁、王陵繞營而走，秦壁不開。趙括傳令一齊攻打。連打數日，秦軍堅守不可入。趙括使人催取後軍，移營齊進。只見趙將蘇射飛騎而來，報曰：

「後營被秦將胡傷引兵衝出遏住，不得前來。」趙括大怒曰：「胡傷如此無禮，吾當親往！」使人探聽秦軍行動，回報道：「西路軍馬不絕，東路無人。」趙括麾軍從東路而轉。行不上二三里，大將蒙驁一軍從刺斜裡殺出，大叫：「趙括你中了我武安君之計，還不投降！」趙括大怒，挺戟欲戰蒙驁。偏將王容出曰：「不勞元帥，容某建功。」王容便接住蒙驁交鋒。王翦一軍又至，趙兵折傷頗眾。趙括料難取勝，鳴金收軍，就便擇水草處安營。馮亭又諫曰：「軍氣用銳，今我兵雖失利，苟能力戰，尚可脫歸本營，并力拒敵。若在此安營，腹背受困，將來不可復出。」趙括又不聽。使軍士築成長壘，堅壁自守。一面飛奏趙王求援，一面催取後隊糧餉。誰知運糧之路，又被司馬錯、司馬梗引兵塞斷。白起大軍遮其前，胡傷、蒙驁等大軍截其後。秦軍每日傳武安君將令，招趙括投降。趙括此時方知白起真在軍中，嚇得心膽俱裂。

再說秦王得武安君捷報，知趙括兵困長平，親命駕來至河內，盡發民家壯丁，凡年十五以上，皆令從軍，分路掠取趙人糧草，遏絕救兵。趙括被秦軍圍困，凡四十六日，軍中無糧，士卒自相殺食，趙括不能禁止。乃將軍將分為四隊：傅豹一隊向東，蘇射一隊向西，馮亭一隊向南，王容一隊向北。分付四隊，一齊鳴鼓，奪路殺出。如一路打通，趙括便招引三路齊走。誰知武安君白起，又預選射手，環趙壘埋伏。凡遇趙壘中出來者，不拘兵將便射。四隊軍馬衝突三四次，俱被射回。又過一月，趙括不勝其憤。精選上等銳卒五千人，俱穿重鎧，乘坐駿馬，趙括握戟當先，傅豹、王容緊幫在後，冒圍突出。王翦、蒙驁二將齊上，趙括力戰數合，不能透圍，復身欲歸長壘，馬蹶墜地，中箭而亡。趙軍大亂，傅豹、王容俱死。蘇射引馮亭共走。馮亭曰：「吾三諫不從，今至於此，天也！又何逃乎？」乃自刎而亡。蘇射奔脫，往胡地去訖。白起豎起招降旗，趙軍皆棄兵解甲，投拜呼萬歲。白起使人揭趙括之首，往趙營招撫。營中軍士尚餘二十萬，聞主帥被殺，無人敢出拒戰，亦皆願降。甲冑器械，堆積如山。營中輜重，悉為秦有。白起與王齕計議曰：「前秦已拔野王，上黨在掌握中，其吏民不樂為秦，而願歸趙。今趙卒先後降者，總合來將近四十萬之眾。倘一旦有變，何以防之？」乃將降卒分為十營，使十將以統之，配以秦軍二十萬，各賜以牛酒。聲言：「明日武安君將汰選趙軍，凡上等精銳能戰者，給以器械，帶回秦國，隨征聽用。其老弱不堪，或力怯者，俱發回趙。」趙軍大喜。是夜，武安君密傳一令於十將：「起更時分，但是秦兵，都要用白布一片裹首。凡首無白布者，即係趙人，當盡殺之！」秦兵奉令，一齊發作。降卒不曾準備，又無器械，束手受戮。其逃出營門者，又有蒙驁、王翦等引軍巡邏，獲住便砍。四十萬軍，一夜俱盡。血流淙淙有聲，楊谷之水，皆變為丹，至今號為丹水。武安君收趙卒頭顱，聚於秦壘之間，謂之頭顱山。因以為臺，其臺嵬嵬傑起，亦號白起臺。臺下即楊谷也。後來大唐玄宗皇帝巡幸至此，淒然長嘆。命三藏高僧，設水陸七晝夜，超度坑卒亡魂，因名其谷曰省冤谷。此是後話。史臣有詩云：

高臺百尺盡頭顱，何止區區萬骨枯！矢石無情緣鬬勝，可憐降卒有何辜！

通計長平之戰，前後斬首虜共四十五萬人，連王齕先前投下降卒，並皆誅戮。止存年少者二百四十人未殺，放歸邯鄲，使宣揚秦國之威。不知趙國存亡何如，且看下回分解。

第九十九回 武安君含冤死杜郵 呂不韋巧計歸異人

話說趙孝成王初時接得趙括捷報，心中大喜。已後聞趙軍困於長平，正欲商量遣兵救援。忽報：「趙括已死，趙軍四十餘萬，盡降於秦，被武安君一夜坑殺，止放二百四十人還趙。」趙王大驚，群臣無不悚懼。國中子哭其父，父哭其子，兄哭其弟，弟哭其兄，祖哭其孫，妻哭其夫。沿街滿市，號痛之聲不絕。惟趙括之母不哭，曰：「自括為將時，老妾已不看作生人矣！」趙王以括母有前言，不加誅，反賜粟帛以慰之。又使人謝廉頗。趙國正在驚惶之際，邊吏又報道：「秦兵攻下上黨，十七城皆已降秦。今武安君親率大軍前進，聲言欲圍邯鄲。」趙王問群臣：「誰能止秦兵者？」群臣莫應。平原君歸家，遍問賓客，賓客亦無應者。適蘇代客於平原君之所，自言：「代若至咸陽，必能止秦兵不攻趙。」平原君言於趙王。趙王大出金幣，資之入秦。蘇代往見應侯范雎。雎揖之上坐，問曰：「先生何為而來？」蘇代曰：「為君而來？」范雎曰：「何以教我？」蘇代曰：「武安君已殺馬服子乎？」雎應曰：「然。」代曰：「今且圍邯鄲乎？」雎又應曰：「然。」代曰：「武安君用兵如神，身為秦將，攻奪七十餘城，斬首近百萬。雖伊尹、呂望之功，不加於此。今又舉兵而圍邯鄲，趙必亡矣。趙亡則秦成帝業，則武安君為佐命之元臣；如伊尹之於商，呂望之於周。君雖素貴，不能不居其下矣！」范雎愕然前席曰：「然則如何？」蘇代曰：「君不如許韓、趙割地以和於秦。夫割地以為君功，而又解武安君之兵柄，君之位則安於泰山矣。」范雎大喜。明日即言於秦王曰：「秦兵在外日久，已勞苦，宜休息。不如使人諭韓、趙使割地以求和。」秦王曰：「惟相國自裁。」於是范雎復大出金帛，以贈蘇代之行，使之往說韓、趙。韓、趙二王懼秦，皆聽代計。韓許割垣雍一城，趙許割六城。各遣使求和於秦。秦王初嫌韓止一城，太少。使者曰：「上黨十七縣，皆韓物也。」秦王乃笑而受之。召武安君班師。白起連戰皆勝，正欲進圍邯鄲。忽聞班師之詔，知出於應侯之謀，乃大恨。自此白起與范雎有隙。

白起宣言於眾曰：「自長平之敗，邯鄲城中，一夜十驚。若乘勝往攻，不過一月可拔矣。惜乎應侯不知時勢，主張班師，失此機會！」秦王聞之，大悔曰：「白起既知邯鄲可拔，何不早奏？」乃復使起為將，欲使伐趙。白起適有病不能行，乃改命大將王陵。陵率軍十萬伐趙，圍邯鄲城。趙王使廉頗禦之。頗設守甚嚴，復以家財募死士，時時夜縋城往砍秦營。王陵兵屢敗。時武安君病已愈，秦王欲使代王陵。武安君奏曰：「邯鄲實未易攻也。前者大敗之後，百姓震恐不甯，因而乘之，彼守則不固，攻則無力，可剋期而下。今二歲餘矣，其痛已定。又廉頗老將，非趙括比。諸侯見秦之方和於趙，而復攻之，皆以秦為不可信，必將合從而來救。臣未見秦之勝也。」秦王強之行，白起固辭。秦王復使應侯往請。武安君怒應侯前阻其功，遂稱疾。秦王問應侯曰：「武安君真病乎？」應侯曰：「病之真否未可知。然不肯為將，其志已堅。」秦王怒曰：「起以秦別無他將，必須彼耶！昔長平之勝，初用兵者王齕也。齕何遽不如起？」乃益兵十萬，命王齕往代王陵。王陵歸國，免其官。王齕圍邯鄲，五月不能拔。武安君聞之，謂其客曰：「吾固言邯鄲未易攻，王不聽吾言，今竟如何？」客有與應侯客善者，洩其語。應侯言於秦王，必欲使武安君為將。武安君遂偽稱病篤。秦王大怒，削武安君爵土，貶為士伍，遷於陰密，立刻出咸陽城中，不許暫停。武安君嘆曰：「范蠡有言：『狡兔死，走狗烹。』吾為秦攻下諸侯七十餘城，故當烹矣！」於是出咸陽西門，至於杜郵，暫歇以待行李。應侯復言於秦王曰：「白起之行，其心怏怏不服，大有怨言。其託病非真，恐適他國為秦害。」秦王乃遣使賜以利劍，令自裁。使者至杜郵，致秦王之命。武安君持劍在手，嘆曰：「我何罪於天，而至此！」良久曰：「我固當死，長平之役，趙卒四十餘萬來降，我挾詐一夜盡坑之。彼誠何罪？我死固其宜矣！」乃自刎而死。時秦昭襄王之五十年十一月，周赧王之五十八年也。秦人以白起死非其罪，無不憐之，往往為之立祠。後至大唐末年，有天雷震死牛一隻，牛腹有「白起」二字。論者謂白起殺人太多，故數百年後，尚受畜生雷震之報。殺業之重如此，為將者可不戒哉！

* * *

秦王既殺白起，復發精兵五萬，令鄭安平將之，往助王齕，必攻下邯鄲方已。趙王聞秦益兵來攻，大懼。遣使分路求救於諸侯。平原君趙勝曰：「魏吾姻家，且素善，其救必至。楚大而遠，非以合從說之，不可。吾當親往。」於是約其門下食客，欲得文武備具者二十人同往。三千餘人內，文者不武，武者不文。選來選去，止得一十九人。不足二十之數。平原君嘆曰：「勝養士數十年於茲矣，得士之難如此哉！」有下坐客一人出言曰：「如臣者，不識可以備數乎？」平原君問其姓名。對曰：「臣姓毛名遂，大梁人，客君門下三年矣。」平原君笑曰：「夫賢士處世，譬如錐之處於囊中，其穎立露。今先生處勝門下三年，勝未有所聞。是先生於文武一無所長也。」毛遂曰：「臣今日方請處囊中耳！使早處囊中，將突然盡脫而出，豈特露穎而已哉！」平原君異其言，乃使湊二十人之數。即日辭了趙王，望陳都進發。

既至，先通春申君黃歇。歇素與平原君有交，乃為之轉通於楚考烈王。平原君黎明入朝，相見禮畢，楚王與平原君坐於殿上，毛遂與十九人俱敘立於階下。平原君從容言及合從卻秦之事。楚王曰：「合從之約，始事者趙。後聽張儀遊說，其約不堅。先懷王為從約長，伐秦不克。齊湣王復為從約長，諸侯背之。至今列國以從為諱，此事如團沙，未易言也。」平原君曰：「自蘇秦倡合從之議，六國約為兄弟，盟於洹水，秦兵不敢出函谷關者十五年。其後齊、魏受犀首之欺，欲共伐趙；懷王受張儀之欺，欲共伐齊；所以從約漸解。使三國堅守洹水之誓，不受秦欺，秦其奈之何哉？齊湣王名為合從，實欲兼并，是以諸侯背之。豈合從之不善哉？」楚王曰：「今日之勢，秦強而列國俱弱。但可各圖自保，安能相為？」平原君曰：「秦雖強，分制六國則不足；六國雖弱，合制秦則有餘。若各圖自保，不思相救，一強一弱，勝負已分。恐秦師之日進也。」楚王又曰：「秦兵一出而拔上黨十七城，坑趙卒四十餘萬。合韓、趙二國之力，不能敵一武安君。今又進逼邯鄲，楚國僻遠，能及於事乎？」平原君曰：「寡君命將非人，致有長平之失。今王陵、王齕二十餘萬之眾，頓於邯鄲之下，先後年餘，力不損趙之分毫。若救兵一集，可以大挫其鋒，此數年之安也。」楚王曰：「秦新通好於楚。君欲寡人合從救趙，秦必遷怒於楚，是代趙而受怨矣。」平原君曰：「秦之通好於楚者，欲專事於三晉。三晉既亡，楚其能獨立哉？」楚王終有畏秦之心，遲疑不決。毛遂在階下顧視日晷已當午矣，乃按劍歷階而上，謂平原君曰：「從之利害，兩言可決。今自日出入朝，日中而議猶未定，何也？」楚王怒問曰：「彼何人？」平原君曰：「此臣之客毛遂。」楚王曰：「寡人與汝君議事，客何得多言？」叱之使去。毛遂走上幾步，按劍而言曰：「合從乃天下大事，天下人皆得議之！吾君在前，叱者何也？」楚王色稍舒，問曰：「客有何言？」毛遂曰：「楚地五千餘里，自武、文稱王，至今雄視天下，號為盟主。一旦秦人崛起，數敗楚兵，懷王囚死。白起小豎子，一戰再戰，鄢、郢盡沒，被逼遷都。此百世之怨，三尺童子，猶以為羞，大王獨不念乎？今日合從之議，為楚非為趙也！」楚王曰：「唯唯。」遂曰：「大王之意已決乎？」楚王曰：「寡人意已決矣！」毛遂呼左右取歃血盤至，跪進於楚王之前曰：「大王為從約長，當先歃。次則吾君，次則臣毛遂。」於是從約遂定。毛遂歃血畢，左手持盤，右手招十九人曰：「公等宜共歃於堂下！公等所謂『因人成事』者也。」楚王既許合從，即命春申君將八萬人救趙。平原君歸國，嘆曰：「毛先生三寸之舌，強於百萬之師！勝閱人多矣，乃今於毛先生而失之！勝自今不敢復相天下士矣。」自是以遂為上客。正是：櫓檣空大隨人轉，秤錘雖小壓千斤。利錐不與囊中處，文武紛紛十九人。

時魏安釐王遣大將晉鄙帥兵十萬救趙。秦王聞諸侯救至，親至邯鄲督戰。使人謂魏王曰：「秦攻邯鄲，旦暮且下矣。諸侯有敢救者，必移兵擊之！」魏王大懼，遣使者追及晉鄙軍，戒以勿進。晉鄙乃屯於鄴下。春申君亦即屯兵於武關，觀望不進。此段事權且放過。

* * *

話分兩頭。卻說秦王孫異人，自秦、趙會澠池之後，為質於趙。那異人乃安國君之次子。安國君名柱，字子傒，昭襄王之太子也。安國君有子二十餘人，皆諸姬所出，非適子。所寵楚妃，號為華陽夫人，未有子。異人之母曰夏姬，無寵，又早死，故異人質趙，久不通信。當王翦伐趙，趙王遷怒於質子，欲殺異人。平原君諫曰：「異人無寵，殺之何益？徒令秦人藉口，絕他日通和之路。」趙王怒猶未息，乃安置異人於叢臺。命大夫公孫乾為館伴，使出入堅守，又削其廩祿。異人出無兼車，用無餘財，終日鬱鬱而已。

時有陽翟人，姓呂名不韋，父子為賈。平日往來各國，販賤賣貴，家累千金。其時適在邯鄲。偶於途中望見異人，生得面如傅粉，唇若塗朱。雖在落寞之中，不失貴介之氣。不韋暗暗稱奇，指問旁人曰：「此何人也？」答曰：「此乃秦王太子安國君之子，質於趙國。因秦兵屢次犯境，我王幾欲殺之。今雖免死，拘留叢臺，資用不給，無異窮人。」不韋私嘆曰：「此奇貨可居也！」乃歸問其父曰：「耕田之利幾倍？」父曰：「十倍。」又問：「販賣珠玉之利幾倍？」父曰：「百倍。」又問：「若扶立一人為王，掌握山河，其利幾倍？」父笑曰：「如得王扶而立之，其利千萬倍，不可計矣！」不韋乃以百金結交公孫乾，往來漸熟，因得見異人。佯為不知，問其來歷。公孫乾以實告。一日，公孫乾置酒請呂不韋。不韋曰：「坐間別無他客。既是秦國王孫在此，何不請來同坐？」公孫乾從其命，即請異人與不韋相見，同席飲酒。至半酣，公孫乾起身如廁。不韋低聲問異人曰：「秦王今老矣。太子所愛者華陽夫人，而夫人無子。殿下兄弟二十餘人，未有專寵。殿下何不以此時求歸秦國事華陽夫人，求為之子，他日有立儲之望。」異人含淚對曰：「某豈望及此？但言及故國，心如刀刺，恨未有脫身之計耳！」不韋曰：「某家雖貧，請以千金為殿下西遊，往說太子及夫人，救殿下還朝，如何？」異人曰：「若如君言，倘得富貴，與君共之。」言甫畢，公孫乾到。問曰：「呂君何言？」不韋曰：「某問王孫以秦中之玉價，王孫辭我以不知也。」公孫乾更不疑惑。命酒更酌，盡歡而散。自此不韋與異人時常相會。遂以五百金密付異人，使之買囑左右，結交賓客。公孫乾上下俱受異人金帛，串做一家，不復疑忌。不韋復以五百金市買奇珍玩好，別了公孫乾，竟至咸陽。探得華陽夫人有姊，亦嫁於秦。先買囑其家左右，通話於夫人之姊。言：「王孫異人在趙，思念太子夫人，有孝順之禮，託某轉送。這些小之儀，亦是王孫奉候姨娘者。」遂將金珠一函獻上。姊大喜，自出堂，於簾內見客。謂不韋曰：「此雖王孫美意，有勞尊客遠涉。今王孫在趙，未審還想故土否？」不韋答曰：「某與王孫公館對居，有事罄與某說，某盡知其心事，日夜思念太子夫人。言自幼失母，夫人便是他嫡母。欲得回國奉養，以盡孝道。」姊曰：「王孫向來安否？」不韋曰：「因秦兵屢次伐趙，趙王每每欲將王孫來斬。喜得臣民盡皆保奏，幸存一命。所以思歸念切。」姊曰：「臣民何故保他？」不韋曰：「王孫賢孝無比。每遇秦王太子及夫人壽誕，及元旦朔望之辰，必清齋沐浴，焚香西望拜祝，趙人無不知之。又且好學重賢，交結諸侯賓客，徧於天下。天下皆稱其賢孝。以此臣民，盡行保奏。」不韋言畢，又將金玉寶玩約直五百金，獻上曰：「王孫不得歸侍太子夫人，有薄禮權表孝順。相求王親轉達。」姊命門下客款待不韋酒食。遂自入告於華陽夫人。夫人見珍玩，以為王孫真念我，心中甚喜。夫人姊回復呂不韋。不韋因問姊曰：「夫人有子幾人？」姊曰：「無有。」不韋曰：「吾聞『以色事人者，色衰而愛弛』。今夫人事太子甚愛而無子，及此時宜擇諸子中賢孝者為子。百歲之後，所立子為王，終不失勢。不然，他日一旦色衰愛弛，悔無及矣！今異人賢孝，又自附於夫人，自知中男不得立。夫人誠拔以為適子，夫人不世世有寵於秦乎？」姊復述其言於華陽夫人。夫人曰：「客言是也。」一夜，與安國君飲正歡，忽然涕泣。太子怪而問之。夫人曰：「妾幸得充後宮，不幸無子。君諸子中惟異人最賢。諸侯賓客來往，俱稱譽之不容口。若得此子為嗣，妾身有託。」太子許之。夫人曰：「君今日許妾，明日聽他姬之言，又忘之矣。」太子曰：「夫人倘不相信，願刻符為誓。」乃取玉符，刻「適嗣異人」四字，而中剖之，各留其半，以此為信。夫人曰：「異人在趙，何以歸之？」太子曰：「當乘間請於王也。」

時秦昭襄王方怒趙，太子言於王，王不聽。不韋知王后之弟楊泉君方貴幸。復賄其門下，求見楊泉君，說曰：「君之罪至死，君知之乎？」楊泉君大驚曰：「吾何罪？」不韋曰：「君之門下，無不居高位享厚祿，駿馬盈於外廄，美女充於後庭。而太子門下，無富貴得勢者。王之春秋高矣，一旦山陵崩，太子嗣位，其門下怨君必甚，君之危亡可待也！」楊泉君曰：「為今之計，當如何？」不韋曰：「鄙人之計，可以使君壽百歲，安於泰山。君欲聞否？」楊泉君跪請其說。不韋曰：「王年高矣，而子傒又無適男。今王孫異人賢孝聞於諸侯，而棄在於趙，日夜引領思歸。君誠請王后言於秦王而歸異人，使太子立為適子，是異人無國而有國，太子之夫人無子而有子。太子與王孫之德王后者，世世無窮。君之爵位可長保也。」楊泉君下拜曰：「謹謝教！」即日以不韋之言告於王后。王后因為秦王言之。秦王曰：「傒趙人請和，吾當迎此子歸國耳。」太子召呂不韋問曰：「吾欲迎異人歸秦為嗣，父王未准。先生有何妙策？」不韋叩首曰：「太子果立王孫為嗣，小人不惜千金家業，賂趙當權，必能救回。」太子與夫人俱大喜，將黃金三百鎰付呂不韋，轉付王孫異人為結客之費。王后亦出黃金一百鎰，付不韋。夫人又為異人製衣服一箱，亦贈不韋黃金共百鎰。預拜不韋為異人太傅，使傳語異人：「只在早晚，可望相見，不必憂慮。」不韋辭歸，回至邯鄲。先見父親，說了一遍。父親大喜。次日，即備禮謁見公孫乾。然後見王孫異人，將王后及太子夫人一段說話，細細詳述。又將黃金五百鎰，及衣服獻上。異人大喜，謂不韋曰：「衣服我留下，黃金煩先生收去。倘有用處，但憑先生使費。只要救得我歸國，感恩不淺！」

再說不韋向取下邯鄲美女，號為趙姬，善於歌舞。知其懷娠兩月，心生一計，想道：「王孫異人回國，必有繼立之分。若以此姬獻之，倘然生得一男，是我嫡血。此男承嗣為王，嬴氏之天下，便是呂氏接代，也不枉了我破家做下這注生意。」遂請異人和公孫乾來家飲酒。席上珍羞百味，笙歌兩行，自不必說。酒至半酣，不韋開言：「卑人新納一小姬，頗能歌舞。欲令奉勸一盃，勿嫌唐突。」即命二青衣丫鬟喚趙姬出來。不韋曰：「汝可拜見二位貴人。」趙姬輕移蓮步，在氍毹上叩了兩個頭。異人與公孫乾慌忙作揖還禮。不韋令趙姬手捧金巵，向前為壽。盃到異人，異人抬頭看時，果然標緻。怎見得？

雲鬢輕挑蟬翠，蛾眉淡掃春山；朱唇點一顆櫻桃，皓齒排兩行白玉。微開笑靨，似褒姒欲媚幽王；緩動金蓮，擬西施堪迷吳主。萬種嬌容看不盡，一團妖冶畫難工。

趙姬敬酒已畢，舒開長袖，即在氍毹上舞一個大垂手小垂手。體若游龍，袖如素蜺；宛轉似羽毛之從風，輕盈與塵霧相亂。喜得公孫乾和異人目亂心迷，神搖魂蕩，口中贊歎不已。趙姬舞畢，不韋命再斟大觥奉勸。二人一飲而盡。趙姬勸酒完了，入內去訖。賓主復互相酬勸，盡量極歡。公孫乾不覺大醉，臥於坐席之上。異人心念趙姬，借酒裝面，請於不韋曰：「念某孤身質此，客館寂寥，欲與公求得此姬為妻，足滿平生之願。未知身價幾何？容當奉納。」不韋佯怒曰：「我好意相請，出妻獻妾，以表敬意。殿下遂欲奪吾所愛，是何道理！」異人跼蹐無地，即下跪曰：「某以客中孤苦，妄想要先生割愛，實乃醉後狂言，幸勿見罪！」不韋慌忙扶起曰：「吾為殿下謀歸，千金家產，尚且破盡，全無吝惜。今何惜一女子？但此女年幼害羞，恐其不從。彼若情願，即當奉送，備鋪牀拂席之役。」異人再拜稽首，候公孫乾酒醒，一同登車而去。其夜不韋向趙姬言曰：「秦王孫十分愛你，求你為妻，你意若何？」趙姬曰：「妾既以身事君，且有娠矣。奈何棄之，使事他姓乎？」不韋密告曰：「汝隨我終身，不過一賈人婦耳。王孫將來有秦王之分，汝得其寵，必為王后。天幸腹中生男，即為太子。我與你便是秦王之父母，富貴俱無窮矣！汝可念夫婦之情，曲從吾計，不可洩漏！」趙姬曰：「君之所謀者大，妾敢不奉命！但夫婦恩愛，何忍割絕？」言訖淚下。不韋撫之曰：「汝若不忘此情，異日得了秦家天下，仍為夫婦，永不相離，豈不美哉？」二人遂對天設誓。當夜同寢，恩情倍常，不必細述。次日，不韋到公孫乾處，謝夜來簡慢之罪。公孫乾曰：「正欲與王孫一同造府，拜謝高情。何反勞枉駕？」少頃，異人亦到，彼此交謝。不韋曰：「蒙殿下不嫌小妾醜陋，取侍巾櫛，某與小妾再三言之，已勉從尊命矣。今日良辰，即當送至寓所陪伴。」異人曰：「先生高義，粉骨難報！」公孫乾曰：「既有此良姻，某當為媒。」遂命左右備下喜筵。不韋辭去，至晚，以溫車載趙姬，與異人成親。髯翁有詩云：

新歡舊愛一朝移，花燭窮途得意時。盡道王孫能奪國，誰知暗贈呂家兒！

異人得了趙姬，如魚似水，愛眷非常。約過一月有餘，趙姬遂向異人曰：「妾獲侍殿下，天幸已懷胎矣。」異人不知來歷，只道自己下種，愈加歡喜。那趙姬先有了兩月身孕，方嫁與異人。嫁過八個月，便是十月滿足，當產之期，腹中全然不動。因懷著一個混一天下的真命帝王，所以比常不同。直到十二個月周年，方纔產下一兒。產時紅光滿室，百鳥飛翔。看那嬰兒生得豐準長目，方額重瞳，口中若有數齒，背項有龍鱗一搭❶。啼聲洪大，街市皆聞。其時，乃秦昭襄王四十八年正月朔旦。異人大喜曰：「吾聞應運之主，必有異徵！是兒骨相非凡，又且生於正月。異日必為政於天下！」遂用趙姬之姓，名曰趙政。——後來政嗣為秦王，兼并六國，即秦始皇也。——當時呂不韋聞得趙姬生男，暗暗自喜。

至秦昭襄王五十年，趙政已長成三歲矣。時秦兵圍邯鄲甚急，不韋謂異人曰：「趙王倘復遷怒於殿下，奈何？不如逃奔秦國，可以自脫。」異人曰：「此事全仗先生籌畫。」不韋乃盡出黃金共六百斤，以三百斤遍賄南門守城將軍，託言曰：「某舉家自陽翟來，行賈於此，不幸秦寇生發，圍城日久，某思鄉甚切。今將所存資本，盡數分散各位，只要做個方便人情，放我一家出城回陽翟去，感恩不淺。」守

❶ 一搭：一方、一塊。

將許之。復以百斤獻於公孫乾，述己欲回陽翟之意。反央公孫乾向南門守城說個方便。守將和軍卒都受了賄賂，落得做個順水人情❷。不韋預教異人將趙氏母子，密寄於母家。是日整酒請公孫乾，說道：「某只在三日內出城，特具一盃話別。」席間將公孫乾灌得爛醉。左右軍卒俱大酒大肉，聽其飲啖，各自醉飽安眠。至夜半，異人微服混在僕人之中，跟隨不韋父子行至南門。守將不知真假，私自開鑰放他出城而去。——論來王齕大營，在於西門。因南門是去陽翟的大路，不韋原說還鄉，所以只討南門。——三人共僕從結隊，連夜奔走，打大灣轉欲投秦軍。至天明，被秦國遊兵獲住。不韋指異人曰：「此秦國王孫，向質於趙，今逃出邯鄲，來奔本國。汝輩可速速引路。」遊兵讓馬匹與三人騎坐，引至王齕大營。王齕問明來歷，請入相見，即取衣冠與異人更換，設宴款待。王齕曰：「大王親在此督戰，行宮去此不過十里。」乃備車馬，轉送入行宮。秦昭襄王見了異人，不勝之喜，曰：「太子日夜思汝，今天遣吾孫脫離虎口也！便可先回咸陽，以慰父母之念。」異人辭了秦王，與不韋父子登車，竟至咸陽。不知父子相見如何，且看下回分解。

❷ 順水人情：不費氣力的人情。

第一百回　魯仲連不肯帝秦　信陵君竊符救趙

話說呂不韋同著王孫異人辭了秦王，竟至咸陽。先有人報知太子安國君。安國君謂華陽夫人曰：「吾兒至矣！」夫人並坐中堂以待之。不韋謂異人曰：「華陽夫人乃楚女，殿下既為之子，須用楚服入見，以表依戀之意。」異人從之。當下改換衣裝，來至東宮。先拜安國君，次拜夫人。涕泣而言曰：「不肖男久隔親顏，不能侍養，望二親恕兒不孝之罪！」夫人見異人頭頂南冠，足穿豹舄，短袍革帶，駭而問曰：「兒在邯鄲，安得效楚人裝束！」異人拜稟曰：「不孝男日夜思想慈母，故特製楚服，以表憶念。」夫人大喜曰：「妾楚人也，當自子之！」安國君曰：「吾兒可改名曰子楚。」異人拜謝。安國君問子楚：「何以得歸？」子楚將趙王先欲加害，及賴得呂不韋破家行賄之事，細述一遍。安國君即召不韋勞之曰：「非先生，險失我賢孝之兒矣！今將東宮俸田二百頃，及第宅一所，黃金五十鎰，權作安歇之資。待父王回國，加官贈秩。」不韋謝恩而出。子楚就在華陽夫人宮中居住。不在話下。

再說公孫乾直至天明酒醒，左右來報：「秦王孫一家，不知去向！」使人去問呂不韋，回報：「不韋亦不在矣！」公孫乾大驚曰：「不韋言三日內起身，安得夜半即行乎？」隨往南門詰問。守將答曰：「不韋家屬出城已久，此乃奉大夫之命也。」公孫乾曰：「可有王孫異人否？」守將曰：「但見呂氏父子，及僕從數人，並無王孫在內。」公孫乾跌足嘆曰：「僕從之內，必有王孫。吾乃墮賈人之計矣！」

乃上表趙王，言：「臣乾監押不謹，致質子異人逃去。臣罪無所辭！」遂伏劍自刎而亡。髯翁有詩嘆曰：

監守晨昏要萬全，只貪酒食與金錢。醉鄉回後王孫去，一劍須知悔九泉。

* * *

秦王自王孫逃回秦國，攻趙益急。趙君再遣使求魏進兵。客將軍新垣衍獻策曰：「秦所以急圍趙者有故。前此與齊湣王爭強為帝，已而復歸帝不稱。今湣王已死，齊益弱，惟秦獨雄。而未正帝號，其心不慊。今日用兵侵伐不休，其意欲求為帝耳。誠令趙發使尊秦為帝，秦必喜而罷兵。是以虛名而免實禍也。」魏王本心憚於救趙，深以其謀為然。即遣新垣衍隨使者至邯鄲，以此言奏知趙王。趙王與群臣議其可否。眾議紛紛未決，平原君方寸已亂，亦慢無主裁。時有齊人魯仲連者，——年十二歲時，曾屈辯士田巴，時人號為千里駒。田巴曰：「此飛兔也，豈止千里駒而已！」及年長，不屑仕宦，專好遠遊，為人排難解紛。——其時，適在趙國圍城之中。聞魏使請尊秦為帝，勃然不悅。乃求見平原君曰：「路人言君將謀帝秦，有之乎？」平原君曰：「勝乃傷弓之鳥，魄已奪矣，何敢言事！此魏王使將軍新垣衍來趙言之耳。」魯仲連曰：「君乃天下賢公子，乃委命於梁客耶？今新垣衍將軍何在？吾當為君責而歸之！」平原君因言於新垣衍。衍亦素聞魯仲連先生之名。然知其舌辨，恐亂其議，辭不願見。平原君強之，遂邀魯仲連俱至公館，與衍相見。衍舉眼觀看仲連，神清骨爽，飄飄乎有神仙之度，不覺肅然起敬。謂曰：「吾觀先生之玉貌，非有求於平原君者也。奈何久居此圍城之中而不去耶？」魯仲連曰：「連無求於平原君，竊有請於將軍也。」衍曰：「先生何請乎？」仲連曰：「請助趙而勿帝秦。」衍曰：「先生何以助趙？」仲連曰：「吾將使魏與燕助之。若齊、楚，固已助之矣！」衍笑曰：「燕則吾不知，若魏，則吾乃大梁人也。先生烏能使吾助趙乎？」仲連曰：「魏未睹秦稱帝之害也。若睹其害，則助趙必矣！」衍曰：「秦稱帝，其害何如？」仲連曰：「秦乃棄禮義而上首功之國也。恃強挾詐，屠戮生靈。彼並為諸侯，而猶若此。倘肆然稱帝，益濟其虐。連寧蹈東海而死，不忍為之民也！而魏乃甘為之下乎？」衍曰：「魏豈甘為之下哉？譬如僕者十人而從一人，寧智力不若主人哉？誠畏之耳！」仲連曰：「魏自視若僕耶？吾將使秦王烹醢魏王矣！」衍艴然曰：「先生又惡能使秦王烹醢魏王乎？」仲連曰：「昔日鬼侯、鄂侯、文王，紂之三公也。鬼侯有女而美，獻之於紂。女不好淫，觸怒紂。紂殺女而醢鬼侯。鄂侯諫之，并烹鄂侯。文王聞之，竊嘆，紂復拘之於羑里，幾不免於死。豈三公之智力不如紂耶？天子之行於諸侯，固如是也。秦肆然稱帝，必責魏入朝。一旦行鬼侯、鄂侯之誅，誰能禁之？」新垣衍沉思未答。仲連又曰：「不特如此。秦肆然稱帝，又必將變易諸侯之大臣，奪其所憎而樹其所愛。又將使其子女讒妾，為諸侯之室。魏王安能晏然而已乎？即將軍又何以保其爵祿乎？」新垣衍乃蹶然而起，再拜謝曰：「先生真天下士也！衍請出復吾君，不敢再言帝秦矣！」秦王聞魏使者來議帝秦事，甚喜，緩其攻以待之。及聞帝議不成，魏使已去，嘆曰：「此圍城中有人，不可輕視！」乃退屯於汾水，戒王齕用心准備。

再說新垣衍去後，平原君又使人至鄴下求救於晉鄙。鄙以王命為辭。平原君乃為書讓信陵君無忌曰：「勝所以自附為婚姻者，以公子高義，能急人之困耳！今邯鄲旦暮降秦，而魏救不前。豈勝平生所以相託之意乎？令姊憂城破，日夜悲泣。公子縱不念勝，獨不念姊耶？」信陵君得書，數請魏王求勑晉鄙進兵。魏王曰：「趙自不肯帝秦，乃仗他人力卻秦耶！」終不許。信陵君又使賓客辨士，百般巧說，魏王只是不從。信陵君曰：「吾義不可以負平原君。吾甯獨赴趙，與之俱死！」乃具車騎百餘乘，遍約賓客，欲直犯秦軍，以徇平原君之難。賓客願從者千餘人。行過夷門，與侯生辭別。侯生曰：「公子勉之！臣年老，不能從行。勿怪！勿怪！」信陵君屢目侯生，侯生並無他語。信陵君怏怏而去。約行十餘里，心中自念：「吾所以待侯生者，自謂盡禮。今吾往奔秦軍，行就死地，而侯生無一言半辭為我謀，又不阻我之行，甚可怪也！」乃約住賓客，獨引車還見侯生。賓客皆曰：「此半死之人，明知無用，公子何必往見！」信陵君不聽。

卻說侯生立在門外，望見信陵君車騎，笑曰：「嬴固策公子之必返矣！」信陵君曰：「何故？」侯生曰：「公子遇嬴厚。公子入不測之地，而臣不送，必恨臣。是以知公子必返。」信陵君乃再拜曰：「始無忌自疑有所失於先生，致蒙見棄，是以還請其故耳。」侯生曰：「公子養客數十年，不聞客出一奇計。而徒與公子犯強秦之鋒，如以肉投餓虎，何益之有？」信陵君曰：「無忌亦知無益，但與平原君交厚，義不獨生。先生何以策之？」侯生曰：「公子且入坐，容老臣徐計。」乃屏去從人，私叩曰：「聞如姬得幸於王，信乎？」信陵君曰：「然。」侯生曰：「嬴又聞如姬之父，昔年為人所殺。如姬言於王，欲報父仇，求其人三年不得。公子使客斬其仇頭，以獻如姬。此事果否？」信陵君曰：「果有此事。」侯生曰：「如姬感公子之德，願為公子死，非一日矣。今晉鄙之兵符，在王臥內，惟如姬力能竊之。公子誠一開口，請於如姬，如姬必從。公子得此符，奪晉鄙軍以救趙而卻秦，此五霸之功也！」信陵君如夢初覺，再拜稱謝。乃使賓客先待於郊外，而獨身迴車至家。使所善內侍顏恩，以竊符之事私乞於如姬。

如姬曰：「公子有命，雖使妾蹈湯火，亦何辭乎？」是夜，魏王飲酒酣臥。如姬即盜虎符授顏恩，轉致信陵君之手。信陵君既得符，復往辭侯生。侯生曰：「將在外，君命有所不受。公子即合符，而晉鄙不信；或從便宜，復請於魏王，事不諧矣。臣之客朱亥，此天下力士，公子可與俱行。晉鄙見從，甚善；若不聽，即令朱亥擊殺之。」信陵君不覺泣下。侯生曰：「公子有畏耶？」信陵君曰：「晉鄙老將，無罪，倘不從，便當擊殺，吾是以悲。無他畏也。」於是與侯生同詣朱亥家，言其故。朱亥笑曰：「臣乃市屠小人，蒙公子數下顧，所以不報者，謂小禮無所用。今公子有急，正亥效命之日也。」侯生曰：「臣義當從行，以年老不能遠涉。請以魂送公子！」即自剄於車前。信陵君十分悲悼，乃厚給其家，使為殯殮。自己不敢留滯，遂同朱亥登車，望北而去。髯仙有詩云：

魏王畏敵誠非勇，公子捐生亦可嗤！食客三千無一用，侯生奇計仗如姬。

卻說魏王於臥室中，失了兵符，過了三日之後，方纔知覺，心中好不驚怪。盤問如姬，只推不知。乃遍搜宮內，全無下落。卻教顏恩將宮娥內侍，凡直內寢者，逐一拷打。顏恩心中了了，只得假意推問，又亂了一日。魏王忽然想著公子無忌，屢次苦苦勸我勅晉鄙進兵。他手下賓客，雞鳴狗盜者甚多，必然是他所為。使人召信陵君。回報：「四五日前，已與賓客千餘，車百乘出城，傳聞救趙去矣！」魏王大怒，使將軍衛慶率軍三千，星夜往追信陵去訖。

再說邯鄲城中盼望救兵，無一至者。百姓力竭，紛紛有出降之議。趙王患之。有傳舍吏子李同，說平原君曰：「百姓日乘城為守，而君安享富貴，誰肯為君盡力乎？君誠能令夫人以下，編於行伍之間，分功而作。家中所有財帛，盡散以給將士。將士在危苦之鄉，易於感恩，拒秦必甚力。」平原君從其計。募得敢死之士三千人，使李同領之，縋城而出，乘夜斫營，殺秦兵千餘人。王齕大驚，亦退三十里下寨。城中人心稍定。李同身帶重傷，回城而死。平原君哭之慟，命厚葬之。

再說信陵君無忌行至鄴下，見晉鄙曰：「大王以將軍久暴露於外，遣無忌特來代勞。」因使朱亥捧虎符與晉鄙驗之。晉鄙接符在手，心下躊躇，想道：「魏王以十萬之眾託我。我雖固陋，未有敗衄之罪。今魏王無尺寸之書，而公子徒手捧符前來代將，此事豈可輕信？」乃謂信陵君曰：「公子暫請稍停幾日，待某把軍伍造成冊籍，明白交付何如？」信陵君曰：「邯鄲勢在垂危，當星夜赴救，豈得復停時刻？」晉鄙曰：「實不相瞞，此軍機大事，某還要再行奏請，方敢出軍。」說猶未畢，朱亥厲聲喝曰：「元帥不奉王命，便是反叛了！」晉鄙方問得一句：「汝是何人？」只見朱亥袖中出鐵鎚，重四十斤，向晉鄙當頭一擊，腦漿迸裂，登時氣絕。信陵君握符謂諸將曰：「魏王有命，使某代晉鄙將軍救趙。晉鄙不奉命，今已誅死。三軍安心聽令，不得妄動！」營中肅然。比及衛慶追至鄴下，信陵君已殺晉鄙，將其軍矣。衛慶料信陵君救趙之志已決，便欲辭去。信陵君曰：「君已至此，看我破秦之後，可還報吾王也。」衛慶只得先打密報，回復魏王，遂留軍中。信陵君大犒三軍，復下令曰：「父子俱在軍中者，父歸；兄弟俱在軍中者，兄歸；獨子無兄弟者，歸養；有疾病者，留就醫藥。」是時告歸者，約十分之二。得精兵八萬人，整齊步伍，申明軍法。信陵君率賓客身為士卒先，進擊秦營。王齕不意魏兵卒至，倉卒拒戰。魏兵賈勇而前，平原君亦開城接應，大戰一場。王齕折兵一半，奔汾水大營。秦王傳令解圍而去。鄭安平以二萬人列營於東門，為魏兵所遏，不能歸。嘆曰：「吾原是魏人！」乃投降於魏。春申君聞秦師已解，亦班師而歸。韓王乘機復取上黨。此秦昭襄王之五十年，周赧王五十八年之事也。

趙王親攜牛、酒勞軍，向信陵君再拜曰：「趙國亡而復存，皆公子之力。自古賢人，未有如公子者也！」平原君負弩矢為信陵君前驅。信陵君頗有自功之色。朱亥進曰：「人有德於公子，公子不可忘。公子有德於人，公子不可不忘也！公子矯王命，奪晉鄙軍以救趙。於趙雖有功，而於魏未為無罪。公子乃自以為功乎？」信陵君大慚曰：「無忌謹受教！」比入邯鄲城，趙王親掃除宮室，以迎信陵君，執主人之禮甚恭。揖信陵君就西階。信陵君謙讓不敢當客，踽踽然細步循東階而上。趙王獻觴為壽，誦公子存趙之功。信陵君遜謝曰：「無忌有罪於魏，無功於趙。」宴畢歸館，趙王謂平原君曰：「寡人欲以五城封魏公子，見公子謹讓之至，寡人自愧，遂不能出諸口。請以鄗為公子湯沐之邑，煩為致之。」平原君致趙王之命，信陵君辭之再四，方纔敢受。信陵君自以得罪魏王，不敢歸國，將兵符交付將軍衛慶，督兵回魏，而身留趙國。其賓客之留魏者，亦棄魏奔趙，依信陵君。趙王又欲封魯仲連以大邑，仲連固辭；贈以千金，亦不受。曰：「與其富貴而詘於人，寗貧賤而得自由也。」信陵君與平原君共留之，仲連不從，飄然而去，真高士矣！史臣有贊云：

卓哉魯連，品高千載！不帝強秦，甯蹈東海。排難辭榮，逍遙自在。視彼儀秦，相去十倍！

時趙有處士毛公者，隱於博徒。有薛公者，隱於賣漿之家。信陵君素聞其賢名，使朱亥傳命訪之。二人匿不肯見。忽一日，信陵君蹤跡二人，知毛公在薛公之家。不用車馬，單使朱亥一人跟隨，微服徒步，假作買漿之人，直造其所，與二人相見。二人方據爐共飲，信陵君遂直入，自通姓名，敘向來傾慕之意。二人走避不及，只得相見。四人同席而飲，盡歡方散。自此以後，信陵君時時與毛、薛二公同遊。平原君聞之，謂其夫人曰：「向者吾聞令弟天下豪傑，公子中無與為比。今乃日逐從博徒賣漿者同遊，交非其類，恐損名譽！」夫人見信陵君述平原君之言。信陵君曰：「吾向以為平原君賢者，故甯負魏王，奪兵來救。今平原所與賓客，徒尚豪舉，不求賢士也。無忌在國時，常聞趙有毛公、薛公，恨不得與之同遊。今日為之執鞭，尚恐其不屑於我。平原君乃以為羞，何云好士乎？平原君非賢者，吾不可留！」即日命賓客束裝，欲適他國。平原君聞信陵君束裝，大驚，謂夫人曰：「勝未敢失禮於令弟，為何陡然棄我而去！夫人知其故乎？」夫人曰：「吾弟以君非賢，故不願留耳。」因述信陵君之語。平原君掩面嘆曰：「趙有二賢人，信陵君且知之，而吾不知，吾不及信陵君遠矣！以彼形此，勝乃不得比於人類！」乃親造館舍，免冠頓首，謝其失言之罪。信陵君然後復留於趙。平原君門下士聞知其事，去而投信陵君者大半。四方賓客來遊趙者，咸歸信陵君，不復聞平原君矣。髯翁有詩云：

賣漿縱博豈嫌貧，公子豪華肯辱身。可笑平原無遠識，卻將富貴壓賢人！

再說魏王接得衛慶密報言：「公子無忌果竊兵符，擊殺晉鄙，代領其眾，前行救趙。并留臣於軍中，不遣歸國。」魏王怒甚，便欲收信陵君家屬，又欲盡誅其賓客之在國者。如姬乃跪而請曰：「此非公子之罪，乃賤妾之罪。妾當萬死！」魏王咆哮大怒，問曰：「竊符者乃汝乎？」如姬曰：「妾父為人所殺，大王為一國之主，不能為妾報仇，而公子能報之。妾感公子深恩，恨無地自效。今見公子以念姊之故，日夜哀泣，賤妾不忍，故擅竊虎符，使發晉鄙之軍，以成其志。妾聞：『同室相鬬者，被髮纓冠而往救之。』趙與魏猶同室也。大王忘昔日之義，而公子赴同室之急。倘幸而卻秦全趙，大王威名揚於遠近，義聲騰於四海。妾雖碎屍萬段，亦何所恨乎？若收信陵君家屬，誅其賓客，信陵兵敗，甘服其罪。倘其得勝，將何以處之？」魏王沉吟半晌，怒氣稍定。問曰：「汝雖竊符，必有傳送之人。」如姬曰：「遞送者顏恩也。」魏王命左右縛顏恩至。問曰：「汝何敢送兵符於信陵？」恩曰：「奴婢不曾曉得什麼兵符。」如姬目視顏恩曰：「向日我著你送花勝與信陵夫人，這盒內就是兵符了。」顏恩會意，乃大哭曰：「夫人分付，奴婢焉敢有違？那時只說送花勝去，盒子重重封固，奴婢豈知就裡❶？今日屈死奴婢也！」如姬亦泣曰：「妾有罪自當，勿累他人。」魏王喝教將顏恩放綁，下於獄中，如姬貶入冷宮。一面使人探聽信陵君勝負消息，再行定奪。約過了二月有餘，衛慶班師回朝，將兵符繳上。奏道：「信陵君大敗秦軍，不敢還國，已留身趙都，多多拜上大王，改日領罪！」魏王問交兵之狀。衛慶備細述了一遍。群臣皆羅拜稱賀，呼：「萬歲！」魏王大喜。即使左右召如姬於冷宮，出顏恩於獄，俱恕其罪。如姬參見謝恩畢，奏曰：「救趙成功，使秦國畏大王之威，趙王懷大王之德，皆信陵君之功也。信陵君乃國之長城，家之宗器，豈可棄之於外邦？乞大王遣使召回本國，一以全親親之情，一以表賢賢之義。」魏王曰：「彼免罪足矣，何得云功乎？」但分付：「信陵君名下應得邑俸，仍舊送去本府家眷支用，不准迎歸。」自是魏、趙俱太平無話。

再說秦昭襄王兵敗歸國，太子安國君率王孫子楚出迎於郊，齊奏呂不韋之賢。秦王封為客卿，食邑千戶。秦王聞鄭安平降魏，大怒，族滅其家。鄭安平乃是丞相應侯范雎所薦，秦法：凡薦人不效者，與

❶ 就裡：內情。

所薦之人同罪。鄭安平降敵，既已族誅，范雎亦該連坐了。於是范雎席藁待罪。不知性命如何，且看下回分解。

第一百一回　秦王滅周遷九鼎　廉頗敗燕殺二將

話說鄭安平以兵降魏，應侯范雎是個薦主，法當從坐。於是席藁待罪。秦王曰：「任安平者，本出寡人之意，與丞相無干。」再三撫慰，仍令復職。群臣紛紛議論。秦王恐范雎心上不安，乃下令國中曰：「鄭安平有罪，族滅勿論。如有再言其事者，即時斬首！」國人乃不敢復言。秦王賜范雎食物，比常有加。應侯甚不過意，欲說秦王滅周稱帝，以此媚之。於是使張唐為大將，伐韓，欲先取陽城以通三川之路。

再說楚考烈王聞信陵君大破秦軍，春申君黃歇無功班師而還，嘆曰：「平原合從之謀，非忘言也！寡人恨不得信陵君為將，豈憂秦人哉？」春申君有慚色，進曰：「向者合從之議，大王為長。今秦兵新挫，其氣已奪。大王誠發使約會列國，並力攻秦，更說周王，奉以為主，挾天子以聲誅討，五伯之功，不足道也。」楚王大喜。即遣使如周，以伐秦之謀告赧王。赧王已聞秦王欲通三川，意在伐周。今若伐秦，正合著兵法「先發制人」之語，如何不從。楚王乃與五國定從約，刻期大舉。

時周赧王一向微弱，雖居天子之位，徒守空名，不能號令。韓、趙分周地為二。以洛邑之河南王城為西周，以鞏附成周為東周，使兩周公治之。赧王自成周遷於王城，依西周公以居，拱手而已。至是欲興兵攻秦，命西周公僉丁為伍，僅得五六千人，尚不能給車馬之費。於是訪國中有錢富民，借貸以為軍資。與之立券，約以班師之日，將所得鹵獲出息償還。西周公自將其眾，屯於伊闕，以待諸侯之兵。時韓方被兵，自顧不暇。趙初解圍，餘畏未息。齊與秦和好，不願同事。惟燕將樂閒，楚將景陽，二枝兵先到，俱列營觀望。秦王聞各國人心不一，無進取之意，益發兵助張唐攻下陽城。別遣將軍嬴樛耀兵十萬於函谷關之外。燕、楚之兵，約屯三月有餘。見他兵不集，軍心懈怠，遂各班師。西周公亦引兵歸。赧王出兵一番，徒費無益。富民俱執券索償，日攢聚宮門，諠聲直達內寢。赧王慚愧，無以應之。乃避於高臺之上。後人因名其臺曰避債臺。

卻說秦王聞燕楚兵散，即命嬴樛與張唐合兵，取路陽城，以攻西周。赧王兵糧兩缺，不能守禦，欲奔三晉。西周公進曰：「昔太史儋言：『周、秦五百歲而合，有伯王者出。』今其時矣。秦有混一之勢，三晉不日亦為秦有，王不可以再辱。不如捧土自歸，猶不失宋、杞之封也。」赧王無計可施，乃率群臣子姪，哭於文、武之廟三日，捧其所存輿圖，親詣秦軍投獻，願束身歸咸陽。嬴樛受其獻，共三十六城，戶三萬。西周所屬地已盡，惟東周僅存。嬴樛先使張唐護送赧王君臣子孫入秦奏捷，自引軍入洛陽城，經略地界。赧王謁見秦王，頓首謝罪。秦王意憐之，以梁城封赧王，降為周公，比於附庸。原日西周公降為家臣。東周公貶爵為君，是為東周君。赧王年老，往來周、秦，不勝勞苦。既至梁城，不踰月病死。秦王命除其國。又命嬴樛發洛陽丁壯，毀周宗廟，運其祭器，並要搬運九鼎，安放咸陽。周民不願役秦者，皆逃奔鞏城，依東周公以居。亦見人心之不肯忘周矣！將遷鼎之前一日，居民聞鼎中有哭泣之聲。及運至泗水，一鼎忽從舟中飛沉於水底。嬴樛使人沒水求之，不見有鼎，但見蒼龍一條，鱗鬣怒張，頃刻波濤頓作，舟人恐懼，不敢觸之。嬴樛是夜夢周武王坐於太廟，召樛至，責之曰：「汝何得遷吾重器，毀吾宗廟！」命左右鞭其背三百。嬴摎夢覺，即患背疽。扶病歸秦，將八鼎獻上秦王，並奏明其狀。秦王查閱所失之鼎，正豫州之鼎也。秦王嘆曰：「地皆入秦，鼎獨不附寡人乎？」欲多發卒徒，更往取之。嬴摎諫曰：「此神物有靈，不可復取。」秦王乃止。嬴摎竟以疽死。秦王以八鼎及祭器，陳列於秦太廟之中，郊祀上帝於雍州，布告列國，俱要朝貢稱賀。不來貢者伐之。韓桓惠王首先入朝，稽首稱臣。齊、楚、燕、趙皆遣國相入賀。獨魏國使者，尚未見到。秦王命河東守王稽，引兵襲魏。王稽素與魏通，私受金錢，遂洩其事。魏王懼，遣使謝罪，亦使太子增為質於秦，委國聽令。自此六國俱賓服於秦。時秦昭襄王之五十二年也。

秦王究通魏之事，召王稽誅之。范睢益不自安。一日，秦王臨朝嘆息。范睢進曰：「臣聞『主憂則臣辱，主辱則臣死』。今大王臨朝而嘆，由臣等不職之故，不能為大王分憂。臣敢請罪？」秦王曰：「夫物不素具，不可以應卒。今武安君誅死，而鄭安平背叛。外多強敵，而內無良將。寡人是以憂也！」范睢且慚且懼，不敢對而出。

* * *

時有燕人蔡澤者，博學善辨，自負甚高。乘敝車遊說諸侯，無所遇。至大梁，遇善相者唐舉，問曰：「吾聞先生曾相趙國李兌，言：『百日之內，持國秉政。』果有之乎？」唐舉曰：「然。」蔡澤曰：「如僕者，先生以為何如？」唐舉熟視而笑，謂曰：「先生鼻如蝎蟲，肩高於項，魋蹙顏眉，兩膝攣曲。吾聞『聖人不相』殆先生乎？」蔡澤知唐舉戲之，乃曰：「富貴吾所自有，吾所不知者壽耳。」唐舉曰：「先生之壽，從今以往者，四十三年。」蔡澤笑曰：「吾飯粱嚙肥，乘車躍馬，懷黃金之印，結紫綬於腰，揖讓人主之前者，四十三年足矣！尚何求乎？」及再遊韓、趙不得意，反魏，於郊外遇盜，金甑皆為奪去，無以為炊。息於樹下，復遇唐舉。舉戲曰：「先生尚未富貴耶？」蔡澤曰：「方且覓之。」唐舉曰：「先生金水之骨，當發於西。今秦丞相應侯，用鄭安平、王稽，俱得重罪。應侯慚懼之甚，必急於卸擔。先生何不一往，而困守於此？」蔡澤曰：「道遠難至，奈何？」唐舉解囊中，出數金贈之。蔡澤得其資助，遂西入咸陽。謂旅邸主人曰：「汝飯必白粱，肉必甘肥。俟吾為丞相時，當厚酬汝。」主人曰：「客何人，乃望作丞相耶？」澤曰：「吾姓蔡名澤，乃天下雄辨有智之士，特來求見秦王。秦王若一見我，必然悅我之說，逐應侯而以吾代之，相印立可懸於腰下也。」主人笑其狂，為人述之。應侯門客聞其語，述於范雎。范雎曰：「五帝三代之事，百家之說，吾莫不聞。眾口之辨，遇我而屈。彼蔡澤者，惡能說秦王而奪吾相印乎？」乃使人往旅邸召蔡澤。主人謂澤曰：「客禍至矣！客宣言欲代應侯為相，今應府相召。先生若往，必遭大辱。」蔡澤笑曰：「吾見應侯，彼必以相印讓我，不須見秦王也。」主人曰：「客太狂，勿累我！」蔡澤布衣躡屩，往見范雎。雎踞坐以待之。蔡澤長揖不拜。范雎亦不命坐，厲聲詰之曰：「外邊宣言，欲代我為丞相者，是汝耶！」蔡澤端立於旁曰：「正是！」范雎曰：「汝有何辭說，可以奪吾爵位？」蔡澤曰：「吁！君何見之晚也。夫四時之序，成功者退，將來者進。君今日可以退矣！」范雎曰：「吾不自退，誰能退之！」蔡澤曰：「夫人生百體堅強，手足便利，聰明聖智，行道施德於天下，豈非世所敬慕為賢豪者與？」范雎應曰：「然。」蔡澤又曰：「既已得志於天下，而安樂壽考終其天年，簪纓世祿，傳之子孫，世世不替，與天地相終始，豈非世所謂吉祥善事者與？」范雎曰：「然。」蔡澤曰：「若夫秦有商君，楚有吳起，越有大夫種，功成而身不得其死。君亦以為可願否？」范雎胸中暗想：「此人談及利害，漸漸相逼。若說不願，就墮其說術中了。」乃佯應之曰：「有何不可願也。夫公孫鞅事孝公，盡公無私，定法以治國中，為秦將拓地千里。吳起事楚悼王，廢貴戚以養戰士，南平吳、越，北卻三晉。大夫種事越王，能轉弱為強，并吞勁吳，為其君報會稽之怨。雖不得其死，然大丈夫殺身成仁，視死如歸，功在當時，名垂後世。何不可願之有哉？」此時范雎雖然嘴硬，卻也不安於坐，起立而聽之。蔡澤對曰：「主聖臣賢，國之福也；父慈子孝，家之福也。為孝子者，誰不願得慈父；為賢臣者，誰不願得明君。比干忠而殷亡，申生孝而國亂。身雖惡死，而無濟於君父，何也？其君父非明且慈也。商君、吳起、大夫種，亦不幸而死耳。豈求死以成後世之名哉！夫比干剖而微子去，召忽戮而管仲生。微子、管仲之名，何至出比干、召忽之下乎？故大丈夫處世，身名俱全者，上也；名可傳而身死者，其次也。惟名辱而身全，斯為下矣。」這段話說得范雎胸中爽快，不覺離席，移步下堂，口中稱善。蔡澤又曰：「君以商君、吳起、大夫種，殺身成仁為可願也。然孰與閎夭之事文王，周公之輔成王乎？」范雎曰：「商君等弗如也。」蔡澤曰：「然則今王之信任忠良，惇厚故舊，視秦孝公、楚悼王奚若？」范雎沉吟少頃，曰：「未知何如。」蔡澤曰：「君自量功在國家，算無失策。孰與商君、吳起、大夫種？」范雎又曰：「吾弗如。」蔡澤曰：「今王之親信功臣，既不能有過於秦孝公、楚悼王、越王句踐，而君之功績，又不若商君、吳起、大夫種。然而君之祿位過盛，私家之富，倍於三子。如是而不思急流勇退，為自全計。彼三子者，且不能免禍，而況於君乎？夫翠鵠犀象，其處勢非不遠於死，而竟以死者，惑於餌也。蘇秦、智伯之智，非不足以自庇，而竟以死者，惑於貪利不止也。君以匹夫徒步，知遇秦王，位為上相，富貴已極，怨已讎而德已報矣。然猶貪戀勢利，進而不退，竊恐蘇秦、智伯之禍，在所不免！語云：『日中必移，月滿必虧。』君何不以此時歸相印擇賢者而薦之？所薦者賢，而薦賢之人益重。君名為辭榮，實則卸擔。於是乎尋川巖之樂，享喬松之壽，子孫世世，長為應侯。孰與據輕重之勢，而蹈不可知之禍哉？」范雎曰：「先生自謂雄辨有智，今果然也。雎敢不受命！」於是乃延之上坐，待以客禮。遂留於賓館，設酒食款待。次日，入朝奏秦王曰：「客新有從山東來者，曰蔡澤，其人有王伯之才，通時達變，足以寄秦國之政。臣所見之人甚眾，更無其匹，臣萬不及也。臣不敢蔽賢，謹薦之於大王。」秦王召蔡澤見於便殿，問以兼并六國之計。蔡澤從容條對，深合秦王之意，即日拜為客卿。范雎因謝病，請歸相印。秦王不准。雎遂稱病篤不起。秦王乃拜蔡澤為丞相，以代范雎，封剛成君。雎歸老於應。

* * *

話分兩頭。卻說燕自昭王復國，在位三十三年，傳位於惠王。惠王在位七年，傳於武成王。武成王在位十四年，傳於孝王。孝王在位三年，傳於燕王喜。喜即位，立其子丹為太子。燕王喜之四年，秦昭襄王之五十六年也。是歲，趙平原君趙勝卒，以廉頗為相國，封信平君。燕王喜以趙國接壤，使其相國栗腹往弔平原君之喪。因以五百金為趙王酒資，約為兄弟。栗腹冀趙王厚賄。趙王如常禮相待。栗腹意不懌。歸報燕王曰：「趙自長平之敗，壯者皆死，其孤尚幼。且相國新喪，廉頗已老。若出其不意，分兵伐之，趙可滅也。」燕王惑其言，召昌國君樂閒問之。閒對曰：「趙東鄰燕，西接秦境，南錯韓、魏，北連胡、貊，四野之地。其民習兵，不可輕伐。」燕王曰：「吾以三倍之眾而伐一，何如？」樂閒曰：「未可。」燕王曰：「以五倍伐一，何如？」樂閒不應。燕王怒曰：「汝以父墳墓在趙，不欲攻耶？」

樂閒曰：「王如不信，臣請試之。」群臣阿燕王之意，皆曰：「天下焉有五而不能勝一者？」大夫將渠獨切諫曰：「王且勿言眾寡，而先言曲直。王方與趙交歡，以五百金為趙王壽。使者還報，而即攻之。不信不義，師必無功！」燕王不以為然。使栗腹為大將，樂乘佐之，率兵十萬攻鄗。使慶秦為副將，樂閒佐之，率兵十萬攻代。燕王親率兵十萬為中軍，在後接應。方欲升車，將渠手攬王綬垂淚言曰：「即伐趙，願大王勿親往，恐震驚左右。」燕王怒，以足蹵將渠。渠即抱王足而泣曰：「臣之留大王者，忠心也。王若不聽，燕禍至矣！」燕王愈怒，命囚將渠於獄，候凱旋日殺之。三軍分路而進，旌旗蔽野，殺氣騰空。滿望踏平趙地，大拓燕疆。

趙王聞燕兵將至，集群臣問計。相國廉頗進曰：「燕謂我喪敗之餘，士伍不充。若大賚國中，使民十五歲以上者，悉持兵助戰，軍聲一振，燕氣自奪。栗腹喜功，原無將略。慶秦無名小子，樂閒、樂乘以昌國君之故，往來燕、趙，不為盡力。燕軍可立破也。」乃薦雁門李牧，其才可將。趙王用廉頗為大將，引兵五萬，迎栗腹於鄗。用李牧為副將，引兵五萬，迎慶秦於代。

卻說廉頗兵至房子城，因栗腹在鄗，乃盡匿其丁壯於鐵山，但以老弱列營。栗腹探知，喜曰：「吾固知趙卒不堪戰也！」乃率眾急攻鄗城。鄗城人知救兵已至，堅守十五日不下。廉頗率大軍赴之，先出疲卒數千人挑戰。栗腹留樂乘攻城，親自出陣。只一合，趙軍不能抵當，大敗而走。栗腹指麾將士，追逐趙軍。約六七里，伏兵齊起。當先一員大將，馳車而出，大叫：「廉頗在此，來將早早受縛！」栗腹大怒，揮刀迎敵。廉頗手段高強，所領俱是選的精卒，一可當百。不數合，燕軍大敗，廉頗生擒栗腹。樂乘聞主將被擒，解圍欲走。廉頗使人招之，樂乘遂奔趙軍。恰好李牧救代得勝，斬了慶秦，遣人報捷。

樂閒率餘眾，保於清涼山。廉頗使樂乘為書招閒，閒亦降趙。燕王聞知兩路兵俱敗沒，遂連夜奔回中都。廉頗長驅直入，築長圍以困之。燕王遣使乞和。樂閒謂廉頗曰：「本倡伐趙之謀者，栗腹也。大夫將渠有先幾之明，苦諫不聽，被羈在獄。若欲許和，必須要燕王以將渠為相國，使他送款，方可。」廉頗從其說，燕王出於無奈，即召將渠於獄中，授相印。將渠辭曰：「臣不幸言而中，豈可幸國之敗，以為利哉？」燕王曰：「寡人不聽卿言，自取辱敗。今將求成於趙，非卿不可。」將渠乃受相印，謂燕王曰：「樂乘、樂閒，雖身投於趙，然其先世有大功於燕。大王宜歸其妻子，使其不忘燕德，則和議可速成矣。」燕王從之。將渠乃如趙軍，為燕王謝罪，并送還樂閒、樂乘家屬。廉頗許和，因斬栗腹之首，并慶秦之屍，歸之於燕，即日班師還趙。趙王封樂乘為武襄君，樂閒仍稱昌國君如故。以李牧為代郡守。時劇辛為燕守薊州。燕王以劇辛素與樂毅同事昭王，使為書以招二樂。樂乘、樂閒以燕王不聽忠言，竟留於趙。將渠雖為燕相，不出燕王之意。未及半載，託病辭印。燕王遂用劇辛代之。此段話且擱過一邊。

* * *

再說秦昭襄王在位五十六年，年近七十，至秋，得病而薨。太子安國君柱立，是為孝文王。立趙女為王后，子楚為太子。韓王聞秦王之喪，首先服衰絰入弔，視喪事，如臣子之禮。諸侯皆遣將相大臣來會葬。孝文王除喪之三日，大宴群臣，席散回宮而死。國人皆疑客卿呂不韋欲子楚速立為王，乃重賄左右，置毒藥於酒中，秦王中毒而死。然心憚不韋，無敢言者。於是不韋同群臣奉子楚嗣位，是為莊襄王。奉華陽夫人為太后。立趙姬為王后。子趙政為太子，去趙字，單名政。蔡澤知莊襄王深德呂不韋，欲以為相。乃託病，以相印讓之。不韋遂為丞相，封文信侯，食河南洛陽十萬戶。不韋慕孟嘗、信陵、平原、春申之名，恥其不如。亦設館招致賓客，凡三千餘人。

再說東周君聞秦連喪二主，國中多事，乃遣賓客往說諸國，欲合從以伐秦。丞相呂不韋言於莊襄王曰：「西周已滅，而東周一線猶存。自謂文、武之子孫，欲以鼓動天下。不如盡伐之，以絕人望。」秦王即用不韋為大將，率兵十萬伐東周，執其君以歸。盡收其鞏城等七邑。周自武王己酉受命，終於東周君王子，歷三十七王，共八百七十三年，而祀絕於秦。有歌訣為證：

周武成康昭穆共，懿孝夷厲宣幽終。以上盛周十二主，二百五十二年逢。東遷平桓莊釐惠，襄頃匡定簡靈繼。景悼敬元貞定哀，思考威烈安烈序。顯子慎靚赧王亡。東周廿六湊成雙。系出嚳子后稷棄，太王王季文王昌。首尾三十有八主，八百七十年零四。卜年卜世數過之，宗社靈長古無二。

秦王乘滅周之盛，復遣蒙驁襲韓，拔成皋、滎陽，置三川郡，地界直逼大梁矣。秦王曰：「寡人昔質於趙，幾為趙王所殺，此仇不可不報！」乃再遣蒙驁攻趙，取榆次等三十七城，置太原郡。遂南定上黨。因攻魏高都；不拔，秦王復遣王齕將兵五萬助戰。魏兵屢敗。如姬言於魏王曰：「秦所以急攻魏者，欺魏也。所以欺魏者，以信陵君不在也。信陵君賢名聞於天下，能得諸侯之力。大王若使人卑辭厚幣，召之於趙，使其合從列國，并力禦秦，雖有蒙驁等百輩，何敢正眼視魏哉！」魏王勢在危急，不得已從其計。遣顏恩為使，持相印，益以黃金彩幣，往趙迎信陵君。遺以書，略曰：

公子昔不忍趙國之危，今乃忍魏國之危乎？魏急矣！寡人舉國引領，以待公子之歸也。公子幸勿計寡人之過！

信陵君雖居趙國，賓客探信，往來不絕。聞魏將遣使迎己，恨曰：「魏王棄我於趙，十年於茲矣！今事急而召我，非本心念我也。」乃懸書於門下：「有敢為魏王通使者死！」賓客皆相戒，莫敢勸其歸者。顏恩至趙半月，不得見公子。魏王復遣使者催促，音信不絕。顏恩欲求門下客為言，俱辭不敢。恩欲候信陵君出外，於路上邀之。信陵君為迴避魏使，竟不出門。顏恩無可奈何。畢竟信陵君肯歸魏否，且看下回分解。

第一百二回　華陰道信陵敗蒙驁　胡盧河龐煖斬劇辛

話說顏恩欲見信陵君不得，賓客不肯為通。正無奈何，適博徒毛公和賣漿薛公來訪公子。顏恩知為信陵君上客，泣訴其事。二公曰：「君第戒車，我二人當力勸之。」顏恩曰：「全仗，全仗！」二公入見信陵君曰：「聞公子車駕竭返宗邦，吾二人特來奉送。」信陵君曰：「那有此事？」二公曰：「秦兵圍魏甚急，公子不聞乎？」信陵君曰：「聞之。但無忌辭魏十年，今已為趙人，不敢與聞魏事矣！」二公齊聲曰：「公子是何言也！公子所以重於趙名聞於諸侯者，徒以有魏也。即公子之能養士，致天下賓客者，亦藉魏力也。今秦攻魏日急，而公子不恤。設使秦一旦破大梁，夷先王之宗廟，公子縱不念其家，獨不念祖宗之血食乎？公子復何面目寄食於趙也？」言未畢，信陵君蹴然起立，面發汗，謝曰：「先生責無忌甚正，無忌幾為天下罪人矣！」即日命賓客束裝，自入朝往辭趙王。趙王不捨信陵君歸去，持其臂而泣曰：「寡人自失平原，倚公子如長城。一朝棄寡人而去，寡人誰與共社稷耶？」信陵君曰：「無忌不忍先王宗廟見夷於秦，不得不歸。倘邀君之福，社稷不泯，尚有相見之日。」趙王曰：「公子向以魏師存趙，今公子歸赴國難，寡人敢不悉賦以從？」乃以上將軍印授公子，使將軍龐煖為副，起趙軍十萬助之。信陵君既將趙軍，先使顏恩歸魏報信。然後分遣賓客，致書於各國求救。燕、韓、楚三國，俱素重信陵之人品。聞其為將，莫不喜歡。悉遣大將引兵至魏，聽其節制。燕將將渠，韓將公孫嬰，楚將景陽。惟齊國不肯發兵。

卻說魏王正在危急，得顏恩報說：「信陵君兼將燕、趙、韓、楚之師，前來救魏。」魏王如渴時得漿，火時得水，喜不可言。使衛慶悉起國中之師，出應公子。時蒙驁圍鄭州，王齕圍華州。信陵君曰：「秦聞吾為將，必急攻。鄭、華東西相距五百餘里，吾以兵綴蒙驁之兵於鄭，而率奇兵赴華。若王齕兵敗，則蒙驁亦不能自固矣。」眾將皆曰：「然。」乃使衛慶以魏師合楚師，築為連壘，以拒蒙驁。虛插信陵君旗號，堅壁勿戰。而身帥趙師十萬，與燕、韓之兵，星馳華州。信陵君集諸將計議，以少華山東連太華，西臨渭河。秦以舟師運糧，俱泊渭水。而少華木多荊杞，可以伏兵。若以一軍往渭劫糧，王齕必悉兵來救。吾伏兵於少華，邀而擊之，無不勝矣。即命趙將龐煖，引一支兵往渭河，劫其糧艘。使韓將公孫嬰，燕將將渠，各引一支軍，聲言接應劫糧之兵，只在少華山左右伺候，共擊秦軍。信陵君親率精兵三萬，伏於少華山下。龐煖引軍先發。早有伏路秦兵，報入王齕營中。言：「魏信陵君為將，遣兵逕往渭口。」王齕大驚曰：「信陵善於用兵，今救華不接戰，而劫渭口之糧，是欲絕我根本也。吾當親往救之。」遂傳令：「留兵一半圍城，餘者悉隨吾救渭。」將近少華山，山中閃出一隊大軍，打著燕相國將渠旗號。王齕傳令列成陣勢，便接住將渠交鋒。戰不數合，又是一隊大軍到來，打著韓大將公孫嬰旗號。王齕急分兵迎敵。軍士報道：「渭河糧船，被趙將龐煖所劫。」王齕道：「事已如此，且只顧廝殺！若殺退燕、趙二軍，又作計較。」三國之兵，攢做一團，自午至酉，尚未鳴金。信陵君度秦兵已疲，引伏兵一齊殺出。大叫：「信陵君親自領兵在此！秦將早早來降，免污刀斧！」王齕雖是個慣戰之將，到此沒有三頭六臂，如何支持得來？況秦兵素聞信陵君威名，到此心膽俱裂；人人惜命，個個奔逃。王齕大敗，折兵五萬有餘，又盡喪其糧船，只得引殘兵敗將，向南路而遁，進臨潼關去訖。信陵君引得勝之兵，仍分三隊來救鄭州。

卻說蒙驁諜探信陵君兵往華州，乃將老弱列營，虛建大將蒙驁旗幟，與魏、楚二軍相持。盡驅精銳，銜枚疾走，望華州一路迎來，指望與王齕合兵。誰知信陵君已破走了王齕，恰好在華陰界上相遇。信陵君親冒矢石，當先衝敵。左有公孫嬰，右有將渠，兩下大殺一陣，蒙驁折兵萬餘，鳴金收軍。當下扎住大寨，整頓軍馬，打點再決死敵。這邊魏將衛慶，楚將景陽，探知蒙驁不在軍中，攻破秦營老弱，解了鄭州之圍，也望華陰一路追襲而來。正遇蒙驁列陣將戰，兩下夾攻。蒙驁雖勇，怎當得五路軍馬？腹背受敵，又大折一陣，急急望西退走。信陵君率諸軍，直追至函谷關下。五國扎下五個大營，在關前揚威耀武。如此月餘，秦兵緊閉關門，不敢出應。信陵君方纔班師，各國之兵，亦皆散回本國。史臣論此事，以為信陵君之功，皆毛公、薛公之功也。有詩云：

兵馬臨城孰解圍？合從全仗信陵歸。當時勸駕誰人力？卻是埋名兩布衣！

魏安釐王聞信陵君大破秦軍，奏凱而回，不勝之喜，出城三十里迎接。兄弟別了十年，今日相逢，悲喜交集。乃並駕回朝，論功行賞，拜為上相，益封五城。國中大小政事，皆決於信陵君。赦朱亥擅殺晉鄙之罪，用為偏將。此時信陵君之威名，震動天下。各國皆具厚幣，求信陵君兵法。信陵君將賓客平日所進之書策，拈為二十一篇，陣圖七卷，名曰魏公子兵法。

卻說蒙驁與王齕領著敗兵，合做一處，來見秦莊襄王，奏曰：「魏公子無忌，合從五國，兵多將廣，所以臣等不能取勝。損兵折將，罪該萬死！」秦王曰：「卿等屢立戰功，開疆拓土。今日之敗，乃是眾寡不敵，非卿等之罪也。」剛成君蔡澤進曰：「諸國所以合從者，徒以公子無忌之故。今王遣一使修好於魏曰：『請無忌至秦面會。』俟其入關，即執而殺之。永絕後患，豈不美哉！」秦王用其謀，遣使至魏修好，并請信陵君。馮驩曰：「孟嘗、平原，皆為秦所羈，幸而得免。公子不可復蹈其轍。」信陵君亦不願行。言於魏王，使朱亥為使，奉璧一雙以謝秦。秦王見信陵君不至，其計不行，心中大怒。蒙驁密奏秦王曰：「魏使者朱亥，即鎚擊晉鄙之人也。此魏之勇士，宜留為秦用。」秦王欲封朱亥官職，朱亥堅辭不受。秦王益怒。令左右引朱亥置虎圈中。圈有斑斕大虎，見人來即欲前攫。朱亥大喝一聲：「畜生！何敢無禮！」迸開雙睛，如兩個血盞，目眥盡裂，迸血濺虎。虎蹲伏股慄，良久不敢動。左右乃復引出。秦王歎曰：「烏獲、任鄙，不是過矣！若放之歸魏，是與信陵君添翼也。」愈欲迫降之。亥不從。命拘於驛舍，絕其飲食。朱亥曰：「吾受信陵君知遇，當以死報之！」乃以頭觸屋柱，柱折而頭不破。於是以手自探其喉，絕咽而死。真義士哉！

秦王既殺朱亥，復謀於群臣曰：「朱亥雖死，信陵君用事如故。寡人意欲離間其君臣，諸卿有何良策？」剛成君蔡澤進曰：「昔信陵君竊符救趙，得罪魏王。魏王棄之於趙，不許相見。後因秦兵圍急，不得已而召之。雖然糾連四國，得成大功，然信陵君有震主之嫌，魏王豈無疑忌之意？信陵君鎚殺晉鄙。鄙死，宗族賓客，懷恨必深。大王若捐金萬斤，密遣細作至魏，訪求晉鄙之黨，奉以多金，使之布散流言，言：『諸侯畏信陵君之威，皆欲奉之為魏王。信陵君不日將行篡奪之事。』如此則魏王必疎無忌而奪其權。信陵君不用事，天下諸侯亦皆解體。吾因而用兵，無足為吾難矣。」秦王曰：「卿計甚善。然魏既敗吾軍，其太子增，猶質吾國。寡人欲因而殺之，以洩吾根，何如？」蔡澤對曰：「殺一太子，魏復立一太子，何損於魏？不若借太子使為反間於魏。」秦王大悟，待太子增加厚。一面遣細作持萬金往魏國行事，一面使其賓客，皆與太子增往來相善。因而密告太子曰：「信陵君在外十年，交結諸侯，諸侯之將相，莫不敬且憚之。今為魏大將，諸侯兵皆屬焉。天下但知有信陵君，不知有魏王也。雖吾秦國，亦畏信陵君之威，欲立為王，與之連和。信陵君若立，必使秦殺太子，以絕民望。即不然，太子亦將終老於秦矣。奈何？」太子增涕泣求計。客曰：「秦方欲與魏通和，太子何不致一書於魏王，使其請太子歸國？」太子增曰：「雖請之，秦安肯釋我而歸耶？」客曰：「秦王之欲奉信陵，非其本意，特畏之耳。若太子願以國事秦，固秦之願也。何患請而不從哉？」太子增乃為密書，書中備言諸侯歸心信陵，秦亦欲擁立為王等語。後乃敘己求歸之意。將書付客，託以密致魏王。於是秦王乃修書二封，一封至魏王歸朱亥之喪，託言病死。一封奉賀信陵君，另有金幣等物。

卻說魏王因晉鄙賓客布散流言，固已心疑。及秦使捧國書來，欲與魏息兵修好。叩其來意，都是敬慕信陵之語。又接得太子增家信，心中愈加疑惑。使者再將書幣，送信陵府中，故意洩漏其語，使魏王聞之。卻說信陵君聞秦使講和，謂賓客曰：「秦非有兵戎之事，何求於魏？此必有計。」言未畢，閽人報：「秦使者在門，言秦王亦有書奉賀。」信陵君曰：「人臣義無私交。秦王之書幣，無忌不敢受。」使者再三致秦王之意，信陵君亦再三卻之。恰好魏王遣使來到，要取秦王書來看。信陵君曰：「魏王既知有書，若說吾不受，必不肯信。」遂命駕車將秦王書幣原封不動，送上魏王。言：「臣已再三辭之，不敢啟封。今蒙王取覽，只得呈上，但憑裁處。」魏王曰：「書中必有情節，不啟不明。」乃發書觀之。

略曰：

公子威名，播於天下。天下侯王，莫不傾心於公子者。指日當正位南面，為諸侯領袖。但不知魏王讓位，當在何日？引領望之！不腆之賦，預布賀忱。惟公子勿罪！

魏王覽畢，付與信陵君觀看。信陵君奏曰：「秦人多詐，此書乃離間我君臣。臣所以不受者，正慮書中不知何語，恐墮其術中耳。」魏王曰：「公子既無此心，便可於寡人面前，作書復之。」即命左右取紙筆，付信陵君作回書。略云：

無忌受寡君不世之恩，糜首莫酬！南面之語，非所以訓人臣也。蒙君辱貺，昧死以辭！

書付秦使，并金幣帶回。魏王亦遣使謝秦，并言：「寡君年老，欲請太子增回國。」秦王許之。太子增既回魏，復言信陵不可專任。信陵君雖則於心無愧，度王心中芥蒂，終未釋然。遂託病不朝，將相印兵符，俱繳還魏王，與賓客為長夜之飲，多近婦女，日夜為樂，惟恐不及。史臣有詩云：

俠氣凌今古，威名動鬼神！一身全趙魏，兩戰卻嬴秦。鎮國同堅礎，危詞似吠狺。英雄無用處，酒色了殘春。

* * *

再說秦莊襄王在位三年，得疾。丞相呂不韋入問疾，因使內侍以緘書密致王后，追述往日之誓。后舊情未斷，遂召不韋與之私通。不韋以醫藥進王，王病一月而薨。不韋扶太子政即位，此時年僅一十三歲。尊莊襄后為太后。封其母弟成嶠為長安君。國事皆決於不韋，比於太公，號為尚父。不韋父死，四方諸侯賓客弔者如市，車馬填塞道路。視秦王之喪，愈加眾盛。正是：權傾中外，威振諸侯。不在話下。

秦王政元年，呂不韋知信陵君退廢，始復議用兵。使大將蒙驁同張唐伐趙，攻下晉陽。三年，再遣蒙驁同王齕攻韓，韓使公孫嬰拒之。王齕曰：「吾一敗於趙，再敗於魏。蒙秦王赦而不誅。此行當以死報！」遂帥其私屬千人，直犯韓營。齕力戰而死。韓兵亂，蒙驁乘之，大敗韓師，殺公孫嬰，取韓十二城以歸。自信陵君廢，而趙、魏之好亦絕。趙孝成王使廉頗伐魏，圍繁陽。未克，而孝成王薨。太子偃嗣立，是為悼襄王。時廉頗已克繁陽，乘勝進取。而大夫郭開，素以諂佞，為廉頗所嫉，常因侍宴面叱之。郭開銜怨在心，譖於悼襄王，言：「廉頗已老，不任事，伐魏久而無功。」乃使武襄君樂乘，往代廉頗。廉頗怒曰：「吾自事惠文王為將，於今四十餘年，未有挫失。樂乘何人，而能代我！」遂勒兵攻乘，乘懼，走歸國。廉頗遂奔魏。魏王雖尊為客將，疑而不用。廉頗由是遂居大梁。

秦王政四年十月，蝗蟲從東方來，蔽天，禾稼不收，疫病大作。呂不韋與賓客議，令百姓納粟千石，拜爵一級。後世納粟之例，自此而起。是年，魏信陵君傷於酒色，得疾而亡。馮驩哭泣過哀，亦死。賓客自剄從死者百餘人。足見信陵君之能得士矣！明年，魏安釐王亦薨。太子增嗣立，是為景湣王。秦知魏新喪君，又信陵君已死，思報敗績之讎。遣大將蒙驁攻魏，拔酸棗等二十城，置東郡。未幾，又拔朝歌，又攻下濮陽。衛元君乃魏王之婿，東走野王，阻山而居。景湣王嘆曰：「使信陵君尚在，當不令秦兵縱橫至此也！」於是遣使與趙通好。趙悼襄王亦患秦侵伐無已，方欲使人往糾列國，重尋信陵、平原二君合從之約。忽邊吏報道：「今有燕國拜劇辛為大將，領兵十萬，來犯北界。」——那劇辛原是趙人。先在趙時，原與龐煖有交。後來龐煖仕趙，劇辛投奔燕昭王，昭王用為薊郡守。及燕王喜被趙將廉頗圍困都城，賴將渠講和而罷，深以為恥。將渠相燕，原出於趙人所命，非燕王之意。雖則助信陵君戰秦有功，到底君臣之間，未能十分相信。將渠為相歲餘，即託病歸其印綬。燕王乃召劇辛於薊，用為相國，共圖報趙之事。奈心憚廉頗，不敢動撣。今日廉頗奔魏，龐煖為將，劇辛意頗輕之。乃迎合燕王之意，奏曰：「龐煖庸才，非廉頗之比。況秦兵已拔晉陽，趙人疲敝。乘釁攻之，栗腹之恥可雪也。」燕王大悅曰：「寡人正有此意。相國能為寡人一行乎？」劇辛曰：「臣熟知地利，若蒙見委，定當生擒龐煖，獻於大王之前。」燕王大悅，遂使劇辛將兵十萬伐趙。——趙王聞報，即召龐煖計議。煖曰：「劇辛自恃宿將，必有輕敵之心。今李牧見守代郡，使引軍南行，從慶都一路來，以斷其後。臣以一軍迎戰。彼腹背受敵，可以擒矣。」趙王從計而行。

卻說劇辛渡易水，取路中山，直犯常山地界，兵勢甚銳。龐煖帥大軍屯於東垣，深溝高壘，以待其來。劇辛曰：「我軍深入，若彼深壁不戰，成功無日矣。」問帳下：「誰敢挑戰？」驍將栗元乃栗腹之子，欲報父讎，欣然願往。劇辛曰：「更得一人幫助方可。」末將武陽靖請行。劇辛給銳卒萬人，使犯趙師。龐煖使樂乘、樂閒，張兩翼以待，而親率軍迎戰。兩下交鋒，約二十餘合，一聲礮響，兩翼並進。俱用強弓勁弩，亂射燕軍。武陽靖中箭而亡。栗元不能抵當，回車便走。龐煖同二將從後掩殺，一萬銳卒，折去三千有餘。劇辛大怒，急率大軍親自接應。龐煖已自還營去了。劇辛攻壘不能入，乃使人下書，約明日於陣前，單車相見。龐煖允之。兩下各自准備。至次日，彼此列成陣勢，分付不許施放冷箭。龐煖先乘單車立於陣前，請劇將軍會面。劇辛亦乘單車而出。龐煖在車中欠身曰：「且喜將軍齒髮無恙！」劇辛曰：「憶昔別君去趙，不覺距今已四十餘年。某已衰老，君亦蒼顏。人生如白駒過隙，信然也！」龐煖曰：「將軍以昭王禮士，棄趙走燕。一時豪傑景附，如雲之從龍，風之從虎。今金臺草沒，無終墓木已拱。蘇代、鄒衍，相繼去世。昌國君亦歸吾國。燕之氣運，亦可知矣！老將軍年踰七十，孤立於衰王之庭。猶貪戀兵權，持凶器而行危事，欲何為乎？」劇辛曰：「某受燕王三世厚恩，粉骨難報。趁吾餘年，欲為國家雪栗腹之恥！」龐煖曰：「栗腹無故攻吾鄗邑，自取喪敗。此乃燕之犯趙，非趙之犯燕也。」兩下在車前反覆酬答。龐煖忽大呼曰：「有人得劇辛之首者，賞三百金！」劇辛曰：「足下何輕吾太甚？吾豈不能取君之首耶！」龐煖曰：「君命在身，各盡其力可耳！」劇辛大怒，把令箭一麾，栗元便引軍殺出。這裡樂乘、樂閒雙車接戰。燕軍漸失便宜，劇辛驅軍大進。龐煖亦以大軍迎之。兩下混殺一場，燕軍比趙損折更多。天晚各鳴金收軍。劇辛回營，悶悶不悅。欲待回營，又在燕王面前誇了大口。欲待不回，又難取勝。正自躊躇。忽有守營軍士報道：「趙國遣人下書，見在轅門之外，未敢擅投。」劇辛命取書到。其書再三緘封甚固，發而觀之，略曰：

代州守李牧引軍襲督亢，截君之後。君宜速歸，不然無及！某以昔日交情，不敢不告。

劇辛曰：「龐煖欲搖動我軍心耳！縱使李牧兵至，吾何懼哉？」命以書還其使人，來日再決死戰。趙使者已去，栗元進曰：「龐煖之言，不可不信。萬一李牧果引軍襲吾之後，腹背受敵，何以處之？」劇辛笑曰：「吾亦慮及於此。適纔所言，穩住軍心。汝今密傳軍令，虛扎營寨，連夜撤回。吾親自斷後，以拒追兵。」栗元領計去了。誰知龐煖探聽燕營虛設，同樂乘、樂閒，分三路追來。劇辛且戰且走。行至龍泉河，探子報道：「前面旌旗塞路，聞說是代郡軍馬。」劇辛大驚曰：「龐煖果不欺我！」遂不敢北進，引兵東行。欲取阜城一路，奔往遼陽。龐煖追及，大戰於胡盧河。劇辛兵敗，嘆曰：「吾何面目為趙囚乎？」自刎而亡。此燕王喜十三年，秦王政之五年也。髯翁有詩嘆云：

金臺應聘氣昂昂，共翼昭王復舊疆。昌國功名今在否？獨將白首送沙場！

栗元被樂閒擒而斬之。獲首三萬餘，餘俱奔潰，或降。趙兵大勝。龐煖約會李牧一齊征進，取武遂、方城之地。燕王親詣將渠之門，求其為使，伏罪乞和。龐煖看將渠面情，班師奏凱而回。李牧仍守代郡去訖。趙悼襄王郊迎龐煖，勞之曰：「將軍武勇若此，廉、藺猶在趙也！」龐煖曰：「燕人已服，宜及此時合從列國，并力圖秦，方保無虞。」不知合從事如何，且看下回分解。

第一百三回　李國舅爭權除黃歇　樊於期傳檄討秦王

話說龐煖欲乘敗燕之威，合從列國，為并力圖秦之計。除齊附秦外，韓、魏、燕、楚，各出銳師，多者四五萬，少亦二三萬，共推春申君黃歇為上將。歇集諸將議曰：「伐秦之師屢出，皆以函谷關為事。秦人設守甚嚴，未能得志。即我兵亦素知仰攻之難，咸有畏縮之心。若取道蒲坂，由華州而西，逕襲渭南，因窺潼關，兵法所謂出其不意也。」諸將皆曰：「然。」遂分兵五路，俱出蒲關望驪山一路進發，直攻渭南。不克，圍之。秦丞相呂不韋，使將軍蒙驁、王翦、桓齮、李信、內史騰，各將兵五萬人，五枝軍兵，分應五國。不韋自為大將，兼統其軍，離潼關五十里，分為五屯，如列星之狀。王翦言於不韋曰：「以五國悉銳，攻一城而不克，其無能可知矣。三晉近秦，習與秦戰。而楚在南方，其來獨遠。且自張儀亡後，三十餘年，不相攻伐。誠選五營之銳，合以攻楚，楚必不支。楚之一軍破，餘四軍將望風而潰矣。」不韋以為然。於是使五屯設壘建幟如常，暗地各抽精兵一萬，約以四鼓齊起，往襲楚寨。時李信以糧草稽遲，欲斬督糧牙將甘回。眾將告求得免，但鞭背百餘。甘回挾恨，夜奔楚軍，以王翦之計告之。春申君大驚，欲馳報各營，恐其不及。遂即時傳令拔寨俱起，夜馳五十餘里，方敢緩緩而行。比及秦兵到時，楚寨已撤矣。王翦曰：「楚兵先遁，必有洩吾謀者。計雖不成，然兵已至此，不可空回。」遂往襲趙寨。壁壘堅固，攻不能入。龐煖仗劍立於軍門，有敢擅動者即斬。秦兵亂了一夜。至天明，燕、韓、魏俱合兵來救。蒙驁等方纔收兵。龐煖怪楚兵不至，使人探之，知其先撤。嘆曰：「合從之事，今後休矣！」諸將皆請班師。於是韓、魏之兵，先回本國。龐煖怒齊獨附秦，挾燕兵伐之，取饒安一城而返。

再說春申君奔回郢城，四國各遣人來問曰：「楚為從長，奈何不告而先回，敢問其故？」考烈王責讓黃歇，歇慚懼不答。時有魏人朱英，客於春申君之門。知楚方畏秦，乃說春申君曰：「人皆以楚強國，及君而弱，英獨謂不然。先君之時，秦去楚甚遠，西隔巴蜀，南隔兩周。而韓、魏又眈眈乎擬其後。是以三十年無秦患。此非楚之強，其勢然也。今兩周已并於秦，而秦方修怨於魏。魏旦暮亡，則陳、許為通道。恐秦、楚之爭，從此方始。君之責讓，正未已也。何不勸楚王東徙壽春，去秦較遠，絕長淮以自固，可以少安。」黃歇然其謀，言於考烈王，乃擇日遷都。按楚先都郢，後遷於鄀，復遷於陳，今又遷於壽春，凡四遷矣。史臣有詩云：

周為東遷王氣歇，楚因屢徙霸圖空。從來避敵為延敵，莫把遷岐托古公。

* * *

再說考烈王在位已久，尚無子息。黃歇遍求婦人宜子者以進，終不孕。有趙人李園，亦在春申君門下，為舍人。有妹李嫣色美，欲進於楚王，恐久後以無子失寵。心下躊躇：「必須將妹先獻春申君，待其有娠，然後進於楚王。幸而生子，異日得立為楚王，乃吾甥也。」又想：「吾若自獻其妹，不見貴重。還須施一小計，要春申君自來求我。」於是給五日假歸家。故意過期，直待第十日方至。黃歇怪其來遲。

李園對曰：「臣有女弟名嫣，頗有姿色。齊王聞之，遣使來求。臣與其使者飲酒數日，是以失期。」黃歇想道：「此女名聞齊國，必是個美色。」遂問曰：「已受其聘否？」對曰：「方且議之，聘尚未至也。」黃歇曰：「能使我一見乎？」園曰：「臣在君之門下，即吾女弟，誰非君妾婢之流。敢不如命？」乃盛飾其妹，送至春申君府中。黃歇一見大喜，是夜即賜李園白璧二雙，黃金三百鎰，留其妹侍寢。未三月，即便懷孕。李園私謂其妹嫣曰：「為妾與為夫人孰貴？」嫣笑曰：「妾安得比夫人？」園又曰：「然則為夫人與王后孰貴？」嫣又笑曰：「王后貴盛！」李園曰：「汝在春申君府中，不過一寵妾耳。今楚王無子，幸汝有娠，倘進於楚王，他日生子為王，汝為太后，豈不勝於妾乎？」遂教以說詞，使於枕席之間，如此這般，春申君必然聽從。李嫣一一領記。夜間侍寢之際，遂進言於黃歇曰：「楚王之貴幸君，雖兄弟不如也。今君相楚二十餘年，而王未有子。千秋百歲後，將更立兄弟。兄弟於君無恩，必將各立其所親幸之人。君安得長有寵乎？」黃歇聞言，沉思未答。嫣又曰：「妾所慮不止於此也。君貴，用事久，多失禮於王之兄弟。兄弟誠立，禍且及身，豈特江東封邑不可保而已哉！」黃歇愕然曰：「卿言是也。吾慮不及此！今當奈何？」李嫣曰：「妾有一計，不惟免禍，而且多福。但妾負愧，難於自吐；又恐君不我聽，是以妾未敢言。」黃歇曰：「卿為我畫策，何為不聽？」李嫣曰：「妾今自覺有孕矣，他人莫知也。幸妾侍君未久，誠以君之重，而進妾於楚王，王必幸妾。妾賴天佑生男，異日必為嫡嗣，則是君之子為王也。楚國盡可得，孰與身臨不測之罪乎？」黃歇如夢初覺，如醉初醒，喜曰：「天下有智婦人，勝於男子。卿之謂矣！」次日即召李園，告之以意。密將李嫣，出居別舍。黃歇入言於楚王曰：「臣所聞李園妹名嫣者有色，相者皆以為宜子，當貴。齊王方遣人求之，王不可不先也。」楚王即命內侍宣取李嫣入宮。嫣善媚，楚王大寵愛之。及產期，雙生二男，長曰捍，次曰猶。楚王喜不可言，遂立李嫣為王后，長子捍為太子。李園為國舅，貴幸用事，與春申君相並。園為人多詐術，外奉春申君益謹，而中實忌之。及考烈王二十五年，病久不愈。李園想起其妹懷娠之事，惟春申君知之。他日太子為王，不便相處，不如殺之，以滅其口。乃使人各處訪求勇力之士，收置門下，厚其衣食，以結其心。朱英聞而疑之，曰：「李園多蓄死士，必為春申君故也。」乃入見春申君曰：「天下有無妄之福，有無妄之禍，又有無妄之人。君知之乎？」黃歇曰：「何謂無妄之福？」朱英曰：「君相楚二十餘年矣。名為相國，與楚王無二。今楚王病久不愈，一旦宮車晏駕，少主嗣位，而君輔之，如伊尹、周公。俟王之年長，而反其政。若天與人歸，遂南面即位。此所謂無妄之福也。」黃歇曰：「何謂無妄之禍？」朱英曰：「李園王之舅也。而君位在其上。外雖柔順，內實不甘。且同盜相妒，勢所必至也。聞其陰蓄死士，為日已久，何所用之？楚王一薨，李園必先入據權，而殺君以滅口。此所謂無妄之禍也。」黃歇曰：「何謂無妄之人？」朱英曰：「李園以妹故，宮中聲息，朝夕相通。而君宅於城外，動輒後時。誠以郎中令相處，某得領袖諸郎。李園先入，臣為君殺之。此所謂無妄之人也。」黃歇掀髯大笑曰：「李園弱人耳！又事我素謹，安有此事？足下得無過慮乎？」朱英曰：「君今日不用吾言，悔之晚矣。」黃歇曰：「足下且退，容吾察之。如用足下之處，即來相請。」朱英去三日，不見春申君動靜。知其言不見用，嘆曰：「吾不去，禍將及矣！鴟夷子皮之風可追也。」乃不辭而去，東奔吳下，隱於五湖之間。髯翁有詩云：

紅顏帶子入王宮，盜國奸謀理不容。天啟春申無妄禍，朱英焉得令郎中？

朱英去十七日，而考烈王薨。李園預與宮殿侍衛相約：「倘一聞有變，當先告我。」至是聞信，先入宮中，分付祕不發喪。密令死士伏於棘門之內。捱至日沒，方使人徐報黃歇。黃歇大驚，不謀於賓客，即刻駕車而行。方進棘門，兩邊死士突出，口呼：「奉王后密旨，春申君謀反宜誅！」黃歇知事變，急欲迴車，手下已被殺散。遂斬黃歇之頭，投於城外。將城門緊閉，然後發喪。擁立太子捍嗣位，是為楚幽王，時年纔六歲。李園自立為相國，獨專楚政。奉李嫣為王太后。傳令盡滅春申君之族，收其食邑，哀哉！自李園當國，春申君賓客盡散。群公子皆疎遠不任事。少主寡后，國政日紊，楚自此不可為矣。

* * *

話分兩頭。再說呂不韋憤五國之攻秦，謀欲報之，曰：「本造謀者，趙將龐煖也。」乃使蒙驁同張唐督兵五萬伐趙。三日後，再令長安君成嶠，同樊於期率兵五萬為後繼。賓客問於不韋曰：「長安君年少，恐不可為大將。」不韋微笑曰：「非爾所知也。」

且說蒙驁前軍出函谷關，取路上黨，徑攻慶都，結寨於都山。長安君大軍營於屯留，以為聲援。趙使相國龐煖為大將，扈輒副之，率軍十萬拒敵。許龐煖便宜行事。龐煖曰：「慶都之北，惟堯山最高。登堯山可望都山，宜往據。」使扈輒引軍二萬先行，比至堯山，先有秦兵萬人，在彼屯扎。扈輒衝上殺散，就於山頭下寨。蒙驁使張唐引軍二萬前來爭山。龐煖大軍亦到。兩邊於山下列成陣勢，大戰一場。扈輒在山頭用紅旗為號。張唐往東，旗便往東指。張唐往西，旗便往西指。趙軍只望紅旗指處，圍裹將來。龐煖下令：「有人擒得張唐者，封以百里之地。」趙軍無不死戰。張唐奮盡平生之勇，不能透出重圍。卻得蒙驁軍到，接應出來，同回都山大寨。慶都知救兵已到，守禦益力。蒙驁等不能取勝，遣張唐往屯留，催取後隊軍兵。

卻說長安君成嶠，年方十七歲，不諳軍務，召樊於期議之。於期素惡不韋納妾盜國之事，請屏去左右，備細與成嶠敘述一遍言：「今王非先王骨血，惟君乃是適子。文信侯今日以兵權付君，非好意也。恐一旦事洩，君與今王為難。故陽示恩寵，實欲出君於外。文信侯出入宮禁，與王太后宣淫不禁。夫妻父子，聚於一窟，所忌者獨君耳。若蒙驁兵敗無功，將借此以為君罪。輕則削籍，重則刑誅。嬴氏之國，化為呂氏。舉國人皆知其必然，君不可不為之計！」成嶠曰：「非足下說明，某不知也。為今計當奈何？」樊於期曰：「今蒙驁兵困於趙，急未能歸。而君手握重兵，若傳檄以宣淫人之罪，明宮闈之詐，臣民誰不願奉適嗣以主社稷者！」成嶠忿然按劍作色曰：「大丈夫死則死耳！安能屈膝為賈人子下乎？惟將軍善圖之！」樊於期偽向使者言：「大軍即日移營，多致意蒙將軍，用心准備。」使者去後，樊於期草就檄文，略曰：

長安君成嶠布告中外臣民知悉：傳國之義，適統為尊；覆宗之惡，陰謀為甚。文信侯呂不韋者，以陽翟之賈人，窺咸陽之主器。今王政，實非先王之嗣，乃不韋之子也。始以懷娠之妾，巧惑先君；繼以奸生之兒，遂蒙血胤。恃行金為奇策，邀反國為上功。兩君之不壽有由，是可忍也？三世之大權在握，孰能禦之！朝豈真王，陰已易嬴而為呂；尊居假父，終當以臣而篡君。社稷將危，神人胥怒！某叨為嫡嗣，欲訖天誅！甲冑干戈，載義聲而生色；子孫臣庶，念先德以同驅。檄文到日，磨厲以須；車馬臨時，市肆勿變。

樊於期將檄文四下傳布。秦人多有聞說呂不韋進妾之事者。及見檄內懷娠奸生等語，信其為實。雖然畏文信侯之威，不敢從兵，卻也未免觀望之意。時彗星先見東方，復見北方，又見西方。占者謂國中當有兵起，人心為之搖動。樊於期將屯留附縣丁壯，悉編軍伍，攻下長子、壺關，兵勢益盛。張唐知長安君已反，星夜奔往咸陽告變。秦王政見檄文大怒，召尚父呂不韋計議。不韋曰：「長安君年少，不辨為此。此乃樊於期所為也。於期有勇無謀，兵出即當就擒，不必過慮。」乃拜王翦為大將，桓齮、王賁為左右先鋒，率軍十萬，往討長安君。

再說蒙驁與龐煖相持，等待長安君接應不到。正疑訝間，接得檄文，如此恁般。大驚曰：「吾與長安君同事，今攻趙無功，而長安君復造反，吾安得無罪？若不反戈以平逆賊，何以自解？」乃傳令班師，將車馬分為三隊，親自斷後，緩緩而行。龐煖探聽秦軍移動，預選精兵三萬，使扈輒從間道伏於太行山林木深處，囑曰：「蒙驁老將，必親自斷後。待秦兵過且盡，從後邀擊，方保全勝。」蒙驁見前軍徑去無礙，放心前行。一聲砲響，伏兵突出。蒙驁便與扈輒交戰，良久，龐煖兵從後追及。秦兵前去者，已無鬬志，遂大潰。蒙驁身帶重傷，猶力戰殺數十人，親射龐煖中其脅。趙軍圍之數重，亂箭射之，矢如蝟毛。可惜秦國一員名將，今日死於太行山之下。龐煖得勝，班師回趙。箭瘡不痊，未幾亦死。此事擱過不題。

再說張唐、王翦等兵至屯留，成嶠大懼。樊於期曰：「王子今日乃騎虎之勢，不得復下。況三城之兵，不下十五萬。背城一戰，未卜勝負。何懼之有？」乃列陣於城下以待。王翦亦列陣相對，謂樊於期曰：「國家何負於汝？乃誘長安君造逆耶？」樊於期在車上欠身答曰：「秦政乃呂不韋奸生之子，誰不知之！吾等世受國恩，何忍見嬴氏血食，為呂氏所奪？長安君先王血胤，所以奉之。將軍若念先王之祀，一同舉義，殺向咸陽，誅淫人，廢偽王，扶立長安君為王。將軍不失封侯之位，同享富貴，豈不美哉？」

王翦曰：「太后懷姙十月而生今王，其為先君所出無疑。汝乃造謗，污衊乘輿，為此滅門之事。尚自巧言虛飾，搖惑軍心。拿住之時，碎屍萬段！」樊於期大怒，瞋目大呼，揮長刀直入秦軍。秦軍見其雄猛，莫不披靡。樊於期左衝右突，如入無人之境。王翦軍圍之，凡數次，皆斬將潰圍而出。秦兵損折極多。是日天晚，各自收軍。王翦屯兵於傘蓋山，思想：「樊於期如此驍勇，急切難收，必須以計破之。」乃訪帳下：「何人與長安君相識？」有末將楊端和，乃屯留人，自言：「曾在長安君門下為客。」王翦曰：「我修書一封與汝，汝可送與長安君，勸他早圖歸順，無自取死。」楊端和曰：「小將如何入得城去？」王翦曰：「俟交鋒之時，乘其收軍，汝可效敵人打扮，混入城中。只看攻城至急，便往見長安君，必然有變。」端和領計。王翦當下修書緘封，付與端和，自去伺候行事。再召桓齮引一軍攻長子城。王賁引一軍攻壺關城。王翦自攻屯留。三處攻打，使他不能來應。樊於期謂成嶠曰：「今乘其分軍之時，決一勝負。若長子、壺關不守，秦兵勢大，更難敵矣！」成嶠年幼畏懦，涕泣言曰：「此事乃將軍倡謀，但憑主裁，勿誤我事。」樊於期即選精兵萬餘，開門出戰。王翦佯讓一陣，退軍一里，屯於伏龍山。於期得勝入城，楊端和已混入去了。——因他原是本城之人，自有親戚處安歇。不在話下。——成嶠問樊於期曰：「王翦軍馬不退，如何？」樊於期答曰：「今日交鋒，已挫其銳。明日當悉兵出戰，務要生擒王翦，直入咸陽，扶立王子為君，方遂吾志！」不知勝負如何，且看下回分解。

第一百四回　甘羅童年取高位　嫪毐偽腐亂秦宮

話說王翦退軍十里，分付深溝高壘，分守險阨，不許出戰。卻發軍三萬，往助桓齮、王賁，催他早早收功。樊於期連日悉銳出戰，秦兵只是不應。於期以王翦為怯。正想商議，分兵往救長子、壺關二處。忽哨馬報道：「二城已被秦兵攻下！」於期大驚，乃立屯於城外，以安長安君之意。

卻說桓齮、王賁聞王翦移營伏龍山，引兵來見，言：「二城俱已收復，分兵設守，諸事停妥。」王翦大喜曰：「屯留之勢孤矣！只擒得樊於期，便可了事。」言未畢，守營卒道：「今有將軍辛勝，奉秦王之命來到，已在營外。」王翦迎入帳中，問其來意。辛勝曰：「一者以軍士勞苦，命賫犒賞頒賜；二者秦王深恨樊於期，傳語將軍，必須生致其人，手劍斬首，以快其恨。」王翦曰：「將軍此來，正有用處。」遂將來物犒賞三軍。然後發令，使桓齮、王賁各引一軍，分作左右埋伏。卻教辛勝引五千人馬，前去搦戰。自己引大軍准備攻城。

再說成嶠聞長子、壺關二城不守，使人急召樊於期入城商議。樊於期曰：「只在早晚，與決一戰。若戰而不勝，當與王子北走燕、趙，連合諸侯，共誅偽王，以安社稷。」成嶠曰：「將軍小心在意。」樊於期復還本營。哨馬報：「秦王新遣將軍辛勝，今來索戰。」樊於期曰：「無名小卒，吾先除之！」遂率軍開營出迎。略戰數合，辛勝倒退。樊於期恃勇前進。約行五里，桓齮、王賁兩路伏兵殺出，於期大敗。急收軍回，王翦兵已布滿城下。於期大奮神威，殺開一條血路，城中開門接應入去了。王翦合兵圍城，攻打甚急。樊於期親自巡城，晝夜不倦。楊端和在城中，見事勢甚危，乘夜求見長安君成嶠，稱：「有機密事求見。」成嶠見是舊日門下之客，欣然喚入。端和請屏左右，告曰：「秦之強，君所知也。雖六國，不能取勝。君乃欲以孤城抗之，必無幸矣！」成嶠曰：「樊於期言今王非先王所出，導我為此，非吾初意也。」端和曰：「樊於期恃匹夫之勇，不顧成敗，欲以君行僥倖之事。今傳檄郡縣，無有應者。而王將軍攻圍甚急。城破之後，君何以自全乎？」成嶠曰：「吾欲奔燕、趙，合從諸國，足下以為可否？」端和曰：「合從之事，趙肅侯、齊湣王、魏信陵、楚春申俱曾為之，方合旋散，其不可成明矣。六國誰非畏秦者？君所在之國，秦遣一介責之，必將縛君以獻。君尚可望活乎？」成嶠曰：「足下為吾計，當如何？」端和曰：「王將軍亦知君為樊於期所誘，有密書一封，託致於君。」遂將書呈上。成嶠發而觀之，略曰：

君親則介弟，貴則侯封。奈何聽無稽之言，行不測之事？自取喪滅，豈不惜哉！首難者樊於期。君能斬其首，獻於軍前，束手歸罪，某當保奏，王必恕君。若遲回不決，悔無及矣！

成嶠看畢，流淚而言曰：「樊將軍忠直之士，何忍加誅？」端和嘆曰：「君所謂『婦人之仁』也！若不見從，臣當辭去。」成嶠曰：「足下且暫勞作伴，不可遠離。所言俟從容再議。」端和曰：「願君勿洩吾言也！」次日，樊於期駕車來見成嶠曰：「秦兵勢盛，人情惶懼，城旦暮不保。願同王子出避燕、趙，更作後圖。」成嶠曰：「吾宗族俱在咸陽，今遠避他國，知其納否？」樊於期曰：「諸國皆苦秦暴，何愁不納？」正話間，外報：「秦兵在南門索戰！」樊於期催并數次，曰：「王子今不行，後將不可出矣！」成嶠猶豫不決。樊於期只得綽刀登車，馳出南門，復與秦兵交鋒。楊端和勸成嶠登城觀戰。只見樊於期鏖戰良久，秦兵益進。於期不能抵當，奔回城下，高叫：「開門！」楊端和仗劍立於成嶠之旁，厲聲曰：「長安君已全城歸降矣！樊將軍請自便。有敢開門者斬！」袖中出一旗，旗上有個「降」字。左右皆端和親戚，便將降旗豎起，不由成嶠做主。成嶠惟垂泣而已。樊於期嘆口氣曰：「孺子，不足輔也！」秦兵圍於期數重。因秦王之命，欲生致於期，不敢施放冷箭。於期復殺開一條血路，奔望燕國而去。王翦追之不及。楊端和使成嶠開門以納秦兵。將成嶠幽於公館，遣辛勝往咸陽報捷，并請長安君發落。秦太后脫簪代長安君請罪，求免其死。且轉乞呂不韋言之。秦王政怒曰：「反賊不誅，骨肉皆將謀叛矣！」遂遣使命王翦即梟斬成嶠於屯留。凡軍吏從嶠者，皆取斬。合城百姓，盡遷於臨洮之地。一面懸賞格購樊於期；有能擒獻者，賞以五城。使者至屯留，宣秦王之命。成嶠聞不蒙赦，自縊於館舍。翦仍梟其首，懸於城門。軍吏殺者凡數萬人。百姓遷徙，城中一空。此秦王政七年事也。髯翁有詩云：

非種侵苗理合鋤，萬全須看勢何如？屯留困守終無濟，罪狀空傳一紙書。

* * *

是時秦王政年已長成，生得身長八尺五寸，英偉非常。質性聰明，志氣超邁。每事自作主張，不全由太后、呂不韋做主。既定長安君之亂，乃謀復蒙驁之仇。集群臣議伐趙。剛成君蔡澤進曰：「趙者，燕之世仇也。燕之附趙，非其本心。某請出使於燕，使燕王效質稱臣，以孤趙之勢。然後同燕伐趙。我因以廣河間之地，此莫大之利也。」秦王以為然，即遣蔡澤往燕。澤說燕王曰：「燕、趙皆萬乘之君也。一戰而粟腹死，再戰而劇辛亡。大王忘兩敗之仇，而與趙共事，西向以抗強秦。勝則利歸於趙，不勝則禍歸於燕，是為燕計者過也。」燕王曰：「寡人非甘心於趙，其奈力不敵何？」蔡澤曰：「今秦王欲修五國合從之怨，臣竊以為燕與趙世仇，其從兵殆非得已。大王若遣太子為質於秦，以信臣之言。更請秦之大臣一人，以為燕相，則燕、秦之交，固於膠漆。合兩國之力，於以雪恥於趙，不難矣。」燕王聽其言，遂使太子丹為質於秦。因請大臣一人，以為燕相。呂不韋欲遣張唐，使太史卜之，大吉。張唐託病不肯行，不韋駕車親自往請。張唐辭曰：「臣屢次伐趙，趙怨臣深矣。今往燕，必經趙過。臣不可往。」不韋再三強之，張唐堅執不從。

　　不韋回府中，獨坐堂上納悶。門下客有甘羅者，乃是甘茂之孫，時年僅十二歲。見不韋有不悅之色，進而問曰：「君心中有何事？」不韋曰：「孺子何知，而來問我？」甘羅曰：「所貴門下士者，謂其能為君分憂任患也。君有事而不使臣得聞，雖欲效忠無地矣！」不韋曰：「吾向者令剛成君使燕，燕太子丹已入質矣。今欲使張卿相燕，占得吉，而彼堅不肯行。吾所以不快者此耳。」甘羅曰：「此小事，何不早言？臣請行之。」不韋怒，連叱曰：「去，去！我親往請之而不得，豈小子所能動耶！」甘羅曰：「昔項橐七歲為孔子師。今臣生十二歲，長於橐五年。試臣而不效，叱臣未晚。奈何輕量天下士，遽以顏色相加哉？」不韋奇其言，改容謝之曰：「孺子能令張卿行者，事成當以卿位相屈。」甘羅欣然辭去，往見張唐。唐雖知為文信侯門客，見其年少，輕之。問曰：「孺子何以見辱？」甘羅曰：「特來弔君耳！」張唐曰：「某有何事可弔？」甘羅曰：「君之功，自謂比武安君何如？」唐曰：「武安君南挫強楚，北威燕、趙。戰勝攻取，破城墮邑，不計其數。某功不及十之一也！」甘羅曰：「然則應侯之用於秦也，視文信侯孰專？」張唐曰：「應侯不及文信侯之專。」甘羅曰：「君明知文信侯之權，重於應侯乎？」曰：「何為不知？」甘羅曰：「昔應侯欲使武安君攻趙，武安君不肯行。應侯一怒，而武安君遂出咸陽，死於杜郵。今文信侯自請君相燕，而君不肯行。此武安君所以不容於應侯者，而謂文信侯能容君乎？君之死期不遠矣！」張唐悚然有懼色，謝曰：「孺子教我！」乃因甘羅以請罪於不韋，即日治裝。將行，甘羅見不韋曰：「張唐聽臣之說，不得已而往燕。然中情不能不畏趙也。願假臣車五乘，為張唐先報趙。」不韋已知其才，乃入言於秦王曰：「有甘茂之孫甘羅，年雖少，然名家之子孫，甚有智辨。今者張唐稱病，不肯相燕。甘羅一說即行。復請先報趙王，惟王遣之。」秦王宣甘羅入見。身纔五尺，眉目秀美如畫。秦王已自喜歡，問曰：「孺子見趙王何以措詞？」甘羅對曰：「察其喜懼，相機而進。言若波興，隨風而轉，不可以預定也。」秦王給以良乘十乘，僕從百人，從之使趙。

趙悼襄王已聞燕、秦通好，正怕二國合計謀趙。忽報秦使者來到，喜不可言。遂出郊二十里，迎接甘羅。及見其年少，暗暗稱奇。問曰：「向為秦通三川之路者，亦甘氏，於先生為何人？」甘羅曰：「臣祖也。」趙王曰：「先生年幾何？」對曰：「十二歲。」趙王曰：「秦庭年長者，不足使乎？何以及先生？」甘羅曰：「秦王用人，各因其任。年長者任以大事，年幼者任以小事。臣年最幼，故為使於趙耳。」趙王見其言辭磊落，又暗暗稱奇。問曰：「先生下辱敝邑，有何見教？」甘羅曰：「大王聞燕太子丹入質於秦乎？」趙王曰：「聞之。」甘羅又曰：「大王聞張唐相燕乎？」趙王曰：「亦聞之。」甘羅曰：「夫燕太子丹入質於秦，是燕不欺秦也。張唐相燕，是秦不欺燕也。燕、秦不相欺，而趙危矣。」

趙王曰：「秦所以親燕者何意？」甘羅曰：「秦之親燕，欲相與攻趙，而廣河間之地也。大王不如割五城獻秦，以廣河間。臣請言於秦君，止張唐之行，絕燕之好，而與趙為歡。夫以強趙攻弱燕，而秦不為救，此其所得，豈止五城而已哉！」趙王大悅，賜甘羅黃金百鎰，白璧二雙，以五城地圖付之，使還報秦王。秦王喜曰：「河間之地，賴孺子而廣矣！孺子之智，大於其身。」乃止張唐不遣。張唐亦深感之。趙聞張唐不行，知秦不助燕，乃命龐煖、李牧合兵伐燕，取上谷三十城。趙得十九城，而以十一城歸秦。秦王封甘羅為上卿，復以向時所封甘茂田宅賜之。今俗傳甘羅十二為丞相，正謂此也。有詩為證：

片言納地廣河間，上谷封疆又割燕。許大功勞出童子，天生智慧豈因年！

又有詩云：

甘羅早達子牙遲，遲早窮通各有時。請看春花與秋菊，時來自發不愆期。

燕太子丹在秦，聞秦之背燕而與趙，如坐針氈。欲逃歸，又恐不得出關。乃求與甘羅為友，欲資其謀，為歸燕之計。忽一夕，甘羅夢紫衣吏持天符來，言：「奉上帝命，召歸天上。」遂無疾而卒。高才不壽，惜哉！太子丹遂留於秦矣。

* * *

話分兩頭。卻說呂不韋以陽偉善戰，得寵於莊襄后。出入宮闈，素無忌憚。及見秦王年長，英明過人，始有懼意。奈太后淫心愈熾，不時宣召入甘泉宮。不韋怕一旦事發，禍及於己，欲進一人以自代。

想可以稱太后之意者，而難其人。聞市人嫪大，其陽具有名，里中淫婦人爭事之。秦語呼人之無士行者曰毐，因稱為嫪毐。偶犯淫罪，不韋曲赦之，留為府中舍人。秦俗農事畢，國中縱倡樂三日，以節其勞。凡百戲任人陳設。有一長一藝，人所不能者，全在此日施逞。呂不韋以桐木為車輪，使嫪毐以其陽具穿於桐輪之中，輪轉而具不傷，市人皆大笑。太后聞其事，私問於不韋，似有欣羨之意。不韋曰：「太后欲見其人乎？臣請乘間進之。」太后笑而不答。良久曰：「君戲言耶？此外人，安得入內？」不韋曰：「臣有一計在此。使人發其舊罪，下之腐刑。太后行重賂於行刑者，詐為閹割，然後以宦者給事宮中，乃可長久。」太后大悅曰：「此計甚妙！」乃以百金授不韋。不韋密召嫪毐，告之以故。毐性淫，欣然自以為奇遇矣。不韋果使人發其他淫罪，論以腐刑。因以百金分賂主刑官吏，取驢陽具，及他血，詐作閹割，拔其鬚。行刑者故意將驢陽傳示左右，盡以為嫪毐之具。傳聞者莫不駭異。嫪毐既詐腐如宦者狀，遂雜於內侍之中以進。太后留侍宮中。夜令侍寢，試之，大暢所欲，以為勝不韋十倍也。明日厚賜不韋，以酬其功。不韋乃倖得自脫。太后與嫪毐相處如夫婦，未幾懷娠。太后恐生產時不可隱，詐稱病，使嫪毐行金賂卜者，使詐言宮中有祟，當避西方二百里之外。秦王政頗疑呂不韋之事，亦幸太后稍遠去，絕其往來。乃曰：「雍州去咸陽西二百餘里，且往時宮殿俱在，太后宜居之。」於是太后徙雍城，嫪毐為御而往。既去咸陽，居雍故宮，名曰大鄭宮。嫪毐與太后，益相親不忌。兩年之中，連生二子，築密室藏而育之。太后私與毐約，異日王崩，以其子為後。外人頗有知者，但無人敢言。太后奏稱：「嫪毐代王侍養有功，請封以土地。」秦王奉太后之命，封毐為長信侯，予以山陽之地。毐驟貴，愈益恣肆。太后每日賞賜無算。宮室輿馬，田獵遊戲，任其所欲。事無大小，皆決於毐。毐蓄家僮數千人。賓客求宦達願為舍人者，復千餘人。又賄結朝貴為己黨，趨權者爭附之，聲勢反過於文信侯矣。

秦王政九年春，彗星見，其長竟天。太史占之曰：「國中當有兵變也。」按秦襄公立鄜時以祀白帝，後德公遷都於雍，遂於雍立郊天之壇。秦穆公又立寶夫人祠，歲歲致祭，遂為常規。後來雖再遷咸陽，此規不廢。太后居於雍城，秦王政每歲以郊祀之期，至雍朝見太后。因舉祀典，自有祈年宮駐駕。是春復當其期，適有彗星之變。臨行，使大將王翦耀兵於咸陽三日，同尚父呂不韋守國。桓齮引兵三萬，屯於岐山，然後起駕。時秦王已二十六歲，猶未冠。太后命於德公之廟行冠禮，佩劍，賜百官大酺五日。太后亦與秦王宴於大鄭故宮。也是嫪毐享福太過，合當生出事來。毐與左右貴臣，賭博飲酒，至第四日，嫪毐與中大夫顏洩，連博失利。飲酒至醉，復求覆局。洩亦醉，不從。嫪毐直前扭顏洩，批其頰。洩不讓，亦摘去嫪毐冠纓。毐怒甚，瞋目大叱曰：「吾乃今王之假父也！爾寠人子，何敢與我抗乎？」顏洩懼，走出。恰遇秦王政，從太后處飲酒出宮。顏洩伏地叩頭，號泣請死。秦王政是有心機之人，不發一言，但令左右扶至祈年宮，然後問之。顏洩將嫪毐批頰，及自稱假父之語述了一遍。因奏：「嫪毐實非宦者，詐為腐刑，私侍太后。見今產下二子，在於宮中，不久謀篡秦國。」秦王政聞之大怒，密以兵符往召桓齮，使引兵至雍。有內史肆、佐戈竭二人，素受太后及嫪毐金錢，與為死黨。知其事急，奔嫪毐府中告之。毐已酒醒，大驚。夜叩大鄭宮，求見太后，訴以如此這般：「今日之計，除非乘桓齮兵未到，盡發宮騎衛卒，及賓客舍人，攻祈年宮。幸彼攻破，我夫妻尚可相保。」太后曰：「宮騎安肯聽吾令乎？」嫪毐曰：「願借太后璽，假作御寶用之。託言：『祈年宮有賊，王有令召宮騎齊往救駕。』宜無不從。」太后是時主意亦亂，曰：「惟爾行之！」遂出璽付毐。毐偽作秦王御書，加以太后璽文，遍召宮騎衛卒。本府賓客舍人，自不必說。亂至次日午牌，方纔取齊。嫪毐與內史肆、佐弋竭，分將其眾，圍祈年宮。秦王政登臺問各軍犯駕之意。答曰：「長信侯傳言行宮有賊，特來救駕！」秦王曰：「長信侯便是賊！宮中有何賊耶？」宮騎衛卒等聞之，一半散去；一半膽大的，便反戈與賓客舍人相鬭。秦王下令：「有生擒嫪毐者，賜錢百萬；殺之而以其首獻者，賜錢五十萬；得逆黨一首者，賜爵一級。輿隸下賤，賞格皆同。」於是宦者及牧圉諸人，皆盡死出戰。百姓傳聞嫪毐造反，亦來持挺助力。賓客舍人死者數百人。嫪毐兵敗，奪路斬開東門出走。正遇桓齮大兵，活活的束手就縛。并內史肆、佐弋竭等，皆被擒，付獄吏拷問得實。秦王政乃親往大鄭宮搜索，得嫪毐姦生二子於密室之中，使左右置於布囊中撲殺之。太后暗暗心痛，不敢出救，惟閉門流涕而已。秦王竟不朝謁其母，歸祈年宮。以太史占星有驗，賜錢十萬。獄吏獻嫪毐招詞，言：「毐偽腐入宮，皆出文信侯呂不韋之計。其同謀死黨，如內史肆、佐弋竭等，凡二十餘人。」秦王命車裂嫪毐於東門之外，夷其三族。肆、竭等，皆梟首示眾。諸賓客舍人，從叛格鬭者，誅死。即不預亂者，亦遠遷於蜀地。凡遷四千餘家。太后用璽黨逆，不可為國母，減其祿奉，遷居於棫陽宮。——此乃離宮之最小者。——以兵三百人守之。凡有人出入，必加盤詰。太后此時，如囚婦矣，豈不醜哉！秦王政平了嫪毐之亂，回駕咸陽。尚父呂不韋懼罪，偽稱疾，不敢出謁。秦王欲并誅之，問於群臣。群臣多與交結，皆言不韋扶立先王，有大功於社稷。況嫪毐未嘗面質，虛實無憑，不宜從坐。秦王乃赦不韋不誅，但免相，收其印綬。桓齮擒反賊有功，加封進級。是年夏四月，天發大寒，降霜雪，百姓多凍死。民間皆議：「秦王遷謫太后，子不認母，故有此異。」大夫陳忠進諫曰：「天下無無母之子。宜迎歸咸陽，以盡孝道，庶幾天變可回。」秦王大怒，命剝去其衣，置其身於蒺藜之上，而捶殺之。陳其屍於闕下，榜曰：「有以太后之事來諫者，視此。」秦臣相繼進諫不止。不知可能感悟秦王否，且看下回分解。

第一百五回　茅焦解衣諫秦王　李牧堅壁卻桓齮

話說秦大夫陳忠死後，相繼而諫者不止。秦王輒戮之，陳屍闕下。前後凡誅殺二十七人，屍積成堆。時齊王建來朝於秦，趙悼襄王亦至。相與置酒咸陽宮，甚歡。及見闕下死屍，問其故，莫不嘆息私議秦王之不孝也。時有滄州人茅焦，適遊咸陽，寓旅店。同舍偶言及此事，焦憤然曰：「子而囚母，天地反覆矣！」使主人具湯水，將沐浴，明早叩闇入諫秦王。同舍笑曰：「彼二十七人者，皆王平日親信之臣，尚且言而不聽，死不旋踵。豈少汝一布衣耶？」茅焦曰：「諫者自二十七人而止，則秦王遂不聽矣。若二十七人而不止，王之聽不聽，未可知也。」同舍皆笑其愚。次早五鼓，向主人索飯飽食。主人牽衣止之，茅焦絕衣而去。同寓者度其必死，相與剖分其囊。

茅焦來至闕下，伏屍大呼曰：「臣齊客茅焦，願上諫大王！」秦王使內侍出問曰：「客所諫者何事？得無涉王太后語耶？」茅焦曰：「臣正為此而來。」內侍還報曰：「客果為太后事來諫也！」秦王曰：「汝可指闕下積屍告之。」內侍謂茅焦曰：「客不見闕下死人纍纍耶？何不畏死若是！」茅焦曰：「臣聞天有二十八宿，降生於地，則為正人。今死者已有二十七人矣！尚缺其一。臣所以來者，欲滿其數耳！古聖賢誰人不死，臣又何畏哉？」內侍復還報。秦王大怒曰：「狂夫，故犯吾禁！」顧左右：「炊鑊湯於廷，當生煮之！彼安得全屍闕下，為二十七人滿數乎？」於是秦王按劍而坐，龍眉倒豎，口中沫出，怒氣勃勃不可遏。連呼：「召狂夫來就烹！」內侍往召茅焦。茅焦故意踽踽作細步，不肯急趨。內侍促之速行。茅焦曰：「我見王即死矣，緩吾須臾何害？」內侍憐之，乃扶掖而前。茅焦至階下，再拜叩頭奏曰：「臣聞之：『有生者不諱其死，有國者不諱其亡；諱亡者不可以得存，諱死者不可以得生。』夫死生存亡之計，明主之所究心也。不審大王欲聞之否？」秦王色稍降，問曰：「汝有何計？可試言之。」茅焦對曰：「夫忠臣不進阿順之言，明主不蹈狂悖之行。主有悖行而不言，是臣負其君也；臣有忠言而君不聽，是君負其臣也。大王有逆天之悖行，而大王不自知；微臣有逆耳之忠言，而大王又不欲聞。臣恐秦國從此危矣！」秦王悚然良久，色愈降。乃曰：「子所言何事？寡人願聞之。」茅焦曰：「大王今日不以天下為事乎？」秦王曰：「然。」茅焦曰：「今天下之所以尊秦者，非獨威力使然。亦以大王為天下之雄主，忠臣烈士畢集秦庭故也。今大王車裂假父，有不仁之心；囊撲兩弟，有不友之名；遷母於棫陽宮，有不孝之行；誅戮諫士，陳屍闕下，有桀、紂之治。夫以天下為事，而所行如此，何以服天下乎？昔舜事嚚母盡道，升庸為帝；桀殺龍逢，紂戮比干，天下叛之。臣自知必死，第恐臣死之後，更無有繼二十八人之後，而復以言進者！怨謗日騰，忠謀結舌，中外離心，諸侯將叛。惜哉，秦之帝業垂成，而敗之自大王也！臣言已畢，請就烹！」乃起立解衣趨鑊。秦王急走下殿，左手扶住茅焦，右手麾左右曰：「去湯鑊！」茅焦曰：「大王已懸榜拒諫，不烹臣無以立信。」秦王復命左右收起榜文。又命內侍與茅焦穿衣，延之坐。謝曰：「前諫者，但數寡人之罪，未嘗明悉存亡之計。天使先生開寡人之茅塞，寡人敢不敬聽！」茅焦再拜進曰：「大王既俯聽臣言，請速備駕，往迎太后。闕下死屍，皆忠臣骨血，乞賜收葬。」秦王即命司里收取二十七人之屍，各具棺槨，同葬於龍首山，表曰：「會忠墓。」是日秦王親自發駕，往迎太后；即令茅焦御車，望雍州進發。南屏先生讀史詩云：

二十七人屍纍纍，解衣趨鑊有茅焦。命中不死終須活，落得忠名萬古標。

車駕將至棫陽宮，先命使者傳報。秦王膝行而前，見了太后，叩頭大哭。太后亦垂淚不已。秦王引茅焦謁見太后，指曰：「此吾之潁考叔也！」是晚，秦王就在棫陽宮歇宿。次日，請太后登輦前行，秦王後隨。千乘萬騎，簇擁如雲，路觀者無不稱頌秦王之孝。回至咸陽，置酒甘泉宮中，母子歡飲。太后別置酒以宴茅焦，謝曰：「使吾母子復得相會，皆茅君之力也！」秦王乃拜茅焦為太傅，爵上卿。又恐不韋復與宮闈相通，遣出都城，往河南本國居住。列國聞文信侯就國，各遣使問安，爭欲請之，處以相位，使者絡繹於道。秦王恐其用於他國，為秦之害，乃手書一緘，以賜不韋。略曰：

君何功於秦，而封戶十萬？君何親於秦，而號稱尚父？秦之施於君者厚矣！嫪毒之逆，由君始之。寡人不忍加誅，聽君就國。君不悔過，又與諸侯使者交通，非寡人所以寬君之意也。其與家屬徙居蜀郡，以郫之一城，為君終老！

呂不韋接書讀訖，怒曰：「吾破家扶立先王，功孰與我？太后先事我而得孕，王我所出也，親孰與我？王何相負之甚也！」少頃又嘆曰：「吾以賈人子，陰謀人國，淫人之妻，殺人之君，滅人之祀。皇天豈容我哉？今日死晚矣！」遂置鴆於酒中，服之而死。門下客素受其恩者，相與盜載其屍，偷葬於北邙山下，與其妻合塚。今北邙道西有大塚，民間傳稱呂母塚，蓋賓客諱言不韋葬處也。

秦王聞不韋已死，求其屍不得，乃盡逐其賓客。因下令大索國中，凡他方遊客，不許留居咸陽；已仕者削其官。三日內皆要逐出境外。容留之家，一體治罪。有楚國上蔡人李斯，乃名賢荀卿之弟子，廣有學問。向遊秦國，事呂不韋為舍人。不韋薦其才能於秦王，拜為客卿。今日逐客令下，李斯亦在逐中，已被司里驅出咸陽城外。斯於途中寫就表章，託言機密事，使郵傳上之秦王。略曰：

臣聞「泰山不讓土壤，故能成其高；河海不擇細流，故能就其深；王者不卻眾庶，故能成其德。」昔穆公之霸也，西取繇余於戎，東得百里奚於宛，迎蹇叔於宋，求丕豹、公孫枝於晉；孝公用商鞅，以定秦國之法；惠王用張儀，以散六國之從；昭王用范雎，以獲兼并之謀。四君皆賴客以成其功，客亦何負於秦哉？大王必欲逐客，客將去秦而為敵國之用。求其效忠謀於秦者，不可得矣！

秦王覽其書大悟，遂除逐客之令。使人馳車往追李斯，及於驪山之下。斯乃還入咸陽。秦王命復其官，任用如初。

李斯因說秦王曰：「昔秦穆公興霸之時，諸侯尚眾，周德未衰，故未可行兼并之術。自孝公以來，周室卑微，諸侯相并，僅存六國，秦之役屬諸侯，非一代矣。夫以秦之強，大王之賢，掃蕩諸國，如拂竈塵。乃不及此時汲汲圖功，坐待諸侯復強，相聚合從，悔之何及！」秦王曰：「寡人欲并吞六國，計將安出？」李斯曰：「韓近秦而弱，請先取韓，以懼諸國。」秦王從其計，使內史騰為將，率師十萬攻韓。時韓桓惠王已薨，太子安即位。有公子非者，善於刑名法律之學。見韓之削弱，數上書於韓王安。韓王不能用。及秦兵伐韓，韓王懼。公子非自負其才，欲求用於秦國。乃自請於韓王，願為使聘秦，以求息兵。韓王從之。公子非西見秦王，言韓王願納地為東藩。秦王大喜。非因說之曰：「臣有計可以破天下之從，而遂秦兼并之謀。大王用臣之謀，若趙不舉，韓不亡，楚、魏不臣，齊、燕不附，願斬臣之頭，以徇於國，為人臣不忠者之戒！」因獻其所著說難、孤憤、五蠹、說林等書，五十餘萬言。秦王讀而善之，欲用為客卿，與議國事。李斯忌其才，譖於秦王曰：「諸侯公子，各親其親，豈為他人用哉？秦攻韓，韓王急而遣非入秦，安知不如蘇秦反間之計？非不可任也。」秦王曰：「然則逐之乎？」李斯曰：「昔齊公子孟嘗、趙公子平原，皆曾留秦。秦不用，縱之還國，卒為秦患。非有才，不如殺之，以剪韓之翼。」秦王乃囚韓非於雲陽，將殺之。非曰：「吾何罪？」獄吏曰：「一栖不兩雄。當今之世，有才者非用即誅，何必罪乎？」非乃慷慨賦詩曰：

說果難，憤何已！五蠹未除，說林何取？膏以香消，麝以臍死！

是夜，非以冠纓自勒其喉而死。韓王聞非死，益懼，請以國內附稱臣。秦王乃詔內史騰罷兵。

秦王一日與李斯議事，誇韓非之才，惜其已死。李斯乃進曰：「臣舉一人，姓尉名繚，大梁人也。深通兵法，其才勝韓非十倍。」秦王曰：「其人安在？」李斯曰：「今在咸陽。然其人自負甚高，不可以臣禮屈也。」秦王乃以賓禮召之。尉繚見秦王，長揖不拜。秦王答禮，置之上坐，呼為先生。尉繚因進說曰：「夫列國之於強秦，譬猶郡縣也。散則易盡，合則難攻。夫三晉合而智伯亡，五國合而齊湣走。大王不可不慮。」秦王曰：「欲使散而不復合，先生計將安出？」尉繚對曰：「今國家之計，皆決於豪臣。豪臣豈盡忠智，不過多得財物為樂耳。大王勿愛府庫之藏，厚賂其豪臣，以亂其謀。不過亡三十萬金，而諸侯可盡。」秦王大悅，尊尉繚為上客，與之抗禮。衣服飲食，盡與己同。時時造其館，長跪請教。尉繚曰：「吾細察秦王為人，豐準長目，鶻膺豺聲，中懷虎狼之心，殘刻少恩。用人時輕為人屈，不用亦輕棄人。今天下未一，故不惜屈身於布衣。若得志，天下皆為魚肉矣！」一夕，不辭而去。館吏急報秦王。秦王如失臂手，遣軺車四出追還，與之立誓，拜為太尉，主兵事。其弟子皆拜為大夫。於是大出內帑金錢，分遣賓客使者，奔走列國。視其寵臣用事者，即厚賂之，探其國情。秦王復問尉繚以并兼次第。尉繚曰：「韓弱易攻，宜先；其次，莫如趙、魏。三晉既盡，即舉兵而加楚。楚亡，燕、齊又安往乎？」秦王曰：「韓已稱藩，而趙王嘗置酒咸陽宮，未有加兵之名，奈何？」尉繚曰：「趙地大兵強，且有韓、魏為助，未可一舉而滅也。韓內附稱藩，則趙失助之半矣。王若患伐趙無名，請先加兵於魏。趙王有寵臣郭開者，貪得無厭。臣遣弟子王敖往說魏王，使賂郭開而請救於趙王，趙必出兵。吾因以為趙罪，移兵擊之。」秦王曰：「善。」乃命大將桓齮率兵十萬出函谷關，聲言伐魏，復遣尉繚弟子王敖往魏，付以黃金五萬斤，恣其所用。王敖至魏，說魏王曰：「三晉所以能抗強秦者，以脣齒互為蔽也。今韓已納地稱藩，而趙王親詣咸陽，置酒為歡。韓、趙連袂而事秦，秦兵至魏，魏其危矣！大王何不割鄴城以賂趙，而求救於趙？趙如發兵守鄴，是趙代魏為守也。」魏王曰：「先生度必得之趙王乎？」王敖謬言曰：「趙之用事者郭開，臣素與相善，自能得之。」魏王從其言，以鄴郡三城地界并國書付與王敖，使往趙國求救。王敖先以黃金三千斤，交結郭開。然後言三城之事。郭開受魏金，謂悼襄王曰：「秦之伐魏，欲并魏也。魏亡，則及於趙矣。今彼割鄴郡之三城以求救，王宜聽之。」悼襄王使扈輒率師五萬，往受其地。秦王遂命桓齮進兵攻鄴。扈輒出兵拒之，大戰於東峒山，扈輒兵敗。桓齮乘勝追逐，遂拔鄴，連破九城。扈輒兵保於宜安，遣人告急於趙王。趙王聚群臣共議。眾皆曰：「昔年惟廉頗能禦秦兵，龐氏、樂氏，亦稱良將。今龐煖已死，而樂氏亦無人矣。惟廉頗尚在魏國，何不召之？」郭開與廉頗有仇，恐其復用。乃譖於趙王曰：「廉將軍年近七旬，筋力衰矣。況前有樂乘之隙，若召而不用，益增怨望。大王姑使人覘視，倘其未衰，召之未晚。」趙王惑其言，遣內侍唐玖以猏猊玖名甲一副，良馬四匹，勞問，因而察之。郭開密邀唐玖至家，具酒相餞，出黃金二十鎰為壽。唐玖訝其太厚，自謙無功，不敢受。郭開曰：「有一事相煩，必受此金，方敢啟齒。」玖乃收其金，問：「郭大夫有何見諭？」郭開曰：「廉將軍與某素不相能。足下此去，倘彼筋力衰頹，自不必言。萬一尚壯，亦求足下增添幾句，只說老邁不堪，趙王必不復召。此即足下之厚意也。」唐玖領令，竟往魏國，見了廉頗，致趙王之命。廉頗問曰：「秦兵今犯趙乎？」唐玖曰：「將軍何以料之？」廉頗曰：「某在魏數年，趙王無一字相及。今忽有名甲良馬之賜，必有用某之處，是以知之。」唐玖曰：「將軍不恨趙王耶？」廉頗曰：「某方日夜思用趙人，何敢恨趙王也？」乃留唐玖同食，故意在他面前施逞精神，一飯斗米俱盡，啖肉十餘斤，狼餐虎噬❶，吃了一飽。因披趙王所賜之甲，一躍上馬，馳驟如飛。復於馬上舞長戟數回，乃跳下馬。謂唐玖曰：「某何如少年時？煩多多拜上趙王，尚欲以餘年報效！」唐玖明明看見廉頗精神強壯，奈私受了郭開賄賂，回至邯鄲，謂趙王曰：「廉將軍雖然年老，尚能食肉善飯。然有脾疾，與臣同坐，須臾間遺矢三次矣。」趙王嘆曰：「戰鬬時豈堪遺矢？廉頗果老矣！」遂不復召，但益發軍以助扈輒。時趙悼襄王之九年，秦王政之十一年也。其後楚王聞知廉頗在魏，使人召之。頗復奔楚為楚將。以楚兵不如

❶ 狼餐虎噬：喻進食之猛而急。

趙，鬱鬱不得志而死。哀哉！史臣有詩云：

老成名將說廉頗，遺矢讒言奈若何？請看吳亡宰嚭死，郭開何事取金多？

時王敖猶在趙，謂郭開曰：「子不憂趙亡耶？何不勸王召廉頗也？」郭開曰：「趙之存亡，一國事也。若廉頗獨我之仇，豈可使復來趙國？」王敖知其無為國之心，復探之曰：「萬一趙亡，君將焉往？」郭開曰：「吾將於齊、楚之間，擇一國而託身焉。」王敖曰：「秦有并吞天下之勢，齊、楚猶趙、魏也。為君計，不如託身於秦。秦王恢廓大度，屈己下賢，於人無所不容。」郭開曰：「子魏人，何以知秦王之深也？」王敖曰：「某之師尉繚子，見為秦太尉，某亦仕秦為大夫。秦王知君能得趙權，故命某交歡於子。所奉黃金，實秦王之贈也。若趙亡，君必來秦，當以上卿授子。趙之美田宅，惟君所欲。」郭開曰：「足下果肯相薦，倘有見諭，無不奉承。」王敖復以黃金七千斤，付開曰：「秦王以黃金見託，欲交結趙國將相。今盡以付君，後有事，當相求也。」郭開大喜曰：「開受秦王厚贈，若不用心圖報，即非人類！」王敖乃辭郭開歸秦，以所餘金四萬斤反命，曰：「臣以一萬金了郭開，以一郭開了趙也。」秦王知趙不用廉頗，更催桓齮進兵。趙悼襄王憂懼，一疾而薨。

悼襄王適子名嘉。趙有女娼，善歌舞。悼襄王悅之，留於宮中，與之生子，名遷。悼襄王愛娼，因及遷。乃廢適子嘉，而立庶子遷為太子，使郭開為太傅。遷素不好學，郭開又導以聲色狗馬之事，二人相得甚歡。及悼襄王已薨，郭開奉太子遷即位，以三百戶封公子嘉，留於國中。郭開為相國用事。桓齮乘趙喪，襲破趙軍於宜安，斬扈輒，殺十萬餘人，進逼邯鄲。趙王遷自為太子時，聞代守李牧之能。乃使人乘急傳，持大將軍印召牧。牧在代，有選車千五百乘，選騎萬三千匹，精兵五萬餘人。留車三百乘，騎三千，兵萬人守代，其餘悉以自隨，屯於邯鄲城外。單身入城，謁見趙王。趙王問以卻秦之術。李牧奏曰：「秦乘累勝之威，其鋒甚銳，未易挫也。願假臣便宜，無拘文法，方敢受命。」趙王許之。又問：「代兵堪戰乎？」李牧曰：「戰則未足，守則有餘。」趙王曰：「今悉境內勁卒，尚可十萬。使趙蔥、顏聚，各將五萬，聽君節制。」李牧拜命而行，列營於肥壘，置壁壘，堅守不戰。日椎牛享士，使分隊較射。軍士日受賞賜，自求出戰。牧終不許。桓齮曰：「昔廉頗以堅壁拒王齕，今李牧亦用此計也。」乃分兵一半，往襲甘泉市。趙蔥請救之。李牧曰：「彼攻而我救，是致於人也；兵家所忌。不如往攻其營。彼方有事甘泉市，其營必虛。又見我堅壁已久，不為戰備。若襲破其營，則桓齮之氣奪矣。」遂分兵三路，夜襲其營。營中不意趙兵猝至，遂大潰敗，殺死有名牙將十餘員，士卒無算。敗兵奔往甘泉市，報知桓齮。桓齮大怒，悉兵來戰。李牧張兩翼以待之。代兵奮勇當先。交鋒正酣，左右翼並進。桓齮不能抵當，大敗，走歸咸陽。趙王以李牧有卻秦之功，曰：「牧乃吾之白起也！」亦封為武安君，食邑萬戶。秦王政怒桓齮兵敗，廢為庶人。復使大將王翦、楊端和各將兵分道伐趙。不知勝負如何，且看下回分解。

第一百六回　王敖反間殺李牧　田光刎頸薦荊軻

話說趙王遷五年，代中地震，牆屋傾倒大半，平地裂開百三十步。邯鄲大旱。民間有童謠曰：

秦人笑，趙人號。以為不信，視地生毛。

明年地果生白毛，長尺餘。郭開蒙蔽，不使趙王聞之。時秦王再遣大將王翦、楊端和分道伐趙。王翦從太原一路進兵，楊端和從常山一路進兵。復遣內史騰引軍十萬，屯於上黨，以為聲援。時燕太子丹為質於秦，見秦兵大舉伐趙，知禍必及於燕。陰使人致書於燕王，使為戰守之備。又教燕王詐稱有疾，使人請太子歸國。燕王依其計，遣使至秦。秦王政曰：「燕王不死，太子未可歸也。欲歸太子，除是烏頭白，馬生角，方可！」太子丹仰天大呼，怨氣一道，直沖霄漢。烏頭皆白，秦王猶不肯遣。太子丹乃易服毀面，為人傭僕，賺出函谷關，星夜往燕國去訖。——今真定府定州南，有臺名聞雞臺，即太子丹逃秦時，聞雞早發處也。——秦王方圖韓、趙，未暇討燕丹逃歸之罪。

再說趙武安君李牧，大軍屯於灰泉山，連營數里。秦兩路車馬，皆不敢進。秦王聞此信，復遣王敖至王翦軍中。王敖謂翦曰：「李牧北邊名將，未易取勝。將軍姑與通和，但勿定約。使命往來之間，某自有計。」王翦果使人往趙營講和。李牧亦使人報之。王敖至趙，再打郭開關節，言：「李牧與秦私自講和，約破趙之日，分王代郡。若以此言進於趙王，使以他將易去李牧。某言於秦王，君之功勞不小。」郭開已有外心，遂依王敖說話，密奏趙王。趙王陰使左右往察其情，果見李牧與王翦信使往來，遂信以為實然，謀於郭開。郭開奏曰：「趙蔥、顏聚，見在軍中。大王誠遣使持兵符，即軍中拜趙蔥為大將，替回李牧，只說用為相國，牧必不疑。」趙王從其言，遣司馬尚持節至灰泉山軍中，宣趙王之命。李牧曰：「兩軍對壘，國家安危，懸於一將。雖有君命，吾不敢從。」司馬尚私告李牧曰：「郭開譖將軍欲反，趙王入其言，是以相召。言拜相者，欺將軍之言也。」李牧忿然曰：「開始譖廉頗，今復譖吾。吾當提兵入朝，先除君側之惡，然後禦秦可也。」司馬尚曰：「將軍稱兵犯闕，知者以為忠，不知者反以為叛，適令讒人藉為口實。以將軍之才，隨處可立功名，何必趙也。」李牧嘆曰：「吾嘗恨樂毅、廉頗為趙將不終，不意今日乃及自己！」又曰：「趙蔥不堪代將，吾不可以將印授之。」乃懸印於幕中，中夜微服遁去。欲往魏國，趙蔥感郭開舉薦之恩，又怒李牧不肯授印，乃遣力士急捕李牧，得於旅人之家。乘其醉縛而斬之，以其首來獻。可憐李牧一時名將，為郭開所害，豈不冤哉！史臣有詩云：

卻秦守代著威名，大廈全憑一木撐。何事郭開貪外市？致令一旦壞長城！

司馬尚不敢復命，竊妻孥奔海上去訖。趙蔥遂代李牧掛印為大將，顏聚為副。代兵素服李牧，見其無辜被害，不勝憤怒，一夜間踰山越谷，逃散俱盡。趙蔥不能禁也。

卻說秦兵聞李牧死，軍中皆酌酒相賀。王翦、楊端和兩路軍馬，刻期並進。趙蔥與顏聚計議，欲分兵往救太原、常山二處。顏聚曰：「新易大將，軍心不安。若合兵猶足以守，一分則勢弱矣。」言未畢，哨馬報：「王翦攻狼孟甚急，破在旦夕。」趙蔥曰：「狼孟一破，彼將長驅井陘，合攻常山，而邯鄲危矣！不得不往救之。」遂不聽顏聚之諫，傳令拔寨俱起。王翦覘探明白，預伏兵大谷，遣人於高阜瞭望。只等趙蔥兵過一半，放起號砲，伏兵一齊殺出。將趙兵截做兩段，首尾不能相顧。王翦引大軍，傾江倒峽一般殺來。趙蔥迎敵兵敗，為王翦所殺。顏聚收拾敗軍，奔回邯鄲。秦兵遂拔狼孟，由井陘進兵，攻取下邑。楊端和亦收取常山餘地，進圍邯鄲。秦王政聞兩路兵俱已得勝，因命內史騰移兵往韓受地。韓王安大懼，盡獻其城，入為秦臣。秦以韓地為潁川郡。此韓王安之九年，秦王政之十七年也。韓自武子萬受邑於晉，三世至獻子厥，始執晉政。厥三傳至康子虎，始滅智氏。虎再傳至景侯虔，始為諸侯。虔六傳至宣惠王，始稱王。四傳至王安而國入於秦。自韓虎六年至宣惠王九年秋，凡為侯共八十年。自宣惠王十年，至王安九年國滅，凡為王九十四年。自此六國只存其五矣。史臣有贊云：

萬封韓原，賢裔惟厥；計全趙孤，陰功不泄。始偶六卿，終分三穴。從約不守，稽首秦闕。韓非雖使，無救亡滅！

* * *

再說秦兵圍邯鄲，顏聚悉兵拒守。趙王遷恐懼，欲遣使鄰邦求救。郭開進曰：「韓王已入臣，燕、魏方自保不暇，安能相救？以臣愚見，秦兵勢大，不如全城歸順，不失封侯之位。」王遷欲聽之。公子嘉伏地痛哭曰：「先王以社稷宗廟傳於王，何可棄也？臣願與顏聚竭力效死！萬一城破，代郡數百里，尚可為國。奈何束手為人俘囚乎？」郭開曰：「城破則王為虜，豈能及代哉？」公子嘉拔劍在手，指郭開曰：「覆國讒臣，尚敢多言！吾必斬之！」趙王勸解方散。王遷回宮，無計可施，惟飲酒取樂而已。郭開欲約會秦兵獻城，奈公子嘉率其宗族賓客，幫助顏聚加意防守，水洩不漏，不能通信。其時歲值連荒，城外民人逃盡，秦兵野無所掠。惟城中廣有積粟，食用不乏，急切不下。乃與楊端和計議，暫退兵五十里外，以就糧運。城中見秦兵退去，防範稍弛，日啟門一次，通出入。郭開乘此隙，遣心腹出城，將密書一封，送入秦寨。書中大意云：「某久有獻城之意，奈不得其便。趙王已十分畏懼，倘得秦王大駕親臨，某當勸趙王行銜璧輿櫬之禮。」王翦得書，即遣人馳報秦王。秦王親帥精兵三萬，使大將李信扈駕取太原路，來至邯鄲，復圍其城，晝夜攻打。城上望見大旆有「秦王」字，飛報趙王。趙王愈恐。郭開曰：「秦王親提兵至此，其意不破邯鄲不已。公子嘉、顏聚輩不足恃也。願大王自斷於心。」趙王曰：「寡人欲降秦，恐見殺，如何？」郭開曰：「秦不害韓王，豈害大王哉？若以和氏之璧，并邯鄲地圖出獻，秦王必喜。」趙王曰：「卿度可行，便寫降書。」郭開寫就降書，又奏曰：「降書雖寫，公子嘉必然阻擋。聞秦王大營在西門，大王假以巡城為名，乘駕到彼，竟自開門送款，何愁不納？」趙王一向昏迷，惟郭開之言是聽。到此危急之際，益無主持。遂依其言。顏聚方在北門點視，聞報趙王已出西門送款於秦，大驚。公子嘉亦飛騎而至，言：「城上奉趙王之命，已豎降旗，秦兵即刻入城矣！」顏聚曰：「吾當以死據住北門。公子收斂公族，火速到此，同奔代地，再圖恢復。」公子嘉從其計，即率其宗族數百人，同顏聚奔出北門，星夜往代。顏聚勸公子自立為代王，以令其眾。表李牧之功，復其官爵，親自設祭，以收代人之心。速遣使東與燕合，屯軍於上谷，以備秦寇。代國賴以安定。不在話下。

再說秦王政准趙王遷之降，長驅入邯鄲城，居趙王之宮。趙王以臣禮拜見，秦王坐而受之。故臣多有流涕者。明日，秦王弄和氏之璧，笑謂群臣曰：「此先王以十五城易之，而不得者也！」於是秦王出令，以趙地為鉅鹿郡，置守。安置趙王於房陵，封郭開為上卿。趙王方悟郭開賣國之罪。嘆曰：「使李牧在此，秦人豈得食吾邯鄲之粟耶！」那房陵四面有石室，如房屋一般。趙王居石室之中，聞水聲淙淙，問左右。對曰：「楚有四水：江、漢、沮、漳。此名沮水，出房山達於漢江。」趙王悽然嘆曰：「水乃無情之物，尚能自達於漢江。寡人羈囚在此，望故鄉千里，豈能至哉！」乃作山水之謳云：

房山為宮兮，沮水為漿；不聞調琴奏瑟兮，惟聞流水之湯湯。水之無情兮，猶能自致於漢江；嗟余萬乘之主兮，徒夢懷乎故鄉！夫誰使余及此兮？迺讒言之孔張！良臣淹沒兮，社稷淪亡。余聽不聰兮，敢怨秦王？

終日無聊，每一發謳，哀動左右，遂發病不起。代王嘉聞王遷死，謚為幽謬王。有詩為證：

吳主喪邦由佞嚭，趙王遷死為貪開。
若教貪佞能疎遠，萬歲金湯永不頹。

秦王班師回咸陽，暫且休兵養士。郭開積金甚多，不能攜帶，乃俱窖於邯鄲之宅第。事既定，自言於秦王，請休假回趙，搬取家財。秦王笑而許之。既至邯鄲，發窖取金，載以數車。中途為盜所殺，取金而去。或云：「李牧之客所為也。」嗚呼！得金賣國，徒殺其身，愚哉！

* * *

再說燕太子丹逃回燕國，恨秦王甚。乃散家財，大聚賓客，謀為報秦之舉。訪得勇士夏扶、宋意，皆厚待之。有秦舞陽年十三，白晝殺仇人於都市，市人畏不敢近。太子赦其罪，收致門下。秦將樊於期得罪奔燕，匿深山中。至是聞太子好客，亦出身自歸。丹待為上賓，於易水之東，築一城以居之，名曰樊館。太傅鞠武諫曰：「秦虎狼之國，方蠶食諸侯。即使無隙，猶將生事。況收其仇人以為射的；如批龍之逆鱗，其傷必矣。願太子速遣樊將軍入匈奴以滅口。請西約三晉，南連齊、楚，北結匈奴，然後乃可徐圖也。」太子丹曰：「太傅之計，曠日持久。丹心如焚炙，不能須臾安息。況樊將軍窮困來歸，是丹哀憐之交也。丹豈以強秦之故，而遠棄樊將軍於荒漠？丹有死，不能矣。願太傅更為丹慮之。」鞠武曰：「夫以弱燕而抗強秦，如以毛投爐，無不焚也；以卵投石，無不碎也。臣智淺識寡，不能為太子畫策。所識有田光先生，其人智深而勇沉，且多識異人。太子必欲圖秦，非田光先生不可。」太子丹曰：「丹未得交於田先生，願因太傅而致之。」鞠武曰：「敬諾。」鞠武即駕車往田光室中，告曰：「太子丹敬慕先生，願就而決事。願先生勿卻！」田光曰：「太子貴人也。豈敢屈車駕哉？即不以光為鄙陋，欲共計事，光當往見，不敢自逸。」鞠武曰：「先生不惜枉駕，此太子之幸也。」遂與田光同車，進太子宮中。太子丹聞田光來，親出宮外迎接，執轡下車，卻行為導，再拜致敬，跪拂其席。田光年老，傴行登上坐。旁觀者皆竊笑。太子丹屏左右，跪而請曰：「今日之勢，燕、秦不兩立。聞先生智勇足備，能奮奇策救燕須臾之亡乎？」田光對曰：「臣聞『騏驥盛壯之時，一日而馳千里。及其衰老，駑馬先之』。今鞠太傅但知臣盛壯之時，不知臣已衰老矣。」太子丹曰：「度先生交遊中，亦有智勇如先生少壯之時，可代為先生持籌者乎？」田光搖首曰：「大難，大難！雖然，太子自審門下客，可用者有幾人？光請相之。」太子丹乃悉召夏扶、宋意、秦舞陽至，與田光相見。田光一一相過，問其姓名。謂太子曰：

「臣竊觀太子客，俱無可用者。夏扶血勇之人，怒則面赤；宋意脈勇之人，怒則面青；秦舞陽骨勇之人，怒則面白。夫怒形於面，而使人覺之，何以濟事？臣所知有荊卿者，乃神勇之人，喜怒不形，似為勝之。」太子丹曰：「荊卿何名？何處人氏？」田光曰：「荊卿者名軻，本慶氏，齊大夫慶封之後也。慶封奔吳，家於朱方。楚討殺慶封，其族奔衛為衛人。以劍術說衛元君，元君不能用。及秦拔魏東地，并濮陽為東郡，而軻復奔燕，改氏曰荊，人呼為荊卿，性嗜酒。燕人高漸離者，善擊筑，軻愛之，日與飲於燕市中。酒酣，漸離擊筑，荊卿和而歌之。歌罷，輒涕泣而嘆，以為天下無知己。此其人深沉有謀略，光萬不如也！」太子丹曰：「丹未得交於荊卿，願因先生而致之。」田光曰：「荊卿貧，臣每給其酒資，是宜聽臣之言。」太子丹送田光出門，以自己所乘之車奉之，使內侍為御。光將上車，太子囑曰：「丹所言，國之大事也。願先生勿泄於他人！」田光笑曰：「老臣不敢！」田光上車，訪荊軻於酒市中。軻與高漸離同飲，半酣，漸離方調筑。田光聞筑音，下車直入，呼荊卿。漸離攜筑避去。荊軻與田光相見，邀軻至其家中，謂曰：「荊卿嘗嘆天下無知己，光亦以為然。然光老矣，精衰力耗，不足為知己驅馳。荊卿方壯盛，亦有意一試其胸中之奇乎？」荊軻曰：「豈不願之，但不遇其人耳！」田光曰：「太子丹折節重客，燕國莫不聞之。今者不知光之衰老，乃以燕、秦之事謀及於光。光與卿相善，知卿之才，薦以自代。願卿即過太子宮。」荊軻曰：「先生有命，軻敢不從！」田光欲激荊軻之志，乃撫劍嘆曰：「光聞之，長者為行，不使人疑。今太子以國事告光，而囑光勿泄，是疑光也。光奈何欲成人之事，而受其疑哉？光請以死自明！願足下急往報於太子。」遂拔劍自刎而死。荊軻方悲泣，而太子復遣使來視荊先生來否。荊軻知其誠，即乘田光來車至太子宮。太子接待荊軻，與田光無二。既相見，問：「田先生何不同來？」荊軻曰：「光聞太子有私囑之語，欲以死明其不言。已伏劍死矣。」太子丹撫膺慟哭曰：「田先生為丹而死，豈不冤哉！」良久收淚，納軻於上坐。太子丹避席頓首。軻慌忙答禮。太子丹曰：「田先生不以丹為不肖，使丹得見荊卿，天與之幸！願荊卿勿見鄙棄。」荊軻曰：「太子所以憂秦者，何也？」丹曰：「秦譬猶虎狼，吞噬無厭。非盡收天下之地，臣海內之王，其欲未足。今韓王盡已納地為郡縣矣。王翦大兵復破趙，虜其王。趙亡，次必及燕。此丹之所以臥不安席，臨食而廢箸者也。」荊軻曰：「以太子之計，將舉兵與角勝負乎？抑別有他策耶？」太子丹曰：「燕小弱，數困於兵。今趙公子嘉自稱代王，欲與燕合兵拒秦。丹恐舉國之眾，不當秦之一將。雖附以代王，未見其勢之盛也。魏、齊素附於秦，而楚又遠不相親。諸侯畏秦之強，無肯合從者。丹竊有愚計，誠得天下之勇士，偽使於秦，誘以重利，秦王貪得，必相近。因乘間劫之，使悉反諸侯侵地，如曹沫之於齊桓公，則大善矣。倘不從，則刺殺之。彼大將握重兵，各不相下。君亡國亂，上下猜疑。然後連合楚、魏，共立韓、趙之後，并力破秦，此乾坤再造之時也。惟荊卿留意焉！」荊軻沉思良久，對曰：「此國之大事也。臣駑下，恐不足當任使。」太子前頓首固請曰：「以荊卿高義，丹願委命於卿，幸毋讓！」荊軻再三謙遜，然後許諾。於是尊荊軻為上卿。於樊館之右，復築一城，名曰荊館，以奉荊軻。太子丹日造門下問安，供以太牢。間進車騎美女，恣其所欲，惟恐其意之不適也。軻一日與太子遊東宮，觀池水有大龜出池旁，軻偶拾瓦投龜。太子丹捧金丸進之，以代瓦。又一日，共試騎。太子丹有馬日行千里，軻偶言馬肝味美。須臾，庖人進肝；所殺即千里馬也。丹又言及秦將樊於期得罪秦王，見在燕國。荊軻請見之。太子治酒於華陽之臺，請荊軻與樊於期相會。出所幸美人奉酒，復使美人鼓琴娛客。荊軻見其兩手如玉，贊曰：「美者手也！」席散，丹使內侍以玉盤送物於軻。軻啟視之，乃斷美人之手，自明於軻，無所吝惜。軻嘆曰：「太子遇軻厚，乃至此乎！當以死報之！」不知荊軻如何報恩，且看下回分解。

第一百七回　獻地圖荊軻鬧秦廷　論兵法王翦代李信

話說荊軻平日常與人論劍術，少所許可。惟心服榆次人蓋聶，自以為不及，與之深結為友。至是軻受燕太子丹厚恩，欲西入秦劫秦王，使人訪求蓋聶，欲邀請至燕，與之商議。因蓋聶遊蹤未定，一時不能勾來到。太子丹知荊軻是個豪傑，旦暮敬事，不敢催促。忽邊人報道：「秦王遣大將王翦北略地至燕南界。代王嘉遣使相約，一同發兵，共守上谷以拒秦。」太子丹大懼，言於荊軻曰：「秦兵旦暮渡易水，足下雖欲為燕計，豈有及哉？」荊軻曰：「臣思之熟矣。此行倘無以取信於秦王，未可得近也。夫樊將軍得罪於秦，秦王購其首，黃金千斤，封邑萬家。而督亢膏腴之地，秦人所欲。誠得樊將軍之首，與督亢之地圖，奉獻秦王，彼必喜而見臣。臣乃得有以報太子。」丹曰：「樊將軍窮困來歸，何忍殺之？若督亢地圖，所不敢惜。」荊軻知太子丹不忍，乃私見樊於期曰：「將軍得禍於秦，可謂深矣。父母宗族，皆為戮歿。今聞購將軍之首，金千斤，邑萬家。將軍將何以雪其恨乎？」樊於期仰天太息，流涕而言曰：「某每一念及秦政，痛徹心髓，願與之俱死。恨未有其地耳！」荊軻曰：「今有一言，可以解燕國之患，報將軍之仇者，將軍肯聽之乎？」於期亟問曰：「計將安出？」荊軻躊躇不語。於期曰：「荊卿何以不言？」軻曰：「計誠有之，但難於出口。」於期曰：「苟報秦仇，雖粉骨碎身，某所不恤，又何出口之難乎？」荊軻曰：「某之愚計，欲前刺秦王，而恐其不得近也。誠得將軍之首，以獻於秦，秦王必喜而見臣。臣左手把其袖，右手斫其胸，則將軍之仇報，而燕亦得免於滅亡之患矣！將軍以為何如？」樊於期卸衣偏袒，奮臂頓足，大呼曰：「此臣之日夜切齒痛心，而恨其無策者也！今乃得聞明教！」即拔佩劍刎其頸，喉絕而頸未斷。荊軻復以劍斷之。有詩為證：

聞說奇謀喜欲狂，幽魂先已赴咸陽。荊卿若遂屠龍計，不枉將軍劍下亡！

荊軻使人飛報太子曰：「已得樊將軍首矣！」太子丹聞報，馳車至，伏屍而哭極哀。命厚葬其身，而以其首置木函中。荊軻曰：「太子曾覓利匕首乎？」太子丹曰：「有趙人徐夫人匕首，長一尺八寸，甚利。丹以百金得之，使工人染以青藥，曾以試人，若出血沾絲縷，無不立死。裝以待荊卿久矣，未知荊卿行期何日？」荊軻曰：「臣有所善客蓋聶未至，欲俟之以為副。」太子丹曰：「足下之客如海中之萍，未可定也。丹之門下有勇士數人，惟秦舞陽為最，或可以副行乎？」荊軻見太子十分急切，乃嘆曰：「今提一匕首，入不測之強秦，此往而不反者也。臣所以遲遲欲俟吾客，本圖萬全。太子既不能待，請行矣！」於是太子丹草就國書，只說獻督亢之地，并樊將軍之首，俱付荊軻。以千金為軻治裝。秦舞陽為副使，同行。臨發之日，太子丹與相厚賓客知其事者，俱白衣素冠，送至易水上，設宴餞行。高漸離聞荊軻入秦，亦持豚肩斗酒而至。荊軻使與太子丹相見，丹命入席同坐。酒行數巡，高漸離擊筑，荊軻和而歌，為變徵之聲。歌曰：

風蕭蕭兮易水寒，壯士一去兮不復還！

聲甚哀慘，賓客及隨從之人，無不涕泣，有如臨喪。荊軻仰面呵氣，直沖霄漢，化成白虹一道，貫於日中，見者驚異。軻復慷慨為羽聲，歌曰：

探虎穴兮入蛟宮，仰天噓氣兮成白虹！

其聲激烈雄壯，眾莫不瞋目奮勵，有如臨敵。於是太子丹復引卮酒，跪進於軻。軻一吸而盡，牽舞陽之臂，騰躍上車，催鞭疾馳，竟不反顧。太子丹登高阜而望之，不見而止，淒然如有所失，帶淚而返。晉處士陶靖節有詩曰：

燕丹善養士，志在報強嬴。招集百夫良，歲暮得荊卿。君子死知己，提劍出燕京。素驥鳴廣陌，
慷慨送我行。雄髮指危冠，猛氣衝長纓。飲餞易水上，四座列群英。漸離擊悲筑，宋意唱高聲。
蕭蕭哀風逝，淡淡寒波生。商音更流涕，羽奏壯士驚。心知去不歸，且有後世名。

荊軻既至咸陽，知中庶子蒙嘉有寵於秦王，先以千金賂之，求為先容。蒙嘉入奏秦王曰：「燕王怖大王之威，不敢舉兵以逆軍吏。願舉國為內臣，比於諸侯之列，給貢職如郡縣，以奉守先人之宗廟。恐懼不敢自陳，謹斬樊於期之首，及獻燕督亢之地圖，燕王親自函封拜送使者於庭。今上卿荊軻，見在館驛候旨，惟大王命之。」秦王聞樊於期已誅，大喜。乃朝服，設九賓之禮，召使者至咸陽宮相見。荊軻藏匕首於袖，捧樊於期頭函，秦舞陽捧督亢輿地圖匣，相隨而進。將次升階，秦舞陽面白如死人，似有震恐之狀。侍臣曰：「使者色變，為何？」荊軻回顧舞陽而笑，上前叩首謝曰：「一介秦舞陽，乃北方

蠻夷之鄙人。生平未嘗見天子，故不勝震慴悚懼，易其常度。願大王寬宥其罪，使得畢使於前！」秦王傳旨，止許正使一人上殿。左右叱舞陽下階。秦王命取頭函驗之，果是樊於期之首。問荊軻：「何不早殺逆臣來獻？」荊軻奏曰：「樊於期得罪大王，竄伏北漠。寡君懸千金之賞，購求得之。欲生致於大王，誠恐中途有變。故斷其首，冀以稍紓大王之怒。」荊軻辭語從容，顏色愈和，秦王不疑。時秦舞陽捧地圖匣，俯首跪於階下。秦王謂荊軻曰：「取舞陽所持地圖來，與寡人觀之。」荊軻從舞陽手中取過圖函，親自呈上。秦王展圖，乃方欲觀看，荊軻匕首已露，不能掩藏。當下未免著忙，左手把秦王之袖，右手執匕首刺其胸，未及身。秦王大驚，奮身而起。袖絕脫。——那時五月初旬天氣，所穿羅縠單衣，故易裂也。——王座旁設有屏風，長八尺，秦王超而過之。屏風仆地。荊軻持匕首在後緊追。秦王不能脫身，繞柱而走。——原來秦法，群臣侍殿上者，不許持尺寸之兵。諸郎中宿衛之官，執兵戈者，皆陳列於殿下。非奉宣召，不敢擅自入殿。今倉卒變起，不暇呼喚。——群臣皆以手共搏軻。軻勇甚，近者輒仆。有侍醫夏無且，亦以藥囊擊軻。軻奮臂一揮，藥囊俱碎。雖然荊軻勇甚，群臣沒奈他何，卻也虧著要打發眾人，所以秦王東奔西走，不曾被荊軻拿住。秦王所佩寶劍，名「鹿盧」，長八尺。欲拔劍擊軻，劍長，鞘不能脫。有小內侍趙高急喚曰：「大王何不背劍而拔之？」秦王悟，依其言把劍推在背後，前邊便短，容易拔出。秦王勇力不弱於荊軻。匕首尺餘，止可近刺。劍長八尺，可以遠擊。秦王得劍在手，其膽便壯，遂直前來砍荊軻，斷其左股。荊軻撲身倒於左邊銅柱之旁，不能起立。乃舉匕首以擲秦王。秦王閃開。那匕首在秦王耳邊過去，直刺入右邊銅柱之中，火光迸出。秦王復以劍擊軻。軻以手接劍，三指俱落，連被八劍。荊軻倚柱而笑，向秦王箕踞罵曰：「幸哉汝也！吾欲效曹沫故事，以生劫汝反諸侯侵地。不意事之不就，被汝幸免，豈非天乎！然汝恃強力，吞并諸侯，享國亦豈長久耶？」左右爭上前攢殺之。秦舞陽在殿下，知荊軻動手，也要向前，卻被郎中等眾人擊殺。此秦王政二十年事也。可惜荊軻受了燕太子丹多時供養，特地入秦，一事無成，不惟自害其身，又枉害了田光、樊於期、秦舞陽三人性命，斷送燕丹父子，豈非劍術之不精乎？髯翁有詩云：

獨提匕首入秦都，神勇其如劍術疏！壯士不還謀不就，樊君應與覓頭顱。

秦王心戰目眩，呆坐半日，神色方纔稍定。往視荊軻，軻雙眼圓睜，宛如生人，怒氣勃勃。秦王懼，命取荊軻、秦舞陽之屍及樊於期之首，同焚於市中。燕國從者皆梟首，分懸國門，遂起駕還內宮。宮中后妃聞變，俱前來問安，因置酒壓驚稱賀。有一胡姬，乃趙王宮人。秦王破趙，選入宮，善琴有寵，列在妃位。秦王使鼓琴解悶。胡姬援琴而奏之。其聲曰：

羅縠單衣兮可裂而絕，八尺屏風兮可超而越。鹿盧之劍兮可負而拔，嗤彼兇狡兮身亡國滅！

秦王愛其敏捷，賜繒綺一篋。是夜盡歡，因宿於胡姬之宮。後來胡姬生子，即胡亥也，是為二世皇帝，此是後話。

次早秦王視朝，論功行賞，首推夏無且，以黃金二百鎰賜之，曰：「無且愛我，以藥囊投荊軻也！」次喚小內侍趙高曰：「背劍而拔之，賴汝教我。」亦賜黃金百鎰。群臣中手搏荊軻者，視有傷輕重加賞。殿下郎中人等，擊殺秦舞陽者，亦俱有賜。蒙嘉誤為荊軻先容，凌遲處死，滅其家。蒙驁先已戰死，其子蒙武，見為裨將，以不知情，特赦之。

秦王怒氣未息，乃益發兵，使王賁將之，助其父王翦攻燕。燕太子丹不勝其憤，悉眾迎戰於易水之西。燕兵大敗，夏扶、宋意皆戰死。丹奔薊城，鞠武被殺。王翦合兵圍之，十月城破。燕王喜謂太子丹曰：「今日破國亡家，盡由於汝！」丹對曰：「韓、趙之滅，豈亦丹罪耶？今城中精兵尚有二萬，遼東負山阻河，猶足固守。父王宜速往！」燕王喜不得已，登車開東門而出。太子丹盡驅其精兵，親自斷後，護送燕王東行，退保遼東，都平壤。王翦攻下薊城，告捷於咸陽。王翦積勞成病，一面上表告老。秦王曰：「太子丹之仇，寡人不能忘。然王翦誠老矣。」使將軍李信代領其眾，以追燕王父子。召王翦歸，賜予甚厚。翦謝病，老於頻陽。燕王聞李信兵至，遣使求救於代王嘉。嘉乃報燕王書，略曰：

秦所以急攻燕者，以怨太子丹故也。王能殺丹以謝於秦，秦怒必解。燕之社稷，幸得血食。

燕王喜猶豫未忍。太子丹懼誅，乃與其賓客，自匿於桃花島。李信屯兵首山，使人持書數太子丹之罪。燕王喜大懼，佯召太子丹計事，以酒灌醉，縊殺之，然後斷其首。燕王哭之慟。時夏五月，忽然天降大雪，平地深三尺五寸，寒涼如嚴冬。人謂太子丹怨氣所致也。燕王將太子丹之首，函送李信軍中，為書謝罪。李信馳奏秦王，且言五月大雪，軍人苦寒多病，求暫許班師。秦王謀於尉繚。尉繚奏曰：「燕棲於遼，趙棲於代，譬之遊魂，不久自散。今日之計，宜先下魏，次及荊楚。二國既定，燕、代可不勞而下。」秦王曰：「善。」乃詔李信收兵回國。再命王賁為大將，引軍十萬，出函谷關攻魏。

* * *

時魏景湣王已薨，太子假立三年矣。自秦攻燕時，魏王假增築大梁之城，內外俱浚深溝，預修守備。使人結好齊王，說以利害，言：「魏與齊乃唇齒之國，唇亡則齒寒。魏亡則禍必及於齊。願同心協力，互相救援。」齊自君王后薨，其弟后勝為相國用事，多受秦黃金，力言：「秦必不負齊。今若與魏合從，必觸秦怒。」齊王建惑其言，遂辭魏使。王賁連戰皆勝，進圍大梁。值天陰多雨，王賁乘油幙車，訪求水勢。知黃河在城之西北，而汴河從滎陽發源來，亦經由城西而過。乃命軍士於西北開渠，引二河之水，築隄壅其下流。軍士冒雨興工，王賁親自持蓋催督。及渠成，雨一連十日不止，水勢浩大。賁命決隄通溝，內外溝俱泛溢。城被浸三日，頹壞者數處，秦兵遂乘之而入。魏王假方與群臣議書降表，為王賁所虜，上囚車，與官屬俱送至咸陽。假中途病死。王賁盡取魏地，為三川郡。并收野王地，廢衛君角為庶人。按魏自晉獻公之世，畢萬受封。萬生芒季，芒季生武子犨，犨佐晉文公成霸。犨復四傳至桓子侈，滅范氏、中行氏、智氏。侈生文侯斯，與韓、趙三分晉國。凡七傳而至王假，國滅。共有國二百年。史臣贊云：

> 畢公之苗，因國為姓。嗣裔繁昌，世戴忠正。文始建侯，武益強盛。惠王好戰，大梁不競。信陵養士，神氣稍振。景湣式微，再傳而隕。

時秦王政二十二年事也。

* * *

是年，秦王用尉繚之策，復謀伐楚。問於李信曰：「將軍度伐楚之役，用幾何人而足？」李信對曰：

「不過用二十萬人。」復召老將王翦問之。翦對曰：「信以二十萬人攻楚，必敗。以臣愚見，非六十萬人不可。」秦王私念曰：「老人固宜怯，不如李將軍壯勇。」遂罷王翦不用。命李信為大將，蒙武副之，率兵二十萬伐楚。李信攻平輿，蒙武攻寢邱。信年少驍勇，一鼓攻下平輿城。於是引兵而西，攻下申城。遣人持書，約蒙武會於城父，欲合兵以搗郢城。

話分兩頭。卻說楚自李園殺春申君黃歇，立幽王捍，捍即黃歇與李氏所生之子也。幽王立十年而薨，無子。其時李園亦卒。群臣乃立宗人公子猶，是為哀王。哀王立二月，而其庶兄負芻，襲殺哀王，遂自立為王。負芻在位三年，聞秦兵深入楚地，乃拜項燕為大將，率兵二十餘萬，水陸並進。探知李信兵出申城，自率大軍迎於西陵。使副將屈定，設七伏於魯臺山諸處。李信恃勇前進，遇項燕，兩下交鋒。戰酣之際，七路伏俱起。李信不能抵敵，大敗而走。項燕逐之，凡三日三夜不息，殺都尉七人，軍士死者無算。李信率殘兵，退保冥阨。項燕復攻破之。李信棄城而遁。項燕追及平輿，盡復故地。蒙武未至城父，聞李信兵敗，亦退入趙界，遣使告急。秦王大怒，盡削李信官邑，親自命駕造頻陽，來見王翦。問曰：「將軍策李信以二十萬人攻楚必敗，今果辱秦軍矣。將軍雖病，能為寡人強起，將兵一行乎？」王翦再拜謝曰：「老臣罷病悖亂，心力俱衰。惟大王更擇賢將而任之。」秦王曰：「此行非將軍不可，將軍幸勿卻！」王翦曰：「大王必不得已而用臣，非六十萬人不可。」秦王曰：「寡人聞『古者大國三軍，次國二軍，小國一軍；軍不盡行，未嘗缺乏』。五霸威加諸侯，其制國不過千乘。以一乘七十五計之，從未及十萬之額。今將軍必用六十萬兵，古所未有也。」王翦對曰：「古者約日而陣，背陣而戰，步伐俱有常法。致武而不重傷，聲罪而不兼地。雖干戈之中，寓禮讓之意。故帝王用兵，從不用眾。齊桓公作內政，勝兵不過三萬人，猶且更番而用。今列國兵爭，以強淩弱，以眾暴寡；逢人則殺，遇地則攻。報級動日數萬，圍城動經數年。是以農夫皆操戈刃，童稚亦登冊籍，勢所必至，雖欲用少而不可得。況楚國地盡東南，號令一出，百萬之眾可具。臣謂六十萬，尚恐不相當，豈復能減於此者？」秦王嘆曰：「非將軍老於兵，不能透徹至此。寡人聽將軍矣！」遂以後車載王翦入朝，即日拜為大將，以六十萬授之。仍用蒙武為副。臨行，秦王親至壩上設餞。王翦引卮，為秦王壽曰：「大王飲此，臣有所請。」秦王一飲而盡，問曰：「將軍何言？」王翦出一簡於袖中，所開寫咸陽美田宅數處，求秦王批給臣家。秦王曰：「將軍若成功而回，寡人方與將軍共富貴，何憂於貧？」王翦曰：「臣老矣！大王雖以封侯勞臣，譬如風中之燭，光耀幾時？不如及臣目中多給美田宅，為子孫業，世世受大王大恩耳！」秦王大笑，許之。既至函谷關，復遣使者求園池數處。蒙武曰：「老將軍之請乞，不太多乎？」王翦密告曰：「秦王性強厲而多疑。今以精甲六十萬畀我，是空國而託我也。我多請田宅園池為子孫業，所以安秦王之心耳。」蒙武曰：「老將軍高見，吾所不及！」不知王翦伐楚如何，且看下回分解。

第一百八回　兼六國混一輿圖　號始皇建立郡縣

話說王翦代李信為大將，率軍六十萬，聲言伐楚。項燕守東岡以拒之。見秦兵眾多，遣使馳報楚王，求添兵助將。楚王復起兵二十萬，使將軍景騏將之，以助項燕。卻說王翦兵屯於天中山，連營十餘里，堅壁固守。項燕日使人挑戰，終不出。項燕曰：「王翦老將，怯戰固其宜也。」王翦休士洗沐，日椎牛設饗，親與士卒同飲食。將吏感恩，願為效力。屢屢請戰，輒以醇酒灌之。如此數月，士卒日間無事，惟投石超距為戲。——按范蠡兵法：投石者，用石塊重十二斤，立木為機發之，去三百步為勝；不及者為負。其有力者，能以手飛石，則多勝一籌。超距者，橫木高七八尺，跳躍而過，以此賭勝。——王翦每日使各營軍吏，默記其勝負，知其力之強弱。外益收斂為自守之狀，不許軍人往楚界樵採。獲得楚人，以酒食勞之放還。相持歲餘，項燕終不得一戰。以為王翦名雖伐楚，實自保耳，遂不為戰備。

王翦忽一日，大享將士，言：「今日與諸君破楚！」將士皆摩拳擦掌，爭先奮勇。乃選驍勇有力者約二萬人，謂之壯士，別為一軍，為衝鋒。而分軍數道，分付：「楚軍一敗，各自分頭略地。」項燕不意王翦猝至，倉皇出戰。壯士蓄力多時，不勝技癢，大呼陷陣，一人足敵百人。楚兵大敗，屈定戰死。項燕與景騏，率敗兵東走，翦乘勝追逐，再戰於永安城，復大敗之。遂攻下西陵，荊、襄大震。王翦使蒙武分軍一半，屯於鄂渚，傳檄湖南各郡，宣布秦王威德。自率大軍徑趨淮南，直擣壽春。一面遣人往咸陽報捷。項燕往淮上募兵未回，王翦乘虛急攻，城遂破。景騏自刎於城樓。楚王負芻被虜。秦王政發駕親至樊口受俘，責負芻以弒君之罪，廢為庶人。命王翦合兵鄂渚以收荊、襄。於是湖、湘一帶郡縣，望風驚潰。

再說項燕募得二萬五千人，來至徐城，適遇楚王之同母弟昌平君，逃難奔來，言：「壽春已破，楚王擄去，不知死活。」項燕曰：「吳、越有長江為限，地方千餘里，尚可立國。」乃率其眾渡江，奉昌平君為楚王，居於蘭陵，繕兵城守。再說王翦已定淮北、淮南之地，謁秦王於鄂渚。秦王誇獎其功，然後言曰：「項燕又立楚王於江南，奈何？」王翦曰：「楚之形勢，在於江、淮。今全淮皆為吾有，彼殘喘僅存，大兵至，即就縛耳。何足慮哉！」秦王曰：「王將軍年雖老，志何壯也！」明日，秦王駕回咸陽。仍留王翦兵，使平江南。王翦令蒙武造船於鸚鵡洲。逾年船成，順流而下。守江軍士不能禦，秦兵遂登陸。留兵十萬屯黃山，以斷江口。大軍自朱方進圍蘭陵，四面列營，軍聲震天。凡夫椒山、君山、荊南山諸處，兵皆布滿，以絕越中救兵。項燕悉城中兵，戰於城下。初合，秦兵稍卻。王翦驅壯士分為左右二隊，各持短兵，大呼突入其陣。蒙武手斬裨將一人，復生擒一人，秦兵勇氣十倍。項燕復大敗，奔入城中，築門固守。王翦用雲梯仰攻，項燕用火箭射之，燒其梯。蒙武曰：「項燕釜中之魚也！」乃築壘與城齊，周圍攻急。昌平君親自巡城，為流矢所中。軍士扶回行宮，夜半身死。項燕泣曰：「吾所以偷生在此，為芈氏一脈未絕也！今日尚何望乎？」乃仰天長號者三，引劍自刎而死。城中大亂。秦兵遂登城啟門，王翦整軍而入，撫定居民。遂率大軍南下，至於錫山，軍士埋鍋造飯，掘地得石碑，刻有十二字云：

有錫兵，天下爭。無錫甯，天下清。

王翦召土人問之，言：「此山乃慧山之東峰。自周平王東遷於洛，此山遂產鉛錫。因名錫山。四十年來，取用不竭。近日出產漸少。此碑亦不知何人所造。」王翦嘆曰：「此碑出露，天下從此漸甯矣！豈非古人先窺其定數，故埋碑以示後乎？今後當名此地為無錫。」——今無錫縣名，實始於此。——王翦兵過姑蘇，守臣以城降。遂渡浙江，略定越地。越王子孫，自越亡以後，散處甬江、天台之間，依海而居。自稱君長，不相統屬。至是聞秦王威德，悉來納降。王翦收其輿圖戶口，飛報秦王。并定豫章之地，立九江、會稽二郡。楚祝融之祀遂絕。此秦王政二十四年事也。按楚自周桓王十六年，武王熊通始強大稱王，自此歲歲并吞小國。五傳至莊王旅始稱霸。又五傳至昭王珍，幾為吳滅。又六傳至威王商，兼有吳、越。於是江、淮盡屬於楚，幾占天下之半。懷王槐，任用奸臣靳尚，見欺於秦，始漸衰弱。又五傳至負芻，而國并於秦。史臣有贊云：

鬻熊之嗣，肇封於楚。通王旅霸，大開南土。子圍篡嫡，商臣弒父。天禍未悔，憑奸自怙。昭困奔亡，懷迫囚苦。襄烈遂衰，負芻為虜。

王翦滅楚，班師回咸陽。秦王賜黃金千鎰。翦告老，仍歸頻陽。秦王乃拜其子王賁為大將，攻燕王於遼東。秦王命之曰：「將軍若平遼東，乘破竹之勢，便可收代，無煩再舉。」王賁兵渡鴨綠江，圍平壤城，破之。虜燕王喜，送入咸陽，廢為庶人。按燕自召公肇封，九世至惠侯，而周厲王奔彘。八傳至莊公，而齊桓公伐山戎，為燕闢地五百里，燕始強大。又十九傳至文公，而蘇秦說以合從之術，其子易王始稱王，列於七國。易王傳噲，為齊所滅。噲子昭王復國。又四傳至喜而國亡。史臣有贊云：

召伯治陝，甘棠懷德。易王僭號，齒於六國。噲以懦亡，平以強獲。一謀不就，遼東并失。傳四十三，年八九伯。姬姓後亡，召公之澤。

* * *

王賁既滅燕，遂移師西攻代。代王嘉兵敗，欲走匈奴。賁追及於貓兒莊，擒而囚之。嘉自殺。盡得雲中、雁門之地。此秦王政二十五年事。按趙自造父仕周，世為周大夫。幽王無道，叔帶奔晉事晉文侯，始建趙氏。五世至趙夙，事獻公。再傳至趙衰，事文公。衰子盾事襄、成、景三公。晉主霸，趙氏世為霸佐。盾子朔中絕。朔子武復立。又二傳至簡子鞅。鞅傳襄子無卹，與韓、魏三分晉國。無卹傳其姪之子桓子浣。浣傳於籍，始稱侯，謚烈。六傳至武靈王而胡服。又四傳至王遷被虜。而公子嘉自立為代王，守趙祀。代王嘉六年而國滅。自此，六國遂亡其五，惟齊尚在。史臣有贊云：

趙氏之世，與秦同祖。周穆平徐，乃封造父。帶始事晉，夙初有土。武世晉卿，籍為趙主。胡服雖強，內亂外侮。頗、牧不用，王遷囚虜。雲中六載，餘焰之吐。

王賁捷書至咸陽，秦王大喜。賜王賁手書，略曰：

將軍一出而平燕及代，奔馳二千餘里；方之乃父，勞苦功高，不相上下。雖然，自燕而齊，歸途南北便道也。齊在，譬如人身尚缺一臂。願以將軍之餘威震電及之。將軍父子，功於秦無兩！

王賁得書，遂引兵取燕山，望河間一路南行。

* * *

卻說齊王建聽相國后勝之言，不救韓、魏，每滅一國，反遣使入秦稱賀。秦復以黃金厚賂使者。使者歸，備述秦王相待之厚。齊王以為和好可恃，不修戰備。及聞五國盡滅，王建內不自安，與后勝商議，始發兵守其西界，以防秦兵掩襲。卻不提防王賁兵過吳橋，直犯濟南。齊自王建即位四十四年，不被兵革，上下安於無事，從不曾演習武藝。況且秦兵強暴，素聞傳說。今日數十萬之眾，如泰山般壓將下來，如何不怕，何人敢與他抵對？王賁由歷下、淄川，徑犯臨淄。所過長驅直搗，如入無人之境。臨淄城中，百姓亂奔亂竄，城門不守。后勝束手無計，只得勸王建迎降。王賁兵不血刃，兩月之間，盡得山東之地。秦王聞捷，傳令曰：「齊王建用后勝計，絕秦使，欲為亂。今幸將士用命，齊國就滅。本當君臣俱戮，念建四十餘年恭順之情，免其誅死。可與妻子遷於共城，有司日給斗粟，畢其餘生。后勝就本處斬首。」王賁奉命誅后勝，遣吏卒押送王建安置共城。惟茅屋數間，在太行山下，四圍皆松柏，絕無居人。宮眷雖然離散，猶數十口，只斗粟不敷，有司又不時給。王建止一子，尚幼，中夜啼飢。建淒然起坐，聞風吹松柏之聲，想起：「在臨淄時，何等富貴！今誤聽奸臣后勝，至於亡國，飢餓窮山，悔之何及！」遂泣下不止，不數日而卒。宮人俱逃，其子不知所終。傳言謂王建因餓而死。齊人聞而哀之。因為歌曰：

松耶柏耶！飢不可為餐。誰使建極耶？嗟任人之匪端！

後人傳此為松柏之歌，蓋咎后勝之誤國也。按齊始祖陳完，乃陳厲公躍之子，於周莊王十五年，避難奔齊，遂仕齊，諱陳為田氏。數傳至田桓子無宇，又再傳至僖子乞，以厚施得民心，田氏日強。乞子恆弒齊君。又三傳至太公和，遂篡齊稱侯。又三傳至威王而益強，稱王號。又四傳至王建，而國亡矣。史臣有贊云：

陳完避難，奔於太姜。物莫兩盛，媯替田昌。和始擅命，威遂稱王。孟嘗延客，田單救亡。相勝利賄，認賊為祥。哀哉王建，松柏蒼蒼！

時秦王政之二十六年也。

* * *

時六國悉并於秦，天下一統。秦王以六國曾並稱王號，其名不尊，欲改稱帝。昔年亦曾有東西二帝之議，不足以傳後世，威四夷。乃採上古君號，惟三皇五帝，功德在三王之上。惟秦德兼三皇，功邁五帝，遂兼二號稱「皇帝」。追尊其父莊襄王為太上皇。又以為周公作謚法，子得議父，臣得議君，為非禮：「今後除謚法不用，朕為始皇帝。後世以數計之，二世三世，以至於百千萬世，傳之無窮。」天子自稱曰「朕」，臣下奏事稱「陛下」，召良工琢和氏之璧為傳國璽，其文曰：「受命於天，既壽永昌。」又推終始五德之傳，以為周得火德，惟水能滅火，秦應水德之運，衣服旌旗皆尚黑。水數六，故器物尺寸，俱用六數。以十月朔為正月，朝賀皆於是月。「正」、「政」音同，皇帝御諱不可犯，改正字音為征。征者非吉祥之事，然出自始皇之意，人不敢言。

尉繚見始皇意氣盈滿，紛更不休，私嘆曰：「秦雖得天下，而元氣衰矣！其能永乎？」與弟子王敖一夕遁去，不知所往。始皇問群臣曰：「尉繚棄朕而去，何也？」群臣皆曰：「尉繚佐陛下定四海，功最大，亦望裂土分封，如周之太公、周公。今陛下尊號已定，而論功之典不行。彼失意，是以去耳。」始皇曰：「周室分茅之制，尚可行乎？」群臣皆曰：「燕、齊、楚、代，地遠難周，不置王無以鎮之。」李斯議曰：「周封國數百，同姓為多。其後子孫，自相爭殺無已。今陛下混一海內，皆為郡縣。雖有功臣，厚其祿俸，無尺土一民之擅，絕兵革之原，豈非久安長治之術哉？」始皇從其議，乃分天下為三十六郡。那三十六郡：

內史郡　漢中郡　北地郡　隴西郡
上郡　太原郡　河東郡　上黨郡
雲中郡　雁門郡　代郡　三川郡
邯鄲郡　南陽郡　潁川郡　齊郡（即瑯琊郡）
薛郡（即泗水郡）　東郡　遼西郡　遼東郡
上谷郡　漁陽郡　鉅鹿郡　右北平郡
九江郡　會稽郡　鄣郡　閩中郡
南海郡　象郡　桂林郡　巴郡
蜀郡　黔中郡　南郡　長沙郡

是時北邊有胡患，故漁陽、上谷等郡，轄地最少，設戍鎮守。南方水鄉安靖，故九江、會稽等郡，轄地最多。皆出李斯調度。每郡置守尉一人，監御史一人。收天下甲兵，聚於咸陽銷之。鑄金人十二，每人重千斤，置宮庭中，以應臨洮長人之瑞。徙天下豪傑於咸陽，共二十萬戶。又於咸陽北坂，倣六國宮室，建造離宮六所。又作阿房之宮。進李斯為丞相，趙高為郎中令。諸將帥有功者，如王賁、蒙武等，各封萬戶。其他或數千戶，俱准其所入之賦，官為給之。於是焚書坑儒，遊巡無度。築萬里長城以拒胡，百姓嗷嗷，不得聊生。及二世，暴虐更甚。而陳勝、吳廣之徒，群起而亡之矣。史臣有列國歌曰：

東遷強國齊鄭最，荊楚漸横開桓文。楚莊宋襄和秦穆，選為王霸得專征。晉襄景悼稱世霸，平哀齊景思代興。晉楚兩衰吳越進，闔閭句踐何縱横！春秋諸國難盡數，幾派源流略可尋。魯衛晉燕曹鄭蔡，與吳姬姓同宗盟。齊由呂尚宋商裔，禹後杞越顓頊荊。秦亦項裔陳祖舜，許始太岳各有生。及交戰國七雄起，韓趙魏氏晉三分。魏與韓皆周同姓，趙先造父同嬴秦。齊呂改田即陳後，黃歇代楚熊暗傾。宋亡於齊魯入楚，吳越交勝總歸荊。周鼎既遷合縱散，六國相隨漸屬秦。

髯仙讀列國志有詩云：

卜世雖然八百年，半由人事半由天。綿延過曆緣忠厚，陵替隨波為倒顛。六國媚秦甘北面，西周失祀恨東遷。總觀千古興亡局，盡在朝中用佞賢。

三國演義

羅貫中／撰　毛宗崗／批　饒彬／校注

《三國演義》將忠、孝、節、義融於緊湊的情節與生動的敘事之中，是一本絕佳的歷史通俗小說。且看那桃園結義，誓同生死金蘭交；連環妙計，王允智除禍國賊；看諸葛孔明草船借箭、三氣周瑜、七擒孟獲；看趙子龍單騎救主、曹子建七步成詩、關雲長過五關斬六將，在在扣人心弦。本書以毛宗崗所評繡像大字本為底本，保留精采眉批，分段、標點參考各本之所長，典故、史實與方言亦擇要加注。

說岳全傳

錢彩／編次　金豐／增訂　平慧善／校注

本書從大鵬轉世、岳飛誕生寫起，精彩鋪陳岳飛一生轟轟烈烈的英雄事蹟。縱觀全書，高潮迭起，兼顧史實與小說的技巧，是一部引人入勝、涵義深遠的經典文學作品。本書正文以乾隆餘慶堂刻本為主，另校以二種清刻本，引言與考證對於岳飛史實和相關文學創作，並有深入的評析。

東西漢演義

甄偉、謝詔／編著　朱恒夫／校注　劉本棟／校閱

《東西漢演義》在高度尊重史實的基礎上，演述了劉邦、項羽、張良、范增、韓信、班超、蘇武、劉秀等英雄人物的傳奇，以及鴻門之宴、築壇拜將、四面楚歌、王莽篡漢、光武中興等膾炙人口的故事。透過這本歷史演義，可以清晰地了解兩漢重要史實，並從中感知藝術之美。本書以三種清刊本互校精刊，生難詞語並摘出注釋，讓這部精彩的歷史演義小說以完善面目重新問世。

國家圖書館出版品預行編目資料

東周列國志／馮夢龍原著;蔡元放改撰;劉本棟校注;
繆天華校閱.——三版二刷.——臺北市：三民，2024
面；　公分.——(中國古典名著)

ISBN 978-957-14-7043-6（一套：平裝）

857.451　　109019237

中國古典名著

東周列國志（下）

作　　者｜馮夢龍
改 撰 者｜蔡元放
校 注 者｜劉本棟
校 閱 者｜繆天華
封面繪圖｜王　平

創 辦 人｜劉振強
發 行 人｜劉仲傑
出 版 者｜三民書局股份有限公司（成立於 1953 年）

三民網路書店
https://www.sanmin.com.tw

地　　址｜臺北市復興北路 386 號　（復北門市）　(02)2500-6600
臺北市重慶南路一段 61 號（重南門市）　(02)2361-7511

出版日期｜初版一刷 1976 年 11 月
二版六刷 2018 年 6 月
三版一刷 2021 年 1 月
三版二刷 2024 年 7 月
書籍編號｜S851770
I S B N｜978-957-14-7043-6